Angela Rose Burkart

Amanda von Waisland

Über die Autorin

Angela Rose Burkart, Jahrgang 1963, Diplom-Psychologin, wuchs in einem Haus voller Bücher, Märchen und Sagen auf. Eine große Burgruine täglich vor Augen, begann sie in früher Jugend mit dem Schreiben eigener Erzählungen. Seit vielen Jahren begleitet sie Menschen in schwierigen Lebenslagen, doch jetzt entschloss sie sich, die Geschichte von Amanda von Waisland, Königstochter und Heldin ihrer Jugendzeit, endlich zu vollenden. Der erste Band liegt nun vor.

www.angelaroseburkart.de

Angela Rose Burkart

Amanda von Waisland

Die Zwinge

Bibliografische Information der Deutschen Nationalbibliothek
Die Deutsche Nationalbibliothek verzeichnet diese
Publikation in der Deutschen Nationalbibliografie;
detaillierte bibliografische Daten sind im Internet
über http://dnb.ddb.de abrufbar.

© 2018, Oldib-Verlag, Essen
www.oldib-verlag.de
Waldeck 14
45133 Essen
www.oldib-verlag.de
Covergestaltung: Melanie Korte
Herstellung: BoD, Norderstedt

ISBN 978-3-939556-69-5

Die brennende Burg

Sie hat die Berge überwunden. Sie stehen hinter ihr wie graue Wellen, und wenn der Wind die Wolken einen Moment aufreißt, kann man sehen, dass erster Schnee ihre Gipfel ziert. Amanda hat gelernt, den Schnee zu fürchten, diese Berge zu fürchten – sie hat Zeit dafür gehabt – sie ist mehr als acht Jahre lang darin gefangen gewesen.

Amanda von Waisland, Königstochter und Erbin der Krone – nichts als eine Geisel der Horde, die diese Berge beherrscht. Und jetzt, nach acht endlos langen Jahren, ist ihr endlich die Flucht gelungen. Da vor ihr, unter den grauen Regenwolken, die grüne Decke – das ist Waisland, ihr Land! Grün, nicht grau. Nicht grau und kalt und hart, wie die unerbittlichen Berge und diese entsetzliche Gefangenschaft.

Sie war acht Jahre alt und trug in ihrem Nacken schon das eintätowierte Wappen von Waisland, das sie als Erbin der Krone auswies: die silberne Krone auf grünem Grund, den Baum darunter. Ihr Vater, König Adelbert von Waisland, hatte sie, sein einziges Kind und eine Tochter, dennoch zur Erbin der Krone bestimmt.

Und dann brach alles zusammen…

Amanda erinnert sich mit Grauen, wie sie aufgeweckt von Schreien sieht, dass Feuerschein über die Wand ihres Gemaches flackert. Sie stürzt zum Fenster – die Vorburg brennt. Und im Hof wird gekämpft…

Schreie, Brüllen und die harten Schläge lodernden Feuers. Flammen schlagen hoch, Rauch quillt über die Mauern, das graue Morgenlicht liegt kalt über der Burg. Sie hört die scharfen Schläge von Schwertern auf Rüstungen und die Schreie getroffener Männer. Dann werden Rufe laut und sie kann verstehen, was sie rufen: „Verrat! Verrat! Die Burg ist gefallen!"

Ihr bleibt der Atem weg – was geschieht hier!?

Das schwere, eisenverstärkte Holztor hängt nur noch in den Angeln, herein quellen bewaffnete Männer. Sie tragen nicht die Farben Waislands – kein Grün und Silber, nein: schwarz und blutrot bauschen sich ihre Umhänge. Feinde…

„Die Burg ist gefallen!"

Sie sieht es von der Nische ihres Fensters. Unfähig, sich zu rühren, sieht sie zu, wie unten immer mehr Männer in den Hof dringen – und dann erkennt sie mittendrin endlich ihren Vater. Das reißt sie los.

„Vater!" Sie stürzt aus dem Zimmer, rast die Gänge entlang, die Treppe hinunter, durch den nächsten Gang, bis sie von hinten gepackt wird. „Nicht so schnell, mein Schatz!"

Sie sieht keuchend um sich: Eine Gruppe Männer in schwarz-roter Gewandung hat sie gestellt, einer hält sie fest. Sie will sich losreißen, tritt und schlägt wie rasend um sich.

„He, was ist denn das für eine Wildkatze!? Ist sie das wirklich?" Das sagt der, der sie hält. Die Männer lachen, weil sie so wütend gegen den Griff ankämpft, mit dem sie gehalten wird.

„Schau dir ihre Gewandung an – ich denke schon." Das ist dann wohl der Anführer.

Der sie haltende Mann schüttelt sie. „Jetzt hör schon auf zu toben!"

Amanda denkt gar nicht daran, aber eine Hand legt sich auf ihre Schulter. „Komm, lass dich mal anschauen."

Amanda fährt herum, schlägt ihre Zähne in die Hand: Niemand darf sie anfassen. Sie ist die Königstochter von Waisland!

„Elendes Balg!" Sie sieht den Schlag wie einen Schatten kommen, kann nicht ausweichen.

Als sie zu sich kommt, schwankt alles. Ihr Kopf dröhnt, ihr ist so übel.

„… wirklich die Tochter unserer goldlockigen Sibilla?"

Oh, Mutter. Sie fehlt ihr so sehr.

„… schmal und dunkelhaarig. Bist du sicher?"

Dann, eine Stimme ganz nah und ärgerlich: „Das Temperament von Adelbert hat sie jedenfalls." Alle lachen. Ja, hat sie. Aber niemand darf sich dasrüber lustig machen.

„Lasst uns nachschauen." Das ist wieder die ruhige Stimme direkt neben ihr. Das Schwanken hört auf. Amanda öffnet vorsichtig die Augen: Ist das der Boden unter ihr? Hängt sie kopfüber? Sie haben sie wie einen Sack über die Schulter geworfen. Dann erstarrt sie. Finger machen sich an ihrem Haar, an ihrem Nacken zu schaffen. Das dürfen sie nicht! Nur ein Priester oder königliches Blut darf das Wappen sehen.

Sie kann die Stille hören.

„Das wird den Fürsten wenig freuen“, murmelt einer. Haare legen sich wieder über ihren Nacken.

„Wir können nichts dafür“, sagt der Ruhige, „aber du solltest ihn nicht mehr so nennen. Wir alle sollten uns sehr schnell daran gewöhnen, ihn König zu nennen. Also bringen wir sie unserem König.“ Oh, ja, das sollen sie tun – das werden sie bereuen! Das Schwanken geht wieder los und wird stärker.

Dann sitzt sie gefesselt auf einem kleinen Pferd und weiß nicht, wie sie dahin gekommen ist. Ihr Kopf tut weh, aber sie kann wieder sehen.

Der Hof ist gefüllt mit fremden Kämpfern in schwarz-roter Gewandung, die das Kämpfen eingestellt haben und sich ihres Sieges freuen. Aus Burg und Vorburg dringen entsetzliche Schreie, und Rauch hängt immer noch über allem.

Sie kann Vater nirgends sehen, dafür auf einem großen Pferd einen mächtigen Ritter in zerhauener Rüstung. Schwarz und Rot sind die Farben der Schabracke seines Pferdes. Sie kann den Vogel Greif sehen, der darauf eingestickt ist – wem gehört der Greif? Warum taucht Vater nicht endlich auf und macht diesem Grauen ein Ende?!

Der Ritter hat den Helm abgezogen und dreht sich um – sie kennt diesen Mann! Sie hat ihn vor ihrem Vater knien sehen, als er den Treueeid leistete. Er hat seinen Schwur gebrochen. Warum strafen ihn die Götter nicht sofort? Sie muss ihn so angestarrt haben, dass er ihres Blicks gewahr wird und ihr den Kopf zudreht. Er sieht ihr ins Gesicht und lacht. „Tja, Mädchen! Diese Blicke werden mich nicht töten. Ganz der Vater. Doch er ist tot, dein Vater. Zeigt es ihr, macht Platz.“

Männer weichen zurück und geben den Blick frei auf das Pflaster des Burghofs. Und da sieht sie.

Sie sieht ihren Vater liegen. Regungslos liegt er seitlich im Hof, unter seinem silbernen Umhang mit dem Wappen hat sich eine dunkle Lache ausgebreitet. Sie schreit. Vater! Ihr wunderbarer Vater. Sie schreit und schreit…

Irgendjemand hält sie fest und will ihr etwas zu trinken einflößen. Sie dreht den Kopf – schreit wieder – ein Wolf! Vor ihren Augen hängt die Fratze eines Wolfs. Das Lachen der Männer füllt den Hof. Sie sieht um sich. Rings um sie: Wölfe! Sie gehen auf zwei Beinen, haben menschliche Gesichter, aber sie tragen schwarze Wolfsfelle, die aufgerissenen Mäuler grinsen über ihren Köpfen oder hängen zurückgeschlagen über ihren Rücken – sie tragen Leder darunter, keine Rüstungen. Sie stehen rings um sie, diese grauenvollen Wesen, von denen sie nicht weiß, ob es wirklich Menschen sind. Sie sprechen eine unverständliche Sprache – wenn es denn eine Sprache ist. Was haben sie mit dem Verräter auf dem Pferd zu tun? Und was haben sie mit ihr vor?

Dann, mitten in diesem Grauen, taucht er auf: ausgerechnet Hajdan, ihr Lehrer und ein Mönch des Tempels. Die Kutte schlackert um ihn, er trägt etliche seiner Pergamente, an denen er hängt wie ein Trinker an der Flasche. Er lässt sich von den Männern stoßen, bis er tatsächlich vor dem Verräter auf dem Pferd zum Stehen kommt.

„Herr! Bitte, lasst mich mitgehen. Sie muss doch lesen und schreiben lernen.“

Grölen folgt diesen Worten, aber das beirrt den Mönch nicht.

Amanda sitzt völlig erstarrt auf ihrem Pferd: Was tut er hier? Sie werden ihn töten. Sie wird zusehen müssen, wie sie auch ihn töten. Er kann doch nichts tun. Sie wimmert. Keiner achtet darauf, alle starren auf diesen irren kleinen alten Mann, der flehend vor dem Sieger steht, ungeachtet allen Spotts – und ungeachtet aller Gefahr. „Ich bin Hajdan, ihr Lehrer – bitte, Herr!“

Und irgendwie scheint das dem großen Ritter zu gefallen. Er wendet sich an einen dieser Wölfe: „Nehmt ihr ihn mit?“ Der zuckt nur mit den Achseln und der Verräter fragt den Mönch: „Du willst sie wirklich begleiten? Bist du alles, was Waisland an Helden zu bieten hat?“

Amanda hasst die Männer für das Gelächter. Sie wird bis ans Ende ihres Lebens dieses höhnische Lachen im Ohr haben.

Doch Hajdan lässt sich nicht beirren. „Bitte, Herr.“

Der Reiter grinst. „Weißt Du überhaupt, wo es hingeht?“

Bei allen Göttern, was heißt das? Wo bringen sie sie hin? Wird er sie wirklich diesen Wölfen mitgeben? Sie zittert und weint so sehr, dass das kleine Pferdchen, auf dem sie festgebunden sitzt, unruhig den Kopf wendet. Der Mann, der es hält, grinst sie unter seinem Wolfsschädel an. Amanda zuckt zurück und fällt fast vom Pferd.

Hajdan scheint sich mit dem Reiter geeinigt zu haben: Er taucht plötzlich neben ihr auf, wirft ihr einen Blick zu und sie atmet auf. Sie nehmen ihm alle Pergamente, heißen ihn, auf ein ebenso kleines Pferd wie ihres zu steigen und binden seine Hände am Sattel fest.

„Ich hoffe mal, du kannst reiten, Mönch", wirft einer der Bewacher ihm in fast nicht verständlichem Wark hin. Sie können also sprechen, Wark ist ihre Muttersprache. Sie sprechen tatsächlich die Sprache Waislands und aller ritterlichen Lande, aber sie klingt fremd aus ihrem Mund. „Sonst hast du spätestens morgen einen blutigen Arsch!"

Amanda weiß nicht, ob Hajdan reiten kann. Die grässlichen Wesen sitzen alle auf diesen kleinen Pferden, die hier kein erwachsener Mensch reiten würde. Sie werden sie mitnehmen. Wohin?

Ehe sie losreiten, drängt der große Ritter sein Pferd gegen ihres. „Nur dass du es weißt, Amanda, gewesene Königstochter von Waisland: Ich bin Fürst Ratibor – seit heute: König von Waisland! Leb wohl."

Den folgenden Ritt erlebt sie wie betäubt. Manchmal glaubt sie, etwas zu sehen – ein Blick zurück auf die immer noch brennende, rauchumhüllte Burg; galoppierende Pferde, die von schwarzen Wölfen geritten werden; ein Lagerfeuer – aber sie weiß nicht, was davon Wirklichkeit ist, was Traumbilder sind.

Das erste, was ihr wieder eindeutig vor Augen steht, sind Hajdans Hand und Stimme: „Hör auf zu weinen, Amanda. Sie werden gleich kommen." Er hält ihr ein feuchtes, kühles Tuch hin.

Sie schreckt von einer Decke hoch, stößt gegen eine zweite, die man wie ein Dach über sie gespannt hat. Alles ist wahr. Sie hätte losgeschrien, aber Hajdans Hand auf ihrer Schulter lässt sie innehalten. „Nimm das Tuch. Gönn es ihnen nicht." Sie schluckt und nimmt das Tuch, presst es sich auf die Augen – sie ist Amanda, Königstochter von Waisland! Sie ist acht Jahre alt. Ohne den Halt, den Hajdans Hand ihr gibt, wäre sie zusammengebrochen.

„Frühstück" – wieder dieses kaum verständliche Wark. Sie reißt das Tuch von den Augen – einer der Wolfskerle reicht zwei Schüsseln Grütze herein, sieht ihr grinsend ins Gesicht, verschwindet wieder. Sie wird nicht essen. Niemals mehr. Aber Hajdan reicht ihr mit hochgezogenen Brauen eine der Schüsseln. Er sagt nichts, aber das ist nicht nötig – er nimmt sich seine Schüssel und isst tatsächlich. Wie kann irgendjemand jemals wieder essen? Dann hört sie ihn zwischen zwei Bissen murmeln: „Zeig es ihnen." Und sie isst.

Ab hier erinnert sie sich leider an alles: an den Aufbruch des Lagers, wie sie wieder auf das Pferd gebunden wird, an die Erleichterung, dass Hajdan reiten kann.

„Wenigstens haltet ihr uns nicht auf", knurrt einer, der wohl der Anführer ist. Denn auch Amanda kann reiten. Eine Königstochter von Waisland, die nicht reiten kann, wäre für ihren Vater undenkbar gewesen. Sie sitzt auf Pferden, solange sie zurückdenken kann. Als ihre Mutter noch lebte, hat diese manchmal geseufzt, dass ihr Kind wohl am liebsten mit dem Pferd auf ihr Lager kriechen würde. Aber Vater hatte nur gelacht.

Sie erinnert sich an tagelange Ritte – wie viele Tage es waren, weiß sie nicht mehr. Sie reiten schnell, lagern versteckt, kleine Feuer, immer Wachen. Brechen früh auf – Tag für Tag.

Die Zwinge

Bis dann eines Tages diese grauen Berge vor ihnen aufragen – noch niemals hat sie so etwas Entsetzliches gesehen. Unüberwindbar hängen sie drohend über ihnen. „Was ist das?", fragt sie angstvoll und ehe Hajdan antworten kann, sagt sehr gut gelaunt einer ihrer Bewacher: „Das sind die Wolfsberge, Mädchen! Das ist deine neue Heimat."

Und tatsächlich führt ein Weg hinauf in diese grauen, eisigen Felsen, offenbar gut bewacht von weiteren Wolfsmenschen, die sie erwarten und begleiten. Vielleicht wechseln auch die Begleiter – Amanda kann sie nicht unterscheiden, all diese Wolfsmenschen sehen gleich aus. Es ist auch gleichgültig. Sie hat gehofft, wenigstens auf eine Burg zu kommen, als Gefangene, als Geisel, das hat sie schon begriffen. Aber nicht in dieses Felsgefängnis, wo hinter jedem eisigen Gipfel ein neuer auftaucht, wo die Bäume zurückbleiben und nur Fels, Eis und ein wenig Grün übrig sind. Nach zwei Tagen scheinen sie eine Art Passhöhe erreicht zu haben. Graue Felsen verstellen den Weg, bewacht von weiteren Wölfen, wie sie sie in ihren Gedanken nur noch nennt: Wer hier lebt, kann kein Mensch sein! Und dann erreichen sie eine weite Ebene, eisig wölbt sich der Himmel darüber, rings eingefasst von kalten, tödlichen Felszinnen. Sie reiten über karge Weiden, auf denen Schafe und diese kleinen Pferde grasen – und inmitten dieser felsdurchzackten Landschaft liegt auf einem weiteren Fels: eine kleine Burg.

Kaum hat Amanda erkannt, dass es tatsächlich eine Burg ist und kein weiterer Fels, als die Gruppe auch schon entdeckt wird. Allerdings nicht von Menschen: von der Burg steigen zwei kleine schwarze Punkte auf und kommen durch die klare Luft auf sie zu gesegelt: mit tiefem „Kronk! Kronk!" werden sie von zwei großen Raben begrüßt. Die umkreisen die Gruppe, rufen dabei unentwegt, schlagen in der Luft träge eine Art Purzelbaum und fliegen dann zurück. „Elende Schreihälse", hört Amanda einen ihrer Begleiter unbehaglich murren. Der Anführer wirft ihm einen Blick zu. „Treue Wächter, würd ich mal sagen", verbessert er spöttisch. Er sagt es auf Wark – die Botschaft gilt ihr, begreift Amanda. Sie lassen die Burg von Raben bewachen, denkt sie niedergeschlagen.

Und das ist es nicht allein: Vielleicht angelockt vom Geschrei der Raben, kommt von den nahen Berghängen ein sehr viel größerer Vogel angeflogen. Mit breiten Flügeln segelt er gelassen hoch über ihnen und zieht seine Kreise. Als sein schwarzer Schatten genau über Amanda gleitet, schaudert diese unwillkürlich zusammen und wirft Hajdan einen entsetzen Blick zu.

„Verfluchter Geier", knurrt dieser angewidert, „soweit sind wir noch nicht."

„Mach dir keine Sorgen, Mönch", wirft ihm der Anführer in seinem schwer verständlichen Wark höhnisch hin, „ein Geier irrt sich nicht. Der holt dich erst, wenn du wirklich tot bist." Die Männer grinsen. Tatsächlich dreht der Geier ab und verschwindet hinter den Bergkämmen.

Die Burg ragt vor ihnen auf. Von ihren Mauern wehen Banner, auch der Turm ist bewimpelt. Amanda kneift die Augen gegen das Licht zusammen: sie hat richtig gesehen. Diese Banner sind tatsächlich schwarz. Noch niemals hat sie schwarze Banner gesehen. Sie sind so grauenvoll. Und als sie jetzt näher kommen, kann sie erkennen, was diese Banner ziert: eine weiße, laufende Wölfin.

Dann haben sie die Burg erreicht. Sie ist klein und grau, wie alles hier: böse und eng. Sie reiten hinein.

Lärmend wird der Haufen begrüßt. Hier gibt es Menschen, die keine Wolfsmasken tragen. Aber ein jeder ist in dunkles Leder und grobe Wolle gekleidet, grau fast alles. Sie sieht kaum Frauen. Nur ein paar ängstliche, verschreckte Mägde, die versuchen, einen Blick auf die neue Geisel zu werfen, von der es heißt, dass sie eine Königstochter sei. Mit rauen Worten werden sie barsch davongetrieben.

Amanda wird vom Pferd gezogen, mitgeschleift durch fackelerleuchtete Gänge. Sie erreichen eine Halle, von einem offenen Feuer erleuchtet und rußgeschwärzt. Und auf einer Art Thron an einem Tisch sitzt ein Mann, massig wie ein Bär mit grauem Wolfspelz. Eine große Silberspange in Form einer Wolfstatze hält den Pelz zusammen. Darunter sieht sie eine versilberte Wolfskralle auf seiner breiten Brust.

„Ist das das Mädchen?"

Immerhin spricht er verständliches Wark. Er setzt ein paar Worte in der rauen Bergsprache dazu, die ebenso beantwortet werden und offenbar ihrem Begleiter gelten. „Ausgerechnet ein Pergamentkratzer!" Der Mann spricht Hajdan an: „Und du hast sie freiwillig begleitet? Hab noch nie einen mutigen Mönch gesehen."

Grinsen ringsum.

„Ja, Herr, gewiss, Herr – sie muss doch lesen und schreiben lernen – bitte!" „Und Ratibor zahlt für dich mit, ja?"

Der Mönch windet sich. „Wenn's was zu schreiben oder lesen gibt, Herr – ich kann's für Euch tun." Das gefällt dem Grauwolf offenbar, wie Amanda ihn in Gedanken nennt. Er wendet sich jetzt an sie. „Und du bist diese Königstochter?" Amanda schweigt. Es ist gleichgültig, was sie zu diesem sagt. Hier oben ist sie verloren. Niemand wird sie je herausholen. Es ist vorbei – besser, sie bringen es gleich zu Ende.

„Sprich, Mädchen", warnt der Grauwolf drohend.

Sie macht den Mund auf: „Ich bin Amanda von Waisland" – trotzig, stolz. *Und du bist Nichts* – das sagt sie nicht, denkt es aber, und man kann gut sehen, was sie denkt. Dieser Kerl hier, offenbar der Fürst der Wölfe, sieht nicht geduldig aus. Vielleicht wird es schnell gehen… Von niemandem kommt eine Regung.

„Sie sagen, du trägst ein Wappen? Zeig es mir."

Amanda weiß, dass es sinnlos ist, Stolz zu zeigen – alles hier ist sinnlos – aber sie bleibt stehen. Niemals wird sie ihm das Wappen zeigen. Sie gibt ihm einen dieser Blicke, der schon Ratibor nicht gefallen hat und beißt die Zähne zusammen. Die Männer grunzen etwas – der Schlag kommt von hinten und schleudert sie auf den Boden. „Knie dich hin!"

Als sie sich nicht rührt, wird sie an den Haaren vor den Sitz des Fürsten gezerrt, ihr Kopf wird nach unten gezogen. Fremde Finger betasten ihren Nacken, einer berührt kurz das Wappen.

„Und uns nennen sie Barbaren!", brummt der Grauwolf. Er zieht ihren Kopf an den Haaren nach oben, dass sie ihm ins Gesicht sehen muss. Seine Augen weiten sich, er lässt sie los. „Bei der Wolfsgöttin! – Hast du ihre Augen gesehen?" Er wendet sich an den Mann direkt neben ihm. Der ist hager, sein Gesicht ist zerhauen, ein Mann wie eine Schwertklinge: kalt und hart.

Er wirft dem Mädchen einen Blick zu und sagt unbeeindruckt: „Grau."

Der Fürst nickt und lässt sie los. „Eine Königstochter mit grauen Augen im Land der grauen Wölfe – wenn das kein Zeichen ist. Das ist ein guter Tag für die Horde!" Die Männer im Saal brummen zustimmend.

Dann sagt er ein paar schroffe Worte in der Bergsprache. Sie werden weggebracht in zwei kleine Räume oben in der Burg. Man lässt sie alleine, die Tür wird versperrt.

Hajdan atmet auf, offenbar hätten sie es schlimmer erwischen können. Sie werden losgebunden: Jeder Gedanke an Flucht ist sinnlos. Es gibt nur Steine, Eis und Felsen. Die riesige Fläche um die Burg ist einsehbar bis zum Horizont, der Pass wird bewacht, wahrscheinlich auch die Ebene. *Das einzige, was man hier tun kann, ist erfrieren oder verhungern*, denkt Amanda, *und vielleicht nicht einmal das.*

Der alte Mönch wendet sich an seinen Schützling und sagt ruhig: „Sie werden dich nicht töten." Er kennt sie gut und weiß, was sie mit ihrem Widerstand bezweckt hat.

Amanda sieht ihn bockig an, sagt aber nichts. Das wird man ja noch sehen!

„Du bist eine Geisel", erklärt er behutsam, aber immer noch löst sich das Mädchen nicht. „Sie bekommen viel für dich. Sie werden dich nicht töten. Sie leben von dir."

Das Mädchen beginnt zu zittern. „Egal, was ich tue?"

Der Alte nickt. „Egal, was du tust."

Amanda stürzt zum Fenster, aber der Mönch fängt sie ab und hält sie, als sie jetzt wild um sich zu schlagen, zu treten und zu beißen beginnt. Lautlos und verzweifelt versucht sie, sich loszureißen, um zu dem kleinen Fenster zu kommen, aber er lässt nicht los. Für einen alten Mann ist er erstaunlich kräftig, dürr und sehnig unter den weiten Gewändern und im Handumdrehen hat er sie so gefasst, dass sie ihm nicht wehtun kann.

Er wartet geduldig, bis sie sich ausgetobt hat und lässt sie danach noch eine Weile weinen, dann aber sagt er bestimmt: „Amanda, hör zu!" Er wartet, bis sie sich so weit gefasst hat, dass sie ihn ansehen kann. „Wir haben das niemals für möglich gehalten. Wir wussten, dass Ratibor auf seine Gelegenheit wartet, aber ein offener Angriff? Offener Verrat – weder dein Vater noch ich hätten gedacht, dass er dazu in der Lage ist. Und nicht – niemals die Horde. Nicht das hier." Er schüttelt den Kopf, fassungslos.

Niemand hat jemals freiwillig einen Pakt mit der Horde geschlossen, wie dies Ratibor jetzt tat. Dazu steht die Horde, ehrlos und mordgierig, zu weit außerhalb der ritterlichen Welt. Und noch weniger wäre jemals jemand auf den Gedanken verfallen, ihnen ausgerechnet ein Mädchen anzuvertrauen! Hajdan muss zähneknirschend eingestehen, dass Ratibor mit seinem entsetzlichen Plan alle Vorteile auf seiner Seite hat: Solange er das Mädchen in sicherem Gewahrsam bei der Horde weiß, kann keiner der Ritter und Fürsten Waislands es wagen, seine Herrschaft anzuzweifeln oder sich offen gegen ihn aufzulehnen. Würde dies doch Amandas sofortigen Tod bedeuten.

Das wäre anders, wenn er Amanda ebenso wie ihren Vater umgebracht hätte. Es war klug, das Mädchen am Leben zu lassen.

Und auf jeder anderen Burg hätte Amanda damit rechnen können, dass sie als Adlige behandelt, ja, vielleicht sogar als Königstochter anerkannt wird. Sie hätte Verbündete finden können, die ihr helfen würden. All das gilt für die Horde nicht. Hier ist sie nur eine Geisel. Ihr Leben hängt davon ab, ob für sie bezahlt wird, nicht davon, wer sie ist. Oder war…

Ratibor wird Ruhe haben in Waisland.

Das Mädchen hängt in seinen Armen wie eine leblose Puppe, aber noch sieht er Leben in ihren Augen.

Der alte Mann sieht in diese Augen und sagt langsam, als wisse er selbst nicht, auf was er sich da einlässt: „Vielleicht kann ich dir helfen." Das Mädchen starrt ihn an und der alte Mann löst seinen Griff und wartet, bis sie wieder vor ihm steht. Sie hat ihn nicht aus den Augen gelassen, sagt aber nichts. Es gibt Hilfe? Was soll das sein? Der alte Mann betrachtet das Mädchen, das er seit vier Jahren unterrichtet, für eine ganze Weile, während sie unbewegt zurück starrt. Dann zieht etwas wie ein Lächeln über sein Gesicht, aber als er spricht, ist keine Spur davon zu merken: „Es wird dauern. Und es ist gefährlich.“

Das Mädchen kneift nur die Augen zusammen. „Und es geht nur, wenn du schweigst.“

Das bringt sie doch aus der Reserve. „Für immer?“ Ihre Stimme kippt fast über.

„Du darfst keinem erzählen, was ich dir beibringe. Niemals und niemandem. Ein Wort und ich bin tot. Überleg dir, ob du das kannst.“

Sie verzieht höhnisch die Lippen. „Ich sag nichts. Zeig es mir.“ Mit wem soll sie hier auch reden? Mit diesen Halbmenschen? Aber ihr alter Lehrer, der auf einmal gar nicht mehr so alt wirkt, sieht sie nur seltsam an. Sehr lange und auf eine Art, dass sie schließlich schlucken muss. Sie beißt die Zähne zusammen und merkt, wie sie zu zittern beginnt, aber sie bleibt stehen. Etwas Kaltes, Klares und – Tödliches steht plötzlich im Raum. Und es geht von ihrem Lehrer aus. Schließlich hält sie es nicht mehr aus und beginnt zu schluchzen.

Ihr Gegenüber rührt sich nicht. Die Not des Mädchens entlockt ihm keine Regung. Sie schluchzt, bleibt aber stehen.

„Wird es helfen?“, fragt sie schließlich schluchzend.

„Ich weiß es nicht“, antwortet er ruhig, als ob gar nichts geschehen sei. „Sie werden jedenfalls nicht damit rechnen. Nicht, solange du schweigst. Und es wird nichts schaden.“

Ein letzter Schluchzer, dann nickt sie. „Bitte, zeig es mir.“ Wenn es einen Ausweg gibt, wird sie ihn gehen – was immer es erfordern mag.

Und Hajdan neigt den Kopf vor ihr. „Morgen. Morgen fangen wir an.“

Man holt sie am anderen Tag zurück in die Halle. Eine schweigende Wache bringt sie nach unten. Ihr Lehrer hat oben zu bleiben.

Hier drinnen tragen die Männer keine Wolfsmasken, aber ihre Gesichter sind hart, kalt, vom Kampf zerhauen und regungslos. Amanda weiß nicht, ob die Wolfsmasken schrecklicher sind oder diese Gesichter.

Man setzt sie an einen der Tische, wo die andern schon essen. Die Blicke gleiten über sie hinweg – teilnahmslos. Sie ist ein Niemand: eine weitere Geisel in dieser Festung der Gefangenen.

Denn das ist diese Burg, wie Hajdan ihr erklärt hat. Die Horde ist der Fluch der Ebene: sie kommen aus ihren Bergen wie die wilden Wölfe, als die sie sich kleiden und die sie verehren; raubend, mordend, brennend, immer auf der Suche nach Kindern, Jungen vor allem, die sie brauchen, um ihre Reihen zu füllen. Sie rauben die Jungen und nehmen alles mit, was sie tragen können, alles andere übergeben sie den Flammen. Und ehe ein Heer sie stellen kann, sind sie verschwunden, zurück in ihre Berge, die uneinnehmbar um diese kleine Burg stehen. Wölfe sind ihre Götter. Ihre Priesterinnen huldigen ihnen und Grau ist ihre Farbe – auch wenn die Felle schwarz gefärbt werden, um den Schrecken zu vergrößern, den sie verbreiten. Hilfe gibt es keine. Kein Heer kann sie stellen. Sie sind schnell wie ein Pfeilschuss. Verschwunden, kaum dass der Qualm ihrer Verheerungen in den Himmel steigt. Und niemand kann diese Burg einnehmen: Selbst wenn man den Tod aller Geiseln in Kauf nehmen würde – wie soll eine Streitmacht unbemerkt in diese Berge kommen? Wer kennt den Weg – und könnte ihn behaupten? Man kann die Horde nicht belagern und nicht aushungern. Spätestens der Winter hier oben vernichtet jeden Belagerer. Sie nicht. Sie wissen, wie man hier überlebt. Siltrass ist ihr Fürst, das Haupt der Horde.

Amanda zwingt sich, zu essen.

„Darf ich mich zu dir setzen?"

Amanda schreckt auf: Vor ihr steht ein Junge, eine Essschüssel in der Hand und sieht sie fragend an. Er ist ein paar Jahre älter als sie, blond mit grünen, wachen Augen, gekleidet wie alle Jungen hier oben: schwarzes Leder und an einem Band um den Hals trägt er eine Wolfskralle. Wie Siltrass, wie der Schwertklingenmann. Amanda schaut sich unauffällig um – nicht alle tragen die Kralle – ob das etwas zu bedeuten hat? Gehört er zu ihnen?

Sie zuckt die Schultern und rückt auf der Bank zur Seite. Zu sagen hat sie hier nichts, zu erlauben schon gar nicht.

Er klettert geschickt auf die Bank. „Du bist Amanda, die Königstochter", stellt er fest und als sie nicht antwortet: „Ich bin Berendic." Er sieht ihr beim Essen erwartungsfroh ins Gesicht.

„Du brauchst dich nicht zu mir setzen", sagt Amanda abweisend, „und ich bin nicht die Königstochter."

„Bist du doch", sagt er überrascht.

Sie schüttelt den Kopf. „Ich bin eine Geisel, falls du das nicht weißt."

Er zuckt die Schultern und isst unbeirrt weiter. „Das ändert doch nichts."
Amanda sieht ihn mit Verachtung an: Was ist er dumm! „Das ändert alles."

„Für mich nicht", gibt er zurück. „Soll ich dir die Burg zeigen?"

Sie sieht ihn verblüfft an. „Darfst du das?"

Er hat fertig gegessen und zuckt die Schultern. „Schon."

„Bist du auch eine Geisel?" Vielleicht hat man ihn geschickt, aber vielleicht kann sie über ihn ja auch etwas herausfinden über die Menschen hier.

Und tatsächlich schüttelt er den Kopf. „Ich bin von hier."

Er sagt es ohne erkennbaren Stolz, so, als sei es völlig gleichgültig, ob man hierher gehört oder gestohlen worden ist. Und Amandas Neugier siegt. Sie will diese Burg sehen. Offenbar ist es wirklich nicht verboten, dass er ihr die Burg zeigt: Als sie die Halle verlassen wollen, wirft die Wache an der Tür dem hageren Mann mit dem Schwertklingengesicht einen Blick zu und der nickt kaum merklich.

Der Kämpfer

Als sie in ihre Räume zurückkommt, wartet Hajdan bereits. „Willst du immer noch, dass ich dir helfe mit dem, was ich kann?"

Amanda nickt mit aufgerissenen Augen. „Bitte", sagt sie leise.

Hajdan zieht die Brauen zusammen. Gefällt ihm gar nicht, dass sie so demütig ist. Das muss aufhören. Aber er sagt nichts dazu. Stattdessen fordert er sie auf, sich hinzusetzen.

Sie setzt sich gespannt.

„Ich war nicht immer Mönch", beginnt er und unterbricht sich gleich wieder: „Du weißt, dass du über all das schweigen musst?"

Sie nickt – schweigend.

Ein winziges Funkeln tritt in Hajdans Augen, ehe er weiterspricht: „Ich war noch jünger, als du es heute bist, als die Gaukler an den kleinen Hof meines Vaters kamen. Sie hatten keinen Bären wie andere vor ihnen. Sie hatten einen seltsamen Wilden dabei. Den haben sie in der Halle vorgeführt. Er trug weite Gewänder, wie wir sie noch nie gesehen hatten, aus einem ungewöhnlichen, glänzenden Stoff. Sie waren zerschlissen, aber einst mussten sie kostbar gewesen sein. Er hatte ein rundes Gesicht mit einer Nase, die aussah, als sei sie nur zur Hälfte aus seinem Kopf gewachsen und schmale, ganz dunkle Augen. Er hatte tatsächlich schwarze Augen. Wie war er beweglich! Es war, als hätte er keine Knochen und als würden die Gesetze, die den Körper zusammenhalten, für ihn nicht gelten. Wenn der Anführer mit der Peitsche knallte, überschlug er sich in der Luft, ohne auch nur den Boden zu berühren. Er konnte auf den Händen laufen, auf nur einer Hand stehen und dabei noch mit den Füßen wackeln. Aber es gab nur eine Vorführung in der Halle, dann wurde er krank und als die Truppe abzog, ließen sie ihn zurück." Hajdan erinnert sich, wie er mit seinen Brüdern nach den Gauklern schauen wollte und nur diesen unheimlichen Wilden in der Hütte fand. Er lag wie tot auf dem Lager, aber als sie langsam näherschlichen, riss er die Augen auf, dass man das Weiße darin sah. Der Anblick war so gruselig, dass alle schreiend davonrannten. Alle außer ihm selbst. Er ist einfach stehen geblieben, gebannt unter diesem Blick. Der Wilde wies mit dem Kopf zum Wasserkrug und der kleine Hajdan holte den Krug und gab ihn dem Mann. Der dankte mit Kopfnicken und wusch sich als erstes das Gesicht. Hajdan staunte. Waschen war nichts, was er jemals freiwillig tat. Der hier schon. Sogar die Hände kamen noch dran – dann erst trank er.

„Er war krank", schloss Hajdan die Geschichte ab, „aber ich wusste lange nicht, warum. Ich versorgte ihn. Frag mich nicht nach einem Grund dafür. Irgendetwas an ihm zog mich an. Als mein Vater davon erfuhr, stellte er mich in der Halle zur Rede." Er schüttelt den Kopf, weil er es noch vor sich sieht.

„Ich habe gehört, dass du deine Zeit lieber mit diesem Wilden verbringst statt mit deinen Brüdern bei Kampf und Spiel. Ist das so?"

Alle sahen ihn an. Er überlegte fieberhaft, welcher seiner Brüder ihn verraten hatte und wie er ihn dafür strafen konnte. Reichlich müßige Überlegungen waren das, denn bis auf die zwei Kleinen, die nicht zählten, waren seine drei Brüder älter als er. Bei jeder Prügelei war er derjenige, der einstecken musste und wenig auszuteilen fand.

„Gib mir eine Antwort, Junge!"

Unter dem drohenden Blick seines Vaters nickte er tapfer. „Ja, Vater." Die Brüder grinsten erwartungsfroh.

Hajdan schüttelt den Kopf. „Also hab ich ihn versorgt. Ich hab der Köchin ganze Schüsseln Eintopf, Grütze, Bier und Brot abgeschwatzt. Vater hatte schließlich befohlen, dass ich für ihn sorge. Jedenfalls war es das, was ich der Köchin erzählte."

Amanda muss lächeln. Es fällt ihr sehr schwer, sich Hajdan als kleinen Jungen vorzustellen. Dass er es allerdings geschafft hat, die Köchin zu überreden, wundert sie gar nicht: Er hat ja auch Ratibor, der denkt, dass er jetzt König ist, von seinen Wünschen überzeugen können.

Hajdan nickt. „Der Mann kam zu Kräften. Aber immer wieder wurde er krank, konnte nichts bei sich behalten. Einmal hat er mich gepackt und mir die Luft abgewürgt. Er glaubte wohl, ich würde ihn vergiften. Obwohl er krank war, hatte er mich schnell wie der Blitz erwischt und hielt mich in einem Griff, dass ich dachte, mein Leben sei zu Ende. Und dabei wusste ich nicht einmal, warum. Als er sah, wie ich heulte, ließ er los. Er wollte etwas sagen – er hatte noch kein Wort gesprochen die ganze Zeit. Jeden Tag kam ich zu ihm und er hatte noch keinen einzigen Laut von sich gegeben. In dem Moment versuchte er es. Aber es kam nichts. Ich hab so darauf gewartet, dass er etwas sagt. Irgendwas. Und da macht er den Mund auf und ich sah es… Sie hatten ihm die Zunge rausgeschnitten."

Hajdan legt Amanda die Hand auf die Schulter. „Es muss lange her gewesen sein. Er konnte Laute von sich geben, mehr nicht." Hajdan seufzt. „Wenn ich damals schon lesen und schreiben gekonnt hätte, hätte ich es ihm beigebracht. Aber nein, ich konnte es nicht. Vater war nur ein kleiner Landadliger mit zu vielen Söhnen. Es wurde viel gekämpft, das haben wir alle lernen müssen. Aber Lesen und Schreiben? Dafür gab es den Tempel."

„Und dann?"

Hajdan schaut ihr in die Augen. „Ich weiß nicht, woher er gekommen ist und warum. Er konnte es mir nicht erzählen. Doch eines war mir klar geworden: Dieser Mann war kein Gaukler. Er war ein Kämpfer. Nachdem ich endlich herausgefunden hatte, dass es ausgerechnet die Milch war, die ihn krank machte, hat er mir gezeigt, was er kann. Er war beweglicher, als ich es jemals bei einem Menschen gesehen habe. Das, was er bei der Vorführung der Gaukler gezeigt hatte, war Teil seiner Kampfkunst."

Amanda schüttelt den Kopf. „Wie hat er gekämpft?"

Hajdan antwortet ernst: „Mit dem, was jeder hat: Hände, Füße, dem ganzen Körper. Und mit allem, was du dir noch denken kannst. Mit der Steinschleuder. Und mit Messern."

„Wir haben kein Messer", wendet Amanda umgehend ein.

„Für den Anfang brauchen wir das auch nicht. Er hat es mir beigebracht. Ich kann es dir beibringen."

Amanda starrt ihn an. „Mir?"

Hajdan hebt die Brauen. „Du wolltest es lernen. Sagtest du das nicht?"

Sie schluckt und sagt leise: „Aber ich bin ein Mädchen."

Hajdan mustert sie ärgerlich. „Ich sehe hier nichts, was fehlen würde: Kopf, Arme, Beine – alles dran. Also?"

Amanda lächelt.

Beim nächsten Essen setzt sich Berendic wieder zu ihr. „Warum machst du das?", zischt Amanda böse: Sie will hier keine Freunde gewinnen. „Haben sie dir das aufgetragen?"

„Wer?", fragt er verblüfft.

Amanda senkt die Stimme und beugt sich über ihren Teller. „Na die", sie zeigt vorsichtig mit einem Blick auf den Kopf der Tafel, wo der Fürst der Burg und sein Schwertklingenmann sitzen.

„Du meinst Siltrass und Jossim?"

„Ich hab ja gar nicht gewusst, dass Wölfe Namen haben", gibt sie bissig zurück, doch der Junge geht nicht darauf ein und schüttelt nur den Kopf, dass die blonden Haare fliegen. „Dann eben jemand anders", sagt Amanda ungeduldig. „Du kannst es jedenfalls bleiben lassen."

„Niemand hat mir was aufgetragen", stellt der Junge klar, „aber ich will dein Waffenbruder sein."

„Waffenbruder?" Amandas Stimme ist vor Verblüffung laut geworden und der ganze Tisch sieht zu ihnen. Beider Köpfe senken sich über die Schüsseln und es wird kein weiteres Wort gesprochen.

Später erzählt Amanda Hajdan davon.

Der hebt erstaunt die Brauen. „Weißt du, wer er ist?"

Amanda schüttelt den Kopf. „Keine Geisel. Einer von hier." Sie deutet auf ihre Halsgrube. „Er trägt eine Kralle. Wie Siltrass und Jossim auch."

„Und wie benimmt er sich dir gegenüber?"

Amanda zuckt die Schultern. „Weiß nicht. Wie ein Junge eben."

„Hast du es dir überlegt?", fragt Berendic leise, als er sich beim nächsten Essen wieder zu ihr setzt – so, als sei es jetzt eine abgesprochene Sache, dass er immer neben ihr sitzt.

„Was überlegt?", flüstert Amanda zurück.

„Dass ich dein Waffenbruder sein will", gibt er mit der größten Selbstverständlichkeit zurück.

„Sag mal, spinnst du? Ich bin eine Geisel, hast du das vergessen?"

Er zuckt die Schultern. „Na und? Viele Geiseln hier haben Waffenbrüder. Man braucht doch einen Waffenbruder!", sagt er verständnislos.

Und dem ist tatsächlich so. Selbst Hajdan, obwohl er kaum die Kammer verlässt, scheint darüber Bescheid zu wissen: Alle jungen Männer auf der Burg, auch die Gefangenen und Geiseln, werden zu Kämpfern ausgebildet. Sie lernen zu fechten, zu reiten und alles, was man können muss, um ein Teil der Horde zu werden, um zu einem Wolf zu werden… Gerade die Gefangenen und die geraubten Jungs werden bei den Beutezügen in die vorderste Linie geschickt und oftmals gnadenlos geopfert – wer dort draußen auf dem Schlachtfeld einen Waffenbruder hat, hat größere Hoffnung zu überleben. Aber auch Waffenbrüderschaften zwischen „echten" Wölfen und Gefangenen werden gerne gesehen: Wer als Gefangener das Glück hat, einen echten Wolf zum Waffenbruder zu haben, tut alles, dass dieser am Leben bleibt. Wenn das gelingt, stellt es nämlich eine der wenigen Möglichkeiten dar, selbst zu einem echten Wolf zu werden: beteiligt an der Beute, ein vollwertiges Mitglied der Horde, mehr als bloßes Futter für die Feinde…

„Ich bin ein Mädchen!", faucht Amanda, als Berendic das nächste Mal davon anfängt.

Er aber zuckt nur mit den Schultern und bleibt bei seiner einmal gefassten Meinung: „Du bist die Königstochter. Ich bin dein Waffenbruder."

Und es scheint wirklich so zu sein, dass keiner ihn beauftragt hat, sich mit ihr anzufreunden, denn alles, was er sich für seine Bemühungen einhandelt, sind Spott und Hänseleien der anderen und dumme Bemerkungen über seine auffällige Vorliebe für dieses Mädchen. Es scheint ihm nichts auszumachen. Auch nicht, als er ganz offensichtlich Prügel bezieht.

„Berendic ist Jossims Neffe", weiß Hajdan nach ein paar Tagen. Als Amanda Berendic fragt, wer denn sein Vater sei, erklärt er ihr: „Ich hab keine Eltern mehr. Sind beim Fieber vor drei Jahren gestorben. Aber Jossim" – er weist mit dem Kinn auf den Schwertklingenmann – „ist mein Onkel." Dabei verdreht er die Augen und tatsächlich hat Amanda nie den Eindruck, dass er auch nur den kleinsten Vorteil daraus zieht, dass sein Onkel der zweitmächtigste Mann auf der Burg ist – denn das ist Jossim.

Er bildet die Jungen zu Kämpfern aus, leitet viele der Raubzüge, verwaltet die Burg. Amandas erster Eindruck hat nicht getäuscht: Wenn Siltrass die Grausamkeiten genießt, die seine Lage ihm bietet, so tut Jossim ungerührt und ohne jede Regung, was notwendig ist – was auch immer das sein mag.

Und so bleibt sie. Die Gefangene der Horde: ein schmales Mädchen mit dunklen Haaren und grauen Augen, im Nacken das tätowierte Wappen von Waisland, das sie als das ausweist, was sie gewesen ist – die Königstochter von Waisland.

Hier oben ist sie Nichts. Nur eine Geisel.

Einmal im Jahr, vor den Winterstürmen, kommen Männer Ratibors, um zu sehen, ob es sie noch gibt. Dann wird sie in die Halle gebracht und auf die Knie gezwungen. Um das Wappen im Nacken frei zu legen, das beweist, dass sie wirklich Amanda ist – die gewesene Königstochter von Waisland. Den Rest des Jahres kümmert sich niemand darum – außer Hajdan, ihrem Lehrer und Berendic, der unbeirrt dabei bleibt, ihr Waffenbruder zu sein. Der treu und unerschütterlich zu ihr hält – selbst, als sie nach zwei Jahren mit einer wahrhaft wahnwitzigen Idee vor Siltrass tritt.

Sie meidet es sonst, auch nur in seine Nähe zu kommen oder ihm ins Gesicht zu sehen: Sie hat nie vergessen, was er über ihre grauen Augen gesagt hat. Sie hat die Priesterinnen gesehen, die hier die Wolfsgöttin verehren, und hat gehört, wie Siltrass sich mit ihnen bespricht. Wie sie sich fragen, ob diese Königstochter vielleicht zu ihnen geschickt worden sei, um eine der ihren zu werden… Lieber tot sein als das!

Dennoch wartet sie jetzt, bis Siltrass unwillig aufsieht und Jossim sie scharf mustert, wie sie so aufrecht vor ihnen steht. Und was sie sagt, ist: „Ich bitte darum, mit den Kämpfern ausgebildet zu werden."

Die Ohrfeige wirft sie zu Boden. Das Lachen der Halle dröhnt in ihrem Kopf und sie steht mühsam auf. „Ich will mit den Kämpfern ausgebildet werden. Ich bin eine Geisel. Alle Geiseln werden ausgebildet."

Sie bezieht Prügel und kann drei Tage nicht sitzen. Dann erscheint sie erneut vor Siltrass. „Ich möchte mit den Kämpfern ausgebildet werden."

Diesmal kommt sie in den Kerker. Es ist kalt dort unten, viel kälter als es in dieser kalten Feste sowieso immer ist. Und schwarz, endlos – der reine Schrecken. Nie wieder!

Aber zurück am Licht begehrt sie erneut: „Ich will mit den Kämpfern ausgebildet werden."

Sie stiehlt eine Ausrüstung – so, dass der Verdacht nicht auf Berendic fallen kann, der ihr dennoch dabei hilft. Sie verbringt eine eisige Nacht im Freien auf dem Wehrgang, als auch die Knappen im Freien schlafen müssen. Sie kassiert die fällige Bestrafung: Weitere Prügel, eine Woche kaum etwas zu essen, wieder Kerker diesmal begleitet von der Angst, darin vergessen zu werden. Was, wenn Hajdan nicht recht hat? Hier stirbt man schnell…

Sie kommt wieder raus und bleibt eisern dabei. Steht wieder vor Siltrass, grün und blau geschlagen. „Ich will mit den Kämpfern ausgebildet werden." Die grauen Augen unbeirrt. Sie lässt sich nicht einschüchtern und nicht abbringen. Kassiert die fällige Ohrfeige. Kommt wieder auf die Beine. Geht zurück an ihren Platz. Aufrecht.

„Was haltet ihr davon?", fragt Liron.

Die Kämpfer der Horde sind nach dem abendlichen Essen zurück in ihrem Schlafsaal; dem Schlafsaal der Geraubten, Geiseln und der anderen Gefangenen, sauber getrennt von den „echten" Wölfen. Die Tür ist abgesperrt, alle Wölfe sind gegangen. Hier drin trägt keiner die Kralle, sie sind unter sich. Sie schauen Liron an und sind alle ein bisschen stiller heute.

„Du meinst das Mädchen?", fragt Jorn zurück. „Sie ist verrückt. Und es geht auch nicht mehr lange gut."

Liron schaut Jorn angewidert an und knurrt: „Gutgehen nennst du das? Verdammt, Jorn, die Ohrfeige hat sie durch die halbe Halle gefegt. Was bist du nur für ein Vieh geworden."

Der Gescholtene zuckt wenig beeindruckt die Achseln: „Sie lebt noch, oder?"

„Du denkst, Siltrass bringt sie um?", fragt Antar, Lirons Waffenbruder, und hält Liron damit davon ab, selbst etwas zu entgegnen.

Jorn schenkt sich einen Krug Bier ein und nimmt einen Schluck. „Ich denke, sie ist gut beraten, sehr schnell klein beizugeben und damit aufzuhören. Siltrass lässt sich das nicht länger gefallen. Das hat's noch nie gegeben, dass ihm jemand die Stirn bietet und das überlebt."

„Glaub ich nicht", widerspricht Liron entschieden, „ich denke vielmehr, dass sie's schafft. Wir haben sie bald hier unten bei uns."

Jetzt wird es laut im Saal.

„Davon träumst du vielleicht", höhnt Jorn. „Wenn sie noch mal so vor ihm steht und ihr Sprüchlein sagt, dann nimmt Siltrass nicht mehr die Hand, dann greift er zum Schwert und zack! – ist es aus mit deiner kleinen Königstochter."

Liron wendet sich ab, ehe er sich vergisst. Hat keinen Sinn, sich mit Jorn wegen etwas zu schlagen, auf das sie beide keinen Einfluss haben.

Dorste, ein großer, breiter Kerl, der fast am längsten von allen da ist, antwortet: „Er wird doch nicht seine beste Geisel umbringen. Nicht, solange Ratibor so gut für sie zahlt. Und überhaupt: Glaubst du wirklich, dass er ein zehnjähriges Mädchen umbringt? Das trau' ich nicht mal Siltrass zu."

„Hu!", macht ein Weiterer. „Hört, hört! Auch Dorste hat sein Herz für das Mädchen entdeckt."

Dorste dreht sich um. „Ich sag dir jetzt mal was: Wer kein Herz für dieses Mädchen hat, der hat überhaupt kein Herz." Und Janos, sein Waffenbruder, stimmt ihm zu. „Das ist jedenfalls das Mutigste, was ich in den ganzen Jahren hier oben gesehen habe. Und das von diesem schmalen Etwas an Mädchen. Ich hätte den Schneid nicht."

„Aufrecht wie eine Kerzenflamme", brummt Dorste beeindruckt.

„Pfft!" Jorn stößt Luft aus. „Und genauso schnell ausgeblasen."

Dorste will auffahren, aber Liron legt ihm die Hand auf die Schulter. „Lasst uns eine Wette abschließen", sagt er lächelnd.

Die anderen kennen dieses Lächeln und winken ab: Liron hat sie schon um viele Taler und noch mehr Bier erleichtert, weil er die unmöglichsten Dinge behauptet und öfter recht behält, als eigentlich normal ist. So kann er ruhig fortfahren: „Ich sage, dieses Mädchen wird sich durchsetzen. Siltrass weiß doch gar nicht, was er sonst mit ihr machen soll. Und sie widerspricht ihm ja nicht. Sie sieht ihn nicht an. Sie bricht keine Regel. Er wird sie uns runterschicken."

„Mögen die Götter ihr gnädig sein", das ist Yuko, der schon ein paar Jahre hier ist und genug darüber weiß.

Liron mustert ihn. „Vielleicht könnten wir den Göttern ein bisschen behilflich sein, was meinst du?" Ein paar sehen jetzt auf.

„Liron, mein Freund", sagt Antar warm, „ich weiß schon, warum gerade du mein Waffenbruder bist. Du denkst, was ich denke?"

„Dann sag mir, was du denkst."

„Ich glaube nicht, dass sie verrückt ist", meint Antar langsam. „Sie sieht überhaupt nicht so aus."

„Und das siehst du, ja?"

Antar schaut dem Lästerer ins Gesicht. „Ja, ich sehe es sofort, wenn einer verrückt ist, ich muss doch nur dich anschauen."

Die Männer lachen und der Verspottete lacht mit. Wenn sie sich für so etwas in die Haare bekämen, wäre binnen Tagen keiner von ihnen mehr am Leben. Sie haben wahrlich Besseres zu tun, als sich wegen ein paar Sticheleien auch noch gegenseitig zu zerfetzen. Wer sich hier schlagen will, findet reichlich Gelegenheit dazu. Hier unten herrscht eine Art Burgfrieden. Dorste und

Antar, die beiden ältesten, haben großen Anteil daran, dass er auch eingehalten wird. Wenn so viele Männer, auf engem Raum eingepfercht und alle zu Kämpfern ausgebildet, keinen Frieden halten können, sind sie verloren.

„Was hast du gesehen?", fragt Janos. Antar ist einer von denen, die das Gras wachsen hören, und das ist eine sehr, sehr nützliche Gabe hier auf der Zwinge, wo jeden Tag alles über einem hereinbrechen kann.

„Ich habe keine Ahnung warum, aber ich glaube, sie weiß, was sie will. Dieses Mädchen will wirklich kämpfen lernen. Darum geht es ihr."

Einen Moment herrscht Stille, dann hebt das Geraune an. „Sie ist ein Mädchen!", ist das, was man am meisten hört, mit einem lauten: „Sie kann doch nichts!", an zweiter Stelle, das Jorn äußert.

„Doch", widerspricht Liron letzterem fröhlich und erklärt in die ungläubige Stille hinein: „Sie kann reiten. So ganz zufällig war ich nämlich im Hof, als sie ankam. Reiten kann sie, so viel steht fest. Ah, ja: Lesen und Schreiben natürlich auch. Sie weiß also schon mal mehr als jeder von uns."

Die meisten lachen – Lirons Spottmaul hilft, die Spannung zu zerstreuen.

„Hier", widerspricht Bardos dennoch und zeigt seine Pranken vor, „das bräuchte sie aber. Die ist doch nur ein Strich in der Landschaft."

„Ein ziemlich sturer Strich", murmelt Yuko.

„Stur wie zehn Maultiere", stimmt Hank zu. „Gefällt mir, die Kleine."

Liron grinst ihn an und fordert dann Antar auf: „Rede weiter. Was noch?"

Aber Antar kommt nicht zu Wort. Jolan, der sich nicht oft meldet, macht heute mal seinen Mund auf und fragt Bardos: „Und was konntest du, als du hier angekommen bist? Was haben dir deine riesigen Hände genutzt? Ich sage dir, was ich konnte: eine Mistgabel schwingen." Er schaut sich um, alle grinsen. „Wer von uns wusste denn wie man kämpft, als sie uns verschleppten? Ganz genau: nicht einer. Und wenn sie ein Junge wäre, wäre sie seit zwei Jahren hier bei uns. Wir hatten schon kleinere."

Stille folgt diesen Worten. Das ist ein erstaunlicher Gedanke. Und das von Jolan. Sie versuchen sich vorzustellen wie es wäre, wenn dieses schmale Mädchen, das so unbeirrt vor Siltrass stand, jetzt das fünfte Mal schon, ein Junge wäre…

„Verflucht!", meint Dorste schließlich, „was würde das für einen König geben."

„Was? Bist du vollständig verrückt geworden? Halt' bloß dein Maul!" Die andern sehen sich unruhig um.

Das bringt Dorste aber nicht aus der Ruhe. „Was wollt ihr denn? Es ist doch so: Dieses Mädchen ist unsere rechtmäßige Königin. Das ist nun wirklich kein Geheimnis, Leute! Nur darum ist sie hier. Nur darum wird so unglaublich gut und zuverlässig für sie gezahlt."

„Und deshalb wird Siltrass sie auch nicht umbringen. Wer weiß, wozu sie mal noch gut ist."

„Das arme Ding", sagt Yuko und schaut zur Seite.

„Ja, mein Freund, genau das ist sie", stimmt Liron düster zu. „Irgendwann wird man sie irgend 'nem Mann aufs Lager pfeffern und das war's dann. Und ich hab so eine Ahnung, sie weiß das ganz genau."

„Tja, Liron, dein Lager wird es nicht sein, so viel steht fest."

„Hör zu, Jorn", knurrt Liron angewidert, „wenn du nichts anderes als Zoten von dir geben kannst und dich das Schicksal dieses Mädchens wirklich nicht berührt, dann halt einfach den Mund." Er schaut um sich. „Ich verstehe nicht, was mit euch los ist! Haben sie euch schon so weit gebracht? Hat hier keiner mehr ein Herz im Leib? Hat denn keiner von euch eine Schwester?" Er kann nicht weitersprechen und für einen Augenblick ist wirklich Stille.

Sie reden niemals über das, was sie zurückgelassen haben. Es wäre einfach unerträglich. Sie können Witze darüber reißen und wissen durchaus voneinander, wo man sie herausgerissen hat. Aber niemals sprechen sie so über die Vergangenheit, dass es an diese Wunden rührt. Liron hat das soeben getan und alle müssen sich erst einmal davon erholen.

„Doch", sagt schließlich Yuko, „und darum will ich wissen, was du vorhast. Wenn es etwas gibt, was wir für sie tun können: Ich bin dabei. Also redet endlich weiter, ihr zwei. Und kümmert euch nicht um diese Holzköpfe, die nicht weiter als bis zu ihrem Bierkrug denken können."

Jetzt will Jorn doch handgreiflich werden, aber Dorste schiebt sich dazwischen: „Verschwinde, Jorn. Ist nicht persönlich gemeint. Entweder du bist dabei oder du hörst am besten nicht weiter zu, wenn du mich verstehst."

Die Männer schauen sich an. „Ihr wollt irgendetwas für dieses Mädchen tun?", stellt Bardos fragend fest. „Ihr wisst aber schon, dass ihr schneller tot seid als eine Fliege im Schneesturm?"

„Richtig", stimmt Liron zu, „ich danke dir für die Erinnerung, Bardos. Darum will ich hier nur Männer dabei haben, die freiwillig mitmachen. Für alle anderen gilt: Ein Wort von euch und ihr seid diese Fliege im Schneesturm. Also: Wer macht mit?"

Yuko und Hank schauen sich an und nicken, Hamo und Jolan, die beide nicht gerne reden, nicken ebenso.

Sie rutschen am Tisch zusammen. Mit Dorste und Janos sind sie zu acht. „Nimm's mir nicht übel, Liron", sagt Bardos und nimmt seinen Bierkrug, um zu gehen, „aber ich würd' tatsächlich gern noch ein bisschen leben. Ihr wagt euer Leben für gar nichts. Sie wird schneller tot sein, als ihr schauen könnt." In Lirons Gesicht zuckt es. Es ist gut möglich, dass Bardos Recht behält.

„Und selbst wenn", muss Jorn doch noch loswerden, „glaubst du vielleicht, die Kleine dankt es dir? Die sieht dich doch gar nicht. Für die sind wir Staub unter den Füßen. Die steht so hoch über dir, dass du dir den Hals ausrenken kannst und siehst ihr doch nie ins Gesicht."

Janos und Dorste tauschen Blicke. „Nur, um das klarzustellen", fängt Janos an, aber Dorste fällt ihm ins Wort: „Ist mir gleich. Ich mach das nicht fürs Dankeschön. Ich mach's, weil's richtig ist. Ob die mich sieht oder nicht, ist mir gleichgültig. Mir reicht es, wenn ich sie sehe. Und mir ist jeder Atemzug recht, den es länger dauert, versteht ihr?"

„Hat's dich erwischt, Dorste?", spottet einer außerhalb des Kreises. „Sie ist zehn. Das ist schon ein bisschen wenig, findest du nicht? Und du bräuchtest drei von diesen schmalen Dingern, um dich abzudecken."

„Halt die Klappe, Margon", warnt Liron leise, „was du denkst, ist mir gleich. Aber ich will's wirklich nicht hören. Nie wieder."

Margon hebt die Brauen, lässt es sich aber gesagt sein, steht auf und zieht kopfschüttelnd ab. Wenn Liron und ein paar der anderen den Verstand verloren haben wegen dieses dreisten Mädchens, dann ist das ihre Sache. Es lohnt nicht, deswegen ernsthaft Ärger mit Liron und Antar zu kriegen.

Sie können jetzt endlich in Ruhe reden. „Antar? Du warst noch nicht fertig, glaube ich."

Aber wieder wird Antar unterbrochen, noch ehe er angefangen hat. Aus einer stillen Ecke, in der er am liebsten sitzt, ist ein großer, breiter Kerl aufgestanden und zu ihnen an den Tisch getreten, schaut sie fragend an.

„Ambert?", fragt Antar überrascht, „du bist dabei? Hast du zugehört?"

Denn Ambert spricht nicht. Er ist nicht stumm, er kann reden, aber er tut es nur, wenn es unbedingt sein muss. Darum heißt er auch Ambert, was auf Rais „großer Bär" bedeutet: Er hat seinen Namen nie genannt. Und wie ein Bär sieht er nun einmal aus, also lässt er sich den Namen schulterzuckend gefallen, wie er sich Vieles schulterzuckend gefallen lässt. Er scheint kein Dummkopf zu sein und bekommt offenbar alles mit, auch wenn er nichts dazu beiträgt. Er macht nie mit, wenn Schwächere drangsaliert werden und manchmal schiebt er seinen breiten Körper zwischen zwei Streithähne und dann ist Ruhe. Jetzt steht er hier und hat auf Antars Fragen hin genickt. Er hat als einer der wenigen keinen Waffenbruder: Da er nicht spricht, hat er nie einen gefragt und wenn er selbst gefragt wird, dreht er sich um und geht. Weil sie ihn mögen, passen jedoch alle ein bisschen auf ihn auf.

Yuko drischt ihm auf die Schultern, ein nicht ganz einfaches Unterfangen, denn diese Schultern sind weit oben und ziemlich breit. Ambert lächelt nicht einmal. Er lächelt nie.

„Hock dich her", fordert Yuko ihn auf und rutscht auf die Seite, denn alle haben genickt. Auch wenn Ambert nicht spricht: Er ist ein rechter Kerl, das wissen sie.

„Also", kann Antar endlich fortfahren, „heute habe ich mal ganz genau aufgepasst, was da eigentlich geschieht. Ich hatte schon die letzten Male so ein komisches Gefühl und wusste nicht warum. Irgendwas mit dem Mädchen stimmt nicht. Wenn ihr mich fragt: Sie ist nicht einfach hingeknallt nach dem Schlag. Sie hat sich abgerollt. Und die vorigen Male auch."

Schweigen. Alle versuchen, sich an die Szenen in der Halle zu erinnern.

Yuko schüttelt den Kopf, bevor er spricht. „Ich habe ehrlich gesagt nicht hingesehen. Ich habe grade genug damit zu tun, sitzen zu bleiben und Siltrass nicht den Hals umzudrehen. Ich glaube, wenn ich es mir ansehe, ist's mit meiner Beherrschung vorbei." Hank legt ihm die Hand auf den Arm. Alle wissen: Wenn einer von ihnen da draußen in der Halle auch nur mit der Hand zuckt, ist er erledigt.

Antar nickt. „Versteh' ich gut. Aber ich sag euch: Sie hat sich nichts getan. Ich mein', sie wird eine Woche lang eine dicke Backe haben, aber ansonsten hat sie sich nicht mal gestoßen."

Liron nickt bedächtig. „Sie kam sofort wieder auf die Beine. Du hast Recht. Das kann nicht sein, oder?"

„Nein, das kann eigentlich nicht sein. Woher soll sie sowas können? Werden Königstöchter auf Waisland so erzogen? Ich hab keine Ahnung. Aber es hat genauso ausgesehen."

Dorste seufzt: „Und da das ganz bestimmt nicht das letzte Mal war, können wir ja nächstes Mal alle aufpassen."

Sie verziehen die Gesichter und trinken erst einmal einen Schluck. Außer Liron, der einwirft: „Sag ich doch. Sie wird es schaffen." Er lacht auf, aber sehr fröhlich klingt es nicht: „Dies Mädchen wird der erste Mensch sein, der Siltrass etwas abringt, seit ich hier angekommen bin. Und darum, Leute: Sie werden sich auf sie stürzen wie die Geier. Das ist unsere Stunde. Wenn's irgendeine Möglichkeit gibt, dass sie sie nicht fertig machen, dann lasst uns alles dafür tun. Seid ihr dabei?"

Alle nicken und Janos meint: „Nur, damit es hinterher keine Missverständnisse und kein Gejammer gibt. Es ist hoffentlich allen klar, dass das unser Leben kosten kann. Außer Berendic werden sie keinen in ihrer Nähe dulden, der auch nur so aussieht, als ob er ihr helfen will. Aber egal. Ich bin bereit dazu."

Dorste legt ihm die Hand auf die Schulter. „Mir geht's genauso. Wir wagen unser Leben hier Tag für Tag und wofür? Um andere umzubringen, nur damit sie nicht uns umbringen. Und jeglichen Lohn dafür kassiert Siltrass. Das hier, das ist das erste Mal, seit sie mich von daheim weggerissen haben, dass ich selber entscheide, für was ich mein Leben aufs Spiel setze. Ich kann euch gar nicht sagen, wie mir diese Kleine imponiert. Außer euch gab's bisher hier oben nichts Gutes. Also helfen wir ihr. Ob's was nützt oder nicht. Ist mir ganz gleich. Mögen die Götter uns allen beistehen."

Die Wolfskämpferin

Drei Tage später hat Amanda dann das Gefühl, dass Siltrass mehr in ihrem Verhalten sieht als die Laune eines gelangweilten Mädchens. „Und du glaubst, du kannst das, ja?"

Amanda zuckt die Schultern. „Es sind schon Kleinere zu Kämpfern geworden."

Dröhnendes Lachen füllt die Halle. Siltrass scheint es zu genießen – ihren Widerstand und dass er ihn jederzeit brechen kann. Er sieht an ihr auf und ab und spricht das Naheliegende aus: „Du bist ein Mädchen!"

Sie steht regungslos. „Na und?"

Er sieht sie ziemlich lange an. In der Halle ist es still geworden und Amandas Hände werden kalt und feucht. Ohne sie aus den Augen zu lassen, fragt er sehr leise: „Du denkst, du kannst töten?"

Amanda weicht seinem Blick nicht aus, das Herz schlägt ihr bis in den Hals. *Kommt darauf an, wen*, denkt sie und hofft, dass man es nicht zu deutlich sieht. Ihn würde sie töten können. Sie braucht eine Weile, ehe sie antworten kann. „Wenn man's mir beibringt", sagt sie tonlos.

Es scheint, als ob Siltrass gesehen hätte, was sie denkt, als er leise fragt: „Sollte ich dich vielleicht fürchten?"

Grinsen in der ganzen Halle. Wer nicht grinst, sind Siltrass und Jossim. Die halten beide das Mädchen im Auge. Aber auf diese Frage hat Amanda eine Antwort parat. „Die andern Geiseln fürchtet ihr auch nicht."

Und Siltrass lacht! Die ganze Halle lacht mit – außer Jossim. Der mustert sie immer noch. *Verflucht tapferes Ding! Was will sie?*

Als Siltrass' Lachen endet, wirft er Jossim einen Blick zu und der sagt eisig: „Gut", und setzt ein paar Worte auf Rais dazu. Siltrass grinst und nickt.

Nur vergessen sie, dass Amanda Rais inzwischen beherrscht. „Sollen's die Burschen ihr austreiben!", hat Jossim gesagt. Und Amanda schluckt, denn er hat recht: Alles bis jetzt ist nur Vorgeplänkel gewesen.

Hajdan hat sie gewarnt: Sie würden niemals ein Mädchen dulden. Ihm hat sie zuerst von ihrer Idee erzählt, auf die sie gekommen ist, als Berendic zu den

Knappen gegangen ist, ein Jahr, nachdem er sich als Waffenbruder an ihre Seite geheftet hat.

„Warum?", fragt Hajdan ruhig, als sei ihr Ansinnen nichts Besonderes. Sie hat es wochenlang mit sich herumgetragen, ehe sie es wagt, ihrem Lehrer davon zu erzählen. Aber das ist eine seiner Stärken: Es ist sehr schwer, ihn aus der Ruhe zu bringen. Man kann ihm alles sagen.

Amanda hat allerdings auch gelernt, dass diese Ruhe nichts, aber auch gar nichts mit Weichheit oder Nachgiebigkeit zu tun hat… Und ihm etwas vorzumachen hat schon gar keinen Sinn. „Ich muss kämpfen können wie sie."

Hajdan hebt die Brauen. „Was willst du?" Ganz sanft kommt die Frage.

Sie muss nicht nachdenken. „Mein Land zurück. Waisland. Das Königreich. Die Krone." Sie sieht ihn mit blassen Lippen an: große Worte für ein kleines gefangenes Mädchen in einer Bergfestung.

Da ist fast etwas wie ein Lächeln in seinem Gesicht. „Warum die Kämpfer?"

„Siehst du einen anderen Weg?" Die Hoffnung in ihrer Stimme ist unüberhörbar.

Das Lächeln in seinen Augen ist verschwunden. „Ich sehe gar keinen Weg."

Sie dreht sich um und ein Schluchzen hebt ihre Brust. „Eben." Sie starrt aus dem kleinen Fenster, das sich als vergittert erwiesen hat… Er sagt nichts, fragt nichts, hilft ihr in keiner Weise. Aber das kennt sie schon. Sie braucht ein paar Atemzüge, dann dreht sie sich wieder um, die Tränen in den Augen wischt sie nicht einmal weg. „Ich brauche ihre Ausrüstung."

Diese weiten schwarzen Mäntel, die gefütterten Stiefel, alles, was die Kämpfer tragen, lässt sie den Schnee und die Kälte überleben. Amanda beneidet sie an jedem kalten Tag darum – und es gibt viele kalte Tage hier oben, sehr viele.

Aber das ist es nicht allein. „Ich muss lernen, damit umzugehen. Ich muss lernen, wie ich durch diese elenden Berge komme." Berendic hat ihr erzählt, dass die Wölfe lernen, den Schnee und das Wetter zu lesen, um draußen zurechtzukommen. Dass sie bei Schnee und Eis im Freien übernachten können, aber auch wissen, wie man bei Nacht und Schneesturm zurück zur Burg findet. Sie lernen überhaupt alles, was man braucht, um zu überleben – auch Kämpfen, Fechten, Reiten, Rauben. Amanda kann die Reitermanöver auf der weiten Ebene beobachten, auch wenn sie die Signale nicht hört, mit denen die Horde offenbar gelenkt wird.

„Du willst Königin werden", stellt Hajdan fest.

Amanda widerspricht ihm nicht. „Weißt du, sie sagen, ich sei die Königstochter – immer, wenn sie mich verhöhnen wollen, sagen sie das. Aber ich hab darüber nachgedacht: Es stimmt gar nicht. Vater ist tot…" Sie kann das jetzt sagen, ohne dass ihre Stimme kippt. „Und ich trage das Wappen: Ich bin schon Königin. Irgendwann wird das jemandem einfallen."

Hajdan hat schweigend und scheinbar ungerührt zugehört. Aber das ist nur jahrelange Übung: Das Mädchen setzt ihm heftig zu und er antwortet: „Sie werden dich zerreißen."

Sie presst die Lippen aufeinander, sagt dann aber doch: „Du hast gesagt, sie würden mich nicht töten."

Hajdan nickt. „Siltrass und Jossim wollen dich nicht tot sehen – ebenso wie jeder hier, der bei Verstand ist. Aber das gilt nicht für diese Burschen: Es ist ihnen völlig gleichgültig. Die werden ausgebildet zu plündern und zu morden. Unbewaffnete, Frauen, Kinder – sie werden zu Wölfen gemacht. Für die bist du nichts als ein Bissen zwischen den Zähnen."

Amanda ist sehr blass geworden, sie kann das Zittern, das sie immer befällt, wenn sie Angst hat, gerade noch eben unterdrücken und bleibt stehen. „Dann hilf mir, dass sie mich nicht kriegen. Dass ich ihnen im Hals stecken bleibe."

Hajdan schüttelt den Kopf. Es ist unmöglich.

Jetzt bricht die Verzweiflung doch durch, und die Tränen. „Hajdan, bitte! Hilf mir. Ich muss zu den Kämpfern. Ich komme sonst nie hier weg." Sie versucht, die Tränen in den Griff zu kriegen. Mit Tränen erreicht man bei Hajdan gar nichts. Aber das Zittern lässt sich nicht beherrschen.

„Du weißt nicht, wie diese Kerle sind!", versucht er, sie zur Vernunft zu bringen. „Du siehst Berendic und denkst, alle sind so."

„Ich seh die andern jeden Tag in der Halle", widerspricht sie hitzig. „Ich seh ganz genau, wie die sind." Und es graut ihr vor ihnen…

Auch Hajdan schaudert und das erschreckt Amanda mehr als alles zuvor. „Halt dich von denen fern!", sagt er scharf. „Schau sie nicht an und tu, als würdest du sie nicht sehen. Sie dürfen nicht einmal merken, dass es dich überhaupt gibt!"

Angesichts dieser grässlichen Warnung kann sie nicht verhindern, dass ihr mehr Tränen über die Wangen laufen. Aber sie bleibt immer noch stehen. „Ich muss zu den Kämpfern! Siehst du es denn nicht? Ich habe keine andere Wahl."

„Ich sehe, dass du dich umbringen willst", entgegnet er kühl. Sie wirft einen Blick zum kleinen Fenster und lacht fast unter ihren Tränen. Um sich umzubringen, braucht sie hier keine Hilfe! Das wäre einfach. Dann wirft sie den Kopf in den Nacken und fasst sich. „Wenn's gar nichts anders geht: Ja. Wenn auch nicht so. Aber vorher will ich alles versuchen."

Stille. Sie nimmt nichts zurück. Es gibt nichts zurückzunehmen. Und Hajdan versucht nicht länger, es ihr auszureden. Sie hat es ja schon von Anfang an gewollt – sich umzubringen, um der Gefangenschaft und ihrer ausweglosen Lage zu entkommen. Oder besser: Sie hat gehofft, dass Siltrass es täte und sie so dem ewigen Fluch entginge, der alle trifft, die sich selbst töten.

Er hat es ein Jahr lang geschafft, dass sie es nicht tut, aber es ist einfach nicht genug. Er kann ihr keinen Trost bieten. Sie ist zu stolz und zu kämpferisch, als dass sie sich in ein elendes Gefangenendasein fügen könnte. Sie ist so sehr Adelberts Tochter. Aber was sie will, was sie jetzt vorhat, ist eine so grausame Art von Selbstmord! „Ich werde darüber nachdenken", sagt er schließlich.

Sie holt Luft und er hebt die Hand. „Ich verspreche, dass ich darüber nachdenke. Und du versprichst…" Er wirft ihr einen scharfen Blick zu und sie macht den Mund wieder zu. „Du versprichst, dass du nichts, aber auch gar nichts unternehmen wirst! Keine Pläne, keine Gespräche – NICHTS."

Sie steht einen Moment schwer atmend vor ihm, um ihm nicht zu widersprechen, dann sagt sie tonlos: „Wie lange?"

Nicht gerade aufsässig, aber er antwortet dennoch scharf: „Bis ich fertig bin! Und jetzt verschwinde, sie warten unten nicht auf dich."

Amanda hält den Mund und es wird nicht weiter darüber gesprochen. Mit keinem Wort, keinem Blick, keiner Geste gibt sie zu erkennen, dass sie auf Antwort wartet. Sie hat gelernt, dass dies die beste Art ist, ihn zu irgendetwas zu bringen. Er will sie prüfen. Ob sie an sich halten kann. Ob sie dabei bleiben wird. Sie findet nicht, dass sie die Zeit hat, sie wird mit jedem Tag älter und kann nicht ewig warten! Aber er wird sie genauso lange warten lassen, bis er den Eindruck hat, dass sie mehr als genug hat.

Und dann fängt er irgendwann aus heiterem Himmel damit an. „Sie werden dich hassen. Alle."

Amanda tut nicht so, als wisse sie nicht ganz genau, wovon er spricht. Sie wendet sich ihm zu und spürt die altbekannte Umklammerung der Angst, wenn es um dieses Thema geht. Sie fürchtet, was sie vorhat. Sie ist nicht ganz so verrückt, wie er zu glauben scheint: Die Männer und Burschen in der Halle schrecken sie entsetzlich. Ihre kalte Grausamkeit, die Gefahr, die von ihnen ausgeht wie ein Geruch. Und sie fürchtet seine Ablehnung: Ohne Hajdans Unterstützung kann sie es niemals wagen, sie braucht seinen Rat, seine Erfahrung. Wenn er ihr nicht zur Seite steht, bleiben ihr nicht mehr viele Möglichkeiten, was sie tun kann.

Er sieht, dass er ihre ganze Aufmerksamkeit hat und spricht weiter: „Die Wölfe werden dich hassen, weil sie es ganz genau als das empfinden werden, was es auch ist: eine Herausforderung. Ein Mädchen als Wolf! – Und die anderen Gefangenen und Geiseln werden dich hassen, weil du dir etwas erkämpfen willst, zu dem sie gezwungen werden."

Sie holt seufzend Luft. „Alle außer Berendic." Sie kann sich nicht vorstellen, dass sie etwas tun kann, was Berendic dazu bringt, sie zu hassen.

„Was sagt er dazu?", fragt Hajdan neugierig, aber auf so etwas fällt Amanda nicht herein und schüttelt nur den Kopf. Als ob sie mit ihm darüber gesprochen hätte!

Hajdan sieht ihr ins Gesicht und beschließt, dass er ihr glauben wird: Bei einer Lüge hat er sie noch nie ertappt. „Und du willst es, um fliehen zu können und Königin zu werden? Nicht aus Rache?"

Er sagt das, als hätte sie tatsächlich die Wahl – als könne sie sich einfach für eines entscheiden. Als lägen nicht mehr und gefährlichere Hindernisse dazwischen als diese Berge hoch sind.

Sie hat Angst, ihn zu enttäuschen, aber sie wird ehrlich bleiben. „Nicht aus Rache", sagt sie leise. „Ich will mein Land zurück."

Vielleicht ist sie zu sehr Mädchen für bloße Rachegelüste. Aber nach ihrem wunderbaren grünen Waisland sehnt sie sich jeden Tag ein bisschen mehr, und die grauen Felsen hier oben bringen sie fast um den Verstand. Sie hat das Gefühl, erdrückt zu werden. Sie holt tief Luft. „Dazu muss Ratibor sterben. Und Siltrass muss auch sterben. Aber das Wichtigste ist, dass ich mein Reich zurückbekomme."

Sie ist zur Königstochter und Erbin erzogen worden – etwas anderes ergibt keinen Sinn. Sie trägt das Wappen, sie wird nirgendwohin fliehen können. Und sie will es auch nicht. Das Reich ist ihre Aufgabe, ihr Weg hier auf Erden. Es gibt nur diesen einen – oder nichts.

Aber Hajdan will es genau wissen. „Und das willst du um jeden Preis?"

Sie weiß, wie er darüber denkt, wenn man etwas erstrebt, und schluckt: Wenn man es nicht ganz fest will, kann man es gerade so gut bleiben lassen. Aber sie muss ihm dennoch widersprechen: „Nicht um jeden Preis." Sie sieht ihn mit aufgerissenen Augen an. „Ich muss irgendwie meine Ehre bewahren. Sonst ist es sinnlos."

Hajdan sieht sie an und hat Mühe, seine Gesichtszüge ruhig zu halten: Das Mädchen macht sich nichts vor. Sie weiß, auf was sie sich einlassen wird. Er hasst Ratibor und Siltrass so sehr, dass er kein Wort sagen kann.

Und dann gibt es noch was, das macht ihr noch mehr Angst. „Und ich werd's nicht tun, wenn du mir nicht hilfst." Sie will nicht darüber nachdenken, was ihr bleibt, wenn er Nein sagt.

Und er schüttelt den Kopf. Jedoch nicht in Ablehnung, sondern aus völliger Ratlosigkeit. „Dein Vater würde das niemals gut heißen."

„Halt Vater da raus!", fordert sie scharf.

Er sieht sie an: Sie sprechen nie über ihn. „Du grollst ihm?"

„Das weiß ich nicht! Aber er ist nicht hier. Er ist tot und ich bin seine Erbin. Ich bin es, die das Wappen trägt! Also sag mir, was ich tun soll. Hilf mir! Du bist mein Lehrer!"

Näher ist sie der Tatsache, dass sie eigentlich seine Königin ist, noch nie gekommen, und er weiß nicht, ob ihr das klar ist. Sie hat sich in dem einen Jahr seit sie hier ist so sehr verändert. Aber er weiß nicht, ob es reichen wird. „Wenn es schief geht", sagt er leise, „wirst du mich in die tiefste Unterwelt verfluchen."

Sie sieht ihn an und holt Luft – zwischen Grauen und Erleichterung schwebend. „Nein", sagt sie leise, „nicht dich – sie." Und dann fällt ihr noch etwas ein. „Aber du wirst mich verfluchen."

„Ja", gibt er düster zu, „wahrscheinlich."

Sie grinst ihn an – ein Grinsen wie eine Maske, flackernd wie eine Fackel im Wind. Sie will nicht daran denken, was geschehen kann.

Er steht auf. „Gib mir Zeit. Ich weiß noch nicht, wie wir es machen sollen.“

Sie starrt ihn an und zuckt den Kopf weg, als sie es merkt: Etwas, das einer Bitte ähnlicher gewesen wäre, hat er noch nie zu ihr gesagt. Und er wird ihr helfen. Sie kann nichts sagen, nur nicken. Hat sich einer der Götter erbarmt? Zeigt sich ein Weg?

Diesmal braucht er nicht so lange. Es ist tief in der Nacht, als er sie weckt. Man weiß schließlich nie, wer lauscht. Blasses Mondlicht fällt durch das Fenster und sie findet, dass er älter und ernster aussieht als je zuvor.

Und Hajdan fühlt sich auch älter als je zuvor: Er lässt sich hier auf etwas ein, das einfach völlig wahnwitzig ist – ein möglicher Fluch ihres Vaters aus dessen Grab heraus, ist seine geringste Sorge, wenn auch nur das kleinste Bisschen von Amandas Plan schiefgeht. Und an jedem einzelnen Tag kann alles schiefgehen! Er braucht ein paar Atemzüge, ehe er auszusprechen vermag, was er sich ausgedacht hat.

Amanda hat das Gefühl, aus sehr großer Höhe zu fallen… auch Hajdan fürchtet sich.

„Du gehst erst, wenn ich es erlaube“, reißt er sie aus ihren Gedanken und erklärt sogleich, was er damit meint. „Und das wird erst geschehen, wenn du soweit bist, dass du wenigstens den ersten Tag überleben kannst.“

Sie nickt. Noch mehr Angst, als sie sowieso schon hat, kann er ihr fast nicht mehr machen. Hofft sie wenigstens.

„Und wenn sie dich wirklich nehmen“ – woran er leider nicht zweifeln kann; sie hat ja schon ihn überzeugt – „dann gehörst du von diesem Tag an nicht mehr dir selbst. Denn willst du Königin werden – dann gehörst du deinem Land, deinem Volk, deinem Blut. Und das alles bin hier ich! Und darum wirst du auch tun, was ich dir sage. Du wirst mir alles erzählen, was geschieht: Alles! Gleichgültig, wie sehr es dich beschämt, ob es dich kränkt, ob du Angst hast oder was auch immer es sei! Und zwar jeden Tag. Jeden einzelnen Tag – und wenn du mich dafür mitten in der Nacht wecken musst. Ich muss alles wissen. Alles, was du weißt, muss auch ich wissen. Sonst kann ich dir nicht helfen. Du wirst keine Geheimnisse vor mir haben. Nicht eines.“ Er schüttelt unwillig den Kopf, in dem die Gedanken einander jagen: *Es ist Irrsinn! Was ich da verlange… Und doch ist es notwendig. Und unmöglich! Wie soll sie das einhalten?* „Und selbst dann ist nichts sicher! Auch ich mag mich irren. Weißt du wirklich ganz genau, dass du das tatsächlich willst? Du, Königstochter von Waisland, willst ein Wolf der Horde werden?“

Und sie antwortet sehr leise: „Ich bin die Erbin des Königreichs und das ist mein Weg.“

Und fast genau ein Jahr später, an einem eisigkalten Wintertag, erklärt er sehr widerwillig, dass sie es ja versuchen könne, wenn sie sich immer noch den Wölfen zum Fraß vorwerfen wolle.

Amanda atmet tief ein: Es geht also los.

Da unten ist sie auf sich allein gestellt, Berendic wird ihr kaum helfen können. Wenn sie Siltrass überzeugen kann, wird sie ihre Tage wie Berendic in der Fechthalle zubringen, wo alle unter Jossims Anleitung kämpfen lernen; mit dem Schwert, mit Stockschwertern, mit jeder Waffe, die die Horde hat und braucht. Tag für Tag – bis sie es selbst im Schlaf können. Da will sie hin.

„Hajdan?“ Sie wartet, bis sie seine volle Aufmerksamkeit hat. „Glaubst du, dass es irgendeinen Gott gibt, an den ich mich wenden kann? Wird mir irgendeiner beistehen?“ Denn sie weiß nur zu gut, dass sie gegen jede Regel und Ordnung verstößt – die der Menschen wie die der Götter.

Hajdan muss nicht überlegen – oder hat es schon die ganze Zeit getan: „Tantara. Die Kriegsgöttin.“

Amanda reißt die Augen auf. Die unzähmbare, rebellische Tochter des großen Gottes Ondorar: Tantara. Die, einem ungeliebten Mann versprochen, geflohen und unerkannt in die Fremde zog und als Kämpferin zurückkam, aufgestiegen zur Kriegsgöttin selbst – Seite an Seite mit ihrem Vater… Man denkt nicht oft an sie und sie spielt auch keine große Rolle – zu ungewöhnlich, rebellisch und blutrünstig ist ihre Art, fordert sie doch Blut und oft genug das Leben. Wer sich ihr weiht, stirbt selten alt und friedlich.

Amanda nickt langsam und dann wie befreit: „Wird sie meinen Dienst annehmen? Brauchen wir nicht einen Tempel?“ Hier oben gibt es nur die Höhle der Wolfsgöttin, keinen ordentlichen Tempel.

„Nicht bei Tantara.“ Hajdan verzieht das Gesicht. „Bring ihr Blut. Das wird sie verstehen.“

Amanda atmet tief ein, kalt und entschlossen nimmt sie das Messer vom Tisch, das Hajdan in der Zwischenzeit wie auch immer beschafft hat. Sie hebt es hoch und spricht: „So sei es. Ich weihe mein Leben Tantara." Sie ritzt sich in den linken Daumenballen. Es gibt einen sauberen Halbkreis, den sie in der Mitte mit einem weiteren Schnitt teilt – die Wunde beginnt heftig zu bluten. Sie lässt das Blut auf den Boden tropfen und sieht dann entschlossen Hajdan an.

Der hat offenbar Mühe, die Fassung zu wahren, seine Augen sind riesengroß geworden. „Ehre liege auf deinem Weg", sagt er rau, „und Tantara zum Gruße." Es ist gut, dass er weiß, was zu tun und zu sagen ist!

Sie kann nicht schlafen in dieser Nacht. Es mag gut sein, dass dies ihre letzte Nacht auf Erden ist. Sie weiß nicht, ob sie gut genug ist, um gegen die Burschen bestehen zu können. Hajdan hat ihr beigebracht, was immer er kann und sie hat es gelernt, bei Tag und bei Nacht.

Hajdan lobt sie niemals. Aber sie weiß selbst, wie gut sie geworden ist. Doch wird es genügen, um am Leben zu bleiben? „Hajdan?" Sie kann hören, dass auch Hajdan im Vorraum nicht schläft.

Er setzt sich seufzend auf. Mattes Licht erfüllt die Kammer, jetzt im Winter erhellt der Schnee die Nächte. „Komm schon her", sagt er seufzend, „verschwenden wir das letzte Holz."

Sie hocken vor dem Kamin zusammen und starren in die wärmenden Flammen. Schließlich fragt Amanda leise: „Was ist aus deinem Meister geworden? Du hast die Geschichte nie zu Ende erzählt."

Hajdan verzieht schmerzlich das Gesicht. Ob diese Geschichte dazu taugt, ihr ausgerechnet jetzt zu helfen? Sie wartet schweigend ab, die grauen Augen auf ihren Lehrer gerichtet. Sie hat es einfach verdient. Und sein Zögern wird ihr ohnehin genug sagen.

„Sie haben ihn umgebracht", sagt er rau. Er schaut das Mädchen an. „Mein Vater ließ ihn hinrichten. Es ist sehr lange gut gegangen mit ihm und mir. Wir waren sehr vorsichtig und selbst wenn man uns gelegentlich üben sah, wussten sie nicht, was wir wirklich taten. Ich habe mehr als einmal Prügel bezogen, weil mein Vater nicht wollte, dass der Kerl einen Gaukler aus mir macht. Denn dafür hielten sie es." Er seufzt. „Bis dann mein großer Bruder Ranko, Vaters stolzer Erbe, uns wirklich beim Kämpfen überraschte und wir nicht mehr so tun konnten als wäre es ein Spiel."

Er schaut Amanda an. „Ich war noch nie so sehr versucht, meinen Bruder umzubringen wie in diesem Moment. Er war allein, wir hätten es tun kön-

nen. Und ich hatte wahrlich genug gelernt, um es schnell hinter mich zu
bringen. Doch mein Meister hat mich abgehalten. Also habe ich Ranko stattdessen einen Schwur abgepresst, dass er schweigen werde." Hajdan sieht ins
Feuer. „Er hat genau bis zum abendlichen Treffen in der Halle gehalten, dieser
Schwur. Mein Vater stellte mich zur Rede. Als das nichts nutzte, ließ er meinen Meister holen." Hajdan senkt den Kopf.

Amanda hat Tränen in den Augen und spürt einen solchen Zorn.

Hajdan sagt leise: „Anderntags ließ er ihn hinrichten. An diesem Tag habe
ich mit der Welt der Ritter gebrochen. Ich stellte und besiegte meine drei
Brüder, alleine. Ich habe sie mit dem geschlagen, was mein toter Meister mir
beigebracht hatte: Ich habe sie mit bloßen Händen und Füßen erledigt. Als
ich den Hof verließ, konnte keiner von ihnen mehr aufstehen, um Vater Bescheid zu sagen. Ich habe meinen Namen abgelegt und ging in die Welt als Ja-
ta-ro. Ich besiegte Ritter, wo immer sie mir unterkamen." Hajdan weiß, dass
sein alter Name Ja-ta-ro noch Klang in der Welt hat. Wenn Amanda irgendwann einmal zurückkommt in die ritterliche Welt – nach Waisland und zu
den Menschen – dann soll sie wissen, wer sie begleitet und von wem sie gelernt hat. Aber seinen wahren Namen hat er ihr nicht verraten. Er würde ihr
nichts nützen und ihn schmerzt es zu sehr. Sie nennt ihn Hajdan und er hat
ihr den Schwur abgenommen, dass sie niemals anders von ihm sprechen wird.

Amanda schaut ihm in die Augen, und Hajdan erwidert den Blick voller
Ruhe. „Ich denke, ich habe ihn gerächt und Ehre für ihn eingelegt."

Erst als das Feuer völlig heruntergebrannt ist und nur noch matt glimmt,
sagt Amanda leise: „Danke."

Anderntags wartet sie darauf, dass Berendic sie abholt. Wohlweislich hat
ihr Waffenbruder nichts von der Ansprache gesagt, die Jossim vor den Burschen gehalten hat, als er ankündigte, dass dieses Mädchen, das sie alle kennen, zu ihnen stoßen wird.

Das Protestgeschrei schnitt er mit kalter Stimme ab. „Ihr alle kennt dieses
Mädchen – sie mag eine Königstochter sein, aber das ist mir völlig gleichgül-
tig! Sobald sie hier ist, ist sie ein Knappe und Kämpfer, wie alle anderen auch.
Sie mag des Schusters oder des Königs Tochter sein – hier unten ist sie nichts.
Aber sie ist immer noch unsere wertvollste Geisel. Und darum gilt eines un-
umstößlich: Ihr werdet sie nicht töten. Wer sie tötet, sei es absichtlich oder

versehentlich, der wird verhungern. Öffentlich in der Halle. Also überlegt euch gut, was ihr tut. Und wenn ihr sie anrührt – ihr wisst, was ich meine", ein Grölen gibt ihm recht – „wenn sie hier ihre Unschuld verliert, wird der, der's getan hat nie wieder in der Lage sein, es zu wiederholen. Ihr habt mich verstanden."

Stille, grimmige, bösartige Stille erfüllt die Halle nach diesen Worten. Niemand hat je erlebt, dass Jossim nicht meinte, was er sagte und nicht tat, was er angedroht hatte. Hier sind Jungen und Männer wegen geringerer Vergehen elend zugrunde gegangen: erfroren in den Kerkern nach wenigen Tagen; die Gliedmaßen verloren auf dem Block; in den Schneesturm hinausgeworfen, der einem das Fleisch von den Knochen reißt. Aber das hier, das hat es noch nie gegeben, und sie hassen dieses Mädchen schon allein um der Drohung willen, die sie hören mussten, noch bevor sie da ist.

Außerdem war Jossim damit noch nicht fertig. „Und wenn ich nicht sofort erfahre, wer es getan hat – dann seid ihr alle dran. Einer nach dem Anderen. So lange, bis ich weiß, wer es war. Jungs wie euch gibt es genug. Morgen früh ist sie da. Verschwindet!" Als Jossim nach diesen Worten in die Runde schaute, war er sich sicher, dass das Mädchen keinen halben Tag hier unten aushalten würde.

Er glaubt immer noch daran, als er sieht, wie sie sich am Abend dieses Tages nach oben schleppt. Blutend, verprügelt, sie hält sich die Seite und kommt kaum die Treppe rauf. Den Mönch oben wird der Schlag treffen. Aber sie hat schon länger ausgehalten als Jossim am Vormittag noch gewettet hätte.

Und am folgenden Morgen steht sie tatsächlich wieder unten, um in der kleinen Fechthalle wie alle anderen Kämpfen und Fechten zu lernen.

Ihre Verletzungen sind ordentlich verbunden, wie es die Regel verlangt: keine blutenden Wunden. Der Mönch überrascht ihn! Aber Jossim hätte ihm mehr Verstand zugetraut. Er hätte sie niemals gehen lassen dürfen. Er ist ihr Lehrer, Königstochter hin oder her. Er kann sich doch nichts von diesem Mädchen befehlen lassen. Er müsste doch klüger sein als sie! Aber sie ist hier. Nun, sie wird schon sehen, was sie davon hat. Der Mönch wird heute wieder ordentlich was zu tun bekommen.

Sie hat wohl in der kurzen Zeit, ehe er zu den Jungen gestoßen ist, schon einstecken müssen, denn sie atmet schwer, sagt aber keinen Ton. Als er seinen

41

Blick über die Gruppe schweifen lässt, sieht er, dass mindestens zwei der Jungs ebenfalls schwer atmen – offenbar ihre Gegner. Und mit leichter Verblüffung stellt er fest, dass sie nicht besonders zufrieden aussehen. Als er sie an die Arbeit scheucht, sieht er auch warum: Einer hinkt deutlich und auch der andere scheint Schmerzen zu haben. Fast klappt ihm der Mund auf: Sie hat nicht nur eingesteckt, sondern auch ausgeteilt?! Was ist das denn! Vielleicht steckt ja doch etwas anderes dahinter als der selbstmörderische Versuch einer verzweifelten Geisel, ihrer Lage endgültig zu entkommen. Er beschließt, sie im Auge zu behalten – sie und diesen kleinen, grimmigen Kreis aus anderen Gefangenen, deren Heldin sie offenbar ist. Und die entschlossen scheinen, zu ihr zu halten.

Denn so viel ist Jossim am Vortag auch klargeworden: Offenbar hassen sie nicht alle. Manchmal, wenn wie spielerisch oder versehentlich ein Schlag auf sie niederfällt, dann steht da plötzlich einer dazwischen und genauso versehentlich fängt eine andere Waffe den Angriff ab. Es wird nicht darüber gesprochen. Aber nicht alle Augen treffen das Mädchen mit Verachtung und Hass. Ab und zu sieht Jossim Mut und Anerkennung aufblitzen und nie trägt einer von denen eine Kralle um den Hals.

Das entgeht auch Amanda nicht und sie erzählt Hajdan davon. Er ist überrascht, aber als er sich davon erholt hat, hat er auch schon gleich einen Rat bereit: „Du darfst nicht zeigen, dass du es bemerkst! Sieh keinen von ihnen an. Kein Wort, kein Blick – nichts. Diese Jungen riskieren ihr Leben noch mehr als du; die schützt kein Wappen im Nacken."

Sie fragt sich, ob sie jemals etwas von ihm hören wird, was angenehm oder leicht sein wird. „Es sind nicht nur Jungen", erklärt sie. „Ich glaube, ein oder zwei von denen sind schon richtige Kämpfer."

Und Hajdan versteht: Offenbar wird das Mädchen gerade zur Heldin – man kann nur hoffen, dass diese Jungs Verstand genug haben, sich nichts anmerken zu lassen. Und ob es ihr hilft, ist fraglich. Es wird den Hass der anderen noch verstärken. Ganz zu schwiegen davon, was Jossim machen wird, wenn das wirklich weitergeht.

Nur Berendic kann rückhaltlos zu ihr halten: Er ist ihr Waffenbruder. Und muss ebenso einstecken. Er sieht übel aus, aber sie setzen ihm doch nicht so zu wie ihr. Keiner will Ärger mit Jossim wegen Berendic. Ärger mit Jossim ist meist eine Lektion fürs ganze Leben.

Und so ist es nach Wochen auch nicht Berendic, der tot in der Übungshalle liegt, als sie nach unten kommt. Sie haben den toten Burschen so hingelegt, dass sie ihn sehen muss, fast über ihn stolpert, kaum dass sie die Halle betritt. Ein großer, schweigender Kreis steht da, macht Platz, als sie kommt. Dieser Tote gilt ihr, das wissen alle. Es ist einer der Geraubten – aber nicht irgendeiner, sondern genau jener Junge, der ihr tags zuvor geholfen hat und zu dem sie nichts als „Danke" gesagt hat. Und jetzt ist er tot und er sieht schrecklich aus.

Sie haben ihm angetan, was sie mit ihr nicht machen dürfen. Haben ihr gezeigt, was ihr und allen, die zu ihr halten, blüht, wenn sie so weitermacht. Denn sie ist unbeirrt Tag für Tag erschienen. Wird Tag für Tag verprügelt, in jedem Moment, wenn Jossim nicht da ist oder nicht hinsieht.

Auch Jossim selbst schikaniert sie hemmungslos. Allerdings nicht mehr und nicht weniger, als er alle anderen auch schikaniert. Amanda findet, dass dies ein Unterschied ist, fast eine Ermutigung. Wenn auch eine sehr schmerzhafte Ermutigung. Jossim lässt sie gewähren, weil sie tatsächlich zu kämpfen lernt – und schneller, als er je gedacht hat. Sie kann etwas! Wenn sie kein Mädchen wäre… Sie will offenbar tatsächlich kämpfen lernen und sucht nicht nur einen Weg, schnell zu sterben. Ganz im Gegenteil: Sie scheint alles dafür zu tun, dass sie am Leben bleibt. Sie ist nicht ungeschickt darin, ist hart im Nehmen und jammert nie. Der Kreis ihrer geheimen Anhänger wächst. Aber es wächst auch die Wut der Anderen, die hier ganz sicher keine Heldin dulden werden.

Jetzt hat die Spannung sich entladen. Amanda steht vor dem blutigen, zerschundenen Toten, dem sie gestern gedankt hat. Ein Wort, ein einziges Wort von ihr hat ihn getötet. Sie hat nicht auf Hajdan gehört, und jetzt ist dieser Bursche tot. Dabei weiß sie nicht einmal, wie er heißt. Sie zittert, die Hände eiskalt, die Zähne zusammengepresst. Tränen laufen ihr übers Gesicht, sie merkt es nicht.

Die andern schon. „Na, Königstochter, wie gefällt dir das? Schau ihn dir an: Ist er nicht schön?"

Die höhnische Stimme reißt sie hoch. Hinter dem toten Jungen stehen ihre Gegner. In der vordersten Reihe mit verschränkten Armen und breitem Grinsen ihr Anführer: Kral, drei Jahre älter als sie, ein ehemaliger Gefangener, der jetzt Wolf ist und die Kralle sichtbar auf seiner riesigen Brust trägt. Er steht da und feixt. Nicht, dass Amanda gezweifelt hat, wer den Burschen hier erledigt hat, natürlich ist es Kral mit seiner Gefolgschaft gewesen.

Manchem hier ist es einfach egal, dass Amanda dazugestoßen ist. Sie sind zu sehr damit beschäftigt, selbst am Leben zu bleiben. Sie haben keine Zeit und Kraft, sich darum zu scheren, dass hier eine freiwillig ihr Leben wagt, und sei es die Wolfsgöttin selber! Nicht aber Kral. Vom ersten Tag an hat er Amanda deutlich gezeigt, was er davon hält. Sie hat am ganzen Körper Beweise seines Hasses davongetragen. Sie sieht ihn an, blickt in das höhnische, brutale Gesicht, das sich an ihrem Schmerz und ihrer Niederlage weidet – und senkt den Kopf. Zitternd und zornig. Sie ist noch nicht so weit.

„Auseinander!" Jossims Stimme reißt sie los, die Gruppe stiebt auseinander – und jetzt sieht er den Toten. „Ihr seid nicht zum Gaffen hier! Holt die Waffen, an die Arbeit. Dorste – Antar – bringt ihn weg."

Jossim hat auf zwei der Burschen hinter Amanda gewiesen. Die stehen nicht zufällig hinter ihr. Sie gehören zu denen, von denen sie glaubt, dass sie zu ihr halten. Es sind zwei der älteren Kämpfer und sie hört jemanden „Waffenbruder" murmeln. Sie hat den Waffenbruder eines der Kämpfer getötet…

Ob es besondere Grausamkeit ist, ausgerechnet sie ihren toten Freund wegbringen zu lassen, oder ob Jossim tatsächlich daran denkt, dass sie ihn ehrenvoller behandeln werden und Abschied nehmen können? Es ist nicht auszumachen. Es hat auch keiner Zeit, darüber nachzugrübeln: Er scheucht sie heute erbarmungslos. Verliert kein Wort über die Szene eben, auch nicht darüber, dass einer von ihnen jetzt tot ist – getötet von den Anderen. Es wird nicht darüber gesprochen. Kein einziges Wort über den Toten. Als habe es ihn nie gegeben. Es wird heute überhaupt nicht geredet. Man hört nichts als gebellte Befehle.

Die Stimmung ist grimmiger als je zuvor, die Kämpfe erbittert und Zorn und Triumph sind fast mit Händen zu greifen. Amanda ist wie abwesend, sieht niemanden an, tut, was man von ihr verlangt, starr, wie leblos. Sie spricht mit keinem. Lässt Spott und Hohn über sich ergehen. *Aber sie ist nicht ängstlich*, denkt Jossim, der sie nicht aus den Augen lässt. Er spürt keinerlei Furcht, wenn er sie sieht. Stattdessen etwas Kälteres, Härteres… Als gäbe es etwas, das nur sie hören kann.

Vielleicht hat er sich geirrt und sie will doch sterben: als Heldin. Vielleicht ist ihr klar, dass dies ihr letzter Tag hier ist. Dass sie nur sicher ist, solange er im Raum ist und hat sich damit abgefunden. Vielleicht nimmt sie Abschied. Da wird sie sich allerdings täuschen. Er wird nicht zulassen, dass sie sich von Kral umbringen lässt – und wenn er Kral töten muss. Es ist schade um ihn, er ist ein guter Kämpfer, schreckt vor nichts zurück und hat sich seinen Platz unter den Wölfen wirklich verdient. Aber wenn er sich vergisst, was er fast sicher tun wird, wenn er sie erst fertig gemacht hat, dann hilft da eben nichts. Kral erledigt seine Gegner heute mit Leichtigkeit. Zeigt allen, was er kann. Das ist nicht wenig und er scheint gerade mal warm zu werden dabei. Jossim hält ihn mit einer Aufgabe zurück, als eigentlich Schluss ist. Amanda verschwindet sofort, gefolgt von Berendic. Heute wird Kral das Mädchen nicht stellen können. Jossim ist sicher, dass er sie hier unten nicht mehr sehen wird. Er hat ihr sozusagen das Leben gerettet.

Hajdan erwartet Amanda wie immer oben an der Tür und erschrickt zutiefst: eine totenblasse Amanda schleppt sich schluchzend und zitternd die Treppe hinauf, ihre aufgerissenen Augen scheinen nichts zu sehen, sie ist schweißüberströmt. Sie wankt hinein, ohne ihn anzusehen. Berendic ist stehen geblieben.

Hajdan packt ihn an der Schulter: Berendic sieht nicht besser aus. „Was!?", will Hajdan herrisch wissen. Berendic würgt, kann sich aber gerade noch beherrschen. Er braucht zwei Anläufe, ehe er mit Mühe sagen kann: „Sie haben Janos umgebracht."

Amanda muss es gehört haben: Sie hören sie würgen. Sie kann nicht aufhören damit. Hajdan nickt dem Jungen knapp zu. „Pass auf dich auf", sagt er schroff und geht hinein.

Amanda hält sich am Tisch fest, es würgt sie immer noch, auch wenn nichts mehr da ist, was sie von sich geben könnte. Hajdan nimmt seine Decke vom Lager, wickelt das Mädchen hinein, das zitternd gegen ihn sinkt und sich kaum auf den Beinen halten kann. Er trägt sie vors Feuer, setzt sie so nahe davor, wie es gerade noch geht, ohne dass die Decke Feuer fängt. Er zieht die Truhe heran, weil Amanda fast umfällt, als er sie loslässt. Sie sackt gegen die Truhe. Er sieht ihr ins Gesicht. „Atme, Mädchen. Einfach nur atmen." Dann macht er sich daran, alles aufzuwischen. Er stellt den Eimer, den sie hier oben haben, vor die Tür, dann setzt er sich zu ihr.

„Ich bin schuld", flüstert sie und fängt an zu schluchzen. „Ich hab ihn umgebracht." Sie schluchzt und würgt.

„Hör auf", sagt er. Ist ganz ruhig dabei.

Sie kann tatsächlich Luft holen, sieht ihn verzweifelt an. „Ich hab Danke gesagt."

Verflucht! Er fasst sie an den Schultern. „Warum?"

Sie sieht ihn mit irrem Blick an. „Er hat mir geholfen. Gestern. Einfach so. Ich hab Danke gesagt." Ein weiteres Schluchzen schüttelt sie.

Er sagt kalt: „Es ist nicht deine Schuld. Amanda, hör auf. Sieh mich an." Er wartet, dann wiederholt er entschieden: „Es ist nicht deine Schuld. Was du getan hast, was er getan hat – es war richtig. In jeder anderen Welt wäre es richtig. Bei der Ausbildung hilft der Kämpfer dem Knappen. Der Knappe dankt. Nichts anderes habt ihr getan." Jetzt verlässt ihn die Ruhe doch, Zorn kocht in ihm hoch. „Diese verdammten Schweine! Kral und seine Schläger?"

Das Mädchen nickt. Sie sieht ihn an. Ihre Lippen beben und sie zittert immer noch. Aber ihre Augen sind nicht länger irre, auch wenn immer noch Tränen über ihre Wangen strömen.

Hajdan fragt leise: „Was willst du tun?"

Ihre Augen sprühen Funken. „Ich werde ihn rächen. Ich werde Kral aufschlitzen." Sie zittert vor Wut, stellt Hajdan fest.

Er hebt die Brauen. „Bist du dir sicher? Willst du nicht lieber damit aufhören?"

Sie blitzt ihn so wütend an, dass ihm ganz warm wird. „Was? – Niemals! Ich werde ihn rächen. Sag mir, wie ich ihn umbringen kann. Zeig es mir. Ich will mein Messer in sein Herz rammen!"

Er fragt nach: „Du bist dir wirklich sicher? Noch kannst du zurück."

„Kann ich nicht", bescheidet sie ihn kurz angebunden, „und werde ich auch nicht. Zeig mir, wie ich ihn umbringen kann. Er soll leiden."

Sie starren einander in die Augen. Ihre Finger liegen auf Tantaras Mal, ob sie das jetzt weiß oder nicht. Aber Hajdan sieht es.

Er sagt langsam: „Ich zeige dir, was du tun wirst. Du wirst deine Rache bekommen. Wenn du genau tust, was ich dir sage, wirst du sogar deine Freunde schützen können. Janos wird nicht umsonst gestorben sein."

Amanda schluckt, zittert und neue Tränen strömen über ihre Wangen. Aber sie nickt, entschlossen: „Ich tu, was du sagst."

Und Hajdan erklärt es ihr.

Am anderen Morgen kommt sie, von Berendic begleitet, wie jeden Tag nach unten. Keine neue Leiche liegt auf ihrem Weg. Sie wirkt, als ob sie die Stille gar nicht wahrnimmt, die wie eine Schockwelle durch die Gruppe läuft, als sie den Raum betritt. Doch sie ist blass und durchsichtig wie ein Gespenst, sieht niemanden an, holt Messer und Stockschwert und fängt wie jeden Tag mit den leidigen Schrittübungen an. Berendic weicht ihr nicht von der Seite. Blass und angespannt auch er. Kral und seine Burschen tauschen mit bösartiger Vorfreude Blicke: Sie will es wissen? Sie kann es haben! Der Kreis ihrer Getreuen, in Angst erstarrt, hält sich von ihr fern, scheint wie abgerückt zu sein.

Es weiß ja niemand, dass sie Berendic, der sie oben abgeholt hat, zugezischt hat: „Sie sollen sich von mir fernhalten! Alle!" Sie will keinen weiteren Toten.

Berendic hat wortlos den Kopf geschüttelt: Egal, was geschehen wird, es ist kein Feigling unter ihnen. Sie werden sie nicht im Stich lassen. Aber sie hat ihn am Arm gepackt. „Sag, dass es ein Befehl ist! Das ist meine Sache! Meine ganz allein." Sie nimmt ihn das erste Mal beim Wort: Waffenbruder. Königstochter.

Und die Burschen tun, was sie will. Zornig und zähneknirschend. Sie wollen nicht, dass sie sich opfert. Aber es gibt nichts, was sie dagegen tun können.

Auch Jossim schüttelt innerlich den Kopf, als er sie wieder hier unten sieht als sei überhaupt nichts geschehen. Als habe sie nicht eben noch eine tödliche Warnung erhalten. Ist schade um das Mädchen. Man sollte wissen, wenn man geschlagen und der Rückzug angezeigt ist. Ist fast das Wichtigste überhaupt, wenn man überleben will. Und sie üben es hier Tag für Tag. Aber auch er kann nichts tun. Kral wird jetzt keine Ruhe mehr geben bis die Sache erledigt ist. Es kommen unruhige Tage auf Jossim zu: Kral weiß, dass er beobachtet wird und er wird ihn ablenken wollen.

Oben in ihrer Kammer steht Hajdan am kleinen Fenster und ist beinahe froh, dass Amanda nicht hier ist: denn so muss sie nicht mitanschauen, wie sich aus der Burg eine kleine, dunkle Gestalt löst, die, von einem schwarzen Pferd gezogen, eine verhüllte Bahre hinter sich her zieht: eine der verfluchten Wolfspriesterinnen bringt den Toten weg.

Denn so viel weiß Hajdan schon: man hält sich hier nicht damit auf, die Toten zu bestatten wie es sich gehört. Hajdan versteht es zwar, verhindern doch Schnee und Frost mindestens die Hälfte des Jahres, dass man ein anständiges Grab ausheben kann. Aber was hier geschieht, ist dennoch grässlich: die Toten werden in ein weit entferntes Tal gebracht, wo die Berge so hoch sind, dass selbst die Horde sie nicht übersteigt. Hier endet die Welt und damit alles Leben. Sie nennen es das Tal der Toten und nur die Priesterinnen dürfen es betreten.

Die großen Schatten, die jetzt überall von den Gipfeln auffliegen und der schwarzen Priesterin folgen, zeigen ihm sehr genau, was geschehen wird: wie der Anführer der Wölfe damals gesagt hat, bekommen auf der Zwinge die Geier die Toten.

Die Geier und die Raben und jedes wilde Tier, das sich einfinden mag, sich seinen Anteil zu holen, denkt Hajdan niedergeschlagen. *Wahrscheinlich sogar die Wölfe, die sie hier so verehren.*

Und zumindest die Vögel scheinen das ganz genau zu wissen: in immer größer werdenden Wolken folgen die mächtigen Geier der Priesterin mit der Bahre. Und die Raben dürfen natürlich auch nicht fehlen: ihr Rufen macht der ganzen Bergwelt kund, was hier geschieht.

Hajdan steht oben und sieht hinterher: er ist der Einzige, der dem Toten wenigstens mit den Augen sein Geleit gibt und Ehre erweist. Niemand sonst hat es für nötig gehalten, den Toten zu begleiten. Und auch als er die Priesterin in der Ferne nicht mehr ausmachen kann: wenn er es nicht besser wüsste, würde er denken, dass sich eine Rauchwolke über den Bergen sammelt. *Leb wohl, Janos*, denkt er seufzend, *sie wird dich niemals vergessen, das schwöre ich dir. Hab Dank und mögen die Ahnen dir den Empfang bereiten, den du verdient hast.*

Hajdan selbst hat gehofft, als Amandas Lehrer einstmals seinen Platz im Totenhain Waislands zu erhalten, der in halber Höhe auf Waislands Burgberg liegt. Ein ehrenvollerer Ruheplatz war nicht möglich und diese Aussicht hat ihn mit manchem in seinem Leben ausgesöhnt. Aber jetzt weiß er, dass sein Tod von einer solchen lebenden Wolke aus Geiern begleitet sein wird. *Ein Teil von mir wird für alle Zeit als Geier über dieser Burg kreisen*, denkt er grimmig, *vielleicht doch nicht die schlechteste Aussicht.*

Von allemdem bekommt Amanda nichts mit. Sie ist in der Fechthalle, kalt und unbeteiligt. Noch geht sie Kral aus dem Weg. Aber sie erscheint weiter jeden Tag.

So geht es einen Tag, noch einen Tag, eine Woche, die nächste Woche. Und dann ist es Kral, der mit einer Schnittwunde quer über der Wange und einem Verband um den Kopf zum Morgenappell erscheint. Und Amanda ist da – lebendig. Sie sieht unversehrt aus.

Die Blicke aller gehen verschreckt zwischen Kral und Amanda hin und her. Amanda ist wie abwesend, wirkt völlig unbeteiligt. Sie tut, was sie immer tut, sieht niemanden an. Kral am allerwenigsten und wenn, dann gleitet ihr Blick regungslos über ihn hinweg. Kein Triumph, nicht das leiseste Leuchten ist in ihren Augen zu sehen. Stumpf und unbeteiligt nimmt sie zur Kenntnis, dass ihr übelster Widersacher verletzt ist – was geht sie das an?

Kral selbst sagt keinen Ton zu seiner Wunde. Der Schnitt hat ihm die Wange aufgeschlitzt und das Ohr in der Mitte geteilt, sieht Jossim, als er die Verletzung untersucht. Und alle sehen es, als der Verband abgenommen werden kann – aber fortan ist Amanda Luft für ihn. Jossim hört nie, dass sie sich auch nur mit einem Wort oder einer Geste dazu bekennt. Aber es muss dieses unglaubliche Mädchen gewesen sein, die Kral so gezeichnet hat, so viel ist klar. Sie kann bei den Übungen sogar gegen ihn fechten, wenn er es befiehlt. Dann trägt sie diesen stumpfen, kalten Gesichtsausdruck, den man jetzt oft an ihr sieht. Eine Miene, die ihre Gegner zu fürchten lernen. Gegen Kral verliert sie immer und auch dabei bleibt sie regungslos.

Sie verliert nicht gegen alle. Jossim kommt nicht umhin, Berendic für seine Wahl heimlich zu beglückwünschen: Das Mädchen ist immer noch Königstochter und rechtmäßige Erbin – man weiß nicht, was daraus noch werden kann. Es ist gut, dass sie einen Waffenbruder hat, der zu den Wölfen gehört! Es ist gut, dass er das Mädchen hier hat, unter seiner, Jossims, Aufsicht.

Und dann ist das Wetter endlich gut genug, dass man wieder hinaus auf die Ebene kann, um das Ganze auf Pferden fortzusetzen… Nicht, dass man hier nur bei Sonnenschein ritte – aber wenn der Schnee den Pferden bis zu den Bäuchen reicht, kann man nicht reiten. Amanda graust es: wie will Jossim hier draußen den Überblick behalten? Sie wird sehr alleine sein, fürchtet sie.

Das Reiten selbst fürchtet sie nicht. *Diese Pferde sind klein, es kann nicht so schwierig sein,* denkt sie.

Aber es kommt, wie es kommen muss: Das kleine, weiße Pferd, das ihr zugeteilt wird, ist so verrückt, dass es schon scheut und zu steigen versucht, als Amanda nur an seiner Flanke auftaucht. Die andern sitzen schon auf ihren Tieren und reiten johlend um sie herum. Das ist nichts, was ihr Pferd ruhiger werden lässt. Amanda weiß, dass sie das Pferd schon beruhigen könnte – wenn sie denn die Ruhe dazu hätte. Aber die gibt es hier nicht. Schließlich gelingt es ihr, den Fuß in den Steigbügel zu stellen.

Das Pferd steigt, als sie das Bein über den Rücken schwingt – Amanda krallt sich in die Mähne. Dann geht es durch. Es rast völlig kopflos hinaus in die Ebene, die Jungs schreien hinter ihr her, folgen ihr aber nicht. Sie hat keine Zeit, sich darum zu kümmern, sie muss oben bleiben. Die einzigen, die ihr folgen, sind natürlich mal wieder die Raben. Denen entgeht einfach nichts. Amanda kann sie schreien hören, aber sie dreht sich sicher nicht nach ihnen um. Sie hat mehr als genug zu tun.

Die Ebene, die aus ihrem Turmfenster so flach und glatt ausgesehen hat, ist dies aus der Nähe leider überhaupt nicht. Sie ist übersät mit Steinen und Felsen, die aus der Grasnarbe schauen, dazu voller kleiner Hügelchen und Vertiefungen – ganz sicher nichts, wo ein Pferd im rasenden Galopp durch sollte! Aber sie kann sich nicht darum kümmern. Das Pferd muss schon selber schauen, dass es sich nicht die Beine bricht. Sie hat keine Ahnung, was ihr blüht, wenn sie es zuschanden reitet, schafft es jedoch immerhin, sich den zweiten Steigbügel zu angeln. Dann kann sie die Umklammerung ihrer Beine lösen, die Zügel nachfassen und nun ist das Pferd offenbar bereit, sich wenigstens lenken zu lassen. Es gelingt Amanda, einen Bogen zu reiten.

Jetzt kommen ihr die Anderen im Galopp entgegen, in ihrer Mitte Jossim. Natürlich: Es ist bestimmt nicht erlaubt, loszureiten, ehe er da ist. Amanda seufzt innerlich: *Das hätte mal einer meinem Pferd sagen sollen…* Sie weiß nicht, welche Strafe ihr zukommen wird, aber sicher wird Jossim etwas einfallen.

Als sie die Anderen erreicht hat und ihr Pferd zügeln will, fängt es wieder an, zu steigen, zu bocken, sich nach Leibeskräften gegen sie zu wehren. Die Jungs fallen vor Lachen fast von ihren Tieren.

Ihr Pferd hopst wie eine wilde Ziege. Amanda dreht es im Kreis, sie bekommt das Bocken in den Griff und auch das Steigen. Was nur überhaupt nicht gelingen will, ist, das Pferd zum Anhalten zu bewegen. Irgendein Bein ist immer in der Luft. Genauer gesagt, ist sie froh, wenn wenigstens eines am Boden ist. Es ist nicht daran zu denken, den Zügel loszulassen und nach einer Waffe zu greifen, wie Jossim befiehlt. Sie braucht wirklich beide Hände, um wenigstens oben zu bleiben. Das einzig Gute ist, dass das Pferd so tobt, dass keiner an sie herankommt. Das Tier bekommt zwar hin und wieder einen Schlag der Jungs ab, woraufhin es dann immer noch einen Satz extra macht, aber Amanda selbst wird kaum getroffen. Kein Wunder: Sie ist einfach keinen Moment am selben Fleck. Sie dreht sich immer noch um sich selbst, das Pferd hopst und bockt weiterhin. Ausdauer hat es jedenfalls!

Erstaunlicherweise sagt Jossim kein Wort. Er tut überhaupt so, als seien weder Amanda noch ihr Pferd anwesend, obwohl es tobend durch die Reihen seines Trupps bricht und die schöne Ordnung kaputtmacht. Das Tier bleibt keinen Moment stehen und findet dabei offenbar auch noch Zeit, nach anderen Pferden zu schlagen. Das ist der Moment, als Amanda fast gelacht hätte, aber auch dafür hat sie keine Zeit, denn das Tier hat ein sehr feines Gespür dafür, wenn ihre Aufmerksamkeit auch nur einen Wimpernschlag nachlässt. Sie hat keinen kleinen Moment Zeit, sich um irgendetwas anderes zu kümmern, als oben zu bleiben. Sie verstößt an ihrem ersten Tag auf dem Pferd vermutlich gegen alle Regeln, die hier draußen gelten.

Als Jossim abzusitzen befiehlt – sie kann nicht sagen, ob es eine Stunde oder einen Tag später ist –, da ist sie die erste, die auf dem Boden steht: Das ist das Leichteste! Und was tut dieses irre Pferd? Schnaubt zufrieden und stupst sie freundlich mit dem Maul! So als hätte endlich mal einer verstanden, was es wirklich will.

Jossim muss es gesehen haben, aber er wendet sich ab, um sein Pferd, einen wunderschönen dunklen Hengst, einem der Jungs in die Hand zu drücken. Auch ihr wird das Pferd abgenommen. Von einfach gekleideten Jungs, die offenbar eigens dafür zuständig sind. Der Junge, der zu ihr kommt, bindet den Steigbügel fest und wirft ihr versteckt einen leuchtenden Blick der Bewunderung zu, dann ist er weg. Amanda taumelt auf wankenden Beinen zurück zur Burg. Berendic ist an ihrer Seite aufgetaucht, wirft ihr nur einen kurzen Blick zu. Auch er hat gelernt, sich keine Regung anmerken zu lassen.

Anderntags kann sie vor Muskelkater kaum gehen, Beine, Arme, Schultern; einfach alles tut weh. Wenn sie wieder dieses Pferd bekommt, ist sie geliefert! Aber man hat sich etwas Neues einfallen lassen: Das Pferd heute ist kaum dazu zu bekommen, sich überhaupt zu bewegen. Offenbar finden die Jungs es doch sehr lästig, wenn sie sie nicht zu fassen bekommen. Dieser Tag ist nicht besser als der vorige, wenn auch aus gänzlich anderen Gründen: Dieses Pferd macht einfach gar nichts. Und Amanda kann nichts dagegen tun. Es ist mal wieder ein Tag, an dem sie grün und blau geschlagen nach oben wankt. Aber immerhin hat sie sich etwas wehren können. Ob sie die Hände am Zügel hatte oder nicht, war diesem Pferd völlig gleichgültig. Es scheint Bewegung jeder Art für sehr überflüssig zu halten…

Und die Jungs finden Spaß daran, die absonderlichsten Pferde für sie auszusuchen. Das Pferd, das sie am dritten Tag bekommt, ist nicht wild und ist nicht faul: Dieses hier lahmt ganz einfach. Und das ist das erste Mal, dass Amanda sich offen widersetzt. Sie reitet zu Jossim, kaum dass dieser aufgetaucht ist, springt neben ihm ab und sagt mit zornblitzenden Augen: „Dieses Pferd reite ich nicht!" Alle Vorsicht ist vergessen.

Sie bekommt prompt einen knallenden Schlag mit dem Stockschwert ab, die sie auch hier draußen benutzen. „Was passt dir nicht?"

„Es lahmt", sagt sie, immer noch empört. „Wenn ich es heute reite, ist es morgen erledigt. Das Tier gehört auf die Weide, nicht unter den Sattel."

„Lass' sehen", befiehlt Jossim kurz angebunden.

Amanda lässt das Pferd an der Hand laufen und Jossim knurrt. „Ardan!" – das ist einer von Krals Schlägern – „Gib ihr deins. Du holst dir ein Neues."

Ardan reißt den Mund auf, bekommt Jossims Stock zu spüren und springt wütend ab. Er drückt Amanda den Zügel in die Hand und nimmt ihr das lahme Pferd ab. Amanda springt auf, noch ehe Jossim „Los jetzt!" befohlen hat. Sie muss sich zusammennehmen, dass ihr kein Grinsen aufs Gesicht tritt: Das ist mal ein Pferd! Es ist so klein und struppig wie alle anderen auch. Kein ordentlicher Ritter Waislands würde sich auf so ein winziges Zotteltier setzen. Aber sie versteht endlich, warum die Horde diese Tiere reitet: Es ist schnell wie der Wind, wendig wie ein Hase und gehorcht dem leisesten Druck. Man kann alles mit ihm machen. Dieses Mal reitet Amanda alle Manöver mit. Sie kennt zwar keines der Signale, aber ihr Pferd kennt sie alle. Sie macht keinen

Fehler: das Pferd macht keinen. Sie braucht nur auf ihr Tier zu hören. Und das tut sie. Es lässt sich mühelos in jeder Gangart lenken.

Jossim sieht, dass sie einen Knoten in den Zügel gemacht und so beide Hände frei hat. Das Pferd braucht keinen Zügel: Es folgt der kleinsten Bewegung seiner Reiterin.

Amanda weiß nicht, wer diese Pferde so gut ausbildet. Die Knappen sind es bestimmt nicht! Aber sie bekommt eine Ahnung, wie sehr der Erfolg der Horde von diesen Pferden abhängt. *So machen sie das also…* Es wird sehr lange dauern, ehe sie wieder ein derart gut ausgebildetes Pferd bekommt, aber von diesem Tag an kümmert es keinen mehr, welches Pferd sie bekommt. Die Sache hat jeden Reiz verloren. Und Amanda hat alle Signale gelernt.

Ihre geheime Gefolgschaft hält eisern zu ihr, aber sie kümmert sich nicht darum. Sie tut, als würde sie es nicht bemerken. Spricht mit keinem von ihnen ein freundliches Wort. Spricht überhaupt nicht mit ihnen. Es ist schon viel, wenn sie sie ansieht. Ihre Teilnahmslosigkeit tut der Verehrung allerdings keinen Abbruch. Und ihre abweisende Haltung scheint zu nutzen: Keiner ihrer Anhänger nimmt mehr Schaden.

Man sieht nicht, was sie tut. Es ist wie Hexerei, aber keiner der Jungen beschuldigt sie dessen. Es muss etwas anderes sein. Keiner der Jungs spricht je darüber. Weder die Widersacher, noch die, für die sie es tut. Sie selbst am Allerwenigsten. Auch aus Berendic ist nichts heraus zu bekommen.

„Weiß nicht", sagt er, als Jossim ihn fragt, was da eigentlich los sei. Berendic zuckt die Achseln. „Sie ist gut, oder?"

Jossim kann nicht einmal sagen, ob er es wirklich nicht weiß oder ob er sich endgültig auf ihre Seite geschlagen hat. Er wird Berendic zu rechten Zeit daran erinnern müssen, dass er ein Wolf ist… und kann nur hoffen, dass sie ihn nicht verloren haben.

Berendic hat es durch Zufall herausgefunden: Er ist auf der Suche nach Amanda und als er die Tür der Turmkammer leise hinter sich zugemacht hat und sich umwendet, bleibt ihm der Mund offen stehen. Amanda ist nicht da, nur Hajdan und was der tut, verschlägt ihm den Atem. Dieser Mönch bewegt sich schneller, als er es je bei einem Menschen gesehen hat. Er hat nicht gewusst, dass man sich derart bewegen kann: Der Alte springt, rollt sich ab, überschlägt sich, ohne dass seine Hände den Boden auch nur berühren. Und wenn Berendic das richtig sieht, teilt er dabei unentwegt Tritte und Schläge gegen imaginäre Gegner aus. Berendic weiß nichts über den Tempel dieses Mönchs, aber was er da sieht, kommt ihm nicht im Geringsten andächtig vor. Und das sind auch keine Tanzschritte, die er da übt. Berendic wird klar: Das ist eine unglaubliche, waffenlose und blitzschnelle Kampftechnik. Und sie wirkt absolut tödlich.

Hajdan muss die Tür gehört haben, aber hat wohl geglaubt, Amanda sei gekommen. Es muss Berendics fassungsloses Starren gewesen sein, das ihn mitten in der Übung herumfahren lässt. Er hat Berendic schneller am Kragen gepackt, als dieser auch nur einen Finger rühren könnte. Der junge Wolf findet sich in einem Griff wieder, bei dem er kein Glied rühren kann, wenn er es nicht verlieren will. Aber er will sich gar nicht bewegen. Er versucht immer noch, zu begreifen, was er hier gesehen hat. Wer ist dieser Mönch? Was tut er hier? Und genau das ist es, was Hajdan offenbar fürchtet: dass er ihm auf die Schliche gekommen ist. Als würde es nicht reichen, dass er auf die Verschwiegenheit des Mädchens angewiesen ist! Er würde sehr gerne kurzen Prozess mit ihm machen, aber Berendic ist Amandas Waffenbruder. Er kann ihn nicht einfach töten. Auch wenn es wahrscheinlich vernünftiger wäre, sicherer.

Er hält ihn so gepackt, dass es sehr schnell gehen wird. Aber er tut es nicht. Berendic kann nur die Augen bewegen und als er langsam wieder zu Verstand kommt, versucht er, sie so weit zu drehen, dass er Blickkontakt zu Hajdan bekommt. „Ihr könnt mich loslassen.“ Er sagt es gepresst, weil der Arm an seinem Hals ihm die Luft abdrückt.

Und tatsächlich lässt Hajdan los. Berendic starrt ihn an. Hat dieser alte, dürre Mönch ihn tatsächlich eben noch in einer tödlichen Umklammerung gehabt? Denn Hajdan steht vor ihm, ruhig und gelassen, als sei Berendic eben erst zur Tür hereingekommen. Nur in seinen Augen kann man die Gefahr sehen, die von ihm ausgeht. Er lässt ihn nicht aus den Augen, spricht jedoch kein Wort.

„Deshalb lebt sie also noch“, meint Berendic schließlich.

„Und weil sie schweigt.“ Hajdan redet sehr leise. „Und das wirst du auch tun.“

Als Berendic nicht sofort antwortet, weil er es nicht für nötig hält, etwas so Offensichtliches zu bejahen, macht Hajdan nur eine kleine Bewegung, ergreift die Hand des jungen Mannes. Aber Berendics Finger ist kurz davor zu brechen. „Du schwörst mir jetzt, dass du schweigen wirst!"

Berendic sieht seine malträtierte Hand an und wiederholt: „Ihr könnt mich loslassen." Wieder lässt Hajdan los und Berendic sagt bereitwillig: „Ich werde schweigen."

Aber der Alte ist nicht überzeugt. „Du wirst mir schwören – bei allem, was dir heilig und wichtig ist, wirst du schwören. Und der Fluch deines gebrochenen Schwurs wird deine kleinste Sorge sein, wenn ich auch nur den Verdacht habe, du könntest geredet haben. Du wirst mich davon überzeugen müssen, dass du gegenüber jedermann schweigst. Auch und vor allem zu ihr wirst du kein Wort sagen. Denn ansonsten wird es deine Leiche sein, über die sie als Nächstes stolpert."

Berendic blickt ihm in die kleinen, harten Augen. „Es ist nicht nötig, mir zu drohen. Und es ist nicht nötig, ihr noch mehr Grausamkeiten anzutun."

„Denkst du, ich sei zu hart?"

Berendic sieht ihn nicht gerade glücklich an. „Es ist so ein Wahnsinn, was sie da tut! Ich habe wirklich alles versucht, es ihr auszureden, habe sie angefleht, nichts zu machen. Aussichtslos."

Der alte Mönch verzieht das Gesicht. „Glaubst du, sie schafft es?"

Berendic findet ein schiefes Grinsen. „Jetzt glaube ich es, ja. Jetzt weiß ich endlich, wie sie es macht."

Hajdan wird wieder misstrauisch. „Du wolltest schwören. Schwöre."

Berendic sieht ihm in die Augen. „Wenn Ihr wirklich einen Schwur braucht, damit Ihr mir glaubt, bitte. Ich schwöre bei Amanda, Königin von Waisland, dass ich schweigen werde."

Hajdan schüttelt den Kopf, fassungslos. „Du bist ein Wolf der Horde! Jossim ist dein Onkel – er hat keine Kinder – weißt du, was das heißt?"

Berendic zuckt nur die Schultern.

Aber Hajdan braucht Gewissheit. „Ahnt dein Onkel etwas? Er ist nicht dumm. Was sagst du ihm, wenn er dich fragt?"

Berendic sieht ihn erschreckt mit aufgerissenen Augen an. „Ich bin ihr Waffenbruder! Sie tut doch nichts Unrechtes."

Hajdan braucht einen Moment, ehe er antwortet: „Könnte klappen."

Die beiden sehen sich an, misstrauisch und überrascht, sich auf derselben Seite wiederzufinden. „Wie steht es da draußen?", fragt Hajdan schließlich. „Wie geht's den Jungs?"

„Seit sie Kral aufgeschlitzt hat, ist es besser geworden. Das seht Ihr ja wohl selbst. Und Dorste und Antar haben die Anderen im Griff. Auf die zwei hören sie."

„Wie kommst du darauf, dass Amanda es war? Mit Kral? Sagt sie das?"

Berendic sieht ärgerlich auf. „Ich bin nicht so dumm, wie Ihr zu denken scheint. Alle wissen, dass sie es war. Und Ihr könntet ihr wirklich vertrauen: Seit sie Janos umgebracht haben, spricht sie eigentlich überhaupt nicht mehr. Manchmal denke ich, sie sei stumm geworden."

„Wie verkraftet es Dorste? Wie hat er es aufgenommen? Janos war sein Waffenbruder."

Berendic starrt ihn an. „Ihr wisst ja sehr gut Bescheid. Dorste macht sich vor allem Sorgen, wie sie es verkraftet. Er hat ihr ausrichten lassen, dass sie sich keine Vorwürfe machen soll."

„Ausrichten?", fragt Hajdan scharf. „Wie?"

Berendic sieht ihn ärgerlich an. „Na über mich."

„Dir vertrauen sie?"

Jetzt wird Berendic langsam wirklich ungeduldig. „Sie vertraut mir. Ich bin ihr Waffenbruder." Hajdan sieht ihn prüfend an, um herauszufinden, was diesen jungen und so unglaublich gut aussehenden Burschen antreibt – liebt er sie? Amanda hat nichts berichtet, was darauf hindeutet. Aber Hajdan bezweifelt, dass sie es überhaupt merken würde, wenn es so wäre. Sie hat einfach keinen Sinn dafür. Aber auch bei Berendic ist – zumindest jetzt – nichts davon zu spüren. Vielleicht kommt es ja noch. Hajdan seufzt innerlich, wenn er daran denkt. Es wird alles noch viel schwieriger machen… Er hat so eine Ahnung, dass Amanda, die unter widrigsten Umständen gelernt hat, sich durchzusetzen, auch an diesem Punkt alles daran setzen wird, ihren Willen zu bekommen. Und damit scheitern wird. Es geht nicht. Sie könnte einiges tun. Man würde ihr vieles verzeihen, jedenfalls solange sie siegreich wäre. Aber ein Wolf als Gemahl auf Waislands Thron? Niemals!

„Und die Jungs halten zu ihr? Trotz allem?"

Berendic nickt. „Jetzt erst recht. Wie Pech und Schwefel."

Hajdan denkt darüber nach und schüttelt den Kopf. „Verrückte Bande! Dieses sture kleine Mädchen. Sie haben doch nichts davon. Und wagen jeden Tag ihr Leben dabei."

„Ja." Berendic nickt spöttisch. „Man kann sie wirklich nicht verstehen: so ganz anders als Ihr und ich."

Hajdan sieht ihn an und grinst. Er legt ihm die Hand auf die Schulter. „Kommst du zu mir, wenn ihr Hilfe braucht? Du kannst auf mich zählen."

Berendic nickt. „Mach ich." Und er hält Wort: Nie erfährt Amanda, dass er ihr Geheimnis kennt.

Siegwart

Und mit der Zeit stört es keinen mehr, dass sie ein Mädchen ist. Sie ist schon so lange dabei, dass man es vergisst. Wie sie damals gesagt hat, ist sie einfach ein schmaler Kämpfer, der seine geringere Kraft mit Mut und Geschicklichkeit ausgleichen muss. Nur wenn Neue dazu kommen und die Augen aufreißen, wenn sie merken, dass sie gegen ein Mädchen antreten, fällt es ihnen wieder ein.

Wie bei Siegwart. Er kommt auf die Zwinge, als Amanda vier Jahre dort ist. Er ist nicht geraubt worden und er ist auch keine Geisel. Sein älterer Bruder hat ihn an die Horde verschachert. Nach Ratibors Vorbild hat auch er ein Abkommen mit der Horde geschlossen. Er hat seinen Bruder an die Horde verkauft als sei der ein besonderes Stück Vieh: ein vollendeter, ausgebildeter Kämpfer für ihre Reihen. Einen, dem sie nichts mehr beibringen müssen. So ist er den jüngeren Widersacher los, der ihm kämpferisch so sehr überlegen ist und vielleicht doch die Erbfolge der kleinen Burg streitig machen könnte. Aber Siegwart scheint nicht gewillt, sich in sein Schicksal zu fügen. Genau wie damals Amanda…

„Dorste möchte wissen, was du von Siegwart hältst", berichtet Berendic, als sie sich in einem ihrer kleinen Verstecke treffen. Amanda ist schon so lange hier, dass man sie nicht mehr auf Tritt und Schritt überwacht und die Burg bietet reichlich Möglichkeiten, wenn man gewitzt und wagemutig genug ist.

Diesmal sitzen sie in einer Mauernische des Kamins oberhalb der Küche, dem einzigen Ort außer Küche und Halle, dessen Wände jetzt im Winter nicht von Eis bedeckt sind. Man muss nur aufpassen, dass man nicht zu viel Rauch einatmet.

Amanda wendet sich ihm zu. „Es ist so schrecklich mit Siegwart! Man kann es nicht mit ansehen. Glaubt Dorste, dass er ihn zur Vernunft bringt?“

„Er hätte ihn gern zum Waffenbruder und fragt, was du davon hältst.“

Amanda beißt sich auf die Lippen. Das Thema schmerzt auch zwei Jahre nach Janos' Tod noch. Sie sieht weg.

„Ja“, sagt Berendic grimmig, „das hat er sich schon gedacht. Er meint, du sollst dir keine Gedanken machen. Er will nur wissen, was du von Siegwart hältst.“

Amanda nickt ein bisschen zögerlich. „Er ist ein ausgezeichneter Kämpfer. Wenn er mit dem Irrsinn aufhören würde, wär er ein wirklich guter Mann. Also… wenn er ihn gewinnen kann?“

„Gut“, sagt Berendic und klettert aus der Nische, „ich geh und sag es ihm. Ich glaube, sie lassen ihn morgen aus dem Kerker.“

Amanda krabbelt ebenfalls raus. „Berendic, warte. Sag Dorste, dass ich sehr vorsichtig sein werde!“

Berendic verdreht die Augen. „Das sag ich ihm nicht!“

„Warum nicht?“

„Weil er es weiß.“

„Tu's einfach trotzdem.“

Berendic seufzt, weil sie so ein unglaublicher Quälgeist ist, wenn sie etwas will. „Dorste reißt mir den Kopf runter, wenn er denkt, ich hielte es für nötig, so was zu sagen.“

Amanda denkt einen Moment darüber nach, was er eigentlich ausdrücken will und zuckt dann die Achseln. „Schadet nicht, wenn er's nochmal hört.“

„Siegwart? Kann ich mal mit dir reden?“ Dorste lehnt an der Wand und schaut den jüngeren Mann gelassen an.

Dem sieht man die Tage im Kerker und die vorausgegangene Schlägerei noch deutlich an. „Ich weiß nicht, was ich mit dir zu reden hätte“, gibt er schroff zurück, friedlicher hat ihn der Kerker jedenfalls nicht gemacht.

„Brauchst du auch nicht.“ Dorste bleibt ungerührt. „Es reicht ja, wenn ich es weiß.“

„Seh ich anders.“ Siegwart will weitergehen, aber Dorste steht ihm blitzschnell im Weg.

„Hör mir zu“, sagt er eindringlich.

„Verschwinde“, zischt Siegwart und strafft die Schultern. Ganz offenbar gibt es hier schon den nächsten Handel.

Dorste wirft einen blitzschnellen Blick um sich, sieht zwei Männer nicken und ehe Siegwart ausweichen oder zuschlagen kann, hat er ihn gepackt und drückt ihn an die Wand. Es ist ein überraschend eisenharter Griff, sogar die Beine hat er ihm blockiert. Er hat allerdings keine Hand frei, um etwas anderes zu tun, als ihn festzuhalten, und auch das wird nicht lange halten. Siegwart sieht ihn zornig an, aber Dorste ist gar nicht beeindruckt. „Hör – mir – zu! Hör mir einfach nur zu!“ Er sieht Siegwarts Misstrauen und wiederholt: „Du hörst mir einfach nur zu, ja? Nichts weiter – hab ich dein Wort?“

Siegwart zögert einen Lidschlag, dann nickt er. Dorste lässt sofort los und weicht zwei Schritte zurück, schüttelt die Arme aus. Siegwart reibt sich die roten Handgelenke, lässt die Schultern kreisen, misstrauisch und böse.

Dorste lehnt sich wieder an die Wand. „Also, Siegwart, ich schau dir schon eine ganze Weile zu und wenn ich das richtig sehe, legst du es darauf an, so bald als möglich tot zu sein.“

„Geht dich gar nichts an.“

Dorste hebt die Hand. „Zuhören, einfach nur zuhören.“

Siegwart kneift die Augen zusammen, bleibt aber stehen, so dass Dorste fortfahren kann. „Ich nehme mal an, du hast gute Gründe dafür und normalerweise gehört schnell zu sterben hier zu den leichteren Übungen. Dass du noch nicht tot bist, verdankst du genau zwei Sachen. Erstens bist du wirklich gut und zweitens wollen sie nicht, dass du stirbst.“

„Ach, ja?“, höhnt Siegwart. „Fühlt sich aber anders an.“

Dorste nickt. „Ist aber so, glaub mir. Wenn sie dich loswerden wollten, wärst du jetzt Futter für die Raben und Wölfe da draußen. Aber wie gesagt, du bist gut und sie haben einen Haufen Silber für dich gezahlt – reg dich nicht auf, weiß jeder hier, macht ja nichts. Und lange machst du es nicht mehr, du hast es fast geschafft. Aber ich hab hier zu viele gute Männer verrecken sehen und will einfach nicht, dass sie dich auch kriegen. Mir geht es nämlich wie ihnen: Ich will dich – wir wollen dich.“

„Wollen? Wir?“, jetzt ist Siegwart ehrlich angewidert.

Dorste nickt ungerührt. „Du weißt es noch nicht, aber du wirst mein Waffenbruder.“

„Glaub ich nicht“, spottet Siegwart höhnisch. „Das müsste ich ja wissen! Und überhaupt: Was soll das hier, Waffenbruder? Du nimmst den Mund ganz schön voll.“

„Tja, du bist noch nicht lange genug bei uns und warst zu beschäftigt damit, dich umzubringen, drum sag ich's dir ja. Man überlebt hier leichter, wenn man jemanden hat. Jemanden, der einem den Rücken deckt. Der die Augen da hat, wo man selber grad nicht hinschaut. Einen Waffenbruder eben. Und weil sie das genau wissen und schließlich einen Haufen Arbeit und aus ihrer Sicht Silber in uns stecken, sind wir ihnen irgendwie doch lieb und teuer und darum hat hier fast jeder einen Waffenbruder. Ich hab grad keinen und irgendwie leb ich doch ganz gern – sogar hier. Ich würd dir gern zeigen, warum. Vielleicht gefällt's dir ja auch. Du kannst es dir überlegen. Ah, und noch was, Siegwart, bevor du nein sagst. Einen Kerker gibt es hier, denn kennst du noch nicht, der heißt das Eisloch. Drei Tage höchstens. Das längste war mal eine Woche, aber das war im Sommer. Also?“

„Was?“, fragt Siegwart unwirsch, schluckt aber sichtlich.

Dorste deutet in die Halle, wo ein Teil der anderen ficht, während sie hier plaudern. „Siehst du den schmalen Kerl da drüben? Der mit dem Blonden kämpft?“ Er verzieht das Gesicht, weil besagter schmaler Kerl gerade einen bösen Treffer ab bekommt.

Siegwart nickt und stößt dann einen leisen Pfiff aus. „Er ficht mit links!“

Dorste legt den Kopf schief und grinst zufrieden, weil der Kerl sich nicht unterkriegen lässt, sondern seinerseits angreift. „Ja, das auch. Das ist es aber nicht.“

Siegwart hat einen Moment zugeschaut und kommt zu dem Schluss: „Gar nicht mal übel!“

Dorste nickt. „Mit rechts ist er besser.“

„Wirklich? Ein Beidhänder? Selten.“

Dorste wirft einen Blick in die Runde – bekommt ein Zeichen – „Komm mit rüber – und Siegwart: kein Aufsehen!“

Langsam schlendern sie hinüber, wo die beiden Kämpfer ihre Übungen gerade beendet haben und der Schmale sieht auf, als sie kommen.

Teilnahmslose helle Augen hinter einer ledernen Gesichtsmaske gleiten über Dorste und Siegwart, gehen weiter durch den Raum. Dann kommt der Blick zurück und ist nicht mehr teilnahmslos. Wach, aufmerksam und sehr direkt, findet Siegwart. Er nagelt ihn geradezu fest, dieser Blick.

Aber ehe ihm etwas dazu einfällt, neigt der schmale Kerl höflich seinen Kopf und grüßt, offenbar erfreut: „Siegwart.“

Dem klappt der Mund auf beim Klang dieser Stimme und ihm fehlen die Worte. Amanda wirft noch einen Blick in die Runde – eine Geste von der Tür – und streift sich die Maske vom Gesicht. Siegwart starrt sie an.

„Schieb den Mund zu, hey“, warnt Dorste leise.

„Ihr kennt meinen Namen!“, sagt Siegwart erschüttert, das erste, was ihm in den Sinn kommt.

„Du meinen doch auch“, gibt Amanda trocken zurück, „und es wär besser, du benutzt ihn.“

Von der Tür kommt ein Geräusch, Amanda wischt sich das Gesicht ab, zieht die Maske wieder über und schaut, wo ihr Gegner geblieben ist. Dorste schnappt sich Siegwart und zieht ihn mit sich zurück. Er sieht sich vorsichtig um: Jossim ist noch nicht da, sie haben noch einen Moment.

„Ist sie verrückt?“ Natürlich hat Siegwart gewusst, dass sie hier ist – aber er hat gedacht, dass sie in irgendeinem Turm steckt, Tücher stickt oder so!

Dorste sieht ihm ins Gesicht. „Nicht mehr als du und ich, würd ich mal sagen.“

Siegwart grunzt und schaut unauffällig zurück. „Wer ist der blonde Kerl?“

„Ihr Waffenbruder.“

Siegwart schüttelt den Kopf als wolle er eine lästige Fliege verscheuchen. „Das ist nicht dein Ernst! Das ist ein Wolf – er trägt die Kralle!“

Dorste nickt wieder. „Freut mich zu hören, dass du kein Dummkopf bist. Ganz recht. Und das ist auch nicht irgendein Wolf, das ist Jossims Neffe.“

„Haben sie sie dazu gezwungen?“ Siegwart kann nicht glauben, wie heftig der Blonde Amanda zusetzt. „Das ist doch Wahnsinn!“

Dorste grinst träge und zufrieden. „Ist nicht so einfach, sie zu was zu zwingen, so viel steht fest. Nein, sie hat sogar dafür gekämpft hier mit uns üben zu dürfen. Und dann hat Berendic sie überredet, ihr Waffenbruder sein zu dürfen."

Siegwart sieht ihn an. „So wie du mich?"

Dorste streckt die Hand aus. „Freut mich, Siegwart!", und zieht ihn in die Arme. „Los, komm, fechten wir einen Gang, lass uns später weiter reden."

Und kaum haben sie die ersten Schläge getauscht, kommt Jossim in die Halle. Alle Geräusche bis auf die aufeinanderprallender Waffen ersterben.

Sie reden abends, in der großen Schlafhalle der Geiseln, in einem ruhigen Eckchen weiter. Ein paar der Männer spielen Karten, trinken Bier, schnitzen. Keiner schert sich um Dorste und Siegwart, die sich einen Tisch am Rand suchen.

„Du hast sie mir gezeigt, damit ich sehe, dass es andere gibt, denen es schlimmer geht als mir, oder?"

Dorste nimmt einen Schluck Bier. „Sie war am Anfang genau wie du. Kann sein, dass es für euch Hochwohlgeborene schwerer ist. Aber sie hat's gepackt – du hast sie gesehen."

„Wie alt ist sie? Vierzehn?"

„Zwölf."

Siegwart schüttelt fassungslos den Kopf. „Ein Kind!"

Aber Dorste widerspricht: „Die ist kein Kind mehr. Ich weiß nicht, wie sie vorher war, immerhin war sie ja Thronerbin. Aber seit sie hier ist, ist sie ganz bestimmt kein Kind mehr. Komm, stell dich nicht so an – wenn's ein Bursche wär, würd uns das Alter nicht stören. Sind hier etliche dabei, die noch jünger sind."

Was natürlich richtig ist. Aber Siegwart verbessert ihn trotzdem. „Ist's immer noch, Dorste, immer noch." Und auf seinen verständnislosen Blick ergänzt er: „Sie *ist* Thronerbin. Daran hat sich nichts geändert."

„Na ja, das ist wahr. Jedenfalls hat sich Berendic fast vom ersten Tag an sie geheftet. Ich denke, das hat ihr geholfen."

„Hat Jossim ihn geschickt? Damit sie am Leben bleibt? Sie ist wertvoll, oder?"

Dorste schüttelt den Kopf. „Keiner hat Berendic geschickt. Sie haben vielmehr versucht, es aus ihm rauszuprügeln – war nur nichts zu machen. Ich sag dir ehrlich: Wenn es jetzt darauf ankäme – ich weiß nicht, zu wem er halten würde."

„Was verspricht er sich davon? Will er König werden? Hat er was mit ihr?“

„Schau dich um, Siegwart. Sieht nicht gerade danach aus, als ob sie Königin wird, oder? Keiner von uns wird, was er mal hätt' werden sollen. Und er ist nicht mit ihr zusammen, wenn du das meinst, da ist nichts. Nein, Berendic ist echt. Der hält einfach zu ihr. Und sie zu ihm.“

„Du bewunderst sie“, stellt Siegwart fest.

Dorste nimmt seinen Bierkrug und sieht hinein, ehe er weiterspricht. „Ich sag dir jetzt mal was – über mich und dieses Mädchen. Ich bin seit fast zehn Jahren hier und immer noch am Leben. Keine Ahnung, warum! Ich hab einen Haufen Dinge gesehen, die es nicht geben dürfte und hab eine Menge Sachen gemacht, auf die ich nicht stolz sein kann. Vielleicht war ich dabei, ein bisschen abzusaufen. Aber seit diese kleine Verrückte hier aufgetaucht ist und ums Verrecken Kämpfer werden wollte – zwei Jahre, nachdem sie sie hergebracht haben! –, seither frag ich mich nicht mehr jeden Morgen, warum die Sonne aufgeht. Und ob es mir vielleicht endlich doch noch gelingt, was anderes mit meinem Leben zustande zu bringen als ein verdammtes Mitglied dieser verfluchten Horde zu sein.“

Siegwart sieht ihm ins Gesicht. „Du passt auf sie auf.“

„Nicht nur er“, brummt es hinter ihm. Als er sich umdreht, sind die Männer nicht mehr mit Kartenspielen beschäftigt. Offenbar hat sich ein kleiner Kreis genau um sie herum versammelt und hört unauffällig zu – das sind fast zehn Mann.

Siegwart schüttelt den Kopf. Eine Verschwörung? „Und was soll daraus werden? Was will sie?“

Dorste breitet ergeben die Arme aus. „Keine Ahnung! Nein, wirklich, ich weiß nicht, was sie damit bezweckt. Weiß keiner. Es gibt keine Hoffnung für sie, verstehst du? Keine! Niemand wird sie je hier rausholen – ich meine, mit Gewalt befreien. Sollte einer sie holen kommen, dann, weil sie an ihn verschachert wurde. Es ist aussichtslos. Sie bewachen sie besser als jeden anderen von uns. Wie du gesagt hat: Sie ist wertvoll. Einmal im Jahr schickt Ratibor einen Kerl, der nach ihr schaut und ganze Wagenladungen von Zeug kommen an. Sie geht auf keinen Raubzug mit, bleibt immer hier oben. Ich kann dir wirklich nicht sagen, warum sie das tut – ich meine, sich hier von Jossim schinden zu lassen. Sie könnte oben in ihrer Kammer bei diesem Alten hocken und Pergament vollkritzeln oder was weiß ich! Ich weiß nicht mal, ob sie selbst weiß, was das soll. Aber ich sag dir ehrlich: Es ist mir gleich. Seit sie hier ist, weiß ich wieder, warum ich lebe. Mehr brauch' ich nicht." Die Männer brummen zustimmend.

„Und sie weiß das?" Irgendetwas an der Begegnung heute war sehr seltsam, findet Siegwart.

„Wir können nicht mit ihr reden, wenn du das meinst. Wenn du einer bist, der gerne redet, dann gehst du besser wieder", meint einer der Männer. Siegwart sieht ihn mit schiefgelegtem Kopf an und Dorste hebt beschwichtigend die Hand. „Lass ihn in Ruhe, Liron. Hör zu, Siegwart: Keiner darf's mitkriegen. Kein Wort, gar nichts. Willst du wissen, was aus meinem früheren Waffenbruder geworden ist? Er hat ihr mal geholfen und sie hat nichts als ‚Danke' zu ihm gesagt. Nun, ein paar falsche Ohren haben das gehört. Da haben sie ihn totgeschlagen und ihn ihr am Morgen vor die Füße gelegt. So ist das hier."

Siegwart verzieht das Gesicht. „Und sie hat trotzdem weitergemacht?"

„Wir glauben, dass ihr Lehrer dahinter steckt", sagt einer der Männer.

Aber Liron widerspricht. „Du glaubst das, Antar", verbessert er.

„Ist ein komischer Vogel, der Alte", gibt Dorste auf Siegwarts fragenden Blick hin zu. „Der bringt dir Rais bei, wenn du magst und auch, wenn du nicht magst. Lehrt jeden in der Burg Wark – wirklich jeden. Ich glaub, der würd die Küchenmagd unterrichten, wenn Siltrass das zuließe. Oder Lesen und Schreiben. Na ja, kannst du wahrscheinlich schon."

Siegwart sieht sich ungläubig um. „Ihr wollt mir jetzt nicht sagen, dass ihr lesen und schreiben könnt, dass diese Wölfe lesen und schreiben können!"

Die Männer grinsen und Dorste lehnt sich zufrieden und erleichtert zurück, weil er sieht, dass Siegwart gewonnen ist.

Antar antwortet: „Nur ein paar von uns – Berendic natürlich. Und Liron hier hat sich als Schlaukopf erwiesen; der Sohn eines Korbflechters! Ich bitte dich! Seither fragen wir uns, wessen Sohn die schöne Frau Korbflechterin ihrem ewig betrunkenen Mann untergeschoben hat!"

Liron regt sich nicht wirklich auf. „Lass meine Mutter in Ruhe. Sei lieber froh, dass wenigstens einer hier Verstand hat."

„Wenn du endlich aufhörst, die Kerker von innen kennenzulernen, wirst du diesen Mönch selber sehen", wendet sich Antar an Siegwart.

Siegwart grinst erwartungsfroh, aber Antar warnt: „Das ist keiner von den Gutmütigen oder Dummen, die man ein bisschen ärgern kann. Das ist einer von der harten Sorte. Sieht aus wie ein Besenstiel und ist genauso unbeugsam. Hat seine kleinen Äuglein überall und lässt keinem was durchgehen. Bei dem wird selbst der wildeste Wolf zahm. Schon allein dafür lohnt es sich, hinzugehen.“

„Antar hält viel von ihm und glaubt, dass er dem Mädchen irgendwie beisteht. Wir wissen aber nicht, wie er das macht.“

„Dumm ist er jedenfalls nicht“, erklärt Antar. „Ich nehme an, der weiß mehr über diese Burg, als man ahnen sollte. Er lehrt alle – also redet er auch mit allen. Und er würd' sich für die Kleine in Stücke schneiden lassen, auch wenn er alles tut, dass sie es nicht merkt. Ich seh einfach nicht, wie sich das Mädchen halten könnte, wenn er ihr nicht hilft. Aber keine Ahnung, wie er es macht. Und auch hier gilt: Kein Wort davon.“

Die Männer schweigen, weil es keine Antwort darauf gibt.

Siegwart nickt langsam und holt Luft. „Also, Männer: Ihr beschützt dieses Mädchen. Es ist gefährlich, völlig aussichtslos, wird zu Nichts führen und keiner darf es mitkriegen. Und ich soll dabei mitmachen. Mein Leben für was richtig Sinnloses wagen. Ja?“

Die Männer grinsen, aber Liron nimmt es wieder ganz genau. „Beinahe – wenn wir das richtig sehen, beschützt sie auch uns.“

Siegwart runzelt die Stirn. So langsam fragt er sich, ob das hier nicht alles Hirngespinste eingesperrter Männer sind und ob er heute wirklich Amanda mit einem Schwert in der Hand gesehen hat. Vielleicht wird er einfach wahnsinnig und die hier sind es schon. Wundern würde es ihn nicht. Wäre auch eine Lösung!

„Wir wissen nicht, wie's geht“, bekennt Dorste, „aber manchmal, wenn es wirklich eng wird und wir merken, einer der anderen hat es auf uns abgesehen, dann kann es sein, der ist am nächsten Tag plötzlich lammfromm und schaut uns nicht mehr an. Manchmal hat einer den Arm in der Schlinge, ein anderes Mal hinkt einer, und oft siehst du auch gar nichts. Sag, du kennst doch sicher Kral mit dem halben Ohr?“

Siegwart grinst. „Ich wusste nicht, dass er so heißt.“

Die Männer grinsen zurück. Liron zuckt die Schultern. „Er auch nicht und es ist besser, es bleibt dabei. Jedenfalls: Der war ihr ärgster Widersacher, als sie hier ankam. Er und seine Freunde waren sich nicht zu schade, sich die Kleine zu dritt oder zu viert vorzunehmen. Sie durften sie nicht totschlagen und ihr keine Gewalt antun und genau daran haben sie sich gehalten. Na ja. Jedenfalls war Kral der Schlimmste bei all dem und eines Morgens hatte er nur noch ein halbes Ohr und das Mädchen seine Ruhe."

„Und das soll sie gewesen sein?" Siegwart kann es nicht glauben. „Hat sie das erzählt?"

Liron grunzt, ungeduldig über so viel Begriffsstutzigkeit. „Natürlich nicht. Aber sie wird stumpf wie ein Stück Holz, wenn sie das Halbohr sieht oder die Sprache darauf kommt. Du kannst ihn ja mal danach fragen – hat bisher noch keiner gewagt."

Die Männer grinsen, aber Dorste widerspricht: „Lass mal, ich würde meinen neuen Waffenbruder gern ein bisschen länger behalten… Ah, noch was Siegwart. Sie hat mir ausrichten lassen, dass ich auf dich aufpassen soll. Und sie würde nie, wirklich niemals unbedacht ein Wort an dich richten. Das wird nie wieder geschehen."

Das sind nichts als leere Versprechungen. Die Worte eines gefangenen Mädchens, das gar nichts für ihn tun kann, nicht einmal für sich selbst. Aber er spürt, wie es ihn berührt und er sieht wieder diese hellen Augen vor sich. „Wie kann sie dir etwas ausrichten, wenn ihr nicht miteinander sprechen könnt?" Er versucht, einen klaren Kopf zu behalten.

Dorste schweigt und einer der anderen antwortet. „Berendic."

„Ihr traut ihm? Sagtest du nicht, er ist Jossims Neffe? Wenn's nun ein falsches Spiel ist?"

Und Antar antwortet für die ganze Runde. „Sie traut ihm."

Siegwart sieht sich um: Diese Männer meinen es ernst. Das sind kampferprobte Haudegen und sehen nicht aus als seien sie übergeschnappt. Und wenn doch, macht es auch nichts, stellt er fest. „Also nochmal: Es ist lebensgefährlich, völlig hoffnungslos, streng geheim – und es geht nicht mit rechten Dingen zu."

Die Männer sehen sich an: So hat das noch keiner gesagt – reden kann der Kerl!

Siegwart erkennt die Zustimmung in ihren Gesichtern und breitet die Arme aus. „Gut, ich bin auf eurer Seite."

Anderntags sieht Jossim mit einem Blick, was geschehen ist und ist nicht erstaunt, als Dorste meldet, dass er wieder einen Waffenbruder hat. Jossim nickt: Dorste hat einen Blick für gute Leute. Er ist zwei Jahre lang ohne Waffenbruder geblieben, weil ihm keiner gut genug war. Er wird dafür sorgen, dass Siegwart am Leben bleibt und die Horde hat einen guten Kämpfer gewonnen. Aber er hat Dorste seit Langem im Verdacht, im Zentrum jenes Kreises zu stehen, dessen geheime Heldin Amanda ist. Er wird lieber Siegwart verlieren, als dass er zulässt, dass dieser Kreis sich vergrößert oder anfängt, sich zu sicher zu fühlen. „Also, Siegwart: Dann zeig diesem Anfänger hier mal, was du kannst. Mit einem Linkskämpfer wirst du ja wohl zurechtkommen. Mach ihn fertig.“

Es ist wirklich Wahnsinn. Er ist diesem kleinen Mädchen haushoch überlegen. Er sieht die hellen Augen, das einzige, was er hinter der Maske erkennen kann. Aber er sieht keine Furcht darin, sondern eine sehr kalte Entschlossenheit. Die verspürt er selbst auf einmal gar nicht und beginnt deshalb vorsichtig. Und sie pariert seine Schläge mühelos. Jossim fährt ihn an: „Bist du ein Kämpfer oder gehst du Kohlköpfe schneiden? Du sollst kämpfen! Oder soll ich's für dich erledigen?“

Und ehe er sich davon erholt hat, steht Amanda vor ihm, holt aus und schlägt ihm heftig ins Gesicht. Ihre Augen sind riesig, sie zischt: „Willst du mich beleidigen?“

Die Männer grölen begeistert. Zornig packt er sie am Arm, schleudert sie herum und sie kracht heftig auf den Boden. Es hat sich im Nu ein Kreis um die beiden gebildet und Dorste steht mit zusammengebissenen Zähnen in der ersten Reihe. Als Amanda auf den Boden prallt, läuft Johlen durch die Reihen. Siegwart will sie aufstehen lassen, aber sie wirft sich schnell wie eine Katze herum und schlägt ihm mit ihrer Waffe noch im Liegen gegen die Beine. Wieder Johlen.

Sie springt auf und hätte den nächsten Treffer gelandet, wenn er nicht aufgrund jahrelanger Übung hätte parieren können. Also gut – sie wird sehen, wie weit sie kommt!

Er hat noch nie gegen einen Linkskämpfer gefochten, aber er hält es nicht für schwer, damit zurechtzukommen. Sie ist klein und er schlägt fast von oben auf sie ein.

Aber sie macht sich ihre geringe Größe zunutze. Sie ist schnell wie eine Schlange und schlüpfrig wie ein Aal. Er braucht tatsächlich länger, als er gedacht hat, bis er sie endlich da hat, wo er will. Er holt sie mit einem heftigen Schlag von den Beinen und ehe sie wieder wegrollen kann, liegt seine Waffe an ihrem Hals.

„Ich bitte um Gnade", zischt sie wütend. Zustimmendes Brummen der Männer, der Kreis löst sich auf. „Na also", knurrt selbst Jossim, „geht doch. Los jetzt, mach mit Dorste weiter, der ist wenigstens ein richtiger Gegner für dich." Und Dorste greift ihn an, ehe er sich auch nur umgedreht hat. Er schenkt ihm nichts. Es sieht eher so aus, als würde er seinen neuen Waffenbruder so schnell wieder loswerden wollen, wie er ihn bekommen hat.

Jossim wendet sich Amanda zu, aber sie braucht keine Aufforderung und ist bereits aufgesprungen. Sie hat die schnelle Augenbewegung gesehen, mit der Jossim ihren nächsten Gegner bestimmt hat und ist bereit.

Kaum abends im Schlafraum angekommen, packt Dorste Siegwart am Hals. „Was bist du nur für ein Trottel! Hast du nicht zugehört? Weißt du, wie knapp das war? Sei froh, dass sie so eine verfluchte kleine Hexe ist! Du hast sie zu Tode erschreckt!" Er schüttelt ihn. „Willst du, dass sie zusehen muss, wie die Wölfe deine Leiche fressen, verdammt noch mal?!" Er schleudert ihn von sich, die andern haben einen grimmigen Kreis um sie gebildet. „Du besiegst dieses kleine Mädchen – jedes einzelne Mal, wenn sie vor dir auftaucht! Und zwar so schnell und heftig, wie du irgend kannst! Sie trägt diese Gesichtsmaske nicht umsonst. Vergiss, wer sie ist! Du – machst – sie – fertig!"

Dorste holt Luft und versucht, sich zu beruhigen. „Der Schluss war gut", sagt er unwirsch. „Es schadet nicht, wenn man merkt, wie viel Spaß es dir macht, diesen Zwerg von den Beinen zu holen. Die kann dein Schwert gar nicht oft genug an der Kehle haben."

Siegwart will etwas sagen, aber Dorste lässt ihn nicht zu Wort kommen. „Du bist einer der Besten hier und genau das lässt du sie spüren. Kannst du mir sagen, wie und wo sie kämpfen lernen soll, wenn nicht von uns? Und glaub mir, das war hauchdünn heute. Jossim ist kein Dummkopf. Der ahnt, was wir hier spielen. Also lass sie einfach kaltlächelnd deine Überlegenheit spüren. Sonst macht Jossim das und das willst du nicht sehen!"

Siegwart starrt ihn an. „Hör schon auf", sagt er unwirsch, „ich hab's ja begriffen." Er findet ein schwaches Grinsen. „Die ist besser, als ich dachte."

Und es ist ausgerechnet Liron, der ihm einen Bierkrug hinstreckt. „Da, nimm mal einen Schluck. Ist nie ein Vergnügen, zwischen Dorste und Jossim zu geraten."

Und so ist Siegwart einer der ihren geworden. Er hat die Lektion begriffen, sieht Amanda nie mehr direkt an, behandelt sie wie Luft und schlägt sie, wann immer Jossim sie ihm zum Gegner bestimmt.

Siegwart ist der letzte, der zu dem geheimen Kreis stößt.

Nichts ändert sich. Alles bleibt beim Alten: Amanda übt täglich mit den Männern, wird Teil der Horde, auch wenn sie nie mit auf die Raubzüge geht. Sie lernt kämpfen und klettern, macht die Reiterübungen mit und wird ebenso bestraft wie alle anderen auch. Für jedes noch so kleine Vergehen verteilt Jossim erbarmungslos Strafen.

Und Amanda gelingt es leider viel zu häufig, sich eine einzufangen. Die meisten dieser Strafen steckt sie klaglos weg. Man schlägt sie, man lässt sie hungern, Jossim beschimpft und beleidigt sie vor der gesamten Truppe. Doch das scheint ihren Stolz und Widerstand nur anzustacheln. Ohne Regung steckt sie alles weg.

Was sie jedoch nicht zu ertragen lernt, ist die Zeit im Kerker. Die kalte, grausame Stille, das schwarze Nichts, die Angst, vergessen zu werden und kein Gegenüber zu haben, dem sie zeigen kann, wie tapfer sie ist. Und so gut sie diese eine Schwäche auch zu verbergen sucht – Jossim kommt dahinter. Es ist das Einzige, was sie wirklich beeindruckt und so ist sie häufiger und länger im Kerker als fast jeder andere.

Der Rausch

Ungefähr um die Zeit von Siegwarts Ankunft fasst sich Hajdan ein Herz, um endlich mit dem Mädchen zu reden. Er hätte es schon lange tun sollen, aber es fällt ihm nicht leicht.

Es ist spätabends, sie sind nach ihren eigenen Kampfübungen in ihren Räumen oben in der Burg allein. Das Mädchen ist ihm heute noch stiller als sonst vorgekommen. Er hofft, dass es noch nicht zu spät ist. „Amanda, hör zu.“

Sie wendet sich bei diesem Tonfall ergeben um, der noch nie etwas Gutes bedeutet hat.

Er blickt ihr einen Moment ins Gesicht, dann sagt er ruhig: „Es wird jetzt irgendwann soweit sein, dass du zur Frau wirst. Du wirst bluten, daran merkst du es.“

Ihr Gesicht verschließt sich. „Ja, ich weiß. Rufa fragt mich ständig danach.“ Rufa ist die Frau, die sie schlägt, wenn Siltrass findet, dass sie Schläge in der Halle verdient hat. Eine harte Frau mit einer Hand wie aus Holz. Allerdings hat Hajdan festgestellt, dass sie das Mädchen zwar schlägt, aber sie schlägt nicht heftiger und länger als notwendig. Und ohne das bösartige Vergnügen, das die Frau daran fand, die Amanda zuvor geschlagen hat; der tat es sichtlich gut, eine Königstochter prügeln zu dürfen.

Allerdings ist sie dann sehr plötzlich ums Leben gekommen – man fand sie am Fuße der Treppe mit gebrochenem Genick. Natürlich fiel der Verdacht auf Amanda. Aber da das Mädchen an jenem Tag die ganze Zeit unter Jossims Aufsicht war, konnte sie es einfach nicht gewesen sein. Rufa hat die Sache jedenfalls etwas nachdenklich gemacht.

Sie schätzt es nicht sonderlich, wenn Siltrass sie zwingt, das Mädchen zu schlagen. Sie führt ihre Aufträge gewissenhaft aus, alles andere wäre Widerstand und damit Wahnsinn gewesen, mehr aber auch nicht. Aber ganz sicher ist sie von Siltrass dazu angehalten worden, Amanda im Auge zu behalten.

„Hat sie dir gesagt, was es bedeutet?“

Amanda hat Tränen in den Augen. „Kann man gar nichts dagegen tun? Können wir es nicht aufhalten?“

Hajdan sieht ihre Angst. Und sie hat ja Recht: Er weiß nicht, was es bedeuten wird. Nicht hier. Er kann ihr nicht helfen. Er kann nur verhindern, dass es sie überrascht. Die Not des Mädchens und seine eigene, verfluchte Hilflosigkeit verschlagen ihm die Sprache.

Er denkt daran, wie sie auf Waisland diesem Tag entgegengefiebert hätte: Der Tag, an dem ein Mädchen zur Frau wird, ist ein Feiertag für jede junge Frau – nicht nur in Waisland, in aller Welt. Jedes Mädchen, und sei es die kleinste Magd, wird an diesem Tag geehrt und geht in den Tempel, um den Göttern zu danken und ihren Segen zu erflehen. Was wäre dieser Tag auf Waisland ehrenvoll begangen worden: Die Thronfolgerin wird zur Frau, die Herrscherlinie bleibt erhalten.

Und hier? Es wird sich nicht geheim halten lassen – die harte, böse Rufa wird es erfahren und damit jeder andere auch. Was wird es für das Mädchen bedeuten? Hajdan weiß zu wenig über den Wolfskult, dem sie hier huldigen. Er weiß nur eines mit Sicherheit: Wenn Siltrass diesen Tag abgewartet hat, um Amanda doch noch zu den Priesterinnen zu geben, wird es Amandas Todestag sein. Niemals wird diese je einer anderen Göttin als Tantara huldigen. Sie hat ihr Leben aufs Spiel gesetzt, um Kämpferin werden zu können. Für ihre Göttin, die diesen Weg begleitet und von der sie so sicher ist, dass sie sie schützt, für diese Göttin würde sie sterben.

Und bleischwer kommt ihm in den Sinn, dass die Wolfgöttin und all ihre Priesterinnen weibliche Wesen sind – die Frauwerdung wird auch hier eine besondere Bedeutung haben. Er weiß nur nicht, welche.

Die Wolfspriesterinnen haben Amanda entgegen Siltrass' Ankündigung in Ruhe gelassen. Sie sind oft in der Halle wie alle anderen auch, aber sie geben mit nichts zu erkennen, dass das Mädchen eine besondere Bedeutung für sie hat. Amanda fürchtet sich dennoch zu Tode, wenn sie spürt, wie die Blicke dieser Frauen über sie gehen. Von diesen schwarz- und graugewandeten Frauen mit den entsetzlichen Narben im Gesicht geht Macht aus, auch wenn sie nichts tun. Und das könnte ja auch jeden Tag vorbei sein.

Amanda hat auch Berendic nicht nach ihnen gefragt – mit keinem Wort erwähnt sie je die Priesterinnen und ihren Wolfskult. Sie weiß natürlich, dass sie ihre grässliche Göttin oben am Berg in einer finsteren Höhle verehren. Hin und wieder scheint ein Festtag zu sein und alle Wölfe ziehen in diese Höhle. Wer keine Kralle in seiner Halsgrube trägt, gehört nicht dazu und wird in der Zeit eingesperrt. Es kursieren entsetzliche Gerüchte von blutigen Opfern für diese Wölfin. Berendic nimmt an diesen Opferungen teil, doch auch wenn er sich an einem solchen Tag von Amanda fernhält, ist er danach derselbe wie zuvor.

Sie sieht Hajdan verzweifelt an.

Er sagt sehr ernst: „Was immer sie dir sagen werden, Amanda, es ist ein Segen der Götter."

Ihr Zweifel ist nicht zu übersehen.

„Doch, glaube mir! Die Götter wecken die Quelle des Lebens in dir. Es ist ein großer Tag, wenn dies geschieht. Du wirst in der Lage sein, Leben weiterzugeben. Und dies ist das Zeichen dafür – jedes Mal, wenn der Mond wechselt."

Sie reißt die Augen auf.

Er sagt hilflos: „Es sollte eine Frau sein, die dir dies erklärt, nicht ich."

Sie fragt mit zuckenden Lippen: „Weißt du alles darüber?"

Er nickt. „Genug."

Er hatte eine Frau, auch wenn er das dem Mädchen niemals erzählt hat. Er hieß damals noch nicht Hajdan und auch nicht Ja-ta-ro, der Name, der ihn in der Welt der Ritter berühmt und berüchtigt gemacht hat. Es ist so lange her!

Er kehrt aus seinen Erinnerungen zurück auf die Zwinge und zu seinem schwierigen Gespräch mit dem Mädchen. „Ich weiß genug darüber."

Sie hat ruhig abgewartet und seine Gedanken nicht gestört. Jetzt nickt sie und bittet: „Dann erkläre du es mir. Lieber du als Rufa." Sie kann diesen Namen aussprechen, aber es klingt, als wäre es ein besonders ekliges Tier, über das sie spricht. Er hat ihr schon manche Ohrfeige eingebracht, dieser Tonfall und die Verachtung in ihren Augen dabei. Sie weiß das und lässt es trotzdem nicht, steckt lieber die Schläge ein wie eine Auszeichnung. Rufa hasst dieses aufsässige Mädchen, deren Stolz sie nicht brechen kann. Aber sie ist nicht dumm. Seit Amanda bei den Kämpfern ist, ist sie noch vorsichtiger geworden als sie es nach Malenas gruseligem Tod auf der Treppe ohnehin schon war. Mit den Kämpfern legt sich niemand an, der bei Verstand ist und noch ein bisschen leben möchte. Auch das Mädchen bildet da keine Ausnahme, denn von ihr geht die gleiche Gefährlichkeit aus, wie Strahlen von der Sonne. Und an der Art, wie die anderen Kämpfer ihr begegnen, kann man deutlich merken, dass mit dieser Königstochter nicht zu spaßen ist. Die Burschen können höhnen, wie sie wollen: Man kann bei aller Verachtung sehr deutlich spüren, dass sie sie ernst nehmen.

Rufa weiß nicht, was Siltrass mit Amanda vorhat. Eine wie sie wird nicht in die Pläne des Herrn der Zwinge eingeweiht. Er bedient sich ihrer und sie teilt mit ihm das Lager, darauf fußt ihre bescheidene Macht. Aber deswegen macht er sie noch lange nicht zur Vertrauten. Siltrass vertraut niemandem.

Nein, seit Amanda sich bei den Kämpfern irgendwie behaupten kann, sind ihre Begegnungen mit Rufa anders geworden. Was diese aber nicht daran hindert, sie im Auge zu behalten. Und sie zu schlagen, wenn Siltrass dies befiehlt.

Hajdan nickt. Er weiß nicht, mit was Rufa das Mädchen einzuschüchtern versuchen wird. Es ist besser, er ist es, der ihr erklärt, was sie erwartet.

Sie hört ihm wortlos zu. Es erschreckt sie nicht, was er ihr sagt. Über Männer und Frauen und das, was sie miteinander tun können und was dieses Blut bedeutet. Natürlich erschreckt es sie nicht, denkt Hajdan bitter: Sie wird von den Burschen mehr als genug darüber gehört haben. Es ist höchste Zeit geworden, dass er ihr sagt, dass das Zusammensein von Mann und Frau auch anders sein kann als Demütigung und Gewalt. Dass sie etwas anderes hört als das, was die Burschen ihr androhen zu tun, wenn sie nur dürften wie sie wollten.

„Sprich mit Rufa, wenn es so weit ist", schließt er, „und sprich aufrecht mit ihr, schäm dich nicht. Glaub mir, es sind die Götter, die ihren Finger auf dich legen. Wehr dich nicht dagegen. Es ist dies das Geheimnis der Frauen."

Etwas Hoffnung ist in ihre Augen zurückgekehrt.

Seufzend setzt er hinzu: „Und genau deshalb werden die Burschen dich hassen. Du wirst dir einiges darüber anhören müssen."

Sie zuckt unbeeindruckt die Schultern. „Das tun sie die ganze Zeit schon. Ich glaube, ich hab wirklich alles darüber gehört, was dazu zu sagen ist. Es fällt ihnen jedenfalls schon länger nichts Neues mehr ein. Natürlich nichts von dem, was du gesagt hast." Nichts über Liebe und Sehnsucht, nichts von Verlangen und schon gar nichts von Vergnügen. Jedenfalls nichts über Vergnügen für beide Seiten.

Hajdan sieht sie an. „Sie reden darüber?"

Amanda verzieht das Gesicht und senkt den Kopf. „Reden würde ich das nicht gerade nennen. Sie verhöhnen mich, sie machen sich über mich lustig – unentwegt. Das tun sie doch die ganze Zeit schon."

Hajdan mahnt vorsichtig: „Du hast nie ein Wort davon gesagt."

Sie sieht wieder hoch. „Wenn ich dir alles erzählte, was sie zu mir sagen, redeten wir von nichts anderem mehr." Sie wendet sich um und verbissen sagt sie: „Sollen sie doch reden. Es lenkt sie ab."

Auf Hajdans Gesicht tritt ein seltenes Lächeln. „Du sollst wissen, dass sie dich hassen, weil sie dich fürchten. Glaub mir, es ist so. Ich war auch einmal ein junger, dummer Bursche, war genau wie die, ehe ich klüger wurde." Und ehe sein Vater ihn verdrosch, weil er seine kleine Schwester geärgert hatte vor ihrem großen Tag – die Ehre, die ihr dann erwiesen wurde, hat ihn sprachlos gemacht. Und vorsichtig. Es hat sehr viel länger gedauert, bis er es wirklich begriff – genau so lange, bis er das erste Mal Liebe zu einer Frau empfand.

„Wird es mich am Kämpfen hindern?"

Amanda reißt ihn aus seinen Gedanken. Er betrachtet sie, dann antwortet er ehrlich: „Ich weiß es nicht. Aber ich glaube nicht." Er hat nicht den Eindruck, dass es irgendetwas geben wird, was sie am Kämpfen hindern könnte. Und dann fällt ihm ein: „Tantara! Tantara ist eine Frau und eine Kämpferin. Ich habe niemals gehört, dass das eine sie am Kämpfen gehindert hat. Amanda, halt dich an Tantara."

Er sieht, wie das Mädchen die Finger ihrer linken Hand auf das Mal der Göttin legt – die Wunde, die sie sich zugefügt hat, als sie ihr Leben der Kriegsgöttin weihte. Es ist dies Tantaras Zeichen – und sie kann das unmöglich gewusst haben. Aber sie nimmt es ernst und wann immer sie in Bedrängnis ist, kann man diese kleine, versteckte Geste bei ihr sehen: Ihre Fingerspitzen berühren Tantaras Mal. Sie zieht Kraft daraus. Niemand denkt sich etwas dabei, weil kein Mensch es bemerkt oder versteht, was es bedeutet.

Hajdan sagt ernst: „Du bist seit Menschengedenken die erste Frau, die Tantara auf ihrem einsamen Weg in den Kampf folgt. Sie wird dich nicht im Stich lassen. Und deshalb glaube ich auch nicht, dass es dich am Kämpfen hindern wird." Er macht eine Pause, spricht dann langsam, ja bedächtig weiter: „Du wirst der einzige Kämpfer weit und breit sein, der nicht nur Leben nehmen, sondern auch Leben geben kann."

Amanda schluckt und senkt den Kopf. Sie holt sehr tief Luft. Dann fragt sie: „Wird es weh tun?"

Hajdan starrt sie an. „Das ist jetzt nicht dein Ernst! Du kommst heraufgewankt, grün und blau geschlagen, mit aufgeplatzten Lippen und was weiß ich noch alles und fragst mich, ob dies wehtun wird! Nein, wird es nicht – jedenfalls nicht verglichen mit dem, was du schon hattest. Es wird gar nichts sein."

Und Amanda grinst tapfer. „Dann ist ja gut."

Und als es kurz darauf wirklich geschieht, spricht Amanda kalt und stolz mit Rufa, auch wenn ihr das Herz bis in den Hals schlägt. Aber das geht Rufa gar nichts an. Und Rufa brummt und gibt ihr tatsächlich Tücher und erklärt ihr mürrisch, was sie damit zu tun hat.

Amanda erzählt es Hajdan, der in den nächsten Tagen und Wochen gespannt jede Bewegung der Wolfspriesterinnen beobachtet. Aber nichts geschieht. Man lässt das Mädchen weiterhin in Ruhe. Warum auch immer. Er wird gewiss nicht danach fragen.

Und es ist genau zu dieser Zeit, dass Amanda beim Kampf das erste Mal in den Rausch gerät. Mitten im Kampf überkommt es sie: Ihre Augen werden hart und starr, ihr Gesicht ausdruckslos. Sie kämpft schneller, härter und besser als je zuvor – aber auf eine Art, als hätte etwas Fremdes ihren Willen übernommen. Und sie schützt sich nicht. Ohne jede Rücksicht auf sich selbst macht sie ihren Gegner nieder. Und als sie ihn besiegt hat – es ist einer von Krals Schlägern, der völlig überrascht zu Boden geht –, als er liegt, hört sie nicht etwa auf. Sie hört Jossims Befehl nicht.

Sie hört überhaupt nichts mehr, sucht sich schon den nächsten Gegner – oder hätte es getan, wenn Jossim nicht dazwischen gegangen wäre. Er muss sie niederschlagen, um sie aufzuwecken. Erst am Boden liegend scheint sie zu sich zu kommen.

„Hör zu", schnauzt Jossim sie an, „wenn ich sage, dass Schluss ist, ist Schluss. Wenn du denkst, du könntest hier irgendetwas selbst bestimmen, kannst du darüber in unserem schönen, dunklen Kerker nachdenken. Verschwinde."

Und so verbringt Amanda die ersten Tage ihrer Frauwerdung ausgerechnet im Kerker. Und als sie ihren Schrecken überwunden hat, stellt sie sehr erleichtert fest, dass diese Frauengeschichte, die Hajdan für so wichtig hält, sie tatsächlich nicht am Kämpfen hindert. Ganz im Gegenteil… Die Göttin hat sie berührt, genau wie ihr Lehrer gesagt hat.

Als sie es Hajdan erzählt, erschrickt dieser zutiefst. Er hat gelegentlich von diesem Rausch gehört, der von einem Kämpfer Besitz ergreift und diesen zu Taten bringt, die kein anderer vollbringen könnte. Man spricht mit Ehrfurcht darüber, Legende und Mythos ranken sich um diesen Rausch. Er selbst hat es nie gesehen oder gar selbst erlebt. Und er ist froh darum: Wenn man von diesem Kampfrausch spricht, spricht man über einen toten Kämpfer. Er hat niemals von einem gehört, der das überlebt hätte.

„Du darfst das nicht zulassen", sagt er entschieden, „sonst wird es dir den Tod bringen. Ich will, dass du jederzeit weißt, was du tust."

Sie starrt ihn an. Sie weiß, dass sie im Rausch besser war als je zuvor. Was daran soll schlecht sein? Sie ist von Tantara berührt worden, sie ist sich sicher.

„Was ist das Wichtigste im Kampf?", fragt er scharf.

Und sie antwortet, was sie täglich von ihm hört: „Beherrschung."

„Du bist nicht gerade sehr gut darin", stellt er kalt fest.

Nein, ist sie nicht. Es geht immer wieder mit ihr durch, auch ohne diesen Rausch. Sie senkt den Kopf. „Ja, Meister." Aber die Sehnsucht nach diesem Rausch, der sie ihren Gegnern so überlegen macht, bleibt bestehen.

„Musst du wirklich Königin werden, Amanda? Kannst du es nicht einfach lassen?" Berendic hat sie mal wieder aus dem Kerker abgeholt und bringt sie in eines ihrer kleinen Verstecke.

Es gibt einige Kerker auf der Zwinge: ganz normale, schwarze, nasse Kerker voll Ratten und Asseln; eisige Kerker, in denen man fürchtet, am Boden fest zu frieren; und es gibt einen Kerker, der ist nicht kalt und nicht nass und Ratten gibt es auch keine und dennoch ist er das der schlimmste nach dem Eisloch. Sie nennen ihn das Schwarze Loch. Keiner weiß, wie groß er ist, denn man sieht nichts. Er ist völlig dunkel. Schlimmer noch: Man hört auch nichts. Er ist auf irgendeine Art so gebaut worden, dass man nicht einmal den eigenen Atem hören kann. Man hört nichts, man sieht nichts und das heißt, es gibt einen gar nicht mehr. In den hat Jossim sie das erste Mal freundlicherweise zusammen mit Berendic gesteckt, als er sie wieder einmal zusammen irgendwo erwischt hat, wo sie nicht hingehören: Aneinandergeklammert spüren sie immerhin, dass es den anderen noch gibt, auch wenn sie nicht miteinander reden können, denn tatsächlich jeglicher Laut wird verschluckt.

Das einzige Verlies, das Amanda nur vom Erzählen kennt, ist das Eisloch. Wer da hineingesteckt wird, kommt nicht lebend wieder raus. Und so wird Amanda, wann immer Jossim es für angebracht hält, in einen der anderen Kerker geworfen.

Und jetzt ist es wieder mal soweit gewesen: Amanda ist wieder einmal in den Rausch geraten. Das geschieht jetzt öfters und die Burschen haben diesen Zustand fürchten gelernt, macht sie doch jeden nieder, der vor ihr auftaucht.

Jossim muss jedes Mal dazwischengehen und er hasst es. Sie wandert stets in den Kerker dafür. Und Berendic hat sie abgeholt und schleppt sie ganz nach oben. Er weiß, sie braucht jetzt Sonne und Luft über sich. Sie versucht immer noch, sich nichts anmerken zu lassen, aber man sieht es ihr an. Wenn man sie kennt, kann man ihren Augen ablesen, wie Dunkelheit, Kälte und die Einsamkeit des Kerkers ihr zusetzen.

„Komm mit auf den Wehrgang – Mikail hat Wache." Amanda findet ein Lächeln: Mikail ist einer der Wachmänner, der die beiden nie verpfeift und sie sogar rechtzeitig warnt, wenn Gefahr droht, so dass sie schnell verschwinden können. Er ist ein ehemaliger Gefangener, hat lange die Kralle genommen und ist jetzt zu alt, um noch mit auf Raubzüge zu gehen. Er tut nur noch Wachdienst auf der Burg. Und hat irgendwie einen Narren an ihr und Berendic gefressen. Sie bringen ihm von ihren Rationen, wann immer sie können.

Amanda setzt sich auf die endlich einmal warmen Steine, lässt sich die Sonne ins Gesicht scheinen. Es ist Sommer. „Was hast du vorhin gesagt?", will sie wissen.

„Ob du wirklich unbedingt Königin werden musst. Könntest du es nicht einfach bleiben lassen?" Denn Berendic weiß, warum sie sich das alles antut. Also darf er das fragen. Aber es ist sinnlos: Amanda lässt den Kopf nach vorne kippen, schiebt den Zopf vom Nacken. „Da hast du die Antwort. Das geht nicht weg."

Sie richtet sich wieder auf, ringt um Fassung: Es ist so widerlich, wie diese Kerker ihr zusetzen. Berendic hat nicht verdient, dass sie ihre schlechte Laune an ihm auslässt. Berendic hat tatsächlich schlucken müssen: Er ist jedes Jahr mit in der Halle, wenn Ratibors Mann kommt und das Wappen freilegt. Er weiß, wie sehr Amanda das hasst. Man sieht das Wappen nie. Dies ist das erste Mal, dass sie es ihm zeigt.

Amanda lehnt den Kopf an den Stein. Wenn sie die Augen schließt, kann sie sich einbilden, dass sie Waislands Bäume im Wind rauschen hört.

„Ich kann mich nicht davor drücken", antwortet sie schließlich, „es ist das Einzige, was meinem Leben Sinn gibt. Wenn ich das nicht versuche, habe ich nichts mehr. Ich kann es nur annehmen oder untergehen." Und Berendic schweigt.

Flucht

Und dann, nach acht langen Jahren, liegt Hajdan im Sterben.

Amanda quält sich. Sie ist blass, fahrig und abwesend. An einem kalten Herbstmorgen, der in Waisland ein warmer Spätsommertag sein wird, holt man sie aus der Gruppe an sein Sterbebett. Der erste Schnee liegt in der Luft und der Wind pfeift eisig um die Burg, als sie Waffen und Rüstung von sich wirft, um zu Hajdan zu kommen.

Es ist der letzte Wunsch eines alten Mannes, der niemandem je etwas zuleide getan hat. Warum sollte man ihm ihren Besuch also abschlagen? Er ist ihre letzte Verbindung nach unten, in die Länder unterhalb der Berge. Er hat sie all die Jahre unterrichtet, hat aus lauter Langeweile und Gutmütigkeit auch jeden anderen auf der Burg das Lesen und Schreiben gelehrt. Und Wark, die Sprache Waislands. Allen Neuen hat er Rais beigebracht. Er hat gelesen, was gelesen werden musste. Hat aufgeschrieben, was geschrieben werden sollte; stoisch und ohne auf den Inhalt zu achten. Er ist keinem Menschen der Zwinge je zur Last gefallen.

Amanda läuft nach einem letzten flackernden Blick auf Berendic hinaus – es ist ein Blick, der ihrem Freund mehr Prügel einbringen wird als irgendetwas zuvor.

Während der Wind immer eisiger um die Burg pfeift, sitzt Amanda am Sterbebett ihres alten Lehrers. Als man am Abend nach den beiden schauen kommt, ist der Alte tot und Amanda hat sich verkrochen, um sich die Augen aus dem Kopf zu heulen.

Sie erscheint auch am nächsten Morgen nicht. Obwohl Jossim die Stirn runzelt und beschließt, dass ihr dies mindestens drei Tage im Schwarzen Loch einbringen wird, findet er trotzdem, dass er ihr noch einen Tag zugestehen wird. Jetzt, wo der Alte tot ist, gehört sie ihnen schließlich ganz!

Erst als am Abend gemeldet wird, dass eine komplette Winterausrüstung fehlt, dazu Vorräte aus der Küche, und sie immer noch nicht auftaucht, begreift er, was geschehen ist.

Er reißt den Mund auf und stößt einen Schrei aus, der selbst den Schneesturm übertönt. Jossim kann es nicht fassen: Der Sturm hat die Burg fest im Griff. Wie kann sie in diesen Sturm hinein fliehen? Warum sucht sie den sicheren Tod in Eis und Schnee? Was soll das jetzt noch? Aber es hilft nichts.

Jossim nimmt sich Berendic vor, während die Suchmannschaften sich bereitmachen.

Amanda wischt sich den Regen aus dem Gesicht. Endlich Regen! Kein Schnee. Und es gibt Bäume hier. Bäume! Kahle Bäume, aber es sind Bäume.

Es ist sehr knapp gewesen. Sie ist zu spät los, das war ihr schon klar, aber sie hat die Zwinge nicht verlassen können, solange noch Leben in ihm war. Vielleicht täuschten sie sich ja und er würde nicht sterben. Sie konnte nicht fliehen, während er noch lebte. Und darum waren schon die ersten Schneeflocken in der Luft, als sie die Burg hinter sich gelassen hat.

Es war nicht schwer, unbemerkt aus der Burg zu kommen. Nicht, wenn man acht Jahre dort gelebt und zusammen mit Berendic jeden, aber auch wirklich jeden Winkel erkundet hat. Es hat ihnen oft genug Schläge und Schlimmeres eingebracht, wenn man sie wieder irgendwo erwischte, wo sie nicht hingehören, aber es hat sich gelohnt. Sie haben die Winterausrüstung verstecken können und Berendic hat Proviant aus der Küche gestohlen, während sie Abschied von Hajdan nahm.

Und in diesen letzten Tagen, als Hajdan wusste, dass er sterben würde, hat er ihr endlich erzählt, wie ihr Vater ihn damals aus dem Tempel geholt hat.

Es war kurz nach dem Tod von Amandas Mutter Sibilla, die das Winterfieber nicht überlebt hat. König Adelbert hatte den Tempel mit einer sehr großen Gabe bedacht, um die Götter zu bitten, seiner verehrten Frau den ihr angemessenen Platz zu geben. Und bei der Zeremonie im großen Tempel ist ihm einer der Mönche aufgefallen. Als er den Hohen Priester Hunna nach ihm fragt, sagt dieser: „Das ist Hajdan, er dient Antaros, dem Reuegott. Er ist noch nicht lange hier.“

Aber Adelbert ist sich fast sicher, dass er sich nicht getäuscht hat. „Hat er ein Schweigegelübde abgelegt?“

Hunna sieht ihn an. „Keines, das ihn zwingen würde, nicht mit Euch zu sprechen, wenn Ihr das wünscht." Bei einer derart großen Spende kommt es auf das Schweigegelübde eines einzelnen kleinen Mönches ganz gewiss nicht an!

Der König neigt den Kopf. „Schickt ihn zu mir, bitte."

Und so ist Hajdan in den dem König zugewiesenen edlen Gemächern aufgetaucht. Er hat die Kapuze der Kutte zurückgeschlagen, dass man sein schmales, asketisches Gesicht sehen kann, wie es sich ziemt, wenn man mit dem Herrscher spricht, und neigt den Kopf mit unbewegtem Gesicht. „Mein König."

„Du bist also Hajdan."

Dieser nickt. „Ich bin Antaros Diener."

Sie mustern einander für einen langen, schweigenden Moment, dann sagt Adelbert: „Gibt es hier diesen Brunnen im Innenhof noch?"

Und als Hajdan ergeben nickt, bittet er: „Führ mich bitte hin."

Tatsächlich plätschert in einem stillen Innenhof ein Brunnen. Das Wasser fällt über steinerne Schalen, tropft nach unten, vergluckert in einem tönernen Graben, der über den Hof davonfließt. Sie setzen sich auf die steinernen Bänke, die den Brunnen umgeben.

„Hier hältst du dich also verborgen", sagt der König schließlich.

„Wie habt Ihr mich erkannt?"

„Diese Art, sich zu bewegen vergisst man nicht."

Hajdan neigt anerkennend den Kopf vor der Beobachtungsgabe des Königs. Dieser betrachtet den Mönch mit erhobenem Haupt. „Du schuldest dein Leben", stellt er fest.

„Bitte", sagt Hajdan bitter, „nehmt es. Ihr könnt es haben. Ich bin nicht hier, um mich zu drücken."

Der König hebt die Brauen. „Du gehst sehr leichtfertig mit großen Gaben um. Aber ich nehme dein Geschenk an. Allerdings will ich nicht deinen Tod. Ich brauche dein Leben für etwas anderes."

Der Mönch verzieht die Lippen und senkt den Kopf. Er hatte gehofft, der Vergangenheit zu entkommen. Jetzt hat sie ihn eingeholt.

Der König betrachtet ihn lächelnd. „Ich habe eine Tochter", fängt er an und wie er erwartet hat, hebt sich der gesenkte Kopf überrascht. „Sie ist vier Jahre alt, und ich habe sie zu meiner Nachfolgerin bestimmt."

Hajdan staunt…

„Müßig zu sagen, dass außer dir fast keiner davon weiß“, fährt der König leichthin fort. Der Mönch strafft sich und der König spricht schnell und angespannt: „Sie wird es schwer haben. Ich habe die Gesetze geändert, die ihr jetzt die Thronfolge ermöglichen und eine entsprechende Urkunde hinterlegt. Ich glaube, dass sie es schaffen kann. Doch du sollst ihr helfen. Das wäre deine Buße. So kannst du deine Schuld abtragen: Du hilfst meiner Tochter, dass sie Königin wird. Keiner wird wissen, dass du Ja-ta-ro bist. Ich glaube nicht, dass jemand außer mir dich erkennen wird. Der Tempel wird sich deinem Wunsch, ihn zu verlassen, nicht verweigern. Ich habe hier eine sehr große Gabe dargebracht – für Sibilla.“ Er muss einen Moment den Kopf drehen, bis er die Fassung wieder gefunden hat. „Hunno wird dich mir mitgeben, wenn ich ihn darum bitte. Als Lehrer für meine Tochter. Alles andere überlasse ich dir. Die Sache bleibt unter uns beiden. Ob und wann du ihr etwas sagst, bestimmst du selbst.“

Der Mönch sieht seinem König in die Augen und schweigt.

„Wir machen es so“, bestimmt der König. „Du kommst mit und siehst sie dir an. Wenn sie dir gefällt, wenn dir die Aufgabe gefällt, bleibst du und wirst ihr Lehrer. Wenn nicht…“

„Schlagt Ihr mir in eurem Burghof den geschuldeten Kopf ab“, ergänzt Hajdan trocken.

Der König lacht. „Ja, das wäre ein wirklich aufrechtes und ehrliches Angebot! Nein, wenn sie dir nicht gefällt, kehrst du hierher zurück. Es hat nur Sinn, wenn du es freiwillig und gerne tust, wenn du sie magst. Schau sie dir an und entscheide!“

Und so ist Hajdan an den Hof, auf Burg Waisland, gekommen. Amanda erinnert sich, wie ihr Vater ihr dasselbe Angebot gemacht hat. „Ich habe dir einen Mönch aus dem Tempel als Lehrer mitgebracht“, hat er ihr erklärt. „Schau ihn dir an. Wenn er dir nicht gefällt, schicken wir ihn wieder zurück. Aber sag es ihm nicht, ja?“

Sie hat das dem sterbenden Hajdan erzählt, der hustend zu lachen begann: „Dieser alte Fuchs!“

Hajdan erinnerte sich in dem Moment noch genau, wie er Amanda das erste Mal sah.

Er weiß nicht recht, was er von der Überzeugung des Königs halten soll, dass dieses kleine Mädchen als seine Nachfolgerin feststeht: Vernebelt der Schmerz über den Tod seiner hochverehrten, stolzen Sibilla ihm den Blick? Will er die letzte Erinnerung an sie – ihre gemeinsame Tochter, das einzige Kind, das sie ihm schenkte – unbedingt auf dem Thron sehen? Macht die Vaterliebe ihn blind, dass er ein solches Wagnis eingeht?

Hajdan sieht das Mädchen aufrecht dasitzen, als er das erste Mal diesen Raum betritt, der ihr Lehrzimmer werden würde. Er mustert sie von der Tür aus: Das ist kein süßes, kleines Kind mit goldenen Locken und einem lieblichen, rosigen Gesicht, wie man das von Sibillas Tochter und einer Prinzessin von Waisland vielleicht hätte erwarten können. Das ist ein schmales, kleines Geschöpf mit glatten, dunklen Haaren und langgliedrigen Fingern. Und als sie jetzt aufsieht sieht er unglaubliche graue Augen, die ihn sehr unverblümt mustern. Alles an ihr ist schmal und lang – geschmeidig. Allein ihre aufrechte Haltung gefällt ihm schon sehr! Wenn man sie sieht, denkt man eher daran, wie sie wohl reitet, schwimmt und auf Bäume klettert. Sie sieht einfach nicht nach Stickrahmen und Mädchengekicher aus.

Aber er will sich vom ersten Eindruck nicht täuschen lassen. Vielleicht weiß sie ja um ihre Wirkung und setzt sie bewusst ein.

Er beschließt, sie zu prüfen. „Sei gegrüßt, Amanda", sagt er und betritt den Raum, „ich bin Hajdan. Dein Vater meint, ich solle dein Lehrer werden."

Sie nickt, ungerührt über seine wenig ehrerbietige Ansprache und fragt zurück: „Sollte ich ‚Ihr' zu dir sagen?"

Er sieht ihr ins Gesicht: Sie macht sich nicht über ihn lustig, meint ihre Frage ganz aufrichtig. „Sagen die Leute normalerweise Ihr zu dir?", fragt er zurück, wobei er seine Freude über ihre Antwort für sich behält.

Wieder nickt sie. „Fast alle."

Natürlich – sie ist die Königstochter, nach dem Herrscher der ranghöchste Mensch in ganz Waisland, auch wenn sie erst vier Jahre alt ist. „Ist es recht, wenn ich Amanda zu dir sage?"

In ihre Augen kommt ein neugieriges Leuchten, sie lächelt ein bisschen und nickt. „Das ist mein Name."

Sie gefällt ihm! Sie weiß sehr genau, wer sie ist. Das ist nicht mangelnder Stolz. Er begreift, dass nach dem frühen Tod der Mutter vermutlich außer ihrem Vater und vielleicht einer alten Amme niemand sie mehr mit Namen anspricht. Es scheint ihr zu fehlen. „Gut. Dann halten wir es so."

„Was sage ich?"

Was für ein kluges, kleines Ding sie ist! „Du sagst Hajdan. Das ist nur recht, oder?"

Sie sieht ihn an und sagt tapfer: „Gut, Hajdan."

Sie hat sich unter einem Mönch etwas anderes vorgestellt – etwas Langweiliges. So wie den Priester im Tempel, der ist freundlich und nett, spricht sie stets korrekt an, aber sie mag ihn trotzdem nicht besonders. Aber dieser Hajdan ist anders. Der stirbt nicht in Ehrfurcht und Respekt vor ihr! Und damit sollte sie sehr Recht behalten.

Hajdan bereut es keinen Augenblick, dass er das Angebot des Königs angenommen hat, als Lehrer dieser Tochter seine Schuld abzutragen. Es ist eher die Frage, was daran eine Buße sein soll. Zumindest bis zu dem Augenblick, als Ratibor die Burg überfiel und das Mädchen von der Horde weggebracht werden sollte… und er hier oben mehr als acht Jahre lang dafür gesorgt hat, dass sie am Leben bleibt. Dass sie in der Lage ist, sich zu wehren – und jetzt zu fliehen.

„Bleibe am Leben, werde Königin." Das waren Hajdans letzte Worte. Und dann war er tot. Der Mann, dem sie alles verdankt. Amanda hätte nichts lieber getan, als sich irgendwo zu verkriechen und um ihn zu weinen. Sie hat ihn geliebt, wie sie ihren Vater geliebt hat. Und sie weiß, er hat auch sie geliebt. Auch wenn er es wirklich nicht damit übertrieben hat, ihr das zu zeigen oder gar zu sagen.

Aber dafür war keine Zeit. Sie musste weg, ehe irgendjemand nach ihr schaut und alles umsonst ist. Und so ist sie tränenüberströmt in ihr Versteck gehuscht, hat sich schluchzend die Winterausrüstung übergezogen, Proviant und Wasser geschnappt und ist durch das hintere kleine Törchen abgehauen.

Die Ebene zu überwinden war schon schwieriger, aber die Wintertarnanzüge hießen nicht umsonst so, und hier hat der einsetzende Schneefall geholfen. *Nicht einmal die verfluchten Raben bekommen etwas mit*, denkt sie grimmig. Denn die Raben mögen keinen Schnee und haben sich in ihrem Turm verkrochen.

Als die Burg außer Sicht geriet, war dieser Vorteil allerdings vorbei. Der Schneesturm ist viel schneller aufgezogen, als sie gedacht hatte und sie brauchte ewig, bis sie die einzelnen Wegmarken fand, die den Pfad zum kleinen Pass weisen. Das alles dauerte zu lange! Und als sie schneller machte, die Angst im Nacken, hat sie natürlich den Weg verloren, und es ist, als hörte sie Berendics Stimme im Ohr, der bestimmt tausendmal gemahnt hat: „Erst weitergehen, wenn du dir des Weges sicher bist. Der Berg und das Wetter töten dich schneller als jeder Mensch.“

Die verdammten Berge! Sie hätte es nicht geschafft, wenn das Wetter nicht ein Einsehen gehabt und für einen Moment Luft geholt hätte. An der Wegmarke für den Pass war sie schon vorbeigelaufen und wäre unversehens in die Schlucht gestürzt, wenn es nicht für einen Moment aufgeklart hätte. Aber so fand sie den Pass doch noch, konnte warten, bis die Wachen vorbei waren und kam lebend hindurch. Den Weg durch den kleinen Pass bei diesem Wetter zu gehen war, na ja, gefährlich.

Das war es auch, was Berendic zu dem ganzen Unternehmen gesagt hat: „Das soll ein Plan sein? Das ist kein Plan. Das ist einfach Selbstmord und das weißt du ganz genau!“

„Ich muss gehen“, hat sie ihm stur entgegengehalten. „Irgendwann wird jemandem einfallen, was sie mit mir vorhaben und dann ist es zu spät. Hast du Ondors Grinsen gesehen, als er im letzten Herbst hier war? Ich wäre schon vergangenes Jahr weg, wenn es nicht Hajdan so schlecht gegangen wäre.“

Ondor ist der Ritter Ratibors, der zuverlässig jedes Jahr kommt, um zu sehen, ob Amanda noch da ist. Sie hasst ihn, weil er ein widerlicher Kerl ist und weil er solche Freude daran hat, sie zu demütigen, auf die Knie zu zwingen und ihr Wappen zu betasten.

Berendic weiß, dass sie Recht hat, dass es langsam Zeit wird, dass eine Entscheidung fällt. Was er aber sagt, ist: „Weggehen? Amanda, wenn du fliehst, hast du niemanden mehr! Es ist Wahnsinn!“

„Richtig“, nickt Amanda, „ungefähr so ein Wahnsinn, wie Kämpfer werden zu wollen.“ Da hat er nämlich genau das Gleiche gesagt. Nicht, dass er nicht recht behalten hätte.

Das sieht er genauso. „Es hätte dich auch ums Haar das Leben gekostet! Wenn Jossim nicht auf dich aufgepasst hätte, wär's um dich geschehen gewesen!"

„Ja, Jossim wird mir da draußen wirklich fehlen", gibt sie bissig zurück, „ich werde mich nach seiner Begleitung ganz sicher sehnen."

„Verstehst du denn nicht? Du hast keine Freunde da draußen! Du bist alleine!"

„Ich werde Freunde finden", wirft sie bockig ein. „Berendic, ich muss gehen. Verstehst du das nicht? Ich muss gehen und mir mein Königreich zurückholen. Ob du mir jetzt hilfst oder nicht."

Das ist gemein und er springt auf. „Hör auf, mich zu beleidigen, du stures Miststück. Du weißt ganz genau, dass ich dir helfe. Ich finde es bloß schade, dass ich es nur tue, damit du dich besser umbringen kannst." Und damit geht er.

Daran muss sie jetzt denken, als sie sich ganz langsam den Weg – oder was davon übriggeblieben ist – hinabtastet. Der Bach ist angeschwollen, der Wind und die einsetzende Kälte lassen die Steine poltern und die Bäume, über die sie sich so gefreut hat, schwanken bedenklich, mancher Ast ist schon hinuntergekracht. Jetzt bewegt sie sich wirklich langsam vorwärts, wissend: Es ist reines Glücksspiel.

Zudem kennt sie den Weg nicht, sie ist ihn nie gegangen, kennt ihn nur aus Berendics Schilderungen. Schritt für Schritt sind sie diesen Weg zusammen durchgegangen, so lange, bis Amanda glaubte, ihn blind entlanglaufen zu können. Das ist natürlich nicht wahr und jetzt bei strömendem Regen sowieso nicht. Ihr helfen nur die acht Jahre, in denen sie gelernt hat, in diesen ekelhaften Bergen herumzukrabbeln, wo alles stärker ist als sie und ein Schwert oder ein Messer gar nichts nutzen. Sie hat sich für den kleinen Pass entschieden, obwohl der große bequemer und bei diesem Wetter auch sicherer gewesen wäre. Aber er ist eben auch besser bewacht und es ist sehr fraglich, ob sie an all den Wachen vorbeigekommen wäre.

Und dann kommt der Moment, den sie am meisten fürchtet: Sie wird die Wolfskleidung ausziehen müssen und die Waffen ablegen. Aber sie kann nicht als Wolf in die Ebene kommen. Sie würde schneller erschlagen, als sie sagen kann, dass sie ein Mädchen ist. Und schneller verraten... Die Dörfer in den

Grenzlanden zur Horde hassen und fürchten die Kämpfer aus den Bergen, aber es gibt auch genug Leute, die einen Flüchtigen verraten – sie hat es erlebt. Und darum wird sie als Magd weiterziehen müssen. Unbewaffnet. Sie wird ihr Messer in einen Beutel stecken. Aber was nutzt ein Messer in einem Beutel? Sie wird es niemals schnell ziehen können, wenn es hart auf hart geht.

Sie hat den großen Ahorn erreicht, den ihr Berendic als Wegmarke beschrieben hat, an der sie spätestens aufhören muss, ein Wolf zu sein. Sie sucht sich Schutz und beschießt, die einbrechende Nacht noch in der warmen Kleidung der Horde zu verbringen. Niemals hätte sie gedacht, dass sie diese Sachen je als Schutz empfinden würde.

Am anderen Morgen hat der Regen aufgehört, der Bach ist mächtig angeschwollen und ein schmales, dunkelhaariges Mädchen in einfacher Kleidung macht sich auf den mühsamen Weg talabwärts. Sie hat vor, sich als Magd zu verdingen. Harte Arbeit macht ihr bestimmt nichts aus. Nahe dem dritten Dorf, das sie umgeht, fragt sie im letzten Hof nach.

Sie wird fortgejagt. Man hetzt die Hunde auf sie. Sie wird mit Steinen beworfen, mit der Mistgabel bedroht, mit Flüchen überschüttet. So geht es einen Tag, einen zweiten Tag, auch am dritten und vierten Tag wird es nicht anders. Man mag Fremde hier nicht.

Amanda hat keinen Blick für die sanfte Hügellandschaft, die den Übergang zwischen den Bergen und dem weiten Land bildet. Zwar saugt sie das Grün der saftigen Matten ein, aber sie ist auf der Flucht und sieht die Landschaft nur mit den Augen eines Flüchtlings. Sie muss hier weg, und zwar schnell. Sie will zurück zur Burg Waisland. Was sie alleine in der halbzerstörten Burg tun wird, weiß sie nicht, aber dies wird der Ausgangspunkt für alles sein, so viel steht für sie fest.

Und so sieht sie in den kleinen Wäldchen am Wegesrand nur Verstecke. Die dazwischen gesprenkelten Dörfer, Weiler und Höfe, die immer stattlicher werden, je weiter sie ins Land kommt, sind für sie Gefahr und Hoffnung zugleich. Und die vielen kleinen Seen, die eingebettet in den grünen Hügeln liegen, verheißen ihr lediglich, dass sie sich waschen kann und nicht verdursten wird. Dies ist ihr Land, jeder Fußbreit Boden gehört ihr, aber was nützt das? Sie kann nicht als Herrin auftreten und dem Land befehlen, ihr zu gehorchen.

Und sie fühlt sich fremd hier. Zuerst denkt sie, dass die lange Gefangenschaft auf der Zwinge schuld daran ist, dass sie sich überall fremd fühlt, selbst in ihrem eigenen Land. Dann aber, als sie wieder einmal an einem der kleinen, kargen Äcker vorbeikommt und die wenigen Obstbäume an seinem Rand sieht, begreift sie: Es sind die wogenden Ährenfelder, die großen Obsthaine und das weite Land, die Burg Waisland umgeben, die sie vermisst. Der Grund hier ist steinig und karg und das Wetter hart, so dass man keine großen Felder anlegen kann. Aber Heu muss es hier im Überfluss geben, denkt sie unwillkürlich, als ihr Blick über die grünen Wiesen geht.

Sie übernachtet in den Wäldern, ihr Aussehen wird davon nicht besser und langsam gehen ihr die Vorräte aus. Wenn sie nicht bald etwas findet, wird sie stehlen oder verhungern müssen. Sie hat ihr Messer. Sie könnte jagen, aber auf Wilderei steht der Tod und sie würde erschlagen, ehe sie sagen kann, wer sie ist. Und selbst wenn sie es sagt: Dann stirbt sie genauso.

Schließlich klopft sie an einem abgerissenen Bauernhof, der wüst und verwahrlost außerhalb eines Dorfes liegt. Der missgelaunte Bauer mustert sie abfällig. Ja, man sieht ihr den ständigen Aufenthalt draußen jetzt deutlich an. Aber das ist ihre Rettung, sieht sie nun doch wirklich aus wie eine halb verhungerte, bedürftige Magd, die mit allem zufrieden sein wird.

„Geh' misten in den Stall", befiehlt der Bauer und knallt die Tür wieder zu. Amanda macht sich auf die Suche nach dem Stall. Immer dem Geruch nach.

Sie ist erleichtert: Misten kann sie. Sie hat befürchtet, zum Melken geschickt zu werden. Amanda weiß nicht, dass kein Bauer mit halbwegs Verstand eine ungelernte Kraft an seine Kühe lässt. Melkerin zu werden, muss man sich verdienen! Da lässt niemand eine hergelaufene Magd dran. Und noch weniger weiß sie, dass Misten Männerarbeit für einen Knecht ist. Sie nimmt hier einem Knecht die Arbeit weg – bloß, dass es hier keinen Knecht gibt. Amanda ist es gleich. Sie findet den dunklen, grauenvoll stinkenden Stall und macht sich ans Misten.

Was es hier gibt, sind eine bösartige, schlecht gelaunte Magd, die sie zutiefst verachtet, weil sie Männerarbeit tut, eine verhärmte, offenbar schwerkranke Bäuerin, die wegen ihrer Schwäche, die sie vermutlich bald das Leben kosten wird, mit Verachtung gestraft wird und diesen leider zu Gewalttätigkeiten neigenden Bauer, der sich offenbar an die Magd hält, weil seine Frau ihm nicht mehr zu Willen sein kann. Daraus bezieht Berta, die Magd, ihre Machtstellung, die sie gegen Amanda und die Bäuerin richtet.

Sie fürchtet offenbar, dass die jüngere, weit hübschere Amanda ihr die Stellung beim Bauer streitig machen wird und schikaniert sie unentwegt. Amanda hätte ihr gerne klar gemacht, dass sie an nichts weniger denkt, als daran, das Lager mit diesem Scheusal zu teilen. Aber Berta kümmert das nicht und so etwas wie ein Gespräch ist mit niemandem auf diesem Hof möglich. Immerhin gibt es genug zu essen, so dass man nicht verhungern muss – das ist das einzig Gute.

Der Bauer versucht einmal, sie zu schlagen, aber Amandas graue Augen halten ihn ab. Dies und vielleicht die Mistgabel, die sie in der Hand hält. Amanda stellt fest, dass ihr offenbar doch mehr Standesdünkel innewohnt, als sie je gedacht hätte: So oft sie auf der Zwinge auch verprügelt worden ist, würde sie sich doch niemals und unter keinen Umständen von diesem widerlichen Bauern schlagen lassen! Er flucht und wettert, tatsächlich aber weicht er zurück. Immerhin, sie tut die Arbeit eines Mannes, er spart sich hier den viel teureren Knecht. Also behandelt er sie einfach auch als sei sie ein Knecht. Knechte werden nicht so oft geschlagen – nicht, solange sie bei Kräften sind und möglicherweise zurückschlagen.

Das geht so fort, bis sie im Dorf von einem der Burschen dort angesprochen wird. „Warum machst du das eigentlich? Der spart sich doch bloß den Knecht, der alte Geizhals!"

Arme, ahnungslose Amanda! „Ah, ja?", brummt sie und der Bursche setzt dazu: „Das hast du doch nicht nötig!"

Das sieht Amanda allerdings anders. „Schon mal Hunger gehabt?", fragt sie ihn.

Der Knecht mustert sie spöttisch von oben bis unten. „Schau doch mal, wie du aussiehst! Wann hast du das letzte Mal Milch oder Butter geschmeckt?" Er sieht Amandas Gesichtsausdruck und lacht. „Sag ich doch! Der Lobsbauer, hinter der großen Viehweide, der sucht eine Magd. Sag einfach, Jacco hätte dich geschickt!"

Der Lobsbauernhof ist ein stattliches Gehöft und da ihnen eine Kleinmagd an der Schwindsucht gestorben ist und die Herbsternte ansteht, nehmen sie Amanda, die sich als Hanna vorgestellt hat. Sie rümpfen zwar die Nasen, aber sie nehmen sie.

Hier gibt es viel mehr Mägde und auch Knechte, was die Sache schwierig macht. Amanda ist es zwar gewohnt, mit Männern umzugehen, aber sie hat keine Ahnung, wie man sich unter Frauen behauptet. Und sie hätte nie gedacht, dass Frauen noch gemeiner und bösartiger als jeder Mann sein können. Zumal sie einfach auffällt. Nicht, weil sie das will oder weil sie sich gar in den Vordergrund spielte. Aber schon ihre Art zu sprechen ist anders als die aller anderer. Nicht nur wegen ihrer Aussprache, die davon kündet, dass sie von weit her kommt.

„Du musst ein bisschen mehr aufpassen, Hanna", warnt Jobb, der oberste der Stallknechte, Amanda nach ein paar Wochen.

Sie ist gern bei Jobb. Sie fühlt sich wohl im Stall. Dieser Stall ist blitzsauber, sogar die Kühe. Das ist Jobbs Werk und Jobbs Reich. Der Lobsbauer lässt ihn machen, weil er eine mehr als glückliche Hand mit den Kühen hat, die prächtig gedeihen und keine Kälber verwerfen, seit Jobb da ist. Er hat gewisse Freiheiten, die er sehr vorsichtig ausnutzt. Eine davon ist diese Warnung an Amanda.

Amanda sieht ihn fragend an. „Ich mach doch alles, was sie sagen."

Jobb nickt. „Aber man merkt, dass du nicht auf einem Bauernhof aufgewachsen bist."

Amanda wird sehr rot und ihr Atem stockt.

„Du hast auf einer Burg gedient und bist durchgebrannt, oder?", fragt Jobb leise.

Amanda sagt gar nichts mehr. Heulende Wölfin! Was hat sie falsch gemacht?

„Man merkt's daran, wie du redest. Und wie du schaust. Man kann nicht sagen, woran genau es liegt. Aber sie merken das."

Amanda sieht ihn an, schaut sich um und da fällt es ihr wie Schuppen von den Augen. „Du aber auch", sagt sie leise. Der Stall sieht nicht aus wie ein Kuhstall. Darum fühlt sie sich hier so wohl: Der Stall sieht aus, als würden hier drin die Pferde einer Burg gehalten, nur, dass eben Kühe darin stehen.

„Schon möglich", gibt Jobb zurück, „aber mir sagt hier keiner was, solange es den Kühen gutgeht. Aber du tust besser daran, noch weniger zu reden und deine Augen bei dir zu behalten! Da ist zu viel Rebellion in deinem Blick. Das wird nicht mehr lange gut gehen, wenn du so weiter machst."

Amanda wird es kalt. Sie hat es für leichter gehalten, sich als Magd zu verdingen. „Was soll ich tun?", fragt sie leise.

„Dich ducken und den Mund halten", rät Jobb. „Und so bald wie möglich weiter ziehen. Du solltest besser nirgendwo zu lange bleiben, irgendwann knallt's sonst. Hast du keinen Platz, wo du hinkannst?"

Amanda denkt an Waisland und seufzt. „Danke, Jobb", sagt sie.

„Gibt's dafür keinen Kuss?"

Amanda starrt ihn an.

„Siehst du?", sagt er. „Schaust mich an, als würde ich dir an deine Ehre gehen! Was bist du nur für ein eingebildetes Ding! Verschwinde schon, du undankbare kleine Ratte."

Amanda weiß es nicht, aber sie ist hübsch geworden. Das schmale Gesicht mit den grauen Augen unter dem dunklen Haar, die schmale Nase, der sanft geschwungene Mund: Amanda ist wirklich hübsch. Dies und der Schwung, den sie mitbringt, die Ausstrahlung, über die sie verfügt. Es geht etwas Bezwingendes von ihr aus.

Natürlich ahnt sie nichts davon. Sie hat noch nie ein anerkennendes Wort über ihr Aussehen gehört. Hajdan, der sehr wohl gesehen hat, zu welcher Schönheit das Mädchen wurde, hat geschwiegen. Er kann ihr nicht noch mehr aufbürden. Berendic hat aus demselben Grund geschwiegen – und aus ein paar anderen Gründen, die nur er selbst kennt. Und von den übrigen Burschen hat sie nichts als Schmähungen und Spott zu hören gekriegt. So versteht sie nicht, dass ihr hier, bei Jobb im Kuhstall, die Zurückhaltung als Hochmut ausgelegt wird.

Amanda hält fortan den Kopf nur noch gesenkt, so kommt es ihr jedenfalls vor. Sie sieht keinen mehr an, macht bei keinem Scherz mit und trägt ihren Dolch wieder bei sich. Sie hält die Waffe verborgen unter den Falten des Rockes, gewahr, dass sich ihr in jedem Augenblick jemand nähern könnte, stets darauf bedacht, nie allein mit irgendeinem Mann zu sein. Und wenn es sich doch nicht vermeiden lässt, ist sie wachsamer, als sie es die letzten Jahre auf der Zwinge gewesen ist.

Doch sie übersteht die Zeit unbeschadet. Jobb sieht sie nie mehr an und sie geht nicht mehr in den Stall. Als die Herbstarbeiten vorbei sind, wirft der Lobsbauer sie hinaus, ehe sie selbst darum bitten kann.

Sie ist wieder auf Wanderschaft. Jetzt im Spätherbst ist das leichter, nicht nur, weil sie tatsächlich ein paar Taler Lohn erhalten hat und sich damit ein bisschen besser durchschlagen kann. Sondern auch, weil jetzt im Herbst viele Knechte und Mägde den Hof wechseln und sie nicht so auffällt.

Sie bekommt nicht weit entfernt eine neue Arbeit. Dort verhält sie sich so demütig, wie sie nur kann, hält ihre Augen und Hände im Zaum und schafft es, sich mit zumindest einer Magd anzufreunden. Kara heißt das hübsche, flinke Geschöpf mit braunen, krausen Zöpfen, das ihr ganz ungefragt die Freundschaft anträgt. Kara nimmt sich Amandas an und weiht sie in die Kunst des Wäschewaschens ein und so wird Amanda bald eine ganz brauchbare Wäscherin.

Das sieht wohl auch Regi, die oberste der Mägde, so. „Kara, nimm Hanna und Mari mit. Ihr geht mit der Wäsche zum Fluss. Was ist, Hanna? Stör ich dich etwa beim Frühstück?!“

Amanda fährt auf, als die Hand neben ihr auf die Tischplatte knallt. Wenn sie in Gedanken ist, vergisst sie manchmal, dass sie Hanna heißt. „Entschuldige, Regi.“ Sie wirft Kara einen Blick zu: Ein Tag mit der Wäsche am Fluss ist zwar harte Arbeit, aber sie hatten schon viel Spaß zusammen unten am Fluss. Man hat da seine Ruhe. Sie nicken einander zu.

Anders Mari. Die blonde Magd sagt: „Das ist zu harte Arbeit für mich. Ich habe Besuch meiner Göttin. Jedermann weiß, dass man an solchen Tagen nicht zu schwer tragen soll.“

Regi verzieht unwillig das Gesicht. „Das einzige, was ich weiß, ist, dass nur du den Besuch deiner Göttin so ernst nimmst. Von den anderen hier höre ich nie sowas. Also stell dich nicht so an.“

Doch Mari kann sich das erlauben. Ihre gesamte Familie tut hier und auf den Höfen ringsum Dienst und wenn man sie zu hart anpackt, gibt es Ärger. Irgendeiner ihrer Brüder oder Onkel erwischt einen zufällig irgendwo, wo keiner zusieht und klärt die Sache. Da sie ansonsten eine ordentliche Magd ist, lässt der Bauer sie gewähren.

„Lass sie doch“, sagt Amanda abfällig, „das schaffen Kara und ich auch alleine. Soll sie sich ausruhen.“ Sie mag Mari nicht, weil die sich immer so wichtig nimmt und Regi und Lisa, der Bäuerin, alles hinterträgt. Man kann kein offenes Wort reden, wenn sie in der Nähe ist.

Genau deshalb geht sie so gerne mit Kara zum Fluss: Kara ist nicht nur tüchtig, sie hält auch dicht. Und sie ist von Anfang an nett zu Amanda gewesen. Als Amanda sie gefragt hat, warum sie eigentlich so freundlich zu ihr ist, hat Kara sie entsetzt angestarrt. „Wie meinst du das denn? Magst du mich nicht?"

„Doch natürlich", hat sich Amanda beeilt zu antworten, „ich mag dich." Und das ist die Wahrheit. Sie mag Kara wirklich. Aber sie versteht nicht, warum Kara ihr das gleiche Gefühl entgegenbringt, und sagt: „Du weißt doch gar nichts über mich."

„Na ja", gibt Kara zu, „das stimmt schon. Aber von Mari weiß ich alles und ich mag nichts davon." Sie sehen sich an und prusten los.

Amanda hat es vorgezogen, keinerlei Erinnerungen an ihr früheres Leben nach außen dringen zu lassen, und behauptet, dass sie ihr Gedächtnis verloren hat. Das ist ihr immer noch einfacher erschienen, als ein Gebäude aus wahren und falschen Geschichten zu errichten, an das sie sich dann halten und ständig ausbauen muss. Die Gefahr, dass sie sich verplappert oder sich widerspricht, ist einfach zu groß. Es gibt schon genug, worauf sie achten muss, sie kann nicht auch noch darauf aufpassen. Da ist es besser, sie hat gar keine Geschichte, auch wenn man sie seither behandelt, als sei sie ein Kalb mit zwei Köpfen.

Kara sieht sie mit aufgerissenen Augen an. „Du kannst ja nichts dafür, dass du alles vergessen hast. Du bist trotzdem ein ganz feines Mädchen. Doch, wirklich, das bist du. Willst du nicht meine Freundin sein?"

„Ich möchte gerne deine Freundin sein", antwortet Amanda ernst. „Ich bin deine Freundin. Für immer."

Kara fällt ihr um den Hals. „Siehst du? So was Nettes sagst nur du. Und wenn du das sagst, dann weiß ich, dass es gilt. Ich bin auch deine Freundin. Für immer."

Amanda kämpft mit der Fassung.

Kara sieht es. „Sag mal, heulst du?"

„Tu ich gar nicht", lügt Amanda und blinzelt.

Kara schüttelt fassungslos den Kopf. „Jetzt heulst du, aber wenn du Schläge kriegst, heulst du nie. Wie machst du das nur? Ich dachte schon, du kannst gar nicht weinen. Dass du das genauso vergessen hast wie alles andere auch. Kannst du aber wohl."

Amanda dreht den Kopf weg. Mit Freundlichkeit kann man ihr die Fassung am schnellsten rauben, das weiß sie schon. „Warum sollte ich weinen, wenn sie mich schlagen? Nützt das was?", fragt sie stattdessen trotzig.

Kara sagt mit großen Augen: „Ich find's jedenfalls ziemlich gruselig. Und ich glaube, es macht ihnen ein bisschen Angst."

Amanda hat sich zähneknirschend damit abgefunden, auch hier gelegentlich geschlagen zu werden. Sie ist einfach nicht in der Lage, sich Standesdünkel leisten zu können. Es macht ihr erstaunlicherweise sehr viel mehr aus, als es die Schläge auf der Zwinge je taten und es kostet sie alle Kraft, diese Schläge reglos einzustecken. Aber auf den Gedanken, in Tränen auszubrechen, ist sie niemals gekommen.

Kara schaut sie weiter mit großen Augen an. Amanda weiß, dass es Stolz ist, ein letzter, kleiner Rest Stolz, den sie sich auch hier bewahrt hat. Sie muss sich zwar schlagen lassen, um zu überleben, aber sie wird nicht weinen dabei. Sie wird diesen Bauern und Mägden, diesen Knechten und Landleuten nicht die Genugtuung geben, Amanda von Waisland weinen zu sehen. Auch wenn sie gar nicht wissen, dass sie Amanda von Waisland ist. Vielleicht werden sie es irgendwann erfahren.

Nein, sie wird nicht weinen. Auch nicht, wenn man sie dann vielleicht weniger schlagen würde. Denn natürlich reizt ihre Ruhe manch einen, herauszufinden, wie weit man gehen muss, bis dieses seltsame Mädchen seine stoische Haltung verliert. Amanda hofft, dass dies keinem je gelingen wird, denn sie weiß, dass sie sich dann zur Wehr setzen wird. Und zwar so, wie Hajdan es sie gelehrt hat: endgültig. Sie wird sich nicht brechen lassen. Bevor sie die Achtung vor sich selbst verliert, wird ihr Gegenüber sterben. Wer immer es ist und was immer daraus entstehen mag.

Aber das alles kann sie Kara nicht erzählen. Sie kommt sich wie eine Verräterin vor, weil sie dieses Mädchen anlügen muss und vermutlich auch im Stich lassen wird. Sie hat sie wirklich ins Herz geschlossen. Vielleicht wird sie ihr irgendwann danken können, aber das ist ein schwacher Trost. Dazu muss sie erst einmal am Leben bleiben. Und in der Lage sein, irgendjemandem zu danken.

Als sie jetzt die Wäsche zum Fluss tragen, sagt Kara ernst: „Das darfst du nicht mehr tun. Wenn Regi sagt, wer welche Arbeit machen soll, darfst du nicht widersprechen."

Amanda schaut sie verständnislos an. „Aber sie kann Mari jetzt doch was anderes tun lassen. Sie hat doch den Nutzen davon. Oder bist du mir böse, weil wir jetzt die ganze Arbeit alleine machen müssen?"

„Nein, nein, das mein' ich nicht", wehrt sich Kara und fängt nochmal an. „Ich bin dir bestimmt nicht böse. Und natürlich macht es viel mehr Spaß mit dir alleine. ,Besuch ihrer Göttin!' Also wirklich. Wenn wir alle so einen Aufwand machen würden, wenn wir bluten, würde jeden Tag eine andere auf der faulen Haut liegen. Die findet wohl, ihr Geschenk ist nicht groß genug gewesen."

Amanda versteht nicht. „Welches Geschenk?"

Kara schaut sie überrascht an. „Das Geschenk zum ersten Mal. Jetzt sag nicht, dass du das auch vergessen hast." Sie sieht Amandas Gesicht und fährt fassungslos fort: „Wo bist du nur gewesen. Hast du wirklich kein Geschenk gekriegt?" Offenbar ist es das Schrecklichste, was Kara sich vorstellen kann.

Amanda ist wie betäubt. Hajdan hat sie also nicht nur trösten wollen über das Unvermeidliche. Es ist wahr, was er gesagt hat. Die Götter legen ihren Finger auf dich. Sogar diese einfachen Mägde nehmen das ernst. So ernst, dass Mari sich deswegen vor der Arbeit drücken kann.

Und dann lässt sie beinahe die Wäsche fallen: Sie hat ein Geschenk bekommen! Als sie damals aus dem Kerker zurückkam, nachdem sie diesen Kampfrausch das erste Mal erlebt hatte, hat Hajdan ihr ein Messer geschenkt. Ein unglaublich gutes Messer, das er unter Lebensgefahr für sie gestohlen hatte. Eine Klinge, die ihr gehört, ihr ganz allein. Eine Waffe, die sie nicht abgeben muss wie die anderen Waffen, wenn sie die Halle verlässt – weil niemand weiß, dass sie sie hat. Dieses Messer, nachdem sie die ganze Burg durchsucht haben, ist ihr lieb und teuer. Es ist das Messer, das sie auch jetzt bei sich trägt. Doch, sie hat ein Geschenk „zum ersten Mal" bekommen. Es sollte kein Trost sein – Hajdan tat, was Sitte und Brauch ihm geboten. Was ihr zugestanden hätte. Oh, Hajdan! Sie sieht Kara an. „Doch, ich habe ein Geschenk bekommen. Das größte, das ich mir vorstellen kann." Und jetzt weint sie wieder…

Erst als sie die Wäsche auf die Steine schlagen, fällt ihr wieder ein, was Kara gesagt hat. „Was war das mit Regi? Was du vorhin gesagt hast."

Kara schaut sie besorgt an. „Du hast ihr widersprochen. Es ist ganz gleich, dass du ihr vielleicht einen Gefallen getan hast. Oder mir. Oder gar Mari. Sie wird dir böse sein und das wirst du abkriegen. Und von Mari im Übrigen auch. Der ist gar nicht zu trauen. Glaub bloß nicht, dass sie dir dankbar ist. Sie wird dich hassen.“

Amanda versteht gar nichts mehr. „Mich hassen? Aber warum denn?“

„Na, deshalb“, sagt Kara aufgebracht, „weil sie dir dankbar sein muss. Sie wird dich reinlegen wollen. Also pass auf.“

Amanda schluckt. „Danke.“

Kara gibt ihr einen Schubs. „Jetzt mach nicht so ein Gesicht. Sie werden dir nicht gleich den Kopf runterreißen. Aber sag lieber nichts mehr. Auch wenn ich echt froh bin, dass wir die dumme Gans nicht dabei haben.“ Sie sehen sich an und ihr Lachen schallt über den Fluss.

Und tatsächlich inspiziert Regi die Wäsche sehr genau, als die beiden Mädchen vom Fluss heraufkommen. Sie nimmt jedes Stück auseinander und besieht es genau. Aber sie findet nichts zu bekritteln, was schon ein halbes Wunder ist. „Ist gut. Aber das will ich dir auch geraten haben“, knurrt sie böse.

Amanda senkt den Kopf: Das hätte sie auch nicht gedacht, dass sie das Lob einer Magd stolz machen könnte! Aber sie hat nicht lange Zeit, sich darüber zu freuen.

Auf dem Weg zum Abendessen wird sie am Arm gepackt. „Du warst mal wieder aufsässig, höre ich!“ Es ist Lisa, die Bäuerin. Amanda kommt nicht dazu, etwas zu sagen: Lisa versetzt ihr eine schallende Ohrfeige. Aber damit nicht genug. „Du kriegst heute kein Abendessen. Das wird dich Demut lehren!“

Amanda beißt sich auf die Lippen. Sie hat Hunger. Richtigen Hunger. Die Arbeit am Fluss, das kalte Wasser, die schwere Wäsche und nur ein paar Bissen Brot dazwischen: Sie hört ihren Magen knurren. Aber sie weiß auch: Was immer sie tut, Abendessen wird es für sie keines geben. Sie kann sich vielmehr überlegen, ob sie zum Hunger auch noch Schläge will.

Sie wendet sich mit gesenktem Haupt zum Gehen, wird aber wieder rüde herumgerissen. „Ich hab nicht gesagt, dass du davonlaufen und dich ausheulen kannst. Ab, zu den andern! Das Zusehen wird dich lehren, ohne Widerworte zu gehorchen.“ Jetzt schaut Amanda doch auf. Trockenen Auges. Sie sieht sicher nicht so aus, wie Lisa sich eine demütige Magd vorstellt, und die Bäuerin weicht zurück. „Regi, du sorgst dafür.“

Amanda setzt sich mit gesenktem Kopf an ihren Platz. Und hört Regi sagen: „Hanna verzichtet heute auf ihr Abendbrot. Das wirst stattdessen du bekommen, Mari." Sie stellt Amandas Schüssel vor Mari. Schlagartig Stille am Tisch. Amanda hebt den Kopf nicht, aber sie kann die Blicke spüren.

„Du hast Recht, Regi", sagt einer der Knechte ganz ernst, „das arme Mädchen braucht genug zu essen." Und legt Mari von seinem Vesperbrett ein ordentliches Stück Wurst auf den Platz.

Grinsen läuft um den Tisch. Und die anderen schließen sich an: Fast jeder nimmt ein Stück von sich und legt es vor Mari. Regi grinst nicht. Sie sagt ganz ruhig zu Mari: „Du stehst erst auf, wenn du leer gegessen hast. Wir alle wollen nicht, dass es dir an etwas mangelt." Was Mari noch die eine oder andere Gabe einbringt. Amanda sitzt mit gesenktem Kopf. Sie ist so dankbar, dass sie fast wieder heult. Auch wenn sie immer noch grässlichen Hunger hat, geht es ihr doch sehr viel besser. Sie wartet ungerührt und ohne aufzusehen, bis die anderen fertig sind – den Geruch der Speisen in der Nase und die Geräusche der Menschen um sie herum im Ohr.

Nachdem die anderen längst fertig sind, kämpft Mari immer noch mit dem Essen vor sich, während man sie am Tisch allein lässt. Kara zieht Amanda mit sich. Kaum sind sie draußen, flüstert sie ihr begeistert ins Ohr: „Das hast du prima gemacht. Das geschieht der dummen Gans wirklich recht. Du wirst sehen, Regi lässt dich in Ruhe."

Amanda wagt ein Lächeln. „Meinst du?"

Kara nickt, sagt aber besorgt: „Du hast Hunger, oder?"

„Und wie", gibt Amanda zu, „ich sterbe vor Hunger. Ich glaube, ich breche in die Speisekammer ein."

Natürlich meint sie das nicht ernst, aber das ist der heimliche Wunschtraum aller: sich einmal in der Speisekammer ungestört den Bauch vollschlagen zu können. Regi und die Bäuerin verwalten den Schlüssel und wenn nur ein kleines Stückchen Brot fehlt, setzt es Schläge für alle, die dafür in Frage kommen. Dabei hat Amanda eigentlich volles Verständnis für das strenge Regiment: Die Speisen müssen ordentlich verteilt und verwaltet werden, sonst reicht es nicht für alle. Und genau deshalb muss die Speisekammer auch stets brechend voll sein. Aber es ist dennoch der Traum aller, die Tür einmal offen zu finden, und Amanda ist da keine Ausnahme.

Kara reißt bei Amandas Ankündigung die Augen auf. Mit diesem Mädchen weiß man nie, woran man im nächsten Augenblick ist. Aber sollte man Amanda in der Speisekammer erwischen, wird sie vom Hof geprügelt werden. Die Bäuerin wartet ja geradezu darauf, Amanda dort herumschleichen zu sehen. Lisa weiß ganz genau, wie unglaublich hungrig Amanda sein muss.

Ehe Kara etwas sagen kann, hört sie eine ruhige Stimme: „Lass das mal lieber. Hier, das hilft vielleicht." Bent, der Großknecht, drückt Amanda heimlich ein Bündel in die Hand. „Verschwind' schon", raunt er und geht weiter.

Amanda packt das Bündel und läuft mit Kara die Treppe hinauf in ihre Kammer. Es ist ein Küchentuch – und darin eingepackt: eine ganze, große Blutwurst und ein ordentliches Stück Brot. Sie schauen einander mit großen Augen an.

Bent wird keinen Kuss dafür wollen, denkt Amanda erleichtert. Er hat sein Mädchen und wartet nur darauf, dass er sie heiraten kann. Er hat kein Auge für eine andere. Er ist einer der Gründe, warum sich Amanda hier einigermaßen sicher fühlt: Der Großknecht hat ein feines Gespür dafür, wie viel er den anderen durchlassen darf und wo er Grenzen ziehen muss. Die hält er eisern ein. Bei dummen Sprüchen hört er weg, aber dass einer eine Magd ernsthaft bedrängt, gibt es bei ihm nicht. Er ist dann nicht mehr so freundlich wie manch einer vielleicht denkt. Mitunter führt er eine sehr harte Hand… Bent ist ein guter Großknecht, eigentlich zu still, aber wenn es Schwierigkeiten gibt, fällt ihm fast immer eine Lösung ein. Darum steht er den Knechten und Mägden auch vor, obwohl er eine Hasenscharte hat, was ihm sonst nichts als Spott einbringen würde.

Die Mädchen machen sich hungrig über Wurst und Brot her. Denn auch Kara hat Mari einen ordentlichen Anteil von ihrem Essen abgegeben und nun teilen sie redlich.

Doch damit ist es noch nicht ausgestanden. Die gedemütigte Mari kommt tags darauf in den Stall, als Amanda geschickt wurde, die Milcheimer zu holen. So etwas lässt man gerne Amanda erledigen: Sie ist stark, hat Kraft, die man ihr nicht ansieht. Die Melkeimer zu tragen, macht ihr gar nichts aus.

„Komm", sagt Mari freundlich und fasst nach einem der Eimer, „lass mich das für dich tun. Du hast mir gestern einen Gefallen getan, ich tu dir heute einen."

Amanda denkt an Kara und sagt scharf: „Lass die Finger davon. Du hast doch immer noch Göttinnenbesuch. Willst du, dass die Milch sauer wird?" Das hat sie auf der Zwinge von den Burschen aufgeschnappt: Ein Mädchen in diesem Zustand lässt die Milch sauer werden. Es war eine der harmloseren Gemeinheiten, die sie sich anhören musste, und hier passt sie genau.

Mari zuckt zwar zusammen, aber so leicht ist sie nicht abzuschrecken. „Jetzt red doch nicht so einen Unfug. Lass dir schon helfen, du hast es verdient." Und legt ihre Hand an den Griff des Melkeimers.

Amanda packt die Hand, ehe sie den Eimer hochheben kann. Mari schreit auf: Es ist genau der Griff, mit dem Hajdan damals Berendic fast den Finger gebrochen hat. Das weiß Amanda zwar nicht, aber den Griff kennt sie. Sie hält Maris Hand so, dass der Finger bricht, wenn diese auch nur eine Bewegung macht.

Mari hält jammernd still, und Amanda hat alle Zeit, zu sagen: „Wenn du nicht sofort verschwindest und mich hier meine Arbeit tun lässt, brech ich dir den Finger. Regi wird sicher begeistert sein. Ich brauch deine Hilfe nicht und werd sie niemals brauchen. Denk daran. Wenn du mir noch mal in die Quere kommst, kannst du dich von deinem Finger verabschieden. Und jetzt verschwinde."

Mari reckt den Kopf. „Ganz wie du willst. Dann schlepp sie doch alleine. Ich wollte nur nett sein."

Amanda lässt sie los und Mari wendet sich hocherhobenen Hauptes um. Doch ehe sie geht, holt sie mit dem Fuß aus und hätte den Melkeimer umgetreten, wenn Amanda nicht damit gerechnet hätte. Sie schlägt dem Mädchen den Fuß ihres Standbeins weg, und Mari plumpst mit dem Hintern äußerst unsanft auf den Stallboden. Der Melkeimer wackelt, bleibt aber stehen.

„Oh, tut mir echt leid", sagt Amanda ganz besorgt. „Bist du ausgerutscht? Darf ich dir aufhelfen?" Mari rappelt sich mühsam hoch und stürzt jammernd davon. Amanda trägt ungerührt die Eimer in die Milchkammer.

Mari geht ihr seit diesem Tag aus dem Weg, aber offenbar hat sie allen erzählt, wie bösartig Amanda sei. Die meisten werden freundlicher zu Amanda: Endlich hat es jemand der hochmütigen Magd heimgezahlt.

Eines Tages ist der Hof weiß, als Amanda frühmorgens hinaustritt. Sie erstarrt, als habe der Blitz sie getroffen. Sie bekommt keine Luft mehr und hat

Mühe, bei Verstand zu bleiben. Schnee. Das ist einfach nur Schnee. Und warum würgt sie dann die Angst? Sie schaut sich gehetzt um: Da ist nichts. Nichts als das, was sie immer sieht: den Hof, die Wiesen, etwas entfernt die Häuser des Dorfes, andere Höfe. Alles in wunderbaren frischen Schnee gehüllt. Der einsetzende Schneefall dämpft alle Geräusche, nur weiter weg hört man das Klappern von Milchkannen und das Knarren der Türen von den anderen Höfen. Milchkannen! – der Gedanke lässt sie aufschrecken. Wenn sie hier noch länger herumsteht – und schon geht die Stalltür auf. „Kommst du endlich? Hast wohl noch nie Schnee gesehen, was?" Rudlo, der Kleinknecht, betrachtet sie spöttisch, als sie sich beeilt, ihm die vollen Kannen abzunehmen.

„Hanna hat den Schnee vergessen", erzählt er später den anderen und alles lacht. Und da begreift Amanda, was sie so erschreckt hat: Der Schnee zeigt an, dass Ratibors Mann inzwischen auf der Zwinge war. Ratibor weiß, dass sie geflohen ist. Ab jetzt wird nicht nur die Horde nach ihr suchen. Auf deren Häscher war sie gefasst. Und sie hätten es schwer hier unten im Flachland: Wenn ein einzelner Wolf der Horde hier auftaucht, suchend, wird er auf der Stelle erschlagen. Es sind sogar Taler darauf ausgelobt. Sie hat sich sicher gefühlt – wie hat sie nur so lange hierbleiben können? Sie ist auf der Flucht, sie darf nicht lange an einem Ort bleiben. Denn ab jetzt wird sie von Ratibor gejagt.

Anderntags ist der Schnee geschmolzen, aber Amanda ist gewarnt: Sie lauscht auf alles, was sich regt, ihr entgeht nichts, was erzählt wird. Es ist zwar nichts Beunruhigendes dabei, aber sie verlässt den Hof nur noch, wenn es sein muss. Sie geht auch nicht mehr mit, wenn die anderen an ihren wenigen freien Tagen ins Wirtshaus gehen, um den kargen Lohn in Bier umzusetzen und sich zu vergnügen. Jetzt, wo im Spätherbst die Hauptarbeit getan ist, hat man Zeit für so etwas.

„Jetzt stell dich nicht so an", drängt Rudlo sie gutmütig, als die anderen sich auf den Weg machen. Denn im Wirtshaus gibt es nicht nur Bier, nein, es wird auch getanzt und Rudlo hat sich vorgenommen, mindestens einen Tanz mit der unnahbaren Hanna zu gewinnen.

Amanda schüttelt den Kopf. „Ich werd hierbleiben. Viel Spaß."

Doch Rudlo lässt nicht locker und fasst sie am Arm. „Komm schon, meine Schöne."

Amanda erstarrt. Sie braucht alles an Beherrschung, um Rudlo nicht auf der Stelle mit Ja-ta-ros Kampfkünsten niederzumachen.

„Lass das Mädchen in Ruhe", geht Bent dazwischen. Er schaut Rudlo streng in die Augen, bis der seine Hand wegnimmt. „Ist mir das Neueste, dass man hier befohlen kriegt, wie man seine freie Zeit zu verbringen hat", sagt Bent ruhig, „und noch neuer wäre mir, dass ausgerechnet du das bestimmen sollst. Also schleich dich."

Rudlo zieht brummend ab.

„Danke, Bent", sagt Amanda mit gesenktem Kopf und stürzt davon.

Vielleicht wäre es besser gewesen, sie wäre mitgegangen. Denn so bekommt sie nicht mit, dass sich im Wirtshaus, wo sich die Mägde und Knechte der ganzen Umgebung aufgekratzt zusammenfinden, auch Jobb einfindet; der Knecht, der ihren Kuss einforderte und den sie abgewiesen hat. Zu ihm an den Tisch gesellt sich Jacco, das ist genau der Knecht, der sie von ihrer ersten, schrecklichen Stelle an den Hof zu Jobb geschickt hat. „Grüß dich, Jobb. Na, auch auf ein Bier?"

„Oder auch zwei. Oder mehr", gibt Jobb grinsend zurück, „hock dich her."

Jacco setzt sich und fragt: „Was ist eigentlich aus der kleinen Magd geworden, die ich euch geschickt habe? Warte – Hanna hieß sie, genau. Habt ihr die noch?"

„Du warst das?", sagt Jobb schlecht gelaunt. „Vielen Dank auch. Nein, stell dir vor, die sind wir losgeworden. Ein hochnäsiges Biest, das war die."

Jacco sieht ihm grinsend ins Gesicht. „Sie hat dir einen Korb gegeben. Nicht zu fassen."

Jobb antwortet nicht, aber sein Gesicht sagt alles.

Jacco grinst immer noch. „Tja, die hatte was, da hast du schon ganz Recht."

„Ja", gibt Jobb kurz angebunden zurück, Bosheit in der Stimme. „Einbildung und Hochmut, das hatte sie. Wenn du mich fragst, dann war das keine richtige Magd. Die ist von einer Burg weggelaufen und gehörte jemandem. Gut, dass sie weg ist, sag ich nur."

Jacco steht grinsend auf. „Nimm's nicht so schwer, Jobb. Gibt ja genug andere. Du weißt nicht zufällig, wo sie hin ist?"

„Weiß ich nicht, will ich auch nicht wissen. Kümmert mich nicht die Bohne, wo das Miststück steckt."

„Auch gut", sagt Jacco friedlich und geht. Er grinst lieber anderswo weiter, wo Jobb es nicht sieht.

Aber Jobb bleibt nicht lange alleine. Ein Kerl in gepflegter Kleidung, der die ganze Zeit still über seinem Bier am besten Platz unter dem Fenster gesessen hat, kommt zu ihm herüber. Es ist viel Volk in der Wirtsstube, der ruhige Kerl ist keinem aufgefallen. Hier kann jeder sein Bier trinken, der dafür zahlen kann. Und das kann der Fremde offenbar.

„Hast du was dagegen, dass ich dich zu einem Bier einlade?", fragt er Jobb.

Der sieht erstaunt auf. Der Kerl schaut freundlich, aber seine Augen dulden keinen Widerspruch. Aber Jobb hat auch nicht vor, zu widersprechen. „Bier nehm ich immer. Danke. Weiß nur nicht, warum du das machen solltest."

Als ihre Krüge wieder voll sind, erklärt der Mann: „Meinem Herrn ist eine Magd durchgebrannt. Er will sie unbedingt wiederhaben. Ich weiß zwar nicht warum, denn ich finde, es geht uns besser ohne sie. Gibt ja so Weiber. Aber er sieht's anders. Also suche ich sie. Du kennst hier jeden. Gibt's eine, die da passen könnte? Soll dein Schaden nicht sein, wenn ich sie durch dich wiederfinde." Er legt einen Silbertaler auf den Tisch. Das ist der Jahreslohn eines Großknechtes. Jobb starrt die Münzen an. „Steck sie schon ein. Das ist nur für die Belästigung. Ich hab gehört, was du gesagt hast. Zu deinem Kameraden. Hörte sich so an, als könnte sie das sein. Wenn sie es wirklich ist, brauchst du nicht länger Knecht zu sein, das verspreche ich dir."

Jobb nimmt einen tiefen Zug. Dann fängt er an zu feilschen.

Amanda weiß nichts davon. Sie hat ganz andere Sorgen: Bent geht vom Hof, um sein Mädchen zu heiraten und der neue Großknecht, Pettar, ist ein ganz anderer Kerl. Amanda erinnert er an Kral. Und an den kann sie nur mit Schaudern zurückdenken. Ebenso wie Kral seine Gefolgsleute in der Horde sammelt auch Pettar die Knechte um sich. Wer nicht mittut, wird drangsaliert. Und natürlich steckt er mit Mari zusammen. Wie hätte es auch anders sein können? Von ihr erfährt er alles über die Mägde.

Pettar ist ein bärenstarker Kerl – stärker als jeder andere hier. Und sein Auge fällt auf Amanda. Sie hat schon gedacht, dass sie sich klein machen könnte, aber Pettar hat ein untrügliches Gespür, wenn er auf etwas Besonderes gestoßen ist. Und etwas Besonderes reizt ihn immer.

Amanda hat gedacht, dass es damit getan sei, dass sie alle abweist und so niemand Grund zu Eifersucht hat. Aber das hätte beinahe ihr Schicksal besiegelt, wenn Kara sie nicht gewarnt hätte.

Sie fängt sie eines Tages ab, als sie vom Fluss heraufkommt. Es bricht geradezu aus ihr heraus: „Du musst weg! Sofort! Sie suchen dich!"

Amanda wird es eisig ums Herz. „Wer? Was ist los?"

Kara drängt sie Richtung Wald. „Die Kerle – allesamt! Du hast doch gestern Pettar abgewiesen. Er hat sie alle aufgestachelt. Sie wollen es dir zeigen. Du musst weg!"

Sie heult beinahe und Amanda ist versucht, mit zu heulen. Sie weiß genau, was Kara meint. „Wenn du einen erhört hättest, hätt er dich beschützen können, aber so gehörst du keinem. Sie wollen dich alle!"

Die Knechte sind mehr als zehn. Völlig aussichtslos, sich gegen sie behaupten zu wollen! „Wo sind sie?"

„Lauf durch den Wald, schnell!"

Amanda sieht sie an, drückt ihren Arm. „Danke, Kara!" Sie rennt los Richtung Wald, ist wieder auf der Flucht. Läuft durch die Bäume wie ein kleines wildes Tier. Sie hat ihr Messer dabei, sonst nichts. Keine Vorräte, keinen Umhang, gar nichts. Und sie ist wieder alleine – völlig alleine. Weil Kara so schnell war, entwischt Amanda den Knechten.

Ratibor

Doch kaum hat sie Tage später halbverhungert aus dem Wald herausgefunden, läuft sie einer Patrouille von Ratibors Soldaten praktisch in die Arme.

Amanda hat keine Ahnung warum, aber sie sammeln Mägde ein. Doch dann geht ihr auf, dass jemand Verdacht geschöpft haben muss, dass jemand sie verraten hat. Kann es sein, dass Kara gelogen hat? Aber das will sie nicht glauben. Kara würde sie doch nicht in eine Falle locken!

Aber es ist gleichgültig: Sie nehmen alle Mägde mit, die ihnen irgendwie verdächtigt erscheinen. Oder die ihnen gefallen. Amanda, die nicht sagen kann, woher sie kommt und wohin sie will, wird gefesselt und in die Schar eingereiht. Sie haben es nicht eilig, aber der Weg, den sie nehmen, ist eindeutig: Sie bringen die Frauen zu Ratibors Burg.

Sie ist gefangen! Sie ist schon wieder gefangen. Ratibor…

Sie erinnert sich an ihn, den gerüsteten Ritter auf seinem Streitross im Burghof von Waisland, und der Schauder lässt sie nicht mehr los. Es gibt nichts, was sie tun kann. Es ist vorbei, ehe es angefangen hat. Berendic würde Recht behalten.

Eine der Mägde lässt sich mit dem Anführer der Soldaten ein und ist anderntags verschwunden. Eine andere, die dies auch versucht, weisen die Männer spottend ab: „Du bist zu mager!" Und zwei andere nehmen sie zwar mit in ihr Lager, lassen sie aber nicht frei. Aber das ist ein Weg, der Amanda sowieso nicht offen steht. Die Männer haben ganz recht, die freizügige Magd gehen zu lassen, findet sie: Die echte Amanda wird so etwas niemals tun. Sie wird von einem Gefängnis ins nächste kommen – wenn es gut geht.

Und dann steht sie in Ratibors Halle und sieht zu, wie eine Magd nach der anderen nach vorn gebracht wird, sich auf den Boden knien und ihren Nacken zeigen muss. Und es ist ausgerechnet Ondor, der sie dazu zwingt. So braucht sie eine Weile, ehe sie den Mut findet und mit staubtrockenem Mund vortritt. „Lasst die Mädchen. Ich bin Amanda."

Die Mägde weichen zurück, als sei sie ansteckend. Ondor und Ratibor sehen auf und Amanda sieht ein ungläubiges Grinsen auf Ratibors Gesicht. Er hat wohl selbst nicht den Gerüchten geglaubt, dass die Tochter des Lehnsherrn, den er einst erschlug, als Magd durch die Lande zieht. Auf einen ungeduldigen Wink wird sie nach vorn geschleift zu Ratibor. Und Ondor steht direkt neben ihm.

Der sieht sie an und ein wahrhaft grausiges Lächeln zieht über sein Gesicht. „Ah! Ja, das ist sie, meine stolze Königstochter. Hast du gedacht, du entkommst mir?" Sein Schlag kommt heftig und wischt sie von den Füßen. Dann ein Tritt. „Los, steh auf!"

Wie – gefesselt wie sie ist? Man zieht sie hoch.

„Du meinst, das ist sie wirklich? Diese schmutzige kleine Magd?" Die eilige Flucht durch den Wald hat ihre Spuren hinterlassen. Sie ist zerlumpt und zerzaust, die Kleidung schmutzig und der Rock zerrissen. Ratibor mustert sie von oben bis unten und kann es nicht glauben.

„Seht selber, Herr. Du, auf die Knie!"

Natürlich bleibt sie stehen. Der zweite Schlag lässt ihre Lippe aufplatzen. Wieder stürzt sie auf den kalten Steinboden.

„Knie – dich – hin!" Ondor tritt sie in die Flanke.

Ein unwilliges Grunzen Ratibors. „Bringt sie her."

Wie damals bei Siltrass, wird sie jetzt zu Ratibor geschleift, ihre Haare weggezogen und wieder glotzen fremde Augen auf das Wappen. Ratibor berührt es nicht, aber er schlägt sich auf die Schenkel vor Vergnügen, dass sie zusammenzuckt. „Meine Güte, Mädchen! Dachtest du wirklich, du kannst einfach hier durchspazieren?"

Sein Hohn brennt wie Feuer. Sie hat keine Zeit, darüber nachzudenken. Ondor zieht ihren Kopf an den Haaren hoch und verpasst ihr noch eine. „Da! Prinzessin!" Sie geht wieder zu Boden, ihr Kopf dröhnt. Dieser Mann hasst sie wirklich. Sie weiß nicht, warum oder was ihm bei seinem vergeblichen Besuch auf der Zwinge widerfahren ist. Aber was immer es ist, sie bekommt es nun zu spüren.

Sie versucht aufzustehen und wieder muss man ihr dabei helfen. Ondor sieht mit einem erwartungsvollen Lächeln zu. Sie hat immer noch nicht gelernt zu jammern, zu flehen oder zu bitten – gut!

Amanda blickt ihn nur mit kalter Verachtung an – so weit man das kann mit einer blutenden Lippe und einem zuschwellenden Auge. Er versteht es dennoch. Gegen den Schlag wehren kann sie sich nicht.

„Ich werd dir deinen Stolz schon austreiben!" Das also ist es – wenn er das vorhat…

„Schluss jetzt", geht Ratibor angewidert dazwischen. „Bringt sie weg und sperrt sie ein."

Wieder helfen Hände Amanda auf. Dabei kommt der Soldat, der sie packt, an das Messer. „Holla!", sagt er überrascht. Amanda zittert vor Zorn. Aber es nutzt nichts. Der Kerl betastet ihre Seite und nimmt ihr das Messer. Er starrt auf die in die Klinge eingravierte Kralle, den mit schwarzem Pelz verzierten Griff: Das ist ein Messer der Horde, das ist nicht zu übersehen. Er reicht es Ratibor.

Der sieht sie an. „Bist du eine von ihnen geworden?“ Amanda schweigt. Sie starrt auf das Messer und ihr Herz brennt. Sie sieht Hajdan vor sich, meint, seine Stimme zu hören. Kaum kann sie an sich halten.

Ratibor wendet sich an Ondor. „Warum weißt du nichts davon? Was haben die da oben gesagt?“

Ondor wirft Amanda einen hasserfüllten Blick zu, dann antwortet er unwirsch: „Nichts haben die gesagt. Mich davongejagt haben sie. Königstochter! Die! Das ist doch keine Königstochter mehr, Wappen hin oder her. Das Messer hier sagt doch alles!“ Und er schlägt ihr noch einmal ins Gesicht.

„Jetzt schafft sie schon weg“, knurrt Ratibor unwillig.

Amanda lässt sich wie betäubt nach draußen zerren. Und es kommt schlimmer, als sie es je gedacht hätte: Das Verlies ist klein und dunkel. Aber das ist nicht das Schlimmste: Sie wird an die Wand gekettet und das hat es selbst auf der Zwinge nicht gegeben. Als sei sie ein wildes Tier.

Dann kommt Ondor. Alleine. Er schließt sorgfältig die Tür hinter sich. „So, mein Mädchen“, sagt er zufrieden, „jetzt zeig ich dir mal, was ich von so einer Königstochter halte.“ Und das tut er. Wie er es fertigbringt, ein wehrlos angekettetes Mädchen derart zu schlagen, ist ihr ein Rätsel; dabei ist sie von der Zwinge einiges gewohnt. Aber das übertrifft an Feigheit und Grausamkeit alles, was sie bisher erlebt hat. Und niemand gebietet ihm Einhalt.

Die Soldaten, die sie bewachen, versorgen sie ohne allzu viel Sorgfalt, aber immerhin halten sie sie am Leben. Amanda ist ihnen dankbar und gleichzeitig verabscheut sie sich dafür: Ondors Grausamkeit hat sie dahin gebracht, dass sie schon dankbar ist, wenn man sie nicht zusammenschlägt. Ondor kommt nicht jeden Tag, aber sie kann nicht verhindern, dass sie zusammenzuckt, wenn sie nur das Schloss knirschen hört.

Und eines Tages ist es nicht Ondor, der kommt und auch nicht einer der Soldaten, sondern ein anderer von Ratibors Männern. Sie blinzelt ins Fackellicht und hört, wie er zischend die Luft ausstößt und einen Fluch murmelt.

„Hanno“, weist er einen der Wachposten an, „hol sie da runter und versorg sie.“

Hanno ist einer der Soldaten, die sie reihum bewachen. Genau der, der ihr Messer gefunden hat. Tatsächlich kettet er sie nun los und setzt sie auf den Stuhl, auf dem Ondor gerne sitzt und ihr zusieht, wie sie in den Ketten hängt, nachdem er mit ihr fertig ist. Sie wagen es sogar, ihr die Ketten zu lösen. Wortlos, aber umsichtig versorgt Hanno die Wunden, Schürfungen und Schwellungen. Amanda lässt es regungslos über sich ergehen. Was wird das jetzt? Hat man Angst, dass sie stirbt und Ondor nicht länger seine Wut an ihr kühlen kann? Muss man sie vorzeigbar machen? Wem? Für was? Will man schauen, ob sie schon gefügig genug ist, dem zuzustimmen, was sie von ihr wollen – was immer das sein mag? Sie hofft, dass sie sich irren. Auch wenn das heißt, dass Ondor weitermachen wird. Sie hat Angst.

Der neue Mann Ratibors sieht eine Weile wortlos zu, dann sagt er unwillig: „Hol mich, wenn du fertig bist." Und verschwindet.

Ach herrje, denkt Amanda grimmig, *da hat aber jemand Mut! Lässt mich ungebunden mit einem Soldaten alleine. Und draußen vor der Tür steht nur eine weitere Wache...* Sie beißt die Zähne zusammen. Nicht nur, weil die Versorgung der Verletzungen weh tut, sondern weil sie verhindern will, dass sie durch Freundlichkeit erreichen, was sie mit Gewalt nicht schaffen: sie mürbe zu machen.

Dann ist Hanno fertig und klopft von innen an die Tür. Die geht auf und nicht lang darauf kommt der Unbekannte wieder herein. Ein grauhaariger Ritter. Das sieht sie jetzt, wo sich ihre Augen ans Fackellicht gewöhnt haben. Er lässt den Blick über sie gleiten: angewidert... Amanda streckt trotzig die Hände vor, damit er sie binden kann. Er macht keine Anstalten dazu, sondern lehnt sich an die Wand und wartet, bis die Tür zu ist. Auch einer, der lieber allein mit ihr ist.

„Es tut mir leid, was er Euch angetan hat", sagt er beherrscht. Also tatsächlich die freundliche Taktik.

Sie hat Angst vor seiner Freundlichkeit. Sie wird sich nicht dagegen wehren können, ist zu anfällig dafür. Und sie hat Angst vor seiner Art der Grausamkeit, wenn er mit Freundlichkeit nicht weiterkommt.

Er sieht sie an – warme, braune Augen – dann tritt er zwei Schritte auf sie zu. Sie beißt die Zähne zusammen. Er sinkt auf die Knie. „Ich entbiete Euch Treue und Gehorsam, Frau Königin von Waisland."

Amanda starrt ihn an, aber er rührt sich nicht. Wie unendlich heimtückisch. Langsam steht sie auf und weicht bis an die verhasste Wand zurück. Sie haben tatsächlich einen Weg gefunden, sie fertigzumachen. Einen viel wirksameren.

Als sie nicht antwortet, sieht er auf, immer noch auf den Knien. „Ihr seid meine rechtmäßige Königin. Ich entbiete Euch Treue und Gehorsam."

Amanda spürt die Kerkerwand in ihrem Rücken. Sie sieht ihm kalt in die Augen. „Nein. Ihr bekommt mich nicht mit Gewalt und ihr bekommt mich nicht mit Güte." *Tut mit mir, was ihr wollt, aber nicht das. Und tut es schnell, wenn es denn sein muss, ehe ich die Achtung vor mir selbst verliere.*

„Ihr nehmt meinen Schwur nicht an?", fragt er überrascht und gekränkt.

Amanda dreht den Kopf weg. Soll er tun, was er sich für den Fall vorgenommen hat, wenn dieser Plan schiefgeht, aber sie will nicht, dass er ihr Herz erweicht, das jetzt schon heftig und voll Hoffnung schlägt.

„Ihr glaubt mir nicht", stellt er fassungslos fest und erhebt sich.

Amanda ist versucht, zu lachen. Wenn es nicht so grausam ernst wäre. Nein, wirklich nicht, so verrückt ist sie nicht – noch nicht. Das muss aufhören, er muss gehen – sofort – sie erträgt es einfach nicht. Die Zwinge hat sie gewappnet gegen Gewalt. Aber nicht gegen dieses doppelte Spiel. Sie weiß nicht, wie sie es durchstehen soll.

„Überlegt es Euch", sagt er ruhig, „mein Schwur gilt. Ich fürchte, ich werde nicht verhindern können, dass Ondor wiederkommt" – *natürlich nicht,* denkt Amanda bitter und spürt, wie die Angst nach ihr greift, *das ist schließlich sein Teil des Spiels* – „aber ich werde tun, was ich kann. Königin." Er verneigt sich.

„Ich will das nie wieder von Euch hören", sagt sie zornig und verzweifelt. „Ihr habt kein Recht dazu."

Er wirft ihr einen ruhigen Blick zu, geht aber ohne ein weiteres Wort zur Tür und klopft. Und alles ist wie stets: Jemand kommt und kettet sie wieder an die Wand.

Es gibt Tage, da kommt Ondor und es gibt Tage, da kommt er nicht. Amanda versucht herauszufinden, ob es weniger Tage sind, an denen er kommt. Aber selbst wenn dem so wäre: Was hat das schon zu bedeuten? Sie wird es nicht mehr lange aushalten.

Auch der Grauhaarige kommt wieder. Immerhin scheint er ihren Wunsch zu respektieren. „Herrin", grüßt er, als sie allein sind.

„Amanda", weist sie ihn umgehend zurecht, „nichts weiter."

Ondor ist gerade erst wieder dagewesen und sie sieht nicht gut aus. Aber Hanno hat sie schon versorgt. Damit sie ihnen nicht etwa wegstirbt. Und trotzdem kann sie nicht anders, als ihm dankbar zu sein. Wieder lässt er sie losketten und er hat etwas Vernünftiges zu essen mitgebracht.

Amanda isst es hastig. Trotz allem will sie leben. Und gestärkt wird sie allem besser standhalten können. „Wer seid Ihr überhaupt?", fragt sie schroff, als sie fertig ist.

Er wird tatsächlich ein bisschen rot – wie macht er das nur? Er ist verflucht gut. „Verzeiht! – Fürst Illgar von Tallen, Herrin… Amanda."

„Fürst Illgar", grüßt Amanda kalt, „was versucht Ihr diesmal?" Sie hasst seine Freundlichkeit und lechzt doch danach. Und sie hasst es, wie sehr sie danach lechzt.

„Wie kann ich Euch davon überzeugen, dass mein Schwur ernstgemeint ist?"

„Gar nicht", stellt sie klar. „Kommt zu mir, wenn ich jemals hier raus komme", setzt sie spöttisch dazu, „dann nehme ich Schwüre entgegen. Jetzt? Jetzt bin ich Eure Gefangene. Ihr seid mein Kerkermeister."

„Was kann ich tun, dass Ihr mir glaubt?"

„Holt mich hier raus", schlägt sie vor. *Das wäre ein wirklicher Beweis deiner Treue,* denkt sie höhnisch.

„Das wird nicht einfach", murmelt er. Er macht seine Sache wirklich überzeugend.

„Nichts an meinen Leben war einfach, seit Ratibor meinen Vater getötet hat", gibt sie schneidend zurück. „Ich fürchte, das wird auch noch eine ganze Weile so bleiben. Und nichts wird einfach sein, für die, die mir folgen wollen." Sie denkt an die Burschen auf der Zwinge, an Berendic, den der Schutz seines Onkels hoffentlich gerettet hat, an den kleinen Kreis ihrer Gefolgsleute. Hoffentlich weiß keiner von ihnen, dass sie es nicht weiter als bis hierher geschafft hat.

Er sieht sie an und da fällt ihr noch etwas ein, was sie loswerden muss, ehe er gehen wird. „Sagt Ondor, wenn er mich noch einmal in den Leib schlägt, werde ich ihn töten", lässt sie ihn wissen.

Das wird sie schaffen, da ist sie sicher. Er kommt ihr unvorsichtig nahe. Sie ist ja nur ein angekettetes Mädchen. Aber genau das ist es: Sie hat die Ketten. Sie kann ihn töten und sie weiß, wie sie es tun wird. Es wird ihr sicheres

Ende sein und das hat sie bisher davon abgehalten, nur das. Aber diese eine letzte Möglichkeit, dass sie weiß, sie kann dem ein Ende setzen, wenn sie es wirklich will – das ist es gewesen: Dieser winzige Funke Ausweg hat sie Ondors Schläge ertragen lassen. Bisher. Dass sie es noch jedes Mal geschafft hat, ihm nicht die Kette um den Hals zu ziehen. Aber sie wird sich nicht totschlagen lassen. Wenn sie es wirklich nicht mehr ertragen kann, wird sie ihn töten.

Illgar reißt die Augen auf und wird blass.

„Ich glaube, er will verhindern, dass ich je einen Erben bekommen kann", klärt sie ihn auf.

Der Fürst schluckt. „Hat er etwa…?"

Amanda starrt ihn an und das Entsetzen verschlägt ihr den Atem: *Habe ich ihn da auf einen Gedanken gebracht? Wann? Wann endlich werde ich endlich lernen, meinen Mund zu halten?* Sie blickt ihrem Gegenüber prüfend in die Augen. Warum hat sie ihm das gesagt? Hat sie nicht immer und immer wieder gehört: *Stoß niemals eine Drohung aus! Tu, was du musst, tu es schnell und entschlossen, aber droh nicht damit.* Sie darf nicht mit diesem Illgar sprechen! Sie darf ihm nicht vertrauen.

„Ihr müsst raus hier", sagt Illgar, anscheinend erschüttert, „aber draußen ist Winter."

Amanda stellt fest, dass nichts, nicht einmal die entsetzliche Gefahr, die Hoffnung in ihrem Herzen töten kann. „Ich werd' nicht bis zum Frühjahr durchhalten", sagt sie leise, „und ich glaube nicht, dass das, was Ihr hier Winter nennt, mich schrecken kann."

Er sieht ihr einen Moment ins Gesicht und sagt: „Ich werde alles versuchen!"

Vielleicht meint er es ja doch ernst. Und damit geht er. Und das ist das erste Mal, dass Amanda zusammenbricht und weint.

Tage später kommt er wieder. Ondor ist nicht erneut zu ihr gekommen. „Warum schlagt Ihr mich nicht einfach auch und sagt, was Ihr von mir wollt, damit wir es endlich hinter uns haben?", begrüßt ihn Amanda verzweifelt. Er verzieht unwillig das Gesicht und sieht nach der Tür, als wolle er gleich wieder gehen.

Amanda beißt sich auf die Lippen. Sie ist gerade dabei, den einzigen Menschen, der freundlich zu ihr ist, von sich zu stoßen. Es geht ihr nicht besser, wenn er nicht kommt. Und sie lässt an ihm aus, was Ondor ihr antut. Das ist erbärmlich. „Ihr habt erreicht, was Ihr wolltet: Ich kann nicht mehr. Sagt mir einfach, was Ihr von mir wollt, damit es endlich vorbei ist."

Er sieht sie an und antwortet: „Der einzig mögliche Weg führt über die Felsen hinunter. Die sind hoch und es ist Winter."

Amanda sieht ihn an, regungslos, lange. „Wie hoch?" Ihre Stimme gehorcht ihr kaum.

„Vier Baumhöhen. Wie soll das gehen?"

Amanda, immer noch regungslos, hält die Augen auf ihn gerichtet. „Ein Seil wäre hilfreich. Von doppelter Länge." Ihr Herz schlägt zum Zerspringen. Fürchterliche, grausame, selige Hoffnung!

„Die Felsen sind vereist und voll Schnee. Seid Ihr sicher, dass Ihr das schafft?"

Ja, natürlich, hätte Amanda fast gesagt: *Wenn ich erst draußen bin, wird das das einfachste an der ganzen Flucht.* Diese lästigen Kletterübungen auf der Zwinge – jetzt würden sie ihr zugutekommen. Aber im letzten Moment hält sie die Worte in Zaum: Das alles könnte immer noch eine Falle sein. Eine grausame, tödliche Falle. Vielleicht will man sie auf der Flucht töten. Vielleicht weiß man hier nichts von ihrer Zeit auf der Zwinge. Oder nicht genug. Ondor hat sie nie in Kampfkleidung gesehen. Wenn es eine Falle ist, ist es besser, wenn niemand weiß, was sie kann. „Wenn man mich nicht von der Wand schießt, wird es schon irgendwie gehen", antwortet sie schließlich.

„Ihr glaubt tatsächlich, Ihr schafft das?"

Und sie antwortet: „Lederhandschuhe."

Er nickt. „Und weiter?"

„Unten ein Pferd mit Proviant und Wasser. Keine Verfolger." Fast hätte sie noch eine Waffe verlangt, aber das geht nicht. Leider. Sie wird ganz sicher nicht preisgeben, dass sie zu kämpfen versteht. „Und auch wenn es Euer Anstandsgefühl kränkt: Ich brauche ordentliche Beinkleider. Wenn's irgend geht: Leder. In diesem Weiberkram kann ich nicht ans Seil. Ihr könnt mir ja einen Rock ans Pferd hängen." Sie spricht grob, weil die aufkeimende Hoffnung sie fast erstickt und ihr den Verstand vernebelt. Egal, was die hier planen oder was hier vorgeht: Wenn sie erst am Fels ist, kann sie es schaffen! Ein winziger Funke Hoffnung.

Er sieht sie an, ein bisschen verwundert.

Sie gibt zu viel preis.

Er weist auf ihre geschundenen Arme und Beine. „Und damit? Wird es damit gehen?"

Sie antwortet, der Mund staubtrocken: „Wenn ich sie eine Weile frei habe, ja." Denn er hat recht: Sie wird einige Zeit brauchen, ehe sie wieder Gefühl in Armen und Beinen hat, von Kraft ganz zu schweigen.

„Wenn ich Euch helfe von hier zu fliehen – werdet Ihr dann meinen Schwur annehmen?"

Sie sieht ihn an, das Herz schlägt ihr in der Kehle. Das alles kann nicht wahr sein. Sie läuft sehenden Auges in die Falle! Man kauft sie bei ihrer Ehre. Aber sie sagt: „Wenn ich freikomme: Ja, Fürst."

Und einige Tage später – kein Ondor – vergisst Hanno, sie wieder anzuketten, nachdem er sie versorgt hat. Er sieht sie nicht an und sagt kein Wort, aber er geht, obwohl sie noch auf dem Stuhl sitzt.

Amanda bleibt sitzen, als die Tür sich schließt. Hört die Stille in ihren Ohren dröhnen. *Geht es wirklich los? Kann es wahr sein?* Hanno kommt nicht wieder.

Ganz langsam steht sie auf, bewegt Schultern und Beine. Jede Bewegung tut weh. Vor allem der Schmerz in den Armen treibt ihr die Tränen in die Augen. Die gebrochene Rippe von Ondors letztem ‚Besuch' sticht bei jedem Atemzug. Ihre Beine sind wacklig wie bei einem neugeborenen Kalb und sie taumelt durch ihren Kerker. Wenn sie sich an den Wänden abstützt, schießt ihr glühender Schmerz in die Schultern. Sie weiß nicht, wie viel Zeit sie hat. Ganz sicher nicht genug. Nicht genug, dass die Rippe nicht mehr schmerzt, nicht so viel, dass die geschundenen Schultern schweigen. Aber vielleicht genug, dass ihre Beine sie wieder sicher tragen werden. Und sie kann die Finger bewegen, ihre Hände hat er in Ruhe gelassen. Das wird ihr am Seil helfen. Die von der Eisenfessel zerschundenen Handgelenke hat Hanno gut versorgt. Sie tun weh, aber die Sehnen sind nicht gerissen. Sie weiß nicht, wie lange sie warten muss.

Sie weiß nicht, ob Illgar wirklich kommen oder was geschehen wird, wenn er kommt. Und noch weniger: Was, wenn nicht? Irgendwann rollt sie sich zusammen: hinter der Tür, weit weg von der kettenbewehrten Wand. Es ist herrlich, sich wieder bewegen zu können, ohne von Fesseln gehindert zu werden.

Doch sie ist müde und sie ist unruhig. Und nach wie vor tut viel zu viel weh. Sie hat Angst, dass es nicht gehen wird.

Amanda schreckt auf: leise Schritte im Gang. Sie schiebt sich an der Wand hoch. Knirschen im Schloss, matter Kerzenschein, keine Fackel. Es ist Illgar. Er findet sie zuerst nicht und Amanda sieht, wie er sich erschrocken umsieht. Sie kommt langsam zum Tisch. Er atmet auf und schiebt die Tür zu. Schließt nicht ab. Keine Wache. Und er hat Sachen dabei. Ein langes Seil liegt über seiner Schulter, dazu ein Bündel, das er jetzt auf den Tisch legt. Über den flackernden Schein der Kerze auf dem Tisch sehen sie sich an. „Fürst Illgar", flüstert Amanda. *Stehen draußen Leute?*

„Wird es gehen?", fragt er leise zurück. Vermutlich sieht sie schrecklich aus. Aber sie nickt.

„Zieht die Sachen an. Ich warte draußen."

Amanda schlägt das Bündel auseinander. Alles, was sie erbeten hat. Er hat sogar an stabile Stiefel gedacht. Amanda braucht nicht lange. Sie ist Männerkleider gewohnt und die Sachen passen. Aber das Ankleiden zeigt ihr, wie schwach sie ist und dass immer noch jede Bewegung, jede Berührung auf der Haut schmerzt. Sie nimmt die Kerze und sieht aus der Kerkertür. Wirklich nur Illgar.

Seine Augen weiten sich, als er sie sieht. Amanda weist auf die Kerze. „Brauchen wir die?", wispert sie. Er schüttelt den Kopf und Amanda drückt die Kerze aus und stellt sie auf den Boden.

Amanda folgt ihm durch schlechtbeleuchtete Gänge. Hier unten begegnen sie niemandem.

Draußen ist Nacht. Eisige, böige Luft. Amanda saugt sie ein. Sieht die Sterne. Die Stunde der Ratte, weit nach Mitternacht. Sie folgt Illgar wie ein Schatten. Fackellicht auf den Wehrgängen. An zwei Stellen müssen sie warten, die Wache passieren lassen. Dann ein Stück Wehrgang, leer und dunkel. Sie sehen sich an. Amanda sieht über die Zinnen. Wie er angekündigt hat: schneebedeckte, eisige Felsen, steil und tief. Im Schnee unterm Sternenlicht sieht man zumindest genug.

Wind von der Seite. Amanda hebt den Kopf: Der Wind gefällt ihr nicht. Er wird Schnee bringen. Fahle Wolken kommen von den Bergen. Etwas berührt sie an der Schulter und sie fährt herum: Illgar. Es ist nur Illgar.

Er weist über die Zinnen und hebt fragend die Brauen. Amanda nickt und streckt die Hand aus, lässt sich das Seil geben. Sie nimmt es auseinander und sieht dabei über die Zinnen, um hoffentlich die beste Stelle zu erwischen. „Zwei Mal die Höhe?", fragt sie wispernd.

„Ich hoffe", gibt er sehr leise zurück.

Amanda hat die Mitte des Seils gefunden und legt sie über die ausgesuchte Zinne, nimmt das nun doppelt gefasste Seil und schlingt es sich um den Körper: über die Schulter, durch das Bein, eine Hand unten, eine Hand oben am Seil. Wie sie es unzählige Male gemacht hat. Die Enden wirft sie über die Zinnen, prüft, ob sie lose hängen, schüttelt sie auf. Schnürt sich die Handschuhe fester. Die dürfen nicht rutschen. Illgar sieht, dass sie nur schlecht zurechtkommt und hilft. Der Schmerz an den Handgelenken ist so heftig, dass sie ein Stöhnen nicht unterdrücken kann. Illgar sieht in ihr schmerzverzerrtes Gesicht und hält inne, aber Amanda schüttelt den Kopf. „Sie müssen fest sitzen." Der Wind reißt ihr die leisen Worte fast von den Lippen. Dann ist sie bereit.

Erste Schneeflocken treiben durch die Luft. Illgar beugt sich vor, um an ihrem Ohr zu wispern: „Ihr werdet unten ein Pferd finden."

Amanda prüft den Lauf des Seils, alles ist richtig. „Helft mir hinüber", bittet sie leise, „aber bleibt nicht. Ihr könnt mir nicht helfen und ich mache das Seil los, wenn ich unten bin."

Illgar reicht ihr die Hand, um ihr über die Zinnen zu helfen.

Amanda nimmt sie und hält inne. „Fürst Illgar", sagt sie leise und sehr ernst.

Mit dem Anflug eines Lächelns gibt er ebenso leise zurück: „Ihr seid noch nicht frei."

Er hat recht – aber dennoch: „Habt Dank."

Er hilft ihr über die Zinnen, was unerträglich weh tut. Als ob Feuer um ihre Handgelenke läuft.

Dann steht Amanda an der Außenseite der Zinnen über dem Abgrund. „Geht", sagt sie, atmet dreimal tief ein und aus und macht sich an den Abstieg.

„Viel Glück", hört sie ihn leise von oben, kaum mehr sichtbar durch das Schneetreiben. „Königin!"

Amanda seilt sich Schritt für Schritt ab. Sie lässt das Seil durch die Hände, über die Schulter und durch die Beine gleiten, stützt sich an den Felsen ab, geht an der Wand Schritt für Schritt nach unten. Es ist ein Albtraum. Es tut so weh, dass sie ein paar Mal daran denkt, einfach loszulassen. Jedes Mal, wenn sie mit den Füssen am eisglatten Fels abrutscht, schießt ein dermaßen glühender Schmerz in ihre Schulter, dass sie fürchtet, es wird ihr den Arm abreißen. Die Arme zittern vor Erschöpfung und die Hände können das Seil kaum halten. Sie heult vor Schmerz und Müdigkeit.

Irgendwann findet sie einen Felsvorsprung, der genug Halt für eine kleine Pause bietet und lehnt sich an die Wand. Der Schnee peitscht sie wie mit Nadeln und der Wind bläst durch ihre schweißnasse Kleidung, als wäre sie gar nicht da. Sie hat jedes Zeitgefühl verloren und ihre Hände spürt sie fast nicht mehr. Sie muss hier weg, aber sie findet weder Mut noch Kraft dafür.

Ein Schneerutsch von oben bringt sie zur Besinnung, fast wäre sie abgestürzt. Sie schreckt hoch: Sie darf hier nicht einschlafen! Aufgeschreckt macht sie sich weiter an den Abstieg, begleitet von Schneeabbrüchen von den oberen Felsen, die ihr ins Gesicht stäuben. Der Schmerz lässt sie kaum zu Atem kommen und der Schnee peinigt sie mit allen Qualen der Unterwelt. Sie ist sicher, dass zumindest beide Handgelenke gebrochen sind. Zum Glück fallen von oben keine Steine herab und der Schnee ist nicht so hart, dass er sie mitnimmt.

Und dann ist das Seil zu Ende. Das Schneetreiben ist zu dicht, als dass zu sehen wäre, wie weit es noch ist und die Felsen sind viel zu eisig, als dass sie es ohne Seil versuchen könnte. Sie sieht sich um, ob es nicht irgendeinen Halt gibt, an dem sie das Seil neu festmachen kann, aber sie findet keinen. Es wird ihr nichts anderes übrig bleiben, als wieder nach oben zu klettern, um einen geeigneten Felsen für das Seil zu suchen. Da hört sie ein Pferd schnauben. Der ungewohnte Laut erschreckt sie so, dass sie fast abstürzt. Kein weiterer Laut.

Amanda versucht, durchs Schneetreiben zu blinzeln: Sie ist eine Närrin! Um sie herum stehen Bäume! Sie hat die Wipfel schon lange erreicht. Selbst hier sind Bäume nur dicht über dem Boden so dick und das, was da direkt unter ihr wächst, ist ein Busch. Sie ist fast auf dem Boden und vermutlich war sie es, die das Pferd erschreckt hat, nicht umgekehrt. Sie hangelt sich bis an den Busch, findet vorsichtig Halt, lehnt sich an die Wand und löst das Seil.

Sie hält ein Ende mit der Hand fest und sich mit der anderen am Busch, um nach unten zu krabbeln. Natürlich hält die Pflanze sie nicht aus, aber sie rutscht nur ein kleines Stück, dann landet sie unsanft, aber unverletzt auf dem Boden. Sie zieht vorsichtig am Seil, muss ein paar Mal rucken und schütteln, dann rauscht es neben ihr nieder.

Wo ist das Pferd? Sie bindet das Seil an einem Baum fest, fasst es nach ein paar Längen und geht vorsichtig los. Die Richtung ist offenbar die falsche, sie geht am Seil entlang zurück und zur anderen Seite weiter. Und da steht es. Ein großes, schweres Pferd, hinter einem kleinen Gebüsch und Illgar hat sogar an eine Decke gedacht. Und unter der Decke – geschützt vor Eis und Schnee – ein Wollrock! Ein Tuch! Amanda zieht den Rock über die Beinkleider, sie wird sich ganz sicher nicht ausziehen. Nur die durchnässte Lederkappe nimmt sie vom Kopf und wickelte das warme Tuch darum. Dann zieht sie das Pferd aus der Deckung und steigt auf. Die Pferdedecke lässt sie drauf und bindet sich die Enden um den Bauch.

Das Pferd ist göttlich warm! Nur der Sattel ist eisig. Sie treibt das Tier Schritt für Schritt durch den Schnee und es gehorcht willig. Nichts tut ihr mehr weh. Reiten geht immer!

Das Schneetreiben bietet Schutz, aber leider sieht sie nicht, wohin sie reitet. Amanda überlegt. Der Schnee ist von den Bergen gekommen: Wenn sie den Wind von links abbekommt, müsste zumindest die Richtung stimmen. Sie tastet sich durch den verschneiten Wald und gelangt bald auf eine Art Weg. Das ist gut, weil sie jetzt endlich traben kann. Aber es ist schlecht, weil sie nicht weiß, wohin er führt und wem sie auf ihm begegnen wird.

Sie lenkt das Pferd noch mal ins Unterholz und schaut, was Illgar ihr eingepackt hat. Jetzt erst merkt sie, wie hungrig sie ist. Sie isst und trinkt, was sie findet, vom Sattel aus. Alles ist kalt und ihr klappern die Zähne, aber: Sie ist raus! Sie ist geflohen. Treuer Fürst Illgar von Tallen!

Und dann, als der Morgen graut, hört sie Hufschlag. Mindestens zwei Pferde kommen von daher, wo auch sie hergekommen ist. Amanda lenkt ihr Tier auf den Weg zurück und schaut: nichts zu sehen. Aber sie kann sie hören. Sie trabt an und dann legt sie los. Das Pferd galoppiert fröhlich an. Amanda sieht zurück – keine Verfolger. Und dann, nach einer Kurve: ein langes, gerades Wegstück. Wird ihr Vorsprung reichen? Sie treibt das Pferd an, das richtig loslegt. An ihm soll es nicht liegen! Amanda wagt nicht, sich umzudrehen. Vor ihr endlich die Kurve. Erst in der Kurve sieht sie sich um. Am Anfang der Geraden sind zwei Reiter aufgetaucht. Sie haben sie gesehen und rasen hinter ihr her.

Amanda wendet sich ihrem Weg zu – und duckt sich im letzten Moment vor einem Ast, unter dem ihr Pferd gerade noch durchgepasst hat. Aber es ist zu spät: Der Ast trifft sie hart an der Stirn und schleudert sie aus dem Sattel. Sie versinkt in einer Schneewehe. Das Pferd erschreckt von dem Schlag, macht einen Satz und rennt weiter. Amanda liegt ohne Bewusstsein in der Schneewehe und bekommt nicht mit, wie ihre Verfolger an ihr vorbeijagen. Wegen der Entfernung und aufgrund des Schnees, den ihr Pferd aufwirbelt, können sie nicht erkennen, dass niemand mehr im Sattel sitzt, während die Kurve ihren Sturz verbarg.

Amanda erwacht und kann nichts sehen. Ihr ist kalt. Langsam kommt sie zu sich und begreift: Sie kann nichts sehen, weil sie die Augen noch gar nicht aufgemacht hat. Aber sie gehen auch nicht auf. Zumindest das eine nicht. Durch das andere sieht sie dafür doppelt. Sie richtet sich auf – Schnee. Sie liegt im Schnee. Man darf nicht im Schnee liegen!

Und ganz langsam erinnert sie sich. Sie ist gar nicht auf der Zwinge. Sie ist geflohen – von Ratibors Burg. Illgar. Fürst Illgar hat ihr geholfen. Ihr Kopf tut so weh. Sie fasst sich an die Stirn und stöhnt auf. Und den komischen Geschmack im Mund kennt sie auch – was ist es bloß? Und dann wird ihr klar: Sie ist vom Pferd gefallen. Der Ast – sie fasst in den Schnee und drückt ihn auf ihre Augen. Die Kälte hilft. Und jetzt bekommt sie auch das andere Auge wieder auf. Es ist verklebt gewesen – Blut. Der Geschmack in ihrem Mund – auch Blut. Sie begreift: Der Ast hat ihr die Stirn aufgeschlagen.

Sie steht wankend auf. Sie muss weiter. Auch wenn die weiße Welt um sie schwankt – ihre Verfolger könnten zurückkommen. Sobald sie das Pferd haben und sie nicht darauf sitzt, werden sie sie suchen kommen. Mühsam stolpernd macht Amanda sich auf den Weg. Das Gehen ist mühselig und sie hat Hunger und Durst. Aber alles ist auf dem Pferd gewesen und es ist weg. Es muss ohne gehen.

Nichts regt sich hier draußen, weder Mensch noch Tier. Und es wird schon wieder dämmrig. Aber dann hört endlich der Wald auf. In der Ferne kann sie auf der weißen Fläche einen Schatten sehen – eine Hütte? Ein Stall oder eine Scheune? Sie hält darauf zu.

Und dann ist es gar keine Scheune. Es ist ein Bildstock! Irgendeine Stelle, eine Wegmarke. Es ist ihr gleich, welchem Gott er geweiht ist: Er bietet ihr kein Dach… Sie sinkt an seinem Fuß in den Schnee, am Ende ihrer Kräfte. Jetzt werden die Wölfe sie doch bekommen und Jossim wird böse sein. Sie wickelt sich so eng in das Tuch, wie es geht, aber es wird die Kälte nicht abhalten, das weiß sie.

Amanda ahnt nicht, dass sie Ratibors Land verlassen hat, das hier hart ans Nachbarfürstentum grenzt. Und noch weniger weiß sie, dass die Brüder, denen das Land hier gehört, gerade von einem kleinen Ausritt zurückkommen. Es ist schon dunkel, als das Pferd von Johan, dem älteren der beiden, schnaubend am Bildstock stehenbleibt, vor seinen Hufen ein halb eingeschneites Bündel.

„Armer Kerl“, sagt der jüngere Bruder Georg, der sein Pferd ebenfalls angehalten hat. „Ist bestimmt erfroren.“

Johan ist vom Pferd gesprungen und nähert sich vorsichtig dem Bündel. Es rührt sich nicht. Langsam zieht er das Tuch weg und kniet betroffen hin: was für ein schmales, stolzes Mädchengesicht liegt da im Sternenlicht vor ihm, von einer blutigen Wunde quer über die Stirn wie bekrönt. Er berührt die nasse Wunde vorsichtig: Etwas warmes Blut quillt hervor, ein Augenlid flackert. „Georg, deinen Umhang, schnell!“, ruft er und reißt sich den seinen schon von den Schultern.

„Lebt er?“ Georg ist ebenfalls abgesprungen.

Johan sucht den Puls am Hals. „Ihr Herz schlägt noch.“

„Ein Mädchen?“, will der Jüngere wissen.

Johan zieht das Tuch weg: einfache Kleidung, irgendeine Magd. Dennoch schlägt ihm das Herz fast schmerzhaft und ein eigentümliches Gefühl von Eile erfasst ihn. Er wickelt die Umhänge so gut es geht um das Mädchen, erhebt sich mit ihr auf den Armen und übergibt sie seinem Bruder, damit er aufs Pferd steigen kann. Schaut dann auf Georg hinab und fordert: „Gib sie mir.“

Er packt sie vor sich aufs Pferd, schaut, dass die Umhänge wirklich festsitzen, wirft das Tier herum und reitet los, ohne zu warten, ob sein Bruder ihm folgt.

Er weiß nicht, ob sie noch lebt, als er seine Burg erreicht. „Nimm sie mir ab!", herrscht er den herbeigeeilten Pferdeknecht an und springt vom Pferd. „Anla! Holt Anla! Schnell!"

Johan nimmt dem Mann das Bündel wieder ab und eilt über den Hof. Auch sein Bruder ist eingetroffen und folgt ihm. Aus einer der Türen humpelt eine ältere Frau ins Freie.

„Anla!" Johan streckt ihr das Mädchen hin. „Kannst du was tun?"

Anla sieht ihm ins Gesicht, wendet sich dann dem Bündel zu und schlägt die Umhänge auseinander, berührt Wange und Hände. Sie weist auf die Tür, aus der sie kam, und sagt: „Bring sie da rein. Nicht in die Halle! Sie darf jetzt nicht in die Wärme. Kati – hol die Mädchen. Ich brauche Decken und Tücher. Lauf!"

Der Burgherr läuft los und sie hinkt ihm erstaunlich schnell hinterher, weist ihn an, das Mädchen auf den Tisch zu legen, schiebt ihn dann zur Tür raus.

Als Kati und ein paar Mädchen kommen, ist sie schon dabei, die Umhänge und Decken auseinanderzuschlagen. „Jede nimmt sich einen Arm oder ein Bein!", weist sie sie an. „Ihr müsst die Haut reiben, dass das Blut zurückkommt. Jeden einzelnen Finger und Zeh! Und holt sie aus diesen nassen Sachen." Sie selbst macht sich mit warmem Wasser an der Kopfwunde zu schaffen. Kati, die von Anla zur Heilerin angeleitet wird, nimmt sich ohne weitere Umstände ein Messer, um die Kleidung aufzuschneiden, und hält sich gar nicht erst lange mit den Knöpfen auf. Anla und sie achten darauf, dass die jüngeren Mädchen auch sorgfältig Finger für Finger und Zeh für Zeh warmrubbeln. Die ledernen Beinkleider unter dem Rock lassen Kati einen Moment stutzen, aber es ist ja auch egal, was dieses Schneemädchen anhat. Sie wirft Anla einen Blick zu, einen Moment schauen alle, aber ein Blick der Älteren genügt, dass alle sich wieder an die Arbeit machen. Dann liegt das Mädchen nackt und kalt vor ihnen und jetzt sehen alle auf sie hinab. Die Kammer ist geradezu angefüllt mit dem grimmigen Zorn der Frauen.

„Die ist ihrem Mann davon, so viel steht fest", sagt Kati schließlich. Ein Teil der Verfärbungen verblasst schon in Gelb und Braun, aber es gibt noch genug dunkelviolette Flecken.

„Macht vorsichtig weiter", weist Anla die Mädchen an, die angesichts der Misshandlungen erschüttert aufgehört haben zu rubbeln. „Wir müssen sehen, ob da Brüche drunter sind."

„So siehst du dann auch jede Woche aus, Anni", meint Kati zu einem der jungen Mädchen, „wenn du Bert tatsächlich heiratest." Die schaut auf und bricht in Tränen aus, aber ihre Nachbarin gibt ihr einen Stoß, dass sie weiter macht. Kati starrt auf die Gelenke. „Er hat sie sogar gefesselt! So ein Vieh!"

Anla betrachtet mit gerunzelter Stirn die blutigen Gelenke und schüttelt innerlich den Kopf. Irgendetwas stimmt hier nicht. Aber das ist jetzt nicht wichtig. Jetzt will sie nur dieses Leben retten, wenn es irgend geht. Das Ding ist jung, aber die gebrochene Rippe, die sie unter dem dicken violetten Fleck in der Flanke vermutet, macht ihr Sorgen: Sie wird das Lungenfieber kriegen und das hat schon Stärkere umgeworfen. Aber sie wird tun, was möglich ist. Schon, weil sie einfach nicht anders kann, als jedes Leben zu retten, das ihr unter die Finger kommt und bei dem sie noch Hoffnung spürt. Aber auch, weil sie Johans Gesichtsausdruck gesehen hat: Wenn es endlich ein Mädchen gibt, das ihm etwas bedeuten könnte, und sei es die letzte entlaufene Magd, und er sich endlich diese verlorene Königstochter aus dem Sinn schlägt, dann wird sie alles tun, sie ihm zu erhalten.

Sie hat die Stirn gewaschen, ein paar der verklebten Haare abgeschnitten und untersucht die Wunde. Dank der Kälte ist sie kaum geschwollen, mit ein bisschen Glück wird eine Naht sie zuhalten. Gerade als Anla beginnt, die Verletzung zuzunähen, fängt das Mädchen an, sich herumzuwerfen. Aus langer Erfahrung weiß Anla, wie unerträglich es schmerzt, wenn Blut in erfrorene Körperteile zurückkehrt. Sie wirft Kati, die das auch weiß, einen Blick zu. „Hier kommt kein Mann rein! Hol meine Tropfen aus dem Korb!"

Es ist gewagt, aber wenn das Mädchen sich zu sehr wehrt, können sie nicht weitermachen und sie verliert doch noch Finger oder Zehen. Sie flößt dem Mädchen ein paar Tropfen ein und fast sofort wird das schmale Ding ruhig. Es sind diese Tropfen und noch ein paar ähnliche Dinge, die ihr einen gruseligen Ruf eingetragen haben.

Anla weiß, dass nichts daran geheimnisvoll oder gar Hexenwerk ist. Wenn die Leute, die dies sagen, nachdächten, würde jedem von ihnen Dinge einfallen, die giftig sind oder mit denen man schreckliche Sachen anstellen kann. Jedes Kind weiß, was eine Tollkirsche ist und warum man sie nicht essen darf, auch wenn sie noch so wunderbar schwarz glänzt. Und ebenso erkennt jedermann einen Fliegenpilz und käme niemals auf den Gedanken, davon zu naschen. Man muss nur kaltblütig genug sein, all diese Dinge so lange miteinander zu mischen, bis man die richtige Mischung gefunden hat.

Im großen Tempelbezirk weit im Süden, jenseits der heißen Ebene, gibt es einen ganzen Tempel, in dem seit undenklich langer Zeit nichts anderes getan wird. Dieser Tempel ist Pardos geweiht, dem Gott von Blüte und Wachstum, der Frau und Mann zugleich sein kann. Hier hat Anla lange Jahre verbracht. Sie war noch ein Kind, als sie auf dem staubigen Dorfweg einen kleinen Vogel fand; ein kleiner Spatz, wie es sie überall gibt, und er lag da wie tot. Sie hat ihn vorsichtig in die Hände genommen. Wie schnell sein Herz schlug! Er war gar nicht tot – aber sie wusste nicht, wie sie ihm helfen sollte. Also hat sie ihn ganz ruhig in ihren Händen gehalten, bis sie spürte, wie er zu zappeln und zu flattern begann. Als sie die Hände öffnete, schüttelte er sich wie ein nasser Hund, dann sprang er davon und flog weg. Und wie sie ihm nachschaute, sah sie das Pferd mit dem Priester darauf auf dem Dorfweg stehen. Sie starrte ihn an: *Wo kommt der Priester auf einmal her?* Das war keiner, den sie kannte. Sie schaute mit aufgerissenen Augen zu ihm hoch: *Was will er von mir? Warum ist er stehen geblieben und sieht mich an?*

Der gelbgewandete Priester fragte sie ernst: „Kannst du tote Tiere wieder lebendig machen?"

Anla schüttelte den Kopf, dass die dunklen Zöpfe flogen. „Er war gar nicht tot. Sein Herz hat ganz, ganz schnell geklopft. Ich bin doch keine Hexe."

Der Priester hob die Brauen. „Bist du dir sicher?"

Anla nickte heftig und ihr Herz schlug nicht weniger schnell als das des kleinen Vogels.

Der Priester musterte sie von oben bis unten, dann gab er sich seufzend einen Ruck. „Bring mich zu deinen Eltern." Anla riss die Augen auf, machte sich aber gehorsam humpelnd auf den Weg.

„Was ist mit deinem Bein?", hörte sie den Priester scharf fragen.

Sie drehte sich um und schluckte, antwortete aber tapfer. „Das eine Bein ist kürzer als das andere. Schau.“ Auf einem Bein stehend schwang sie das andere knapp über dem Boden frei durch die Luft. Als sie den Blick des Priesters sah, tröstete sie ihn: „Das tut nicht weh. Nur, wenn ich ganz lange stehen muss. Ich kann auch ganz schnell rennen damit. Willst du es sehen?“

Der Priester nickte. „Renn voraus. Ich denke, mein müdes Pferd schafft das gerade noch.“ Als er vor der Hütte ankam, in der das wuselnde Kind verschwunden ist, lächelte er.

Und so kam Anla in den Tempel: Der Priester hat die Eltern darum gebeten, das Mädchen mitnehmen und zur Heilerin ausbilden zu dürfen. Sie waren entsetzt, hatten sie doch kein Silber, um den Tempel dafür zu danken, wie das üblich war. Aber der Priester winkte nur ruhig ab. „Wenn das Mädchen mitkommen will und ihr sie hergebt, werde ich den Silbertaler spenden, der nötig ist. Sie muss mir nur versprechen, dass sie nicht davonlaufen wird.“

Und das hat Anla versprechen können: Lernen zu dürfen, wie man Mensch und Tier heilt – das war ein unfassbares Glück, das sie nie bereut hat. Und als nach Jahren Fürst Rainhard von Flue den Tempel besuchte und um einen Heiler bat, wurde sie unter vielen ausgewählt. Sie ist gerne mitgegangen, zurück in die Welt, und seither ist sie die Heilerin auf Burg Flue.

Darum weiß sie auch genau, was zu tun ist mit diesem halberfrorenen Ding, während ihre jungen Helferinnen noch scheu die Augen niederschlagen.

Das unterdrückte Kichern hört auf. Sie arbeiten schweigend weiter und Anla wendet sich wieder der Stirnwunde zu. Zwischendurch fühlt sie wiederholt nach Händen, Armen, Beinen und ob das Herz noch schlägt. Das Mädchen scheint zäh zu sein. Kein Wunder bei der Behandlung, die sie über sich hat ergehen lassen müssen! Schließlich ist Anla mit der Wunde fertig und macht sich daran, sie zu verbinden, damit sie sich endlich dem Rest zuwenden kann. Als sie die Verfärbung im Nacken entdeckt, runzelt sie die Stirn, weil das ein ungewöhnlicher Ort für eine Misshandlung ist. Nicht, dass der Hals gebrochen ist. Dann sind alle ihre Bemühungen vergebens.

Sie sieht genau hin und der Atem stockt ihr. Sie legt blitzschnell die Hand darüber und wirft einen Blick auf ihre Helferinnen: Nicht einer ist etwas aufgefallen. Sie braucht einen Moment, ehe sie sich vom Schreck erholt hat.

Dann zittern ihr doch ein bisschen die Hände, als sie sehr sorgfältig Binde um Binde über den Nacken legt.

Flue

Amanda erwacht in einem hellen Raum. Sie liegt auf einem guten Lager, alleine. Fährt hoch: *Wo bin ich?* Und sinkt stöhnend zurück: Ihr Kopf dröhnt, alles dreht sich. Ganz vorsichtig macht sie die Augen wieder auf und stellt sich nochmals die Frage, wo sie hier wohl ist.

Sie ist von Ratibors Burg geflohen, vom Pferd gestürzt. So viel weiß sie noch. Sie fasst sich an die Stirn: ein Verband. Irgendjemand hat sich um sie gekümmert, Hände haben sie berührt. Auf einem Tischchen nicht weit von ihr stehen irdene Tiegel und liegen Tücher. Und dann erschrickt sie so, dass sie wieder zurücksackt: Wer immer sie versorgt hat, hat sie ausgezogen und gewaschen. Und wer immer den Verband um ihren Kopf angelegt hat, muss das Wappen in ihrem Nacken gesehen haben. Wo sie hier auch sein mag, man weiß, wer sie ist.

Amanda zittert am ganzen Leib, aber sie beißt die Zähne zusammen und steht ganz langsam auf. Auf schwankenden Beinen tastet sie sich zum Fensterchen und bohrt ein kleines Loch ins Pergament: eine tiefverschneite Burg in gleißendem Sonnenlicht. Sie kann Wachen auf dem Wehrgang sehen, aber ihre Farben nicht erkennen. Sie sind zu weit entfernt. Sie weiß nicht, ob sie zurück auf Ratibors Burg ist. Von so weit oben hat sie die Festung nie gesehen. Wenn aber nicht, wo ist sie dann? Sie kann nirgends eine Fahne sehen, das Loch ist zu klein, und erweitern will sie es mitten im Winter nicht.

Sie tastet sich an der Wand entlang zur Tür und versucht vorsichtig die Klinke. Wie sie schon gedacht hat: abgesperrt. Sie schleicht zurück zum Lager und schnüffelt unterwegs an den Flaschen und Tiegeln auf dem Tischchen. Verzieht das Gesicht: Es riecht einfach ekelhaft. Sie kriecht aufs Lager zurück und sieht nach ihren Händen und Füßen: Keine schwarzen Flecken, alle

Finger und Zehen sind noch dran. Fast hätte sie geheult vor Erleichterung, aber dazu ist sie zu schwach.

Sie fährt auf, als sie den Schlüssel hört. Eine alte Frau mit einem Korb kommt herein, schließt sorgfältig von innen ab und hängt den Schlüssel an einen Ring an ihrem Gürtel zurück. Kein Zweifel: Man weiß, wer sie ist. Amanda sieht ihr schweigend entgegen. Sie erinnert sich in Fieber und Traum an diese Frau und ist sicher, dass sie es ist, der sie ihre Rettung und die Pflege zu verdanken hat. Aber was man mit ihr vorhat, weiß sie trotzdem nicht. Nur, dass man sie offenbar lebend haben will und darüber ist sie erst einmal froh. Alles, bloß nicht Ondor.

Die Frau kommt näher und Amanda sieht, dass sie gar nicht so alt ist. Sie zieht ein Bein nach, deshalb wirkt sie älter. Amanda könnte sie sicher ohne Weiteres überwältigen, wenn sie nur ein bisschen kräftiger würde. Aber was nützt das? Bestimmt stehen Wachen draußen und wie soll sie aus der Burg kommen?

„Aufgewacht", brummt die Frau zufrieden.

Sprechen kann sie also, Amanda hat schon befürchtet, man hätte ihre eine stumme Pflegerin gegeben.

Die Frau hat den Korb abgestellt und legt Amanda eine Hand auf Wange und Stirn. „Kein Fieber mehr, gut." Dann holt sie eine Schüssel Suppe aus dem Korb und richtet Amanda auf ihrem Lager auf.

Als sie sich hinsetzt, um Amanda zu füttern, sagt diese: „Das brauchst du nicht. Ich kann das selbst."

Die Frau blickt ihr ins Gesicht und bemerkt unwirsch: „Glaub ich nicht."

Und sie hat Recht. Amanda ist so schwach, dass sie nicht einmal den Löffel halten kann. Als sie fertig gegessen hat, ist sie völlig erschöpft, aber sie getraut sich immerhin, zu fragen: „Wie heißt du?"

„Anla", gibt die Frau einsilbig zurück. Sprechen kann sie, aber es scheint nicht gerade ihre Lieblingsbeschäftigung zu sein.

„Hab Dank, Anla", murmelt Amanda müde. Hoffentlich ist sie nicht gerade vergiftet worden.

Anla brummt nur und geht zur Tür.

Amanda rafft sich noch einmal auf. „Kannst du mir sagen, wo ich bin?"

Die Frau wendet sich um. „Morgen vielleicht", und schon ist sie draußen.

Amanda sinkt zurück. Immerhin, sie ist am Leben.

Anla kommt stets allein. *Eine mutige Frau,* findet Amanda, die sich langsam erholt. Es scheint auch keine Wache vor der Tür zu stehen, jedenfalls hört Amanda niemanden, wenn sie aufgeht. Anla versorgt sie gut, aber sie vermeidet es, sie anzusehen, und spricht nur das Allernötigste. „Sieht gut aus", sagt sie über die Wunde an der Stirn, und das ist in drei Tagen das einzige Wort von ihrer Seite.

Amanda begreift allmählich, dass sie nicht weiß, wie sie mit ihr umgehen soll. „Sag Hanna zu mir", schlägt sie ihr nach einer Woche vor, als sie schon wieder selbst am Tisch sitzen und essen kann.

„Hanna", wiederholt Anla abfällig und schüttelt den Kopf.

„Anla, bitte: Wo bin ich?", fleht Amanda. Sie hat es seit dem ersten Tag nicht wieder gewagt zu fragen.

Anla setzt sich aufs Lager. „Auf Burg Flue."

Amanda atmet auf. Burg Flue? Das gehört nicht mehr zu Ratibors Fürstentum. Weit ist sie nicht gerade gekommen. Andererseits war Fürst Rainhard von Flue stets einer der treuesten Vasallen ihres Vaters. Sie erinnert sich an das tiefe Blau mit dem goldenen, aufgerichteten Löwen darauf. Sie weiß noch, wie sie dieses Wappen bewundert hat – damals, auf Burg Waisland.

Doch Fürst Rainhard ist tot. Sie erinnert sich an zwei Söhne, einige Jahre älter als sie selbst. Hat nicht einer von ihnen damals Fürst Rainhard sogar als Knappe begleitet? Sie glaubt, sich an einen schlanken, dunkelhaarigen Jungen mit schwarzen Augen zu erinnern.

Wo stehen Fürst Rainhards Söhne? Was haben sie mit ihr vor? Keiner hat nach ihr gesehen, obwohl sie jetzt schon eine ganze Weile bei Bewusstsein ist. Wissen sie es überhaupt? Und was denkt Anla?

„Wie bin ich hierhergekommen?"

„Die Fürsten haben Euch im Schnee gefunden. Johan hat Euch hergebracht; mit dieser Kopfwunde und halb erfroren."

Sie kann ja doch reden. Amanda beobachtet sie gespannt. Johan und Georg – richtig, so heißen sie. Amanda erinnert sich: Sie haben ihren Vater Rainhard begleitet, früher… Aber Anla sagt nichts mehr.

„Hanna", erinnert sie Amanda bittend, „und ‚du' nicht ‚Ihr'." Aber Anla grunzt nur unwillig, steht auf, packt die Schüssel ein und geht ohne ein weiteres Wort hinaus.

Noch ein paar Tage weiter und Amanda findet, jetzt muss sie Klarheit haben. Noch immer hat keiner der Fürsten und auch sonst niemand nach ihr geschaut. Das kann eigentlich nur heißen, dass Anla niemandem gesagt hat, wen sie hier gesundpflegt! Das ist zwar völlig verrückt, aber Amanda beschließt, daran zu glauben, bis sie eines Besseren belehrt wird.

Als Anla das nächste Mal kommt, schlendert Amanda an die verschlossene Tür und lehnt sich dagegen. Anla wird erst herauskommen, wenn sie endlich Antworten hat.

Die sieht, was sie vorhat, mustert sie von oben bis unten und setzt sich aufs Lager und legt die Hände zusammen.

„Anla, wer weiß es?"

Jetzt kann Anla wieder schweigen. Amanda hat den Verdacht, dass sie zwar stärker ist als die Heilerin, diese aber durchaus länger zu schweigen vermag, als sie hier stehen kann. „Du hast es keinem gesagt", stellt sie fest.

Anla presst die Lippen zusammen.

Amanda gibt sich einen Ruck. „Hör zu, Anla: Brauchst du eine Magd?"

Anla sieht sie ziemlich entrüstet an.

„Genau." Amanda nickt. „Du hast Hanna, die Magd, gesundgepflegt und nun kann sie wieder arbeiten." Anla holt Luft, aber jetzt will Amanda sie nicht zu Wort kommen lassen. „Ich habe lange genug als Magd gearbeitet, so dass ich kein Geschirr zerschlagen werde. Ich breche auch nicht zusammen, wenn ich Wasser schleppen muss und ich verschütte auch keines auf der Treppe, schon gar nicht im Winter. Ich habe genug Böden geschrubbt, und Wäsche waschen kann ich auch. Also lass mich hier arbeiten. Oder sag mir, was du sonst mit mir vorhast!"

„So, so", meint Anla nur. „Ihr – du... Du hast ein ansteckendes Fieber gehabt, drum ist niemand anderes bei dir. Aber wenn du jetzt wieder gesund bist, bitte. Arbeit gibt es hier genug. Geh in die Küche und melde dich bei der Köchin!"

Amanda glaubt kein Wort vom „ansteckenden Fieber", aber damit hat Anla es offenbar geschafft, dass niemand anderes ihr zu nahe kommt. Wie die alte Heilerin dies allerdings vor den Herren der Burg verantworten will, ist eine andere Frage. Für den Moment ist es auch gleichgültig. Sie geht auf die alte Frau zu und küsst sie auf die Wange. „Danke."

Die wehrt sie ab und ist tatsächlich rot geworden, wie Amanda sehen kann, bevor Anla sich umdreht. „Räum hier auf und dann komm mit", weist die Heilerin sie über die Schulter hinweg an. „Wenn du gesund bist, schläfst du beim Gesinde." Amanda grinst und macht sich an die Arbeit. Nur nicht trödeln; Anla ist bestimmt ein richtiger Drachen.

Amanda wird vom Gesinde mit einer Mischung aus Misstrauen und Mitleid aufgenommen. Die entlaufene Magd aus dem Schnee mit der Narbe auf der Stirn wird zwar neugierig beäugt, aber nachdem klar ist, dass man nichts Rechtes aus ihr herausbekommt, lässt man sie in Ruhe. Offenbar haben die Schläge ihren Verstand benebelt. Dafür wird sie mit Arbeit überschüttet und das ist ihr gerade recht: So lange sie zu tun hat, kann sie dummen Fragen aus dem Weg gehen. Sie versucht auch hier, wenig zu reden und sich so einfältig wie möglich zu stellen, auch wenn sie jetzt weiß, dass sie das nicht wirklich gut kann. Immerhin stellt sie fest, dass sie als Magd auf einer Burg besser zurechtkommt als bei den Bauern. Hier fallen ihr Gebaren und ihre Sprache nicht so sehr auf. Dienstboten, die ihre Herren nachahmen, gibt es genug.

Und Anla scheint ihre schützende Hand über sie zu halten. Niemand wagt sich an das Mädchen heran, das Anla unter so viel Mühen gesund gepflegt hat. Dabei wird Amanda zu keiner Zeit bevorzugt, Anla scheint sie gar nicht zu beachten. Nur einmal, als es darum geht, die vereisten Wege mit Asche zu bestreuen, will sie Amanda abhalten, als die sich wie alle Mägde einen Eimer nimmt. Amanda wirft ihr einen dieser Blicke zu, die ihr überall anders Schläge eingebracht haben. Es dauert einen Atemzug, dann senkt Anla die Augen.

Die blondbezopfte Kati, die von Anla zur Heilerin ausgebildet wird und deshalb etwas Besonderes ist, schließt sich Amanda mit ihrem Eimer an. „Ich find's gut, dass du ihm weggelaufen bist", sagt sie unvermittelt, als sie sorgsam Asche auf die Wege streuen.

Amanda starrt sie an, ihre Hand mit Asche bleibt in der Luft hängen.

„Von mir erfährt keiner was", beruhigt sie Kati. „Ich bin Heilerin. Wir schweigen. Ich wollt' dir nur sagen, wie tapfer ich dich finde. Gibt nicht viele Mädchen, die so einem Mann wirklich davonlaufen."

Amanda öffnet langsam ihre Hand und sieht zu, wie die Asche auf den Schnee sinkt. „Danke, Kati."

Die schüttelt ungeduldig den Kopf. „Drum sag ich's nicht. Aber du hast das ganz richtig gemacht. So einer hört nie auf, egal, wie oft er dir das verspricht. Hab ich Anni auch gesagt, aber sie wollt' ja nicht hören." Sie gibt Amanda einen Schubs. „Komm schon, er kriegt dich hier nicht. Wir passen auf dich auf."

Amanda nimmt sich zusammen. „Ich würd ja Danke sagen, wenn du's hören wolltest."

Kati grinst, dann sagt sie ernst: „Das meiste hat Anla getan. Weißt du, ich bin stolz, dass ich von ihr lernen darf." Sie macht eine Pause, fährt dann fort: „Ich kann Anni einfach nicht verstehen. Anla hätte sie genommen, aber sie wollte ja unbedingt lieber einen Mann haben. Jetzt sieht sie, was sie davon hat."

Amanda streut langsam weiter. „Darum schaut sie immer so", murmelt sie.

Kati hält inne. „Sie soll dich in Ruhe lassen! Du kannst nichts dafür."

Amanda schüttelt den Kopf. „Lass sie doch. Tut mir nicht weh, wenn sie schaut."

„Tja", antwortet Kati, „mein Eimer ist leer – deiner auch? Lass uns reingehen, ehe uns die Hände abfallen."

Amanda wirft jedes Mal, wenn sie sie in der Burg sieht, einen Blick auf die beiden Burgherren, achtet aber darauf, dass sie ihnen nicht zu nahe kommt. Sie hat wirklich keine Lust, dass sie sich an die halberfrorene Magd erinnern, bevor Amanda nicht wenigstens eine Ahnung hat, wie man hier zu Ratibor steht – und zu Amanda. Obwohl die Burg so nahe bei Ratibor liegt, taucht er nie auf und wird auch nie erwähnt. Freundschaft jedenfalls sieht anders aus. Amanda hütet sich auch nur ein Wort in dieser Richtung zu fragen, auch nicht Kati. Und dennoch findet sie, dass Johan, der sie gefunden und hergebracht hat, ihr hinterher sieht, wenn er denkt, sie bemerkt es nicht.

Dann hält der Frühling Einzug und die Wege werden frei. Amanda fragt sich seit Tagen, wie sie es anstellen soll, von hier wegzugehen. Da kommt eines Morgens Herwig, der Haushofmeister, mit einem Säckchen zu ihr. „Dies schicken dir die Herren. Die Wege sind frei, du kannst gehen."

Schau an, denkt sie, Herr Johan mit den schwarzen Augen will sie loswerden. Sie öffnet das Säckchen: Münzen. Sie verschließt es sorgfältig und fasst einen Entschluss. Sie gibt es Herwig zurück, sieht ihm in die Augen und sagt freundlich: „Sag den Herren meinen Dank, aber dessen bedarf ich nicht. Wessen ich bedurfte, haben sie mir bereits gegeben: mein Leben und meine Gesundheit. Mehr benötige ich nicht."

Herwig starrt sie ziemlich ungläubig an, aber Amanda bleibt freundlich lächelnd vor ihm stehen, so dass er schließlich die Schultern zuckt und sich abwendet. Amanda stößt die Luft aus, und kaum ist er verschwunden, versucht sie sich so gut es geht ein bisschen herzurichten. Es dauert auch gar nicht lange und er ist zurück. „Die Herren wollen dich sehen. Bitte, komm mit."

Dass Herwig eine Bitte geäußert hätte, hat sie noch nie gehört. Amanda folgt ihm mit Herzklopfen, aber jetzt hat sie angefangen und es gibt kein Zurück.

Johan und Georg sitzen in ihrem behaglichen kleinen Saal, das Beutelchen mit den Münzen steht auf einem kleinen Tischchen. „Hanna, die Magd", meldet Herwig förmlich und verschwindet.

Die Brüder mustern sie schweigend, Amanda ist stehengeblieben. Sie kann immer noch nicht sagen, ob einer dieser jungen Fürsten tatsächlich damals auf Waisland gewesen ist, aber es spielt auch keine Rolle: Sie muss es jetzt wagen.

„Herwig sagt, dass du die Münzen nicht willst", beginnt Johan schließlich.

„Keinesfalls wollte ich Euch kränken, als ich die Gabe zurückwies, Herr von Flue. Aber ich bedarf dessen nicht. Wessen ich bedurfte, das habt Ihr mir bereits gegeben. Ihr habt mir das Leben gerettet. Nehmt meinen Dank." Sie verneigt sich.

Johan fasst sie scharf ins Auge und auch Georg runzelt die Stirn. Amanda kommt ihren Fragen zuvor. „Ich war auf der Flucht, als ihr mich letzten Winter gefunden habt. Ich bin vor Ratibor geflohen."

Es ist sehr still geworden.

„Mein Name ist nicht Hanna, und ich bin auch keine Magd. Ich bin Amanda von Waisland."

Beide springen auf. Georg hat die Augen aufgerissen und Johan ist blass geworden. Georg fasst sich als Erster. „Ihr seid Amanda! Aber – was tut Ihr hier? Warum seid Ihr alleine gekommen und ohne Heer?"

Amanda sieht ihn stirnrunzelnd an, aber eigentlich ist es Johan, den sie im Auge behält. „Woher hätte ich ein Heer nehmen sollen? Ich war froh, mit dem Leben davonzukommen. Und ich will keine fremden Mächte hier, die man nicht wieder loswird. Gibt es denn in Waisland nicht Männer genug?"

Jetzt macht Johan den Mund auf. „Königin“, mehr bringt er nicht raus. Und es klingt erschüttert.

Amanda fährt herum. Sie weiß nicht, wie er das meint, aber er neigt den Kopf. Sie starrt ihn an, das Herz schlägt ihr bis in den Hals. Und er bietet ihr mit unbewegtem Gesicht eine Sitzgelegenheit. Setzt sich selbst erst, als sie Platz genommen hat. Amanda sitzt wie auf einer Wolke, so unwirklich kommt es ihr vor. Es hat ihr tatsächlich die Sprache verschlagen und sie weiß immer noch nicht, woran sie mit ihm ist.

„Amanda von Waisland“, spricht er ihren Namen ganz langsam und leise aus, „gibt es etwas, was wir für Euch tun können?“

Langsam findet sie ihre Stimme wieder: „Habt Dank, Herr von Flue. – Ich würde gerne noch etwas hierbleiben. Und ich wollte Euch bitten, ob ich in Eurer Fechthalle üben darf.“

Er zuckt zusammen. „Ihr wünscht was?“

„Ich möchte Eure Fechthalle nutzen. Ich bin außer Übung.“

Und auf sein fassungsloses Gesicht: „Man lehrte mich, zu kämpfen, aber jetzt habe ich den ganzen Winter über nichts dafür getan.“

Er starrt sie an.

„Ich bin unter Kämpfern ausgebildet worden“, erklärt Amanda geduldig.

Er verzieht das Gesicht. „Was für ein Unfug!“

Amanda steht auf. „Wollt Ihr es sehen?“, bietet sie höflich an. Er mustert sie mit hochgezogenen Brauen von oben bis unten, und Amanda strafft sich. „Herr von Flue?“, wiederholt sie ihre Frage, „wollt Ihr es sehen?“

„Ihr wünscht zu kämpfen, ja?“, fragt er scharf. „Mit mir? Hier?“

Amanda zuckt mit den Schultern. „Gerne.“

Jetzt regt sich auch Georg. „Johan!“, bittet er.

Johan wendet sich ihm zu. „Georg, deine Waffe.“

„Johan!“, wiederholt dieser, ein Flehen liegt in seiner Stimme. „Sie ist ein Mädchen!“

Jetzt dreht sich auch Amanda zu ihm um. „Herr Georg, wenn ich um Eure Waffe bitten dürfte!“ Und vergisst ganz, dass dies eigentlich die Floskel des Siegers ist.

„Du hörst sie“, sagt Johan kalt.

Georg sieht vom einen zur anderen, zieht unglücklich seine Waffe und reicht sie Amanda. Die wiegt sie in der Hand: eine leichte, geschmeidige Klinge, wie für sie gemacht. Sie wendet sich an Johan, der ebenfalls seine Waffe gezogen hat.

Er mustert sie spöttisch. „Bereit?" Und als sie nickt, schlägt er unvermittelt los.

Er ist größer und stärker als Amanda, aber das stört sie nicht. Sie hat auf der Zwinge acht lange Jahre nichts anderes getan, als gegen größere und stärkere Gegner, die sie nicht ernst nahmen, zu kämpfen, und ihr ist nicht bange.

Das ändert sich allerdings schnell. Dieser Johan ist mit Abstand der gefährlichste Gegner, mit dem sie es je zu tun hatte. Er ist besser als jeder andere, mit dem sie auf der Zwinge je gefochten hat. *Besser sogar als Jossim und Siegwart,* denkt sie schaudernd. Eigentlich ist Schnelligkeit immer ihr Vorteil gewesen, aber gegen ihn kommt sie sich vor, als kämpfe sie unter Wasser. Dabei ficht er mit Leichtigkeit und sie hat mehr als genug damit zu tun, seine Schläge irgendwie abzuwehren. Sie kann nicht einmal daran denken, selbst einen Angriff zu wagen.

Sie weicht immer weiter zurück. Ihr wird kalt ums Herz. *Bin ich völlig verrückt geworden? Was tu' ich hier?* Sie ficht mit scharfen Waffen mit einem unbekannten Fürsten, der sie zwar Königin genannt hat, aber mehr auch nicht. Und das nur, weil er sie mit ein paar höhnischen Worten herausforderte. Und sie hat seit Monaten kein Schwert in den Händen gehalten! Wird sie es denn gar nicht mehr lernen? Haben Hajdan und Jossim ihr nicht wieder und wieder eingebläut, sich nicht hinreißen zu lassen? Dass es viel zu leicht ist, sie herauszufordern? Dass sie sich zu beherrschen lernen muss? Wie oft ist sie im Kerker gelandet deshalb?

Sie weicht Schritt um Schritt zurück, aber irgendwann wird sie die Wand in ihrem Rücken erreicht haben. Wenn sie nicht sehr viel Glück hat, dann kann dieser Johan Ratibor ihre sauber aufgeschlitzte Leiche präsentieren. Einen solchen Fechter hat sie noch nie erlebt und es muss nur… Und da ist es auch schon geschehen. Es ist ihm irgendwie gelungen, sein Schwert um ihres zu wickeln und er schlägt ihr von unten gegen die Hand. Ihre Waffe fliegt in elegantem Bogen davon und schlägt klirrend auf die Fliesen. Ehe Amanda auch nur begriffen hat, wie er das gemacht hat, liegt seine Klinge an ihrer Kehle. Es ist vorbei!

Amanda sieht heftig atmend über die blitzende Bahn geschliffenen Stahls in seine schwarzen Augen und findet nichts als Überlegenheit. Er steht in vollendeter Haltung vor ihr. Er braucht die Schwerthand nur um ein Weniges zu heben und seine Klinge wird glatt in ihren Hals gleiten. Es ist so schnell gegangen. Sie sieht ihm in die Augen. Wenn er es tut, dann will sie es sehen. „Ich bitte um Gnade.“

So lautet die Formel des Besiegten und sie hat sie ungezählte Male auf der Zwinge ausgesprochen. Aber sie meint jedes Wort ernst. Seine Augen weiten sich, die Hand zuckt, fast hätte er sie geritzt. Und als ob er sie spüren lassen will, dass er wirklich Gnade walten lässt, hält er die Waffe noch einen Moment an ihrem Hals. Dann erst reißt er sie weg, ratscht sie heftig in die Scheide zurück und knallt Schwert und Gehenk auf einen der Tische.

Er wirft sich in den Sessel und schenkt sich Wein nach. Wenn Amanda hinsähe, würde ihr auffallen, dass er Wein verschüttet und wie seine Hand zittert. Aber Amanda ist damit beschäftigt, Georgs Schwert aufzuheben und ihm zurückzubringen. Ihre Beine wanken und sie verabscheut sich dafür. „Habt Dank“, bringt sie immerhin ganz ordentlich heraus. Georg sieht sie unglücklich an. Unter seinen freundlichen braunen Augen bringt sie ein schiefes Lächeln zustande. „Es ist mir nichts geschehen“, behauptet sie. Sie hat nur eine Lektion erhalten.

Sie sieht aus dem Augenwinkel wie Johan aufsieht und geht zu ihrem Platz zurück. Sie will lieber sitzen, ehe sie ihm wieder ins Auge sieht. Sie werfen sich einen kurzen Blick zu – wie begegnet man jemandem, der einen gerade beinahe umgebracht hat?

Dann fragt Johan: „Und nun?“

Amanda holt tief Luft. „Ich glaube, dass ich hier viel lernen kann. Ich möchte Euch bitten, in Eurer Fechthalle üben zu dürfen.“ Da sieht sie in seinen Augen Anerkennung aufblitzen.

Und so kommt es, dass sie sich anderntags noch vor ihrem Tagwerk in der Fechthalle einfindet, wo Johan und sein Fechtmeister warten.

„Hardrad“, stellt Johan ihn knapp vor und weist ihn an: „Schau, was du aus ihr machen kannst.“

„Das kann nicht dein Ernst sein“, Hardrad schwankt zwischen Abscheu und Unglaube, „das ist ein Mädchen!“

„Macht Euch nichts draus“, wirft ihm Amanda hochmütig über die Schulter hin. Sie ist dabei, sich die Beinschnüre festzuzurren – oder tut zumindest so. „Das werdet Ihr sehr bald vergessen haben, glaubt mir.“ Hardrad zuckt zusammen, reißt eines der Stockschwerter aus der Wandhalterung und schleudert es blitzschnell in ihre Richtung. Amanda fängt es, bevor es ihr Gesicht trifft und wirbelt kampfbereit herum. Keinen Moment zu früh: Den zweiten Stock schlägt sie aus der Luft, mit dem dritten greift er sie an. Man merkt deutlich, woher Johan seinen Fechtstil hat.

Was für ein Glück, denkt Amanda, während sie sich gegen seinen Angriff wehrt, *dass er gerade zu den Stockschwertern gegriffen hat: Die beherrsche ich.* Und tatsächlich: Sie hält sich ganz wacker.

Hardrad gewinnt natürlich, aber darum ist es ja auch nicht gegangen. Sie hält ihm eine ganze Weile stand, doch dann schlägt er ihr zuerst die Waffe aus der Hand und holt sie anschließend mit einem heftigen Schlag von den Beinen. Amanda rollt ab und macht, dass sie wieder hochkommt. Es folgt aber kein weiterer Hieb. Gelassen auf seinen Stock gelehnt sieht er sie an. So viel Freundlichkeit ist Amanda nicht gewohnt. Sie bleibt misstrauisch vor ihm stehen, versucht, seinen Stock und die Augen im Blick zu behalten. Ein so guter Kämpfer wie er kann zwar angreifen, ohne dass man ihm etwas ansieht, aber sie kann es ja immerhin versuchen. Als er den Stock hebt, reißt sie die Arme hoch und geht in Abwehrstellung: besser ein gebrochener Arm als ein zerschlagenes Gesicht. Er legt sich aber bloß die Waffe auf die Schultern und hängt gemütlich die Arme darüber, betrachtet sie neugierig. Amanda kommt sich sehr dumm vor.

„Du bist also da oben bei den Wilden ausgebildet worden", stellt Hardrad fest. Als Amanda nicht sofort antwortet, kommt der Stock so blitzschnell, dass sie nichts mehr tun kann. Er trifft sie genau an der Stelle, an der er sie vorher schon erwischt hat. Amanda stößt zischend die Luft aus. „Du antwortest, wenn ich frage!"

„Ja, Meister", sagt sie prompt. Er kann sich aussuchen, auf welche Frage dies die Antwort ist. Wenn er glaubt, dass er irgendetwas aus ihr herausbringen würde, was sie nicht will, täuscht er sich.

„Und da schlägt man Unbewaffnete?", fragt er weiter.

Amanda fällt auf die Schnelle keine Antwort ein. *Ja, natürlich,* wäre die richtige Antwort gewesen: *Wenn man dumm genug war, unbewaffnet herumzustehen.* Aber das geht ihn gar nichts an. Er klopft vielsagend auf seinen Stock. „Besser, man ist wachsam", fällt ihr gerade noch rechtzeitig ein.

Er brummt. „Also, mein Junge", sagt er.

Amanda presst die Zähne zusammen, um nicht zu grinsen. Das Leuchten in ihren Augen kann sie allerdings nicht verbergen.

Es fällt ihm umgehend etwas dazu ein. „Deine Beinarbeit ist großer Mist!"

Ah, ja, das klingt schon viel bekannter. Aber sie atmet auf: Er wird mit ihr arbeiten. Ein so fanatischer Lehrer wie er kann einfach nicht widerstehen, wenn er irgendjemanden etwas beizubringen vermag – selbst wenn es ein Mädchen ist. Er sagt ihr noch, wann sie morgen zu erscheinen hat, dann schickt er sie fort, heißt sie, ihrer Arbeit nachzugehen.

Johan wartet, bis sie gegangen ist, dann passt er Hardrad ab. Er braucht nicht zu fragen, Hardrad gibt von sich aus sein Urteil ab und meint nachdenklich: „Sie hat schon ganz recht: Wenn man vergisst, dass sie ein Mädchen ist, dann ist sie richtig gut. Besser als manch anderer. Aber verschreckt wie ein Kätzchen." Er schaut dem Fürsten ins Auge. „Hör zu, Johan: Die da oben sind entweder vollständig verrückt – oder irgendjemand hat ein wahres Auge für Talente. Und ich weiß wirklich nicht, was mir weniger gefällt."

Als Amanda anderntags wiederkommt, fängt er damit an, ihre Beinarbeit zu verbessern. Wie Jossim kennt er kein Lob und fordert unentwegt Höchstleistungen von ihr. Und wenn er die Übungseinheit beendet hat, kommt Johan und ficht einen Gang mit ihr, von denen er jeden einzelnen gewinnt. Inzwischen geht ihr das „Ich bitte um Gnade" geradezu flüssig über die Lippen. Aber zu Amandas heimlichem Triumph gelingt es ihm nicht wieder, ihr das Schwert aus der Hand zu schlagen.

Danach kämpft er mit Georg und manchmal trödelt Amanda herum, um zuzusehen, und bekommt Ärger mit Anla. Mit Georg ficht sie nie. Nicht, weil er ein schlechter Kämpfer gewesen wäre. Ganz im Gegenteil: Man übt nicht tagaus, tagein mit Kriegern wie Hardrad und Johan und ist dann ein schlechter Kämpfer. Er hat sogar einen ungemein eleganten Stil, mit dem er sich erstaunlich gut gegen Johan behaupten kann, auch wenn letztlich Johan jeden dieser Kämpfe gewinnt; jedenfalls soweit Amanda das sehen kann. Sie würde sich gerne mit Georg messen, aber der jüngere Fürst kann nicht vergessen, dass sie eine Frau ist. Er würde ihr nicht wehtun wollen, und damit ist es sinnlos.

Als sie nach einigen Wochen wieder kräftig genug ist, beschließt sie, zu gehen.

„Ihr wollt alleine weiter?", fragt Georg ungläubig, während Johan sie abwartend ansieht.

Amanda nickt. „Ich kenne mein Waisland so wenig. Ich möchte es endlich kennenlernen. Wie könnte ich dies besser als zu Fuß und als Magd getarnt?"

Johan zieht unwillig die Brauen zusammen. „Ihr habt gesehen, was es Euch das letzte Mal eingebracht hat."

Amanda sieht ihm ins Gesicht. „Damals wurde ich verraten. Ich denke nicht, dass mir dies hier widerfährt."

„Sicher nicht", gibt Johan ungehalten zurück, „aber es ist unglaublich gefährlich."

Amanda nickt ungerührt. Das hat sie wirklich oft genug gehört. „Alles, was ich bisher getan habe, war gefährlich", hält sie ihm entgegen, „ich werde auch das schaffen." *Wie alles andere*, denkt sie entschlossen.

Johan verzieht das Gesicht. „Es gibt nichts, was wir tun oder sagen könnten, was Euch davon abhält?"

Amanda schüttelt den Kopf. „Ich fürchte, nein." – *Über meine Sturheit hat schon Berendic oft genug vergeblich geflucht,* denkt sie flüchtig.

Johan seufzt, tauscht einen Blick mit seinem Bruder. Dann schaut er Amanda ins Gesicht. „Bevor Ihr geht, haben wir noch eine Bitte. Nehmt unseren Treueschwur."

Amanda reißt die Augen auf und kann nicht antworten. Die beiden Brüder stehen abwartend vor ihr.

Als sie sich immer noch nicht regt, kniet Johan nieder. „Ich entbiete Euch Treue und Gehorsam, Frau Königin."

Ich bin frei, denkt Amanda erschüttert, *anders als bei Illgar… Und er tut dies aus freien Stücken…*

Auch Georg ist niedergekniet und wiederholt die Worte seines Bruders.

Amanda sammelt sich. „Ich danke Euch, Ihr Fürsten von Flue. Erhebt Euch, bitte." Es kommt ihr so unwirklich vor.

Die Brüder sind aufgestanden, Johan schaut ihr ins Gesicht. „Wir werden zu Euch auf Burg Waisland kommen, sobald Ihr dort seid. Ihr könnt Euch auf unsere Unterstützung verlassen. Euch einen guten Weg."

Und so zieht sie: Mit sehr wenigen Münzen, die sie dann doch genommen hat, und mit einem Messer, aber als Hanna, die Magd, wie sie gekommen ist. Wenn es schiefgeht, kann niemand Johan Verrat an Ratibor vorwerfen: Die Unbekannte ist ja nur eine Magd gewesen. Und wenn es gelingt, kann er immer noch zu ihr stoßen. „Ich erwarte Euch auf Waisland", sagt sie hoffnungsfroh, als sie sich voneinander verabschieden.

Sie hat tatsächlich Verbündete gewonnen.

Sie kommt besser durch als im letzten Herbst: Sie hat es gelernt, sich in ihrer Rolle als Magd durchs Land zu bewegen. Sie bleibt nirgends lange, spricht noch weniger, hält ihre Augen gesenkt und erfindet beizeiten eine Geschichte von einer kranken Verwandten, zu der sie muss.

So ist sie auch nicht sehr beunruhigt, als sie zwei Wochen später auf einen kleinen Trupp Soldaten trifft. Sie senkt die Augen und wird einfach vorbeigehen… Es ist nicht verboten, auf der Straße zu laufen, und zwei Orte weiter ist ein Jahrmarkt. Viele reisen hier zu Fuß. Dann kommt sie näher und sieht aus den Augenwinkeln ihre Farben und ihr Herz setzt für einen Schlag aus: Rot und Schwarz. Ratibors Leute!

Und dann erkennt sie auch, wem die Männer folgen, und ihr Magen wird zu Blei. Es ist Illgar, Fürst Illgar, der ihr zur Flucht verholfen hat.

Und das scheinen auch nicht seine eigenen Männer zu sein, die er da anführt. Sie feixen und lachen und Illgar sieht so aus, wie sie sich fühlt: erbärmlich.

Man hat sie verraten. Irgendwer hat sie erkannt. Sie wird erwartet. Es ist müßig, zu überlegen, wer dahintersteckt, sie weiß mit Sicherheit nur: Johan und Georg werden es nicht gewesen sein. Aber es ist dennoch geschehen. Was tun die Soldaten hier? Sie ist weit gekommen – hat Flues Land auf der anderen Seite seiner Grenzen verlassen! Sie hat niemals gedacht, dass Ratibor sie so weit weg noch suchen lässt. Aber wenn sie verraten worden ist, wenn er gewusst hat, dass sie hier auftauchen würde… es ist entsetzlich. Zu fliehen hat keinen Sinn. Sie sieht die Armbrüste wohl, auch wenn die Männer sie zu verbergen trachten. Mit einem Bolzen im Rücken will sie nicht enden. Und auch

Illgar würde ihre Flucht nicht überleben, das ist deutlich zu sehen. Sie warten ja nur darauf. So kann sie nur weitergehen, dem Hohn und Spott der Männer entgegen. Sie wissen genau, wer da kommt.

„Schau an, sind die Liebenden sind wieder vereint!" Also ist auch Illgar verraten worden. Und: „Haben wir das Vögelchen wieder! Hat er brav gemacht, der gute Fürst Illgar. Wir werden sehen, was Ratibor für ihn geplant hat, wenn er das Vögelchen erst wieder in seinen Käfig sperrt."

Illgar ist vom Pferd gestiegen und wartet auf sie. Amanda bleibt vor ihm stehen, sie sehen einander an, aber das Mädchen senkt den Blick: Was hat sie getan?

„Eure Hände, bitte", sagt er leise. Und dann gibt es nur Eines, das Amanda wissen muss. „Ondor?", fragt sie sehr leise. Wenn Ondor auf der Burg ist, ist es besser, sie erledigen es hier und sofort.

„Bewacht die Grenze", wispert Illgar an ihrem Ohr, „schlachtet Wölfe."

Wenigstens etwas… Er bindet sie nicht sonderlich fest, aber das ist auch nicht nötig. Sie wird keinen Fluchtversuch wagen.

Die Männer tun, als würden sie nicht aufpassen, doch das glaubt sie nicht. Die Pferde sind zu gut, ihre Ausrüstung ausgezeichnet. Genauso wenig kann sie glauben, dass diese sieben Mann alles sind, was auf sie gewartet hat. Und selbst wenn sie wegkäme: Es wäre Illgars sofortiger Tod.

So ziehen sie langsam zurück zu Ratibor. Sehr langsam. Die Männer haben gute Laune und achten nicht sonderlich auf ihre Gefangenen. Irgendetwas stimmt hier nicht, und das sind nicht das trödelnde Tempo, die Unachtsamkeit der Männer oder das lose Seil, an dem sie sie führen. Amanda kommt der Verdacht, dass man es geradezu darauf anlegt, dass sie zu fliehen versucht. So, als wäre ein Bolzen im Rücken genau das, was Ratibor am liebsten wäre. Sie wirft vorsichtige Blicke um sich – ah, die Männer werden sofort leiser. Illgar versucht, sie mit den Augen zu warnen – Rascheln im Gebüsch am Wegrand.

Was wäre gewonnen, wenn sie mit einem Bolzen im Rücken endet? Was machte das für einen Unterschied? Ratibor kann sie sofort töten lassen. Jeder der Männer hier könnte es tun, und wer wüsste schon davon? Wer wollte die Soldaten hindern? Sie wäre verschwunden und nur das Gerücht würde noch eine Weile umlaufen, dass Amanda unterwegs sei, und manch arme Magd dafür büßen, für sie gehalten zu werden.

Worin also besteht der Unterschied, wenn sie mit einem Bolzen im Rücken zu Ratibor gebracht wird? Sie schaudert, als sie den Grund errät. Wenn sie mit einem Bolzen – oder noch besser: mit einem Pfeil im Leib – tot auf seine Burg getragen wird, kann er ihre Leiche allen zeigen: *Seht her, Amanda von Waisland wurde von Briganten und Räubern getötet! Ganz allein ist sie unterwegs gewesen! Leider als Magd verkleidet. Wer hätte das wissen können…* Er, Ratibor, hat sie suchen lassen, ist aber zu spät gekommen. Amanda von Waisland ist tot. Er würde ihr ein großes Begräbnis ausrichten, könnte sie mit Tränen in den Augen zu Grabe tragen und hätte nicht zum zweiten Mal königliches Blut vergossen. Aber er wäre sie endlich los.

Wenn er sie nicht töten will, wird ein Kerker auf sie warten, und damit das, wovor sie sich am meisten fürchtet. Aber das kann er nicht wissen. Das darf er einfach nicht wissen.

So kommen sie zurück auf die Burg auf den steilen Felsen, von der sie mit so viel Mühe im Winter geflohen ist. Dank Illgars Hilfe.

Im Hof erwartet Ratibor sie. „Wieder da, Püppchen!", begrüßt er sie lärmend. „Bist aber brav geworden!" Er wirft ihren Begleitern einen schnellen Blick zu.

Die zucken die Schultern – also doch!

„Hast den Winter lieber woanders verbracht? Schön, dass du wieder da bist! Und der gute Illgar ist auch da – fein gemacht! Schau mal, was wir für dich haben." Er gibt den Blick frei auf den Innenhof. Männer sind beschäftigt, eine Richtstätte zu zimmern – gerade schleppen sie den Richtblock hinauf.

„Jaaa, das blüht dir. Und dein Mädchen da – die wird zusehen dürfen. Wirst danach lange Zeit haben, drüber nachzudenken."

Alles, bloß kein Kerker! „Wenn Ihr mich tot sehen wollt", sagt sie kalt, „werdet Ihr es schon selbst tun müssen."

„Huh!", macht er verschreckt. „Doch nicht brav geworden! Was hast gemeint? Bist du dir da sicher?" Er sieht vom einen zur anderen. „Ich glaube, du hast mich da auf einen Gedanken gebracht. Werden wir sehen, nicht? Und jetzt weg mit den beiden!"

Sie bringen sie an der Richtstätte vorbei, wo eifrig gezimmert wird, trennen die beiden und stecken Amanda in ein kleines Kämmerchen. Sie lehnt sich stöhnend an die Wand: Was hat sie jetzt wieder getan! Kann sie nicht ein

Mal den Mund halten?! Sie hat keine Ahnung, auf welchen Gedanken sie ihn gebracht haben könnte, aber gut ist er bestimmt nicht.

Sie braucht nicht lange zu warten. Man holt sie, bindet sie, sehr eng diesmal, knebelt sie sogar und bringt sie zu Illgar. Ratibor höchstpersönlich erwartet sie beim Eintreten in die karge Zelle des Fürsten: ein Tisch, ein Stuhl, ein schmales Lager.

Ratibor sieht wieder vom einen zur anderen. „So ihr beiden: da!" Er zieht einen blitzend scharfen Dolch und schneidet Illgars Fesseln auf. „Eine letzte Möglichkeit geb ich dir, Illgar: Wenn sie morgen früh tot ist, bist du frei. Frei und unbescholten, du hast mein Wort. Und wenn du dich an ihr schadlos halten willst" – er grinst anzüglich –, „nur zu, halt dich nicht zurück. Wenn sie aber morgen noch lebt – dann ist die kommende deine letzte Nacht. Der Block da draußen wartet nicht länger. Und du, Mädchen, bist dann die Nächste. Also überleg's dir, Illgar! Helfen kannst du der Kleinen sowieso nicht mehr." Er legt fein säuberlich den Dolch auf den Tisch, sieht sichtlich zufrieden in die Runde, wendet sich ab. Dann schließt sich die Tür.

Amanda lehnt an der Wand und versucht, ihren entsetzten Atem unter Kontrolle zu bekommen. Sie sieht auf den Dolch und den Mann, der gesenkten Hauptes auf der anderen Seite des Tisches sitzt.

Der sieht schließlich auf und seine Finger wandern zum Dolch. Dann hebt sich sein Blick zu der jungen Frau, die regungslos an der Wand lehnt, die grauen Augen auf ihn gerichtet. Sie fleht nicht, sie weint nicht. Das hat sie immer noch nicht gelernt. Ihre Haltung ist gefasst, ihre Augen sind dunkel. Nur an der Ader an ihrem Hals erkennt man, wie heftig ihr Herz schlägt. Er sieht sie eine ganze Weile an, dann schaut er wieder auf den Dolch. Schließlich schüttelt er ärgerlich den Kopf, steht auf und nimmt den Dolch vom Tisch.

Amanda ist ihm mit den Augen gefolgt, aber sie rührt sich nicht. Er hat jedes Recht dazu, findet sie: Sie hat seine mutige Tat ungeschehen gemacht. Sein Opfer war umsonst. Warum sollte er sich nicht retten? Und gleichzeitig hofft sie so sehr, dass er es nicht tut. Sie schämt sich, weil sie will, dass er an ihrer statt stirbt.

Er tritt hinter sie und sie spürt die kalte Klinge an ihrer Wange. Sie schließt die Augen – dann ist der Knebel weg. Amanda spuckt ihn keuchend aus. Er säbelt ihre Handfesseln auf, kniet vor ihr nieder und befreit sie auch von der Fußfessel. Danach erhebt er sich wieder, knallt den Dolch auf den Tisch zurück, bleibt aber stehen.

Amanda sieht ihn an, außer Atem. „Danke, Fürst Illgar." Sie hat Tränen in den Augen.

„Wenn Ihr Platz nehmen wollt?", bittet er. Amanda geht um den Tisch und setzt sich aufs Lager, eine andere Sitzmöglichkeit gibt es nicht. Dann erst setzt auch Illgar sich. Die Form wahren bis zum Schluss – was anderes können sie tun?

„Verzeiht Ihr mir mein Misstrauen, Fürst?"

Er sieht auf und lächelt schwach. „Ich habe nicht gewusst, dass jemand so stur sein kann. Dabei hätte ich es wissen müssen. Ihr wart schon eine Wildkatze, als wir Euch damals auf Waisland gefangen haben."

Amanda starrt ihn an. Ein Schauder läuft über ihre Haut. Der Anführer dieser Männer in Rot und Schwarz, als die Burg fiel, die Hand auf ihrer Schulter. „Ihr wart das?", bringt sie mühsam heraus.

Er nickt. „Es tut mir leid", sagt er, „damals dachte ich, es müsse sein."

Sie will sich nicht erinnern. Aber die Bilder stellen sich ungefragt ein. Und mit ihnen die Angst und ihre verfluchte Hilflosigkeit.

„Ich bitte Euch um Vergebung", sagt er ernst, „ich wollte es wenigstens jetzt richtig machen. Damals hatte ich den Mut noch nicht. Bitte, vergebt mir."

Amanda kommt langsam zu sich. Wenn er sie damals gerettet hätte! Aber es ist sinnlos. „Ihr hättet nichts tun können", sagt sie leise, „damals hätte nichts geholfen." Sie senkt den Kopf. „Es tut mir leid, dass ich Euren Mut so schlecht belohne."

Er schaut ihr ins Gesicht. „Er wird Euch nicht töten. Das wagt er einfach nicht. Er will sich nicht noch einmal mit königlichem Blut besudeln. Ihr hattet da schon ganz Recht."

Amanda schluckt. Diese Hoffnung ist wie Eis nach der ersten Frostnacht: Es trägt nicht. „Ich hätte besser den Mund gehalten", sagt sie düster, „ich habe nur Eure Qual vergrößert."

Er sieht auf. „Ihr vergrößert meine Qual nicht. Ich bin froh, dass Ihr hier seid. Dass ich nicht alleine bin. Ich glaube, er hat mir einen Gefallen getan, auch wenn er das ganz sicher nicht wollte."

Amanda richtet sich auf. Wenn sie ihm irgendwie helfen kann, dann ist sie doch froh, dass sie wieder einmal das Maul aufgerissen hat.

Illgar sieht sie prüfend an. „Fürchtet Ihr Euch?"

Amanda nickt. „Ja", gibt sie zu, „aber nicht vor Euch."

Und wieder hellt sich sein Gesicht ein bisschen auf. „Werdet Ihr mir etwas versprechen?", fragt er nach einer kurzen Pause.

Solange ich noch Zeit habe, es zu halten... „Wenn ich kann", sagt sie laut.

Illgar schaut sie an. „Gebt nicht auf. Was auch geschieht: Gebt nicht auf! Ihr seid noch sehr jung."

Amanda schaudert – jung genug für viele Jahre Kerkerhaft, ganz sicher.

„Dies hier ist nicht das Ende. Nicht Euer Ende. Es werden noch Männer genug sterben, ehe Ihr Königin seid. Ich bin nur der Erste. Ihr dürft Euch nicht davor fürchten. Wisst Ihr, es ist elend für einen Ritter, auf dem Richtblock das Leben verlieren zu müssen. Noch elender aber ist es, wenn ich denken müsste, dass ich umsonst sterbe. Darum versprecht mir, dass Ihr nicht aufgeben werdet. Viele Männer glauben an Euch und viele selbst hier hoffen auf Euch. Enttäuscht uns nicht."

Sie schließt die Augen, weil ihr graut vor dem, was dieses Versprechen bedeuten mag. Aber ihre Angst zählt nicht. „Ich verspreche es."

Er sieht sie an und ein kleines Lächeln liegt in seinen Augen – woher nimmt er das? Er nickt. „Wo seid Ihr den Winter über gewesen?", fragt er dann, als würden sie einfach miteinander plaudern. Aber er will natürlich wissen, was geschehen ist, nachdem er ihr geholfen hat. Und sie erzählt ihm von ihrer verunglückten Flucht und wie die Herren Flue sie gefunden, mitgenommen und gerettet haben.

„Johan von Flue hat Euch gerettet? Wusste er, was er da tat?"

„Zuerst nicht. Er hat eine halberfrorene Magd gerettet. Aber nachdem ich es ihm sagte, hat er mich nicht ausgeliefert."

„Ihr habt es ihm gesagt? Woher wusstet Ihr, wo er steht? Niemand weiß das."

„Ich wusste es nicht", gibt sie ein bisschen verwundert zurück. Was hätte sie denn sonst tun sollen? „Aber die Anzeichen standen gut."

Illgar schüttelt den Kopf und sagt dann: „Er hat Euch gehen lassen? Allein? Das hätte er niemals tun dürfen! Seid Ihr sicher, dass nicht er es war, der Euch verriet?"

„Ganz sicher“, betont Amanda bitter. „Denn es war meine eigene Schuld. Ich bin wirklich so jung, wie Ihr sagt und es ist ganz alleine meine Schuld. Meine elende Dummheit. Ich dachte, ich wüsste, was zu tun ist, aber ständig mache ich Fehler. Und das, obwohl all meine Lehrer mir gesagt haben, dass der Kampf keine Fehler verzeiht.“

Er richtet sich auf und sieht sie an. Offenbar gibt es in der letzten Nacht seines Lebens doch noch eine Aufgabe, die er erfüllen kann. „Nun, so ganz falsch scheint Ihr es nicht gemacht zu haben. Ihr seid von der Zwinge geflohen. Ich weiß von keinem, dem das vor Euch gelungen ist. Und Ihr habt Flue für Euch gewonnen. Und mich.“

Amanda sieht ihn mit großen Augen an. Er macht sich nicht über sie lustig.

„Es hat mich beeindruckt, dass Ihr meinen Schwur abgewiesen habt. In Eurer Lage. Ich hatte damit gerechnet, Euch trösten zu müssen. Aber nicht, dass Ihr die Krallen ausfahrt. Ich hätte nie gedacht, dass Ihr überhaupt noch Krallen habt.“

Amanda senkt den Blick.

Er mustert sie kurz und fährt dann fort: „Und im Übrigen weiß sowieso keiner, was zu tun ist. Hier hat niemand irgendetwas unternommen, ehe Ihr mit Eurer verrückten Flucht alle aufgestört habt. Ich weiß nicht, wie es ausgehen wird. Ihr seid alleine und Ihr seid eine Frau. Aber ich habe auch noch nie so ein…“ Er holt Luft – es ist seine letzte Nacht, er kann sagen, was er will. „So ein stures, zähes Ding wie Euch kennengelernt. Ich hätte niemals gedacht, dass Ihr es über die Felsen schafft. Wer weiß, was sonst noch möglich ist. Und darum gilt: Ihr könnt nur tun, was Ihr für richtig erkennt.“ Er senkt den Kopf, hält inne, fährt dann leise fort: „Und nehmen, was es Euch einbringt.“

Nehmen, zu was immer führen wird, was vor ihr liegt. Der bittere Geschmack des Verderbens. *Es gibt nichts, was ich sagen kann,* denkt Amanda verzweifelt.

Aber Illgar ist noch nicht fertig. „Ich weiß nicht, wer Eure Lehrer waren. Aber eines kann ich Euch sagen: Gewiss macht man Fehler und man bereut sie bitter. Manche rächen sich sofort. Und doch kann man nie wissen, wie es ausgeht. Manchmal ist man sicher, man hätte alles richtig gemacht und es geschehen die grauenvollsten Dinge. Und manchmal macht man schreckliche

Fehler und zum Schluss wird etwas Gutes daraus. Man kann es nicht wissen, glaubt mir. Nur die Götter wissen es. Man kann nur in jedem Moment tun, was man für richtig hält. Das ist alles, was ich weiß. Wenn Eure Lehrer mehr wussten, dann waren sie weiser, als ich es bin. Und nicht alle Fehler sind tödlich."

Sie sieht ihn an, ist fassungslos. Er tröstet sie. Er macht ihr Mut – wo doch sie!

Er hat sie fest im Auge behalten, als hätte er nur auf ihre Erkenntnis gewartet. „Es ist nicht Euer Fehler, der mich tötet", sagt er sehr leise, „es ist Ratibor, der das tut. Und wegen meines Handelns. Ich kannte die Gefahr und ich bereue nichts. Also hört auf, Euch zu grämen und Euch Vorwürfe zu machen. Es verstellt Euch nur die Sicht auf das, was möglich ist."

Amanda schweigt erschüttert.

„Was wussten Eure Lehrer vom Kampf?", will er schließlich wissen.

„Ich bin ausgebildet worden."

„Ausgebildet?"

Amanda nickt. „Unter Kämpfern. Ich war sechs Jahre bei der Horde. Ich habe zu kämpfen gelernt."

Er sieht sie an und schüttelt verwirrt den Kopf, aber dann begreift er. „Deshalb habt Ihr die Felsen meistern können."

Sie nickt wieder. „Ich dachte, das sei genug", sagt sie bitter, „anders hätte ich nicht fliehen können. Nicht von dort und nicht hier. Aber was nützt das jetzt?" Sie sieht die Waffe auf dem Tisch an. Was hilft ihnen jetzt eine Waffe? Es ist ein gutes Messer mit scharfer, gebogener Klinge, aber keine Kampfwaffe, eher ein Schaustück. Doch sie würde ausreichen, um eine Kehle durchzuschneiden.

Illgar folgt ihrem Blick und fragt: „Ihr könnt mit so etwas umgehen? Ihr seid an Waffen ausgebildet worden?"

„Wie? Ja, ja, ich kann damit umgehen. Mit allen edlen Waffen und auch einigen der weniger edlen. Und was nutzt es jetzt?"

Er blickt sie aus schmalen Augen an. „Ihr wolltet nicht aufgeben", erinnert er sie, „und Ihr solltet Eure Gaben und Talente nicht gering schätzen. Man kann nicht wissen, wann es hilft."

Er starrt die Waffe eine ganze Weile an und langsam wird es Amanda mulmig zumute. Was brütet er aus?

Er sieht immer noch die Waffe an und sagt dann ganz langsam: „Wenn ich Euch darum bäte – wenn ich Euch bäte, dass Ihr es tut? Könntet Ihr es? Würdet Ihr es tun?"

Amanda ist entsetzt. Was erbittet er da? Was soll sie tun? Er ist der erste, der sich zu ihr bekannt hat und sie soll ihn töten? Er will nicht auf dem Block sterben, das versteht sie gut. Aber so? Durch ihre Hand? Sie starrt die widerliche Waffe an. Man kann nicht mit ihr Stechen, vermutlich kann man sie nicht einmal werfen – der Schwerpunkt liegt falsch. Dieser Dolch taugt wirklich nur zu einem: eine Kehle durchzuschneiden. Sie kann ihm nicht in die Augen sehen. Sie hat – trotz aller Kämpfe – noch niemals einen Menschen getötet. Und ausgerechnet Fürst Illgar!

Sie könnte es natürlich. Es ist keine Frage des Wie, sie weiß genau, was zu tun ist. Man hat es ihr beigebracht. Aber das hier ist kein Kampf, bei dem Angst und Zorn einem Mut machen und Kraft geben – das ist eine Opferung. Und es wird grässlich werden. Ein Blutbad.

Sie sieht auf und begegnet seinem angespannten, hoffnungsvollen Blick. Sie ist es ihm einfach schuldig. Wenn nicht alles nur Gerede und Getändel mit Waffen gewesen ist…

Sie sagt langsam: „Wenn Ihr es wollt – wenn Ihr es wirklich wünscht: Ja, ich werde es tun." Dann reißt sie den Kopf weg, damit er nicht sieht, wie sie die Fassung verliert. Aber das geht nicht: Er muss sich auf sie verlassen können. Es ist gleichgültig, was sie dabei empfindet.

Sie sieht ihn an, auch wenn Tränen über ihr Gesicht laufen. „Ich werde es tun." Er nickt.

Amanda schließt die Augen, um sich zu sammeln. Sie hört, wie er die Waffe nimmt und sieht auf: Er dreht sie in den Händen mit einem sehr seltsamen Ausdruck im Gesicht.

Erschreckt fährt sie hoch und sagt scharf: „Ihr werdet es nicht selbst tun, Fürst Illgar!" Wer sich selbst tötet, ist verflucht. Die Götter verwerfen ihn. Sein Name wird ausgelöscht. Auf ewig, als hätte es denjenigen nie gegeben.

Er sieht auf, ein bisschen überrascht. Gerade hat sie noch um Fassung gerungen – jetzt sitzt sie gespannt und lotrecht da, bereit einzugreifen. „Was meint Ihr", fragt er, „können wir sie zerstören?"

Die Klinge zerstören? Dieses grässliche Ding zerstören? Das wäre eine gute Sache. Ratibor hat die Waffe nur da gelassen, um sie damit zu quälen – Illgar und sie. Wenn sie die Waffe zerstören, hat Illgar Ratibor noch ein letztes Mal gezeigt, was er von ihm hält.

Amanda streckt die Hand aus und Illgar legt die Waffe hinein. Sie dreht sie in den Händen. Die Klinge ist gebogen wie eine Sichel und breit, aber dünn: biegsam. Und ihr Schwerpunkt ist wirklich schlecht. Wenn man sie wirft, kann sie bestenfalls verletzen, wird aber eher gar nicht treffen. Sie biegt die nachgiebige Klinge. Auf Zug wird sie lange halten, aber ein Schlag wird sie wohl zerbrechen. Sie sieht auf: Die Tischkante müsste reichen. Sie hat keine Ahnung, wie heftig der Schlag sein müsste, aber sie denkt, dass sie die Stelle erkennt, an der sie brechen wird. Sie weiß nicht, ob sie die Kraft und Entschlossenheit hat, aber sie kann es versuchen.

Illgar sieht, wie ruhig und sicher das junge Mädchen die für sie selbst bestimmte Klinge in ihren schmalen Händen dreht. Sie hat nicht übertrieben: Sie kann mit Waffen umgehen. Und wie klar und gesammelt sie plötzlich wirkt, seit sie eine Waffe hat – und eine Aufgabe. Er vergisst seine Verzweiflung und beschließt, dass er sie nicht bitten wird. Er will nicht, dass sein Blut über diese Hände rinnt. So soll sie ihn nicht in Erinnerung behalten. Es wird andere geben, da ist er fast sicher, aber es sollte kein Freund sein. Er wird ruhig.

Amanda sieht auf. „An der Tischkante könnte es gehen.“ Aber Illgar will es nicht sehen: nicht, dass es ihr gelingt und nicht, dass sie scheitert. Er findet, er hat genug gesehen. „Es würde nichts nutzen“, sagt er ruhig.

Sie seufzt und stimmt ihm zu: „Nein.“

Auch eine zerbrochene Klinge ist eine tödliche Waffe. Sie reicht sie ihm zurück und Illgar nimmt sie und legte sie ganz oben auf das winzigkleine Fensterbord. Sie passt gerade darauf.

„Ihr braucht nicht die ganze Nacht mit mir zu wachen“, sagt er dann. „Wenn Ihr schlafen wollt?“

Amanda sieht ihn an, senkt die Augen und nickt: Er will alleine sein. Sie legt sich aufs Lager und dreht sich zur Wand. Sie wird keinen Augenblick schlafen können, aber deswegen kann sie doch so tun, als ob.

Sie erwacht durch eine Hand auf ihrer Schulter. „Amanda, wacht auf.“

Sie fährt hoch. Es wird Tag. Schweigend stehen sie voreinander und sehen sich an. Dann sinkt Illgar auf die Knie. „Meine Königin.“

Sie fasst ihn an den Schultern und zieht ihn hoch. „Fürst Illgar.“

Sie umarmen sich kurz und heftig. „Danke“, sagt er rau.

„Ich danke Euch“, antwortet sie leise. Sie haben nicht mehr viel Zeit: Schritte nähern sich. „Verliert Euren Mut nicht.“

„Ihr habt mein Wort.“

…

„Seht nicht hin.“

Jetzt hat sie ein kleines, schmerzliches Lächeln im Gesicht: Wenn er es erleiden kann, vermag sie dabei zuzusehen. Sie wird ihn nicht im Stich lassen.

Er schüttelt den Kopf, dann wird die Tür aufgerissen. Zuerst Gewappnete, die die beiden ergreifen und binden. Immerhin haben sie eine Waffe hier.

Dann kommt Ratibor. Er sieht vom einen zur anderen und verzieht das Gesicht. „Schade.“ Dann scharf und einen Schritt zurücktretend: „Wo ist die Waffe?“

Einer der Gewappneten zeigt nach oben.

„Bringt sie mit. Und jetzt vorwärts.“

Sie bringen sie nach draußen.

Der Hof ist voller Menschen. Johlender Empfang. Der Scharfrichter mit Maske steht schon da, die Axt blitzend geschliffen. Amanda wird zu Ratibor auf eine aufgebaute Balustrade gebracht, Illgar auf den Richtplatz geführt. Ratibor sagt irgendetwas über den Fürsten und seine Verbrechen. Sie hört es nicht, sie sieht Illgar an. Neigt den Kopf. Versucht nicht zu weinen.

Dann verbinden sie dem Fürsten die Augen und drücken ihn herunter. Trommelwirbel. Der Henker hebt die Axt. „Sieh genau hin“, raunt ihr Ratibor ins Ohr und will ihren Kopf halten, dass sie ja nicht wegsieht.

„Fasst – mich – nicht – an!“ Sie hat den Kopf nicht gewendet, aber er zieht seine Hand zurück. Und dann fällt die Axt.

Sie hat nicht weggesehen. Erst bei Ratibors Lachen „Jaaaa!“ – zuckt Amanda zusammen. Dann blickt sie in Illgars tote Augen, als sie den Kopf hochhalten. Sie kann die gebundene Hand nicht heben, neigt wieder den Kopf: *Dank und Gruß, Fürst Illgar!* Merkt, dass sie schluchzt. Und zittert.

„So geht es denen, die sich gegen mich auflehnen.“ Ratibor ganz nah an ihrem Ohr. „Du bist die Nächste.“ Und laut: „Bringt sie zurück!“

Sie bringen sie tatsächlich zurück ins selbe Gelass. Sie müssen sie schleifen, ihre Beine gehorchen ihr nicht. Aber sie kann sich auf den Stuhl setzen. Das Messer ist weg. Die Tür geht zu.

Irgendwann kommen sie wieder. Binden ihr die Hände auf. Bringen Brot, Wasser. Gehen wieder. Sie kann nicht essen. Sie weiß, sie muss essen, wenn sie bei Kräften bleiben will. Aber es geht nicht. Immerhin, Wasser geht. Legt sich nachts aufs Lager. Schläft nicht. Eine Nacht, einen Tag, eine Nacht.

Dann kommen sie wieder. Binden Amanda. Bringen sie wieder zu Ratibor. „Jetzt bist du dran.“

Also doch. Illgar hat sich geirrt. Zum Glück weiß er es nicht. Aber für sie wäre es leichter gewesen, hätte sie mit ihm zusammen gehen können. Er hat ihr Mut gemacht. Jetzt ist sie ganz alleine. Wie muss es ihre Getreuen auf der Zwinge treffen, wenn sie davon erfahren! Sie hat sie im Stich gelassen.

Der Hof ist wieder voll, Geschrei. Es regnet. Dann ist sie auf der Richtstätte.

Weiß nicht, wie sie nach oben gekommen ist. Kann das Zittern nicht unterdrücken. Es ist gleichgültig. Hier gibt es Niemanden, dem sie Haltung beweisen muss. Jetzt nicht mehr. Keinen Menschen, den sie anschauen kann oder dem sie Lebewohl sagen könnte. Sie steht allein im Regen vor dem Richtblock auf Ratibors verfluchter Burg.

„Gute Reise!“, brüllt Ratibor, der Hof schreit zur Antwort. „Hast du noch etwas zu sagen?“

Manchem – manch einem würde sie gerne etwas sagen. Von Freundschaft und Treue. Und manch einem würde sie gerne danken. Aber es ist keiner von ihnen da. Also schweigt sie, während man schon ihre Augen bindet. *Vater, ich komme. Leb wohl, Berendic, du warst der beste Waffenbruder, den man haben kann. Pass auf die andern auf. Es tut mir leid, ich habe es nicht geschafft. Seid mir nicht böse. Ich tat, was ich konnte.* Sie wird Hajdan wiedersehen… Er wird es verstehen. *Hajdan wird es verstehen.*

Sie drücken sie runter. Streichen ihr die Haare aus dem Nacken. Sie hört, wie sie die Luft einziehen: das Wappen. Natürlich wussten sie es – aber dennoch… Der Henker wird es die ganze Zeit sehen. Die Schneide wird mitten durch das Wappen gehen.

Merkt, wie ihr die Tränen übers Gesicht strömen. Dann Trommeln. Dann – sie hört die Klinge zischen – hört – hört! den Aufprall! Schreit.

Brüllendes Gelächter. Wird hoch gezerrt, die Binde abgerissen. Sie kann nicht stehen, irgendjemand hält sie. Geschrei und Gelächter. Der Hof tobt. Ratibors Stimme plötzlich, ganz nah: „Vielleicht das nächste Mal?“

Sie würgt und zittert, wird weggeschleift. Aber nicht zurück in die Kammer. Ein anderer Weg, einen dunklen Gang entlang. Langer, dunkler Gang… Kerker… *Kerker! Nicht Kerker!* Aber eisenbeschlagene Tür. Alles schwarz. Presst die Augen zusammen. Spürt, wie sie vorangeschleift wird, losgebunden, abgelegt. Eine Tür, die knirschend zufällt.

Liegt da, ein Haufen Knochen und Fleisch. Ist am Ersticken: rasendes Herz, keuchende Atemstöße, keine Luft! Für eine lange Zeit. Irgendwann eine Stimme in ihr, wird lauter, immer wieder. Bis sie es hört: „Denk an deinen Atem! Atme, Mädchen!" Tut, was er sagt, weil sie das immer getan hat. Wird langsam besser, und sie bekommt wieder Luft. Das Keuchen hört auf.

Viel später – widerstrebend – nimmt sie etwas wahr: das Echo ihres Atems in einem kleinen Raum, seltsam hoch. Sonst nichts, sie ist allein, kein anderer Atem, kein Geräusch. Nichts.

Noch später: Trockenheit. Wo sie liegt, ist es trocken. Kalt, aber nicht eisig.

Es dauert sehr lange, bis Amanda tut, wovor sie sich am meisten fürchtet: Sie öffnet die Augen. Dunkel. Dunkel! Aber nicht völlig. Sie sieht etwas. Von irgendwo sickert Licht ein. Genug, dass sie die Steine auf der anderen Seite erkennt. Langsam kriecht sie hoch. Merkt, dass sie immer noch schluchzt.

Bleibt sitzen, schließt die Arme um die Knie. Ein Turmverlies? Sie kann keine Decke erkennen. Aber von oben kommt Licht. Gibt es dort ein paar lose Steine oder eine Schießscharte? Der Raum ist klein, irgendwie halbrund, wie am Grund eines alten Turms. Rohes Mauerwerk, gestampfter Boden. Und er ist wirklich trocken, nirgends glitzert Feuchtigkeit. Auf der anderen Seite ein paar Säcke: ein Lager? Und ein schmaler, eiserner Ring an die Wand geschmiedet, gerade über Kopfhöhe. Die Tür will sie nicht anschauen. Will gar nichts mehr sehen. Bleibt sitzen und schließt die Augen. Sie wird hierbleiben müssen – in einem Kerker.

Irgendwann ein Rasseln im Schloss. Sie schiebt sich hoch, mühsam. Ihre tauben Beine tragen nicht und sie muss sich an die Wand lehnen. Die Tür geht auf, eine Fackel. Sie dreht den Kopf weg, um überhaupt etwas sehen zu können. Ein Soldat, alleine. Man fürchtet sie nicht mehr. Er steckt die Fackel in die Halterung. Hat etwas zu essen auf einem Brett dabei und einen Eimer. Zeigt auf beides. Sie nickt. Kennt sie, kennt sie alles.

Als er wieder geht, lässt er die Fackel da. An der Tür dreht er sich um. „Mach keinen Ärger mit der Fackel. Ich lass das Fenster auf."

Sie dreht den Kopf: Die Tür hat ein kleines Fenster, das gerade von außen geöffnet wird. Dann hört sie sich entfernende Schritte. Doch nur ein paar. Stimmt, er wird es sehen, wenn sie etwas mit der Fackel tut. Und was sollte das auch sein?

Er hat das Brett vor das Lager gestellt. Sie sieht es sehr lange an, dann schleppt sie sich hinüber. Setzt sich mühsam auf den Boden. Nicht denken. Bloß nicht denken. Das Nächstliegende tun. Essen. Trinken. Sie isst ganz langsam. Suppe, Brot. Trinkt Wasser. Sitzt lange einfach ganz ruhig da.

Es wird besser. Das Essen bleibt drin. Das Licht der Fackel hilft.

Sie besieht sich die Mauern, steht aber nicht auf, rührt sich überhaupt nicht. Sie prägt sich jeden Stein ein. Nicht, weil sie fliehen will. Nur, damit sie es weiß, wenn es wieder dunkel ist. Als die Fackel fast runtergebrannt ist, dreht sie sich um und besieht das Lager. Das muss noch sein. Merkt, wie sie die Zähne zusammenbeißt. Säcke, Stroh. Das Stroh ist frisch. Jetzt ist es noch frisch. Sie setzt sich darauf. *Nicht denken. Nicht denken!*

Ehe die Fackel erlischt, kommt er wieder. Sieht zuerst durchs Fenster. Nimmt das Brett mit, sieht, dass sie alles gegessen hat, brummt zufrieden: „Gut." Wie ein Stallknecht, wenn das kranke Pferd wieder frisst und säuft, weil das heißt, dass es wieder gesund ist… Geht und sperrt ab. Sie hat die Augen geschlossen. Lange. Macht sie erst auf, als sie ganz sicher ist, dass sie den Lichtschein wieder sehen kann. Der Schimmer ist noch da. Sie wird Tag und Nacht unterscheiden können.

Sie sitzt auf dem Lager. Hat Angst. Aber das darf sie nicht, sollte vielmehr erleichtert sein: keine Ketten, kein Ondor, kein Tod. Aber trügt das nicht?

Sie steht auf. Geht durch den Raum, weckt ihre Beine. Sie läuft durch den Raum – fast auf der Stelle, so klein ist er –, bis ihr wärmer ist. Dann beginnt sie mit allen Übungen, die sie kennt und die auf diesen paar Schritten möglich sind. Sie solle ihre Gaben nicht verleugnen, hat er gesagt. Man wisse nie. Das ist es, was sie hier tun kann: am Leben bleiben, solange es dauert. Ihre Gaben pflegen. Ihr Wort halten. Wozu? Wie lange? Nicht wichtig.

Sie stellt fest, dass sie die Fackelhalterung so gerade erreichen kann: Sie kann Klimmzüge üben… Der Ring sitzt fest genug. Als ihr warm ist, beginnt sie, an der rauen Wand zu klettern. Sie hat es auf der Zwinge nicht sehr weit damit gebracht, Manche krabbelten wie Spinnen glatte Felswände hoch. Aber die Steine geben genug Halt. Sie klettert nicht hoch, aber sie versucht, ob sie quer um den Raum klettern kann. Das beschäftigt sie, sie muss aufpassen dabei… Stürzt nur dreimal ab. Ist nicht schlimm, war ja nicht hoch. Und der Schmerz zeigt ihr immerhin, dass sie noch lebt.

Irgendwann ist das bisschen Licht weg. Nacht. Sie geht zum Lager und versucht zu schlafen. Versucht, die Augen vor den Bildern zu verschließen, aber es geht nicht. Es ist zu viel geschehen. Sie setzt sich auf, stopft sich einen der Säcke in den Rücken und lässt die Bilder zu.

Nicht denken, nur sehen… Sie weint… jammert… friert.

Und so bleibt es. Tage. Nächte. Sie isst. Sie trinkt. Sie übt und bleibt in Form. Ist am Leben. Hält ihr Wort. Irgendwann kann sie sogar schlafen, ohne schreiend hochzuschrecken. Immer noch kein Ondor. Das also ist Ratibors Art.

Sie verbessert ihr Können. Schafft es, dreimal um den Raum zu klettern, ohne abspringen zu müssen. Von der verglimmenden Fackel hat sie ein kleines Stück Kohle geholt und macht Striche für jeden Tag hinter einem der vorstehenden Steine. Sie zählt sie nicht. Sie weiß nicht, wie lange sie durchhalten wird. Aber so lange es geht und man sie am Leben lässt, wird sie weitermachen. Sie hat ihr Wort gegeben. Es hilft ihr, es zu halten.

Ab und zu liegt auf dem Brett mit dem Essen ein Stück Käse. Oder ein Apfel. Das gibt ihr jedes Mal einen Stoß: Irgendjemand da draußen denkt an sie. Es gibt noch mehr, die glauben und hoffen, hat Illgar gesagt.

Irgendwann dann fremde Geräusche im Gang. Sie schreckt auf: Gewappnete. Sie hört Rüstungen knirschen und Waffen klirren. Schritte kommen. Männer. Ondor? Ratibor? Nicht jetzt noch hingerichtet werden, wo sie so lange durchgehalten hat! Kein neuer Kerker, dunkler, kälter… Nicht wieder Ketten an der Wand. Sie steht starr, als die Tür aufgeht. Soldaten strömen herein, Fackeln blenden. Sie sieht nicht, wer oder wie viele.

„Los komm, Mädchen, auf geht's!" Nicht Ratibors Stimme. Auch nicht Ondor. Man bindet ihr die Hände, zieht sie heraus. Es sind gar nicht so viele.

Fünf? Sieben? Kein Geschrei im Hof. Weitere Männer. Pferde. Sie kann sie hören und riechen. Aber nicht sehen, denn es ist gleißend hell. Sie hasst Kerker! Sie ist hilflos wie ein Käfer auf dem Rücken. Immer noch ist nirgends Ratibors Stimme zu hören.

Was ist hier los? Ein kleiner Trupp in Aufbruchsstimmung? Man bringt sie weg? Etwa zurück zur Zwinge? Was wird Siltrass sich freuen… Sie wird lange Zeit haben, über ihre Furcht vor Kerkern nachzudenken. Wer von ihren Freunden wird noch am Leben sein?

Man setzt sie tatsächlich auf ein Pferd. Ein kleines Pferd, aber munter. Sie sieht durch blinzelnde Augen, wie es die Ohren nach ihr dreht. Nur ein paar Mann als Eskorte – man fürchtet sie nicht? Fast ist sie gekränkt. Wirkt sie wirklich so schwach? Ist Ratibor so sicher, dass die falsche Hinrichtung sie gebrochen hat? Weiß er nichts von der Zwinge? Von den Kerkern dort? Von der Härte der Ausbildung? Weiß er am Ende gar nichts? Oder ist das eine neue Falle?

Sie versucht, auf die Turmspitze zu sehen, ob die Flagge aufgezogen ist oder nicht. Aber es brennt immer noch zu sehr in den Augen. Wo ist Ratibor? Wo treibt er sich herum, wenn er nicht hier ist? Bringen sie sie zu ihm? Ist ihm endlich eingefallen, was er mit ihr tun kann?

Der Zug setzt sich in Bewegung. Man bringt sie wirklich weg. Sie ist unterwegs. Gebunden zwar – zwei halten sie an Seilen, ein dritter führt ihr Pferd am Sattelknauf mit –, aber es ist, als sei sie erst jetzt wieder ins Leben zurückgekehrt. Hoffentlich dauert es. Sie braucht Zeit. Zeit, bis ihre Augen wieder sehen. Bis sie weiß, was hier los ist, wer ihre Wächter sind, wohin es geht. Und warum. Und wie sie fliehen kann.

Ihre Wächter sind aufmerksam, grob und scharf. Es ist Amanda nicht klar, ob sie wissen, wen sie mit sich führen. Sie sprechen sie nie mit Namen an. Aber sie fragen auch nicht nach ihrem Namen. Sie heißt „Du!" oder „Weib!" – oder gar nicht. Sie passen scharf auf sie auf, wollen sie ganz sicher nicht verlieren. Aber sie führen ein einzelnes Mädchen mit und sind zu zehnt. Was also soll geschehen?

Es ist Sommer. Wie lange war sie im Verlies? Sind vier Wochen vergangen? Sie ist nicht mehr dazu gekommen, ihre Striche zu zählen. Sie übernachten in Gasthäusern. In den ersten sind die Männer bekannt, dann nicht mehr. Aber man kennt die Wappen und Uniformen und es gibt keine Fragen. Eines ist aber klargeworden: Sie bringen sie nicht auf die Zwinge zurück, dieser Weg führt nicht in die Berge. Vielleicht zu einem weiteren Verbündeten, der besser auf sie aufpasst?

Tatsächlich hat Ratibor eingesehen, dass er sie wegbringen muss. Sie ist nicht mehr sicher auf seiner Burg. Die Scheinhinrichtung war doch keine so gute Idee: Zu viele haben Amanda gesehen. Das Gerede ist aufgeflammt, und es nimmt kein Ende. Dagegen lässt sich nichts machen. Gleichgültig, was er jetzt tut, es wird noch mehr Aufmerksamkeit auf das Mädchen lenken. Und seine Burg liegt unbequem zwischen der Horde, die sie überall sucht, und Johan von Flue, von dem man nicht weiß, wo er steht. Was, wenn sie sich jetzt gegen ihn verbünden? Seit er die Grenze zur Zwinge bewachen lässt und Ondor jeden erschlägt, der sie zu überqueren versucht, kann er nicht mehr auf die Horde zählen.

Deshalb kann er das Mädchen auch nicht mit großer Bedeckung fortbringen lassen: Es würde die Jäger anziehen wie Fleisch die Schmeißfliegen. Er will ganz sicher nicht, dass die Horde seinen Zug überfällt und sie ihm raubt. Nichts kann die Horde besser, und wenn sie sie erst haben, gehört sie ihnen allein und sie haben alle Vorteile in der Hand.

Er muss sie sicher und unauffällig wegbringen. Und weit genug. Das einzige, was er sonst noch tun kann, ist, Ablenkungen zu schaffen, alle zu täuschen. So lässt er – in jede Richtung und immer wieder – einen Zug losreiten, der eine Frau mit sich führt.

Amanda weiß nichts davon, sie spricht nicht, lässt sich willig führen, macht keinen Ärger. Bis zu einer gewittrigen Nacht.

Sie haben sie wie so oft gefesselt ganz oben im Gasthaus in ein Zimmer gesperrt und sind in den Gastraum essen gegangen. Eine Wache bleibt bei ihr. Der Mann hat ihr die linke Hand gelöst, so dass sie mühsam essen kann; die rechte ist am Stuhl festgebunden. Sie stellt keine Gefahr für den bewaffneten Mann dar, der in ein paar Schritt Entfernung lässig auf einem Stuhl an der Wand lehnt: Die Beinfesseln lassen gerade zu, dass sie allenfalls trippeln kann. Amanda löffelt die Suppe, gesenkten Hauptes, während das Gewitter langsam näher kommt. Es kracht ordentlich. Sie hofft, dass sie mit der Suppe fertig ist, ehe es so nah ist, dass sie handeln muss. Es wäre nicht gut, hungrig zu fliehen.

Als die Wache an den Tisch tritt, um ihr den Teller abzunehmen, hält sie sich mit der rechten Hand am Stuhl fest und rammt ihm den linken Ellenbogen zwischen die Beine. Er klappt keuchend zusammen. Amanda hält sich mit links am Tisch fest und wirbelt herum, um ihm mit der Rechten den Stuhl auf den Kopf zu schlagen. Sie trifft, gerät aber selbst ins Straucheln und stürzt. Beide gehen krachend zu Boden. Er kommt zuerst wieder hoch, aber Amanda bringt ihn mit der Fußfessel erneut zu Fall. Er schlägt nach ihr und erwischt sie am Kopf. Sie rollt von ihm weg und es gelingt ihr, die Reste des Stuhls mit beiden Händen zu fassen. Sie kommt hoch und lässt das Holz auf Kopf und Hals des Mannes krachen. Er schlägt gegen den Tisch, der unter ihm zusammenbricht.

Es ist noch nicht vorbei mit ihm, und er tritt aus, dass sie denkt, ihr Arm bricht. Aber sie hat plötzlich sein Messer vor Augen, das er noch nicht hat ziehen können, völlig überrascht von ihrem Angriff. Sie reißt es mit der freien, unverletzten Hand heraus und wirft sich auf ihn. Sie weiß nicht, wo sie ihn trifft, aber sie rammt ihm die Klinge mit aller Kraft in den Leib. Er brüllt auf und schlägt um sich. Es reißt ihr fast die Hand ab, sie muss loslassen und rollt außer Reichweite. Er dreht sich zu ihr um, aber dabei treibt er sich die Klinge selbst in den Leib und bricht röchelnd zusammen. Er will sich aufrichten mit der Faust nach ihr schlagen und dann ist es vorbei: Er ist tot.

Der Kampf hat einen Höllenlärm gemacht, aber jetzt steht das Gewitter direkt über ihnen. Niemand kommt.

Amanda zieht das blutige Messer heraus und schneidet sich die Fessel von der rechten Hand. Sie fürchtet, dass das Gelenk gebrochen ist, so sehr tut es weh, aber immerhin kann sie alle Finger bewegen. Ihr Kopf dröhnt, das Zimmer schwankt bedenklich. Sie schneidet die Beinfesseln auf und kommt mühsam auf die Füße. Lauscht an der Tür, fährt zusammen, als krachend der Donner hereinbricht, hört sonst aber nichts.

Ein Blick zurück ins Zimmer: eine Holzflasche an seinem Gürtel. Die macht sie mit zusammengebissenen Zähnen los. Alles ist voll Blut. Dann wartet sie an der Tür auf den nächsten Blitzschlag. Es ist keine Kerkertür, nur eine einfache aus dünnem Holz, wenn auch von außen abgesperrt. Beim zweiten Tritt splittert sie. Alles geht im Donner unter. Amanda späht hinaus. Der Flur ist leer und dunkel.

Sie huscht ihn entlang und verschwindet hinter der nächsten Tür: ein Speicher. Stockdunkel. Sie tastet sich vorwärts und schreit auf: Etwas greift ihr ins Gesicht. Sie lässt sich fallen, rollt ab, springt auf, das Messer in der Hand. Sie sieht im Schein eines Blitzes: trocknende Wäsche

In der flackernden Beleuchtung durch das Gewitter stiehlt sie sich zusammen, was sie braucht. Macht ein Bündel daraus und kriecht zur Giebelluke. Sie wartet lange auf den nächsten Blitz, weil sie hofft, im Blitzschein zu sehen, was unter ihr liegt. Ein paar Bäume, hat sie beim Herreiten gesehen – aber wo stehen die noch mal?

Doch es blitzt nicht mehr, das Gewitter ist vorübergezogen, schwarz rauscht der Regen. Sie kann nicht warten. Ihre Wärter werden kommen. Sie packt ihr Bündel, wirft es voraus. Sie lauscht, um zu hören, wie es aufschlägt, aber der Regen übertönt alles. Sie hangelt sich nach draußen und versucht, an der nassen Wand Halt zu finden. Sie will wenigstens ein bisschen weiter nach unten klettern. Da rutscht sie ab und springt.

Sie kracht durch ein paar Äste, knallt auf einer Wiese auf den Boden. Sie versucht abzurollen, schlägt sich den Kopf an und bleibt liegen. Noch lebt sie, also weiter. Sie prüft ihre Gliedmaßen: alles geht. Es tut weh, aber es wird gehen. Sie hat eine Beule am Kopf, aufgeschlagene Knie, einen aufgeschrammten Arm; unwichtig. Niemand ist in der Nähe, nirgends Geschrei. Sie krabbelt über die Wiese, um ihr Bündel zu finden, das sie schließlich im Baum hängend findet und nach unten zieht, dann endlich kann sie verschwinden.

Sie hat beim Ankommen den nahen Wald gesehen, hügelig, vielleicht ein Bachlauf, der dahin führt. In diese Richtung schleicht sie davon. Der Regen gibt ihr Schutz. Sie wird nass bis auf die Haut. Als sie den Bachlauf tatsächlich findet, zieht sie den Rock aus, lässt ihn da. Es wird vielleicht die Hunde ablenken, die sie ihr hinterherhetzen werden und sie hindert er nur. Sie presst das Bündel an sich und watet bachaufwärts; versucht, Hindernissen auszuweichen. Sie bleibt im Bach, bis der Regen ihn so anschwellen lässt, dass sie ihn verlassen muss. Sie hört keine Verfolger, aber das heißt nichts. Es gibt laute Jäger und es gibt leise. Die leisen sind gefährlicher.

Der Morgen graut schon, als sie den Wald erreicht, der hier Hügel um Hügel überzieht. Sie kennt diese Gegend nicht, aber so, wie sie gezogen sind, hat sie ungefähr eine Ahnung von der Himmelsrichtung, in die sie muss. Zu Burg Waisland, sie will endlich nach Hause.

Sie findet ein Brombeerdickicht, in das sie mit dem Messer einen Gang schneidet, den sie sorgfältig hinter sich wieder schließt. In der Mitte steht ein kleiner Kirschbaum, dort macht sie einen kleinen Platz für sich frei, sie muss dringend schlafen. Aber zuerst zieht sie die Kleider aus und Hose, Hemd und Wams über. Dann säbelt sie sich die Haare ab: Als Magd wird sie nie wieder reisen! Sie macht die Flasche auf und nimmt einen Schluck – und spuckt ihn angewidert aus: Branntwein. Sie benötigt Wasser! Sie kann keinen Branntwein trinken, sie braucht wahrhaft einen klaren Kopf. Der Regen hat aufgehört, sie kann die Flasche nicht füllen – nur Tropfen von Zweigen und Blättern schlecken. Zum Schluss kippt sie sich den Branntwein auf die vielen Wunden und Blessuren: Dazu wenigstens ist er gut.

Der Tag bleibt ruhig, das Wetter ist schön geworden. Sie wagt nicht, sich zu rühren. Erst als es dämmert, steht sie auf und holt sich die Beeren, die sie erreichen kann. Dann kriecht sie vorsichtig ihren Gang zurück, die Brombeerblätter sind schon welk geworden. Am Ende des Ganges bleibt sie lange liegen; lauschend, schnuppernd wie ein Tierchen. Aber sie muss raus, solange sie noch irgendetwas sehen kann, auch wenn es gefährlich ist. Hier liegen zu bleiben ist noch gefährlicher.

Sie verschwindet im Wald. Jetzt, wo sie nicht mehr die offene Fläche hinter sich hat, fühlt sie sich sicherer. Doch das trügt, so viel weiß sie. Der Wald, der sie schützt, schützt auch ihre Verfolger. Sie hört zwar nichts, hat aber ein sehr unruhiges Gefühl, als sei ihr etwas Lautloses auf der Fährte.

Wege gibt es hier keine, nur ab und zu einen Wildwechsel, den auch sie benutzt. Falls man sie mit Hunden jagt, werden sie vielleicht vom Wildgeruch abgelenkt. Sie kommt in der Nacht sehr langsam voran und geht am Morgen weiter, ohne auszuruhen. Immer noch hat sie das Gefühl von lautlosen Schatten, die ihr folgen.

Am Abend riecht sie Rauch: eine Köhlerei. Ein kleiner Meiler mitten im Wald – oder eben doch nicht so mitten im Wald, wie sie gehofft hat. Sie bleibt in seiner Nähe verborgen, wartet bis zum Morgen. Sie braucht etwas zu Essen, sonst wird sie verhungern. Wasser hat sie gefunden, der Bach ist leidlich klar.

Die Köhlerei stellt sich als kleine Hütte neben einem Kohlemeiler heraus. Ein Mann, eine Frau und zwei fast erwachsene Kinder sind draußen zu sehen. Sie benehmen sich seltsam, findet Amanda. Sie sprechen und murmeln in einem fort, auch wenn niemand zugegen ist. Halbverrückte. Entweder wird man verrückt, wenn man hier dauernd im Wald lebt oder sie sind zu Köhlern geworden, weil man sie draußen nicht erträgt mit ihrer Verrücktheit. Hier scheinen sie mit dem Wald zu sprechen.

Amanda hat das Gefühl, dass sie langsam auch verrückt wird: Ihr ist, als würden ihre lautlosen Verfolger den Atem anhalten. Und dann legen die Köhler abends, bevor sie sich in ihrer Hütte einschließen, zwei Brote hinaus. Sehen den Wald an, murmeln, ziehen sich ins Haus zurück. Da liegt das Backwerk. Leben für Tage. Doch ist das vielleicht eine Falle? Gift? Aber wozu? Sie haben die Brote nicht dicht an die Hütte gelegt, sondern im Gegenteil weit weg ans andere Ende der kleinen Lichtung auf ein kleines Brett, wie gemacht für diese Brote.

Amanda schaudert, aber hat sie eine Wahl? Sie hat nichts von Verfolgern gehört. Es kann kaum sein, dass jemand hier auf sie wartet. Oder doch? Warum hat man nicht einfach den Wald nach ihr durchsucht?

Gegen Mitternacht fasst sie sich ein Herz, umrundet Schritt für Schritt die Lichtung, kriecht auf die Brote zu, lauschend, das Messer in der Hand, wachsam. Dann liegen sie vor ihr. Keine Falle, keine Schlinge, kein Messer, das sie vom Baum fallend aufspießen wird.

Sie weiß nicht, was hier los ist, aber im Geist dankt sie den verrückten Köhlern, die vielleicht die Geister des Waldes mit diesen Broten beschwören. Sie nimmt sie. Und nichts geschieht, Stille. Sie merkt, wie ihr Atem pfeift, das Herz jagt. Ein letzter Blick rundum und sie schleicht mit den Broten davon.

Nur der stille Wald ist um sie her. Die Brote sind gut, werden sie für Tage am Leben halten. Und dann merkt sie, dass ihr lautloser Verfolger verschwunden ist. Sie weiß nicht, ob es daran liegt, dass sie mit dem Essen im Bauch wieder zu Verstand kommt, oder ob er sie an der Köhlerei verloren hat, aber die große Unruhe ist weg.

Dafür hat sie andere Sorgen: Nach drei Tagen weiß sie endgültig, dass sie sich verirrt hat. Diese Hügel bringen sie um den Verstand. Alle sehen gleich aus. Läuft sie ewig um denselben Hügel? Wenn sie hinaufkriecht, ist es nicht besser, man kann einfach gar nichts erkennen. Doch irgendwann, die Brote sind alle, glaubt sie, zwischen den Bäumen Licht zu sehen: ein Hügel, der einmal nicht bewaldet ist? Sie arbeitet sich darauf zu.

Völlig erschöpft steht sie am Rand einer Anhöhe, die tatsächlich frei von Bäumen ist. Nur ein paar alte Mauern stehen da. Die Abendsonne hat den Gipfel gerade verlassen, es ist ganz still. Sie tritt vorsichtig aus dem Wald und stößt nach drei Schritten auf das erste Skelett. Ihr Schrei verhallt in der ruhigen Luft und sie ist unter den Bäumen zurück, ehe sie weiß, wie sie dahin gekommen ist.

Nichts rührt sich. Stille. Langsam beruhigt sich ihr Atem und sie steht zögernd auf. Es ist nur ein Toter. Wenn sie hier liegen bleibt, wird von ihr bald auch nur noch ein Gerippe übrigsein.

Sie geht vorsichtig zum Waldrand und späht hinaus. Das Abendlicht liegt über dem Gipfel, kein Laut ist zu hören. Amanda fasst sich und sieht genauer hin. Es muss eine alte Burganlage gewesen sein, die vor langer Zeit vollständig zerstört wurde. So vollständig, dass niemand entkommen ist, denn Amanda hat niemals von dieser Burg gehört, die doch immerhin auf ihrem Land liegt.

Sie holt tief Luft und tritt wieder hinaus. Ja, da liegt ein Toter und als sie weitergeht, findet sie in den verfallenen Mauern und verstreut über den Hang noch etliche weitere. Kein Leben, nichts. Nicht einmal ein Vogel ist hier oben in der Einsamkeit zu hören. Die Stille liegt wie eine Glocke über dem Berg.

Aber sie findet eine kleine Quelle, seitlich am Abhang. Amanda trinkt dankbar und füllt ihre Flasche.

Dann sitzt sie eine ganze Weile gegen eine der warmen Mauern gelehnt, allein mit den Toten. Es ist so still, dass sie glaubt, diese Stille anfassen zu können. Als würde etwas warten.

Wenn sie auf meinen Tod warten, denkt sie verzweifelt, *dann irren sie sich hoffentlich.*

Als die Sonne untergegangen ist, steht sie auf. Unter dem blanken Himmel können diese Toten nicht liegenbleiben. Wie sollen sie zu ihren Ahnen kommen? Und sie denkt, wenn sie nicht bald zurückfindet und hier selbst tot liegen wird, dass sich hoffentlich auch jemand findet, der sie zur Ruhe bettet, so dass sie nicht für immer unter dem freien Himmel liegen muss.

Sie zieht sich ihren Umhang von den Schultern und macht sich daran, die Toten darin einzusammeln. Sie kann kein Grab schaufeln, sie hat nichts, um zu graben, und ist auch viel zu schwach dazu. *Wenigstens gibt es hier keine Geier und keine Raben*, denkt sie grimmig. Aber sie findet einen Raum, der vielleicht einmal ein Vorratsraum gewesen sein mag, halbverschüttet unter der Erde, mit einem steinernen Torbogen, der noch in die Höhe ragt. Dahin kann sie die Toten bringen. Ob es die Angreifer oder die Verteidiger der Burg waren, kann man jetzt nicht mehr unterscheiden. Es ist gleichgültig geworden.

Als sie fertig ist, schiebt sie bemooste Steine vor den Eingang der Gruft und legt ihren Kopf auf den steinernen Torbogen. *Mögt ihr zu euren Ahnen finden*, denkt sie traurig. Das Gras um sie raschelt im Wind. Amanda schreckt zusammen: es ist dies das erste Geräusch außer ihrem Atem, seit sie den Hügel betreten hat. Sie starrt in die Dunkelheit und Grauen erfasst sie: es geht kein Wind – kein Blättchen ringsum rührt sich – aber das Gras raschelt wie von Füßen, die darüber laufen. Amanda neigt sich tief vor der Gruft. *Vielleicht sind diese Toten zu lange im Freien gelegen*, denkt sie schaudernd, *um jetzt so einfach zur Ruhe zu finden.* Dann schüttelt sie energisch den Kopf: sie muss schauen, dass sie bei Verstand bleibt. Sie hat sie bestattet, mehr kann sie nicht tun.

Als sie sich aufrichtet und aus den Mauern tritt, ist die Nacht schon weit fortgeschritten und ein endloser Himmel spannt sich über ihr.

Sie trinkt ihre Flasche leer, sie nachzufüllen ist morgen noch Zeit und legt sich an die immer noch warme Mauer. Sie hat auf der Zwinge oft genug unter den Sternen geschlafen, aber irgendwie scheinen sie ihr hier wärmer und vertrauter zu sein. Und als jetzt Eulen aus dem Wald zu rufen beginnen und auch hinter ihr auf den Mauern ein Käuzchen erwacht, atmet sie tief auf: die gewohnten Geräusche der Nacht haben die Stille durchbrochen. Sie fühlt sich seltsam geborgen und schläft ein.

Kein böser Traum stört ihre Nacht. Der Morgen ist windig und bewölkt und es zieht kühl über den Hügel. Zu Essen hat sie nichts mehr, aber sie kann sich an der Quelle waschen, trinkt ausreichend und füllt ihre Flasche. Sie versucht herauszufinden, wohin sie wohl weitergehen soll, kann aber nicht viel erkennen. Es scheint ihr, dass im Südosten der Wald am schnellsten aufhören wird und so geht sie in diese Richtung los. Sie folgt einem kleinen Bächlein, das ihr immerhin verheißt, nicht verdursten zu müssen, aber nach einem halben Tag stürzt das Wasser in eine so tiefe Schlucht, dass sie ihm nicht weiter folgen kann.

Sie steigt weiterhin bergab – das scheint ihr ein gutes Zeichen zu sein – und findet ab und zu Sauerklee und Buchenblätter, auf denen sie kauen kann. Doch am Abend darauf taumelt sie nur noch, schon nicht mehr recht bei Sinnen. Sie scheint die Hügel hinter sich gelassen zu haben, der Boden ist eben geworden. Es wird schon wieder dämmrig, als sie plötzlich wie von einem Peitschenknall auffährt. Zuerst weiß sie gar nicht, was sie so erschreckt hat, aber dann riecht sie es: Rauch. Es ist unverkennbar Rauch und er riecht nach Gebratenem. Sie steht eine Weile nur da und versucht herauszufinden, ob sie wirklich Rauch riecht oder ob sie sich das bloß einbildet, aber dann beschließt sie, es einfach heraus zu finden. Eine Wahl hat sie sowieso nicht und wenn es eine Einbildung gewesen ist, ist sie auch nicht schlechter dran als zuvor. Sie steigt ganz langsam zurück, klettert über Äste, immer im Bestreben, den Geruch nicht zu verlieren.

Dann bleibt sie wieder stehen: Stimmen. Zumindest zwei Menschen unterhalten sich und sie kann leises Lachen hören. Sie atmet tief durch und spürt, wie sie zu zittern beginnt. Egal, wer das ist, sie haben etwas zu essen und sie muss sie nur noch finden. Es ist schon recht dämmrig, aber sie ist jetzt so lange durch den Wald gelaufen, dass sie auch im Dunkeln weiterfindet. Und dann hat sie den Rand einer kleinen Lichtung erreicht und bleibt im Schutz der Bäume wieder stehen. Am anderen Ende sitzen zwei Männer an einem kleinen Feuer, zwei Pferde grasen. Sie muss sich an den nächsten Baum lehnen vor Erleichterung und dann alle Willenskraft aufbieten, nicht einfach auf die Lichtung zu stürmen.

Sie zieht sich Schritt für Schritt zurück, umkreist die Lichtung vorsichtig und findet auf der anderen Seite einen kleinen Weg, auf dem die beiden Männer hierhergekommen sein müssen. Sie geht langsam weiter, bis der Schein des Feuers sie erreicht, dann heben die Pferde die Köpfe und die Männer greifen nach ihren Waffen und springen auf. Ordentliche Waffen, gute Pferde, kann sie selbst im schwachen Feuerschein erkennen. Ein Ritter und sein Knappe, kampfbereit.

„Den Göttern zum Gruß, ihr Herren", grüßt sie und neigt den Kopf. „Ich habe mich verirrt und bitte Euch um einen Platz an Eurem Feuer." Sie will sich aufrichten, merkt aber, dass sie zu schwanken beginnt. Sie wäre gestürzt, wenn der Knappe nicht mit einem Grunzen seine Waffe ins Gras gelegt hätte, mit zwei Schritten bei ihr ist und sie mit festem Griff packt. „Komm", sagt er, „bloß nicht umfallen."

Der Ritter hat seine Waffe nicht abgelegt und beobachtet, wie sein Knappe den seltsamen Gast nach einem kurzen Blickwechsel vorsichtig ans Feuer bringt. Amanda kommt wieder richtig zu sich, einen Sattel im Rücken und einen Becher an den Lippen, den der Knappe ihr hinhält. „Langsam!", mahnt er. Es ist Wein mit ordentlich Wasser verdünnt und sie tut, was er ihr geraten hat: Sie trinkt Schluck für Schluck. Als der Becher leer ist, geht es ihr schon besser und sie kann aufschauen.

Es ist tatsächlich ein junger Ritter, wenig älter als sie selbst, zur Jagd gekleidet, mit braunen Augen und einem hübschen lockigen Bärtchen ums Kinn. Der Knappe ist gar nicht so jung, wie sie zuerst geglaubt hat, nur um weniges jünger als sein Herr macht er einen verwegenen und unerschrockenen Eindruck. Beide beobachten sie aufmerksam. Der Ritter hat die Waffe immer noch in der Hand, der Knappe trägt ein Messer und auch seine Waffe liegt griffbereit. Die beiden wirken nicht ängstlich, sind aber auf der Hut. Es scheint eine gefährliche Gegend zu sein, denn Amanda kann nicht glauben, dass von ihrer schwachen Gestalt, die sich kaum noch auf den Beinen halten kann, irgendeine Gefahr ausgeht. Und sie ist seit der Köhlerei keinem Menschen begegnet.

„Habt Dank, Ihr Herren", sagt sie leise und lehnt sich dankbar an den Sattel in ihrem Rücken. „Ich bin Alkuin der Sänger und irre seit Tagen durch diese Wildnis, ohne einer Menschenseele zu begegnen. Ihr habt mir das Leben gerettet. Ich danke euch."

Der Knappe hat inzwischen vom Brot abgeschnitten und reicht ihr eine Ecke. Amanda ist der Blickwechsel der beiden nicht entgangen und schließlich legt der Ritter seine Waffe neben sich auf den Boden. „Iss erst einmal", sagt er, „reden können wir danach."

Sie haben tatsächlich einen Hasen auf dem Feuer und teilen redlich mit ihr. Amanda isst wenig und vorsichtig, zu lange hat sie so etwas nichts mehr zu sich genommen und sie möchte es gern bei sich behalten. Außerdem tut es unendlich gut, mit Menschen um ein Feuer zu sitzen, zu essen und zu trinken, die Pferde grasen zu hören und zumindest für den Moment in Sicherheit und am Leben zu sein.

„Alkuin der Sänger", sagt der Ritter schließlich, „erzähl uns, was dich in diese Wildnis verschlagen hat!"

Amanda nickt, gestärkt von Essen und Trinken fühlt sie sich gewappnet, sich den Fragen zu stellen. Und genauso gerne hätte sie gewusst, wer ihre ebenso vorsichtigen wie schweigsamen Retter sind und ob sie hier noch etwas anderes tun, als auf die Jagd zu gehen. Denn es ist ihr nicht entgangen, dass beide keinerlei Wappen tragen und ihre Namen nicht genannt haben. „Ich weiß nicht, Herr, wie ich hierherkomme oder wo ich überhaupt bin. Die letzte Feste, die ich gesehen habe, war Horlig im Tal, aber dann wollte ich durch die Hügel abkürzen und habe mich verlaufen."

„Ganz allein unterwegs?", fragt der Ritter. „Hast du keine Angst vor Räubern?"

Amanda lächelt müde. „Ich glaube, ich bin kein lohnendes Opfer für Räuber. Ich hätte mich über jeden Menschen gefreut, der meinen Weg kreuzt. Aber seit ich auf der Ruine war, habe ich überhaupt niemanden mehr gesehen."

Die Wirkung dieser wenigen Sätze ist vollkommen verblüffend: Beide Männer greifen zu den Waffen.

„Von der Ruine? Du kamst aus der anderen Richtung!", zischt der Ritter. Der Knappe ist totenblass geworden und hat die freie Hand vor den Mund geschlagen. „Die Ruine!"

Amanda sitzt mit Herzklopfen regungslos da. „Ich habe Euer Feuer erst gerochen, als ich schon vorbei war", sagt sie mühsam. „Was ist mit der Ruine?"

Der Ritter zögert noch einen Moment, dann legt er die Waffe wieder hin. Der Knappe ist deutlich von ihr abgerückt und sieht sich unruhig um. „Du meinst, du hast sie wirklich gesehen?"

Amanda beschließt, erst einmal gar nichts zu sagen, und sieht den Jüngeren abwartend an.

„Es ist nicht gut, hier bei Nacht und im Wald davon zu sprechen", murmelt er unbehaglich.

Der Ritter wirft ihm übers Feuer einen ungeduldigen Blick zu. „Nimm dich zusammen! Leg Holz nach, wenn du dich fürchtest!"

Der Bursche tut, wie ihm geheißen und legt ordentlich Holz nach, aber er bleibt dabei. „Es ist, wie ich sage: Es liegt ein Fluch auf der Ruine. Jeder weiß das.“

Amanda spürt, wie ihr kalt wird: ein Fluch. Das ist das Letzte, was sie jetzt noch brauchen kann. Das war es also: Diese Stille im Wald – ihre lautlosen Verfolger – das tiefe Schweigen, das über den zerfallenen Mauern stand, als würde etwas die Luft anhalten. Amanda spürt, wie sich ihr alle Haare stellen. Ja, da oben war etwas – sie hat nur nicht gewusst, was es ist. Entsetzt sieht sie den Ritter an und sieht, dass auch diesem unbehaglich ist. „Falls ein Fluch darauf liegt, habe ich jedenfalls nichts davon bemerkt“, sagt sie mühsam. „Es gibt nichts da oben und immerhin habe ich euch gefunden.“ Sie hofft, dass sie sich nicht getäuscht hat.

„Nichts?“, fragt der Knappe ungläubig, offenbar hat das Feuer oder die Neugier ihn doch wieder mutiger gemacht. „Es gibt Tote da oben, die jeden festhalten!“

„Tote, ja“, nickt Amanda gefasst. „Aber sie haben mich nicht angerührt. Ich glaube nicht, dass sie nochmal jemand festhalten werden. Ich habe sie begraben.“

Die folgende Stille hätte tiefer nicht sein können.

„Du hast was getan?!“, der Knappe ist so weit von ihr abgerückt, wie es nur geht, und sieht sie an, als sei sie selbst ein Geist.

Auch der Ritter ist blass geworden, aber er schaut ihr prüfend ins Gesicht. „Alkuin der Sänger“, sagt er leise, „so so. Du musst wissen: Es gibt den Fluch der Ruine, ja. Dazu eine alte Prophezeiung, wie er zu lösen sei. Nur ein Kind von Geblüt, das die Sage nicht kennt und doch aus dem Herzen des Landes kommt, könne tun, was sonst keiner kann, ohne dafür mit dem Leben zu bezahlen. Wer also bist du und was tust du hier?“

Amanda sitzt wie festgenagelt unter seinem Blick. Sie zermartert ihr Gedächtnis, ob ihr irgendetwas einfällt zur Ruine oder dem Fluch – aber sie findet nichts. Schließlich sagt sie: „Ich war lange in der Fremde, Herr. Nachdem die Dinge sich hier so… geändert hatten, wollte ich nicht bleiben. Doch jetzt zieht es mich zurück in die alte Heimat. Von Fluch und Ruine habe ich nie gehört.“ Sie weiß wohl, dass dies seine Frage nicht beantwortet, aber sie hat das Gefühl, dass auch er nicht alles gesagt hat.

„Puh!“, löst der Knappe die Spannung. „Ich brauche jetzt wirklich einen ordentlichen Schluck. Und dann sollten wir von etwas anderem reden. Wenn wir morgen noch leben, sieht bei Tageslicht alles anders aus!“ Der Ritter schaut ihn an und lächelt und es wird getan, was er vorgeschlagen hat.

Amanda schläft gut und erwacht von Kampflärm.

Sie springt auf: fünf abenteuerliche Gestalten – *Da sind die Räuber!*, denkt sie – haben sich über die Lichtung verteilt. Einer versucht, die Pferde einzufangen, gegen die anderen setzen sich der Ritter und sein Knappe heftig zur Wehr. Amanda ergreift einen vom Feuer angesengten Holzprügel und stürzt sich mit einem Kampfschrei auf einen der Angreifer, der mit seinem Kumpan dem Knappen ziemlich zusetzt. Der Räuber schwingt erstaunt herum, Amanda taucht unter seinem rostigen Haumesser durch – und erhält einen scharfen Schlag des Knappen, der ihr den Schwertarm aufschlitzt. Sie schnappt nach Luft und es gelingt ihr gerade noch, einen weiteren Schlag des Räubers abzuwehren.

Der Knappe wendet sich wieder seinem anderen Angreifer zu und Amanda hat mit ihrem genug zu tun. Er ist ein kräftiger Kerl, der sich auf seine massige Kraft verlässt, aber Amanda ist auf der Flue noch besser darin geworden, sich gegen kräftigere Kämpfer zu behaupten. Ihr Stock zersplittert allerdings unter den Schlägen seiner Waffe und sie kann ihm nicht gefährlich werden.

Offenbar haben ihre Retter inzwischen begriffen, dass sie nicht zu den Räubern gehört, denn der Ritter ruft: „Alkuin!“, und Amanda sieht, dass schon ein Angreifer am Boden liegt, seine Waffe bei ihm. Sie weicht einem Schlag aus und läuft los. Sie rollt ab, schnappt sich im Aufspringen das Schwert, wirbelt herum und stürzt sich zum zweiten Mal mit einem Schrei auf ihren Angreifer. Jetzt ist das etwas ganz Anderes!

Die Waffe ist allerdings so schwer, dass sie sie mit ihrem verletzten Arm kaum halten kann und mit dem ersten Angriff wechselt sie die Hand. Darauf ist der Räuber nicht vorbereitet und fast der erste Schlag Amandas trifft ihn ins Bein.

Es war natürlich Jossim, der beobachtet hat, dass sie das Schwert mit der linken Hand fast so gut führt wie mit rechts und sie eine Zeit lang zwang, nur noch mit links zu kämpfen – gerade als sie so weit war, sich mit rechts behaupten zu können.

Ihr Gegner hier ist allerdings trotz des Treffers nicht sonderlich beeindruckt. Amanda merkt, wie ihr die Kraft ausgeht. Dies hier muss ein Ende finden, und zwar schnell. Sie beißt die Zähne zusammen, denn das, was sie vorhat, wird weh tun.

Der Räuber findet offenbar nicht, dass es schnell gehen müsse. Er scheint Spaß daran zu haben, mit dem kleinen schwachen Kerl, der ungeschickt mit dem Schwert in der falschen Hand herumstochert, noch ein bisschen zu spielen. Und als Amanda so tut, als würde sie das Schwert nicht schnell genug hochbekommen um sich zu decken, fällt er darauf rein und holt genüsslich aus. Amanda wirft sich nach vorn, taucht unter dem Schlag durch und rollt sich ab, leider über den verletzten Schwertarm. Sie kommt hinter ihren Gegner und tritt ihm noch im Liegen in die Kniekehlen. Vom Schwung des ins Leere gegangenen Schlags und von ihrem Tritt stürzt der Räuber nach vorn. Amanda springt auf und rammt ihm den Ellenbogen ins Kreuz. Er kommt ins Straucheln. Sie hebt das Schwert und mit einem Schrei schlägt sie ihm den Kopf von den Schultern.

Dann fährt sie herum, bereit, sich weiteren Angreifern zu stellen. Es gibt aber keine mehr. Ritter und Knappe sind mit ihren fertig geworden und starren sie verblüfft an. Die Räuber sind tot. Amanda reckt den Arm mit dem Schwert triumphierend in die Höhe – und merkt zu spät, wie flau ihr ist.

Als sie wieder zu sich kommt, ist der Knappe gerade dabei, ihren Ärmel aufzuschlitzen, um nach der Wunde zu sehen. Der Ritter hält sie von hinten. Als sie merken, dass sie zu sich gekommen ist, können sie ein Grinsen nicht unterdrücken. Amanda zieht eine Grimasse: Wirklich prachtvoller Auftritt… dann hat der Knappe ihre Wunde freigelegt und grinst nicht mehr.

Amanda schaut ihn an; die Wunde anzusehen traut sie sich noch nicht. „Und?“, fragt sie.

„Tiefer Schnitt“, urteilt er fachmännisch, „aber nicht bis auf den Knochen. Hab dich wohl nicht richtig erwischt.“ Jetzt sieht Amanda hin und findet, dass er Recht hat. Fragt: „Kannst du sie einbinden?“ Und als er nickt und aufsteht, schaut sie den Ritter an. „Habt Ihr Branntwein?“

Der Knappe bringt beides und hält ihr den Schnaps hin. „Hör zu, es tut mir leid. Ich dachte wirklich, du hättest uns diese Kerle auf den Hals gehetzt."

Amanda zuckt die Schultern, was nicht so gut geht, weil es weh tut. „Schon gut. Und wie du sagst: du hast mich gar nicht richtig erwischt." Sie hat gerade unauffällig die Finger bewegt und festgestellt, dass es geht. „Würdet Ihr mich bitte festhalten?", bittet sie den Ritter, und als er nickt und fester zugreift, fordert Amanda: „Schütt es drauf." –

Der Knappe schluckt. „Äh…"

„Los, mach schon! Oder soll ich selber… Au!" Dann schüttelt sie sich: „Puh!" Sie hasst das und wünscht, sie hätte etwas von Jossims Wundertiegel hier.

„Alkuin der Sänger", sagt der Ritter und verkorkt die Flasche, während der Knappe ihren Arm verbindet, „einen gefährlichen linken Schwertarm führst du da."

Amanda wendet sich ihm zu und grinst.

„Aber du solltest dir einen anderen Schlachtruf zulegen."

Amanda erstarrt – „Waisland!", hört sie sich schreien. Ihr stockt der Atem, und der Knappe spürt, wie sich alle Muskeln spannen.

„Ruhig!", sagt der Ritter leise. „Wer immer du sein magst, von uns hast du nichts zu befürchten."

Sie sieht ihn an, hübsche braune Augen mustern sie neugierig, aber er lässt sie los, der Knappe ist mit dem Verbinden fertig. Er hat sie nicht erkannt, die Augen bleiben freundlich und neugierig. Amanda schluckt. „Eine alte Gewohnheit", erklärt sie lahm. „Ja, ich will auf Burg Waisland. Ich glaube zwar nicht, dass der Haushofmeister der Musik gegenüber aufgeschlossen ist, aber die alten Mauern einmal wiedersehen…"

Beide lächeln, der Ritter antwortet: „Nein, ich kann mir auch nicht vorstellen, dass Hadwin Verwendung für einen Sänger hat. Du bist nur noch wenige Tage von der Burg entfernt, wenn du diesem Weg folgst und dich in südlicher Richtung hältst." Der Ritter verneigt sich. „Fürst Gernot von Hohenfels und das ist mein Knappe Giselher. Wenn du genug von der Waisland hast, würde ich dich gerne auf meiner Burg empfangen, Alkuin der Sänger. Vielleicht kannst du uns dann sogar etwas singen", spöttelt er. Amanda wird vor Aufregung ganz kribbelig. Hadwin ist also tatsächlich immer noch – oder wieder – Haushofmeister auf Waisland, die Burg ist nur wenige Tage entfernt und der Fürst von Hohenfels wird ganz sicher Besuch von ihr bekommen, wenn sie es endlich geschafft hat. Seine Burg liegt unweit von Burg Waisland, das weiß sie noch.

Und es scheint ihn erstaunlich wenig zu wundern, dass Kämpfer ihres Vaters sich hierher verirren.

Die beiden geben ihr noch von ihrem Proviant ab, zeigen ihr den Weg, dem sie folgen soll, dann verabschieden sie sich. „Sei vorsichtig!", gibt ihr Herr Gernot noch mit auf den Weg und Giselher drischt ihr auf die Schulter, dass die Wunde nur so zischt.

Waisland

Sie folgt dem Weg und lässt tags drauf den Wald endlich hinter sich. Aufatmend tritt sie aus dem Schatten der Bäume und sieht vor sich im Abendlicht das weite, offene Land. Wiesen, Weiden und reiche Äcker liegen vor ihren Augen ausgebreitet: das Kernland Waislands und die Quelle seines Reichtums.

Ganz in der Ferne glaubt sie, den Burgberg aufragen zu sehen und wenn sie ein Pferd hätte… Sie nimmt sich zusammen. So kurz vor dem Ziel gilt es, heil über die offene, besiedelte Fläche zu kommen, und sie hat nun mal kein Pferd. Dafür noch etwas Proviant von Gernot und Giselher und sie beschließt, hier am Waldrand zu übernachten und am Morgen weiter zu ziehen. So, wie es aussieht, wird das Wetter noch eine Weile halten.

Anderntags macht sie sich auf den Weg und zieht hinab in die Ebene. Die Bauern sind bei der Getreideernte, das Korn steht gut und es gibt ihr einen Stich, wenn sie denkt, dass jeder gute Halm hier an Ratibor gehen wird. Sie hat lange genug als Magd gedient, um mit anpacken zu können und sich so etwas zu Essen und ein Dach über dem Kopf zu verdienen. Man sieht sie auch hier misstrauisch an, der Verband an ihrem Arm und das Messer an der Seite lassen sie nicht vertrauenswürdiger erscheinen. Aber es finden sich doch auch immer wieder Menschen, die sich von einem einsamen Wanderer nicht einschüchtern lassen und froh um eine helfende Hand sind. Sie achtet darauf, den Verband täglich zu wechseln und bekommt auch jeden Tag irgendwo einen Schluck Schnaps – oft sogar zwei: einen für die Wunde und einen für sich selbst. Sehr viel mehr kann sie nicht tun.

So kommt sie langsam vorwärts, genießt den heimischen Klang der Stimmen, redet selbst jedoch wenig. Amanda hört stattdessen zu und erfährt, dass tatsächlich Hadwin Haushofmeister auf der halbzerstörten Burg ist. Außerdem erzählt man ihr, dass Ratibor nur selten auftaucht, aber in jedem Herbst eine bewaffnete Mannschaft schickt, um den Zehnten und jeden Scheffel Korn und jeden Fuder Heu zu holen, die wie stets auf der Burg angeliefert werden. Das Wetter ist tatsächlich schön geblieben, die Wunde wird nicht brandig und die Burg wächst langsam vor ihr auf.

Sie bleibt zwei Tage in Sichtweite der Burg, versteckt in einem kleinen Gehölz am Bachufer, um zu schauen, ob und wie sie in die Burg gelangen kann. Die einst königliche Feste ist nicht mehr verteidigungsfähig, die halbzerstörten Mauern sind nicht zu übersehen, und die Wehrgänge sind nicht bemannt.

So fasst sie sich am dritten Abend ein Herz und folgt einer Herde Schafe und Ziegen, die wie in alten Zeiten im Abendsonnenschein auf die Burg getrieben wird. Inmitten der Tiere, eingehüllt in ihren vertrauten Geruch, denkt sie, dass diese Herde wie ehedem dafür sorgt, dass kein Baum oder Strauch auf dem Burgberg Fuß fassen kann: die Tiere verhindern so, dass Angreifer Deckung finden. Sie meint fast, ihren Vater zu hören, wie er ihr erklärt, dass die lustigen Schafe und Ziegen durchaus einem sehr ernsten Zweck dienen. Und irgendjemand sorgt dafür, dass es immer noch so ist.

Dann hat sie das erste Tor erreicht und der Moment ist vorbei. Das Tor ist zerstört, sie durchschreitet den steinernen Bogen mit klopfendem Herzen. Das zweite Tor steht offen, das dritte fehlt wieder und dann ist sie im Hof ihrer Burg angelangt, während die Schatten länger werden.

Die Herde verschwindet in einem der Ställe und sie sieht sich vorsichtig um. Der Hof ist leer – bis auf fünf Pferde, die ein Stallbursche zum Brunnen bringt. Fünf gute Tiere, wie Ritter und Edelleute sie reiten. Sie sieht ihnen nach und schluckt: Das sind weit bessere Pferde, als hier sein dürften und niemand unterwegs hat etwas von Rittern auf der Burg gesagt. Wenn Ratibor sie hier auf dem alten Königssitz erwartet, dann ist es um sie geschehen. Ein drittes Mal wird sie nicht entkommen.

„He, Bursche!", reißt eine Stimme hinter ihr sie aus ihren Überlegungen. „Was willst du hier?" Einer der wenigen Bewaffneten hat das Tor geschlossen und kommt über den Hof auf sie zu. „Du verschwindest am besten gleich wieder. Für Bettler haben wir hier nichts übrig."

Amanda mustert ihn kühl und er runzelt unwillig die Stirn. „Hörst du nicht? Raus hier, Bettlerpack!"

„Man hat mich mit einer Botschaft geschickt", beginnt sie, aber er fängt an zu lachen. Es klingt nicht lustig. Er sieht sie abfällig von oben bis unten an.

„Ich bin mit einer Botschaft zu Hadwin geschickt worden und es wäre besser für dich, du würdest mich zu ihm bringen!", fährt sie ihn scharf an.

„Oh, ho", spottet er, „mit einer Botschaft geschickt. Ja, ganz bestimmt!" Aber er wendet sich um, knurrt über die Schulter: „Dann komm mal mit, Bote. Du wirst es noch bereuen, dass du nicht auf mich gehört hast."

Er bringt sie in die kleine Halle, die völlig leer und kahl ist und befiehlt ihr, dort zu bleiben. Amanda sieht sich vorsichtig um: Es ist leer und es ist still. Sehr still. Als dann eine Tür aufgeht, hört man fernes Geklapper.

„Bert sagt, du seist ein Bote", ein kräftiger Mann tritt auf sie zu. „Also sag deine Botschaft."

Amanda sieht ihn ruhig an. Diesen Bert sollte man auf alle Fälle nicht aus der Burg lassen. „Wenn Ihr mich bitte zu Hadwin bringen wolltet?", bittet sie höflich. Auch dieser Mann mustert sie angewidert von oben bis unten. Ob Hadwin sich wohl immer so kostbar macht oder versucht man gerade, sie von ihm fernzuhalten? „Ich weiß, wie ich aussehe", sagt sie unwillig, „aber ich kann nicht warten, bis sich das ändert. Also bringt mich zu Hadwin." Sie weiß nicht, wie weit dieser hier geht oder gehen kann, um ihre Botschaft aus ihr heraus zu bekommen. Und wie groß seine Begeisterung wäre, wenn er wüsste, wer der dreckige Botenjunge wirklich ist.

„Danke, Hans", beendet eine harsche Stimme ihre Befürchtungen. Auch Hans fährt zusammen. Die Stimme kommt von der Galerie. „Geh in die Küche und sag Susanna, sie soll die Hähnchen aufs Feuer tun. Mit dem hier werde ich gerade noch alleine fertig."

Der alte Mann kommt die Galerie herab und er ist immer noch eine imposante Erscheinung, findet Amanda. Hadwin ist nach ihrem Vater der zweite Mann auf der Burg gewesen und sie hat sich damals sehr vor seiner meist grimmigen Laune gefürchtet. Weiß geworden, knorrig und krumm ist er jetzt, aber Hans gehorcht ohne Zögern und verschwindet brummend.

Amanda wendet sich Hadwin zu und auch der besieht sie missfällig. „Lumpige Boten, fürwahr. Wenn deine Botschaft so ist, wie du aussiehst, überbringst du sie besser dem Misthaufen. Also los, da rein." Er packt sie am Arm, genau an der Wunde, die er natürlich gesehen hat. Amanda folgt mit schmerzverzerrtem Gesicht in das kleine Zimmer, in das er sie stößt. „So", sagt er bloß.

Amanda holt Luft. „Die Losung lautet Falkenflug."

Er packt sie wieder, diesmal zum Glück am linken Arm und zieht sie unter das kleine Fenster. Er dreht sie so, dass ihr Nacken im Licht ist und schiebt die Haare beiseite. Er lässt sie los, als habe er sich verbrannt.

Amanda wendet sich um. „Ich bin es, Hadwin", flüstert sie.

„Hm", brummt er, scheinbar wenig beeindruckt, „das sehe ich. Und was willst du hier? Was soll jetzt werden?"

„Ich will mein Königreich zurück. Jetzt soll Recht wieder Recht werden."

Er sieht sie an, aber er spricht kein Wort. Hadwin ist nie ein großer Redner gewesen, auch jetzt runzelt er nur die Stirn.

Amanda verzieht das Gesicht. „Außer, diese Pferde da draußen gehören Ratibor. Dann wird es wohl nichts damit werden. Aber dann werde ich hier sterben, auf meiner eigenen Burg! Dann lege ich den Kopf hier in meinem Hof auf den Block!"

Hadwin schnaubt. „Ratibor! Der wagt sich nicht hierher, wo jeder Stein und jeder Baum von seinem Verrat weiß! Die Pferde gehören den Brüdern Flue, die uns seit einigen Wochen aufs Höflichste besuchen und es zudem auf das Höflichste verstehen, uns nicht zu sagen, warum sie hier sind. Aber jetzt ist es mir klargeworden. Sie haben von deiner Flucht gehört, es gibt seit Wochen Gerüchte. Ich hätte zwar nicht gedacht, dass ausgerechnet Johan ein Spitzel Ratibors werden würde, aber man kann nie wissen. Lass mich nur machen, noch heute werde ich sie los. Wir müssen nur schauen, dass Bert und Hans nicht mit ihnen verschwinden."

Amanda atmet tief durch. Sie schwankt fast vor Erschöpfung und Erleichterung. Hält Hadwin zurück. „Die Brüder Flue? Natürlich, Hector, Johans Hengst… Hadwin, warte."

Er sieht sie mit gerunzelter Stirn an.

„Sie sind wegen mir hier. Sie – sie haben mir das Leben gerettet im letzten Winter. Oh, ihr Götter, ich muss etwas essen." Sie versucht, ihre Gedanken zu ordnen. „Hadwin, ist das Turmzimmer frei? Kannst du dafür sorgen, dass ich etwas zu essen und ordentliche Kleidung bekomme? Und speist ihr oben in der Halle? Wirst du sie so lange hinhalten, bis ich gerichtet bin? Und hast du irgendjemand hier, dem wir vertrauen können und der mir helfen kann?"

Hadwin schüttelt den Kopf ob all der Fragen. „Jetzt mal langsam. Die Brüder Flue sind deinetwegen hier? Dir das Leben gerettet, ja?"

Amanda nickt.

„Johan von Flue", beginnt er wieder, um sich zu vergewissern. „Und er weiß, was er tut, ja?"

Amanda nickt erneut. Sie weiß nicht ganz, worauf er hinauswill.

Hadwin schüttelt ungläubig den Kopf und lacht, ein knurriges Geräusch; er scheint nicht oft zu lachen. „Du bist noch keinen Tag hier und es ist dir gelungen, den besten Kämpfer Waislands für dich zu gewinnen?! Wie hast du das gemacht?"

Jetzt starrt Amanda genauso ungläubig: „Johan von Flue ist der beste Kämpfer Waislands? Was sagst du da?"

Hadwin nickt. „Kein Mensch hat ihn je besiegt. Warum glaubst du wohl, kann er sich so nah bei Ratibor halten, ohne dass er ihm je gehuldigt hätte?"

Amanda denkt an ihre endlosen Niederlagen in Johans Fechthalle und lacht auf. „Na, bin ich froh, dass ich das nicht gewusst habe, bevor ich ihn herausgefordert habe!"

„Du hast was getan? Ihn herausgefordert? Bist du verrückt geworden? Wie willst du schmaler Hänfling gegen ihn bestehen?"

„Hab ich ja auch nicht. Aber egal – kann ich das Turmzimmer haben und könntest du dafür sorgen, dass wir oben in der kleinen Halle ungestört miteinander speisen können? Geht das, ohne aufzufallen? Wie viele Spitzel hast du im Haus?"

Seine Augen sind schmal geworden. „Du bist wirklich verrückt. Was willst du hier?"

Amanda sieht ihn an, auch ihre Augen schmal. „Ich will mein Königreich zurück", sagt sie langsam, „und ich fange hier damit an. Also?"

Er brummt unwillig. „Das Turmzimmer ist frei. Es wird Gerede geben, so einen zerlumpten Boten hatten wir lange nicht. Aber ich hoffe, Susanna hat die Botschaft verstanden und lässt Bert nicht hinaus. Wir müssen verhindern, dass er mit jemandem redet."

Jetzt ist Amanda fassungslos und Hadwin sieht sie mit überlegener Miene an. „Glaubst du, ich habe nicht gesehen, wer da in der Halle steht? Beim ersten Wort hab ich dich erkannt! Ich schick dir Susanna rauf. Den Weg findest du alleine?"

Amanda grunzt: „Blind und im Dunkeln! Lass mir ein Bad bringen und etwas aus der Küche, ich sterbe vor Hunger."

Amanda geht durch leere Gänge und hört ihre leisen Schritte hallen. Sie ist in Gedanken wieder und wieder durch diese Burg gegangen, aber so hat es hier früher nicht ausgesehen. Nie ist die Burg so kahl und leer gewesen. Oder so still. Und hinter der Stille hört sie noch immer das Schreien und den Lärm von Ratibors Überfall, durch die Leere sieht sie Flammen, überall Flammen. Und sie rennt über die Flure, bis sie von hinten gepackt und weggerissen wird – völlig außer Atem kommt sie im Turmzimmer an, ohne dass sie irgendjemandem begegnet wäre. Sie sieht hinaus. Die Straße ist frei: kein Heer, keine Staubfahne, kein Rauch aus dem Torhaus. Sie sinkt unter dem Fenster zusammen und kämpft um Luft.

Als sie ein Poltern im Gang hört, ist sie soweit wiederhergestellt, dass sie aufstehen und sich umdrehen kann. Eine junge Frau kommt herein, nur wenig älter als sie selbst, mit braunen Augen und goldglänzendem Haar. Amanda starrt sie an: Sie ist eine Schönheit. Und scheint derlei Blicke gewohnt zu sein. Sie knickst lächelnd und sagt: „Ich bin Susanna. Hadwin bat mich, dir ein Bad zu richten und wohl auch etwas zu Essen könntest du brauchen!"

Sie bringt ein Bündel Kleidung und Tücher mit, dann kommen zwei Knechte mit einem Zuber und sie weist sie ohne Weiteres an, wie sie ihn stellen sollen, schickt die beiden dann nach Wasser, Seife und etwas zu Essen. Sie gehorchen anstandslos, offenbar daran gewohnt, von dieser jungen Frau herumkommandiert zu werden. Sie werfen Amanda neugierige Blicke zu, aber Susanna scheucht sie, so dass sie nicht zum Starren kommen. Sie schickt sie noch zweimal, dann ist das Bad gerichtet.

Amanda hat unterdessen eine Schale mit Suppe leer gelöffelt und wendet sich um. „Willst du mir beim Bad helfen?"

Susanna mustert sie von oben bis unten und meint spöttisch: „Gewiss."

Amanda grinst. „Ich glaube nicht, dass du etwas von mir zu befürchten hast. Aber sei so gut, schließ die Tür und leg den Riegel vor.“

Susanna geht hin und schließt den Eingang übertrieben sorgfältig. „So, mein Herr. Jetzt wird uns hier oben keiner mehr stören!“ Sie wendet sich mit spöttischem Lächeln um, da klappt ihr Mund auf: Der vermeintliche Bote hat sich die Lumpen vom Leib gezogen und steigt in den Zuber. „Ja, aber! Bei allen Göttern! Du bist eine Frau!“

Amanda sinkt mit wohligem Seufzen ins warme Wasser. „Enttäuscht?“

Susanna lacht. „Also wirklich!“ Setzt keck hinzu: „Na ja, irgendwie schon – endlich kommt mal ein geheimnisvoller Bursche hier an und dann ist es eine Frau! Was bist du mager! Und deine Wunde – die sieht aber nicht gut aus!“

Amanda seufzt. „Nein, schön ist sie nicht. Aber sie verheilt und ist nicht brandig geworden. Und was, bitte, ist an mir ‚geheimnisvoll‘? Ich bin einfach nur ein hungriger Bote.“

Susanna betrachtet sie kritisch. „Und deine Haare! Was hast du denn mit deinen Haaren gemacht?! Warum geheimnisvoll, willst du wissen? Ich glaube, es sind deine Augen. Ja, es sind deine Augen, so graue Augen hat hier kaum eine. Und du wolltest unbedingt hierher, ja? Warum man freiwillig auf so eine langweilige Burg kommt, kann ich ja nicht verstehen. Hier ist rein gar nichts los.“ Dann reißt sie die Augen auf. „Oh, du kommst wegen der Brüder Flue! Ja? Ihr habt euch heimlich hier verabredet – wie aufregend!“

Amanda grinst. Ein Schäferstündchen mit Johan und Georg wäre wirklich ein guter Grund, um wochenlang durch die Wildnis zu irren, fast zu verhungern und zu verdursten, von einem Fluch heimgesucht zu werden – und nicht zu vergessen: sich den Arm aufschneiden zu lassen!

Aber die schöne Susanna ist gar nicht so dumm. „Ist es Johan oder Georg?“, fragt sie aufgeregt. „Der Herr Georg ist ja viel netter und nicht so ein finsterer Geselle wie Herr Johan.“ Dann bricht sie ab.

Amanda lächelt nur und lässt sich genüsslich ins warme Wasser sinken. Als sie wieder auftaucht, fragt sie: „Wie lange bist du auf der Burg?“ Nach ihrer Vermutung muss sie ungefähr drei Jahre älter als sie selbst sein und ist bestimmt schon damals als kleines Mädchen hier gewesen.

„Warum? Ich bin hier aufgewachsen“, bestätigt sie die Vermutung prompt. „Meine Mutter war Wäscherin, aber ich bin jetzt in der Küche.“ Sie sagt es mit unverkennbarem Stolz und das wahrscheinlich mit gutem Grund. Wenn die Knechte ihr derart gehorchen, hat sie es vermutlich weit gebracht für ihre jungen Jahre.

„Wo bist du gewesen, damals vor acht Jahren? Wie ist es dir ergangen?“

Die Magd ist blass geworden. „Oh, es war so furchtbar!“ Dann bricht sie ab. „Wie kannst du so etwas fragen! Ah, jetzt weiß ich es! Du bist ein elender Spitzel! Du willst uns aushorchen, weil du gehört hast, dass Amanda geflohen sei! Das kann ich dir sagen, du kommst nicht weit! Wenn ich das Hadwin sage… Und die Brüder Flue können sich auch eine neue Bleibe suchen!“

Sie stapft zur Tür und Amanda sieht ihr beeindruckt nach: Wenn hier noch mehr so sind, steht es besser um sie und die Burg, als sie befürchtet hat! Aber als Susanna den Riegel zurückschiebt, greift sie ein: „Lass die Tür in Ruhe! Finger weg!“

Und ihr scharfer Ton hat Erfolg: In langen Jahren der Gewohnheit hat Susanna gelernt, diesem Tonfall zu gehorchen und wendet sich um, immer noch zornig.

„Lass die Tür in Ruhe und komm her. Und wenn du mich noch einmal Spitzel nennst, spritz ich dich nass!“

Susanna ist nicht wirklich überzeugt, aber sie kehrt zögernd zurück.

„Komm, schrubb mir den Rücken, der hat es wirklich nötig“, bittet Amanda begütigend und reicht ihr die Seife.

„Entschuldige“, sagt Susanna zerknirscht und taucht die Seife ins Wasser, „aber das kannst du nicht verstehen. Niemand hier spricht gerne darüber, der es selbst erlebt.“ Sie bricht ab, ein erstickter Schrei, die Seife plumpst ins Wasser „Oh, ihr Götter! Das Wappen! – Du! – Ihr! – Ihr seid… Herrin!“

Amanda dreht sich um. Die Magd ist zurückgewichen. Die seifige Hand vor den Mund geschlagen, starrt sie Amanda an, als hätte sie eine Erscheinung.

Dann bricht es aus ihr heraus: „Alle haben gehört, dass Ihr geflohen seid! Niemand hat es geglaubt! Wir alle dachten, sie sagen das nur, weil sie Euch umgebracht haben. Und Ihr seid so mager – und Eure Haare!“ Sie beginnt zu schluchzen.

Amanda fasst sie an der Schulter. „Schsch – ist ja gut. Komm, hör auf zu heulen. Ist ja gut – willst du mir nicht lieber helfen?“

Das Mädchen schnieft noch ein bisschen, nimmt dann aber andächtig die Seife, die Amanda aus dem Wasser gefischt hat. Sie sieht sie ungläubig an, als müsse sie sich vergewissern, dass sie nicht geträumt hat, kann dann aber doch wieder ihre Arbeit tun und beruhigt sich dabei langsam.

„Hadwin sagt, Ihr speist mit den Herren Flue?", fragt sie schüchtern, als sie sich wieder erholt hat. „Wissen die beiden…?"

Amanda dreht sich zu ihr um und lässt ein wirklich triumphierendes Grinsen sehen. „Oh ja, die Herren Flue wissen, wer ich bin. Allerdings wissen sie noch nicht, dass ich hier bin."

Das Mädchen denkt schon weiter. „Ich muss Euch etwas anderes zum Anziehen bringen. Ich hab ja Männerkleider gebracht. Aber Eure Haare! Was machen wir bloß mit Euren Haaren?" Amanda taucht den Kopf ins Wasser, damit sie das beanstandete Haar waschen kann und erklärt: „Es hieß für mich, die Haare oder das Leben geben. Also hör auf, so ein Geschrei darum zu machen. Die wachsen wieder. Lass dir einfach was einfallen."

Tatsächlich lässt sich Susanna etwas einfallen. Es dauert eine Weile – Amanda wird sie fragen müssen, wo sich solche Schätze noch finden, aber nicht heute. Die abgesäbelten Haare müssen unter einer Kappe versteckt werden, da hilft nichts, aber das grüne Gewand ist wunderbar.

Als Amanda fertig ist und vor Susannas kritischen Blicken bestanden hat, fragt sie: „Bist du in der Küche unabkömmlich? Gibt es irgendjemanden, dem du dein Amt übergeben kannst? Ich glaube, ich könnte dich wirklich gut bei mir brauchen."

Susanna sieht sie einen Moment sprachlos an, ihre Wangen röten sich und man sieht, wie es in ihr arbeitet.

„Ihr bleibt? Oh, Herrin! Natürlich komme ich. Die Küche – die dicke Anna steht mir sowieso schon die ganze Zeit auf den Füßen. Sie muss noch viel lernen. Aber ja, Herrin, das kriege ich hin. Bis Ihr vom Essen zurück seid, ist das Zimmer fertig und ich stehe Euch ganz zu Diensten."

Wieder sind die Gänge leer, als Amanda zum Essen schreitet, aber jetzt ist es ihr egal. Dies ist ihre Burg, sie ist zurück. Sie hat es geschafft und die Brüder Flue haben so sehr an sie geglaubt, dass sie seit Wochen hier ausharren.

An der Tür vor dem Saal steht Bertram, Johans Knappe. Er sieht ihr verblüfft entgegen und scheint sich zu fragen, wo jetzt plötzlich die edle Dame herkommt. Amanda strahlt ihn an, dann erkennt er sie, sein Unterkiefer klappt runter und er reißt die Tür auf. Er will etwas sagen, aber es fällt ihm nichts ein. Amanda rauscht an ihm vorbei. Es kommt wohl nicht oft vor, dass jemand den stoischen Bertram aus der Fassung bringt.

Die drei Herren, Hadwin, Johan und Georg, stehen am Feuer, Zinnbecher in der Hand. Als die Tür so schwungvoll aufgerissen wird, drehen sie sich erwartungsvoll um – und auch sie erstarren.

„Seid gegrüßt und willkommen auf meiner Burg, Ihr Herren von Flue. Verzeiht, dass Ihr warten musstet. Man hat versucht, mich aufzuhalten!"

Sie neigt den Kopf zum Willkommensgruß und als sie sich strahlend aufrichtet, sieht sie in drei fassungslose Augenpaare. Selbst Hadwin staunt: Stand nicht eben noch ein zerlumpter, halbverhungerter Bote in der Halle, der atemlos von einer Botschaft flüsterte? Und jetzt ist hier die Herrin der Burg, die die Königin des Landes sein sollte und sieht aus, als sei sie es bereits?

Johan fasst sich als Erster, aber es scheint ihm ähnlich zu gehen. Er hat seinen Becher ganz vorsichtig auf den Kaminsims gestellt und tritt einen Schritt näher, dass er sich verbeugen kann. „Königin!"

Amanda starrt ihn an, aber er spottet nicht. Doch ehe sie etwas entgegnen kann, ist Georg bei ihr, weniger zurückhaltend als sein Bruder ergreift er ihre Hände. „Wo seid Ihr nur gewesen? Was ist Euch geschehen? Dank sei den Göttern, dass Ihr endlich hier seid!" Dann geht ihm auf, was er tut und lässt sie los.

Amanda strahlt ihn an. „Danke, Herr Georg, habt Dank, Herr Johan! Habt Dank, dass Ihr gekommen seid! Ich bin so froh, dass ich Euch die mir erwiesene Gastfreundschaft wenigstens ein bisschen vergelten kann." Sie wirft Hadwin einen Blick zu, der wiederum zur Tür geht und dem Knappen aufträgt, dass man das Essen bringen solle. Man sieht ihm an, dass er es nicht mehr gewohnt ist, dass jemand ihn herumschickt und er scheint nicht glücklich darüber.

„Ihr seht aus, als sei es Euch nicht wohl ergangen, seit Ihr unsere Gastfreundschaft verlassen habt", bemerkt Johan schließlich, als sie beim Essen sitzen.

Amanda sieht auf und begegnet seinem ruhigen Blick. Sie beißt sich auf die Lippen und lässt ihren Becher sinken. Sie hat tatsächlich Mühe, ihr Essen nicht runterzuschlingen, und das hat er natürlich bemerkt. „Es stimmt", gibt sie zu, „die Verpflegung war lange nicht mehr so gut."

„Und geschlafen hast du wohl auf Heu und Stroh!“, knurrt Hadwin und rächt sich so, dass jemand ihn hier herumscheucht, der eben erst als verlotterter Bursche auf die Burg gekommen ist.

„Wenn ich Glück hatte, ja, dann gab es Heu und Stroh“, entgegnet Amanda bissig. „Würdest du mir wohl noch vom Braten reichen?“

Johan steckt die Nase in seinen Becher. „Aber wo seid Ihr bloß gewesen?“, fragt Georg mit großen Augen.

Amanda sieht ihn an und es fällt ihr ein bisschen zu viel von dem ein, wo sie gewesen ist. Ihr Lächeln wird matt. Sie holt Luft und schüttelt die Bilder ab. „Ich bin entkommen, oder?“, sagt sie und verrät damit mehr, als sie beabsichtigt hat.

Georg murmelt hastig etwas und beugt sich wieder über seinen Teller. Von der anderen Tischseite spürt sie Johans schwarzen Blick. Seine Hand umklammert den Becher, dass die Knöchel weiß hervortreten.

„Was wollt Ihr nun tun?“, fragt Johan, als sie nach dem Mahl ums Feuer sitzen.

„Das hängt davon ab“, antwortet sie nachdenklich. „Was haltet Ihr von der Burganlage?“

Johan sieht sie überrascht an, tut aber nicht so, als hätte er sich die Anlage nicht genau besehen. „Man könnte zumindest den inneren Ring wieder verteidigungsbereit machen“, antwortet er bereitwillig. „Die Anlage ist nicht ganz so stark beschädigt, wie ich befürchtet hatte. Es reicht nicht, die äußere Anlage einfach wiederaufzubauen, die muss verbessert werden. Das hat man beim letzten Angriff gemerkt. So schnell darf nie wieder jemand hier eindringen können.“ Er sieht sie an. „Ihr seid hier nicht sicher. Die Arbeiten würden Wochen dauern – wenn wir Steine, Holz und genug Männer hätten. Fürs Erste könnte ich euch eine Mannschaft von der Flue schicken.“

„Es gibt hier Männer genug“, fällt Hadwin ihm ins Wort. „Wir brauchen Eure Leute nicht!“

Amanda sieht ihn nachdenklich an. „Wie viel hast du auf die Seite geschafft? Wie viele Waffen liegen hier und auf den Dörfern verborgen? Wie viele der Männer sind wieder aufgetaucht und tun jetzt so, als seien sie Müller oder Stallknechte?“

Hadwin tut zuerst, als würde er sie nicht verstehen, doch dann siegt der Stolz. „Wir könnten die Mauern besetzen. Halten können wir sie nicht, weil wir uns nicht ans Ausbessern machen konnten. Es wäre zu sehr aufgefallen. Aber wir haben schon Steine genug gebrochen in den Brüchen ringsum. Wenn Ihr uns Deckung schafft und wir warten, bis Ratibor die Ernte geholt hat, könnte die Feste bis zur Wintersonnwende abwehrbereit sein."

Johan und Georg sehen ihn sprachlos an, aber Amanda lacht. „Wie hast du es eigentlich geschafft, dass du immer noch Haushofmeister bist?"

Hadwin grunzt. „Wieder! Nicht immer noch. Ratibor kann sich hier nicht halten. Seine Leute haben keine Ahnung. Die erste Ernte wurde feucht und in die zweite kamen die Mäuse. Da hat er mich zurückgeholt, bevor ihm auch noch die nächste Ernte kaputt geht. Und seither bekommt er Jahr für Jahr pünktlich seinen Zehnten – trockenes Korn, sauberes Heu, Obst, Schinken. Die besten Sachen! Er kann sich nicht beklagen. Von keiner Burg erhält er mehr."

„Ja", knirscht Amanda „du warst ein treuer Diener Ratibors, fürwahr!" Aber sie sieht ein, dass es sein muss und wendet sich an Johan. „Ich bleibe auf alle Fälle hier. Wenn Ihr ein paar Eurer Männer zur Verstärkung schicken könntet und vielleicht einen, der die Arbeiten auf der Burg leitet. Ob sich das unauffällig machen ließe?"

„Und vielleicht ein paar Felle und weiche Decken?", neckt er sie.

Doch sie entgegnet: „Wenn die Mauern wieder befestigt sind und die Männer bewaffnet, werde ich auf dem härtesten Strohsack Waislands weich schlafen – vorher nicht!"

Und er nickt und sagt ruhig: „Ich werde selbst hierbleiben und die Arbeiten leiten."

Amanda spürt, wie bei seinen Worten etwas wie eine riesige Last von ihr gleitet und Erleichterung sie erfüllt. Sie sagt rau: „Ich danke Euch."

Er senkt die Augen und sagt wie bei ihrem Eintritt: „Königin", als ob das irgendetwas erklären würde.

„Ihr solltet mich nicht so nennen, wisst Ihr. Ich habe gesehen, was es kostet, mir zu folgen." Und weil sie findet, dass sie einen Anspruch darauf haben und vielleicht auch, weil sie es endlich jemandem erzählen muss, erzählt sie, wie sie Ratibor wieder in die Hände gefallen ist. Wie er Illgar, der ihr zur Flucht verholfen hat, bevor Johan und Georg sie damals im Schnee gefunden haben, vor ihren Augen hinrichten ließ. „Ich war sicher, dass ich die Nächste bin. Und dann…" – sie zwingt sich, weiterzusprechen – „… dann…" – zu ihrer Schande merkt sie, dass sie nicht darüber sprechen kann, ohne am ganzen Leib zu zittern. Sie spürt die Blicke der Männer und versucht, sich zusammenzunehmen. „Er hat so getan als ob", kann sie nur noch flüstern und es kostet sie alle Kraft, die Fassung zu wahren und nicht in Tränen auszubrechen.

„Eine Scheinhinrichtung", flüstert Georg entsetzt. Johan wirft ihm einen mörderischen Blick zu, hält aber den Mund. Georgs Talent, immer zu sagen, was er gerade denkt, ist bestimmt sein größter Fehler.

„Trinkt einen Schluck", hört sie Johans ruhige Stimme und er schließt ihre Hand um den Becher. Die Berührung seiner warmen Hand bringt sie wieder zu sich und sie folgt seinem Rat und nimmt einen Schluck. Danach ist sie soweit wiederhergestellt, dass sie aufschauen und fortfahren kann: „Hinterher schien er keine weitere Verwendung für mich zu haben und ließ mich im Kerker schmoren. Monate, dachte ich damals, aber ich glaube, es waren nur ein paar Wochen. Als dann von mir nicht mehr viel übrig war, ließ er mich fortbringen. Ich hatte wirklich Angst, dass er mich zu Siltrass zurückschickt. Aber unterwegs konnte ich endlich fliehen – in gestohlenen Kleidern. Man lernt manch Nützliches auf der Zwinge", sagt sie grimmig und zuckt mit den Schultern. „Ich hätte schon viel eher hier sein können, wenn ich mich nicht verirrt hätte. Ich wollte keinen Menschen mehr begegnen und hab durch die Hügel abgekürzt – das mit den Menschen hat geklappt, aber kürzer war es nicht."

Ihr ist nicht entgangen, dass die Männer bei der Erwähnung der Hügel Blicke getauscht haben: Ganz sicher wissen sie von der Ruine. Aber sie hat einfach nicht den Mut, sich anzuhören, was es mit dem Fluch und dieser mysteriösen Prophezeiung auf sich hat, von der ihr Gernot nur die Hälfte erzählte. Nicht heute Abend. Wenn der Fluch sie einholt, dann ist es eben so und wenn nicht, dann will sie es zufrieden sein. Aber noch mehr entsetzte Blicke kann sie heute Abend wirklich nicht ertragen.

„Soll ich die Flagge aufziehen, wenn du hierbleibst?", fragt Hadwin.

Amanda ist ehrlich entsetzt. „Willst du mich ans Messer liefern?" Zu ihrer Erleichterung sieht sie, dass Johan ebenfalls zusammengezuckt ist.

Hadwin brummt: „Ist aber gegen Sitte und Brauch."

Amanda ist versucht, zu lachen, wenn es nicht so ernst wäre. „Allerdings ist es gegen Sitte und Brauch. Hier wird noch Einiges geschehen, was gegen althergebrachte Traditionen verstößt, darauf kannst du dich getrost einstellen. Es ist auch gegen Sitte und Brauch, seinen König zu verraten und seine Tochter zu verschleppen. Die Horde ist gegen Sitte und Brauch – alles daran! Vieles, was mir widerfahren ist, und vieles, was ich tat, läuft Sitte und Brauch zuwider." *Gemessen an guten Sitten und alten Bräuchen bin ich nichts – eine Verlorene, Verworfene.* Nach Sitte und Brauch hätte sie sich mit ihrem Schicksal als Geisel abfinden müssen; bis an ihr Lebensende oder zumindest, bis einem anderen eingefallen wäre, was er mit ihr anzufangen gedenkt. Wenn sie hier an alten Traditionen gemessen wird, ist sie am Ende, ehe sie begonnen hat.

Niemals wird sie sich mit ihrem Schicksal abfinden! Sitte und Brauch! Sie spürt, wie schmal der Grat ist, auf dem sie geht und versucht, die Fassung wieder zu gewinnen. „Für das, was wir hier erreichen wollen, gibt es keine Bräuche. Wir werden uns eigene machen müssen." Sie sieht ins Feuer und sagt dann langsam: „Ich verspreche allen, die mir folgen – dass es ehrenvoll sein wird. Was ich auch tun mag, was immer notwendig werden sollte, was uns auch widerfährt, ob wir untergehen oder siegen – es kann nicht den alten Sitten folgen, aber es wird ehrenvoll sein."

Die Worte klingen drohend und verheißungsvoll zugleich und sie verfehlen ihre Wirkung nicht. Außer bei Hadwin. „Du nennst deine Ankunft als zerlumpter Bote ehrenvoll?"

Wenn er geglaubt hat, sie endgültig aus der Reserve zu locken, sieht er sich getäuscht. Sie blickt ihm vielmehr mit einem strahlenden Lächeln sehr selbstzufrieden in die Augen und nimmt einen guten Schluck Wein. Dann sagt sie gelassen: „Ich bin von der Zwinge geflohen – alleine. Ich bin Ratibor entkommen – zweimal. Wie ich das gemacht habe?" Sie hält inne und sagt dann kurz und grimmig: „Erfolgreich." Sie sieht die Männer an und setzt hinzu: „Ich werde keinem, der für mich kämpft, vorwerfen, wie er diese Jahre überstanden hat. Und ich werde auch keinen Wettkampf dulden, wer am meisten gelitten hat. Es zählt nur, was wir jetzt tun werden."

Und darauf fällt auch Hadwin nichts mehr ein.

Wie Susanna versprochen hat, ist das Turmzimmer gerichtet, als sie zurückkommt: ein behagliches Lager, ein paar gute Stühle, ein ordentlicher Tisch, ein paar Truhen, der Boden mit Stroh und Kräutern bestreut. Sogar ein Feuer ist im Kamin geschichtet, aber es brennt nicht, denn es ist nicht kalt.

Für sich selbst hat Susanna im Vorzimmer ein Lager gerichtet und sitzt bei Kerzenlicht mit einer Flickarbeit. Amanda lobt sie sehr und lässt sich von ihr aus den Gewändern helfen. Sie ist todmüde und will nur noch schlafen.

Doch mitten in der Nacht fährt sie mit einem Angstschrei auf: Die Burg brennt, Ratibor ist gekommen, die Toten von der Ruine… Als sie in Susannas Armen endlich aufwacht, kann sie wirklich nicht mehr und weint und weint. Susanna hält sie und tröstet sie – und weint mit, denn auch sie erinnert sich an die schreckliche Nacht, in der sie ihre Mutter verlor und um ein Haar selbst in ihrer Hütte im unteren Hof verbrannt wäre.

Als sie sich endlich beruhigt haben, fasst Amanda Susanna am Arm und sieht ihr ins Gesicht. „Susanna, ich schätze Hadwin wirklich sehr und ich vertraue ihm. Aber hiervon: Kein Wort! Versprich mir, dass du niemandem ein Wort sagst! Egal, wie oft ich schreie und egal, wie oft ich weine: Kein Wort darüber! Zu Keinem! Kannst du den Mund halten?"

Und Susanna sieht ihre Herrin treuherzig an und sagt unschuldig: „Ich weiß wirklich nicht, was Ihr meint."

Da lachen beide und Susanna sagt ernsthaft: „Ich verspreche es Euch!" Und auch hier hält sie Wort.

Anderntags geht Amanda zuerst in den Hof und sucht die Stelle, an der sie ihren Vater zuletzt gesehen hat – tot. Der Fleck ist nicht zu übersehen: im ganzen Hof ist das Pflaster sauber geschrubbt – nur da, wo der König gestorben ist, wuchert Gras. Niemand rührt daran, keiner betritt diese Steine.

Amanda kniet nieder, legt den Kopf ins Gras und die Hände daneben. „Ich bin zurück, Vater", flüstert sie. Mehr versprechen kann sie nicht – was hat sie schon in der Hand? Sie ist geflohen und sie ist entschlossen, sich ihr Königreich zurückzuholen. Aber das braucht sie dem Toten nicht zu erzählen, das weiß er längst.

„Ich möchte einen Stein hier haben", sagt sie zu Hadwin, der hinter ihr aufgetaucht ist. „Wenn ihr in den Steinbrüchen etwas gefunden habt, lasst es mich wissen. Wo liegt er?" Sie beißt die Zähne zusammen, weil sie bis jetzt nicht weiß, was Ratibor mit ihrem toten Vater gemacht hat.

„Er ruht im Hain", kann Hadwin sie beruhigen. „Sie haben eine Eiche auf sein Grab gepflanzt." Denn er ist nicht dabei gewesen, hat die erste Zeit im Kerker zugebracht.

Amanda geht in den Hain. Die Eiche ist ein kleiner Baum – sie ist acht Jahre nicht hier gewesen. Sie kann es kaum glauben. Nichts ist vom Grab ihres Vaters noch zu sehen als der kleine Hügel, den diese Eiche krönt. Es ist ein Wunder, dass sie es überhaupt geschafft haben, seinen Leichnam hier zu bestatten. Ein großer Hügel oder ein besonderes Grab ist nicht infrage gekommen. Getröstet geht Amanda zur Burg zurück: Ihr Vater ist hier – die Eiche lebt.

Und es zieht sie zu dem Brunnen, der im seitlichen Teil des Hofes liegt. Sie bleibt im steinernen Torbogen stehen: Früher war hier ein Holztor und nur ihre Mutter hatte nach altem Recht als Herrin der Burg den Schlüssel dazu. Es gibt noch drei andere Wasserstellen auf Burg Waisland, aber das sind Zisternen, die das Regenwasser sammeln. Dieser Brunnen jedoch, vor endlosen Zeiten tief in den Fels getrieben, wird von einer Quelle gespeist, die auch im heißesten Sommer nicht versiegt. *Burg Waisland kann nie durch Wassermangel fallen,* hört sie ihren Vater sagen. *Nur durch Verrat,* denkt sie traurig, als sie näher tritt.

Gras wächst auch hier zwischen den blankgewetzten Steinen – niemand geht zu diesem Brunnen; er ist den Herrschern Waislands vorbehalten. Aber die Holzbohlen, die wie stets den Brunnen abdecken, sind sauber, sieht sie beim Näherkommen. Und an dem alten, eisernen Bogen, der die Öffnung überspannt und die Rolle trägt, über die das Seil für den Eimer läuft, hängt ein neuer Eimer. Sein Holz glänzt honigfarben im Sonnenlicht. Und auch Rolle und Seil sind ganz neu. Sie hebt langsam die Holzbohlen vom Brunnen, nimmt den Eimer vom Haken: Eimer hat sie genug getragen. Sein Holz ist glatt poliert, fugenlos gefertigt, der Griff liegt gut in der Hand. Sie lässt ihn hinab, hört, wie er weit unten aufs Wasser schlägt, zieht ihn wieder hoch. Sie stellt ihn auf den Brunnenrand in die alte Mulde, greift nach der hölzernen Schöpfkelle und trinkt das eisige Wasser. Aber es ist nicht genug: Mit beiden Händen schöpft sie das Wasser, badet ihr Gesicht darin, einmal, zweimal.

Sie schaut zweifelnd auf den Eimer, als eine Stimme hinter ihr sagt: „Ihr seht aus, als würdet Ihr Euch den Eimer am liebsten über den Kopf schütten. Darf ich Euch behilflich sein?" Im steinernen Torbogen steht Johan und kommt langsam näher.

Amanda stößt die Luft aus. „Ist das so leicht zu erkennen? Und Ihr würdet es wirklich tun?"

Johan zuckt die Schultern. „Wasser aus dem Königsbrunnen. Ihr musstet sehr lange darauf verzichten. Soll ich?“ Er legt die Hand auf den Eimer.

Amanda sieht an sich herab und schüttelt den Kopf. „Es würde das Gewand ruinieren.“ Johan legt den Kopf schräg. „Und da Ihr genau wisst, wie viel Mühe es kostet, das wieder zu richten, lasst Ihr es. Das hat es auch noch nie gegeben. Wisst Ihr, ich werde mich niemals damit abfinden können, dass Ihr Magd auf meiner Burg wart.“

Amanda sagt ernst: „Ich kann mich nicht beklagen. Sie haben mich anständig behandelt, obwohl ich ihnen unheimlich war. Das war nicht überall so.“

Johan schaut sie einen Moment an, dann sagt er beherrscht: „Das freut mich zu hören.“

Zurück in der Burg erklärt Amanda Susanna, dass sie nur von diesem Wasser trinken möchte. Die hebt das Kinn. „Ja, natürlich bekommt Ihr nur aus dem Königsbrunnen. Was dachtet Ihr denn?“

Waislands Priester

„Was für einen Priester hast du hier?“, fragt Amanda Hadwin beim Frühmahl.

„Einen jungen, nutzlosen. Ich weiß nicht, ob er dir gefällt.“

„Kann man ihm trauen?“

„Einem Priester? Womit sollte man ihm trauen müssen? Er soll mit den Göttern reden.“ Hadwin ist nie ein großer Freund der Priester gewesen.

„Wem hat er sich geweiht?“

„Ondorar, wem sonst!“ Der oberste der Götter ist eine sichere Wahl, wenn man nicht weiß, wie die Dinge stehen.

Amanda geht in den Tempel und wartet, bis ihre Augen sich an das Dunkel gewöhnt haben. Sie erinnert sich, wie sie als Kind die Dunkelheit des Tempels gefürchtet hat und jetzt findet sie, dass sie damit recht hatte: Dies gibt dem Priester alle Vorteile in die Hand.

„Ihr seid zurückgekommen“, spricht eine Stimme im Dunkel und Amanda hat Mühe, nicht zusammenzuzucken: Der Tempel verzerrt die Stimme, das ist sie nicht mehr gewohnt. Und der Sprecher ist auch schwer zu orten und seine Stimmung oder Absichten nicht einzuschätzen. Aber sie hat das Rauschen der Gewänder und die Schritte auf den Fliesen gehört. Er steht halblinks von ihr, vielleicht zehn Schritte entfernt, und er ist alleine.

„Ja, Vater“, antwortet sie und hört, dass ihre Stimme klein wird. Sie hat die Augen geschlossen, seit sie eingetreten ist und hofft, dass ihre Augen sich bald an die Dunkelheit gewöhnen.

„Was möchtet Ihr, Tochter?“

Amanda graust es, als er sie so anspricht: Sie hat das jahrelang nicht mehr gehört. „Die Götter um Beistand bitten“, sagt sie leise. Je lauter man spricht, umso mehr zerbricht der Raum die Stimme.

„Habt Ihr ihnen denn gedient? Dort, wo Ihr wart?“

„Man verehrt dort Wolfsgötter, Vater.“ Sie sagt es durchaus respektvoll. Da hört sie, wie er zwei Schritte macht und öffnet mit gesenktem Kopf vorsichtig die Augen. Er kann sie klar und deutlich sehen, das weiß sie. Sie schaut auf Fliesen; dunkel, mit Sand bestreut.

„Ihr auch?“

„Nein, Vater. Ich hatte geistlichen Beistand. Hajdan war bei mir. Der Mönch.“ Sie spannt sich an: „Ihr kennt ihn?“

„Ich habe von ihm gehört“, kommt die geisterhafte Stimme zurück. Er hat sich nicht bewegt, zumindest hat sie nichts Dementsprechendes wahrgenommen. Sie atmet aus und man kann das Echo ihres Atems im ganzen Raum rauschen hören. *Verdammter Tempel!*

„Warum fürchtet Ihr Euch?“

Weil ich wissen muss, ob du Hajdans Geheimnis kennst. Dumm ist er jedenfalls nicht. „Er ist tot, Vater.“ Ihr Bedauern ist echt und ihr Seufzen füllt den Raum und sie kann den Priester nicht mehr hören. Kopf oder Blick hebt sie trotzdem nicht. Sie hofft, sie wird es spüren, wenn er zu nahe kommt.

„Wem hatte er sich geweiht?“

Amanda versucht, unhörbar auszuatmen: Dieser Mann hat Hajdan wirklich nicht gekannt.

„Antaros, Vater.“ Dem Gott der Reue und der Buße. Ein sehr schweigsamer Gott.

„Hat er ein Schweigegelübde abgelegt?“

„Das konnte er nicht, Vater. Der König hatte ihn zu meinem Lehrer bestimmt.“

„Wisst Ihr, was er zu bereuen hatte?“

Puh, ist der neugierig! Aber sie hat Glück. „Nein, Vater. Er hat nie darüber gesprochen.“ *Gepriesen sei Hajdans Schweigen!* Das geht diesen Priester hier ganz bestimmt nichts an.

„Und Ihr, Tochter? Dient auch Ihr Antaros?“

Amanda stößt die Luft aus: *Sicher nicht!* Ihr Atem zischt durch den Raum. Was soll sie bereuen? Das überlässt sie lieber ihren Feinden. „Nein, Vater.“

Jetzt ist er sehr nah und Amanda sieht auf: Er steht unmittelbar vor ihr und inzwischen kann sie genug sehen. Er hat die dunkle Kapuze halb zurückgeschlagen: ein junger Mann noch, mit der dunklen Haut des Südens, schmalen, hohen Wangenknochen und einem glatten Gesicht. *Klug,* denkt sie schaudernd, *sehr kluge, dunkle Augen. Und Ausstrahlung, Beherrschung. Wer ist das?*, fragt sie sich. Jedenfalls nicht mehr der alte, gemütliche Priester, der zuvor hier gedient hat.

„Willkommen zurück, Tochter.“ Seine Stimme, jetzt so nah, ist klar, gepflegt – und wie er selbst: undurchschaubar. Er versteht sein Handwerk.

„Danke, Vater.“

„Habt Ihr gewählt? Wisst Ihr, wem Ihr dienen wollt?“

„Tantara, Vater. Ich habe mein Leben Tantara geweiht.“ Klar und deutlich. Es seufzt von allen Seiten zurück: Tantara, Tantara die Kriegsgöttin. Sie sieht mit Befriedigung, dass er sein Erschrecken nicht ganz verbergen kann, aber er hat sich sofort wieder im Griff.

„Seid Ihr Euch sicher? Ihr wisst, dass sie Opfer fordert.“

Amanda senkt den Kopf und flüstert: „Sie hat schon so viel Blut von mir bekommen.“ Ihr Flüstern rauscht von allen Säulen zurück. Blut, Blut, Blut. Und Amanda flüstert weiter: „Meines – anderes. Und sie wird mehr bekommen. Ich hoffe, sie wird zufrieden mit mir sein.“

Der Priester sieht ihr für einen Moment fest in die Augen – gebannt, gefesselt – dann zieht er sich zurück ins Zwielicht dieses verdammten Tempels. Ist kaum mehr zu sehen. „Es ist gut, Tochter. Ich werde Euren Wunsch in meine Gebete einschließen.“

„Danke, Vater." Er wendet sich ab und sie spricht leise: „Wenn sie mich annimmt, Vater, würde ich ihr gerne danken. Sie hat so viel für mich getan." Sie hört, wie er sich umdreht; seine Gewänder rauschen. Man dankt Tantara nicht: Es ist anmaßend. Man bringt ihr Opfer. Drei Herzschläge völlige Stille. Ganz offenbar hat sie seine volle Aufmerksamkeit. Dann seine Stimme, geisterhaft: „Was werdet Ihr mitbringen? Man kann sich Tantara nicht mit leeren Händen nähern."

Amanda dreht sich um. „Ich weiß. Gebt mir Bescheid, Vater." Sie geht.

Draußen schüttelt sie sich, bevor sie an Hadwins Seite tritt. „Wer ist dieser Priester?" Sie weist auf den Tempel.

Hadwin zuckt die Achseln. „Weiß ich nicht. Der, den uns der große Tempel schickte. Ich hab mich nie um ihn gekümmert."

„Können wir ihm trauen? Oder gehört er Ratibor?"

„Ein Priester?"

Amanda verdreht die Augen. „Hast du ihn dir mal angesehen? Er ist klug, geschmeidig, dieser Mann weiß, was er tut. Den haben sie jedenfalls nicht von der Straße aufgelesen! Er muss doch Eltern haben! Wer also ist er?"

Hadwin sieht sie mit hochgezogenen Brauen an. Offenbar hat er nie über den Priester nachgedacht. Aber er schüttelt den Kopf. „Wir werden es nicht rauskriegen. Wenn er es selber nicht sagt, werden wir es nicht erfahren."

Amanda flucht leise – vorsichtshalber auf Rais. Irgendwie hat dieser Priester sie erschreckt. Was er natürlich beabsichtigte. „Wie viele Gehilfen hat er da drin?"

„Drei. Zwei Jungs von hier und einen hat er mitgebracht. Nichts Besonderes."

Amanda nickt. „Wenn er einen neuen braucht, sag Bescheid. Wir müssen jemanden einschleusen. Und zeig mir den Burschen, den er mitgebracht hat."

Der Bursche kommt ein paar Tage später – an einem strahlend schönen Sonnentag. Er ist in strenges Schwarz gekleidet, undurchschaubar auch er, aber ehrerbietig. Unbewegte Augen. Schwarze, sehr kurze Locken unter einer engen Kappe. Auch er zeigt die getönte Haut des Südens. Das ist ganz sicher der, den er mitgebracht hat.

„Der Priester schickt mich. Die Göttin erwartet Euch."

Amanda nickt. „Gehen wir."

Er sieht sie erschrocken an. „Solltet Ihr nicht etwas mitnehmen?"

Amanda sagt gelassen: „Ich habe, was ich brauche.“

Das schreckt ihn noch mehr: sich der Kriegsgöttin ohne Opfer zu nähern, heißt, sich selbst als Opfer darzubringen. Das kann sie doch nicht wollen! Er ist stehengeblieben.

Amanda fragt kühl: „Gehen wir? Sie wird nicht warten wollen.“

Er verneigt sich eilends und läuft voraus. Amanda folgt ihm und verflucht insgeheim den Priester: Der Mann hat den Tag mit Bedacht gewählt. Der Hof liegt in gleißendem Licht – sie wird in tintenschwarze Nacht tauchen. Und so ist es. Der Bursche bringt sie noch durch die Vorhänge, dann ist er weg.

„Mit leeren Händen.“ Das Flüstern läuft durch den Raum. Amanda ist stehengeblieben. Sie sieht: nichts. „Ich komme nicht mit leeren Händen“, sagt sie leise, „aber nur die Göttin wird meine Gaben sehen.“

„Ihr solltet Euch das überlegen, Tochter.“ Die Stimme unmittelbar neben ihr – er muss da gewartet haben. Sie hat ihn nicht gehört. Die Stimme klingt besorgt, als er eindringlich weiterspricht: „Sie lässt nicht mit sich spielen.“

Er steht so nah, dass sie seinen Atem hören und der Tempel seine Stimme nicht verzerren kann. Trotzdem gibt deren Klang gar nichts preis. *Sie sind gut, diese Priester – dieser Priester ist gut! Ist das Zufall?* Sie fragt sich, warum ausgerechnet auf ihrer halbentblößten Burg ein so guter Priester dient. Sie würde ihm gerne ins Gesicht sehen, aber dazu ist es noch zu früh. Ihre Augen haben sich noch nicht eingewöhnt – sie würde gar nichts sehen, aber er dafür alles. So hält sie den Kopf gesenkt. Soll er es für Demut halten – was er aber wahrscheinlich nicht tut. „Warum tut Ihr das dann, Vater?“, fragt sie leise. „Warum spielt Ihr mit mir? Warum darf ich Euch nicht sehen?“

„Ich bin unwichtig.“ Er muss sich weggedreht haben: Seine Stimme, von den Wänden – oder was auch immer – gebrochen, wispert von allen Seiten. „Wichtig sind nur die Götter.“

„Und wir Menschen“, ergänzt Amanda höflich.

„Und so wollt Ihr vor Tantara treten?“ Seine Stimme gibt das erste Mal ein heftiges Gefühl preis: Zorn, und er zischt von allen Seiten auf Amanda ein.

Die richtet sich auf: Ob sie etwas sieht oder nicht, mit der Demut ist Schluss. „Ja, Vater, so werde ich vor sie treten. Die Göttin wird es verstehen.“

„Folgt mir.“ Seine Stimme ist wie ein Peitschenschlag.

Amanda zuckt zusammen. Ja, er versteht sein Handwerk. Und plötzlich flammt ein Licht auf. Er trägt es vor sich her und durch den dunklen Umhang sieht sie ihn riesenhaft verzerrt vor sich und wie sein Schatten über die Wände und Vorhänge huscht. Nach ein paar Schritten bleibt er stehen.

„Ihr seid Euch sicher?" Seine Stimme ist wieder völlig beherrscht – sanft, katzenhaft geschmeidig, schmeichelnd.

Amanda versteht eine Drohung, wenn sie eine hört. „Ja, Vater." Sie hat noch nicht zu Ende gesprochen – gleißendes Licht übergießt sie und sie muss die Augen zukneifen. Die Vorhänge sind rauschend gefallen – durch die hohen, schmalen Fenster fällt das Licht brennend genau auf die Stelle, an der sie steht. Gesenkten Hauptes. Sie öffnet die geblendeten Augen. Immerhin ist sie stehengeblieben. An Licht gewöhnt man sich schneller als an die Dunkelheit.

Sie hebt den Kopf. Vor ihr, jenseits des Lichts – Tantara. Das steinerne Bild der Göttin in der Tempelnische. Grässlich anzusehen, das Blut trieft ihr vom erhobenen Schwert.

Amanda verneigt sich. Da ist sie – endlich steht sie vor ihrer Göttin.

„Lasst mich alleine", sagt sie beherrscht, ohne sich umzudrehen. Jetzt ist es zwar hell genug, dass sie den Priester gut mustern könnte, steht er doch noch immer neben ihr, hat sich nicht gerührt. Aber er würde sich sicher hinter der Kapuze verstecken. Was sie sieht, sind seine Hände: schmal, glatt. Irgendwann wird sie ihn zu sehen kriegen. Vielleicht bekommt sie heraus, was er verbirgt – wenn er denn etwas verbirgt und es nicht nur der beeindruckende Zauber des Tempels ist, den er sich zunutze macht.

Er zieht sich zurück. Amanda wartet einen Moment. „Geht alle", sagt sie in das Dunkel und die Stille hinter sich. Wieder Rauschen. Dann Ruhe. Es ist nicht so, dass Amanda glaubt, sie wäre nun unbeobachtet – aber sie will hier alleine sein. Dieser Priester hat nichts mit ihr zu tun. Sie sieht der steinernen Göttin einen Moment ins Gesicht.

„Die Furcht vor den Göttern", hört sie Hajdan seufzen. „Es ist dumm, es zu tun – aber noch dümmer, es nicht zu tun."

Amanda sinkt auf die Knie, legt den Kopf auf die Stufen vor sich und breitet die Arme aus. Auch deshalb hat sie ungestört sein wollen. Sie muss sich ausliefern – aber der Göttin, nicht diesem Priester. Und sie bringt der Göttin alle Opfer, die sie mit sich trägt: ihren Vater – all die Toten hier auf der Burg – Janos – Hajdan – Illgar. Wenn die Göttin es will, wird Amanda ihr jeden Tropfen Blut und alles, was ihr widerfahren ist übergeben. Sie findet wirklich nicht, dass sie mit leeren Händen kommt. Und es wird nicht bei dem bleiben, was in der Vergangenheit geschah. Das kann sie ihr versprechen. Sie wird Opfer genug bekommen. Vielleicht sogar noch sie selbst. Sie nimmt sich nicht aus. Schließlich steht sie auf.

„Ihr könnt gehen, wenn sie Euch lässt." Die geisterhafte Stimme kommt von überall her. Eine sanfte Drohung? Amanda wirft der steinernen Göttin noch einen Blick zu und lächelt. Was ganz sicher unangebracht ist. Aber sie hat so viel gesehen und so viel erlebt – die Göttin schreckt sie nicht. Sie kennt ihr Gesicht schon so lange. „Ich denke, sie wird mich gehen lassen." Sie dreht sich um – schließt die Augen. Sie hat das Rauschen gehört. Die Vorhänge fallen zu: Schwärze.

Und jetzt ist er im Schutz der rauschenden Vorhänge zu nah gekommen. Sie ergreift die Hand neben sich, dreht sie um – hört, wie er nach Luft schnappt. Wo ist seine andere Hand? Hat er ein Messer? Die Hand, die sie hält, ist leer, es ist auch nichts zu Boden geklirrt.

„Bleibt zurück!" Ihre Stimme zischt, hallt von allen Seiten: Sie hat die Schritte hinter sich gehört. „Alle!" Die Schritte verstummen. Es wäre ein Leichtes, den Priester zu überwältigen, ihn zu zwingen, sich zu zeigen, nachzusehen, ob er Waffen trägt. Aber sie will es nicht tun, nicht, wenn es nicht sein muss. Immerhin hat er Mut. Er steht still neben ihr, rührt sich nicht unter ihrem Griff, von dem er vielleicht ahnt, dass er sich sehr schnell in etwas ganz anderes verwandeln kann. Sie hört seinen Atem. Er versucht offenbar, ihn ruhig zu halten und ist tatsächlich sehr gut darin.

„Glaubt Ihr immer noch, dass die Göttin ein Opfer wünscht?", faucht sie leise und zornig. Sie trägt ein Messer.

Sie hört, wie es ihm den Atem verschlägt. Dann: „Lasst es!", seine Stimme, laut und ohne Verzerrungen. Das gilt offenbar seinen Helfern.

Amanda hat es auch gehört – das Flüstern eines Dolches. Wenn sie hier anfangen, mit Messern zu werfen, wird es sehr schnell gehen müssen. Aber seine Stimme trifft sie so, dass sie fast losgelassen hätte. *Bei allen Göttern! Was ist das denn!?* Wieder Stille. Sie stehen Schulter an Schulter, beben jetzt beide.

Amanda findet als erste die Sprache wieder. „Bringt Ihr mich nach draußen, Vater?" Sie lässt ihn los.

Auch er hat sich wieder gefasst. „Folgt mir." Das Licht in seiner Hand glimmt wieder auf. Amanda folgt ihm schweigend.

Sie hört die Helfer mit Abstand hinterherkommen. Draußen, vor dem großen Vorhang, wendet sie sich ihm zu – sieht dahin, wo sein Gesicht sein muss. Wie sie erwartet hat, ist es von der Kapuze völlig verdeckt. Sie sieht ihm dennoch ins Antlitz, sehr ernst, verneigt sich. „Vater."

Seine Stimme ist wieder geisterhaft verzerrt, obwohl sie so nah vor ihm steht. „Tochter."

Dann ist sie draußen – geblendet vom gleißenden Sonnenlicht in ihrem Burghof, aufgetaucht wie aus einer anderen Welt.

Amanda wendet sich wieder an Hadwin. „Was weißt du über ihn? Seit wann ist er hier?"

Er sieht unwillig auf. „Was hast du bloß mit dem Priester? War Hajdan so fromm?" Aber Amanda ist es einfach unheimlich, dass da eine Macht auf ihrer Burg ist, von der sie nichts weiß und die sie nicht einschätzen kann. Die sich ihr entzieht. „Er ist drei – warte – vier Jahre hier. Ich weiß nichts über ihn, man sieht ihn ja nie. Er hockt immer in seinem dunklen Loch. Und es ist einer für die Frauen. Seit er da ist, rennen sie dauernd in den Tempel. Ich weiß nicht, was sie an ihm finden. Das ist doch kein Mann, so aalglatt, wie der ist."

Amanda versteht die Frauen durchaus: Er ist schön mit seinem schmalen, beherrschten Gesicht, umrahmt von kantigen Wangen. Die dunklen, klugen Augen, seine Gefasstheit, die Ausstrahlung – und das Geheimnis, das ihn umgibt. Nein, er hat ganz sicher etwas.

Also fragt sie Susanna, und auch die sieht überrascht auf. Offenbar ist es ungewöhnlich, dass sich die Herrin der Burg um den Priester sorgt.

Susanna gibt aber bereitwillig Auskunft. „Das ist ein anständiger Kerl. Er behält seine Hände bei sich. Ganz anders als der vorige: Vor dem war keine sicher. Sind genug Mädchen mit mehr aus dem Tempel rausgekommen, als sie reingegangen sind, wenn Ihr versteht."

Amanda starrt sie an und schluckt: Darauf ist sie gar nicht gekommen.

„Hat denn nie eine was gesagt?"

„Hat doch keinen Sinn." Susanna verzieht das Gesicht. „Das Wort eines geschändeten, schwangeren Mädchens gegen das eines Priesters! Nein, der Neue ist in Ordnung. Da kann man furchtlos in den Tempel gehen, der hält auf Abstand. Vielleicht hält er sich ja an seine Jungs, die geben nämlich auch Ruhe."

Gernot

Ein paar Tage später trifft Amanda Hadwin in der Waffenkammer, als sie sich eine Klinge für die Übungshalle aussuchen will. Hadwin hat ein paar der versteckten Waffen wieder zurückgebracht, so dass wenigstens die Männer auf der Burg sich bewaffnen können, wenn es nottut.

„Was willst du hier?", fragt er ungehalten. Amanda regt sich nicht auf. „Ich bin ausgebildet worden."

„Ausgebildet? Was soll das heißen? – Da oben?!" Seine Stimme macht sehr deutlich, was er davon hält.

Amanda verzichtet darauf „Wo sonst?" zu antworten und sagt stattdessen „Ich war bei den Kämpfern."

Jetzt starrt er sie wirklich an. Da sie es offensichtlich ernst meint, sagt er voller Abscheu: „Du bist ein Mädchen! Ist Siltrass völlig wahnsinnig geworden?"

Amanda hält es für keine gute Idee, ihm zu erzählen, dass der Wahnsinn vielmehr auf ihrem Mist gewachsen ist. Sie zuckt die Achseln. „Johan hat Hardrad geschickt. Ich bin außer Übung und würde gerne wieder mit ihm arbeiten."

„Hardrad!"

Amanda gibt keine Antwort und sucht weiter Waffen und Ausrüstung zusammen. Hadwin packt sie am Arm und zieht sie herum. Amanda hebt die Brauen, sieht auf seine Hand.

Er lässt los. „Hardrad? Arbeitet mit dir, ja?"

Amanda zuckt die Schultern. „Er ist gut. Ich habe unglaublich viel bei ihm gelernt auf der Flue."

Hadwin sieht sie an, als hätte er etwas wirklich Schlechtes gegessen. „Ich sag dir mal was, Mädchen: Hardrad war schon gut, da warst du noch ein kleiner Hosenscheißer! Er arbeitet mit dir – pffft!"

Amanda holt Luft. Irgendwann müssen diese Streitereien ein Ende finden. „Weißt du was, Hadwin? Komm einfach morgen früh in die Fechthalle und sieh es dir an. Danach reden wir weiter."

„Morgen, ja? Und was ist mit deiner Verletzung, he? Wie soll es damit gehen?"

Amanda hat keine Lust, ihm zu erklären, dass sie ihre Technik mit der linken Hand verbessern will, die Herr Gernot so gelobt hat und verdreht nur die Augen. „Was ist das überhaupt? Wo hast du das her?"

„Schwerthieb", antwortet Amanda einsilbig.

„Lass sehen!"

Und weil sie weiß, dass er keine Ruhe geben wird, streckt sie ihm den rechten Arm hin und er wickelt die Binde ab.

„Hätte genäht werden müssen", krittelt er. Amanda wirft einen Blick auf die hässliche Wunde. Er hat recht, Nähen wäre besser gewesen, es wird eine unschöne Narbe geben – aber immerhin nur eine Narbe. Der Arm ist noch dran. „Nächstes Mal werd ich noch Nadel und Faden stehlen", sagt sie bissig.

Er lässt sich nicht davon schrecken und dreht den Arm hin und her, um zu sehen, wie beweglich er noch ist. „Wer hat das versorgt?"

„Susanna."

Er sieht sie verdutzt an und meint dann: „Vorher!"

„Na, ich", gibt Amanda zurück, „war ja sonst keiner da."

Er brummt, nimmt aus einem der Schränke der Waffenkammer den Salbentopf, an dessen Geruch Amanda sich nur zu gut erinnert, und schmiert etwas davon auf die Wunde. Natürlich brennt es wie Feuer – und er verbindet den Arm auch nicht gerade sanft. Dafür ist er jedoch sehr sorgfältig. „Du solltest den Arm wirklich noch schonen, weißt du", sagt er dann ernsthaft. „Wenn die Wunde aufplatzt, fangen wir wieder von vorne an."

Und weil er sich mit Wunden wirklich sehr gut auskennt, gibt Amanda sich einen Ruck. Sie beschließt, auf seinen Rat zu hören und die Übungsstunde zu verschieben, bis Johan wieder zurück ist oder die Wunde endlich verheilt.

Als sie dann eine Woche darauf am Morgen in die Fechthalle kommt, um sich mit Hardrad zu einer Übungseinheit zu treffen, sieht sie, dass Hadwin auch da ist. Und er ist nicht alleine gekommen. Vielmehr hat er offenbar jeden Menschen mitgebracht, den er finden konnte. Die Galerie ist voll.

Amanda wird flau. Nicht nur, weil sich darin die boshafte Hoffnung ausdrückt, dass sie sich vor allen bloßstellt, sondern auch, weil sie weiß, dass Hardrad so etwas hasst. Für ihn ist Kämpfen eine ernste Angelegenheit und kein Schaustück, und zwar jeder Kampf. Amanda gibt ihm insgeheim Recht, doch was soll sie tun?

Der Waffenmeister kommt, sieht die Zuschauer und würde am liebsten ausspucken. Stattdessen lässt er seine schlechte Laune unverzüglich an Amanda aus. Er jagt sie durch eine Übung nach der anderen, lässt ihr keine Verschnaufpause, fordert ununterbrochen und lässt kein gutes Haar an ihr.

Amanda ist von Jossim an jede Form der Schikane gewöhnt, aber sie merkt, dass es ihr doch etwas ausmacht, hier vor ihren eigenen Leuten. Aber sie wird sich nicht unterkriegen lassen. Es ist gleichgültig, wie es ihr geht und wie sie sich dabei fühlt. Er ist ihr Kampflehrer und sie wird genau das tun, was er verlangt. Und dann merkt sie auf einmal, dass er nur Dinge von ihr fordert, die sie wirklich gut beherrscht: die Wendungen, das Ausspielen ihrer Geschwindigkeit, den Wechsel der Schwerthand. Er ist mit nichts zufrieden und übergießt sie mit beißendem Hohn, und dennoch.

Amanda wirft ihm einen ungläubigen Blick zu – was ihr umgehend einen heftigen Schlag auf den Oberarm und eine giftige Bemerkung einbringt. Sie macht, dass sie wieder in ihre Übung kommt. Es ist unglaublich. Hardrad steht ihr bei gegen Hadwin! Er lässt sie zeigen, dass sie wirklich kämpfen kann. Er kann sagen, was er will und wie er es will – sie wird ihm die Füße küssen. Jedenfalls, wenn sie dazu noch in der Lage ist nach dieser Stunde. Sie bekommt mehr Schläge und Treffer ab als jemals zuvor in einer Stunde und wird von Kopf bis Fuß blau sein. Susanna wird reichlich zu tun bekommen, aber es wird danach keine Fragen mehr geben hier auf Waisland.

Dann beendet er die Übung. Amanda ist nassgeschwitzt und völlig außer Atem. Der alte Waffenmeister, der alle Übungen nicht nur mitgemacht hat, sondern auch ununterbrochen dabei redete, scheint gerade mal warm geworden zu sein. Amanda steht ausgepumpt vor ihm und sieht ihn an, unfähig, ihre Dankbarkeit auszudrücken. Er mustert sie von oben bis unten – erblickt sie da einen Hauch Genugtuung in seinen Augen? Dann sagt er mit boshaftem Grinsen: „Bis Morgen." Morgen wird sie keinen Muskel rühren können, ohne vor Schmerzen zu schreien. Sie neigt knapp den Kopf vor ihrem Lehrer, sagt so leise, dass nur er es hören kann, „Danke" und verlässt den Fechtsaal. Das Raunen auf der Galerie hört sie nicht mehr.

Sie kann die Zeit von Johans Abwesenheit auch anders nutzen. Das Reiten hat Hadwin nicht zu verbieten versucht, und Johan hat ihr eine wunderbare graue Stute geschenkt; schnell wie der Wind und weich wie eine Wolke.

Sie passt Hadwin ab, als er gerade alleine ist. „Was weißt du über Herrn Gernot von Hohenfels?" Seine Burg ist einen Tagesritt entfernt, hat sie herausgefunden, und es wäre sehr hilfreich, wenn sie in dieser Richtung einen Verbündeten wüsste.

„Ich hab nicht sehr viel vom jungen Gernot gehört", brummt Hadwin. „Er hat sich auf ein paar Turnieren hervorgetan, ist aber nie aus der Deckung gekommen, was dich betrifft. Und er zahlt brav seinen Zehnten an Ratibor. Vor ein paar Jahren wär er mal fast ertrunken und ein Müllerbursch hat ihn gerettet. Den hat er zu seinem Knappen gemacht. Er kann sehr dankbar sein!"

Das sagt er so gehässig, dass Amanda ein Verdacht kommt und sie die Brauen hebt. Auf sein hässliches „Ja, genau, was du denkst!" muss sie unwillkürlich lächeln. „Oh", sagt sie leise, „ah, ja." Die beiden haben also doch noch etwas anderes vorgehabt im Wald als nur die Jagd und Amanda hat ihnen ihr Schäferstündchen versaut. Sie grinst. „Nun schau nicht so grimmig! Immerhin hat er den Mut etwas Ungewöhnliches zu tun. Ich glaube, ich werde Herrn Gernot einen kleinen Besuch abstatten."

„Bloß weil er anders ist, möchtest du ihm dein Vertrauen schenken? Du kennst ihn doch überhaupt nicht!"

„Was? Doch, natürlich kenne ich ihn. Ihn *und* seinen Knappen. Sie haben mir das Leben gerettet."

Hadwin betrachtet sie kopfschüttelnd. „Dir das Leben gerettet, ja? Weißt du, wie oft ich das schon gehört habe, seit du hier bist? In der Schuld wie vieler Männer stehst du eigentlich?"

„Es sind nicht die schlechtesten Männer gewesen", sagt Amanda ernst. „Wobei Herr Gernot nicht wusste, dass es Amanda war, die er gerettet hat. Ich werde also als Alkuin der Sänger, reiten."

„Du wirst auf gar keinen Fall alleine zu Gernot reiten. Und schon gar nicht als der verlumpte Bursche, als der du hergekommen bist. Du nimmst eine Eskorte mit. Kannst du dir vorstellen, was Johan dazu sagen würde?"

„Kann ich", sagt Amanda mit einem Nicken. „Drum muss ich es auch jetzt machen, solange er weg ist. Aber ich muss alleine reiten. Wie stellst du dir das vor? Ein Sänger mit einer Eskorte, da kann ich ja gleich mit Fanfaren ausziehen! Wie du ganz richtig sagst, wissen wir nicht, wie er zu mir steht. Ich glaube nicht, dass er mich verraten oder festsetzen wird. Er hat schon damals gemerkt, woher ich komme", kommt sie seinem Einwand zuvor. „Aber wenn er sich nicht zu mir bekennen will, müssen er und ich heil aus der Sache herauskommen können. Keine Eskorte!"

„Du reitest nicht alleine! – Nimm Georg mit."

„Nicht Georg", wendet Amanda ein, „ich kann keine besorgten Augen brauchen!"

„Dann nimm ein paar von den anderen Männern – die haben sich ja auch schon als Knechte oder was auch immer ausgegeben."

Amanda nickt langsam: Es wäre wirklich schön, ein paar Bewaffnete um sich zu haben. „Gut. Such du ein paar aus – du kennst die Männer besser."

Hadwin brummt, was seine Art der Zustimmung ist, aber als sie durch die Tür will, hält er sie noch einmal zurück. „Reite nicht als Bursche", sagt er ernst, „er könnte es dir übel nehmen."

Amanda schluckt. Eigentlich hat sie sich geschworen, nicht mehr als Frau herumzuziehen, bevor sie nicht ein Heer um sich hat? Endlich Königin ist? Als Bursche kommt sie in ihrer jetzigen Lage viel besser durch. Aber Hadwin hat Recht. Sie hat Gernot schon einmal getäuscht. Ein weiteres Mal wird er es vielleicht nicht hinnehmen – nicht an diesem Punkt. Männer sind so empfindlich. Sie seufzt. „Aber ich bekomme wenigstens ein Messer."

Zum Schluss reitet Amanda – als Amanda. Aber sie trägt ein Messer, verborgen zwischen den Falten ihres Rockes. *Zu irgendetwas sind Röcke also doch gut,* denkt sie grimmig. Sieben Mann begleiten sie. Das ist nicht sehr viel und sie sind auch nicht besonders gut bewaffnet, aber immerhin.

Kaum haben sie die Burg verlassen, wendet sich Amanda an die Männer. „Hört zu! Wenn heute etwas schiefgeht – haut mich raus, wenn es irgend geht. Wenn ihr glaubt, dass ihr euch zu mir durchschlagen könnt, dann tut das. Aber einer reitet zurück und sagt auf Waisland Bescheid. Johan muss wissen, was geschehen ist. Wenn sie mich aber festsetzen und ihr kommt nicht zu mir durch, dann verschwindet. Tut so, als ob ihr Angst hättet."

Erregte Gesten folgen diesem Befehl, Münder öffnen sich zu noch erregteren Widerworten.

Unbeirrt sagt sie: „Doch, genau das tut ihr. Dass jemand Angst hat, glauben alle gerne. Schaut vor allem, dass ihr fortkommt, dann aber bleibt in der Nähe und haltet die Augen offen. Wenn sie mich festsetzen, müssen sie Ratibor Bescheid sagen oder mich wegbringen. Das wartet ihr ab. Noch eines: Wenn ihr euch zu mir durchschlagen könnt – haltet eine Waffe für mich bereit. Ich kann damit umgehen." Die Männer grinsen. Amanda sieht von einem zum anderen. Ihr ist nicht klar, wie sie sie jetzt überzeugen könnte, aber Banin, der älteste ihrer Gefolgsleute, meint: „Ihr braucht nicht so zu schauen – wir haben es gesehen."

Hohenfels ist eine nette kleine Burg, von viel Wald umgeben. Amanda kann sich nicht erinnern, als Kind je hier gewesen zu sein. *Man sollte meinen, Gernot und Giselher hätten hier Wald genug, um zu jagen,* denkt sie grinsend. Am unteren Tor halten sie und Amanda reitet alleine voraus. Auf Banins Rat ist einer der Männer zurückgeblieben und hält sich verborgen: Wenn einer eine Warnung zur Waisland tragen muss, ist es besser, wenn der gar nicht erst gesehen wird. „Warte, bis du dir wirklich sicher bist. Schlag keinen Alarm, ohne dass es einen Grund gibt", schärft Amanda ihm ein.

„Meldet Herrn Gernot, Alkuin der Sänger, sei da. Und fragt, ob er ihn empfangen wird, auch wenn er nicht singt", trägt sie der Torwache auf, die angesichts der seltsamen Botschaft nicht gerade vertrauensvoll schaut. Das Fensterchen knallt zu.

Amanda lässt ihr Pferd zurücktreten, damit sie nicht so ganz alleine in Reichweite der Wachen auf ihrem Pferd sitzt und eine wunderbare Zielscheibe für jeden auf dem Wehrgang abgibt. Innerlich seufzt sie: Eine gutgerüstete, wohlbemannte Burg, auf der man einfach das Tor schließen kann, ist schon eine feine Sache.

Die Wachen auf dem Wehrgang wirken nicht sonderlich beunruhigt, lassen aber auch kein Auge von dem seltsamen Aufzug vor ihren Toren. Dann erscheint Gernot selbst erst einmal auf dem Wehrgang, um sich anzuschauen, was seine Wache ihm gemeldet hat. Vielleicht hat er doch ein zu vorsichtiges Wesen für Amandas Vorhaben.

Das Fensterchen am Tor geht auch wieder auf: Giselher späht hinaus. Amanda grüßt hinauf. „Was wisst Ihr von Alkuin, dem Sänger, meine Dame?", ruft Gernot hinab.

Amanda lässt ihr Pferd zwei Schritte voranschreiten. „Lasst mich eintreten, dann werde ich's Euch berichten", ruft sie zurück. Das Fensterchen klappt zu und Gernot verschwindet vom Wehrgang. Es dauert ein bisschen, dann schwingt das Tor auf. Amanda bringt ihr Pferd wieder zurück zu ihren Männern: Nicht, dass ein Ausfall auf sie wartet.

Aber offenbar ist Gernot bereit, sie einzulassen, hat allerdings einige Wachen im Hof zusammengezogen. Er selbst ist verschwunden. Amanda und ihre Männer reiten ein, eng geschlossen und angespannt.

„Wenn Ihr bitte mitkommen wollt", bittet höflich ein gut aussehender Mann mittleren Alters; offenbar Gernots Haushofmeister. „Eure Leute bleiben hier", fordert er.

Ihre Männer lassen die Pferde einen Schritt vortreten, doch Amanda nickt und steigt ab. Sie gibt Banin den Zügel ihres Pferdes in die Hand und sieht ihm kurz in die Augen. Er nickt und heißt die Männer absteigen.

Amanda folgt dem Haushofmeister. Die Burg ist innen wie außen klein, ordentlich und gut in Schuss gehalten. Der Mann bringt sie in eine kleine Halle und lässt sie allein. „Wartet hier, bitte."

Amanda sieht sich um und ist sich sicher, beobachtet zu werden. *Was nur fürchtet Gernot? Oder: Was plant er?* Die Halle hat zwei Türen – zwei sichtbare Türen. Hinter den Wandbehängen mag es gut und gerne noch die eine oder anderen verborgene Tür geben. Dann nähern sich Schritte. Das sind mehr als zwei Männer. Wenn Gernot Spitzel Ratibors auf seiner Burg hat oder selber einer ist…

Aber Amanda hat keinen Kampflärm aus dem Hof gehört. Doch ist die Burg wirklich so klein, dass sie einen Angriff auf ihre Männer hätte hören müssen?

Eine der Türen geht auf und Gernot und Giselher treten ein, beide bewaffnet. Es ist auch völlig klar, dass an jeder der Türen Wachen stehen. Amanda kann sie deutlich hören.

Die beiden bleiben stehen und mustern Amanda gespannt. „Ihr seht ihm ähnlich", stellt Gernot schließlich fest, „und Ihr sprecht mit seiner Stimme. Wer also seid Ihr – Alkuin der Sänger, der nicht singt?" Sie haben sich geschickt im Raum verteilt und halten ausreichenden Abstand. Ganz offensichtlich haben sie nicht vergessen, dass Alkuin seine Waffe mit beiden Händen führte.

„Ich bin gekommen, um Euch zu danken, dass Ihr mir geholfen habt, damals im Wald", sagt Amanda, „und ich möchte Euch dafür um Verzeihung bitten, dass ich gezwungen war, Euch zu täuschen. Ihr habt mir schon damals nicht geglaubt, dass ich Alkuin der Sänger bin, Herr Gernot, und Ihr hattet

Recht. Ich habe es – dank Eurer Hilfe – zurück auf die Waisland geschafft. Ich bin nicht Alkuin – ich bin Amanda von Waisland."

Die beiden werfen sich einen schnellen Blick zu. Sehr erstaunt sind sie nicht. „Ihr sagt, Ihr seid Amanda von Waisland – und Ihr wart Alkuin der Sänger?" Gernot schüttelt verwirrt den Kopf, wenig begeistert. Aber er lässt die Wachen außen vor.

„Ich war auf der Flucht vor Ratibor", erklärt Amanda. „Ich musste mich verbergen. Ich konnte Euch dort im Wald nicht sagen, wer ich bin."

„Aber hier könnt Ihr es?", fragt er scharf nach; er hat den gefährlichsten Gast ganz Waislands in seiner Halle stehen. Wenn Ratibor Wind davon bekommt – eine gesprächige Wache reicht – dann brennt seine Burg. Wie die ihre gebrannt hat.

„Ja", sagt Amanda entschlossen, „jetzt wird das Recht wieder zur Geltung kommen. Die Zeit des Wartens ist zu Ende."

„Ihr kommt alleine auf meine Burg geritten und sagt mir das? Wie könnt Ihr glauben, dass ich Euch nicht festsetzen werde?", fragt er und Zorn schwingt in seiner Stimme.

Amanda rührt sich nicht. Sie greift auch nicht nach dem Messer – aber sie spürt es. *Weil ich dich töten werde, wenn du es versuchst,* denkt sie, *und das weißt du.* Nicht, dass sie weit damit käme. Wenn sie sehr viel Glück hätte, würde sie Giselher noch mitnehmen. *Weil Johan deine Burg in Schutt und Asche legen wird – ah, richtig, das kann er nicht wissen, aber die Ruine in den Hügeln wäre ein angenehmer Aufenthaltsort gegen die Flüche, die dann auf deiner Burg lägen. Weil du mich nicht hierbehalten kannst – deine schöne kleine Burg belagert von allen Heeren Waislands, die Sehnsucht nach mir haben. Ebenso wenig, wie du es wagen kannst, mich von hier wegzubringen – oder Ratibor, mich hier herauszuholen. Die Zeiten haben sich gewandelt.* Die Straßen sind unsicher geworden für bewaffnete Züge, die Gefangene mit sich führen – weibliche Gefangene. Es gärt im Land.

Sie sagt nichts von alledem. Sie sieht ihn nur an und nichts regt sich in ihrem Gesicht. Und doch scheint es, als ob Gernot vor diesem ausdruckslosen Gesicht einen Schritt zurückweicht. Was sie hingegen sagt, ist: „Ich habe gehört, Euch sei ein Kämpfer Waislands in die Hände gefallen. Einer, der ungeschickt genug war, den alten Kampfruf auszustoßen. Er war bewusstlos und verletzt. Ich habe nicht gehört, Ihr hättet ihn festgesetzt. Oder getötet, was Ihr leicht hättet tun können. Ich hörte vielmehr, Ihr hättet ihm geholfen – ihn auf den Weg gebracht. Dabei habt Ihr ihm nicht einmal seinen Namen geglaubt, Herr Gernot von Hohenfels. Warum also soll ich glauben, Ihr würdet mich festsetzen?"

Gernot verzieht unwillig das Gesicht. „Nehmt Platz, ich bitte Euch."

„Ihr seid nicht der Erste und auch nicht der Einzige, der mir geholfen hat, wisst Ihr", sagt sie, als sie sitzen und hält kurz inne. *Der Erste ist bereits tot...* „Die Brüder Flue haben sich mir angeschlossen."

Tatsächlich zuckt sein Kopf hoch, jetzt erstmals zeigt sich freudige Überraschung in seinem Gesicht. „Johan von Flue hat sich zu Euch bekannt? Tatsächlich? Was habt Ihr getan?"

Genau das, was auch Hadwin gesagt hat. Er scheint nicht den besten Ruf zu genießen, der unbesiegbare Johan von Flue. Was ich getan habe? Ich bin halb erfroren vor seiner Burg zusammen gebrochen. Das hat gereicht. Was hat Illgar noch gesagt? Manchmal entsteht aus der größten Dummheit etwas Gutes. Und verletzt im Schnee vom Pferd zu fallen gehört ganz sicher zu den allergrößten Dummheiten, die man auf einer Flucht begehen kann.

Amanda zuckt mit den Schultern. „Dasselbe, was ich auch hier tue: Ich habe ihm gesagt, wer ich bin, nachdem er mir geholfen hatte. Auch er wusste nicht, wen er da auflas. Wie steht es mit Euch, Fürst von Hohenfels – wollt Ihr Euch uns anschließen?"

Er atmet tief auf. „Ja. Ja, das will ich, wahrhaftig!" Er steht auf und sinkt aufs Knie – Giselher plumpst hinterher. „Ich entbiete Euch das Gelöbnis von Treue und Gehorsam, Herrin von Waisland!"

Amanda ist aufgestanden. Sie kann sich an diese Kniefälle und Treueschwüre nicht recht gewöhnen. Das muss sich ändern. „Ich danke Euch, Fürst von Hohenfels. Erhebt Euch." Sie berührt ihn an der Schulter.

Er steht auf und blickt ihr in die Augen. „Wie konntet Ihr das Wagnis auf Euch nehmen, alleine und ohne Heer zu kommen?"

Woher hätte sie ein Heer nehmen sollen? „Ich bin mit nichts als meinem Leben geflohen. Und das nur knapp, wie Ihr selbst habt sehen können. Und ich glaube nicht, dass irgendjemand die Horde hier haben will. Wir brauchen kein fremdes Heer. Gibt es nicht Männer genug in Waisland?"

Gernot grinst. „So, wie Ihr es sagt, habt Ihr ganz sicher recht. Ich begreife, wie Ihr Flue überzeugen konntet."

Amanda wird rot – was immer er damit meint!

Sein Knappe sieht sie mit großen Augen an. „Ihr seid – Ihr wart – Ihr wart wirklich der Alkuin, den wir im Wald getroffen haben?“

Amanda fasst sich an den Oberarm. „Deine Wunde ist gut verheilt.“

„Oh!“, macht er beeindruckt – dann geht ihm auf, wem er diese Wunde geschlagen hat und er reißt die Augen auf. Gernot scheint in eine ähnliche Richtung zu denken. „Wo habt Ihr so zu kämpfen gelernt?“

An diesem Punkt ist Amanda empfindlich geworden. Sie sieht ihn an, doch er scheint eher neugierig als entsetzt. „Auf der Zwinge. Der Waffenmeister dort hat festgestellt, dass ich ein Schwert auch mit links zu führen vermag. Und der Waffenmeister der Flue versucht, meine Technik zu verbessern. Er meint, dass ich bei den Wilden nur Mist gelernt habe.“

„Hardrad?“, versichert sich Gernot ungläubig.

Amanda nickt. „Er ist drüben auf Waisland. Flue hat uns ein paar seiner Männer geschickt.“

Gernot sieht Giselher an und beide beginnen zu grinsen. „Ihr seid auf Waisland zurück. Johan von Flue ist endlich aus der Deckung gekommen. Und Ihr wollt Euer Recht zurück?“, fasst er zusammen.

„Aller Recht“, stellt Amanda richtig. „Fehlen Euch nicht auch ein paar Dörfer? Hatte Hohenfels nicht stets einen Platz im Fürstenrat?“

„Es geht also los“, stellt Gernot befriedigt fest. „Was habt Ihr vor? Wie können wir helfen?“

„Sobald Ratibor die Herbsternte geholt hat, bauen wir die Burg wieder auf. Wir brauchen Waffen, Männer, Pferde. Ich will alle Fürsten sammeln, die zu meinem Vater gehalten haben und die unzufrieden mit Ratibor sind. Ich hoffe, wir sind stark genug, ehe es zum Kampf kommt.“

Gernot nickt und sagt dann: „Wollt Ihr zu allen anderen auch alleine reiten? Das wäre Wahnsinn, wisst Ihr.“

Amanda sieht ihn an und lächelt. „Ich sehe, dass Ihr Euch der Mehrheit auf meiner Burg anschließen werdet, die entschlossen ist, mich vor meiner eigenen Dummheit zu bewahren.“ Als er den Mund aufmachen will, wehrt sie ab und sagt, wieder ernst werdend: „Ich weiß natürlich, dass Ihr recht habt. Ich denke, Ihr seid der Einzige, bei dem ich diesen Schritt wagen konnte. Ich fand, ich sei es Euch schuldig.“

Gernot schüttelt den Kopf.

Amanda sagt: „Wir sollten meinen Männern Bescheid sagen. Sie werden besorgt sein.“

Gernot gibt Giselher einen Wink, dieser geht und kommt kurz darauf mit Banin wieder. Der wirkt allerdings angespannt. Aber da man ihm die Waffe nicht abgenommen hat, geht er davon aus, dass es nicht zum Schlimmsten steht. „Wir sollten einen Boten schicken, Herrin“, gibt er zu bedenken, „sonst weiß man nicht, was die drüben tun werden.“ Amanda muss ihm recht geben: vor allem, sollte Johan unterdes zurückgekommen sein.

„Ich hoffe doch, Ihr speist mit uns“, bittet Gernot und erklärt: „Ihr könnt heute nicht mehr zurück.“ Giselher geht mit Banin hinaus, um nicht nur etwas zu Essen in die Halle bringen zu lassen, sondern auch, um dafür zu sorgen, dass die Männer versorgt werden.

„Es ist sehr ungewöhnlich, was Ihr da tut – und wie Ihr es tut“, sagt Gernot, als sie alleine sind.

Amanda nickt. „Es ist auch ungewöhnlich, was mir widerfahren ist. Ich hatte keine Wahl. Und ich glaube, wir brauchen jede Hand, die eine Waffe führen kann – auch die meine.“ Gernot nickt. Amanda sieht ihn an und fährt fort: „Mein Haushofmeister kann sich nicht beruhigen darüber. Aber ich brauche Männer, die den Mut haben, ungewöhnliche Wege zu gehen.“

Gernots Wangen überziehen sich mit feiner Röte. Kein Zweifel, er weiß, worüber alle sich die Mäuler zerreißen. Er kann vermutlich auf kein Turnier gehen, ohne Spott zu erfahren. Er wirft ihr einen prüfenden Blick zu und sieht in ihren Augen, dass sie davon weiß. „Ich glaube, ich habe diesen Mut.“

Amanda nickt. „Ich weiß. Wir werden ihn brauchen.“

Amanda wird das erste Mal auf einer fremden Burg bewirtet wie eine Herrin. Sie ist das nicht gewohnt und hofft, dass sie sich angemessen verhält. Dabei hat sie die leise Stimme ihrer Mutter im Ohr, die ihr das höfische Benehmen bei Tisch beibrachte und die selbst so vollendet darin gewesen war. Es ist so endlos lange her! Amanda glaubt nicht, dass sie das scheinbar mühelose Auftreten ihrer Mutter jemals erreichen wird, welches die Königin so ausgezeichnet hat, aber sie erkennt dankbar, dass sie noch ganz gut behalten hat, wie es geht.

Gernots Schaffnerin bedient bei Tisch, weist Mägde und Knechte an, mit leisen Worten und wenigen Gesten. Das Gesinde gehorcht ihr anstandslos.

Amanda schaut sie an: Diese Schaffnerin ist nicht nur viel zu jung für so eine wichtige Aufgabe, sie ist auch noch bildhübsch: ein braunäugiges Reh. Aufrecht, anmutig, sehr gelassen. Amanda sieht sich um: Es wundert sie nicht, dass die meisten der Burschen und Knechte sehr gut aussehen – wenn man an Gernots Neigung denkt? Aber warum sind auch viele der Frauen und Mädchen so hübsch? Es ist natürlich undenkbar, diese Sache anzusprechen. Aber Amanda ertappt sich dabei, wie sie die Augen kaum von den schönen Menschen um sich lassen kann. Sie versucht, es zu vermeiden, aber der Aufmerksamkeit des Gesindes entgeht nichts. Niemand weiß das besser als sie.

Die hübsche Hauswirtschafterin wartet ihr auch in ihrer Kammer auf und schaut, dass es ihr an nichts fehlt. Sie behandelt Amanda mit großer Sorgfalt und echter Ehrerbietung. Amanda schluckt: Es steht ihr zu, das weiß sie schon, aber es mit solcher Freundlichkeit von einer gänzlich Fremden zu erfahren, ist doch etwas ganz anderes. Es berührt sie sehr. Und es macht Freude, der jungen Frau bei ihren ruhigen Handreichungen zuzusehen. Mehr noch als Gernots Schwüre zeigt ihr der Respekt der Schaffnerin, wo der junge Adlige wirklich steht.

Am Morgen ist das schöne Mädchen wieder da, hilft ihr beim Waschen und Ankleiden. Als Amanda sich die Nachthaube vom Kopf zieht, kann die junge Frau einen Schreckenslaut nicht unterdrücken. Sie starrt auf Amandas abgesäbeltes Haar und als sie es merkt, schlägt sie den Blick nieder. „Verzeiht.“

Amanda sagt ruhig: „Du musst nicht erschrecken. Ich habe das selbst getan.“

Die Augen werden kugelrund – das Abschneiden der Haare stellt eine große Schande dar, die einem ehrlosen Mädchen als Strafe widerfahren kann, und Amanda hat sich das selbst zugefügt?

Amanda zuckt die Schultern: Sie hat es sich wahrlich nicht leisten können, auf derlei zu achten. Sie sagt: „Es hat mir geholfen zu überleben. Und ich bin sicher, sie wachsen nach.“ Sie zerrt an den braunen Strähnen: Die Haare sind schon viel länger geworden, sie reichen ja fast wieder bis auf die Schultern.

Das Mädchen zieht vorsichtig den Kamm durch Amandas Haar. Sie sagt scheu: „Euer Haar ist sehr schön. Es wird herrlich sein, wenn es lang ist.“ Amanda dreht den Kopf und mustert das Mädchen. Deren Haare würde sie als schön bezeichnen, wie sie glänzend in kastanienbraunen Flechten um den

Kopf liegen. Das Mädchen sieht ihren Blick und wagt zu sagen: „Ihr fragt Euch bestimmt…", beginnt sie unsicher und sucht Amandas Augen.

Amanda sagt: „Ich würde mich freuen, wenn du dich traust, mir zu sagen, was du auf dem Herzen hast. Wirklich."

Das Mädchen fasst sich ein Herz. „Ich habe gesehen, wie Ihr uns gemustert habt. Gestern in der Halle. Keine Sorge – es fiel nicht weiter auf. Aber ich bin es gewohnt. Diese Blicke, meine ich."

„Erzähl's mir", bittet Amanda neugierig, „und sag mir bitte deinen Namen."

„Oh, verzeiht – ich heiße Ruthana." Ihre Augen glänzen. „Wünscht Ihr wirklich, es zu hören?"

Amanda nickt. „Komm, setz dich her. Oder ist das verboten?"

Das Mädchen erinnert sie an Kara, ihre Freundin bei den Mägden. Ruthana zieht sich den Schemel heran und setzt sich.

„Ich war Küchenmädchen bei Fürst Herdred", beginnt sie.

Amandas Augenbrauen ziehen sich zusammen: Herdred ist einer von Ratibors treuesten Männern.

Ruthana sagt leise: „Das war vor alledem." Sie schaut Amanda besorgt an.

Diese nickt nur. Es ist gruselig, so selbstverständlich von ihren Feinden reden zu hören – es erinnert sie schmerzlich daran, wie hilflos sie gerade ist. Aber da kann das Mädchen nichts dafür.

„Es gab ein Turnier", erzählt diese weiter, „viele Ritter und Fürsten kamen. Ich habe bei Tisch aufgewartet. Wir alle, die wir in der Lage waren, eine Schüssel zu tragen, ohne sie zu verschütten, mussten helfen. Da habe ich Fürst Gernot das erste Mal gesehen." Sie schlägt die Augen nieder und sagt leise: „Ich hörte, wie über ihn geredet wurde. Das Gesinde hat sich das Maul zerrissen, von den Herren ganz zu schweigen. Über ihn und seine Liebe zu seinem Knappen." Sie schaut auf und Amanda direkt in die Augen. „Da wusste ich, dass dies meine Gelegenheit war. Es kam mir vor wie ein Wink der Götter. Ich habe geschaut, dass ich nur ihn und Giselher bediene. Was haben sie gelästert hinter meinem Rücken. Wie nutzlos meine Bemühungen seien, wie verschwendet meine Schönheit. Verzeiht, das waren ihre Worte, nicht meine. Jedenfalls sei ein Mädchen wie ich viel zu hübsch, um ohne Aussicht auf Erfolg um diese beiden herumzuscharwenzeln. Aber darum ging's mir doch." Sie schluckt, weil sie es noch vor sich sieht: Wie sie ihr ganzes Herz zusammengenommen hat und am Abend dem Knecht, der Gernot und Giselher den Nachttrunk ins Gemach bringen sollte, Krug und Becher aus der Hand genommen hat. „Gib schon her, mir werden sie nichts tun." Bevor der Knecht den Mund wieder zu hatte, war sie auch schon davongeeilt.

Sie spürt noch die Spannung, die von Gernot ausgeht, als er sieht, wer ihnen den Nachttrunk bringt: Will Fürst Herdred ihn zum Gespött machen? Schickt er ihm diese schöne Magd, um ihn zu demütigen? Weil er sie nicht anrühren wird und das abgewiesene Mädchen das in der ganzen Burg herumerzählt? Weiß das Mädchen Bescheid?

Das Mädchen stellt die Becher hin und sagt beim Einschenken leise: „Es war mein eigener Wunsch, Herr. Bitte, seid mir nicht böse. Ich – ich habe eine Bitte, die vielleicht helfen würde. Euch und mir, meine ich."

Gernot runzelt bedrohlich die Stirn: Das geht deutlich zu weit. Es ist Giselher, sein Knappe, der das Mädchen scharf ins Auge fasst und gespannt sagt: „Lass sie reden." Gernot nimmt einen tiefen Schluck Wein, dann hat er sich gefasst. „Dann sprich."

Das Mädchen braucht einen Moment, dann wagt sie es: „Ein Knecht sollte kommen. Aber er traute sich nicht. Verzeiht, Herr."

Sie wird rot – aber nicht vor Verlegenheit, sieht Gernot mit Erstaunen: Sie ist zornig. Er wechselt einen Blick mit dem Knappen. Giselher nickt: „Sprich weiter, Mädchen." Er war selbst Knecht, er weiß, wie das ist.

Sie ist ebenso tapfer wie entschlossen. „Ich wollte Euch fragen, ob Ihr mich als Magd mitnehmen würdet. Es soll Euer Schaden nicht sein."

Gernot stellt zornig den Becher ab, aber Giselher legt ihm die Hand auf den Arm: Er hat da so eine Ahnung. Er nickt dem Mädchen zu, weiterzusprechen.

„Schaut, es ist so, Herr: Ich möchte nichts anderes, als eine gute Hauswirtschafterin sein. Ich kann alles, was man dafür braucht. Die alte Lisa, die das Amt hier versieht, hört nicht mehr gut, sieht nicht mehr gut und die Beine wollen auch nicht mehr. Also bin ich ihre Augen, Ohren und Beine. Sie hat mir alles beigebracht. Es wissen nicht viele, dass sie nicht mehr so recht kann. Aber…" Sie ringt die Hände, dann fährt sie fort: „Ich kann mich hier nicht frei bewegen. Nicht so, wie ich sollte, um meine Aufgabe gut zu machen. Ich muss immer Angst haben. Sie sagen, dass ich zu hübsch sei, versteht Ihr? Wo immer ich gehe und stehe, sind sie hinter mir her. Glaubt mir, Herr, ich will nicht aufschneiden. Ihr wisst nicht, wie das ist. Jeder Mann denkt, diese Schönheit gehöre ihm und er könne mit mir tun, was ihm beliebt. Mein Tag ist voller Angst von früh bis spät. – Ich will das nicht. Wirklich nicht. Ich bin nicht so." Sie wird glutrot. Gernot und Giselher wechseln Blicke. Das Mädchen senkt die Augen.

Gernot sagt ungehalten: „Du sprachst davon, dass es mein Schaden nicht sei – was sollte mir das also helfen?"

Ruthana sieht ihm in die Augen. „Es weiß das doch keiner. Bei einem Mädchen denkt sich niemand etwas dabei. Wenn Ihr mich mitnehmt, bekommt Ihr eine gute Wirtschafterin, das kann ich ohne Lüge versprechen. Und ich werde Euch treu dienen." Sie holt tief Luf. „Wenn Ihr meinen Herrn darum bittet, mich ihm abzukaufen – er wird verwundert sein." Sie wirft Giselher einen Blick zu: Ist das wirklich so schwer zu verstehen?

Giselher grinst. Er spricht für das Mädchen weiter, lässt sie aber nicht aus den Augen dabei. Er glaubt, er hat verstanden, was sie vorhat. „Sag Herdred, ich hätte ein Auge auf dieses hübsche Ding geworfen. Es sei, um mir einen Gefallen zu tun." Ruthana und Giselher lächeln sich verschwörerisch an.

Gernot runzelt die Stirn. „Was soll das bedeuten?"

Jetzt hat Ruthana Mut gefasst. Sie sagt eifrig: „Gar nichts, Herr. Natürlich nicht. Aber es wird sie ins Nachdenken bringen. Wir werden uns tief in die Augen blicken, wenn ein Fremder zugegen ist, Euer Knappe und ich. Ich werde stets alles abstreiten – und es wird sie nur noch eher daran glauben lassen. Ich verspreche Euch, dass ich niemals lügen werde – das wird nicht nötig sein. Versteht Ihr?"

Gernot schüttelt fassungslos den Kopf. „Wie gerissen du doch bist." Er schaut Giselher an. Der grinst immer noch, zuckt die Achseln, sagt: „Schadet doch nicht, wenn die Hauswirtschafterin klug ist, oder? Kluge Leute können wir immer brauchen."

Ruthana sagt leise: „Wenn Ihr mir freie Hand gebt, werde ich jeden faulen Apfel aus Eurem Gesinde lesen, der darin sein mag. Und es gibt nicht nur mich. Ich weiß von anderen, die Euch auf Knien danken würden, wenn Ihr sie in Dienst nähmet. Ihr werdet einen Hof haben, bei dem ihr Euch bis hinunter auf den letzten Küchenjungen jederzeit auf jeden einzelnen verlassen könnt."

Ruthana kehrt aus ihrer Erzählung zurück und schaut Amanda in die Augen. „Er hat mich mitgenommen. Mich – und die alte Lisa. Ich werde ihm ewig dankbar sein.“

Amanda nickt. „Das verstehe ich besser, als du ahnen kannst. Es war ungeheuer mutig von dir. Wenn du jemals genug davon hast – komm zu mir.“ Sie meint das nicht wirklich, niemals würde sie Gernot seine Leute wegnehmen.

Ruthana versteht das offenbar. Sie sagt ernst: „Das war lange, bevor Ihr aufgetaucht seid. Ich glaube, dass auch auf Waisland eine Magd sicher leben kann.“ Sie wird rot, sagt aber tapfer: „Die Männer, die mit Euch gekommen sind, sind anständig. Ich habe von keinem Mädchen eine Klage gehört. Und sie würden mir das sagen. Sie wissen, dass sie mir vertrauen können.“

Amanda neigt lächelnd ihren Kopf. „Das freut mich.“

Das Mädchen senkt scheu den ihren. Sie sagt leise: „Wir alle hoffen auf Euch. Es war mir eine solche Ehre, Euch dienen zu dürfen.“ Und damit steht sie auf, neigt sich und geht rückwärts hinaus.

Amanda bleibt noch einen Moment sitzen: Sie fühlt sich so reich beschenkt und hat neuen Mut für ihren Weg gefunden.

Nach dem Frühmahl wiederholt Gernot seine Frage vom Vorabend. „Womit können wir helfen? Was braucht Ihr am dringendsten?“

Amanda beißt sich auf die Lippen, sagt dann: „Euer Wort ist mehr als genug.“

Gernot sieht sie an. „Würdet Ihr bitte meine Frage beantworten? Was benötigt Ihr? Ich stehe zu meinem Wort!“

Amanda stößt die Luft aus. Sie wird lernen müssen, Bitten zu äußern. „Verzeiht. Aber da Ihr darauf besteht: Pferde.“ Pferde sind kostbar und teuer.

Gernot zuckt nicht mit der Wimper. „Fünf kann ich Euch mitgeben.“

Amanda nickt, dann fällt ihr noch etwas ein. „Und wenn Ihr mir einen Eurer Männer mitgeben könntet? Dass man es drüben glaubt und nicht denkt, wir hätten die Pferde gestohlen.“

Gernot schüttelt wieder den Kopf, aber Giselher grinst: Langweilig wird es bestimmt nicht werden mit dieser Amanda. Dafür aber gefährlich. Vielleicht werden sie wirklich Pferde stehlen, wenn es darauf ankommt!

„Ich würde mich freuen, Euch bald auf Waisland begrüßen zu können, Herr Gernot", sagt sie zum Abschied.

Der junge Fürst hat die Pferde selbst ausgesucht; fünf junge, temperamentvolle, wundervolle Geschöpfe. Amandas Pferd hingegen bedenkt er mit einem Stirnrunzeln. Sie hat doch nicht Johans graue Stute genommen und versteht seinen Blick. „Fürst Flue hat mir ein Pferd geschenkt", erklärt sie, „aber ich ließ sie zu Hause. Ich wusste ja nicht, wie es hier ausgeht." Gernot drückt seinem Mann – ein junger Kerl, verwegen und natürlich gut aussehend – den Strick für die Pferde in die Hand und schüttelt wiederum den Kopf. *Verrückt. Sie wagt ihr Leben, aber nicht ihr Pferd!* „Ich komme und seh' sie mir an", verspricht er. „Bald."

Sie sind bei Anbruch der Dunkelheit zurück auf Waisland. Die Turmwache ist aufmerksam; ein Hornstoß kündigt ihre Ankunft an. Die paar Männer, die sie hat, warten im Hof. Wehrbereit ist das nicht – und doch besser als nichts.

Amanda bringt die neuen Pferde eigenhändig in den Stall. „Rydi?", ruft sie ins Dunkel, „Kümmerst du dich bitte um – ah, da bist du ja, nimmst du sie mir ab?" Rydi, der Pferdeknecht, lässt glänzende Augen über die Schönheiten gleiten, die sich um ihn scharen. Amanda überlässt sie ihm bedenkenlos: Pferde lieben Rydi und er liebt sie. Genau genommen liebt er nur Pferde. Aus Menschen macht er sich nichts.

Aber deshalb ist sie gar nicht in den Stall gekommen. Die neuen Pferde sind nur ein Vorwand gewesen. Sie will einen kurzen Blick in die Boxen werfen und atmet auf: Hector ist nicht da – Johan also noch nicht zurück.

Jetzt kann sie berichten. „Wir haben ihn. Er ist dabei", sagt sie im Vorbeigehen zu Hadwin.

Johan kommt anderntags. „Georg erzählt mir, Ihr konntet Gernot von Hohenfels gewinnen?"

„Ja. Er wird bald kommen. Fürs Erste hat er mir Pferde mitgegeben. Und einen seiner Männer. Wir sollten uns zusammensetzen und beraten, wen wir noch aufsuchen werden."

Johan sieht sie einen Moment an, sagt aber nichts. Dabei hat ihm Hadwin bestimmt haarklein alles erzählt. Und auch Banin und die Männer werden nicht geschwiegen haben – warum auch? „Ich glaube, das brauchen wir nicht", sagt indes Johan nur, „es hat sich schon herumgesprochen." Amanda schluckt. Ja, das war zu erwarten. Sie prüft jeden Morgen als Erstes die Straße.

„Fürst Gregor hat einen Boten geschickt", erklärt Johan, „er wartet drinnen."

„Wie? – Gregor? Fürst Gregor am Fluss?", fragt Amanda überrascht zurück. Er ist einer der alten Gefolgsleute, die schon ihrem Vater gedient haben. Sie sind Freunde gewesen. Er muss alt sein! Und erfahren. Ein alter Fuchs. Sein Gebiet grenzt mit einem Zipfel Land an ihr Kernland – unten am Fluss. Deshalb hieß er auch nie anders als Gregor am Fluss. Jedenfalls auf Waisland. „Was wisst Ihr von ihm? Ist ihm zu trauen?"

Johan sieht sie überrascht an. „Gregor? Ein alter Edelmann. Der steht zu seinem Wort. Fragt seinen Boten, was er will", schlägt er vor.

„Würdet Ihr mich begleiten?", bittet sie.

Er wirft ihr einen prüfenden Blick zu, Bitten ihrerseits sind neu. „Lasst uns meinen Bruder dazuholen."

Gregors Bote ist selbst ein alter Kerl, ein bisschen unscheinbar und abgerissen, aber mit blitzwachen blauen Augen im faltigen Gesicht. Er wirft den dreien, die ihn in der Halle erwarten, einen schnellen Blick zu und senkt mit einem leisen Lächeln den Kopf. Amanda sieht verdutzt zu Johan und Georg: *Das ist doch!* Georg schüttelt den Kopf.

„Seid gegrüßt und willkommen, Fürst Gregor", sagt Amanda höflich. „Bitte nehmt Platz."

Der Alte sieht auf und grinst. „Amanda von Waisland, wahrhaftig! Seid gegrüßt, Herrin. Zurückgekommen", er wiegt anerkennend den Kopf. „Und

Flue. Hat man's doch richtig gehört." Amanda weist auf den Sessel und er sinkt dankbar darauf nieder. Es knackt in seinen Gelenken, er ist kernig wie altes Holz. „Es sammeln sich die alten Kräfte", merkt er an.

„Fürst Gregor, ich danke Euch für Euer Kommen", sagt Amanda bewegt, „und ich freue mich zu sehen, dass ich nicht die Einzige bin, die es mit der Kleidung nicht so genau nimmt."

Gregor sieht an seinen Lumpen herab und grinst. „Ich habe mir tatsächlich ein Beispiel an Euch genommen. Es ist wirklich erstaunlich, was man alles erfährt, wenn man nicht als Fürst reist. Ihr glaubt gar nicht, als was die Leute Euch gesehen haben wollen", setzt er vergnügt hinzu. „Ich habe sagen hören, Ihr seid geflogen. Manche sagen, Ihr seid als Wolf gelaufen."

Amanda zuckt zusammen. „Ich bin als Wolf geflohen", beginnt sie und unterbricht sich. „Man hat Wölfe laufen sehen? Die – die Horde?" Die drei Männer sehen sie an, sie ist sehr blass geworden.

„Einzelne, vielleicht", antwortet Gregor ernst und Johan ergänzt: „Ratibor lässt die Grenze bewachen. Ich wiederum die Grenze zu seinem Kernland. Die Horde kommt da nicht durch. Nicht, ohne dass wir es erfahren."

Amanda schüttelt sich. „Wenn nur die Ernte erst in den Scheuern wäre! Und der Zehnte bei Ratibor. Damit wir hier endlich anfangen können. Warum kommt er nicht? Weiß man, dass ich hier bin? Woher habt Ihr es erfahren, Fürst Gregor?"

Der sieht sie mit geneigtem Kopf an. „Er wird schon kommen, macht Euch keine Sorgen", sagt er trocken. „Das Land schwirrt von Gerüchten. Aber wenn er jetzt ausrückt, tritt er einen Aufstand los. Dann wissen alle, dass es stimmt – dass Ihr hier seid und er Euch nicht mehr hat. Dann ist klar, dass wir endlich losschlagen könnten. Wie ich selbst es erfuhr? Hadwin hat mir eine kleine Botschaft gesandt."

„Hadwin!?"

„Nun, wir sind Nachbarn. Da sieht man sich gelegentlich. Und kann sich verständigen. Wir haben ein Zeichen ausgemacht. Und das sandte er mir vor ein paar Tagen. Tja, da dachte ich: Seh ich doch mal selber nach. Meine Frau hat mir ordentlich Feuer unterm Hintern gemacht – verzeiht die derbe Wortwahl. Jedenfalls bestand sie darauf, ich solle jetzt endlich gehen und nach Euch schauen."

„Eure Frau?"

„Nadia, meine Gemahlin, erinnert Ihr Euch nicht?"

Amanda nickt. Doch, gerne sogar. Es scheint ihr nur so unglaublich, dass noch ein paar der Menschen von früher leben. Für sie liegt ein ganzes Leben dazwischen.

„Sie tratscht mit den Mägden", fährt Gregor vertraulich fort. „Ihr glaubt nicht, was man von Mägden erfahren kann!"

Amanda grinst von einem Ohr zum anderen und Johan sagt trocken: „Wenn jemand weiß, was man von Mägden erfahren kann, dann Amanda – sie war selber eine. So ist sie auf meine Burg gekommen."

Gregor mustert sie mit schiefgelegtem Kopf. „Tatsächlich? Diese Geschichte ist also wahr?"

Amanda zuckt die Schultern. „Am Anfang schien es mir eine gute Idee zu sein. Dann ist sie leider bekannt geworden. Es ist schwieriger, eine Magd zu sein, als ich gedacht hätte", gibt sie zu. Und denkt an diese Knechte, die sie erledigen wollten, weil sie spürten, dass sie nicht eine der ihren war. Und an Kara, die sie davor warnte. Gerade noch rechtzeitig.

Johan beobachtet sie aufmerksam, aber das merkt sie nicht. *Man erfährt heute einiges,* denkt er: *Bei den Kämpfern ausgebildet und als Wolf geflohen, sieh an. Dann als Magd verkleidet. Und irgendwann nach der Hinrichtung Illgars, von der sie erzählt hat und nach ihrer Scheinhinrichtung ist sie Gernot und Giselher in die Arme gelaufen. Als was?* Hadwin hat nur gebrummt, dass die beiden ihr das Leben retteten. Wie? Und warum? Es wird Zeit, dass die beiden kommen und ihren Teil erzählen. Dass er langsam ein Bild davon bekommt, wer sie ist und was sie getan hat. Zu was sie fähig ist.

Ratibor

„Verflucht!" Auf der Ratiburg sitzen die Getreuen um Ratibor zusammen. Der Zug mit dem gefangenen Mädchen ist nicht dort angekommen, wo sie hingehört hätte. Er wollte sie ins Nachbarkönigreich Lakata bringen, um so sein Bündnis mit König Hirion zu festigen.

Das ist schon eine ganze Weile her, aber Ratibor kann es einfach nicht fassen. „Wie konnte dieses Mädchen schon wieder fliehen? Pah, man kann sich ja denken, was sie angestellt hat, um ihre Bewacher für sich zu gewinnen! Und hier hat sie so keusch getan." Denn nicht nur Amanda ist verschwunden, auch von ihren Bewachern fehlt jede Spur. Gefunden haben sie in einer vollständig verwüsteten Kammer nur einen toten Mann mit einer grässlichen Bauchwunde, aus der das Gedärm quoll.

Er hat Männer ausgesandt, um seine Leute zu ihm zurückzubringen. Er wird sie aufstöbern, und sie werden bezahlen. Und ihm erklären müssen, wie das geschehen konnte. Es wird das letzte sein, was diese Männer sagen: Der Richtblock im Hof wird nicht unbeschäftigt bleiben. Aber wichtig ist allein das Mädchen. „Botschaft von Hans oder Bert aus Waisland?"

Ritter Buran, einer seiner fähigsten Gefolgsleute, der damals für ein Säckchen Silber die Botschaft brachte, dass das Mädchen als Magd verkleidet sei, schüttelt den Kopf. „Ich war drüben, so nahe ich rankonnte. Kein Zweifel, sie ist auf Waisland. Aber keine Spur von Bert oder Hans."

Ratibor knallt den Becher auf den Tisch. „Hast du herausgefunden, wer zu ihr übergelaufen ist? Wen kann diese kleine Irre um sich scharen?"

„Gregor", antwortet einer der anderen, „und natürlich Flue. Wie auch sonst? Wir hätten ihn schon vor Jahren niedermachen sollen."

„Ach ja?", höhnt Ratibor. „Guter Vorschlag, Fürst Herdred. Darf ich dich daran erinnern, dass es dir nicht ein Mal gelungen ist, ihn zu schlagen?"

Herdred verzieht das Gesicht: Soll er Ratibor daran erinnern, dass auch dieser bei jedem Turnier gegen Flue den Kürzeren zog? Er sagt stattdessen: „Und wenn wir jetzt die Flue angreifen? Er kann ja wohl nicht zwei Burgen verteidigen."

„Waisland ist überhaupt nicht zu verteidigen", knurrt Ratibor, „eine halbzerstörte Burg, löchrig wie ein altes Gewand."

„Wenn wir jetzt losziehen, treten wir einen Aufstand los“, warnt Buran.

„Aufstand!“, Ratibor brüllt. „Was Aufstand! Ich bin König von Waisland. Sie haben mir ihren Schwur geleistet.“ Die Männer schweigen. Es ist dennoch so und Ratibor weiß das. Wenn er jetzt mit einem Heerzug loszieht, weiß jeder, was geschehen ist. Das Land ist auch so schon in Aufruhr. Er hat keine Gewissheit, wer ihm folgen und wer ihm in den Rücken fallen wird. Und die Horde wartet ja nur darauf, dass sie losziehen. Die Wölfe können die Burg Ratibors vielleicht nicht angreifen, aber einem Heerzug in den Rücken fallen, das wäre genau nach ihrem Geschmack. Seit Ondor an der Grenze jeden erschlägt, den er für ein Mitglied der Horde hält, sind die Wege vollends unsicher geworden. Die Leute erzählen, man würde Wölfe von den Bergen heulen hören.

Sie rüsten dennoch. Sie werden Waisland angreifen und das Mädchen diesmal ohne Gnade töten, aber sie brauchen noch ein bisschen.

„Lass sie doch da drüben hocken, bis wir soweit sind“, sagt Ratibor unwirsch. „Ich will sie wirklich nicht schon wieder suchen müssen. Solange sie auf Waisland ist, wissen wir wenigstens, wo sie steckt. Also sei vorsichtig, Buran, wenn du dich da drüben rumtreibst. Sollte sie Reißaus nehmen, bist du dran.“

„Haben wir schon Antwort aus Lakata?“, fragt Buran ungeachtet der Drohung. „Werden sie stillhalten? Unser schönes, großes Nachbarkönigreich würde sich doch zu gern den Braten einverleiben, wenn wir das Wild erst zur Strecke gebracht und zubereitet haben. Ich will das alles nicht für Lakata unternommen haben.“ Die anderen brummen zustimmend.

„Sie verhandeln noch“, knurrt Ratibor. „Wissen allein die Götter, warum Jovar so lange braucht. Schließlich ist er mit Hirion verwandt.“

Herdred runzelt die Stirn. „Wie war das gleich wieder?“

Aber Buran hat anderes im Sinn, als die verwickelten Verwandtschaftsverhältnisse des wankelmütigen Nachbarreichs Lakata zu entwirren und fällt ihm ins Wort: „Und Rodolfo? Was wird der unvergleichliche Thronerbe Lakatas tun? Der hat doch noch manch eine Rechnung mit Flue offen. Wie oft hat der ihn im Turnier besiegt? Hört der auf seinen Vater oder kämpft er auf eigene Faust?“

Fürst Herdred antwortet: „Du kannst sicher sein, dass der schöne Rodolfo genau tut, was König Hirion will. Der hat drei jüngere Brüder. Die warten doch nur darauf, dass ihr Held einen Fehler macht und der König ihn doch noch übergeht und den nächsten nimmt.“

Die anderen nicken. Es passt keinem, aber sie müssen warten. Sie können Amanda nicht angreifen mit der Horde im Rücken und einem Land in Aufruhr, ohne wenigstens ein Bündnis mit Lakata zu haben.

„Können wir sicher sein, dass Lakata nicht heimlich mit dem Mädchen verhandelt?“, will Ratibor wissen. „Du kennst ihn am besten, Herdred.“

Der schüttelt den Kopf. „Glaub ich nicht. Kann mir nicht vorstellen, dass sich Hirion herablässt, mit diesem Mädchen zu reden. Die Kleine ist für ihn doch kein Gegenüber. Nein, der hält uns nur hin, um mehr herauszuschlagen.“ Er spuckt aus.

Ratibor fragt ungeduldig: „Und unser Spion? Ist der endlich auf Waisland?“

Buran nickt. „Ich denke, ja. Und Ihr könnt sicher sein: Der Kerl macht das.“

Herdred nimmt einen tiefen Zug und urteilt angewidert: „Der würde sich doch jedem andienen, um sein jämmerliches Leben zu retten.“

Ratibor grinst böse. „Ich habe ihm reichen Lohn versprochen, wenn es ihm gelingt. Der vermag jeden zu täuschen. Also hört auf, euch Sorgen zu machen. Wir kriegen sie vor unsere Schwerter und dann ist es aus mit ihnen allen.“

„Müssen wir vielleicht gar nicht“, sagt Buran mit schmalen Augen.

„Oha“, sagt Ratibor, „lass hören.“

„Es reicht doch, wenn das Mädchen tot ist. Wir brauchen gar nicht jeden Einzelnen zu besiegen. Alles hängt allein an ihr. Ist sie weg, fällt der gesamte Widerstand in sich zusammen.“

Ratibor fordert ihn mit einer Handbewegung auf, weiterzusprechen.

Buran gibt sich überzeugt. „Gregor wird zu ihr halten – den kriegen wir nicht. Über Flue brauchen wir gar nicht erst reden. Aber ich hörte, dass auch Fürst Gernot sich ihr angeschlossen hat.“

Grinsen läuft um den Tisch. „Der Gernot?“, fragt Ratibor.

„Genau der. Den können wir gewinnen, denke ich.“

Ratibor sagt langsam: „Der macht sich nichts aus Frauen. Mögen die Götter wissen, warum er zu ihr hält.“

Buran zuckt die Schultern. „Seine kleine Burg liegt nahebei. Er wird Angst haben. Wir sind weit weg – sie hockt ihm auf der Pelle. Ich bin sicher, dass gerade ein Mann wie er es hasst, einer Frau gehorchen zu müssen.“

„Wer nicht?“, brummt Ratibor. „Und er hat es mehr als nötig, zu beweisen, dass er wirklich ein Mann ist. Dem Mädchen den Kopf von den Schultern zu schlagen, dürfte ein Kinderspiel für ihn sein. Sein Schwert wird dafür ja wohl scharf genug sein, egal, in was er es sonst steckt.“

Zoten laufen um den Tisch, bis Ratibor dem ein Ende macht, indem er sich an Buran wendet: „Was hast du vor?“

„Ich reite hinüber und spreche mit ihm. Wir kennen uns. Ein paar Turniere. Der ist froh um jeden, der mit ihm redet. Was darf ich ihm anbieten?“

„Frag mich nicht. Ich seh dir an, dass du sehr genau weißt, was er haben will. Also?“

Buran sagt langsam: „Er beklagte sich über seine kleine Burg. Und so nahebei liegt eine schöne, große. Was läge näher?“

Sie starren ihn an. Dann fangen sie an zu lachen. Ratibor haut ihm auf die Schulter. „Guter Junge! Biete ihm Waisland für ihren Kopf. Und falls du mit ihrem Kopf zurückkommst, darfst du mir sagen, wonach es dich gelüstet.“

Das weiß Buran bereits. Und alle anderen wissen es auch. Buran sieht seinem Herrn in die Augen. „Mir reicht eine kleine Burg. Ich bin ein bescheidener Mann.“

Stille breitet sich aus. Ratibor fängt an zu grinsen. „So sei es. Wenn ihr diesen Kopf habt, bring den Helden vom anderen Ufer gleich mit. Dann klären wir die Sache hier vor Ort.“ Er weist in den Hof, wo der Richtblock im Regen auf Blut wartet.

Etliche Tage später treffen Gernot und Giselher auf Burg Waisland ein. Es hat ihnen keine Ruhe gelassen, wie sie sagen. Sie mussten sich selbst überzeugen, wie es steht. Sie bringen Pferde, Männer, Waffen. Auch Fürst Gregor ist noch da: Amanda schart Verbündete um sich.

Das Gerücht von der „Lebensrettung“ Gernots hat die Runde gemacht. Sein Knappe Giselher ist gerne bereit, zu erzählen, wie und wo sie Amanda getroffen haben; des abends, als sie nicht dabei ist. Aber zuerst will er das Neueste über die Ruine loswerden – ob sie das schon wissen? Wissen sie natürlich nicht, aber Gruselgeschichten von der Ruine hören alle gerne. Vor allem hier, wo sie weit weg ist. Gernot sitzt dabei und schüttelt den Kopf, lässt ihn aber gewähren. Giselher erzählt gut.

„Mein Herr und ich sind auf der Jagd bei den Hügeln. Es gibt unheimlich viel Wild dort, weil nie einer hinkommt. Wenn man unten bleibt, wo es flach ist, kann einem nichts geschehen – dachten wir jedenfalls. Da sind wir also auf der Lichtung – kennt ihr? Das ist da, wo der Weg noch hinführt. Also, da sitzen wir am Abend und braten unseren Hasen. Es wird grad dämmrig, als plötzlich die Pferde unruhig werden. Steht so ein abgerissener Kerl auf dem Weg. Hat ein Messer an der Seite, kann sich aber kaum noch auf den Beinen halten vor Schwäche. Grüßt aber höflich und bittet um einen Platz am Feuer. Na ja, er ist lebendig, ich hab ihn angefasst und hergeholt. Kann ja einer nichts dafür, wo er sich verläuft. Man kann schließlich niemanden verhungern lassen, bloß, weil die Ruine in der Nähe ist. Also wir teilen unseren Hasen mit ihm. Der ist wirklich am Verhungern, aber als er gestärkt ist, fragt ihn mein Herr ein bisschen aus. Und was aber sagt der Kerl? Er hätte sich verirrt und sei über die Ruine gekommen!“

Das Raunen im Kreis gibt ihm Recht.

„Ja, fand ich auch! Wenn man da im Dunkeln in der Nähe sitzt und einer sagt so was, da wird's einem anders, könnt ihr mir glauben! Weiß ja keiner, wie die Toten die Leute holen kommen! Ist noch nie einer zurückgekehrt, ums zu erzählen. Der Bursch scheint aber von nichts zu wissen, also steck ich ihm ein Licht auf. Sag ihm vom Fluch – da wird er auch richtig bleich. Behauptet aber, da oben sei nichts! Da wurd's mir zu viel. Ist vielleicht nicht vernünftig, in den Wäldern dort das Maul aufzureißen, ich sag ihm aber doch, dass das nicht sein kann, es weiß schließlich jeder: Auf der Ruine sind die Toten und die halten jeden fest! Soll also keiner kommen und sagen, da sei nichts und er sei oben gewesen! Wisst ihr, was der antwortet?“

Giselher nimmt einen tiefen Schluck, hat keine Eile: Alle hängen an seinen Lippen.

„Der meint ganz ruhig: Ja, da sind schon Tote. Die hätten ihn aber nicht festgehalten, und die würden auch niemanden mehr fest halten. Behauptet der einfach!“

Aufgeregtes Raunen, Gernot schüttelt wieder den Kopf, aber Giselher kostet es aus. Er wartet, bis jemand ruft: „Jetzt sag schon endlich: Hat er gesagt, was er gemacht hat?“

„Tss ja, stell dir vor, das hat er: Er sagt, er hätt' sie alle begraben.“

Jetzt kann er in Ruhe trinken, die Leute haben genug zu reden. Es wird laut um den Tisch. Wer nicht redet, ist Johan. Und Gernot, der schweigend und ruhig seinen Becher hält. Johan sieht von einem zum anderen. Hat Amanda nicht erzählt, sie habe über die Hügel abgekürzt und wollte dann kein Wort mehr darüber verlieren? Was wird das hier? Aber er wird Giselher nicht drängen: Der wird jedes Wort schon von selber sagen. Und das macht er auch, als die anderen ihn lange genug aufgefordert haben und sein Becher wieder gefüllt ist.

„Na ja“, nimmt der Knappe den Faden wieder auf, „kann ja sein, dass er das getan hat. Hab's aber nicht nachgeprüft, dürft ihr mir glauben!“

Alle lachen. Niemand geht da freiwillig hin, bloß weil ein abgerissener Kerl abends am Feuer eine Geschichte erzählt!

„Das war's aber noch nicht mit dem Kerl. Geht noch weiter. Wir legen uns also schlafen. Sind ja weit genug weg von der Ruine, ob die Geschichte nun stimmt oder nicht. Was weckt uns am Morgen? Keine Toten. Räuber! Versuchen doch fünf Kerle, die Pferde zu stehlen. Ja genau, das dacht' ich auch! Erzählt uns eine Gruselgeschichte, isst unseren Hasen und hetzt uns Räuber auf den Hals!“

War Giselher schon zuvor die Aufmerksamkeit aller sicher, so hängen sie jetzt förmlich an seinen Lippen.

„Der Bursch stürzt sich auch gleich in den Kampf und rennt auf mich zu. Dabei hab ich schon zwei am Hals. Also verpass ich ihm eine, erwisch ihn am Schwertarm. Da erst merk' ich: Der ist ja auf unserer Seite! Geht mit einem Prügel auf einen der Kerle los, so richtig mit Kampfgeschrei. Also gut, denk ich, hab mit meinem einen auch genug zu tun. Mein Herr hat schon einen erledigt und merkt, dass der mit seinem Holzprügel nicht mithalten kann. Ruft ihn und der rennt hin und schnappt sich das Schwert. Da geht's erst richtig los! Konnt' aber das Schwert nicht halten, weil ich ihn ja erwischt hatte und alles voll Blut war. Was also macht er? Ich hab's genau gesehen, weil ich mit meinem fertig war. Nimmt's Schwert in die andre Hand!“

Johan friert an seinem Becher fest. Das kann nicht sein! Aber er hat diesen Handwechsel Tag für Tag in seiner Fechthalle mitangeschaut. Hat es noch genau vor Augen. Er bleibt sitzen, weil es noch mehr auffallen würde, wenn er jetzt aufsteht. Er würde am liebsten Giselher den Mund stopfen, aber das geht nicht. Er hört hier Unglaubliches. Die Toten auf der Ruine und ihr uralter Fluch. Wer sich dort draußen verirrt, landet früher oder später auf der Ruine, und wer auf der Ruine landet, wird nie mehr gesehen. Weil die Toten jeden behalten. So ist es gewesen, Jahre über Jahre. Und sie kommt her, löst den Fluch und merkt es nicht einmal. Keine Ahnung, was die Männer dazu sagen werden!

„Hat er wirklich gemacht! Gar nicht mal so ungeschickt, denk ich. Da sackt er um. Ich denke, das war's und will mich auf den Weg machen. Er rollt aber unter seinem Gegner durch, haut ihn von hinten nieder. Springt auf und eh der andere wieder richtig steht: Zack! Kopf weg. Mit links. Mein Herr und ich schauen uns nur an: Was ist das bloß für einer? Und was macht der? Reckt das Schwert in die Höhe – und kippt wirklich um."

Die Männer lachen. Giselher lacht ebenfalls. Es war ja auch zu verrückt. Aber er bringt seine Geschichte noch zu Ende. „Mein Herr und ich helfen ihm. Richten ihn auf, als er wieder zu sich kommt. Ich seh mir die Wunde an – tief, aber nicht auf den Knochen und er kann die Finger noch bewegen. Hab ihn zum Glück nicht richtig erwischt. Aber tief genug, also binden wir es ein. Er hat uns wirklich geholfen, ist ein guter Kämpfer, also lassen wir ihn gehen."

Jetzt will er es nur noch auskosten und natürlich tun sie ihm den Gefallen. „Und, wer war das?" „Wie hieß der Kerl?" „Was hat er gesagt? Wo ist er hin?" „Wieso habt ihr ihn laufen gelassen?"

Gernot kürzt die Sache ab. Vielleicht hätte er Giselher schon vorher bremsen sollen. Aber andererseits: Es ist schließlich alles wahr! Er steht auf. „Wir wissen jetzt, wer es war. Er sagte, er hieße Alkuin. Aber das stimmte nicht. Sein Kampfruf war ‚Waisland!'" Es wird sehr still am Tisch, als Gernot fortfährt: „Es war sie – Amanda. Es war Amanda. Auf ihrer Flucht vor Ratibor. Sie hat den Fluch gelöst. Die Prophezeiung erfüllt. Die Toten begraben."

Und den Räuber erschlagen, denkt Johan benommen. Er kann kein Wort sagen und nicht einen Finger rühren. Kein Wunder, dass sie bei ihrer Ankunft an jenem Abend ausgesehen hat, als sei sie einem Gespenst begegnet – das war sie tatsächlich.

Für einen Moment ist es totenstill am Tisch. Dann jubeln und brüllen die Männer los: Sie trommeln mit den Bechern auf den Tisch. Johan atmet auf: Sie feiern sie – ihre Amanda!

„Es wäre mir eine Ehre, wenn Ihr mich noch ein Stück begleiten würdet“, sagt Gernot ehrerbietig zu Amanda, als er sich mit Giselher und seinen Leuten zurück zur eigenen Burg auf den Weg macht. Amanda bittet Banin und seine Männer um Begleitung und sagt zu.

Sie holt tief Luft, als sie aus der Burg reiten: Es ist ihr gar nicht aufgefallen, aber sie fühlt sich eingesperrt. Sogar auf der eigenen Burg. Und natürlich ist sie das auch: Jeder Schritt nach draußen ist gefährlich. Jetzt, in Gernots Begleitung, kann sie es genießen. Die Zwinge und die Gefangenschaft bei Ratibor haben sie empfindlich werden lassen. Selbst wenn es Vernunft ist, die sie in die Burg zwingt, kostet es doch Kraft, es hinzunehmen.

Auf einer Waldlichtung unweit der Grenze zu seinem eigenen Land zügelt Gernot sein Pferd, wendet sich Amanda zu. Er schaut ihr einen Moment schweigend ins Gesicht, dann sagt er kühl und bedauernd: „Ratibor hat mir einen Mann geschickt.“

Amanda wird blass. Er kann nicht meinen, was er da sagt.

Ohne den Kopf zu wenden hört sie, wie seine Leute einen Halbkreis um sie bilden. Sie sind ihnen zwei zu eins überlegen. Sie rührt sich nicht, trägt kein Schwert, nur ihr Messer. Gernot lässt sie nicht aus den Augen. Er hat ein Schwert. „Man bietet mir viel für Euren Kopf“, fährt er kühl fort. „Ihr müsst verzeihen, aber ich muss auch an mich denken.“ Noch macht er keine Anstalten, sie anzugreifen. Aber das muss er auch nicht: Er braucht nur die Hand zu heben, dann werden seine Leute sich auf sie stürzen.

Als Amanda sicher ist, dass ihre Stimme ihr wieder gehorcht, fragt sie leise: „Wen hat er zu Euch geschickt?“ Wenn Ondor in der Nähe ist, wird sie sofort zuschlagen. Ohne jedes Zögern und gleichgültig, was daraus werden wird: Wenn sie Ondor noch einmal in die Hände fällt, wird das ihr Ende sein. Und es wird ein sehr übles Ende werden. Lieber hier kämpfend sterben als erbärmlich in Ondors Gewalt.

„Ritter Buran“, antwortet Gernot ungerührt, „wir kennen uns von früher. Sind uns auf manch einem Turnier begegnet.“

Amanda sieht ihm in die Augen. Sie kann es einfach nicht glauben. „Was habt Ihr Ritter Buran gesagt?“, fragt sie kurzatmig. „Warum ist er nicht selbst hier?“

Sie sieht sich um: Wunderbar herbstlicher Wald umgibt sie. Aber es ist auch, als ob dieser wunderbare Wald Augen hätte. Dieser Buran könnte hier sein, um sie mitzunehmen. Banin und seine Männer sitzen regungslos auf ihren Pferden. Alle schauen Amanda an. Bei ihrer ersten Bewegung wird der Kampf losgehen. Aber wer wird auf ihrer Seite sein? Amanda fleht ihre Göttin an, dass nicht auch Banin übergelaufen ist. Gegen alle kann sie sich nicht zur Wehr setzen.

Gernot antwortet mit fester Stimme: „Ich habe ihm gesagt, dass ich meinem König treu dienen werde. Wie ich's geschworen habe. Was dachtet Ihr denn?"

Amanda schaut ihm ins Gesicht: Er hat ihr den Schwur geleistet. Sie ist seine Königin. Doch sieht er das auch so?

Sie braucht einen Moment, dann fragt sie und ihre Stimme schwankt: „Was ist Ratibor mein Kopf wert? Was hat er Euch geboten?" Sie will wissen, was ihr Tod kostet. Ob der Preis ebenso beleidigend ist wie dieses ganze Ansinnen. Ihre Hand umklammert den Sattelknauf, die Knöchel treten weiß hervor.

„Eine Burg", antwortet Gernot zögernd. Er sitzt immer noch ganz ruhig. Wie viel Zeit bleibt ihr? Wird es wirklich geschehen? Selbst wenn Banin noch zu ihr hält – woher soll er wissen, was sie vorhat? Er kennt sie nicht gut genug. Was soll sie tun? Gernot sieht ihr ins Gesicht, dann fährt er fort: „Eine sehr große, sehr schöne Burg. Sie ist allerdings noch etwas zerstört." Amanda starrt ihn an und Gernot bestätigt: „Eure Burg. Er hat mir Waisland geboten. Natürlich nicht das Land. Aber die Burg: Euren Kopf für Waislands Burg."

Das trifft Amanda härter als die Gefahr für ihr Leben. Alle Farbe weicht aus ihrem Gesicht. Gernot sieht es und fragt angespannt: „Was glaubt Ihr, was ich tun werde?"

Amanda denkt an Ruthana und hofft, dass sie sich nicht irrt. Ihr Mund ist staubtrocken. „Ihr hattet mich schon zwei Mal in Eurer Gewalt. Warum solltet Ihr es jetzt tun? Ihr habt mir geschworen. Ich kann nicht glauben, dass Ihr wortbrüchig werdet. Ihr seid hier, um mich zu warnen."

Gernot schaut ihr in die Augen. „Da seid Ihr Euch sicher?"

Amanda sagt leise: „Ich kann Euch nur sagen, was mein Herz mir sagt. Aber es mag sich irren." Und dann wird ihr Blut hier im Gras verrinnen.

Gernot nickt langsam. Dann bricht sich sein Zorn Bahn. „Er hat seinen Mann zu mir geschickt. Natürlich zu mir. Nicht zu Gregor – mit was sollte er Gregor auch ködern? Gregor würde niemals die Hand auf Eure Burg legen. Er war Eurem Vater schon treu, als Ihr noch nicht auf der Welt wart. Nein, von Gregor erwartet niemand Verrat. – Oder Flue? Wo er Johan schon nicht gewinnen konnte, als Ihr noch gar nicht da wart? Nein, mich hat er ausgewählt für diese Sache. Weil er sicher war, dass mir am meisten an seiner Anerkennung gelegen sein würde. Damit ich endlich den Makel tilgen kann, den meine Liebesneigung meinem Namen eingetragen hat." Er wechselt einen Blick mit Giselher, der nahebei unbeweglich auf seinem Pferd sitzt. Scheinbar gelassen, aber Amanda sieht genau, dass seine Hand über seinem Schwert schwebt und wie sein Pferd tänzelt.

„Wie erbärmlich! Wie widerwärtig und erbärmlich." Gernot sieht Amanda in die Augen. „Buran meinte, dass ein Mann wie ich wohl am wenigsten damit zu kämpfen hätte, einer Frau den Kopf von den Schultern zu schlagen."

Amanda schluckt: Seit der Scheinhinrichtung hört sich so etwas anders an. Sie kämpft mit der Erinnerung und versucht, bei Verstand zu bleiben, während Gernot weiterspricht.

„Dass es mir nichts ausmacht, weil ich eben bin, wie ich bin. Weil mir Frauen nichts bedeuten. Das hat er mir ins Gesicht gesagt."

„Er hat Euch beleidigt", stellt sie ruhig fest. „Ich verspreche Euch, dass Ihr Gelegenheit erhalten werdet, Euch zu rächen. Und natürlich zu beweisen, wie Unrecht er hatte."

Gernot schaut ihr in die Augen. Er lächelt.

Amanda lächelt nicht. „Warum das alles?", will sie wissen.

Und jetzt geht es schnell. „Weil Ihr zu sorglos seid!", zischt Gernot.

Mit einem blitzschnellen Manöver bringt er sein Pferd neben ihres, ergreift ihre Hand und drückt sie auf den Sattelknauf. Sie kommt nicht an ihre Waffe. „Weil ich meine Haut nicht zu Markte tragen will für jemanden, der sein Leben so leichtfertig aufs Spiel setzt wie Ihr!"

Das hätte er besser gelassen. Amanda bekommt ihre Hand zwar nicht frei, aber so hat sie wenigstens einen festen Halt: Sie schwingt auf dem Pferd herum und wischt ihn mit ihren Beinen aus dem Sattel. Zusammen gehen sie zu Boden, genau zwischen den Pferden, die erschrocken einen Schritt zur Seite treten.

Amanda hört, wie Giselher nahebei sein Schwert zieht, aber es nutzt ihm nichts. Die Pferde schirmen sie ab. Als er Gernots Pferd zur Seite gedrängt hat, ist es zu spät: Amanda hockt auf Gernot. Ihr Knie in seinem Magen presst ihm die Luft ab, ihr Fuß steht auf seinem Schwertarm – und ihr Dolch liegt in seiner Halsgrube. Wenn Giselher nur eine Bewegung macht, ist sein Herr tot. „Vielleicht nicht ganz so leichtfertig, wie Ihr zu fürchten scheint", faucht sie den jungen Fürsten an, und ohne den Kopf zu drehen ruft sie scharf: „Bleibt zurück! Alle! Steckt die Schwerter ein. Hier wird heute niemand getötet." Denn auch ihre Leute haben die Schwerter gezückt. Wenn einer die Fassung verliert, gibt es ein Blutbad.

„Tut, was sie sagt", presst Gernot heraus.

Amanda wartet, bis sie hört, dass wirklich alle Schwerter eingesteckt sind. „Geh einen Schritt zurück", sagt sie über die Schulter ungehalten zu Giselher, der immer noch sehr nahe steht.

Er lässt sein Pferd zurücktreten. Amanda schaut Gernot in die Augen, der Dolch liegt unverändert an seiner Kehle. „Ich bitte um Gnade", sagt dieser ernst.

Amanda nickt und bringt sich blitzschnell abrollend in Sicherheit. Sie steht wieder, zwei Schritte entfernt, das Pferd deckt ihr den Rücken, sie hat das Messer in der Hand, noch ehe Gernot aufgestanden ist.

„Sorglos!", sagt sie zornig, „ausgerechnet Sorglosigkeit werft Ihr mir vor. Ich kann mich nicht entsinnen, jemals sorglos gewesen zu sein."

„Ich gebe zu, Ihr habt mich überrascht", sagt Gernot beeindruckt. „Damit hätte ich wirklich nicht gerechnet." Amanda zuckt die Schultern und steckt das Messer ein. Eigentlich wollte sie hier nicht die Künste Ja-ta-ros zum Besten geben. Aber jetzt, wo es geschehen ist, soll Gernot sich denken, was er will. Der zieht den Handschuh aus und streckt ihr die Hand hin. „Ich werde meinen Schwur nicht brechen. Den, den ich Euch gab, meine ich. Der kam von Herzen und wird gehalten. Buran wird Euren Kopf nicht bekommen."

Amanda ergreift die Hand. „Danke, Fürst. Und es wäre mir sehr lieb, wenn Ihr aufhören könntet, von meinem Kopf zu sprechen, als würde er nur noch leihweise auf meinem Hals sitzen."

Gernot lächelt. Dann sagt er: „Glaubt Ihr wirklich, Ratibor würde Wort halten? Und dann ausgerechnet mir gegenüber? Dem missratenen Ritter? Glaubt Ihr, dass ich je meinen Fuß in Eure Burg setzen könnte? Ratibor würde den Verräter, der Euch auf dem Gewissen hat, doch mit Vergnügen hinrichten lassen. Nein, Burg Waisland war nur der Köder, von dem er dachte, dass er dick genug sei, dass ich ihn schlucke. Er würde mir Eure Burg niemals überlassen. Er hat mich nochmals beleidigt, als er mich für so dumm hielt, ihm zu glauben." Gernot schüttelt den Kopf. „Und selbst wenn er wider Erwarten Wort hielte: Glaubt Ihr, Eure Getreuen würden das dulden? Glaubt Ihr wirklich, irgendwer anders als Ihr könnte ruhig in Eurer Burg leben, solange noch ein Mann am Leben ist, der Euch gedient hat? Jeder von ihnen, ob er eine Mistgabel oder ein Schwert trägt, würde Euch rächen wollen. Was glaubt Ihr, warum Ratibor sich Waisland nicht zu eigen machte, nachdem er den König getötet und Euch aus dem Weg geschafft hat? Waisland ist so viel größer, reicher und besser gelegen als die Ratiburg. Aber er könnte niemals auch nur einem Menschen trauen da drüben. Er könnte keinen Bissen essen, ohne fürchten zu müssen, dass er Gift enthält. Er könnte keinen Schritt gehen, ohne Sorge vor einem Hinterhalt zu haben. Nein, das ist Eure Burg und ich denke, selbst die Steine wissen das. Von jedem Mann, der Euch dient, mal ganz abgesehen."

Amanda schaut ihn fassungslos an. Aber ehe sie sich davon erholt hat, sagt eine Stimme vom Waldrand: „Ich freue mich, zu hören, dass ich nicht der Einzige bin, der so denkt." Ein Pferd tritt aus dem Wald, Johan ist ihnen offenbar gefolgt. Es waren seine Augen, die Amanda gespürt hat.

Der Herr der Flue lässt sein Pferd langsam nähertreten und springt aus dem Sattel. Seine Augen streifen Amanda, aber es ist Gernot, dem er die Hand hinstreckt: „Verzeiht mir mein Misstrauen, Fürst. Aber Euer Ansinnen nach Begleitung passte so gar nicht zu Euch."

Gernot nimmt die Hand. „Wie aufmerksam Ihr doch seid. Es steht weit besser um unsere Sache, als ich befürchtet habe." Er wirft Amanda von der Seite einen Blick zu, dann fragt er Johan: „Habt Ihr gesehen, wie sie das gemacht hat? Ich habe es erst begriffen, als ich am Boden lag und dieses Messer am Hals hatte."

Johan schaut Amanda an, aber er schüttelt den Kopf. „Es ging zu schnell. Für mich sah es aus, als würdet Ihr vom Pferd springen."

Gernot schnaubt. „Ganz gewiss nicht. Verzeiht, wenn ich das einfach so sage, Fürst Flue. Vielleicht steht es mir nicht zu. Aber es wäre mir eine Ehre, wenn Ihr Gernot zu mir sagtet."

Johan neigt den Kopf und streckt wieder seine Hand aus. „Gernot, die Ehre ist ganz bei mir. Sag Johan." Sie umarmen einander kurz und nicken sich dann zu. Amanda steht dabei und denkt, wie einfach es hier doch ist,

Freundschaft zu schließen. Auf der Zwinge wäre so etwas niemals möglich gewesen.

Johan wendet sich an sie. „Ich hoffe, es weckt Euer Misstrauen nicht, wenn ich Euch mein Geleit anbiete." Da ist ein Funkeln in seinen Augen.

Amanda entgegnet mit zuckenden Lippen: „Ich verspreche, dass ich nicht auf Euch losgehen werde." Und Johan wirft grinsend seinem Pferd den Zügel über den Hals.

Ehe sie sich von Gernot trennen, wendet sich Amanda nochmals an ihn: „Ich hoffe, ich konnte Euch ein bisschen beruhigen, was meinen Leichtsinn angeht. Aber wenn ich Euch, die Ihr mir aus freien Stücken geschworen habt, nicht vertrauen kann, ist es mit mir und meiner Sache ohnehin sehr bald vorbei. Ich versichere Euch, dass ich alles andere als vertrauensselig bin. Und ich danke Euch." Gernot nickt ihr zu und macht sich auf den Weg.

„Ihr seid das Erstaunlichste, dem ich je begegnet bin", sagt Johan, als sie zurückreiten, „und ich kann wirklich nicht sagen, wie Ihr das gemacht habt."

Amanda schaut ihn an und begegnet seinem offenen Blick. Sie schlägt die Augen nieder. „Ich bin nicht ganz wehrlos", sagt sie schließlich.

„Ganz offenbar steckt mehr in Euch, als wir dachten" entgegnet er langsam, „auch wenn Euch klar sein muss, dass dies im Zweifel nicht ausreichen wird."

Amanda sagt leise: „Das ist ja nicht alles, was mich schützt. Ich habe treue Männer um mich. Und etwas Besseres gibt es nicht."

Anissin

Ein paar Wochen später bittet Fürst Gregor, Amanda sprechen zu dürfen. Er kommt mit zwei seiner Männer und einem Kind. Es ist ein kleiner Junge, er reicht Amanda kaum bis an die Brust, aber gekleidet ist er in die Farben Gregors: Braun und Grün. Gregor schiebt ihn vor und sagt: „Das ist mein Neffe Anissin. Ich möchte Euch bitten, ihn in Eure Dienste zu nehmen. Er könnte Euer Knappe werden."

Amanda sieht die beiden an. Der Junge ist wirklich winzig. *Aber er ist offenbar älter, als man zuerst vermutet,* denkt sie, als sie in sein Gesicht schaut. In der schmucken Kleidung sieht er allerliebst aus mit braunen Locken und ebenso braunen, großen Augen. Er steht völlig regungslos, auch seine Miene ist ungerührt. Nur seine Augen leuchten. So still und winzig, wie er dasteht, sieht er aus wie ein Waldelf, findet Amanda: Gleich wird er sich auflösen. Sie wirft Gregor einen Blick zu. Der sagt nichts.

„Was kannst du?", fragt sie den Kleinen. „Was immer Ihr wünscht", antwortet dieser völlig klar und geschmeidig, die Stimme glockenhell. Vollendet. Amanda zieht die Brauen hoch, aber er steht schon wieder regungslos. Hat er das wirklich gesagt? Vielleicht ist dieser Junge nicht nur winzig, sondern auch nicht ganz richtig im Kopf? Oder?

Sie wendet sich mit bedauerndem Lächeln und entschuldigender Geste an Gregor und wirft dem Jungen von der Seite einen blitzschnellen Blick zu. Und siehe da, eine Empfindung huscht über sein Gesicht und belebt seine Augen: Verachtung. Die bewunderte Amanda von Waisland ist auf seine Maske hereingefallen. Dabei hatte er so gehofft, sie wäre nicht wie die anderen, die in ihm nur den Winzling sehen.

Sie wirft ihm einen strahlenden, wissenden Blick zu und sagt lächelnd zu Gregor: „Ich danke Euch, Fürst. Ich bin sicher, Anissin wird ein wunderbarer Knappe." Der Kleine reißt die Augen auf, was einfach unglaublich aussieht und verneigt sich sehr tief.

Anderntags findet ihn Amanda am Morgen in ihren Gemächern und ist verwundert. „Solltest du nicht mit den anderen Knappen bei Hardrad sein?"

„Ich bin zu klein", erklärt der Junge.

Amanda wirft ihm einen Blick zu. „Wer sagt das? Sicher nicht Hardrad."

Der Kleine sieht an sich hinunter: Erkennt sie denn nicht, dass er viel zu klein ist? „Soll das heißen, dass du überhaupt nicht kämpfen kannst?", fragt sie kalt und als sie wieder diesen verächtlichen Ausdruck in seinen Augen findet, dreht sie sich zur Tür, fordert: „Komm mit."

Sie geht mit ihm die Treppen hinunter. „Ich weiß nicht, ob sie dir erzählt haben, dass ich mit den Knappen ausgebildet wurde", sagt sie beim Hinuntergehen und wieder reißt er die Augen auf. Sie hofft, dass er seine Stimme auch mal wieder hören lässt.

„Nicht bei Hardrad", erklärt sie und sieht ihn an, „bei der Horde."

Das kann er kaum fassen und für einen Moment ist die Maske des unbewegten Elfen weggewischt. Er ist einfach nur ein verblüffter Junge, der sich fragt, ob sie sich einen Scherz mit ihm erlaubt.

„Ich war nicht ganz so klein wie du", sagt sie im Weitergehen und scheint es also ernst zu meinen, „aber – na ja – ein Mädchen." Sie grinst ihn an und meint: „Du wächst vielleicht noch. Aber ich…", sie hebt die Hände. „Du siehst – es gibt keine Ausrede." Er trabt mit neuem Mut hinter ihr her.

Sie kommen in den Hof, wo Hardrad die Jungen herumscheucht. Natürlich sind alle viel größer als Anissin.

„Hardrad", grüßt Amanda knapp und schiebt den Jungen vor. „Das ist mein Knappe Anissin. Schau, was du aus ihm machst." Hardrad besieht sich missmutig den kleinen Kerl von Kopf bis Fuß – lang braucht er nicht dazu! – und knurrt: „Zuerst Mädchen. Jetzt Zwerge. Was kommt als nächstes?"

Die Jungen hüten sich, zu lachen, auch wenn es ihnen schwerfällt. Die meisten haben Amanda mit Hardrad kämpfen sehen und der Rest hat es sich erzählen lassen. Keiner verzieht auch nur eine Miene.

Amanda grinst und sagt zu Anissin: „Du siehst, dass nichts ihn abschrecken kann. Glaub nicht, dass er Erbarmen kennt, nur weil du klein bist."

Hardrad grunzt und sagt zu einem der Jungen: „Nimm ihn mit und schau, was du für ihn finden kannst." Er hat auf Bertram gezeigt. Der Junge ist fast doppelt so groß und breit wie der Kleine, als er mit ihm abzieht, und die Burschen grinsen, als sie ihnen nachschauen. Amanda schüttelt den Kopf und hört im Gehen noch, wie Hardrad den Knappen Beine macht, dass ihnen das Lachen vergeht.

Anissin läuft neben Bertram her, der ihm – kaum außer Sicht – seine breite Hand hin streckt. „Bertram." Der Große ist freundlicher als man seinem massigen Körper und seinem missmutigen Gesicht gemeinhin zutrauen würde, und ihm ist es egal, ob einer klein oder groß ist: Er überragt sowieso die meisten.

„Stimmt es, dass sie kämpfen kann?", traut sich Anissin zu fragen. Bertram nickt. „Nicht so gut wie mein Herr", sagt er stolz, „aber schon ganz ordentlich."

„Und wer ist dein Herr?"

„Johan von Flue."

Anissin nickt beeindruckt und wird ganz kribbelig: Große Namen laufen hier herum! „Woher willst du wissen, dass er besser ist als sie?", fragt er angriffslustig. Bertram schaut auf ihn herunter. „Weil er sie jedes Mal besiegt, wenn sie miteinander kämpfen", erklärt er. Der Stolz auf den Fürsten ist unüberhörbar.

Anissin senkt den Kopf. „Hmm." Er versucht, sein Grinsen zu verstecken: Er hat gehört, was er wollte. Es ist also tatsächlich wahr. Sie kann kämpfen – wie sonst sollte Johan von Flue sie besiegen? Was nichts zu bedeuten hat, wenn er wirklich so gut ist, wie alle behaupten. Und wenn sie das kann, kann er es auch lernen.

Bertram schaut den Kleinen an und muss grinsen: Hat der Zwerg ihn doch tatsächlich ausgenommen! Der scheint gar nicht so dumm zu sein, dieser Anissin!

Erntezeit

„Wann kommt Ratibor wegen der Ernte?", möchte Amanda wissen, jetzt da das Korn eingebracht ist. Das gleichmäßige Schlagen der Dreschflegel von der Dorftenne ist verstummt. Ein gutes Erntejahr – sogar die Bauern sind fast zufrieden. Nur, dass der zehnte Teil nicht auf der Waisland bleiben wird, um hier die Menschen zu ernähren, sondern an Ratibor geht. Es ist nicht zu vermeiden, verhindern können sie es keinesfalls – dieses Jahr noch nicht. Und Amanda kann ihren Bauern nicht nochmals einen Zehnten abfordern. Sie müsste es eigentlich tun, um die Menschen auf der Burg über den Winter zu bringen. Aber es wäre Unrecht und darüber hinaus weiß sie aus ihrer Zeit als Magd nur zu gut, wie knapp es für die Bauern selbst ist. Trotz dieser guten Ernte.

Amanda weiß wirklich nicht, wie sie über den Winter und übers folgende Jahr kommen wollen. Wie sie Männer und Pferde ernähren soll, aber deswegen macht sie sich dann einfach später Sorgen. Jetzt geht es darum, wie sie selbst die nächsten Tage überlebt und dass Ratibor sie nicht bekommt.

Sie sitzen in der kleinen Halle zusammen. Noch sind die Brüder Flue sowie Gernot und Gregor da. Aber sie alle müssen zurück zu ihren Burgen und dort dafür sorgen, dass ihre Abgaben ordentlich angeliefert werden, dass die Abrechnungen mit den Dörfern stimmen. Sie können nicht hierbleiben. Und es wird auch nichts nützen. Diese Burg ist derzeit nicht zu verteidigen.

„Ratibor wird nicht selber kommen, mach dir keine Sorge", antwortet Hadwin grimmig, dem es genauso wenig passt, dass er wieder alles weggeben muss.

„Leider", knurrt Amanda – wäre ja zu schön, wenn sie Ratibor hier hätten. Oh ja, mit einem Schwert in der Hand würde sie ihm sehr gerne begegnen! „Wer wird dann kommen?" *Jeder, bloß nicht Ondor!*

„Bisher war's immer Julan", antwortet Hadwin. Amanda stutzt. „Julan?"

Sie runzelt die Stirn. Gab es früher hier nicht einen, der so hieß?

Und Hadwin nickt grimmig. „Du erinnerst dich? Genau der Julan. Er kennt sich hier bestens aus, also kann ich ihn kaum betrügen. Er hat sich damals Ratibor angeschlossen, hat es da drüben weit gebracht. Dabei kannte ich seine Mutter! Was er mir sehr übel nimmt."

„Wird es gehen mit ihm?", fragt sie besorgt. *Nicht, dass Hadwin etwas geschieht!*

Der winkt beruhigend ab. „Er traut mir nicht, ich verachte ihn. Und er weiß das genau. Irgendeinen Grund findet er immer, um sich hier wichtig zu machen und die Leute zu schikanieren. Aber wir werden zurechtkommen. Wir machen das seit Jahren so. Wir bieten ihm einen Anlass und er stürzt sich darauf. Dieses Jahr wird es einfach heftiger werden. Oder auch nicht, je nachdem. Denn er ist ein Feigling. Wenn er fürchten muss, seine Zeit sei abgelaufen, weil du zurückgekommen bist… Vielleicht wird er sogar versuchen, die Seiten zu wechseln, wer weiß." Er zuckt die Schultern. „Aber was tust du? Irgendjemand wird reden. Irgendeiner redet immer."

Amanda nickt. Sie hat in vielen schlaflosen Nächten Zeit gehabt, darüber nachzudenken. „Sollen sie reden. Solange er mich nicht findet." Sie sieht Hadwins gerunzelte Stirn. „Hadwin! Ratibor hatte mich; zweimal! Ich bin geflohen. Er weiß, dass ich irgendwo hier draußen bin. Alle werden reden. Das ganze Land redet. Lass sie einfach. Es ist hier ja sogar schon ein zerlumpter Bote angekommen, der behauptete, etwas zu wissen! Nur ist er danach verschwunden."

Hadwins Stirn glättet sich. Er fängt an zu grinsen und schüttelt den Kopf. Aber sie hat Recht.

„Wo wollt Ihr hin?“ Das ist Johan. „Wir könnten Euch mitnehmen zur Flue.“

Amanda wendet sich ihm zu. Sie hat schlucken müssen bei seinem Angebot. „Danke. Aber das kann ich nicht tun.“ Sie wird es nicht ertragen, noch einmal so weit weg und ausgerechnet dort zu sein – so nah bei der Ratiburg. Sie hofft, dass Johan es versteht und nicht gekränkt ist.

Er schaut sie forschend an. Offenbar erkennt er ihre Angst. Er nickt. Gernot macht eine Bewegung, aber Amanda schaut ihn an und schüttelt nur den Kopf. Sie kann ihn mit seiner kleinen Burg nicht gefährden. Er wird nach der Sache mit Buran sowieso unter besonderer Beobachtung stehen.

„Kommt mit zu mir“, bietet Gregor gemütlich an. Als würden sie hier darüber sprechen, wohin der nächste Jagdausflug gehen soll. „Mischt Euch als Magd unter mein Gesinde. Niemand wird es wissen.“

Amanda zieht die Brauen zusammen: Sie hatte nicht vor, sich nochmals in diese gefährliche Rolle zu begeben. „Wie soll das gehen?“

Gregor zuckt die Schultern. „Wir sagen einfach, Ihr müsst einem von Ratibors Rittern aus dem Weg gehen. Das glaubt jeder und es ist nicht einmal richtig gelogen. Wenn ich Nadia das erzähle, wird sich niemand etwas dabei denken.“ Amanda schaut ihn an. Es berührt sie sehr, dass er bereit ist, seine Frau zu belügen, um ihr einen sicheren Platz zu bieten. Gregor neigt den Kopf. „Glaubt Ihr, Ihr schafft das?“

Amanda nickt. „Danke.“ Sie schaut in die Runde; wirklich glücklich sieht niemand aus. Aber haben sie eine Wahl?

Sie tilgen jegliche Spuren. Mit Susannas Hilfe schaffen sie alles weg, was von ihr hier ist.

Und dann fallen ihr Tempel und Priester ein. *Göttin, steh mir bei! Was nur soll ich tun? Und: Was wird er tun – der Priester? Eine weitere schlaflose Nacht…*

„Vater? Würdet ihr dafür sorgen, dass Ondorar wieder den Altar beschirmt? Ich werde Tantara in meinem Herzen mit mir nehmen.“ Ihr Herz schlägt, dass man es leise im ganzen Tempel hören kann. Sie weiß nicht, was sie mehr fürchtet: Den Verrat des Priesters oder dass sie Tantara kränkt. Aber wenn Tantara hier stehenbleibt, wird Julan Bescheid wissen, auch wenn niemand ein Wort sagt.

Die Stimme des Priesters wohltönend und ungerührt: „Gewiss, meine Tochter."

Amanda wagt nicht, zu fragen, wagt nicht, etwas zu sagen. Der Priester wird reden oder er wird nicht reden. Julan wird ihm glauben oder nicht glauben. Es gibt nichts, was sie tun kann. Sie verneigt sich sehr tief. „Ich bin in der Hand der Götter", sagt sie leise.

„Ja, Tochter." Nichts als kalte Beherrschung. Das ist es, was der Tempel will: Unterwerfung. Amanda ist bereit, sich zu unterwerfen. Aber den Göttern, nicht dem Priester.

Dann zieht sie los mit Gregors kleinem Trupp. „Pass auf alle auf!", trägt Amanda Hadwin auf, als sie sich verabschiedet. Die Leute hier sind fast noch gefährdeter als sie selbst.

Auf Gregors Burg reiht sie sich ins Gesinde ein. Fürstin Nadia, Gregors Frau, stattlich wie ehemals, fasst sie scharf ins Auge. Amanda schlägt die Augen nieder und senkt demütig den Kopf. Es fällt ihr nicht schwer: Fürstin Nadia ist ihr damals, als sie noch ein kleines Mädchen war, zwar nie anders als ehrerbietig begegnet, aber die hochgewachsene, mütterliche Frau flößte ihr stets Respekt ein.

In der großen Halle, beim gemeinsamen Mahl, verkriecht Amanda sich so weit hinten am Gesindetisch, wie es irgend geht. Und dennoch wird sie von Gregors unauffällig suchendem Blick gefunden. Amanda erstarrt. Nadia rettet sie, indem sie sie ihren Gemahl energisch darauf hinweist, dass er sich seinem Sohn zuwenden möge. Gregor kommt zu sich. Amanda atmet auf, ohne den Blick von der Tischplatte zu heben Nadias Blick bohrt sich in sie. Es dauert zum Glück nur einen Augenblick, dann wendet sich die Fürstin wieder dem Essen zu. Offenbar ist sie zu dem Schluss gekommen, dass diese schmale, scheue Magd keine Versuchung für ihren Gemahl darstellt.

Amanda hat endlich Zeit, einen Blick auf die Söhne zu werfen: Tomar, der Erstgeborene, ist ein junger Mann und offenbar der Knappe seines Vaters. Als er dessen Aufmerksamkeit gewiss ist, wiederholt er mit großem Eifer eine Frage, die Gregor anscheinend überhört hat. An des Fürsten kurzem Blick in ihre Richtung und mehr noch aus seiner Haltung schließt Amanda, dass es bei dieser Frage um sie geht. Sie wendet sich innerlich seufzend ihrer Suppe zu: *Die Zwinge hat einen wahrlich gelehrt, die Gesichter anderer zu lesen.* Zwischen zwei Bissen schaut sie verstohlen zum Kopf der Tafel und muss ein Lächeln hinter ihrem Löffel verstecken. Tomar hängt an den Lippen seines Vaters. Ganz offenbar kann sie sich auf die Unterstützung Gregors wirklich verlassen.

Andres, der jüngere, wird derweil von seiner Mutter mit Leckerbissen verwöhnt. Amanda staunt: Der Junge lässt es sich gefallen, obwohl er eigentlich zu alt für derlei ist. Auch er trägt bereits Knappenkleidung und ist in einem Alter, in dem alle Jungen, die Amanda kennengelernt hat, geradezu wütend darauf geachtet haben, beweisen zu können, wie hart sie sind. Der Junge scheint ihren versteckten Blick zu spüren, denn er sieht auf. Amanda schüttelt innerlich den Kopf und wendet sich ab, wild entschlossen, sich wirklich nur um ihre Suppe zu kümmern. Sie ist schließlich nicht hier, um sich um die Erziehung von Gregors Söhnen zu kümmern. Sie sollte vielmehr froh sein, dass es hier zwei weitere junge Männer gibt, die sie irgendwann unterstützen werden.

Derweil ist Julan auf Waisland angekommen. Mit einem größeren Trupp als je zuvor. Er ist misstrauisch und unübersehbar auf der Hut. Ein paar seiner Leute sind immer um ihn, er begibt sich nirgendwo allein hin, und schaut in jeden Winkel, durchsucht die Burg von oben bis unten, lässt keine Kammer aus. Er inspiziert das Korn, die Schinken, das Obst und jeden Sack, der für ihn bereitsteht. Überwacht jedes Fass, jeden Korb, den seine Leute aufladen. Seine Männer stehen Tag und Nacht Wache auf den Mauern und halten Ausschau. Hadwin sagt nichts dazu und tut so, als ob er nichts davon merkt.

Erst als alles sicher verladen und bewacht ist, stellt Julan Hadwin zur Rede. „Sie sagen, das Mädchen sei hier. Also, wo ist sie?"

Hadwin zuckt abfällig die Schultern. „Sagen sie mir auch ständig. Jeder will sie gesehen haben."

„Und wo sind Bert und Hans? Warum fehlen die?"

„Die sind weg, nachdem hier so ein zerlumpter Bote aufgetaucht ist und sich wichtig gemacht hat." Tatsächlich haben sie die beiden den Flue-Brüdern mitgegeben, damit die auf sie aufpassen.

„Hör zu, Hadwin: Irgendetwas stimmt hier nicht! Halt mich nicht für einen Tölpel. Sie wird hier auftauchen! Die, die sie gesehen haben, das sind nicht die Dümmsten. Glaub also nicht, du könntest mir einen Bären aufbinden. Oder dir Hoffnungen machen."

Das sieht Hadwin anders: Doch, die, die mit Julan geredet haben wegen Amanda, das sind ganz sicher die Dümmsten. Wer kann schon so töricht sein, Amanda zu verraten und zu glauben, er könne danach ruhig hier leben! Er wird auf jeden Fall herausbekommen, wer geredet hat. Dann werden ein paar Höfe neue Bauern bekommen. Laut sagt er mit ausgebreiteten Armen: „Du hast doch schon die ganze Burg auf den Kopf gestellt. Wo ist sie also? Ich sag dir mal was, was auch dir, klug wie du bist, eigentlich von allein klar sein sollte: Sie wäre doch von Sinnen, ausgerechnet hier aufzutauchen! Was soll sie denn hier, ganz alleine? Auf dieser Burg, die jeder im Vorbeigehen einnehmen könnte? Reicht ein Bote, der zu euch rüber reitet. Und zack, ist sie erledigt. Wenn du mich fragst, ist sie über die Grenze gegangen. Wenn es denn wirklich stimmt, was erzählt wird. Sie holt sich Hilfe von außerhalb. Das wäre klug. Frag da nach – bei Lakata oder Wirsungen oder gleich im Süden.“

Julan schnaubt nur, wendet sich ab und geht in den Tempel, um die Gaben für die Ernte zu bringen, wie es sich gehört. Und um sich ein bisschen umzuschauen.

Alles ist wie immer. Er wagt es nicht, den Priester zu befragen. Diese ausdruckslosen Augen, die kühle Haltung – der Mann nötigt einem Respekt ab. Außerdem hat er ihn noch nie gemocht. Und er hasst es, wie klein und mickrig man sich im Tempel fühlt. Dass man flüstern muss, wenn man sprechen will, dass diese Priester aber reden können, wie sie wollen. Deren Stimme tönt immer! Und von den Leuten hat er gehört, dass der Priester seinen Tempelbezirk so gut wie nie verlässt. Was soll er also schon wissen!

Er bringt lieber seine Ladung zurück zu Ratibor, das ist schließlich sein Auftrag. Er wird ihm erzählen, was er hier gehört hat. Soll Ratibor entscheiden.

Ein paar Tage drauf ist Amanda wieder zurück. Sie lässt sich zuerst von Hadwin schildern, wie es gegangen ist, dann geht sie in den Tempel. Dankt Ondorar, dass er sie beschützt hat. Bittet den Priester, wieder ihre Göttin Tantara zur Herrin des Tempels zu machen. Der Priester versteht es oder er versteht es nicht. Sie weiß nicht, wie sie mit ihm reden soll, also lässt sie es. Fleht tags darauf Tantara um Verzeihung an und erneuert ihren Bund mit ihr.

Yannick der Sänger

Sie weiß immer noch nicht, wie sie am besten über den Winter kommen sollen. Sie werden nicht gerade verhungern, aber sie will die Burg aufbauen – sie muss die Burg aufbauen! Und die Männer, die das tun, müssen ernährt werden. Dazu braucht sie Steine, Sand, Tiere, Wagen. Und Holz. Aber zuerst kommt das Erntefest im Dorf. Jetzt, wo Ratibors Leute weg sind, packen die Bauern aus, was sie vor ihm verborgen haben. Jedes Jahr aufs Neue freuen sie sich, wenn sie Julan um ein paar Dinge betrügen können. Jedes Jahr bezahlen ein paar diesen Betrug mit der Vertreibung von ihrem Hof. Aber sie lassen es nicht sein. Hadwin sorgt dafür, dass die Bauern, die wegen ,Diebstahl' an Ratibor von ihren Höfen vertrieben wurden, die Höfe jener Bauern bekommen, die ein bisschen zu redselig waren.

Amanda ist ins Dorf hinunter gegangen. Sie liebt die glückliche, ausgelassene Stimmung, wenn alles getan ist. Wenn zwischen der harten Arbeit des Jahres und dem langen Winter Zeit ist, sich zu freuen, zu tanzen und zu schmausen. Wenn alle zusammen sitzen, um alte Streitereien wiederzubeleben und neue Bande zu knüpfen. Seit sie selbst mitgearbeitet und miterlebt hat, welche Mühe und Sorge es Tag für Tag kostet, versteht sie dieses Freudenfest noch viel besser. Und gleichgültig, wie sie selbst über den Winter kommen wollen: Die Burg stiftet einen Ochsen. Das gehört sich einfach seit Urzeiten so.

Von diesem Ochsen isst sie, als sie die Fiedel hört. Wer immer das ist – er spielt mitreißend. So einen guten Fiedler hat sie auf der Waisland noch nie gehört. Das scheint keiner von hier zu sein. Sie kann nicht verstehen, was er singt, wenn die Fiedel einen Moment schweigt. Aber sie hört die Leute lachen. Als sie mit ihrem Ochsen fertig ist, geht sie mit Anissin hinüber, wo sich auf dem Tanzboden die Menschen sammeln.

Und der Fiedler ist wirklich gut. Bunt gekleidet wirbelt er auf der Tanzbühne herum; er schafft es zu spielen und gleichzeitig herumzuspringen. Auch hat er eine gute Stimme und singt schmachtend, voller Inbrunst Liebeslieder. Gleich darauf legt er die Fiedel weg, schnappt sich seine Laute und gibt tieftraurig eine der alten Balladen zum Besten, bis die ersten Mädchen und Frauen zu weinen beginnen. Dann knallt er ein Sauf- und Trinklied hinterher, dass die Frauen kaum dazu kommen, sich die Tränen zu trocknen, so müssen sie lachen. Amanda lehnt lächelnd am Rand des Tanzbodens. Ja, das ist ein Sänger! Nicht so wie sie, die sich nur als einer ausgegeben hat. Zum Glück hat Gernot sie nicht um eine Probe gebeten. Das wäre furchtbar geworden!

Und als der Kerl genug vom Singen hat, zeigt er noch, wie akrobatisch er ist. Er kann auf den Händen laufen, nur auf einer Hand stehen. Überschläge vollbringt er vorwärts wie rückwärts, ohne den Boden zu berühren. Und er kann Bälle durch die Luft wirbeln lassen – fünf gleichzeitig – mit verbundenen Augen. Die Menge lacht Tränen.

Der Kerl muss sie gesehen und erkannt haben, denn als Amanda irgendwann geht, reißt hinter ihr die Musik ab, obwohl die Menge noch schreit und johlt. Dann übernehmen die Dorfmusikanten und der Tanz lebt wieder auf. Aber Anissin macht sie darauf aufmerksam, dass der Sänger hinter ihr her kommt.

Er hat seine Instrumente auf ein Maultier gepackt, das dadurch eine sehr ungewöhnliche Form bekommt und geht neben dem Tier her. Als Amanda sich umdreht, bleibt er stehen. Einen Moment schaut er sie an. Dann schlägt er einen Purzelbaum nach dem anderen, bis er direkt vor Amanda zu Halten kommt – auf den Knien. Unbeweglich kniet er vor ihr. Nicht einmal sein Atem geht schneller. Er ist älter, als es von weitem aussah, mit grün-braunen Augen, kurzem dunkelblondem Haar, einem schmalen Gesicht. Er scheint nur aus Muskeln und Sehnen zu bestehen. Amanda hat den Eindruck, er kann sich jederzeit in jede beliebige Richtung bewegen.

„Herrin auf Waisland!“, spricht er schwungvoll und immer noch kniend. „Ich entbiete Euch meinen Gruß! Welche Ehre, dass Ihr meinem Auftritt lauschtet!“ Er sieht ihren fragenden Blick. „Ich bin Yannick, der Sänger, Euch zu Diensten!“

„Yannick, der Sänger“, dankt Amanda lächelnd, „wärst du wohl bereit, auch meinen Hof zu erfreuen?“ Er hebt jede Braue einzeln – nacheinander. Selbst Anissin kann sich das Grinsen nicht verkneifen.

„Ihr ladet mich ein, Euch zu begleiten – auf Burg Waisland?“

Amanda nickt. „Ich fürchte, ich kann dir nicht viel versprechen – an Reichtümern, meine ich. Aber für ein trockenes, warmes Winterquartier wird es reichen. Und wenn du nicht unglaublich verfressen bist, wirst du wohl auch nicht hungern müssen.“

Er neigt sich tief. So tief es eben geht, wenn man schon kniet. „Wahrhaft verlockende Aussichten", sagt er und grinst, als er wieder aufschaut.

Amanda grinst zurück. Irgendwie gefällt ihr der Kerl. „Wie du sicherlich weißt, stiehlt mir Ratibor immer noch meinen Zehnten. Ich muss mit dem zurechtkommen, was übrigbleibt. Aber irgendwie werden wir es schon schaffen. Wenn du also willst, bist du mir herzlich willkommen. Bleib, solange du möchtest." Es wäre schön, sich von so einem lustigen Gesellen die lange Winterzeit vertreiben zu lassen!

Er springt auf die Beine – ohne jede Mühe, und ohne die Hände zu benutzen – und neigt sich wiederum. „Herrin! Es ist mir eine Ehre."

So kommt Yannick auf die Burg. Und Amanda behält recht. Der Sänger unterhält sie aufs Beste, beherrscht all die alten Lieder und Balladen, die sie schon ewig nicht mehr gehört hat. Er vermag jedes Instrument zu spielen, dass sich in den alten Mauern findet und er kann aus allem, was er hört, ein Lied machen. Er ist noch keine zwei Tage auf der Burg, da hat er schon aus allen Geschichten, die von Amanda erzählt werden, einen Liederreigen verfasst. Mit der Wahrheit nimmt er es dabei nicht allzu genau – jeden Abend füllt er die Lücken zwischen den Geschichten mit neuen Ideen. Und es zeigt sich, dass er ein unglaublich freches Mundwerk hat. Nichts ist vor seinem Spott sicher. Treffend und zielsicher nimmt er alles und jeden aufs Korn.

Amanda schätzt ihn sehr. Er erinnert sie an Berendic. Der hat ihr die Dinge auch schonungslos an den Kopf geworfen. Und unter Amandas Schutz wagt sich niemand an Yannick heran. Er sitzt oft bei Amanda in der Fensterbrüstung, zupft seine Laute, summt Lieder vor sich hin und dichtet. Während Amanda sich mit Zahlen und Pergamenten herumschlägt, um herauszufinden, wie viele Steine, Männer und Wagen sie jetzt braucht oder hat.

Denn sie haben angefangen, die Burg wieder aufzubauen. Sie müssen die kurze Zeit nutzen, bis der Winter alle Arbeiten unmöglich macht. Johan ist von der Flue zurückgekommen und leitet den Wiederaufbau.

Und so – vertieft in diese undurchschaubaren Pergamente mit Angaben über Steine und Sand – findet Georg sie eines Tages. Yannick sitzt wie so oft in der breiten, steinernen Fensterbrüstung, die jetzt mit Pergament verklebt ist, um den kalten Wind abzuhalten. Amandas Finger sind tintenbespritzt, die Feder spleißt und Yannick zupft jedes Mal einen schrillen Akkord, wenn wieder einmal Tinte übers Pergament spritzt. Zum Glück kann er Amandas leise Flüche auf Rais nicht verstehen.

„Herrin?", Georg steckt den Kopf zur Tür herein.

Amanda nickt ihm zu. „Fürst Georg!" Sie legt erfreut die Feder aus der Hand. „Kommt bitte herein."

Georg sieht stirnrunzelnd auf ihre schwarzen Finger und die zerfurchte Stirn. Amanda senkt beschämt den Blick. „Diese Aufstellungen bringen mich noch um den Verstand", seufzt sie.

„Ich glaube, sie verrechnet sich immer", meint Yannick vergnügt von seinem Fenstersitz aus und Amanda wird ein bisschen rot.

„Wollt Ihr es mir vielleicht zeigen?", bietet Georg an.

„Ich weiß nicht", sagt Amanda zweifelnd, „damit will ich Euch eigentlich nicht auch noch behelligen." Denn die Brüder Flue leisten schon so viel für den Aufbau der Burg.

Georg findet ein kleines Lächeln. „Ihr dürft mich aber ruhig behelligen. Ich mache das gerne." Er sieht Amandas fassungslosen Blick und wiederholt: „Es ist mein Ernst. So was macht mir gar nichts. Darf ich?"

Amanda schiebt ihm zweifelnd die Bögen über den Tisch. Sie sieht zu, wie er sie durchsieht, in die richtige Reihenfolge bringt und ganz offenbar nicht die kleinste Schwierigkeit mit all dem hat. Er macht auch plötzlich einen ganz anderen Eindruck. Wirkt gar nicht mehr schüchtern und sanft, sondern klar, bestimmt und selbstbewusst.

„Das kann doch nicht richtig sein", sagt er unwillig. Er schaut auf und sieht Amanda an. Die versucht so auszusehen, als wüsste sie, wovon er redet. Georg scheint zu merken, dass dem nicht so ist. „Darf ich Euch das abnehmen?", bittet er höflich und setzt erklärend hinzu: „Ich bin Johans Verwalter. Seit Jahren schon. Ihr könnt es mir wirklich überlassen."

Yannick pfeift, aber Amanda zögert immer noch. „Seid Ihr sicher? Eigentlich sollte ich das selbst machen."

„Ich bin sicher, Ihr habt genug andere Dinge zu tun", sagt Georg entschlossen und rafft die ganzen raschelnden Bögen zusammen. „Lasst das mich erledigen."

Amanda gibt ihren Widerstand erleichtert auf. „Danke."

„Ihr tut uns allen einen Riesengefallen", sagt Yannick großspurig von seiner Fensterbrüstung her, „schon allein, dass ich diese gerunzelte Stirn nicht mehr sehen muss! Ich fing an, mir ernsthaft Sorgen zu machen. Sie ist zu jung für solch tiefe Falten." Es macht ihm gar nichts aus, dass Amanda wieder rot wird. Sehr vergnügt fährt er fort: „Und die Gänse werden Euch dankbar sein. Allein die ganzen Federn, die sie jeden Tag verschlissen hat! So schnell können die gar nicht nachwachsen."

Amanda schaut ihn an, die Stirn schon wieder bedenklich gerunzelt. Er sieht ihr nur strahlend in die Augen, und sie stößt die Luft aus. „Er hat recht", gesteht sie zerknirscht.

Georg lächelt. „Eure Gänse sind bei mir in Sicherheit."

Und fortan gibt es bei den Arbeiten keine Stockungen mehr, weil Steine oder Sand nicht rechtzeitig da sind oder vom einen zu viel und vom anderen zu wenig ankommt.

Auch Gregor und Gernot schauen immer wieder vorbei. Und wann immer Amanda mit Anna, der jungen, dicken Köchin, spricht, versichert ihr diese, dass die Vorräte noch reichen. Jedes Mal, wenn einer der Fürsten kommt, gibt es doch noch einen Braten oder Schinken oder sonst ein Essen, dessen man sich nicht zu schämen braucht. Für die Zeit dazwischen hat Amanda die Köchin gebeten, so sparsam wie möglich zu sein. Sie ist besorgt, weil Anna offenbar nicht begreift.

„Macht Euch keine Sorgen", sagt die stets beruhigend, „wir schaffen das schon. Hier hungert mir keiner!"

Amanda versteht nicht recht, wie das zugeht. Bis sie eines Tages zur Küche geht, weil Gregor gekommen ist. Und sieht, wie er gerade seine Leute anweist, Fleisch, Käse, Grütze und Kraut anständig zu verstauen. Amanda bleibt fassungslos an der Tür stehen. *So geht das also!* Ihre getreuen Fürsten kommen zu Besuch, um die Waisland und Amanda zu versorgen. Ohne ein Wort darüber zu verlieren. Immer schön einer nach dem anderen. Sie haben sich offenbar abgesprochen – hinter ihrem Rücken.

Sie hat ordentlich Farbe im Gesicht, als Gregor sich umdreht und sie bemerkt.

„Kümmert Euch nicht darum", sagt er begütigend und nimmt ihren Arm, „wir brauchen nicht nur Waffen und Männer. Sie müssen auch etwas zu essen haben. Lasst uns einfach machen und tut bitte weiterhin so, als würdet Ihr nichts davon wissen. Es macht uns solche Freude, Euch eine Last abzunehmen." Er begleitet sie nach oben.

„Ihr beschämt mich", sagt Amanda leise, als sie endlich wieder reden kann. Gregor dreht sie zu sich herum und schaut sie an. „Nein, das tun wir nicht. Wir dienen Euch. Ihr solltet sehr schnell lernen, unseren Dienst anzunehmen. Ihr habt einen Anspruch darauf." Amanda schüttelt den Kopf und holt Luft, aber er lässt sie nicht zu Wort kommen. „Und keinen Dank. Werdet Königin. Besiegt Ratibor. Das nehmen wir als Dank. Nichts sonst." Und damit geht er und lässt sie einfach stehen.

Kämpfe

So kommen sie über den Winter. Und als der Schnee nicht nur die Burg, sondern auch die Wege wieder frei gibt, kommt von Flue Nachricht, dass Ratibor sich rüstet.

„Wo werden wir sie stellen?" Amanda wendet sich an Johan.

Sie sitzen zusammen und bereiten den Kampf vor.

Johan will antworten und legt seinen Finger auf die Karte, die vor ihnen ausgebreitet liegt, aber Gregor kommt ihm zuvor. „Wir brauchen sie nicht zu stellen, Herrin. Die Burg ist abwehrbereit. Er wird sie nicht einnehmen können."

Sie wechseln Blicke. Johan nickt: zweifellos ist es so, aber… Er kommt nicht dazu, etwas zu entgegnen.

„Nein", antwortet Amanda entschieden. „Ich werde gewiss nicht hier oben sitzen und zusehen, wie er mein Land verwüstet. – Und ich will ihn nicht abwehren, ich will ihn besiegen. Das können wir nicht, wenn wir uns hier verschanzen. So ist es doch, oder?" Wieder wendet sie sich an Johan.

Der nickt und klopft auf die Stelle, auf der immer noch sein Finger liegt. „Ich würde ihn hier erwarten. Das Gelände lässt nicht zu, dass sie ihre Stärke voll ausspielen können."

„Sie sind uns überlegen", stellt Amanda fragend fest.

„Zahlenmäßig? Ja", antwortet Johan ehrlich. Es hat keinen Sinn, sich etwas vorzumachen. Das wird kein Spaziergang werden.

„Macht Euch keine Sorgen", sagt Georg beruhigend, „das braucht nichts zu heißen. Man kann durchaus eine Schlacht gegen eine drückende Übermacht gewinnen. Es kommt nicht so sehr auf die Zahl der Schwerter an, sondern auf die Männer, die diese Schwerter führen."

„Sie sind nicht drückend überlegen", entgegnet Johan ärgerlich. „Und wir werden ihnen auf alle Fälle ordentlich zusetzen. Georg, du übernimmst den linken Flügel." Johan teilt die Fürsten und ihre Männer ein. Er schickt Gregor auf den rechten Flügel, übergibt die Nachhut Gernot und wird selbst im Zentrum führen. Alle nicken.

„Wo soll ich mich einreihen?" Amandas Frage kommt kühl und alle Köpfe wenden sich ihr zu. Sie starren sie an.

„Ihr wollt mitkämpfen?" Gregor kann sein Entsetzen nicht verbergen. Er ist zu alt, um sich daran gewöhnen zu können, dass eine Frau kämpfen will. Was Amanda in ihrer Fechthalle tut, kümmert ihn nicht. Aber auf dem Schlachtfeld?

Amanda hebt die Brauen. „Wenn sie uns überlegen sind, kommt es auf jedes Schwert und jede Hand an. Also werde ich mitkämpfen."

„Eine Frau auf dem Schlachtfeld", murmelt Gregor, blass geworden, kann sich aber gerade noch beherrschen, weiterzusprechen.

Es ist auch nicht nötig: Amanda weiß, wie es weitergeht und ergänzt trocken: „Bringt nichts als Unglück, ich weiß. So etwas hörte ich bereits. Und das hoffe ich doch: Ich habe vor, unseren Gegnern sehr viel Unglück zu bringen." Ausgerechnet der junge Fürst Gernot grinst. Er hat erlebt, was sie kann, wenn man sie in die Enge treibt, es gefällt ihm, dass sie mitkämpfen will.

Aber Gregor setzt nochmals an – Adelberts Tochter hat auf dem Schlachtfeld nichts verloren. Das kann ihr Vater unmöglich gewollt haben! „Ihr braucht uns nicht zu beweisen, wie tapfer Ihr seid", sagt er ruhig, „an Eurem Mut besteht kein Zweifel. Und wir wissen, dass Ihr kämpfen könnt."

Amandas Augen werden schmal. „Spart Euch die Worte, Fürst Gregor. Ich weiß Eure Sorge zu schätzen, aber ich werde mitkämpfen, verlasst Euch darauf. Ich hab mir das alles nicht angetan, um in der Fechthalle ein bisschen mit dem Schwert herumzufuchteln. Wo finde ich meinen Platz?" Sie schaut Johan an.

Johan zögert. Wenn es nicht gerade Amanda wäre, würde er sie mit Freuden einsetzen. Er hat oft genug mit ihr gefochten, um zu wissen: sie verfügt über eine unerbittliche Entschlossenheit; sie wird ihre Gegner das Fürchten lehren. Und sie brauchen wirklich jede Hand, die ein Schwert führen kann. Darüber hinaus wäre es für die Männer ein ungeheurer Ansporn, sie dabei zu haben. Wenn allerdings etwas schief geht und sei es nur ein kleines bisschen, wird er seines Lebens nicht mehr froh werden, das weiß er.

„Lass sie mit tun", knurrt ausgerechnet Hardrad und Johan gibt nach. Er tauscht einen Blick mit seinem Bruder. Der nickt.

„Wenn Ihr Euch bei mir einreihen würdet, wäre es mir eine Ehre", sagt Georg höflich. Amanda nickt ihm dankbar zu.

Anderthalb Tagesritte entfernt treffen sie auf Ratibors Heer.

Amanda reitet eines der großen Schlachtrösser, die Gernot gebracht hat. Sie hat sich nicht dazu durchringen können, die graue Stute zu nehmen; zu groß ist die Gefahr, dass sie sie verliert. Sie hält sich an Georg, der kampferfahren ist und mit Johan schon manche Schlacht geschlagen hat. Ihr Herz klopft so laut, dass sie denkt, man müsse es hören. Sie hat Angst und ihr tut Georg leid, der sicher die Aufgabe hat, auf sie aufzupassen.

Es ist ihre erste Schlacht, ihr erster echter Kampf und sie weiß nicht, wie sie sich anstellen wird. Sie hat Angst und dahinter liegt noch etwas Grimmigeres. Sie weiß nur nicht, was sich durchsetzen wird. Tantara. Dies hier ist Tantaras Welt. Sie ist in der Hand ihrer Göttin.

Und als dann ihr erster Gegner vor ihr auftaucht und keiner der Männer sie mehr abschirmt, tut ihr Körper, was er gelernt hat. Sie hebt das Schwert – Blut spritzt – der Gegner ist weg. Georg ist neben ihr aufgetaucht, aber als er sieht, dass sie es selbst erledigt hat, schiebt er sein Pferd an ihr vorbei.

„Gut gemacht!", hört sie ihn schreien. Es ist wie ein Ritterschlag und sie hebt die Waffe mit neuer Kraft. Pferde, Männer, Schwerter dringen auf sie ein. Sie schlägt um sich, ihre Klinge fährt durch Rüstungen, überall ist Blut, Gegner fallen. Sie fängt Schläge ab und ein paar Mal ist auch ein anderes Schwert dazwischen, wirft sich ein Getreuer in einen Hieb, der ihr gegolten hat. Sie dreht und wendet sich, jetzt kommen sie von allen Seiten. Sie schlägt, was sich ihr in den Weg stellt, denkt nicht mehr. Ihr Pferd, geschult und kampferprobt, folgt jeder ihrer Bewegungen. Sie hält sich, sie hat sich nicht umsonst gequält! Sie kann das!

Angst fließt wie Feuer durch ihren Körper und macht sie hellwach. Sie sieht Schläge, Gegner, den Tod. Wehrt ab, schlägt in Arme, Beine, Köpfe. Mit jedem Feind, den sie fällt, mit jedem Hieb, den sie abfängt, arbeitet sich das Grimme, das sie in sich gespürt hat, heraus, kriecht wie ein Drache aus seinem Ei. Hebt den Kopf, streckt die Krallen, schreit. Sie kann endlich tun, was sie schon so lange gewollt hat: sich wehren. Zurückschlagen.

Es ist, als würde alles, was sie an Verachtung, Demütigung und Grausamkeit erlebt hat, ihren Arm führen. Und als sie spürt, dass sie bestehen kann, dass ihr Schwert schneller ist, dass ihre Schläge gefährlich sind – tödlich – überlässt sie sich dem. Niemand hindert sie, ruft sie zur Ordnung. Sie wird einmal, dieses eine Mal, tun, was in ihr ist.

Die Angst ist weg – unwichtig. Sie schiebt sich an Georg vorbei, die Zügel losgelassen, dass sie beide Hände frei hat. Das Pferd und sie sind eins. Sie lässt sich leiten von dieser glühenden Kraft in ihr, die weiß, was zu tun ist; besser, schneller, härter, als sie es je gekonnt hätte. Männer um sie fallen unter ihren Streichen. Es ist nicht länger sie, die das tut: Es geschieht mit ihr. Und sie lässt es geschehen. Es kommen immer neue Gegner nach. Schreie, Schwerter, blitzende Schläge, brüllende Männer. Sie wehrt nicht mehr länger nur ab. Sie folgt ihnen, sie sucht sie. Sie findet sie.

Und weiter und weiter und weiter.

Ihr Körper – oder was immer es ist – tut, was zu tun ist. Brüllend, tödlich. Es gibt keine Zeit mehr. Es gibt nur noch: das. Sie sieht, was geschieht. Was sie tut. Was ihr Schwert tut, ihre Hände, ihr Pferd. Aber sie hat keinen Einfluss mehr darauf. Es ist einfach das, was geschieht. Was geschehen muss. Es gibt kein Gefühl mehr, keine Angst, keinen Gedanken.

Der Lärm umgibt sie wie eine dröhnende Wolke. Schreie, Pferde, krachende Schläge. Und sie schreit mit. Mitten in diesem Lärm kann sie ihren Atem hören: Er hallt in ihrem Helm, gibt ihr den Takt vor.

Irgendwo sehr weit entfernt weiß sie, dass es gefährlich ist, was sie hier tut. Berauschend, aber tödlich gefährlich. Wie sie es tut. Dass sie es zulässt. Sie weiß, dass sie sich in einem Zustand befindet, in dem sie keinen Schmerz spüren wird, nichts. Sie ist zu weit weg. Wo sie ist, ist kein Platz für Pein. Sie würde es nicht einmal spüren, wenn sie tödlich getroffen wird. Sie kann sich nicht retten, sich nicht in Sicherheit bringen. Es wird einfach geschehen. Vielleicht hat es sie schon getroffen und sie hat es nur noch nicht bemerkt. Dann wird sie einfach sterben.

Das wäre so schade. Sie weiß, dass es schade wäre, aber dies Wissen dringt nicht durch. Es ist ein grauenvoll entsetzlicher, unwiderstehlicher, rauschhafter Sog, dem sie sich nicht entziehen kann. Und auch nicht entziehen will.

Dann ist die Angst zurück und hängt über ihr wie ein schwarzer Vogel. Es ist sein höhnisches Kreischen, das ihre Ohren füllt. Mit jedem Schlag, mit jedem Gegner kommt er näher, jederzeit bereit, sich auf sie zu stürzen. Wenn sie nur ein bisschen nachlässt, wird er seine Krallen in sie schlagen und sie lähmen.

Ihr Atem wird schneller, fängt an zu pfeifen. Die Angst kommt näher, streift sie, als die Schläge dichter fallen. Feinde ringsum. Sie sieht ihre Arme, Beine, Füße wirbeln, ihr Schwert – immer gerade noch schneller als die der anderen. Sie kämpft um ihr Leben, Schritt für Schritt. Schlag für Schlag. Es ist noch nicht vorbei, sie bringt anderen den Tod und weiß doch: Es wird bald aus sein. Das Feuer in ihr wird schwächer, brennt nieder. Ihr Atem geht keuchend. Sie wird hier sterben. Aber jetzt noch nicht.

Dann hört es auf. Wie abgeschnitten ist es vorbei. Amanda kommt zu sich. Sie taumelt, keucht. Wankt und fällt doch nicht. Es gibt keine Gegner mehr. Sie sind einfach weg. Und als hätten sie nur darauf gewartet, fallen Angst und Erschöpfung sie an wie wilde Tiere. *Ich werde sterben! Ich will nicht sterben!*

Und dann sind da nichts mehr als bleierne Erschöpfung und das Gefühl, unter eine Lawine geraten zu sein. Doch sie fühlt keinen Schmerz, der ihr sagt, dass sie sterben muss. Sie sinkt im Sattel zusammen. Alle Kraft rinnt aus ihr heraus, als sie mühsam vom Pferd gleitet; erstaunt, dass sie nicht stürzt dabei.

Sie sieht an sich herunter: Sie ist blutbespritzt von oben bis unten, ihre Rüstung ist zerfetzt. Aber nirgends pulst das Leben aus ihr. Sie sieht auch keine Waffe in sich stecken. Sie untersucht ihre Hände, als würden sie nicht zu ihr gehören. Die Handschuhe sind zerrissen, blutige Knöchel schauen durchs Leder, aber alle Finger sind dran. Sie kann sie bewegen, jeden einzelnen. Es glüht wie Feuer, aber keiner fehlt.

Was ist hier los? Wo ist sie? – Sie ist alleine! Völlig alleine? Sie erinnert sich schwach, dass sie Signale gehört hat, weit weg: Ratibor ist abgerückt. Warum? Wohin? Wo sind ihre Leute? Sie späht ins Dämmerlicht, dreht sich einmal um sich selbst, kann aber nichts sehen. Sie steht alleine auf einem Schlachtfeld voll Toter, Verletzter, Sterbender. Warum wird es dunkel? Kann es sein, dass der Tag um ist?

Sie muss weg hier. Irgendwer muss doch noch übrig sein? Sie wendet sich um. Sind das da ganz weit hinten die Feuer ihres Lagers? Mühsam auf ihr Schwert gestützt macht sie sich auf den Weg zurück.

So findet Johan sie. Sie sieht ihn kommen, beobachtet, wie er sein Pferd vorsichtig durch die Gefallenen lenkt – jeden einzelnen ansieht – suchend.

Sie bleibt stehen, außerstande, auch nur einen Laut von sich zu geben. Hector hebt den Kopf, Johan sieht auf und setzt das Pferd aus dem Stand in Galopp. Er springt vor ihr ab, totenbleich. Er mustert sie von Kopf bis Fuß: Er ist entsetzt, erschüttert.

Sie schüttelt den Kopf, streift mit dem Arm den Helm vom Kopf. „Nichts." Ihre Stimme krächzt. „Mir fehlt nichts." Fast wäre sie gestürzt. Sie will sich zusammenreißen, gerade vor ihm – er selbst steht aufrecht wie ein Baum – aber sie hat nichts mehr, was sie hätte zusammenreißen können. „Es ist gut", wiederholt sie erschöpft. Was ganz sicher eine Lüge ist.

Er glaubt es auch nicht. „Seid Ihr sicher?" Johan wagt es nicht, sie anzufassen. Aber er steht bereit, sollte sie umfallen. Sie sieht aus, als könne das jeden Moment geschehen.

„Habt Ihr Wasser?", bittet sie mühsam und lehnt sich an Hector, der sich das anstandslos gefallen lässt. Sie muss etwas trinken. Bestimmt wird es dann besser. Wortlos löst er seine Trinkflasche und reicht sie ihr. Sie steckt mit zitternder Hand ihr Schwert weg. Jetzt, wo sie sich gegen das Pferd lehnt, kann sie nicht mehr umfallen. Sie kann die Flasche kaum halten, so schmerzen die Hände, trinkt aber dankbar.

Sie weiß, dass sie schrecklich aussieht, und will sich wenigstens Dreck und Blut aus dem Gesicht waschen. Sie zieht sich zitternd den Handschuh von der linken Hand. Sie hat das Gefühl, die halbe Haut geht mit. Angewidert betrachtet sie die Handfläche, dreht sie um – blutverkrustet alles. Eigenes? Fremdes? Sie sieht ihre Fäuste auf Rüstungen, in Gesichter schlagen. Der Handschuh ist zerschunden, alle Knöchel sind verschrammt. Mit dieser Hand wird sie nichts abwischen können. Sie sieht an sich hinunter: Da gibt es keinen sauberen Fleck, mit dem sie ihr Gesicht abwaschen könnte. Sie fühlt sich grauenvoll.

Johan hat sein Messer gezogen und sich ein Stück Tuch aus dem Umhang gesäbelt und reicht ihr den leidlich sauberen Fetzen.

Natürlich! Sie kippt Wasser auf den Stoff, versucht, wenigstens Augen und Mund sauber zu bekommen. Das Wasser auf dem Gesicht ist herrlich. Sie lässt den Rest der Flasche über Stirn, Lippen, Wangen laufen, gibt sie ihm zurück. „Danke."

Er hängt sie wortlos an seinen Gürtel. „Verzeiht", Amanda geht jetzt erst auf, was sie getan hat. „Ich hab sie einfach leer gemacht."

Er schaut ihr ins Gesicht. „Eure ist noch voll." Sie fasst an ihren Gürtel – da ist ihre Wasserflasche und tatsächlich, sie ist voll. Sie hat vergessen, dass sie Wasser hat. Das ist der Tiefpunkt. Noch erbärmlicher kann sie sich nicht fühlen.

Johan sieht, wie sie den Kopf senkt und sich auf die Lippen beißt. Er will das nicht und denkt daran, wie er sich bei seiner ersten Schlacht angestellt hat. Wie er gar nicht mehr aufhören konnte, sich zu übergeben. Gut, er ist einige Jahre jünger gewesen, gerade ein Knappe und er hat nicht mitkämpfen müssen. Und doch hat es ihm alles abverlangt. Wenn sein Vater ihn nicht gehalten hätte ohne ein Wort zu sagen, wäre er vor Scham gestorben. Und er hat seither von gestandenen Männer schon ganz anderes gesehen.

Sie steht vor ihm und sieht grauenvoll aus, aber nichts deutet darauf hin, dass sie sich übergeben hat. Und sie ist bei Sinnen – vollständig erschöpft, aber bei Sinnen. Nein, es gibt keinen Grund für sie, sich zu schämen. Er berührt ihre Schulter, vorsichtig, weil er nicht weiß, ob sie nicht doch verwundet ist. „Nicht", sagt er leise. Sie schaut auf und er schüttelt den Kopf. „Bitte nicht." Dankbarkeit und Erleichterung beginnen, sich in ihrem Blick abzuzeichnen, der doch zur gleichen Zeit so kläglich ist, dass es wie eine heiße Welle über ihm zusammenschlägt. Seine Hand liegt noch auf ihrer Schulter und es kostet ihn alles, sie nicht in seine Arme zu ziehen. Er will sie, das weiß er seit langem, aber er darf nicht. Und er wird jetzt ganz sicher nicht ihre Schwäche ausnutzen. Er hofft zumindest, dass ihm das gelingt. Denn auch er hat Mühe, seine Haltung zu wahren.

Als sie den Blick niederschlägt, fragt Johan leise: „Kommst du aufs Pferd?“ Da erst geht ihm auf, wie er sie genannt hat. „Verzeiht!“ Sie hält den Blick gesenkt, so kann sie zum Glück nicht sehen, wie ihm die Hitze ins Gesicht gestiegen ist.

Da, ganz leise und bei abgewandtem Blick, ihre Stimme: „Können wir nicht dabei bleiben – Johan?“ Als die Worte raus sind, hebt sie den Blick und sieht ihn an. Johans Herz setzt aus. Die Zeit bleibt stehen.

Drei Atemzüge vergehen, dann hat er sich wieder in der Gewalt. „Komm, lass dir aufs Pferd helfen.“

Sie winkelt wortlos ihr linkes Bein an, greift nach dem Sattel und er hebt sie hoch. Sie sitzt oben wie betäubt, während er nach dem Zügel greift, um Hector zurückzuführen. Ihr Pferd trottet müde hinterher.

Sie sitzt auf dem Pferd und weiß nicht, wie ihr geschehen ist. Was war das eben? Doch sie kann nicht darüber nachdenken: Ganz ungefragt fällt das Erlebte sie an. Sie ist unendlich erschöpft, aber die Schlacht lässt sie nicht los. Sie weiß genau, was sie getan hat. Das, wovor all ihre Lehrer sie wieder und wieder gewarnt haben, und jetzt weiß sie auch den Grund: Sie hat dem wilden Tier die Macht überlassen. Nicht sie hat das Tier beherrscht – sie hat sich beherrschen lassen, sich dem todbringenden Rausch hingegeben und hat es überlebt. Dem Tier ist es gleichgültig, wer stirbt und wer lebt. Sie hat einfach nur Glück gehabt.

Sie fragt mühsam: „Was ist geschehen? Warum ist Ratibor weg?“

„Wissen wir nicht.“

Sie saugt scharf die Luft ein. „Wie steht es?“ Dann fällt ihr etwas ein: „Wie geht es Georg? Was ist mit deinem Bruder?“

Er sieht auf. „Unverletzt. In Sicherheit.“

„Die Andern?“

Er schüttelt den Kopf. „Viel Fußvolk. Keiner der Ritter.“

„Wo ist Ratibor? Kommt er wieder? Ich fand nicht, dass wir siegen.“ Nicht da, wo sie gekämpft hat.

Und er bestätigt ihr: „Wir haben nicht gesiegt. Es stand auf Messers Schneide. Er ist abgerückt, Gernot sichert uns.“

Das ist seltsam und beunruhigend. Das Lager kommt in Sicht. Signale ertönen, Männer schwärmen aus, sie zu empfangen. Die Kämpfer sind müde, ihre Blicke – besorgt und erleichtert – gehen zwischen Johan und ihr hin und her. Gregor und Hadwin warten am Rand des Lagers, wollen sie hinein geleiten.

Sie schüttelt den Kopf. „Mir fehlt nichts. Ich bin unverletzt. Verbreitet das." Immerhin kann sie wieder sprechen.

Ein Aufatmen läuft durchs Lager.

Vor dem Hauptzelt halten sie an. Amanda beißt die Zähne zusammen, aber ehe sie selbst versuchen kann abzusteigen, hebt Johan sie wortlos vom Pferd. Sie spürt seine Hände auf ihren Hüften. Er ist ihr so nah. Blass und todernst spricht er kein Wort. Dann verneigt er sich knapp und bringt Hector fort. Alles ohne ein Wort.

Sie sieht sich um und versucht, sich zu sammeln. „Wie steht es?"

Die Männer wechseln Blicke. Hadwin sieht abfällig an ihr auf und ab. „Das Lager ist sicher. Geh in dein Zelt. Anissin und Susanna warten."

Aber sie bleibt stehen. „Wo ist Georg?"

„Ich bin wirklich froh, Euch zu sehen", sagt seine Stimme da hinter ihr, und sie dreht sich um. Er ist tatsächlich unverletzt, nur reichlich blass. Aber er findet als einziger ein Lächeln. „Ihr habt mich abgehängt", bekennt er. „Ich konnte Euch einfach nicht folgen. Ruht Euch aus, ich denke, fürs Erste sind wir hier sicher."

Sie lächelt erleichtert und geht zu ihrem Zelt. Na ja: wankt trifft es eher, denkt sie und beißt die Zähne zusammen. Dass Beine so schwer und Knie steif wie Stein sein können, hat sie ganz vergessen. *Aus Stein und aus Moos gleichzeitig*, denkt sie verwundert. *Was ist das denn?*

Sie hat behauptet, sie sei unverletzt, aber jetzt fühlt es sich an, als gäbe es keinen Teil ihres Körpers, der nicht zerschlagen wurde. Anissin hält ihr die Zelttür auf, wirft ihr einen seiner leuchtenden Waldelfen-Blicke zu und holt sie drinnen schnell und geschickt aus den Resten der Rüstung. Er weist wortlos auf den Tisch, wo Suppe, Brot und etwas zu trinken stehen, sie sinkt auf den Stuhl und kann ein Stöhnen dabei nicht unterdrücken.

Während sie dann etwas isst, macht sich Susanna hinter dem Vorhang mit dem Badezuber zu schaffen. Als sie sieht, dass ihre Herrin aufgegessen hat, sagt sie leise: „Das Bad ist fertig."

„Hilf mir auf", bittet Amanda ebenso leise. Susanna hilft ihr aus der Kleidung. Was klebt, wird aufgeschnitten. Brauchbar ist sowieso nichts mehr von dem Zeug.

Amanda schaut an sich herunter: Schürfwunden, Schnitte, Prellungen, Blut wohin sie sieht. Und sie stinkt. Das Atmen tut weh; eine Rippe scheint gebrochen und die Schwellung verfärbt sich schon. Die rechte Hand brennt so sehr, dass sie sie kaum bewegen kann. Sie hielt ihr Schwert umklammert, als solle es festwachsen. Auch links sind alle Knöchel aufgerissen, das Handgelenk blau. Aber es gibt keine tiefe Wunde, keine ernste Verletzung. Es ist wie ein Wunder, aber das ist ihr im Augenblick auch egal.

Susanna hilft ihr ins Wasser. Es tut grausam weh, drohendes Pochen aus jedem Körperteil. Es brennt wie Feuer. Ja, ja, das kennt sie. Sie wird eine harte Woche haben, dann wird es wieder gehen. Ist nicht das erste Mal.

Sie taucht ein. Ihre erste Schlacht. Immer wieder blitzende Bilder; ist doch das erste Mal. Aber sie hat überlebt. Sie hat es überlebt! Und sie weiß jetzt, sie darf das nicht mehr tun – nicht mehr so. Doch sie hat gelernt, dass sie es kann.

Sie streckt Susanna einen Arm hin, die ihn vorsichtig säubert. Sie hat die Augen zusammengekniffen, um im mäßigen Licht der Kerzen zu sehen, was fremdes Blut ist und wo vielleicht eine Wunde darunter liegt. Amanda schließt die Augen und überlässt sich Susanna. Solange die nicht entsetzt aufschreit und auch kein Körperteil abfällt, ist alles in Ordnung. Immer wieder schläft sie ein, bis Schmerz sie erneut weckt.

Als sie fertig ist, hilft Susanna ihrer Herrin aus dem Zuber, tupft sie vorsichtig trocken und versorgt dann sorgfältig jede Wunde und Schramme. Zum Schluss begutachtet sie ihr Werk kritisch, zuckt mit den Schultern und meint: „Hab ich schon schlimmer gesehen." Kein Gezeter mehr, dass Amanda als Frau so aussieht. Amanda grinst. Es fühlt sich phantastisch an, hier zu stehen. Auf zwei Beinen. Lebendig. Sie hätte schreien mögen. Lässt sich stattdessen einen Spiegel geben und schaut nach: Sie ist gefleckt wie eine Kuh auf der Wiese.

Leider hat auch ihr Gesicht einiges abgekriegt. Über die linke Gesichtshälfte muss irgendetwas geschrammt sein, die ganze Seite ist aufgerissen. Sie fasst hin, zuckt vor Schmerz zusammen: Sieht die Beinschiene eines Berittenen, gegen den sie gedrückt wird. Doch er stürzt vom Pferd, sie nicht.

Sie legt den Spiegel weg und denkt daran, wie die Wölfe sich über ihr Aussehen lustig machen würden. Dann lässt sie sich von Susanna in weiche Kleidung helfen, auch wenn die geschundene Haut bei jeder Berührung brennt.

Für die Hände wird sie Handschuhe brauchen; die sehen aus, als hätte sie mit bloßen Fäusten gekämpft.

Anissin begutachtet und putzt derweil ihre Rüstung – leise vor sich hin pfeifend, wie sie erstaunt feststellt. „Was hört man?", fragt sie ihn. Er weiß immer alles. Weil er so winzig ist, beachtet ihn keiner.

„Niemand weiß, warum Ratibor weg ist. Wir dachten zuerst, sie hätten Euch."

Amanda schließt die Augen – ja, das hätte gut wahr werden können.

„Georg sagte, Ihr hättet ihn abgehängt. Ich dachte, Johan fällt vom Pferd oder erschlägt ihn, als er ohne Euch zurückkam. Er ist gleich wieder los. Georg meinte, er hätte so etwas noch nicht gesehen. Ihr hättet gewütet wie die Kriegsgöttin selbst. Das hat er aber erst gesagt, als Johan weg war. Und die zwölf Mann hat keiner mehr gesehen."

„Welche zwölf Mann?"

„Oh – na ja, Johan hat Euch zwölf seiner Männer an die Seite gestellt. Um Euch zu schützen." Bei allen Göttern! Da sind Schwerter an ihrer Seite gewesen, Männer haben sich in Schläge geworfen und sie beschützt. Sie hat sie gesehen – zu Anfang zumindest. Sie hat nicht damit gerechnet. In der Welt, in der sie sich aufhielt, gab es keine Hilfe. Nein, sie darf sich wirklich nicht wieder in diesen Zustand bringen. Sie hat nichts von den zwölf Männern gewusst. Und hat sie dennoch auf dem Gewissen.

Anissin sieht sie mit leuchtenden Augen an. „Wie war es? Wie viele?"

Amanda schüttelt den Kopf über so viel blutrünstige Neugier. „Weiß ich wirklich nicht." Wenn die Bilder weiterhin so lebendig bleiben, wird sie sie zählen können. Jeden Einzelnen von ihnen. „Komm, bring mich rüber. Mach die Rüstung nachher sauber."

Die Männer im großen Zelt stehen auf, als sie hereinkommt. Amanda bleibt stehen und lässt die Blicke über die Versammelten gleiten. Sie fühlt eine Verbundenheit mit diesen Männern, die sie nicht in Worten auszudrücken vermag. Und sie scheinen tatsächlich vollständig zu sein, sehen sogar ganz leidlich aus.

Gernot trägt den Arm in einer Schlinge. Sie neigt grüßend den Kopf. „Ich danke Euch." Die Männer grüßen zurück – Herrin – Königin – verrücktes Weib – und bleiben stehen, während sie zu ihrem Platz hinkt. Ihr linkes Knie hat offenbar einen Schlag abbekommen und wird immer steifer.

An ihrem Platz nimmt sie den Becher, lässt ihn von Anissin füllen und hebt ihn. „Männer! Das war vielleicht kein siegreicher Kampf – aber es ist auch keine Niederlage! Auf dass alle unsere Kämpfe zu Siegen werden! Auf Waisland!"

„Waisland!", tönt es zurück und alle nehmen einen ordentlichen Schluck. Dann erst setzen sie sich. Amanda stellt den Becher vorsichtig ab. Sie hätte ihn fast fallen lassen. Es ist wohl besser, sie benutzt erst einmal nur die linke Hand. Aber damit darf sie nicht grüßen – das bringt Unglück.

Hadwin, der neben ihr sitzt, betrachtet sie missmutig. Das ist nicht schwer, denn er sitzt links von ihr und hat ihre aufgeschrammte Gesichtshälfte vor sich. „Es ist ein Wunder, dass du noch lebst!"

Offenbar will er ihre Schwäche nutzen, um ihr jeglichen Unsinn ein für alle Mal auszutreiben, und sie hat keine Kraft, mit ihm zu streiten. „Lass mich in Ruhe", sagt sie nur, und etwas in ihrem Ton lässt selbst Hadwin verstummen.

„Wissen wir mehr? Sind die Boten zurück?", fragt Amanda in die Runde.

„Noch nicht." Es ist Johan, der antwortet. „Aber Ratibor ist tatsächlich weg. Sein Rückzug scheint keine Falle zu sein." Er hat sich offenbar wieder im Griff.

Die Küchenmannschaft bringt unterdes Schüsseln mit Fleisch, Gemüse, Brot. Amanda stellt fest, dass die Schlacht ihr nicht den Hunger verdorben hat. Sie wird jetzt essen – egal, was geschehen ist!

Georg hat sich auch eine Schüssel füllen lassen und kommt zu ihr rüber. „Ihr seid wirklich unverletzt? Ich kann es kaum glauben!"

„Ich fühle mich, als sei ich unter eine wilde Pferdeherde geraten", gibt sie zu. „Aber ansonsten: alles bestens." Sie würde gerne wissen, was er gesehen hat, aber nicht hier, wo alle zuhören. „Ich bin sehr froh, dass Euch nichts geschehen ist", sagt sie. „Ich habe Euch – aus den Augen verloren." Tatsächlich hat sie nicht mehr an ihn gedacht. Es hat in ihrem Zustand überhaupt Niemanden mehr gegeben. Nur Feinde.

Georg sieht sie mit geneigtem Kopf an. Er ist offenbar genauso neugierig wie sie, was da eigentlich geschehen ist. Und von der Seite spürt Amanda auch Johans Blick auf sich ruhen.

Und dann kommt ein Pferd durch die Lagergasse galoppiert und alle sehen auf. Man fragt Parolen ab, ein ausgepumpter Reiter antwortet atemlos, springt dann vor dem Zelt ab. Bertram schlägt die Zeltklappe zurück – der Mann stürzt herein. „Die Horde!"

Alle springen auf. Gregor packt den Mann und drückt ihn auf einen Sitz. „Rede!"

Der hat inzwischen Luft geholt und wiederholt: „Die Horde."

Er sieht Amanda an. „Sie verwüsten Waisland." Amanda ist aufgestanden und spürt, wie eisiger Zorn in ihr aufsteigt. „Die Horde? Siltrass? Verwüstet mein Land?"

Der Bote nickt. Amanda ist schneeweiß im Gesicht. „Nein! Oh nein! Niemals! – Wie viel Mann kriegen wir auf die Pferde?"

„Du kannst nicht!" Hadwin und Johan gleichzeitig.

„Doch! Oh doch – ich kann! Und ich werde!" Sie ist wie in Eiswasser getaucht, spürt weder Schmerz noch Erschöpfung. Nichts als eiskalte Wut.

„Sie sind auch in Flue", sagt der Bote vorsichtig zu Johan.

„Ein weiterer Zug ist bei Ratibor", kommt es vom Zelteingang – noch ein Bote, diesmal in Gernots Farben. „Wir sind Ratibors Heer bis kurz vor die Burg gefolgt", berichtet er außer Atem. „Die Horde muss sie zurückgetrieben haben. Wir sind gerade noch weggekommen."

Darum ist Ratibor also fort: Die Horde hat die Schlacht genutzt, um einen ihrer Raubzüge zu unternehmen, und ist ihnen in den Rücken gefallen. Ihr und Ratibor.

Einen Moment herrscht grimmiges Schweigen, dann wiederholt Amanda ihre Frage: „Wie viel Mann kriegen wir auf die Pferde? Wann können wir los?"

„Wie viel brauchen wir?" Das ist Johan.

Amanda sieht ihm in die Augen. „Alle. Jeden, der reiten kann." Sie wendet sich an den Boten. „Wo sind sie?"

„Sie sind vom Fluss gekommen."

„Was hast du vor?", fragt Johan.

Amanda sieht in die Runde und es wird still. „Ich will sie stellen. Ich schlage sie zurück." Unruhiges Gemurmel. Die Horde stellt sich nicht und wenn, dann gewinnt man nicht. Sie kämpfen nicht regulär. Man weiß nicht, was sie tun: Es sind Wilde. „Sie sind meinetwegen hier. Sie wollen mich. Die Horde wird kommen, vertraut mir. Siltrass hält uns für geschwächt. Und er hat noch eine Rechnung mit mir offen. Er wird kommen – und das wird er bereuen!"

„Du hast einen Plan?" Immer noch Johan.

„Ja. Ja, ich habe einen Plan. Für den brauchen wir jeden Mann, der reiten kann. Und die Männer müssen sich und ihre Pferde im Griff haben." Sie hat lange genug Zeit gehabt, darüber nachzudenken. Jetzt wird man sehen, ob es taugt.

„Wir werden uns zeigen und er wird kommen. Wir können sie aufhalten – solange die Linie nicht bricht. Um keinen Preis darf unsere Front brechen. In jede Lücke muss einer nachrücken."

Georg sieht sie an und Amanda antwortet auf die unausgesprochene Frage: „Ich werde Euch keinen Schritt von der Seite weichen."

Es ist ganz still im Zelt.

Amanda spürt es wie eine Last, aber sie hat sich das selbst eingebrockt. „Ihr habt mein Wort. Ich werde an Eurer Seite bleiben – was auch geschieht." Georgs Blicke gleiten über sie – über ihr Gesicht, ihre Hände. *Er scheint besorgt, aber nicht ohne Wohlwollen,* findet Amanda. Georg wirft Johan einen Blick zu – was Amanda lieber nicht macht – und schüttelt den Kopf. Nicht ablehnend, eher ein bisschen ratlos.

Amanda sieht sich gezwungen, zu sagen: „Ich hab schon schlimmer ausgesehen" – was leider stimmt – „und ich kann reiten, kann ein Schwert führen." Sie hebt die linke Hand. Sie will gar nicht erst so tun, als ob sie die nächsten Tage mit rechts irgendetwas ausrichten könnte. Ihre rechte Hand würde das Schwert nicht einmal festhalten können. „Ich bleibe an Eurer Seite – auch ich habe noch eine Rechnung offen."

Georg wirft Johan noch einen Blick zu und nickt. „Macht die Männer bereit."

Boten werden geschickt, das zur Ruhe gekommene Lager erwacht drohend. Drinnen rücken alle um den großen Tisch zusammen. „Die Horde kämpft stets auf die gleiche Art." Die Männer sehen sich an. Es scheint keinem, dass die Horde eine besondere Art hätte: Sie überfallen das Land wie ein Schwarm wilder Hornissen. Aber Amanda weiß es besser. Sie hat es jahrelang geübt. „Sie schicken eine erste Welle. Diese Männer kämpfen nicht für Sieg oder Beute. Die kämpfen um ihr Leben. Für die geht es um alles." Denn das sind die unausgelösten Geiseln, die geraubten Jungen, die zum Tode Verurteilten – allesamt Verlorene. Wenn sie durchkommen, steigen sie zu gleichberechtigten Hordenmitgliedern auf, bekommen die Kralle, werden aufgenommen in Ehren. Wenn nicht, ist es auch egal und schert niemanden. Es gibt genug Neue.

Amanda darf nicht daran denken, dass ein Teil ihrer alten Freunde unter den Angreifern sein könnte. „Und darum: Haltet die Linie! Lasst sie nicht durch! Wenn sie durchbrechen, sind wir verloren – sie reiben uns von hinten auf und von vorn kommt der Hauptzug. Dem können wir nicht standhalten." Amanda schluckt: Sie hat das tausendmal geübt. Wenn die Horde die Reihen aufgerissen hat, wüten sie schlimmer als der Fuchs im Hühnerstall und töten alles, was sich bewegt, ob fern oder nah.

„Und weiter?" Johan ist nicht gewillt, sich erschrecken zu lassen.

„Wenn wir standhalten, ziehen sie sich zurück. Sie werden fliehen und es wird berauschend sein." Amanda sieht in die Runde. „Wir können nachrücken, damit sie denken, wir glauben, dass sie fliehen. Aber das tun sie nicht. Und darum…"

„Die Reihen geschlossen halten", brummt Gregor. Amanda sieht ihn an und nickt. „Sie kommen zurück. Egal wie weit sie auch fliehen: Sie kommen zurück und sie sind schneller als der Wind. Und dann erst geht es richtig los. Haltet die Linie. Um jeden Preis. Nichts können sie besser als ein Heer von hinten aufzureiben."

Gregor kratzt sich am Kopf. „Ihr seid Euch sicher? Ich hätte nicht gedacht, dass es so etwas wie Disziplin gibt bei dieser Bande."

Amanda verzieht das Gesicht. „Glaubt mir, es ist so. Wir haben es hundert und hundertmal geübt." Sie sieht in die Runde und die Männer wirken unbehaglich. Richtig, sie hat dabei mitgemacht. Amanda seufzt und sagt: „Schärft Euren Männern ein, dass sie die Fratzen nicht fürchten müssen. Es sind normale Männer darunter. Keine Tiere. Einfach nur Männer. Egal wie laut sie brüllen und wie grässlich sie auch aussehen. Wenn Ihr glaubt, es hilft, sagt ihnen, ihre Herrin hätte auch schon so ausgesehen. Und für morgen: keine Gefangenen. Siltrass löst niemals auch nur einen Mann aus. Spart euch das."

Sie ziehen noch halb in der Nacht los. Amanda hat tatsächlich geschlafen. Nicht lange, aber tief. Und wie sie befürchtet hat, kommt sie alleine kaum hoch. Jede Bewegung schmerzt mit tausend Qualen. Es wird besser werden, sie weiß das. Wenn sie erst einmal auf dem Pferd sitzt. Aber jetzt…

Anissin hat eine neue Rüstung beschafft, schließt sorgfältig alle Ringe und Schnallen. Ein unauffälliger Harnisch ohne Abzeichen und er ist leicht. Dennoch schabt er bei jeder Bewegung schmerzhaft über misshandelte Haut oder drückt auf die zahlreichen Prellungen. Das hat sie jetzt also davon.

Sie sitzen auf. Der Zug ist groß. Nicht einmal Hadwin bleibt zurück: Gernot übernimmt die Nachhut, mit seinem gebrochenen Arm ist er da besser aufgehoben.

Amanda lenkt ihr Pferd zu Johan. „Was sagen die Boten? Wo können wir sie stellen?"

„Sie lagern heute Nacht beim Hauhof."

Amanda beißt sich auf die Lippen: Lagern heißt bei der Horde plündern. Es wird keinen Hauhof mehr geben.

„Auf den Wiesen davor wäre Platz. Und wir haben den Hügel im Rücken", erklärt Johan.

Amanda nickt und der Zug setzt sich in Bewegung.

Als der Morgen dämmert, riechen sie Rauch und als sie den Abhang westlich des Hofes überqueren, können sie die Feuer sehen: brennende Felder, rauchende Gebäude und davor die Feuer der Lager. Flüsternde Boten, die die Horde die ganze Nacht nicht aus den Augen gelassen haben, stoßen zu ihnen. Der gesamte Raubtrupp ist zusammengeblieben, da vor ihnen lagert die Horde, berichten sie. Sie nicken sich zu und reiten den Hügel hinab – dort drüben wird man sie ganz sicher gesehen haben. Amanda reiht sich neben Georg ein, der ihr zunickt, ehe er das Visier schließt. Amanda sieht sich um – an ihrer anderen Seite findet sie Banin, der sie damals zu Gernot begleitet hat. Auch hier ein grimmiges Nicken. Amanda zieht ihr Schwert. „Ich führe die Waffe heute mit links. Passt ein bisschen auf, ja?" Aus Banins Nicken wird ein böses Grinsen.

Und als die Sonne aufgeht, schmettern die Hörner, bescheint Sonnenlicht blitzende Reihen, bläst der Wind in knatternde Fahnen. Und vor ihnen steigt ein Brüllen auf.

Und schneller als gedacht rast durch das Gras – schwarz wie das Unglück, brüllend wie das Verderben – die Horde auf die blitzende Heereslinie zu. Von Johan und Gregor geführt stürmen auch Amandas Linien vor. Ein guter Teil der Wurfäxte und Schleuderkugeln, mit denen die Horde Lücken in die Front reißen wollte, fliegt über die Reihen hinweg. Ein Teil trifft dennoch, allerdings weit hinten. Und dann prallen die ersten Streiter aufeinander.

Abgesehen vom entsetzlichen Schreien der Horde schallt der Aufprall nicht laut und krachend übers Feld wie gestern gegen Ratibors Heer, sondern dumpf, durch die Felle der Horde gedämpft. Aber Amanda hat keine Zeit, darüber nachzudenken: Der Gegner ist da. Banin fängt einen Schlag ab und Amandas Schwert fährt in den Körper. Georg nimmt es mit dem nächsten auf und auch Banin bekommt es mit einem Wolf zu tun.

Dann taucht einer vor Amanda auf, sie hebt das Schwert. Er sieht, dass sie es mit links führt und schreit etwas – Amanda schneidet den Rest ab. Sie hofft, dass keiner ihn verstanden oder gehört hat. Aus dem Augenwinkel sieht sie eine Wurfaxt fliegen. Ihr Schwert holt die Waffe aus der Luft, ehe sie Georg trifft – und Banin fängt den Schlag ab, der Amandas freier Flanke gegolten hat. Er schlägt das Schwert samt dem Arm ab.

Die Reihen scheinen zu halten. Auch wenn hier einer nach dem anderen kommt. Amanda hört nirgends den Schrei, der einen Durchbruch anzeigt. Ein paar Mal kommt es ihr vor, als würde er aufsteigen, dann erstickt er wieder. Und schließlich hört sie von fern das Signal – Amanda ist es so sehr in Fleisch und Blut übergegangen, dass ihr Pferd einen Satz macht, ehe sie es wieder abfangen kann. Überall, wo die Wölfe auch sind, werfen sich Pferd und Reiter herum.

Amanda sieht, welch grässliches Opfer dieser erbarmungslose Drill kostet: Etliche der Kämpfer werden jetzt erschlagen, als sie sich umwenden zur Flucht. Denn selbst während des Kampfs Mann zu Mann wenden Pferd und Reiter beim Ruf dieser Hörner. Allein das fordert viele Tote. Und sie sieht auch, warum Siltrass dieses Opfer fordert: Ihre Männer, die hinterherstürzen, um die fliehenden Gegner doch noch zu erwischen, reißen die Frontlinie auf.

Sie wirft Georg einen entsetzten Blick zu. „Nachrücken!", brüllt er und sie schließen auf. Aber auch andere haben es bemerkt: Rufe und Signale tönen die Linien entlang. Ein paar Pferde gehen mit ihren Reitern durch und sind verloren. Aber der Großteil der Männer kommt zur Besinnung und kehrt zurück. Und die Horde flieht. Amanda spürt zum ersten Mal auf dieser Seite den ungeheuren Sog, der von fliehenden Feinden ausgeht; die Lust, hinterherzujagen, sie zu fassen zu kriegen und zu erledigen. Und die Pferde spüren es auch. Sie stampfen und schlagen mit den Köpfen, klirren in den Geschirren, malmen auf den Gebissen.

Johan und Gregor haben offenbar beschlossen, dem Drang nachzugeben und rücken vor – eine Pferdelänge, noch eine Pferdelänge – und gerade als Amanda denkt: *Die fliehen ja wirklich!,* da hört sie von fern einen gellenden Ruf und schneller als Feuer kommen die Wölfe das zweite Mal wie eine schwarze Wolke zurückgestürmt.

Sie prallen auf ihre verkürzte, vorgerückte, noch ungeordnete Linie – finden eine Lücke, reißen sie auf und drängen hinein. Amanda findet sich Steigbügel an Steigbügel mit Georg und Banin, denn auch sie haben abgewendet.

Schon bricht eine zweite Lücke auf – auch die kann nicht geschlossen werden. Wie ein Keil schieben sich die schwarzen Felle der Horde durch die hellen, eng gestaffelten Reiter. Dann öffnet sich eine dritte Lücke, und die Linie von Amandas Reiterei löst sich auf. Drei schwarze Züge zerteilen ihr Heer. Sie hört das Blut in ihren Ohren rauschen.

Doch da rücken die ihren vor: Denn die Horde trifft nicht auf ein aufgelöstes Heer in Panik, das sie von hinten aufreiben kann. Die Männer finden sich vielmehr in engen Gassen aus Gewappneten wieder, und die stehen wie eine Mauer. Gewappnete, die Platz gemacht haben, um die Wölfe einzulassen, aber nicht genug Platz, dass sie ihre verheerenden Fernwaffen einsetzen könnten.

Als die ersten Angreifer merken, was los ist, ist es schon zu spät: Amandas Männer rücken vor und ein Gemetzel beginnt. Die Horde, gewohnt mit Wurfäxten, Schleuderkugeln und Langschwertern weiter entfernte Gegner auszuschalten, findet einfach nicht genug Platz dazu und wird zum engen Kampf Mann gegen Mann gezwungen. Und bald gegen eine Übermacht. Amanda ist mit Georg und Banin vorgerückt und sie machen nieder, wer immer vor ihnen auftaucht.

Amandas Männer schlachten die Wölfe gnadenlos ab, keine Gefangenen. Und die Horde müht sich nur noch zurück, versucht, sich aus der Falle zu lösen. Amanda sieht, wie sich kleine schwarze Gruppen zusammenschließen, ihren Weg zurück suchen, weniger werden, durchkommen oder aufgerieben werden, einfach verschwinden. Und wieder gellen die Hörner: *Zurück! Zurück!* Wer raus kommt, ist gerettet. Amandas Leute setzen nicht nach, selbst jetzt noch gilt: Beisammen bleiben, die Linie geschlossen halten.

Amanda wirft Georg einen Blick zu und weist nach hinten: Sie hat genug. Die Schlacht ist geschlagen. Die Sonne steht hoch, es ist Mittag und die Schlacht gewonnen. Sie haben die Horde zurückgeschlagen. Amanda fühlt brennende Genugtuung und etwas anderes, über das sie lieber nicht nachdenken will.

Sie zieht sich mit Georg und Banin aus der Schlachtreihe zurück. Andere rücken nach, auch diese Lücke schließt sich. Amanda fühlt einen unsäglichen Stolz auf diese Männer.

„Sind sie wirklich weg?", fragt Georg atemlos, als sie anhalten und der Lärm nachlässt.

Amanda steckt ihr Schwert zurück – gepriesen sei ihr linker Arm – und sieht ihm blitzend in die Augen. „Wenn Siltrass Wert darauf legt, irgendetwas zurückzubringen, dann schaut er besser, dass er hier wegkommt! Ja, die sind fort."

Sie arbeiten sich zu Johan, Gregor und Hadwin durch, die sich auf stampfenden Rossen vor den Linien gesammelt haben und den Fliehenden hinterher starren – misstrauisch, wachsam.

„Sind sie weg?", fragt auch Gregor.

Amanda nickt. „Schaut Euch doch um – er hat nicht mehr genug für einen neuen Angriff. Er wird sich nicht noch einmal stellen." Und tatsächlich ist das Feld übersät mit schwarzen Pelzen – tote Wölfe. Wenige tragen Rüstung.

„Wünschen wir ihm, dass er bei Ratibor mehr Glück hatte", sagt Gregor grimmig und sieht Amanda anerkennend an. „Gute Sache, das!"

Amanda grinst zurück. Männer der Horde wird man hier nicht mehr sehen! Sie wendet sich an Banin, streckt ihm die Hand hin. „Danke!"

Er nimmt ihre Hand in seine Pranke – leider die rechte – und lässt grinsend los, als er ihr Gesicht sieht. Dann nickt er ihr zu und verschwindet mit seinen Leuten.

Johan und Georg haben Blicke getauscht, Georg lächelt ihr zu und Johan sagt: „Gernot ist mit dem Lager aufgebrochen. Er hat Boten geschickt. Er wird bald hier sein. Du musst müde sein."

Seine Freundlichkeit ist wie Balsam. Sein Blick streift sie. Amanda ist mehr als müde und froh, als der umsichtige Gernot tatsächlich Zelte und

Mannschaften vorausschickt und sie sich bald darauf einfach nur hinlegen kann.

Als es Abend wird, schleicht sie sich aus dem Lager. Es zieht sie zu diesem Schlachtfeld, auf dem die toten Wölfe liegen. Sie setzt sich auf einen Stein am Hügel und hört ihre Leute unten feiern und lärmen. Aber sie muss jetzt alleine sein. Ein Rotkehlchen singt in einem Strauch ein bisschen weiter oben am Hang, der Wind läuft durch das Gras und Dämmerung senkt sich über die Toten. Schließlich hört sie Schritte im Gras: Diesmal ist es nicht Johan, sondern Yannick, der Sänger. Natürlich hat er nicht gekämpft, aber er war beim Tross.

Er bleibt vor ihr stehen, sieht ihr prüfend ins Gesicht und setzt sich neben sie. „Sie vermissen Euch.“

Amanda lauscht dem Lärm aus dem Lager. „Ich glaube, sie kommen ganz gut ohne mich zurecht.“ Yannick neigt fragend den Kopf und sie sagt seufzend: „Ich kann diese Blicke nicht mehr ertragen.“ Ist das ein Lächeln?

„Sie fürchten Euch. Und sie fragen sich, welche der beiden Schlachten die schwerere für Euch war.“

Amanda sieht übers Schlachtfeld. „Weiß ich nicht. Yannick, ich war acht Jahre bei ihnen gefangen! Du kannst sicher sein, dass ich Siltrass hasse. Aber der war nicht hier, der hat seine Wölfe vorgeschickt. Aber da waren auch Freunde unter diesen Männern. Freunde, die es nicht gestört hat, dass ein Mädchen mit einem Schwert umgehen kann. Die keine Angst vor mir hatten.“ Es ist schrecklich gewesen, ihr Schwert in schwarze Pelze zu schlagen. Auch, wenn sie an Kral denkt. Es hat so viel andere gegeben.

Yannick seufzt. „Ich war unten und hab sie mir angesehen. Sie tragen diese Masken, um furchterregend auszusehen – aber die Gesichter unter den Masken sind schrecklicher.“

Amanda sieht ihn an und ist versucht zu heulen. Sie hat das nicht gewagt – wen hat er gesehen? Wer liegt dort? Aber sie kann das nicht tun. Sie muss über jede ihrer Handlungen nachdenken. Wenn sie das Schlachtfeld nach Freunden absucht, werden ihre Leute den Glauben an sie verlieren. Sie ist es so müde. „Komm mit nach unten. Sonst suchen sie wieder nach mir.“

Und im großen Zelt, nach dem Essen, ist es dann ausgerechnet Gregor, der zu ihr tritt und zögerlich sagt: „Herrin, ich weiß, Ihr sagtet, keine Gefangenen – aber ich konnte nicht anders. Sie haben ihre Waffen weggeworfen.

Sie haben sich mir ergeben. Sie haben mich angefleht, sie zu Euch zu bringen." Amanda ist sehr blass geworden. Er gibt seinen Leuten einen Wink und sie bringen tatsächlich zwei Gefangene – Wölfe. Einer der beiden ist blond…

Amanda hält sich am Stuhl fest. *Nein – nicht.* „Sie ist es!", hört sie auf Rais wispern. „Sprecht Wark!", schnauzt sie sie an – allerdings versehentlich auch auf Rais.

„Er sagt, er sei Euer Waffenbruder", erklärt Gregor und schiebt die Gefangenen vor. Raunen im Zelt: Amanda soll ausgerechnet einen Wolf zum Waffenbruder haben?

Es ist Berendic – und Loran, sein junger Neffe. Ausgerechnet Berendic! An den zu denken, sie den ganzen Tag nicht gewagt hat. Sie hätte es nicht bemerkt, wenn sie heute ihr Schwert in ihn geschlagen hätte – und er wohl auch nicht.

Er wirft ihr einen schnellen Blick zu und senkt sofort wieder den Kopf. Ein Murren läuft durch das Zelt. Sie wendet sich mit eisiger Miene an Gregor. „Ich sagte, keine Gefangenen!"

„Sie haben sich mir ergeben, Herrin", wendet dieser respektvoll ein, „es wäre Mord gewesen."

„Tut mit ihnen, was immer Ihr mögt! Es sind Eure Gefangenen."

„Gewiss, Herrin", sagt Gregor ehrerbietig. Er macht einen Schritt hinter die beiden und schneidet ihre Fesseln auf. „Sie gehören Euch", sagt er ernst und tritt zurück.

Berendic, der Fesseln ledig, fällt sofort auf die Knie. „Herrin! Wir entbieten Euch das Gelöbnis von Treue und Gehorsam!"

Amanda starrt auf sie hinunter. „Was wollt ihr hier? Was tun Wölfe in Waisland? Warum verwüstet Siltrass mein Land? Vermutet er Silber hier? Hier gibt es kein Silber, hier gibt es nur Kampf. Wer hat euch gebeten, mitzuziehen?" Denn kein Wolf muss einen Raubzug begleiten – jedenfalls keiner, wie Berendic einer ist. „Wenn das Rudel läuft, laufen die Wölfe", setzt sie bitter ein altes Sprichwort auf Rais dazu.

Loran will etwas sagen, aber Berendic stößt ihn an. „Uns zog nur der Ruhm", bekennt er freimütig, „und eine alte Treue."

Das ist zu viel. Amanda wendet sich heftig ab. „Schafft sie mir aus den Augen!“, stößt sie aus und läuft hinaus, ehe sie hier vor all ihren Männern zu weinen anfängt.

Berendic

Zwei Tage später, zurück auf ihrer Burg, hat sie sich so weit beruhigt, dass sie Anissin bittet, ihr Berendic zu bringen. „Das ist der Blonde“, erklärt sie seufzend.

Sie ist soweit wieder hergestellt, dass sie sich bewegen kann, die Schwellungen haben einen satten violetten Farbton angenommen und die rechte Hand kann sie auch schon wieder benutzen.

Anissin verneigt sich. „Gewiss, Herrin!“ Und verschwindet.

Keiner hat gewusst, was mit den beiden nun geschehen soll, also hat sich zum Schluss Hadwin mit grimmiger Freude ihrer angenommen. Er wollte schon immer mal seine Krallen in einen dieser Wölfe schlagen. Amanda hat dies von Anissin erfahren, den sie daraufhin umgehend mit der Botschaft geschickt hat: „Sag ihm, wenn er sie auch nur anrührt, ist er fällig.“ Was die Gerüchte auf der Burg nicht gerade gedämpft hat.

Die Männer reißen sich um die Wache vor dem Kerker. Wer ist dieser gut aussehende blonde Wolf, der es schafft, ihre eisenharte Herrin aus der Fassung zu bringen? Die hat die Männer Ratibors niedergemäht wie ein Bauer das Korn, aber vor diesem einen gefangenen Wolf läuft sie davon – Waffenbruder!

Johan ist von der Flue zurückgekommen, wo er die von der Horde hinterlassenen Schäden begutachtet hat. Er geht durch die Burg wie eine zornige Natter.

Anissin kommt mit dem gebundenen Berendic zurück. Der steht vor ihr, lässt den blonden Schopf hängen und sieht sie nicht an.

„Nimm ihm das Zeug ab“, bittet Amanda, und Anissin säbelt fröhlich entschlossen die Seile auf. Wenigstens keine Ketten. Amanda sieht, wie Berendic versteckt ein Grinsen mit ihm tauscht. *Typisch Berendic!* Er ist noch nicht richtig da und schon hat er Freunde gefunden.

Anissin hat ihn freigesäbelt und wirft Amanda einen fragenden Blick zu. Diese schüttelt den Kopf und weist ihn an, sich zu ihr zu stellen.

Berendic streift die Fesseln von den Gelenken und sieht auf. Vorsichtig, ehrerbietig und doch nicht ohne dieses für ihn so bezeichnende Blitzen in den Augen. „Amanda von Waisland!", sagt er respektvoll und verneigt sich, „seid gegrüßt."

„Berendic, Wolfsbruder", gibt diese kühl zurück, „warum bist du hier?"

„Weil's ging", sagt der prompt. „Ich konnte Loran überzeugen. Sie hatten ihn mir als neuen Waffenbruder an die Seite gestellt." Er zuckt die Schultern. „Er ist ganz in Ordnung und hat die Klappe gehalten. Na ja, und mit dem alten Kämpen hatten wir echt Glück. Ich hätt' nicht an Flue geraten wollen." Er wirft ihr einen leuchtenden Blick zu, senkt aber sofort wieder die Augen. „Es war eine zu gute Gelegenheit. Seit wir hörten, dass du es geschafft – verzeiht!"

Amanda seufzt. „Ja, ja, schon gut. Berendic – das ist Anissin, mein Knappe. Anissin – das ist Berendic. Ein echter Wolf von der Zwinge und mein Waffenbruder." Anissin reißt die Augen auf, Berendic grinst und streckt ihm die Hand hin. „Anissin!"

Der Knappe schluckt und nimmt sie. „Berendic."

„Komm schon, setz dich her. Und hör mit dem Getue auf. Amanda reicht völlig. Ich bin keine Andere geworden."

Berendic setzt sich und schaut sie mit schräggelegtem Kopf forschend an. „Das ist kein Getue. Ich bin wirklich beeindruckt. Es ist unglaublich, was du erreicht hast."

Amanda lächelt ihn an, was weh tut, weil ihr Gesicht so geschwollen ist. *Endlich ein Lob!* Berendic hat versprochen, dass er kommen wird, aber Amanda wusste nicht, wie das gehen soll. Sie werden ihn bestens bewacht haben, und jetzt ist er nicht alleine gekommen.

„Was soll das mit Loran? Seit wann bekommen Wölfe einen Waffenbruder an die Seite gestellt?"

„Seit mir mein letzter Waffenbruder ein bisschen überstürzt abhanden gekommen ist und sie glauben, dass ich dabei geholfen habe."

Er spricht es leichthin aus, aber Amanda beißt sich auf die Lippen. „Wie ist es dir ergangen?"

Er zuckt die Schultern. „Irgendwann haben sie sich wieder beruhigt. Aber du siehst wirklich grässlich aus."

Seine Blicke gehen über ihr Gesicht und die Hände – mehr kann er zum Glück nicht sehen. Amanda fasst sich ins Gesicht. „Ich hab's ein bisschen übertrieben. Was haben sie mit dir gemacht?"

„Nichts! Hör zu, wir wussten, dass es gefährlich ist, ja? Ich hab's überlebt, also hör auf damit. Und das war es wert: Du hast es geschafft. Also!"

Amanda legt ihm die Hand auf den Arm. „Also gut: Willkommen auf Waisland, Berendic!"

Er strahlt sie an. „Es ist noch nicht vorbei, oder? Ich hatte Angst, wir kommen zu spät und ihr hättet diesen Ratibor schon erledigt."

„Ihr habt uns daran gehindert", gibt sie liebenswürdig zurück, was einfach gelogen ist. Genau genommen hat die Horde sie sogar gerettet. Sie speziell und im Besonderen.

Berendic zeigt sich sehr zufrieden. „Gut. Ich hab nämlich wahre Wunderdinge über dich gehört. Du sollst Ratibors Heer praktisch alleine abgeschlachtet haben. Na ja, so, wie du aussiehst, könnte es fast wahr sein."

Amanda schüttelt den Kopf. „Berendic, das war vor vier Tagen und du warst gefangen. Wie willst du davon gehört haben?"

„Oh – deine Wachen. Ich glaube, sie hatten großen Spaß daran, einen gefangenen Wolf mit Gruselgeschichten über dich zu erschrecken."

Was ihnen allerdings ganz sicher nicht gelungen ist. Berendic ist nicht zu erschrecken. Nicht an diesem Punkt. Er hätte ihnen vielmehr Geschichten erzählen können, dass ihnen die Haare zu Berge stehen. Was er aber offenbar nicht getan hat – Anissin hätte es gewusst.

Amanda sieht ihn fassungslos an. „Meine Wachen tratschen?"

Berendic zuckt die Schultern. „Ich glaube, prahlen wäre das passendere Wort. Sie platzen vor Stolz. Was war da eigentlich los? Wie hast du es geschafft, so auszusehen?"

Und er tauscht doch tatsächlich einen Verschwörerblick mit Anissin! Amanda fährt herum und sieht dem Kleinen scharf ins Gesicht. „Er nicht!", beschwichtigt Berendic. „Er platzt ganz sicher vor Stolz, aber ich hab kein Wort von ihm gehört, außer: ‚Bitte, kommt mit.'" Anissin hebt Brauen und Hände in Unschuld und Amanda verdreht die Augen. „Na gut."

„Aber jetzt ernsthaft, Amanda: Können die hier nicht besser auf dich aufpassen? Ich dachte, du wärst wichtig für sie. Gibt es niemanden, den sie dir an die Seite stellen können, wenn du schon an vorderster Front mit in die Schlacht reiten musst?“

Amanda verzieht das Gesicht. „Nicht auch noch du! Ich sag es dir am besten gleich: Ich werde jeden einzelnen Kampf mitmachen, bis der letzte Fußbreit Boden wieder mir gehört! Und ich glaube nicht, dass mich irgendjemand davon abhalten wird.“

Berendic verdreht die Augen, beeindruckt wirkt er nicht. Und diesen Tonfall kennt er zu Genüge. „Ja, ja, schon gut – und das musst du ganz alleine machen, ja?“

Amanda sinkt ein bisschen zusammen. „Johan hat mir zwölf Mann an die Seite gestellt – ich wusste es bloß nicht. Und eigentlich hätte ich bei Georg bleiben sollen.“ Berendics Blick lässt sie nicht los. „Ich – ich habe mich hinreißen lassen.“

Berendic reißt die Augen auf und flucht. Er hat das oft genug auf der Zwinge erlebt, wenn sie alles vergaß und einfach nur noch drauflos schlug, ohne Rücksicht auf sich oder andere. Jossim hat jedes Mal einen Tobsuchtsanfall bekommen. Ist immer ein schöner Anlass für ein paar Extrarunden im Kerker gewesen. „Verflucht, Amanda! In einer Schlacht? Bist du wahnsinnig geworden?“ Er sieht an ihr auf und ab.

Amanda hebt die zerschundenen Hände und wackelt mit den Fingern. „Alles noch dran!“

„Ja, ich seh sie deutlich – schöne Farbe, wirklich – bist du sicher, dass du sie auch noch benutzen kannst?“

Amanda sieht ihn an und dann muss sie einfach lachen. „Oh, Berendic! Du hast mir echt gefehlt! Anissin, holst du uns was zu trinken? Ich bin so froh, dass du da bist! Entschuldige meine Begrüßung dort im Zelt. Es war ein bisschen zu viel.“

„Du warst echt fertig, oder? Du sahst schrecklich aus.“

Amanda hebt die Hand. „Kein Mitleid! Sag mir, was zu sagen ist, aber lass das mit dem Mitleid! Ich wusste ganz genau, dass ich mich beherrschen muss und wie nah ich diesem Rausch immer war. Ich habe diese zwölf Mann auf dem Gewissen, so sicher, als hätt ich sie selbst umgebracht. Und meine Leute haben das Schlachtfeld nach mir absuchen müssen, weil ich verlorengegangen bin. Johan hat mich schließlich gefunden. Unverletzt – aber du siehst ja!"

„Flue", sagt Berendic nachdenklich und beeindruckt. „Wie ist er? Ist er wirklich so gut, wie alle sagen?"

„Ja." Sie fügt dem nichts hinzu, doch Berendic sieht ihr ins Gesicht. Er hat sich nicht verhört. *Flue also.* Irgendwann hatte das geschehen müssen. Und dass es nicht ihm gelten würde, das weiß er nun wirklich zu Genüge.

Anissin kommt mit Wein. Berendic hat sich gefasst und dreht den Becher in den Händen. Es ist, wie es immer war. Es tut nur ein bisschen mehr weh als sonst. Er hat etwas ganz anderes auf dem Herzen. „Nimmst du meinen Schwur entgegen?"

„Brauchen wir das?"

„Ich schon."

Amanda ist bewegt. „Natürlich."

Und Berendic kniet vor ihr und schwört ihr Treue und Gehorsam. Und Amanda hebt ihn auf und schließt ihn in die Arme. „Was ist mit den Anderen? War irgendjemand hier dabei?"

Berendic schüttelt den Kopf. „Leider nicht. Sonst wären die jetzt alle hier. Siltrass traut ihnen nicht. Sie sind bei Ratibor drüben dabei gewesen. Nur mich wollte Siltrass unbedingt hier haben." Er verzieht spöttisch das Gesicht. „Und Jossim hat mich dann leider aus den Augen verloren."

Das will Amanda jetzt doch genau wissen. „Er hat dich gezwungen, mitzureiten?" Wölfe werden nicht gezwungen. Ein unauffälliger Blick: Seine Kralle trägt er immerhin noch.

Er hat das natürlich gesehen und legt die Finger in die Halsgrube. „Ich bin noch ein richtiger Wolf, keine Sorge. Siltrass hat darauf bestanden, ja. Aber ich hab mich jetzt auch nicht gerade gewehrt. Und Loran bearbeiten wir jetzt schon seit Wochen."

Das hört sich nicht nach rosigen Zeiten für Berendic an, aber sein Blick warnt sie davor, wieder damit anzufangen und Amanda hält sich daran. „Wie geht es den Andern? Wie haben sie's verkraftet, als ich plötzlich weg war?"

„Am Anfang war's schlimm. Weil's so ewig gedauert hat, bis wir etwas von dir gehört haben. Keiner wusste, wann genau du raus bist, und dieser Schneesturm war wirklich übel. Zwei Suchmannschaften sind draußen geblieben. Lawinen."

Amanda schluckt. Sie müssen ihr sehr knapp auf den Fersen gewesen sein – eine der Lawinen hat sie niedergehen hören.

Berendic zuckt mit den Schultern. „Ich konnte nicht raus und schauen, ob du die Sachen da versteckt hast, wo wir gesagt hatten. Und ich durft's auch keinem anderen sagen. Wir konnten ewig nicht miteinander reden, es war einfach zu gefährlich." Er grinst sie an. „Du hast einen Riesenwirbel angefacht mit deiner Flucht."

Und sie hat ihre Freunde nicht einmal warnen können.

„Und die Jungs?"

„Wirklich schlimm, anfangs. Aber sie haben zusammengehalten. Für Dorste war's am schwersten. Eine Weile sah es so aus, als würd' er sich im Bier ertränken. Ich glaube, Siegwart hat ihn einmal verprügelt, um ihn wieder zu Verstand zu bringen. Er war sich so sicher, dass der Schneesturm dich erwischt hat. Zum Glück kam dann irgendwann Nachricht…" Er bricht ab.

„Dass Ratibor mich hat", ergänzt Amanda leise. Sie haben es also doch gehört. Amanda zuckt die Schultern. „Wie du sagst: Wir wussten, dass es gefährlich ist und ich hab's überlebt. Hoffen wir, dass den Jungs das auch gelungen ist."

Von dem Tag an sieht man Amanda wieder lachen. Berendic hat genau wie früher keine Scheu, ihr ins Gesicht zu sagen, was er denkt. Ihm ist egal, wer es hören kann, und das sichert ihm umgehend Hadwins Unterstützung – fast die schwerste Hürde auf der Burg. Und die Männer haben sofort gemerkt, dass dieser Wolf ein Kerl nach ihrem Geschmack ist: schlagfertig, von unerschütterlich guter Laune und Angst kennt er offenbar gar keine. Hardrad schlägt mit grimmiger Begeisterung seine Krallen in ihn und Loran, um noch ein paar dieser Wilden zu anständigen Kämpfern zu machen. Er reibt Amanda mit Freude unter die Nase, wie viel besser diese beiden ihre Kampftechniken beherrschen. Die Stimmung auf der Burg steigt. Jedenfalls bei fast allen…

Amanda wird von Gedanken an die Schlacht verfolgt – der Rausch gegen Ratibors Heer fordert einen gnadenlosen Tribut. Jede Nacht, aber auch am Tag. Es muss nur etwas klirren, ein Pferd, das schnaubt, irgendein lauter Ruf, der Schmied, der die Pferde beschlägt – alles reißt sie zurück in die Schlacht. Jede Nacht sieht sie die Toten – jeden einzelnen. Tötet sie wieder und wieder…

Schließlich geht sie zu Hardrad. „Was tue ich, wenn mir meine toten Gegner jede Nacht erscheinen?", fragt sie ohne Umschweife. Sie will endlich wieder schlafen.

Hardrad schaut sie an: Sie sieht immer noch grauenvoll aus und die schlaflosen Nächte machen sie auch nicht schöner – Frauen sollen eben doch nicht kämpfen, man sieht es ja! „Besser du siehst nachts deine toten Feinde als tagsüber deine lebenden."

Damit hat er zwar recht, aber es gibt ihr keine Ruhe. Sie will nicht Anla nach diesen gruseligen Tropfen fragen, sie muss alleine zurechtkommen.

Amanda geht wieder in den Tempel. Sie hat Tantara gedankt, ihr all die Toten dargebracht. Die Waffen liegen noch auf dem Opfertisch, sie sieht es, als ihre Augen sich ans Dämmerlicht gewöhnt haben. Sie weiß, Tantara kann nichts für ihren Rausch, aber vielleicht gibt es irgendeine Rettung. Sie bleibt lange im Tempel, sieht auf die Waffen – blutig. Sie bereut nicht, was sie getan hat.

Wie machen die Anderen das? Wen kann sie fragen? Und wie ihr Atem ruhiger wird, hört sie die Stimme: „Du musst sie ziehen lassen. Lass sie hinter dir." Hajdan. Nach Janos' Tod, als sie vor Angst und Entsetzen auch nicht mehr schlafen konnte, hat er ihr gesagt: „Lass ihn gehen. Du hältst ihn fest – nicht er dich. Lass ihn in Frieden gehen. Er wird für immer bei dir sein."

Sie atmet auf und öffnet die Hände, legt sich vor dem Opfertisch auf die Stufen, geht in die Schlacht zurück. Sie lässt sie gehen, jeden einzelnen. Sie weiß nicht, wie lange sie im Tempel gewesen ist oder wer das mitbekommen hat; außer ihrem verschreckten Priester natürlich. Aber auf den kann sie nicht Rücksicht nehmen und auch nicht auf ihn zählen: Hadwin hat recht behalten, das ist keiner für den Kampf oder die Göttin des Krieges.

Draußen ist es dunkel, aber nach der langen Zeit im dämmrigen Tempel kann sie jeden Stein sehen. Sie grüßt die Wachen, wankt in ihr Zimmer. Schläft. Traumlos.

„Anissin? Würdest du mir bitte Loran holen?" Als der Knappe dem Wunsch nachkommt, begleitet Berendics neuer Waffenbruder ihn mit großen Augen durch die Burg. Er weiß offenbar nicht, wie ihm gerade geschieht.

Als er vor sie tritt, sinkt er aufs Knie. „Herrin."

Amanda ist für einen Moment überrascht, dann sagt sie ruhig: „Komm, setz dich her."

Er lässt sich vorsichtig nieder. Die hemmungslose Bewunderung in seinem Blick verschlägt Amanda den Atem. Das ist immerhin ein Wolf der Horde, er trägt die Kralle und sie hat von keinem Wolf außer von Berendic jemals Anerkennung erfahren. Aber in Lorans braunen Augen sieht sie nichts als Ehrfurcht und Hingabe.

Sie besinnt sich. „Ich möchte dir danken. Ich bin so froh, dass du Berendic beigestanden bist." Er ist so jung, dass er errötet. „Ihr wisst, dass dies nicht stimmt", sagt er tapfer. „Er hat vielmehr auf mich aufgepasst."

Amanda runzelt die Stirn. „Ohne dich und deine Treue wäre er nicht hier. Und Mut und Treue sind wichtiger als Schwertkunst." Sie verzieht das Gesicht. „Wobei ich sicher bin, dass Hardrad euch etwas anderes lehrt."

Das entlockt ihm ein Grinsen. „Das ist wohl so."

„Wie behandeln sie dich?", fragt Amanda ruhig.

Er schaut sie an und die Röte schießt ihm ins Gesicht. „Sie sind anständig." Und auf Amandas hochgezogene Braue sagt er: „Ich erzähle das nicht, weil Ihr das hören wollt. Ich hätte niemals gedacht… Ich meine, ich bin ein Wolf! Ich hätte nicht einmal gedacht, dass ich mit dem Leben davonkomme." Er schüttelt den Kopf, sagt ernst: „Sie begegnen mir mit Ehre."

Mehr kann er nicht sagen. Amanda fühlt einen ungeheuren Stolz auf ihre Leute. Sie will wissen: „Was möchtest du? Gibt es etwas, was ich für dich tun kann?"

Er hat sich gefasst. „Was immer Ihr wollt. Wo immer Ihr mich brauchen könnt." Er sagt das ganz ernst. „Aber mein Wark ist nicht sehr gut. Ich weiß nicht, wie ich Euch so helfen kann." Jetzt erst geht Amanda auf, dass sie die ganze Zeit schon Rais mit ihm spricht – ganz selbstverständlich. Anissin, der nahebei steht, hat schon ganz rote Ohren, weil er nichts versteht.

Loran erklärt verlegen: „Ich war nicht so fleißig bei Hajdan wie andere. Ich dachte nicht, dass ich es je brauchen würde. Ich war sehr töricht."

Amanda wirft Anissin einen Blick zu und sagt auf Wark: „Würdest du ihm Wark beibringen? Und er bringt dir im Gegenzug Rais bei? Was meinst du?"

Loran sieht den kleinen Knappen an. Offenbar hat er verstanden. Anissin grinst von einem Ohr zum andern. „Gewiss, Herrin." Und dann zu Loran: „Bist du einverstanden?" Aber er sagt es auf Rais.

Loran reißt die Augen auf. „Gewiss, Anissin", antwortet er – auf Wark. Sie schauen einander grinsend und stolz in die Augen.

„Gut", beschließt Amanda zufrieden und die beiden wenden sich wieder ihr zu. „Wärst du damit einverstanden, hier als Knappe anzufangen?", fragt Amanda höflich.

Loran nickt ergriffen. „Eine Ehre."

„Ich habe mit Georg von Flue gesprochen. Er würde sich deiner annehmen. Was sagst du?"

Lorans Gesicht sagt alles, bevor er den Kopf neigt. „Ich danke Euch." Als er ihn wieder hebt, glänzen seine Augen.

Und so bekommt Georg endlich einen eigenen Knappen.

Johan

Der Fürst von Flue kommt herein und geht zu seiner Truhe. „Georg, ich gehe", sagt er knapp und beginnt, Sachen zusammenzusuchen. Georg wendet sich voll böser Ahnung um. Er sieht, dass sie ihn nicht getrogen hat: Johan packt tatsächlich. Er wird wirklich gehen. Etwas hat seit Wochen in der Luft gelegen – seit diesen zwei Schlachten. Und das ist jetzt das Ergebnis. Er kennt seinen Bruder lange genug, um zu wissen, dass jedes Wort verschwendet wäre. Er wird Johan nicht umstimmen. Niemand kann ihn umstimmen, wenn dieser einen Entschluss gefasst hat. Aber wie es ohne ihn gehen soll, kann sich Georg beim besten Willen nicht vorstellen.

Er schaut ihm fassungslos zu und als ihm seine Stimme wieder gehorcht, fragt er tonlos: „Was hast du vor?"

Johan sieht ihn ernst an. „Ich werd' dir das nicht sagen. Ich muss etwas erledigen, was ich schon sehr lange tun wollte und jetzt ist die Zeit dafür gekommen." Georg starrt ihn an. Keinem ist verborgen geblieben, dass sich zwischen ihm und Amanda etwas geändert hat. Seit der Schlacht haben sie zum vertrauten Du gefunden. Aber sie sprechen dennoch kaum ein Wort miteinander.

Hat sie ihn abgewiesen? Oder hat er gar nicht gefragt? Das sähe Johan ähnlich! Und wohin, bei allen Göttern, wird er gehen? Georgs Herz ist bleischwer. „Wirst du zurückkommen?" Er versucht, es nicht klingen zu lassen wie: *Wirst du uns im Stich lassen?* Obwohl es sich genau so anfühlt.

Johan wirft ihm einen kurzen Blick zu und bescheidet ihn mit: „Das hängt nicht nur von mir ab."

Georg schluckt. *Das klingt nicht gut.* Wenn er damit meint, dass es auch von Amanda abhängt, dann lautet die Antwort wohl eher: Nein. Was immer sie getan oder nicht getan hat: Man kann sie genauso wenig umstimmen wie ihn. Aber Georg kann das einfach nicht glauben. Johan muss doch sehen, was jeder andere auf der Burg auch sieht: Das Mädchen wartet. Aber er wagt nicht zu fragen. Es ist ohnehin sinnlos.

Georg möchte wissen: „Hast du vor, zurückzukommen?"

Der erstaunte Blick seines Bruders lässt ihn aufatmen, auch wenn er immer weniger versteht, was hier vorgeht.

Dann gibt Johan tatsächlich eine Erklärung ab: „Ich muss diese Sache zu Ende bringen. Es geht nicht anders."

Das klingt grimmig. Sehr grimmig. Georg beobachtet seinen Bruder besorgt und hofft, dass der nicht etwa vorhat, es mit Ratibor alleine aufzunehmen.

Er wagt nicht, zu fragen: Wenn er es nicht genau weiß, bleibt ihm immerhin die Hoffnung, dass Johan etwas Anderes vorhat. Etwas Harmloseres, Ungefährlicheres. Natürlich ist es Johan zuzutrauen, dass er alleine zu Ratibor geht, aber das wird schief gehen. Mit ihm würde der Thronräuber nicht so zimperlich umgehen, wie mit dem Mädchen mit dem kostbaren Königsblut in den Adern. Johan von Flue würde er mit Freuden töten. Und selbst wenn es ihm irgendwie gelänge, Ratibor zu erledigen, so würde er das niemals überleben. Nicht bei all den Leuten, mit denen der sich umgibt. Auf deren Seite hat niemand Skrupel, einem Widersacher einen Pfeil in den Rücken zu jagen. *Johan weiß das doch!*

Georg kann nicht mehr tun, als hoffen, dass er seinen Bruder wiedersehen wird.

Jetzt ist Johan fertig und wendet sich Georg zu.

„Wann kann ich es ihr sagen?", fragt der schließlich.

„Morgen früh. Sie wird es sehen, sobald sie in den Stall kommt."

Trotz seiner Sorge ist Georg erleichtert: Noch scheint nicht alles verloren. Johan macht sich Gedanken um sie. Was Amanda allerdings tun wird, kann er sich nicht vorstellen. Er hat den Verdacht, dass sie alle Amanda noch nicht erlebt haben, wenn sie wirklich außer sich gerät. Georg hat bei der Schlacht gegen Ratibor gesehen, zu was sie fähig ist, wenn sie alle Vorsicht fahren lässt.

Aber was jetzt hier geschehen wird, ist nicht abzusehen. Das ist keine Schlacht. Johan denkt offenbar Ähnliches. „Was wird sie tun, was glaubst du?"

Georg seufzt. Es wird grässlich werden. „Dir die Seuche an den Hals wünschen, Bruder", sagt er müde. Was eine Frau eben tut, wenn man ihr das Herz bricht. Weiß Johan das wirklich nicht? Aber wenn es so ist, dann will er es sicher nicht ausgerechnet von seinem kleinen Bruder hören.

Johan zieht eine Grimasse. „Dann hoffen wir, dass man nicht auf sie hört. Was glaubst du, wird sie es dich spüren lassen? Wirst du dafür büßen müssen?"

Georg schüttelt den Kopf. „Nein." Sie wird vielmehr richtig begeistert sein…

„Bist du sicher?" Johan will nicht, dass Georg ausbadet, was er hier anstellt. Er weiß ganz gut, dass es Wahnsinn ist, was er vorhat. Und doch bleibt ihm keine Wahl. Und er muss weg hier. Aus Gründen, die er wirklich niemandem erzählen kann. Erst recht nicht seinem Bruder. Er ist schon viel zu lange hier. Das grässliche Gefühl, dass es ohnehin zu spät ist, kann er nicht abschütteln. Aber das zu tun, was er vorhat, dazu ist es jedenfalls nicht zu spät. Dafür ist die Zeit sogar gerade recht.

Georg seufzt. „Ja, ich bin sicher. Weil sie nämlich gerecht ist bis zur Selbstaufgabe und wenn sie nicht gerade die Männer Ratibors abschlachtet, ist sie zudem außerordentlich beherrscht, wie dir inzwischen aufgefallen sein müsste. Also mach dir um mich keine Sorgen. Sie wird mir kein Haar krümmen."

Johan sieht ihm den Kummer an und umarmt ihn. „Leb wohl, Bruder."

„Pass auf dich auf." *Komm zurück, Bruder. Lebend.*

Er selbst kann nur hierbleiben und versuchen, das Schlimmste zu verhindern. Man kann nur hoffen, dass Amanda nicht noch etwas Wahnsinnigeres tut und dann alles zusammenbricht. Es kommen harte Zeiten auf ihn zu — nein, auf sie alle.

Am nächsten Morgen macht sich Georg schweren Herzens auf zu Amanda. Er hat kaum geschlafen und wenn er eingenickt ist, haben ihn schreckliche Bilder überfallen: Amanda stürzt sich von den Zinnen – sein Bruder wird enthauptet – Ratibor, wie er bei der Hinrichtung lacht – die Flue verwüstet – die Horde über das öde Land tobend. Er ist froh, als er aufstehen kann. *Irgendwie wird alles nicht so schlimm werden, wie es in der Nacht aussah,* denkt er verbissen, während er sich auf den Weg zu seiner Herrin macht.

Amanda wird weiß wie die Wand. Beim ersten Satz hat sie begriffen, was er sagt. „Gegangen? Er ist gegangen?" Einen Augenblick ist sie wie betäubt. Dann bricht der Schmerz hervor, schlimmer als jeder Schwerthieb, den sie je erhalten hat. Sie steht taumelnd auf. Sie sieht Johan vor sich, wie er auf dem Schlachtfeld vor ihr steht. Sie glaubt, seine Hand auf ihrer Schulter zu spüren, sieht seine Augen vor ihrem Gesicht. Spürt ihr Herz schlagen.

Er ist davongelaufen, flüstert ein kleines Stimmchen böse in ihr, *was hast du denn gedacht?* Der Hohn der Burschen auf der Zwinge fällt ihr ein: „Du solltest uns ranlassen. Etwas anderes kriegst du eh nie. Wer will schon sowas wie dich!"

Fahnenflucht, ist das nächste, was ihr benommen in den Sinn kommt. *Was er getan hat, ist Fahnenflucht. Ist Hochverrat. Aber, Johan von Flue – eidbrüchig?* Sie stützt sich auf der Brüstung ab, um nicht zusammenzubrechen. Sie weiß nicht, wie sie ans Fenster gekommen ist.

Ein Gefolgsmann, der ohne Abschied verschwindet, bricht seinen Schwur. Johan hat ihr den Eid geschworen. Er kann sie nicht verraten. *Nicht Johan!* Und ganz ungefragt taucht Ratibors Bild vor ihr auf, wie sie ihn zum ersten Mal hier im Burghof gesehen hat: der Verräter auf dem Pferd. Es ist unmöglich, dass Johan das Gleiche getan hat!

Sie wendet sich an Georg, und der wünscht sich, Johan könnte sie jetzt sehen. Könnte sehen, was er angerichtet hat.

„Warum?", ihre Stimme schwankt. „Hat er ein Wort gesagt, warum er das tut?"

Georg schüttelt den Kopf. „Er wollte mir nicht sagen, was er vorhat."

Ihr Blick wird scharf. „Er sprach zu Euch von einem Vorhaben?"

Georg kommt nicht umhin, sie zu bewundern. Johan schneidet diesem Mädchen das Herz in Stücke, aber sie ist immer noch in der Lage, zu denken. Und er sagt, was er weiß.

Amanda sackt auf den nächsten Sitz. „Er will etwas zu Ende bringen, was er schon lange vorhat?" *Oh, ihr Götter! Es ist gar nicht meinetwegen?* Er ist nicht davongelaufen vor ihr und vor dem, was da zwischen ihnen war? Da draußen auf dem Schlachtfeld?

Georg beobachtet sie besorgt. „Ihr braucht nicht zu fragen. Ich weiß es wirklich nicht", sagt er leise.

Amanda kommt langsam zu sich und sieht Georg an. Sie ist nicht die Einzige, der Johan fehlt. Er wird ihnen allen noch grausam fehlen. Sie schaut Georg in die Augen. „Und Ihr?" Ihre Stimme zittert.

Wenn Georg ebenfalls geht, wird alles auseinanderbrechen. Sie glaubt nicht, dass sie ohne ihn genug Kraft besitzt, die Männer zusammenzuhalten.

Georg sagt leise, ruhig, ohne jeden Zweifel: „Ich bleibe."

Sie dreht den Kopf weg. „Danke!"

Sie versucht, sich zu sammeln. Sie muss ohne Johan zurechtkommen. Es ist, als habe man ihr einen Arm abgeschnitten. Also muss es ohne diesen Arm gehen. Wie auch immer das möglich sein soll. Sie wendet sich wieder Georg zu und sagt leise: „Ihr wisst, dass dies eigentlich Hochverrat ist."

Georgs Kopfnicken ist fast nicht zu sehen. Amanda erkennt die Geste dennoch und sagt aufgebracht: „Das kann er doch nicht gemeint haben! Das kann nicht sein! Er muss das doch gewusst haben!" Sie springt auf und geht im Raum auf und ab. In welche Lage hat er sie gebracht! Und doch ist es gleichgültig, ob es sich um Hochverrat oder etwas anderes handelt: Tun kann sie jetzt gar nichts. Er ist nicht hier – was also sollte sie ihm antun? Und würde dadurch irgendetwas besser? Mit einem Ruck wendet sie sich an Georg. „Was machen wir jetzt?"

Sie sieht nicht länger verzweifelt aus: Zorn bestimmt ihre Miene, und Georg hofft, dass ihre Wut nicht alles noch schlimmer macht. Dass sie nichts tut, was das Erreichte zerstört. Dabei teilt er ihren Zorn. Er ist sogar außerordentlich wütend auf seinen wunderbaren, großen Bruder, der ihn in diese Lage bringt, weil er „noch etwas erledigen muss."

Aber jetzt muss er erst einmal dafür sorgen, dass hier nicht alles zusammenbricht. Denn Georg hat eine Antwort gefunden. Die nahezu schlaflose Nacht schenkte ihm genug Zeit, nachzudenken. Nur wird Amanda diese Antwort nicht gefallen, da ist er sicher. Jetzt wird sich zeigen, ob sie tatsächlich bereit ist, auf ihn zu hören. Ob sie in der Lage ist, einen Rat anzunehmen und zu befolgen, auch wenn er ihr nicht schmeckt. „Nichts“, sagt er ruhig, „wir tun nichts.“

Amanda seufzt und es klingt wie ein Schluchzen. „Das Schwerste von allem also“, flüstert sie angewidert. Und genau so ist es. Georg hat gewusst, dass sie alles andere lieber täte – solange es nur irgendetwas zu tun gab.

„Ihr habt darüber nachgedacht“, fragt sie mit einem letzten Rest Hoffnung, „und es gibt nichts, was wir tun können?“

Er zuckt bedauernd die Schultern. „Nichts, was es im Augenblick nicht noch schlimmer machen würde.“

Sie verzieht das Gesicht. „Kann ich sein Lehen einziehen?“

Georg bleibt ruhig. Zumindest äußerlich. Denn das ist genau eine dieser Wahnsinnstaten, die Johan herausgefordert hat. Einen Fehdehandschuh wird er mit Vergnügen aufnehmen – das ist ja immer das Einfachste. Aber er wird ihr ehrlich antworten: „Das könnt Ihr. Er hat Euch anerkannt, Ihr seid seine Lehnsherrin.“ Denn genau so ist es: Sie ist die rechtmäßige Herrin, das ganze Land gehört ihr, jedes einzelne Fürstentum. Sie kann bestimmen, wer welche Burg, welches Lehen erhält. In der Wirklichkeit ändert dies natürlich wenig, müsste sie doch über die Macht verfügen, dies durchzusetzen. Viele der Fürsten sitzen so lange auf ihren Burgen, dass sie faktisch ihnen gehören. Aber das Recht dazu hat sie.

Sie nickt und fährt fort: „Und Euch damit belehnen?“

Georg sieht sie überrascht an. Das ist ein ungewöhnlicher Gedanke, aber auch hier gibt es nur eine Antwort: „Ja.“

Er sieht grimmige Genugtuung in ihren Augen. Und stellt fest, dass er sie teilt. Johan wird kochen vor Wut, wenn er davon hört. Aber er hat es verdient. Und natürlich wird Johan niemals gegen ihn, seinen Bruder Georg, kämpfen. Er sieht sie anerkennend an. Sie ist doch mehr als die stolze Kämpferin, die vorderhand alles mit dem Schwert lösen will. Sie wird ein Zeichen setzen, was geschieht, wenn man sie einfach im Stich lässt, aber einen Kampf beschwört sie damit nicht herauf. Und es wird Johan die Rückkehr zwar erschweren, aber nicht unmöglich machen.

„Also dann, Fürst Georg von Flue“, sagt sie mit einem Kopfnicken und er sinkt auf die Knie und schwört ihr Gefolgschaft und Treue.

Wie schon einmal hebt sie ihn am Arm hoch und er sieht Schmerz und Zorn in ihren Augen. Sie wissen beide, dass dies nur ein Zeichen ist, dass sie es niemals ernsthaft durchsetzen könnten – weder hier noch auf der Flue. Aber ein Zeichen immerhin hat sie gesetzt. Mehr kann sie nicht tun.

Tatsächlich kaut sie schwer daran. Das Geschehen um Johan ist ein Albtraum und sie weiß nicht, was sie dabei falsch gemacht hat. Ihr erster Ritter ist gegangen und sie weiß nicht warum. Sie darf auch nicht zeigen, wie sehr sie darunter leidet, und dass sie sich beständig mit der Frage quält, was da bloß geschehen ist. Sie muss zuallererst ihre Gefolgschaft beieinander halten. Ihre Fragen dürfen den Zusammenhalt nicht gefährden und deshalb keinesfalls laut gestellt werden. Sie fühlt sich so alleine. Nicht einmal Yannick ist noch da.

Als hätte er gewusst, dass Johan geht, ist er am selben Tag verschwunden. Nun vermisst sie ihren frechen Sänger fast so sehr wie Johan.

Zum Glück ist wenigstens Berendic da, der zwar überhaupt nicht versteht, was vorgefallen ist, aber sieht, dass Amanda ihn braucht. Er scheint genau im rechten Moment gekommen zu sein. Vielleicht auch ein bisschen zu spät?

Allerdings ist sich Berendic ziemlich sicher, dass Johan zurückkommen wird. Er hat gesehen, wie der Mann Amanda ansieht. Und sie brauchen diesen Kämpfer hier, das ist dem erfahrenen Wolf klar, und das sagt er Amanda auch, so oft sie es hören will. Und auch wenn sie es nicht hören will. Aber jetzt gerade vermisst Berendic den ehemaligen Fürsten von der Flue nicht besonders. Es reicht ihm völlig, dass er sieht, was sein Verschwinden mit Amanda angestellt hat.

Amanda vermisst Johan schmerzhafter, als sie eine Trennung je für möglich gehalten hat. Ihr fallen tausend Momente ein, da er ihr nahe war. Ihre ungezählten Kämpfe in der Fechthalle; Sie vermisst selbst sein Schwert an ihrer Kehle. Hört ihr ständiges „Ich bitte um Gnade", sieht sein Gesicht dabei und wünscht sich manches Mal nichts mehr zurück als das.

Tausend Momente: Johan auf der Vorburg, den Fortschritt der Arbeiten überwachend, sein schneller Blick, um zu sehen, wie es ihr geht. Johan im großen Zelt nach der Schlacht gegen die Horde. Johan, wie er Berendic ansieht.

Da wird ihr plötzlich heiß: Berendic! Sie sieht es vor sich: Berendic kniet vor ihr – und Johans Blick trifft sie beide von der Seite. Sie stöhnt auf.

Berendic. Er ist wegen Berendic gegangen. Der jetzt Susannas erklärter Liebhaber ist. Das wird die schönsten Kinder der Burg geben. Aber davon weiß Johan natürlich nichts.

Wo ist er nur hin? Diese Frage stellt sie sich ein ums andere Mal. Auch, als sie sich gerade im Stall wiederfindet, einen Sattel über dem Arm. Sie wird ihn suchen gehen! Wird ihn finden. Ihm alles erklären.

Nachdem sie eine ganze Weile mit dem Sattel auf dem Arm in der dunklen Stallgasse gestanden hat, seufzt sie, hängt ganz sachte den Sattel zurück und geht leise aus dem Stall.

Sie kann ihn nicht suchen gehen. Sie kann hier nicht weg. Wie Hajdan gesagt hat: Sie gehört ihrem Land, ihren Leuten, ihrer Aufgabe. Sie kann nicht weg.

Schließlich geht sie zu Hadwin und tut, wovor sie sich bisher gedrückt hat: Sie arbeitet. Lässt sich von ihm jede Urkunde geben, die in der Burg zu finden ist. Immer noch besser als zu grübeln.

Aber das Lesen fällt ihr schwer. Immer wieder gleiten ihre Gedanken ab. So spannend ist die Verwaltung von Waisland schließlich nicht: eine endlose Aufzählung von Dörfern, Äckern und deren Ertrag, von Schweinen, Fischen, Kühen, Litern an Milch und Käselaiben, die jeder abzugeben hat. Sie wird jedenfalls einen Verwalter brauchen. Sie hat keinen Sinn für so etwas. Bei Hadwin ist zwar alles in guten Händen, aber Hadwin ist alt. Er kann diese Aufgaben nicht auf ewig erledigen.

So geht es, bis sie irgendwann eine Urkunde in den Händen hält, die Hadwin ihr persönlich bringt und dann auch wieder mitnimmt. Die bringt ihr zwei weitere schlaflose Nächte, denn das Schriftstück ist wirklich nicht langweilig. Sie hat über Vieles nachzudenken. Ausgerechnet jetzt.

Sie geht zu Hardrad in die Fechthalle. Und das ist das Einzige, was wirklich hilft. Hardrad ist geblieben, aber ganz offenbar gibt er Amanda die Schuld an Johans Fortgehen und lässt sie das sehr deutlich spüren. Solange sie hier ist, hat Amanda keinen Wimpernschlag Zeit, an irgendetwas anderes zu denken, als die Frage, wie sie mit heilen Gliedern herauskommen will. Ob Hardrad ihr damit helfen oder ob er sie strafen will, ist nicht wichtig: Ihr hilft es jedenfalls. Und so kommt sie jeden Tag wieder, übt wie eine Besessene.

Die Herrin von Waisland wird richtig gut. Das sagt ihr Hardrad natürlich nicht, er spricht nicht ein gutes Wort mit ihr. Aber sie merkt es, als sie mit den anderen übt: Sie besiegt die Männer. Sie besiegt einfach jeden, der vor ihr auftaucht, einen nach dem anderen, was die Stimmung am Hof nicht gerade hebt. Als sie es merkt, ist es natürlich zu spät.

Der einzige, dem es nichts ausmacht, Tag für Tag von ihr besiegt zu werden, ist Berendic. Es ist ihm seit langem egal, ob Amanda ihn besiegt oder er sie: Er sieht vor allem, was er hier lernen kann. Und Hardrad findet offenbar ein inniges Vergnügen daran, die beiden aufeinanderzuhetzen. Aber Amanda und Berendic sind viel zu gut eingespielt, als dass irgendeine Gefahr bestünde; gleichgültig, ob Hardrad sich nun tatsächlich ein Unglück wünscht oder nicht.

Die Stunden in der Halle sind die einzigen des Tages, an denen Amanda Ruhe hat vor ihren Gedanken und Gefühlen, und sie ist danach oft so müde, dass sie sogar schlafen kann.

Doch dann gibt es Gerüchte, Siltrass sei tot. Keiner weiß, woher man das in Erfahrung gebracht haben will, und niemand weiß genau, was geschehen sein soll. Aber das Gerücht schwirrt durch die Luft wie die Schwalben um den Turm.

Amanda wird fast wahnsinnig: Woher kommt das? Wer kann es getan haben? Stimmt es überhaupt? Könnte es Ratibor gewesen sein? Hat er der Horde nachgesetzt, nachdem die ihn überfallen hatte? Ist ihm Siltrass dabei vor die Klinge gekommen? Möglich wäre es – den Zeitpunkt jedenfalls hätte er damit gut gewählt: Die Horde im Rückzug, zusätzlich geschwächt von der Niederlage in Waisland, die Männer unvorsichtig, ihre Disziplin erschüttert. Gehören Zwinge und Horde jetzt Ratibor? *Tantara, steh mir bei: Was wird, wenn Ratibor über die Horde gebietet?* Ihr wird ganz schlecht.

Und dann kommt ihr ein Gedanke, der noch schlimmer ist: *Wenn es nun Johan war?* Ihr bleibt die Luft weg. Was werde ich tun, wenn Johan die Horde hat? Oder die Horde ihn.

Sie steht regungslos. Betäubt, als habe sie einen Schlag auf den Kopf bekommen. Wenn Johan Siltrass getötet hat, was ist dann mit ihm? Was ist aus Johan geworden? Er ist alleine, nur in Begleitung von Bertram. Er hat keinen Mann von der Flue mitgenommen, das weiß sie von Georg: Er ist gar nicht auf der Flue gewesen. Johan allein auf der Zwinge – das ist der Moment, an dem nichts sie mehr hält und wo sie zu packen beginnt.

Anissin hält sie auf. Er legt seine Hand auf das Bündel, sieht ihr in die Augen und sagt kein Wort. Aber das braucht er auch nicht: Seine Augen sagen genug. Es klopft an der Tür, aber beide rühren sich nicht. Berendic steckt seinen Kopf in den Raum, sieht, was los ist und schlüpft zur Tür hinein. „Amanda! Bei der großen Göttin!" Er wechselt einen Blick mit Anissin, der sich zurückzieht.

Amanda steht unschlüssig vor ihrem Bündel, den Tränen nahe. „Du willst ihn suchen gehen", stellt Berendic aschfahl das Naheliegende fest.

Amanda kann ihre Verzweiflung nicht unterdrücken. „Was, wenn er auf der Zwinge festsitzt?"

„Das darfst du nicht tun!" Berendic ist weiß im Gesicht. „Wir wissen doch gar nichts. Vielleicht ist es eine Lüge und sie wollen genau das: Dich hier herauslocken."

Amanda sinkt auf den nächsten Sitz. Die Vorstellung, dass Johan auf der Zwinge festsitzt, dass Jossim ihn in den Klauen hat, betäubt ihren Verstand. Sie kennt die Zwinge und Jossim gut genug, um zu wissen, was die mit ihm tun würden.

„Wir wissen gar nichts", wiederholt Berendic, der sieht, dass er kaum zu ihr durchgedrungen ist. „Ich werde gehen."

„Das kannst du nicht und das weißt du genau", widerspricht Amanda mit abwesender Miene. *Wenn einer ganz gewiss nicht wieder auf die Zwinge kann, dann ist das Berendic.* Sie natürlich noch viel weniger, aber darum geht es nicht.

Die Frage ist: Wird sie es wagen, da es um Johan geht? „Ich habe ihn fortgetrieben. Ich muss ihn suchen", stellt sie verzweifelt fest.

Berendic blickt ihr in die Augen. Sie ist in einer gefährlichen Stimmung und dabei hat sie mit besonnenerem Gemüt schon mehr als einmal Dinge getan, die die reinste Tollerei waren. Und das hier? Das darf sie wirklich nicht tun. Er muss sie aufhalten. Um jeden Preis. Dieses Mal muss er sie wirklich davon abhalten. Selbst wenn er sie nie wiedersieht.

Berendic hat in den zurückliegenden Tagen versucht herauszufinden, was den großen Flue dazu gebracht hat, auf diese Weise zu verschwinden.

Die Meinung auf der Burg ist geteilt: Amanda habe ihn abgewiesen, meinen die meisten. Aber Berendic weiß es besser: Wenn Johan jetzt hereinkäme und ihr die Hand reichte, würde Amanda sie nehmen und nicht wieder loslassen. *Es stünde eher zu befürchten, dass sie auf die Knie fällt oder irgendeine andere Dummheit macht,* denkt er verbissen. Er teilt eher die Meinung Einiger, dass Johan sie gar nicht erst gefragt hat. Hat er ja auch nicht, und Berendic weiß, warum. Johan hat vielleicht wenig Verlangen danach, als ihr Gemahl immer nur der Zweite im Reich zu sein.

Auch Hadwin hält das für den Grund von Johans Weggang und er sagt es jedem, ob er es nun hören will oder nicht: An Amandas Herrschsucht habe es gelegen, dass ein Mann wie Johan sie verließ. So könne man mit einem wie Flue nicht umspringen und jetzt könne sie ja sehen, was sie davon hat! Niemand will den alten Nörgler hören – aber steckt nicht doch ein Körnchen Wahrheit in seiner Behauptung? Wie sollen sie es auf der Waisland schaffen ohne die Stärke, Sicherheit und Erfahrung des von Flue? Er hat Halt gegeben, einfach weil er da war. Es hat jedem Mut gemacht, ihn an seiner Seite zu wissen und den Gegnern hat er Angst eingeflößt.

„Er ist freiwillig gegangen", widerspricht Berendic, „du hast ihn nicht fortgetrieben."

Amanda sieht auf: Der Zorn in seiner Stimme ist unüberhörbar.

Berendic ist allerdings wütend. Was immer Johan von Flue nun fortgetrieben haben mag: Berendic ist es gleichgültig. Der Mann hat hier zu sein. Hier ist sein Platz und hier hat er seine Aufgabe. Da verschwindet man nicht einfach. Amandas Gefühle sind ihm allerdings nicht gleichgültig. „Er wird zurückkommen." Er muss einfach! Berendic versteht nicht, wie der Mann hat gehen können. Er muss doch gewusst haben, was hier los ist! Er tauscht einen Blick mit Anissin, wendet sich dann wieder seiner Herrin zu. „Lass mich auf die Zwinge gehen. Ich schaffe das. Wir müssen wissen, was da oben los ist."

Ja, man sollte wirklich wissen, was mit der Horde ist. Wer führt sie? Ist Jossim das neue Haupt? Was werden sie tun? Was wollen sie? Aber für Berendic ist es brandgefährlich, es wird sein Leben kosten. Amanda will nichts davon hören.

Aber das ist Berendic gleichgültig. Er bearbeitet sie die ganzen nächsten Tage. „Ich schleich mich rauf. Die Leute im Pass werden wissen, was los ist. Und mit denen werd ich fertig. Dann schaff' ich es auch in die Burg – ich hab immer noch Freunde da oben!" Er beschwört sie so lange, bis sie endlich nachgibt. Sie kann selbst wirklich nicht gehen und das gibt den Ausschlag. Sie muss Gewissheit erlangen.

Amanda bereut ihre Erlaubnis, kaum dass er die Burg verlassen hat. Sie versteht nicht, wie sie ihn hat gehen lassen können. Er wird es niemals schaffen. Sie wird ihn nie wieder sehen. Denn auch für seine Freunde ist er jetzt ein Verräter. Wer wird schon glauben, dass er verletzt auf dem Feld zurückgeblieben ist und jetzt erst nach Hause kommt? Selbst Jossim wird es herzlich egal sein, dass Berendic sein Neffe ist; er wird ihn eigenhändig erledigen. Sie hat Johan vertrieben und Berendic in den sicheren Tod geschickt.

Sie weiß kaum, wie sie die Tage und Nächte aushalten soll und denkt, dass es ihr nichts ausmachen würde, wenn Ratibor jetzt angriffe. Eine richtige Schlacht, in die sie sich werfen könnte, wäre geradezu eine Wohltat; wäre etwas, das sie tun kann, ohne nachdenken zu müssen. Sie hätte nicht das Mindeste dagegen, ihren Zorn an ein paar richtigen Gegnern auszulassen und die Feinde ihre neuen Kampfkünste spüren zu lassen. Oh, es dürften ruhig viele Gegner sein…

Aber auch dieser Wunsch wird nicht erfüllt. Ratibor greift nicht an, von Johan gibt es kein Wort und Berendic bleibt verschwunden.

Der Einzige, den sie wiederfindet, ist Yannick. Im Dorf ist ein Fest und sie ist hinuntergeritten, um von dem Ochsen zu essen, den sie gestiftet hat. Und vielleicht will sie auch ein bisschen so tun, als sei sie wieder Hanna, die Magd, und gehörte dazu. Es hilft nicht viel. Der Ochs ist gut, die Männer verstehen ihr Handwerk und sind stolz, dass sie kommt und mit ihnen speist, aber alles andere macht es nur noch schlimmer. Sie beneidet jedes Paar, das sich über den Tanzboden schwingt, auch wenn das töricht ist. Doch sie hätte mit jedem Mädchen getauscht, das eine Magd und nur eine Magd ist. Und die alten Leute, die beneidet sie auch. Weil die schon alles hinter sich haben. Sie beneidet die Jungen, weil die einfach lieben können, wen sie wollen. Dabei weiß Amanda genau, dass das überhaupt nicht stimmt. Und es lindert ihren Schmerz in keiner Weise.

So macht sie sich auf den Weg zurück zu ihrem Pferd, als sie die Fiedel hört. Sie hat das Lied erkannt und so spielt sonst keiner. Als sie näher kommt, sieht sie, dass sie recht gehabt hat: Es ist tatsächlich Yannick. Sie bleibt stehen und hört einen Moment zu, aber dann dreht sie sich um und geht, denn das Lied schneidet ihr ins Herz. Sie will nicht, dass man sieht, wie sie weint.

Yannick hat sie anscheinend gesehen, denn das Lied bricht ab und nach einer Weile hört sie, dass er hinter ihr her kommt und dreht sich um. Er steht vor ihr, die Fiedel auf dem Rücken, und sieht sie an. Dann sagt er freundlich: „Herrin. Geht es Euch besser, jetzt, wo Johan endlich gegangen ist?"

Ihr stockt der Atem. Sie reißt das Schwert heraus: Wie kann er es wagen!

Aber er ist schon auf die Knie gefallen. „Verzeiht!", und er hält den Kopf gesenkt. Er weiß es besser, als wütenden Herren in die Augen zu sehen.

Amanda steht mit dem Schwert in der Hand vor ihm und ist sehr versucht, ihm den Kopf von den Schultern zu schlagen. Aber sie kann es nicht. Sie weiß nicht warum, aber sie kann diesen komischen Sänger nicht töten, auch wenn er sie verhöhnt. „Du hättest es mir sagen können", sagt sie stattdessen leise. „Du hast mir doch sonst immer alles gesagt. Und du hast es gewusst."

Er rührt sich nicht.

„Kommst du mit?" Es ist ihr gleich, dass es wie eine Bitte klingt. Er sieht auf und schielt auf ihr Schwert. Amanda steckt es zurück. „Steh schon endlich auf. Du wirst es auch diesmal überleben. Ich weiß zwar nicht warum, aber irgendwie bist du mir lebend doch lieber."

Er bringt sich mit drei Purzelbäumen rückwärts in Sicherheit und schafft es dabei, seine Fiedel weder zu verlieren noch zu beschädigen. Amanda kommt der leise Verdacht, dass sie ihn vielleicht gar nicht erwischt hätte mit dem Schwert – er ist so blitzschnell.

Yannick bleibt einige Schritte vor ihr stehen und sieht ihr ins Gesicht. Das hat er immer schon gewagt: Sie einfach anzusehen. Er hat keine Angst vor ihr, und das ist wohl auch einer der Gründe, warum sie ihm nichts tun kann. Er hebt die Brauen. Es ist vermutlich nicht schwer, zu erkennen, was mit ihr los ist.

„Werden Euch meine Lieder denn helfen?", fragt er und Amanda sucht nach Anzeichen für Spott, findet aber keine.

„Du darfst mir alles singen, solange es nach Tod und Verderben klingt", erklärt sie düster. Und er breitet die Arme aus und neigt sich mit einem so komischen Grinsen, dass sie zurückgrinsen muss.

„Woher weißt du, dass Johan gegangen ist?", fragt sie, als sie zusammen zurückreiten. Er hat immer noch sein störrisches Maultier.

„Einer Eurer Leute hat es erzählt."

Amanda sieht ihn von der Seite an. „Hat es sich herumgesprochen?"

Er zuckt die Achseln. „Ich weiß nicht."

Sie flucht leise auf Rais und hofft, dass er es nicht versteht. „Wenn Ratibor davon erfährt, kriegen wir ordentlich was zu tun", sagt sie grimmig.

„Ich war drüben und hab nichts gehört", sagt er freimütig.

„Aber er wird Spione haben – dass du nichts gehört hast, heißt nichts." Nun, ein Sänger kommt herum, also fragt sie auch dies: „Hast du was von Siltrass gehört? Dass sie sagen, er sei tot?"

Er nickt. „Ja, das hört man, aber keiner weiß, ob's stimmt. Ich hab nicht einen getroffen, der's gesehen hat oder was Näheres weiß. Darum kann ich nicht mal sagen, ob ich selbst es glauben soll. Kann eine List von ihm sein, oder?" Er breitet die Arme aus. „Und plötzlich steht er vor Euch!"

Amanda findet das gar nicht lustig und drängt ihn mit ihrem Pferd auf die Seite.

„Schickt doch Euren blonden Helden los, dass er's rausfindet!", schlägt Yannick gutgelaunt vor. Es macht ihm offensichtlich Spaß, sie zu erschrecken.

„Wenn er's nur überlebt", murmelt sie unbehaglich.

Yannick hat sein Tier angehalten. „Ihr habt ihn wirklich losgeschickt!", stellt er fassungslos fest und als sie ihn statt einer Antwort nur ansieht: „Ihr habt einen hohen Verschleiß unter den Männern, die Euch dienen."

Es ist unglaublich, dass er dies so auszusprechen wagt, aber so ist er eben. Er hat keine Scheu, ihr die Wahrheit ins Gesicht zu sagen.

„Dabei habe ich nur so wenige", stellt sie leise fest. „Aber ich konnte einfach nicht selber gehen. Ich hocke fest auf dieser Burg."

„Ja, Ihr seid wirklich zu bedauern", spottet er, „dabei dachte ich immer, Waisland sei das einzige Ziel Eurer Sehnsucht!"

Sie schickt ihm von der Seite einen Blick, dass er die Augen senkt.

Aber nicht für lange. „Ich weiß unzählige traurige Liebeslieder von unglücklichen Königstöchtern", bietet er großzügig an.

Und ob sie will oder nicht: Sie muss schon wieder grinsen. Das hat lange keiner mehr geschafft. „Keinen einzigen Ton!", zischt sie. Zumindest nicht, wenn sie es hören kann. Vielleicht wird es ihre Männer unterhalten, wenn sie sich über sie lustig machen können. Sie aber kann es jetzt nicht ertragen und sagt: „Kein Wort von Liebe. Du willst doch nicht, dass ich auch noch meine Tage weinend verbringe." Die Nächte reichen völlig. Sie hat ja jetzt schon wieder Tränen in den Augen.

Er hebt eine Braue. Das kann auch nur er: Eine einzelne Braue heben.

Amanda gibt seinen Blick bitter zurück: Noch einer, der glaubt, dass sie nur aus Eisen besteht. Aber offenbar findet er in ihrem Gesicht etwas anderes, denn die Braue senkt sich. „Euch hat's richtig erwischt", stellt er fest. Er scheint geradezu beeindruckt.

Amanda verzieht die Lippen und wendet ihr Pferd. *Ja, das ist wohl offensichtlich.* Sie wartet auf eine spöttische Bemerkung, aber es kommt keine. Wirft ihm von der Seite einen kurzen Blick zu und findet nur funkelnde Neugier.

„Und abgesehen davon: Wie steht es?"

Amanda seufzt. „Die Stimmung ist mies. Ich glaube, die Männer geben mir die Schuld. Also sei ein bisschen vorsichtig mit deinem frechen Maul. Hier sind die Leute schnell bereit zuzuschlagen."

„Gut", sagt er zufrieden und reibt sich die Hände.

Vermutlich kann er rückwärts auf seinem Tier sitzen und es wird trotzdem einfach weiter geradeaus gehen, denkt Amanda.

„Dann komm ich ja gerade recht."

Und er hält Wort und bleibt tatsächlich. Seine scharfzüngigen Bemerkungen und Georgs besonnene Freundlichkeit helfen ihr. Ratibor kommt nicht. Kein Zeichen von Berendic. Johan bleibt fort. Die Sommerhitze legt sich auf die Burg. Das Einzige, was sie tun kann, ist, die Burganlage weiter aufzubauen und sich von Hardrad schinden zu lassen.

Berendic schafft es tatsächlich bis zu den Bergen. Die den Pass bewachenden Männer in der Klamm begrüßen ihn freudig. Wissen sie wirklich nichts von seinem Verrat? „Na, du kommst gerade recht! Schön, dass du wieder da bist. Du hast allerdings das Beste verpasst."

Berendic sieht sich vorsichtig um: Jarson hat das Kommando, und er schaut ihn nicht feindselig an. Die anderen grinsen sogar. Es ist allerdings keiner der alten Getreuen dabei. Andererseits macht auch niemand Anstalten, nach den Waffen zu greifen. Sie lassen ihn vielmehr zappeln. Also fragt er ungeduldig: „Und was soll das sein?"

Jarson antwortet: „Es hat einen Kampf gegeben – einen richtigen!" Dann hält er wieder den Mund.

„Was für einen Kampf? Jetzt redet schon!"

Sie schauen sich an, grinsen, sagen aber kein Wort.

Berendic hat keinen Sinn für ihre Spielchen: „Was ist hier los?", begehrt er herrisch zu wissen; er ist schließlich nicht irgendwer!

„Wo immer du auch gewesen bist", sagt Jarson wenig beeindruckt, „hier war sicher mehr los. Ja, es hat sich einiges geändert."

Berendic hält mühsam an sich. Dann sagt er: „Siltrass ist tot." Das Herz schlägt ihm bis in den Hals, aber er lässt sich nichts anmerken, behält nur die Männer im Auge. Scheinbar gelassen fährt er fort: „Das hab ich sogar da gehört, wo ich gewesen bin, stell dir vor."

Jarson verliert für einen Moment die Fassung, fängt sich dann aber und sagt: „So so, das willst du gehört haben. Jedenfalls ist es gut, dass du wieder da bist. Was werden sie froh sein, dich zu sehen. Komm, wir bringen dich rauf."

Ganz so eilig hat es Berendic nicht. „Erst sagt ihr mir, was hier los ist. Ist Siltrass wirklich tot? Oder was soll das? Hat er es am Ende selbst gestreut?"

Hanno, eine der Wachen, fällt aus der Rolle, spuckt auf den Boden. Berendic hört ihn hasserfüllt murmeln: „Der streut nichts mehr. Der wurde verstreut." Ein böser Blick Jarsons bringt ihn zum Schweigen.

Aber Berendic hat gehört, was er hören musste. „Ich komm mit euch rauf", sagt er gelassen, „aber ihr erzählt mir, was hier los war. Jetzt macht schon das Maul auf."

„Ist gut", stimmt Jarson versöhnlich zu: Sie treiben es lieber nicht auf die Spitze. Berendic ist immer noch Jossims Neffe, und so geben sie ihm das Geleit nach oben.

„Ich war dabei, ich erzähl das!", bestimmt Jarson, nachdem sie ein paar Schritt geritten sind und Berendic Anstalten macht, die Geduld vollends zu verlieren. „Also: Ich halte frühmorgens unten an der Klamm Wache, als aus dem Morgendunst zwei Reiter auftauchen. Ich dachte zuerst, ich hätt' zuviel Bier gehabt, aber die kamen immer näher und siehe da: Die waren echt. Ein Ritter auf einem riesigen Pferd und sein Knappe, ein breiter Kerl auf einem stämmigen Pferd. Bauen sich vor mir auf, als ob's keine Angst gäb' auf der Welt."

„Dir stand der Mund offen, wenn du's genau wissen willst", mischt sich Hanno grinsend ein.

Jarson grinst auch. „Schon möglich. Die zwei standen jedenfalls da als müsste es so sein. Ich hab geschaut, ob ich schlau werd aus denen und wer das wohl ist, aber ich konnte gucken, wie ich wollte: kein Wappen, keine Farben, gar nichts. Über den Harnisch hatte er ein dunkles Tuch gezogen, die Schabracke war ohne jede Zeichnung. Ritter Unbekannt und sein Knappe, würd' ich mal sagen." Sie schütteln die Köpfe, Jarson fährt fort: „‚Lasst uns durch‘, sagt der Ritter ganz ruhig, als wär's das Selbstverständlichste auf der Welt. Fällt mir natürlich im Traum nicht ein. Warum steh ich wohl da rum? ‚Was willst du?‘, frag ich ihn. Sagt er: ‚Deinen Herrn fordern.‘ Wir haben laut gelacht. Jeder hier hat gelacht, das kannst du mir glauben. Der ist doch nicht bei Verstand! Aber er bleibt ganz ruhig stehen. Als wir mit Lachen fertig sind, frag ich ihn frech: ‚Wer bist'n du überhaupt? Sag erst mal deinen Namen.‘ Gibt der zurück: ‚Ich nenne meinen Namen, wenn Siltrass tot ist. Und je eher das geschieht, umso besser. Also bring mich zu deinem Herrn und gib den Weg frei.‘"

„Da war auf einmal Stille", übernimmt Hanno. „Sowas hatten wir noch nie gehört. Jarson, der hatte als erster wieder Grütze im Kopf, fragt völlig verdutzt: ‚Du willst Siltrass fordern?‘ ‚Freut mich, dass du das verstanden hast‘, gibt der trocken zurück, ‚bist wohl der Kluge hier. Doch wenn du verzeihst: Ich würd gern bald damit anfangen. Wär also schön, wenn ihr mit dem Schwatzen fertig werdet.‘"

Berendic kann sich kaum vorstellen, wie das ausgesehen haben muss; so was hat es noch nie gegeben.

Hanno erzählt weiter: „Sagt einer von uns: ‚Schlagen wir ihn einfach tot.‘ Ich kann dir nicht mehr sagen, wer es als Erstes gesagt hat. Lag aber nah', oder? Wir waren zu siebt, die nur zu zweit. Braucht Siltrass also erst gar nicht zu erfahren. Aber Jarson war dagegen: ‚Das ist Siltrass' Sache‘, meinte er. ‚Wenn der hört, dass wir einen ermordet haben, der ihn fordern wollte, sind wir dran.‘ Na ja, uns wurd' schon etwas mulmig. Konnte gut sein, dass Siltrass stattdessen uns dran glauben lässt. Und die zwei sahen auch nicht so aus, als ob sie sich wehrlos niedermachen ließen. Würde vielleicht der eine oder andere von uns auf der Strecke bleiben. Und wozu? Nur um Siltrass einen Herausforderer vom Leib zu halten? *Soll er das selbst erledigen,* dachte ich, *ich halte oft genug den Kopf für ihn.*“

Berendic schaut den Sprecher an. Hanno sagt das ganz ruhig. Er ist einer der ehemals geraubten Jungs, der es zur Kralle gebracht hat.

Hanno sieht Berendic gelassen in die Augen, ehe er fortfährt: „Fragt Jarson den Ritter: ‚Bist du Ratibor?‘ Hei, da bringt der sein Pferd heran, schneller als du schauen kannst und hat die Hand am Schwert, eh' einer von uns auch nur zuckt. Sagt ganz kalt: ‚Wenn du mich noch einmal beleidigst, hast du das letzte Mal die Sonne gesehen.‘ Hat's Schwert aber stecken lassen und Jarson hat noch Verstand genug zu fragen: ‚Wenn du nicht Ratibor bist, wie bist du dann an seinen Wachen vorbeigekommen?‘ Wusste doch jeder, dass Ratibor die Grenze gesperrt hat. Sagt der Ritter: ‚Du kannst gern nachschauen gehen, wenn du's genau wissen willst. Wär' vielleicht sogar das Beste. Denn mit euch hier wird dasselbe geschehen, wenn ihr nicht endlich Platz macht und uns durchlasst.‘ Wir schauen uns an – das sind mehr als sieben Wachen da unten! Und die da sind nur zu zweit.“

Berendic weiß, dass die hier vor ihm sich nicht leicht einschüchtern lassen. Er versteht, wie beeindruckt sie gewesen sein müssen.

Hanno erzählt weiter: „Jarson, immer noch unerschrocken, fragt: ‚Und wo sind dann deine Leute? Alle drauf gegangen? Nur noch ihr zwei übrig?‘ Der Ritter wendet sich an seinen Knappen: ‚Weißt du, von wem der Mann da spricht?‘ Der Knappe grinst: ‚Das waren ja nur zehn, zwölf Mann. Vielleicht auch ein paar mehr, ich hab sie nicht gezählt. Ihr müsst also schon mit uns zwei vorliebnehmen.‘ Wir schlucken. Sagt der Ritter ruhig: ‚Gib den Weg frei, wenn dir dein Leben lieb ist. Auf ein paar Tote mehr oder weniger kommt es mir nicht an, und du siehst nicht so aus, als ob du schon mit dem Leben abgeschlossen hast.'

Jetzt grinst Jarson. „In dem Moment verliert Hanno die Fassung und ruft: ‚Ihr zwei habt die alle totgeschlagen?‘ Darauf der Ritter ungeduldig: ‚Ich weiß nicht, ob alle tot sind. Es ist mir gleichgültig. Jedenfalls haben sie uns nicht aufgehalten. Und das werdet ihr auch nicht tun.‘ Wir schauen uns an, wissen nicht so recht. Sagt der Ritter: ‚Hört zu. Ich hab nichts mit euch. Ich hab was mit eurem Herrn zu regeln. Aber ich werde keine Rücksicht auf euch nehmen. Überlegt es euch und überlegt schnell.‘“

Hanno übernimmt gutmütig: „Ich konnt's einfach nicht fassen. Na ja, mir fällt jedenfalls nichts mehr ein, was ich antworten kann. Jarson schon. Sagt zu dem: ‚Also gut. Ich bring euch rauf. Das ist Siltrass' Sache, nicht meine.‘ Und der Ritter verneigt sich tatsächlich, sagt ‚Ich danke dir‘, als ob er's wirklich meint. Und so sind sie raufgezogen. Ich mein – was konnt' schon geschehen? Die waren nur zu zweit. Wenn Siltrass gewollt hätte, hätten wir die im Handumdrehen niedergemacht. Wir hätten sie ja nicht mal anfassen müssen – zwei Wurfäxte und schwupp! Aber andererseits gilt schon immer: Jeder darf das Haupt der Horde herausfordern. Dass es nie einer gemacht hat, heißt ja nicht, dass es keiner kann. Und natürlich wollten wir alle sehen, was geschieht. Wir bringen die zwei also rauf.“

Jetzt unterbricht ihn Berendic ungehalten: „Ihr habt den Pass unbewacht gelassen? Habt ihr den Verstand verloren?“

Hanno verzieht das Gesicht. „Haben wir nicht. Wir haben Halme gezogen. Ich hab verloren und noch zwei so Pechvögel. Wir konnten hinterherschauen, das war alles. Ewig schade, dass ich den Rest verpasst hab, aber der Anblick allein war schon was wert: Die zwei Ritter inmitten von Wölfen. Ich schüttel heut noch mit dem Kopf, wenn ich daran denke. Allein dieser Mut! Er hat doch wissen müssen, dass sein Leben nichts mehr wert war – keiner hätte auch nur ein Bier auf den gewettet. Ich war sicher, den hab ich das letzte Mal lebend vor mir. Als Nächstes würd' ich die Geier kreisen sehen und die Raben krächzen hören. Es war unglaublich. Aber der wirkte nicht, als sei er von Sinnen. Der war ganz ruhig. Allerdings von einer Ruhe, der man lieber nicht zu nah kommt, wenn du verstehst, was ich meine.“ Und Hanno schüttelt tatsächlich immer noch den Kopf.

Jarson schweigt einen Moment, dann fährt er bedächtig fort: „Hanno hat schon Recht mit dem, was er da sagt. Ich reit neben dem her, den Pass hinauf und mit jedem Schritt, den mein Pferd macht, wird mir seltsamer zumute. Was tun wir hier eigentlich? Was will der Kerl? Wie kann einer wie der freiwillig hierher kommen? Das war, als wenn's nicht wahr wär'. War's aber doch. Wann immer ich zur Seite seh', ist der Kerl noch da. Wir haben es an diesem Tag nicht mehr geschafft bis ganz rauf.“

Berendic starrt ihn an. „Was habt ihr mit ihm gemacht?“

Jarson erwidert den Blick ungerührt. „Gar nichts. Ich wollt' es jetzt wirklich wissen. War schließlich sein Leben, das er da aufs Spiel setzt. Ich hab 'nen Boten vorausgeschickt, das war alles. Der Ritter hat sich mit seinem Knappen zu uns ans Feuer gesetzt, als wär' nichts. Sie hatten eigene Vorräte dabei, haben kein Wort gesprochen. Der Knappe hat gewacht, aber du weißt selbst: Keiner kann die ganze Nacht wachbleiben. Und es hätt' auch nichts genutzt: Wenn wir gewollt hätten, wären die so schnell tot gewesen, dass sie nicht mal mehr ihre Götter hätten anrufen können. In der halben Nacht werde ich wach, weil der Ritter aufgewacht ist. Wie er sieht, dass sein Knappe noch wacht, heißt er ihn, sich hinzulegen. Hat die Wache selbst übernommen.“

Sie schweigen.

Berendic schluckt.

Jarson nickt. „Und das vor so einem Kampf. Der blieb die halbe Nacht wach. Ich hab immer wieder geschaut: Jedes Mal wenn ich die Augen aufgemacht habe, saß der Ritter da. Hockte mit seinem Schwert über den Knien und hat in die Nacht geschaut. Ich sehe heute noch das Mondlicht auf der Klinge.“

Jarson macht eine Pause, holt tief Luft. „Am andern Morgen hab ich ihn das erste Mal richtig gesehen. Als er sich am Bach gewaschen hat. Ja, hat er wirklich gemacht. Ich dachte, das sei ein gestandener Ritter, so wie Ratibor. War er aber nicht.“

Berendic sagt unwirsch: „Ratibor ist überhaupt kein Ritter, um das mal klar zu stellen. Ratibor ist ein Verräter, der kann also kein Ritter sein. Und gestanden ist er auch nicht. Also red nicht solches Zeug.“

Jarson grinst. „'Tschuldige. Also willst du jetzt, dass ich weiterred' oder sollen wir über Ratibor streiten?“

Berendic runzelt die Brauen, sagt aber unwillig: „Red' schon. Wie sah er aus?"

Jarson zuckt mit den Schultern. „Jünger, als ich dachte. Dunkle Haare, dunkle Augen – die Statur eines Kämpfers mit so breiten Schultern." Er schaut sich um: Die anderen nicken andächtig.

Berendic kann es nicht fassen. „Er hat die Rüstung abgelegt, um sich zu waschen?"

Das Nicken in der Runde gibt ihm recht. „Der wollt's wirklich wissen", sagt Jarson schließlich. „Was für eine Herausforderung!"

Berendic legt den Kopf schief bei Jarsons Tonfall.

Der macht keinen Hehl daraus, wie tief ihn das alles beeindruckt hat. „Als wir oben ankamen, hatte er mich auf seine Seite gezogen. War einfach so, kann dir nicht sagen, warum. Er hat immer noch kein Wort gesagt, war ganz ruhig und ernst. Je weiter wir bergauf reiten, umso mehr wirkt der wie eine Gewitterwolke, die sich zusammenzieht und immer dunkler und dunkler wird. Bis der erste Blitz niederfährt. Als wir oben waren, auf der Ebene, war es, als würd' ich zu ihm gehören, und zwar schon immer. ‚Ich reit' zur Burg und geb' Nachricht', sag ich zu ihm. Und er neigt wieder den Kopf, schaut mir in die Augen, dass mir ganz anders wird und fragt mich was."

Jarson schluckt. Die andern warten.

Dann sagt Jarson leise: „Er hat mich nach meinem Namen gefragt. So, als ob er wüsste, was in mir vorgegangen ist. Ich bring also meinen Namen raus… im ersten Moment dacht ich, ich hätt' ihn vergessen."

Die anderen lachen.

Jarson lacht nicht. „War so. Einen Augenblick fiel mir gar nichts ein. Dann konnt' ich antworten und er neigt sich und sagt ruhig: ‚Danke, Jarson'. Ich bin dann zur Zwinge geritten, als hätt' ich vom Rauschmittel der Priesterinnen gegessen, das kann ich euch sagen."

Wieder lachen alle.

Diesmal lacht Jarson mit. Aber nicht lange. Dann sagt er: „In der Burg – so was hab ich noch nicht erlebt."

Einen Moment ist Stille. Berendic sieht, dass ein paar Männer blass werden. Er wartet darauf, dass Jarson sich fasst.

Der schaut ihn an. „Jossim und Siltrass lagen sich in den Haaren."

Jetzt wird auch Berendic blass. „Warum Jossim? Was hatte er damit zu schaffen?“

Jarson schüttelt den Kopf. „Gar nichts, ganz recht. Das sah er wohl auch so. Aber offenbar wollte Siltrass, dass Jossim für ihn in den Kampf zieht. Ich hörte Siltrass sagen: ‚Nimm dir fünf oder zehn Männer und macht diesen Wichtigtuer nieder!‘“

Berendic sieht sich unruhig um. „Jossim lebt noch?“

Beruhigendes Schulterklopfen allenthalben. Jarson sagt ruhig: „Jossim hat sich geweigert.“

Berendic wird noch blasser. „Geweigert? Er hat sich geweigert, Siltrass' Befehl auszuführen?“

Jarson nickt. „Er hat es drauf angelegt. Jossim, meine ich. Spricht eiskalt mit Siltrass: ‚Wenn ich da raus gehe, geh ich allein. Der Kerl fordert das Haupt der Horde heraus. Wenn ich also gehe, bin ich das Haupt der Horde.‘“

Berendic schluckt. Jarson sieht ihm in die Augen. „Einen Moment sah's aus, als würde Siltrass ihn auf der Stelle erschlagen. Aber andererseits hatte Jossim ja recht. Wer diesen Kampf gewinnt, wird Haupt der Horde. So ist es eben. Die Regeln hat Siltrass selbst gemacht. Wenn er sich nicht daran hält, warum sollte es ein anderer tun? Wenn das für jeden gilt, dann auch für ihn.“

Berendic kann es nicht fassen. „Wie konnte Jossim so etwas tun? Was, wenn's schief gegangen wäre?“

Jarson seufzt. „Miese Sache, das. Hat's noch nie gegeben. Es ging ein Riss durch die Horde, mitten durch die Burg. Man hätte es anfassen können, so hat's gebrodelt. Die einen waren auf Siltrass' Seite, die anderen bei Jossim. Siltrass muss klar gewesen sein: Wenn er auf Jossim losgeht, hat er die Hälfte der Horde gegen sich. Es hätte ein Blutbad gegeben. Der Kerl vor dem Tor hätte in Ruhe abwarten können, um dann den erschöpften Sieger zu erledigen.“

Berendic spricht mit einem Schauder in der Stimme: „Das Ende der Horde.“

Jarson nickt. „Ganz recht. Dieser eine Kerl, der den Mut eines Wahnsinnigen hatte, hat das erreicht. Na gut, die Niederlage Jossims gegen das Mädchen hat auch dazu beigetragen. War schwer dicke Luft zwischen Jossim und Siltrass deswegen. Die haben kein gutes Wort mehr miteinander geredet. Siltrass hat es Jossim jeden Tag spüren lassen, dass er gegen Ratibor gewonnen hat, Jossim aber gegen das Mädchen verloren. Hat natürlich völlig vergessen, dass

Jossim ihn genau davor gewarnt hat. Nein, es wäre nicht mehr lange gut gegangen. Überhaupt dieses Mädchen." Er schüttelt den Kopf.

Berendic sagt reglos: „Sie heißt Amanda von Waisland. Und wenn's so weitergeht, wird sie Königin. Also red nicht so über sie."

Jarson wirft ihm einen Blick zu. „Verzeih. Ich wollt' dein Mädchen nicht beleidigen."

Berendic sagt ebenso unbewegt: „Sie ist nicht mein Mädchen. Aber ich bin ihr Waffenbruder."

Jarson nickt ergeben. „Auch das. Kann ich weiterreden?"

Berendic nickt und Jarson fährt fort: „Siltrass merkt, wie der Wind steht. Also fragt er in die Runde, wer den Kerl erledigen will. Es sei ihm gleich, wie viele sich melden. Na ja, es sah nicht gut für Jossim aus, es mochte sich also lohnen, für Siltrass einzustehen. Wer den Irren vor den Toren für Siltrass auslöschte, wäre der Nachfolger Jossims; so sah's aus. Wenn Siltrass die Sache für sich entscheidet, wäre Jossim erledigt, das war klar. Vielleicht zehn Mann sind raus, und dann ging's ganz schnell. Der Kerl hatte dieses riesige Pferd. So ein Tier kann eigentlich unmöglich wendig sein – dieses war's aber. Die zwei da draußen haben Siltrass' zehn Mann niedergemacht und sind nicht mal außer Atem geraten dabei. War ganz schön schlau von Siltrass. Das ist mir aber erst viel später klar geworden. Sah eigentlich elendig feige aus, oder? Hat er aber in Kauf genommen. Denn jetzt wusste er, was ihn erwartet. Er hat rausgefunden, wie der Kerl kämpft. Und dass er ihn lieber ernst nehmen sollte." Jarson holt tief Luft.

Berendic sieht sich um: Alle Augen glänzen. Er hat offenbar wirklich etwas verpasst. Aber er will es wenigstens hören.

Und Jarson lässt sich nicht lange bitten. „Also rüstet sich Siltrass. Bewaffnet sich mit allem, was er hat, hängt sich Wurfäxte an den Sattel, nimmt Schwert und Messer. Kannst sagen, was du willst, aber wie er da so raus reitet, das war ein Anblick, so was vergisst man nicht. Kaum hat er die Burg verlassen, setzt er sein Pferd in Galopp und jagt auf den Kerl zu. Der saß ganz ruhig und hat abgewartet. Dachte ich jedenfalls. Hatte sein Pferd am Zügel, ganz locker, du hast nicht gesehen, wie er das gemacht hat, aber das Pferd hat auf dem Gebiss gekaut, dass der Schaum geflogen ist. Und wie ich so zuseh', merk ich, irgendwie ist es mit den Hinterbeinen immer weiter nach vorn gekommen. Hat sich vorn aber nicht vom Fleck gerührt. Das hatte einen pralleren Hintern als die schönste Frau. – Ich hab' das seither ein paar Mal mit meinem Pferd geübt, hab's aber nicht hingekriegt. Na ja, Siltrass hält aus dem Galopp an, dass die Steine fliegen – zwei Schritte vor dem Kerl. Der sitzt immer noch ungerührt. Hört man Siltrass sagen: ‚Wer bist du? Ich kämpfe nicht gegen Namenlose.‘ Und ganz kalt kommt es zurück: ‚Mein Name hilft dir nicht. Ich bin dein Tod.‘“

Berendic hebt die Brauen.

Jarson nickt, als wolle er einen Punkt bestätigen. „Siltrass hat einen Moment gebraucht, das hat man gemerkt. Dann hatte er sich wieder gefangen und gibt zurück: ‚Du bist ein namenloses Großmaul. Verschwinde, Ritter Namenlos.‘ Der saß immer noch ganz ruhig da – sah jedenfalls so aus. Sagt: ‚Sag's einfach, wenn du Angst hast. Ich mach's ganz schnell‘. Das war zuviel, Namen hin oder her: Siltrass greift zum Schwert. Doch ehe er das Ding ganz rausgezogen hat, hat der andere sein Pferd auf die Hinterhand steigen lassen, und es macht zwei Sätze auf Siltrass zu. Auf der Hinterhand!“

Berendic lässt unwillkürlich einen Pfiff hören.

„Neben Siltrass knallt das Tier wieder auf vier Beine und der Ritter hat sein Schwert in der Hand. Und wie das Pferd niedergeht, haut er Siltrass die Klinge in die Schulter. War zum Glück nicht die Schwerthand, aber ein übler Schlag war's dennoch. Man hat das Blut bis hier oben gesehen. Dann hat er blitzschnell sein Pferd weggedreht, um Siltrass' Schlag zu entgehen. Du kennst Siltrass' Hengst: sieht aus wie eine gefleckte Kuh und ist struppig wie ein räudiger Köter.“

Berendic nickt. „Ist trotzdem das beste Pferd weit und breit, egal, wie es aussieht.“

Jarson lacht. „Das dachte ich auch: das wendigste, schnellste Pferd von allen. Und das gemeinste, das ich je gesehen habe. Der schlägt und beißt und tritt gegen alles, was ihm vor die Hufe kommt. Und das, ohne dass du ihm was sagen musst. Der ist eine Mischung aus Wolf und Pferd, dacht' ich immer. Und der Ritter konnte das nicht wissen. Aber es nutzte Siltrass nichts. Er kam ihm einfach nicht bei. Dieses riesige Pferd war so wendig wie eine Bergziege. Der konnte auf der Stelle wenden – dem hätte ein Tisch genügt, um alle vier Beine draufzustellen und er hätte sich immer noch gedreht.“

Die Männer wiegen beeindruckt die Köpfe, ehe Jarson fortfährt: „Der Ritter scheint zu merken, dass er mit seinem großen Pferd im Vorteil ist. Er konnte fast von oben auf Siltrass einschlagen und Siltrass reichte einfach nicht weit genug rauf. Aber weißt du, was der tut? Er springt vom Pferd!"

Berendic reißt die Augen auf. „Er hat seinen Vorteil aufgegeben?"

Jarson nickt. „Hat er gemacht. Allerdings auf eine Art, die Siltrass gar nicht gefiel. Der Ritter bringt also sein Pferd neben Siltrass, wehrt dessen Schlag ab und springt ab – auf dessen Seite. Und im Abspringen haut er ihm sein Schwert ins Bein. Ich weiß nicht, was der für eine Klinge führt und wo er sie her hat, aber ich schwöre man hat's bis auf die Burgmauern gehört, wie er den Knochen durchschlagen hat. Gut, er bekommt einen ordentlichen Schlag dafür ab, aber er ist nicht hingefallen. Und hat zu Fuß gegen Siltrass weitergekämpft."

Jarson schaut Berendic in die Augen. „Siltrass hätte nicht mehr vom Pferd gekonnt, selbst wenn er gewollt hätte: das Bein war durch. Er musste auf dem Pferd bleiben."

Berendic wird blass. „Was ist mit Siltrass' Hengst?"

Jarson nickt düster. „Genauso sah es aus. Ich hätt's getan. Das Pferd getötet, mein ich. Hat er aber nicht. Dabei ist das Vieh wirklich auf ihn los. Ein paar Mal hat es ihn erwischt – er hat einen Biss an der Schulter und einen Tritt abbekommen. Dann hatte er Siltrass da, wo er ihn offenbar haben wollte. Auf der falschen Seite. Hat ihm die Hand abgeschlagen."

Berendic hält sein Pferd an. Jarson erzählt ihm gerade von Siltrass' Ende. Anders kann das nicht mehr ausgehen. Es ist unfassbar. Alle Augen sind auf ihn gerichtet. Sie wollen sehen, wie er es aufnimmt.

Jarson fährt leise fort: „Dann hat er ihn vom Pferd gestoßen. War nicht mehr schwer. Hat dem Gaul einen ordentlichen Schlag verpasst. Der Knappe hat es abgefangen und verhindert, dass es auf seinen Herrn losgeht."

Berendic sagt ungläubig: „Siltrass Hengst hat sich fangen lassen?"

„Nein, das nicht gerade. Der Knappe hat ihm ein Seil übergeworfen und ihn toben lassen. Ziemlich geschickt, muss ich schon sagen. Weder er noch sein Pferd haben was abgekriegt, obwohl der Hengst gekeilt hat und gestiegen ist wie nicht gescheit. Aber das Pferd des Knappen war die Ruhe selbst. Und stärker. Der wusste offenbar, was er zu tun hat. Nein, Siltrass' Hengst hat er unschädlich gemacht. Der Ritter hatte alle Zeit für das, was er mit Siltrass vorhatte."

„Und Siltrass?"

„Tat alles, um hochzukommen. Man konnte sehen, wie gern er seinem Gegner beigekommen wäre. Aber da war nichts zu machen.“

Berendic fühlt eine sehr seltsame Mischung aus Genugtuung und tatsächlich Bedauern: er dachte, er würde Siltrass hassen, für alles, was er Amanda angetan hatte. Aber andererseits war Siltrass Haupt der Horde seit er denken konnte. „Was tat der Andere?“ fragt er unbehaglich.

Jarson hebt die Brauen. „Stand vor ihm auf sein Schwert gestützt und sah ihm einfach zu. Hab noch nie so kalten Hass gespürt, wie von dem Kerl ausging. Und dann hat er sich den Helm abgenommen. Und das Tuch vom Brustharnisch gerissen: ein aufgerichteter Löwe, golden auf blauem Grund.“

Berendic sagt ergriffen: „Johan von Flue.“ Dass der Siltrass abgrundtief gehasst hat, ist allerdings nur zu verständlich, denkt Berendic innerlich seufzend.

Jarson nickt. „Das war´s aber noch nicht. Als Siltrass erkannt hat, wer ihn erledigt hat – sie waren direkt unter den Mauern, es war so still, man konnte jedes Geräusch hören.“

Berendic schüttelt den Kopf. *Was jetzt noch?*

Jarson sagt niedergeschlagen: „Er hat ihn verhöhnt. Mit seinem letzten Atem hat Siltrass Johan von Flue verhöhnt.“

Jarson kann sich an jedes Wort erinnern. *„Hast dich dem Mädchen angeschlossen, hab ich gehört. – Willst du ihr Herz gewinnen?“* Jarson war erst viel später klar geworden, dass das keuchende Geräusch, das Siltrass dabei ausstieß, ein Lachen hätte sein sollen. Siltrass´ Stimme war leiser geworden, aber er hat nicht aufgehört. *„Die hat aber gar kein Herz. Wo's Herz sein sollte – da hat die eine Klinge. Wirst dir die Finger blutig schneiden an der. Das ist kein Mädchen mehr. Dafür haben wir gesorgt –“*

Jarson schaut Berendic in die Augen. Der ist bleich geworden und hat die Zähne aufeinandergepresst. Er wollte, er hätte das nicht gehört.

Jarson sagt leise: „Und da war's mit Johans Beherrschung vorbei. Hat's Schwert gehoben und Siltrass den Kopf abgeschlagen.“

Berendic wendet sich ab. Alles Bedauern mit Siltrass ist wie weggewischt: genau das hätte er auch am liebsten getan. Auch wenn er weiß, dass Siltrass mit seinem Hohn nicht recht gehabt hat. Amanda hat ein Herz. Es wird nur nie ihm gehören. Er sammelt sich. „Und dann?“

Auch daran erinnert sich Jarson nur zu gut: Als Johan von seinem toten Gegner aufgeschaut hat, saß auf dem nächsten Felsen einer der großen Raben. Der saß schon eine ganze Weile da, aber natürlich hat Johan das nicht bemerkt. Ganz still hat der Rabe das Ende des Kampfes abgewartet – völlig gegen seine sonstige Gewohnheit, alles lauthals mit seinem Geschrei zu begleiten. Diesmal aber hat der Rabe nur den Kopf schiefgelegt, als wolle er sich den Sieger einprägen. Dann hüpfte er von seinem Felsen – auf den Toten zu. Man konnte selbst von der Burg aus spüren, wie das Johan einen Moment die Fassung raubte. Dann schob er sein Schwert zurück und wandte sich mit grimmiger Genugtuung zur Burg. Die großen Schatten, die schon eine ganze Weile über ihn und Siltrass glitten, schien er nicht zu bemerken. Denn auch die Geier hatten erkannt, was sich hier abspielte.

Berendic schluckt: Oh ja, die Geier werden ein Festmahl erhalten haben – vor den Toren der Burg. Die Priesterinnen werden sich niemals herausgewagt haben, um den Toten zu bergen. Ganz gewiss wollten sie Johan nicht unter die Augen kommen. *Ein würdiger Tod für den Herrn der Zwinge*, denkt Berendic zwischen Schaudern und Genugtuung. Er nickt Jarson zu.

Jarson schaut ihm ins Gesicht. „Hast du ihn gesehen? Johan von Flue?"

Berendic nickt. „Er hat den Angriff geführt, der Jossim zurückgetrieben hat. Er ist Amandas Ritter. Ja, ich hab ihn gesehen – im Kampf gegen uns und in der Fechthalle."

„Bist du deshalb gekommen?"

„So ähnlich." Berendic fragt sich, warum er sich das hier antut. Er hat's doch schon gewusst, ehe Jarson zu Ende erzählt hat. Er hat es plötzlich nicht mehr so eilig, auf Johan von Flue zu treffen. Dann fällt ihm etwas ein und er fragt scharf: „Was wurde aus ihm? Aus Johan?"

Sie starren ihn an. „Wie meinst du das? Was sollte aus ihm werden? Er hat Siltrass besiegt. Er ist unser neues Haupt."

„Jossim hat ihn anerkannt?"

„Hat eigenhändig das Tor für ihn geöffnet. Der Hof lag auf den Knien. Was dachtest du denn? Das war ein anständiger Kampf, da war kein falscher Hieb dabei. Denkst du, du bist der einzige hier mit Ehre im Leib? Nein, Johan von Flue ist unser neues Haupt. Keine Ahnung, warum der das gemacht hat."

Berendic hat da allerdings eine sehr klare Ahnung. „Bringt mich zu ihm“, sagt er seufzend.

Aber Berendic kommt nicht in der Halle bei Johan an: Im Hof erwartet ihn Jossim. Sie haben ihm gesagt, wer kommt.

Er schaut ihn eine ganze Weile an, dann sagt er kalt: „Du kommst spät, Neffe. Zu spät. Werft ihn ins Schwarze Loch. Da kann er in Ruhe darüber nachdenken, wem seine Treue gehört.“ *Da hätte ich doch lieber Johan getroffen,* denkt Berendic düster, während sie ihn wegbringen.

Johan erfährt nichts davon. Er kann kein Rais und versteht nicht, von was die Männer sprechen. Er sitzt mit Jossim beim Bier zusammen; es gibt keinen Wein auf der Zwinge.

Jossim, Waffenmeister, Haushofmeister und der Zweite auf der Zwinge nach Siltrass, hat dem neuen Herrn Treue geschworen. Die Männer im Pass haben recht behalten: Jossim ist nicht böse, dass Siltrass tot ist und er ihn nicht selbst töten musste. Eigentlich hatte es Siltrass schon seit Amandas Flucht auf ihn abgesehen, weil er ihn dafür verantwortlich machte. *Als ob er etwas dafür gekonnt hätte!*

„Johan von Flue“, meint Jossim nachdenklich, „und Ihr habt Euch Amanda angeschlossen, ja?“ Die geflohene Amanda ist damit Herrin der Zwinge, irgendwie. Oder nicht?

Johan wartet ab, was der andere will.

„Sind nicht viele, die von hier geflohen sind, das könnt Ihr mir glauben! Aber sie hat es geschafft. Ausgerechnet ein Mädchen.“ Er schüttelt den Kopf. Und doch – irgendwie sind Amandas Siege auch seine Siege. Er war schließlich ihr Lehrer. Sie hat das von ihm!

„Wie war sie hier?“, fragt Johan vorsichtig. Jossim sieht auf, schaut seinem neuen Herrn kurz ins Gesicht. Ah ja! „Härter als die meisten“, sagt er bewundernd, „wusste, was sie wollte und hat alles dafür getan. Hat nie gejammert, egal, was kam. Hat keinen verpetzt. Die konnt' echt den Mund halten. *Ist ewig schad', dass sie kein Kerl ist,* dachte ich immer.“ Er sieht seinem Gegenüber wieder ins Gesicht. „Denkt Ihr nicht? Na ja, ist auch egal.“

„Warum habt Ihr sie zu den Kämpfern gesteckt?“, will Johan wissen.

Jossim sieht ihn an und grinst ein bisschen. „Hat sie das nicht gesagt?“, fragt er, obwohl klar ist, dass sie natürlich nichts gesagt hat. *Konnt' echt den*

Mund halten, wirklich. Also antwortet er freundlich, weil er weiß, dass es sein Gegenüber entsetzen wird: „Es war ihre Idee. Sie wollte das unbedingt. Hat es durchgesetzt gegen Siltrass. Kam nicht gerade oft vor, dass was nicht nach Siltrass' Kopf ging! Er wusste einfach nicht, was er mit ihr machen soll."

Johan verzieht das Gesicht. Das ist nicht das, was er hat hören wollen. Was für ein Wahnsinn! Er hatte gehofft, sie hätten sie wenigstens gezwungen. „Eine Tracht Prügel?", sagt er niedergeschlagen.

Jossim grinst. „Hat sie bekommen", meint er genüsslich.

Johan presst die Zähne zusammen. Es hat keinen Sinn, jemanden zur Rechenschaft zu ziehen für etwas, was damals geschehen ist. Er hat Siltrass getötet, das muss fürs Erste genügen.

Jossim fährt ungerührt fort: „Eine Woche nichts zu essen. Dann haben wir sie ein paar Tage in den Kerker gesteckt – hat nichts geändert. Ich glaube, wir hätten ihr einen Arm abschneiden können und sie hätte weiter gesagt: ‚Ich will mit den Kämpfern ausgebildet werden.' Das war der Punkt, an dem ich fand, die Jungs sollen es erledigen. Ich hab Ja gesagt und dachte, das wär's dann."

Johan sieht ihn entsetzt an.

„Ja, was denn!", verteidigt sich Jossim. „Sie wollte es unbedingt, also! Da war sie aber für die ersten schon zur Heldin geworden. Vor allem für die Geiseln und die geraubten Jungen. Nicht bei unseren Burschen. Die wollten sie nicht, das könnt Ihr mir glauben! Ich hab ihr keinen Tag gegeben. Dann dachte ich, sie hält es zwei Tage aus. Dann eine Woche und schließlich war ich einfach nur jeden Morgen erstaunt, dass sie immer noch dasteht – egal, wie sie sie zugerichtet haben, egal, wie sie aussah. Wir bilden hier keine Lämmer aus, wisst Ihr."

„Nein", knurrt Johan, „Wölfe."

Jossim zuckt die Achseln. „Sie durften sie nicht umbringen und nicht anrühren, wenn Ihr mich versteht."

Johan versteht sehr gut.

„Aber alles andere – tja. Sie haben ihr echt zugesetzt."

Johan braucht einen ordentlichen Schluck zu trinken. Er muss diese Dinge wissen, aber gleichzeitig brennen sie ihm ein Loch ins Herz.

Jossim erzählt weiter: „Am Anfang war es wirklich übel. Sie sah vielleicht aus! Konnte kaum gehen. Und dann, eines Tages, war plötzlich Ruhe. Sie haben sie einfach in Ruhe gelassen."

Er schweigt und sein Gegenüber tut ihm den Gefallen und fragt: „Wisst Ihr, was geschehen ist?"

Jossim nickt – und wie er das weiß. „Sie hat den Rädelsführer erledigt", sagt er anerkennend, „ich hab's zufällig gesehen. Aber das wussten sie nicht. Sie hat ihn alleine abgepasst – oder er sie, weiß ich nicht. War ein großer Kerl, Kral hieß er, drei Jahre weiter als die Kleine. Er geht auf sie los und sie? Macht irgendeinen Schritt, eine Bewegung – und hat ihn geworfen – mit einer Hand, wenn ich's richtig mitgekriegt hab! Keine Ahnung, wie sie das gemacht hat, es ging zu schnell. Hab sowas noch nie gesehen! Jedenfalls knallt er voll auf den Rücken und ehe er wieder Luft kriegt, ist sie über ihm, verpasst ihm ordentlich eine, packt seinen Kopf und reißt das Messer raus. Ich dachte, sie sticht ihn ab. Hätt's ihr nicht verdenken können, nach allem, was war und sie wusste ja nicht, dass ich zuseh'. Ich hätt's getan. Aber sie – sie jagt ihm das Messer haarscharf am Kopf vorbei, so knapp, dass sie die Wange und das halbe Ohr aufschlitzt. Hat sofort mordsmäßig geblutet. Ich dachte zuerst, sie hätt' die Schlagader erwischt. Dann sagt sie noch was, hab nicht gehört was, und ist weg. Und das war's. Danach war Ruhe. Krals Ohr war halb durch und das war's. Hab weder von ihm noch von ihr auch nur ein Wort darüber gehört. – Aber dieser Wurf! Keine Ahnung, woher sie das hatte!"

Johan hat ihm fassungslos zugehört, den Mund aufgesperrt. Er sieht vor sich, was sie mit Gernot auf jener Waldlichtung getan hat. Unglaublich. Aber jetzt begreift er.

Er nimmt einen tiefen Schluck, dann sagt er ganz langsam, als könnte er es selbst nicht glauben: „Ja-ta-ro der Kämpfer."

Jossim starrt ihn und sagt dann: „Ja, klar, Mann! Das war wie Ja-ta-ro! Hätt' er selbst gewesen sein können! Habt Ihr ihn noch gekannt?"

Johan nickt bedächtig. „Ich hab ihn einmal als Junge gesehen. Er war schnell wie eine Schlange. Er konnte mit bloßen Händen einem Mann das Genick brechen, so schnell, dass der es nicht einmal merkte. So hat er seine Frau getötet. Weil sie ihm untreu war. Oder weil er dachte, dass sie ihm untreu sei, ich weiß es nicht. Und das war's. Er hat danach nie mehr gekämpft. Hat sich völlig zurückgezogen."

Jossim schüttelt bedauernd den Kopf und kommt dann auf sein altes Thema zurück. „Aber woher hatte sie das? Hat sie Ja-ta-ro gekannt?"

Johan antwortet noch langsamer: „Hajdan, der Mönch."

Jossim ist verwirrt. „Was hat der alte Pergamentkratzer damit zu tun?"

Johan sieht ihn an. „Ja-ta-ro hatte sich zurückgezogen. Als Mönch." Das lässt er wirken.

Und es wirkt. Jossim versteht erst gar nichts, dann haut er die Faust auf den Tisch. „Hajdan – Ja-ta-ro? Der alte Mönch soll der Kämpfer gewesen sein? Gibt's so was?"

Johan sieht ihn an und wiegt den Kopf. „Vom Alter her kommt es hin. Und hier? Keine seltsamen Vorfälle? Nichts Verdächtiges? Dinge, die niemand erklären konnte? Ich meine, außer dass sie Sachen machte, die sie niemals hätte können dürfen." *Und dann die irre Idee hatte, mit den Kämpfern erzogen zu werden...*

Jossim klappt der Kiefer runter. Dann springt er auf und fängt an zu fluchen. Dazwischen erklärt er, dass es ein paar seltsame Todesfälle gegeben hat. „Treppenstürze, Genickbrüche." Er flucht wieder. „Man konnte nie was feststellen. Und es waren immer die richtigen Leute."

Johan zieht fragend die Brauen hoch und Jossim erklärt: „Na ja, Männer, die wir auf sie angesetzt hatten. Oder welche, die nicht gut auf sie zu sprechen waren. Da war eine Frau, die sie verprügelt hat – war jedenfalls eine der ersten!"

Er muss wieder fluchen, während Johan versonnen nickt.

„Ein oder zwei Mann lagen auch irgendwo im Hof, am anderen Ende der Burg! Ohne irgendwelche Anzeichen! Gestürzt und auf einen Stein gefallen. Sie konnte es ja nicht gewesen sein, sie war immer unter Aufsicht. Haben wir alles genau geprüft. Aber wie soll er das gemacht haben?"

Johan zuckt die Achseln, freut sich. „Fliegen konnte er jedenfalls nicht. Hab ich zumindest nie gehört."

Jossim wird böse. „Und ihr da unten habt das die ganze Zeit gewusst? Ihr habt uns Ja-ta-ro untergejubelt und euch totgelacht, oder was?"

Johan grinst behaglich. Er ist so unglaublich erleichtert. „Ich würde jetzt wirklich zu gerne Ja sagen. Aber dem ist leider nicht so. Wenn bekannt gewesen wäre, dass Ja-ta-ro hier oben ist, wären die jungen Männer in Scharen zu euch gepilgert gekommen." *Ich auch.*

Jossim seufzt. „Pilger hätten wir wirklich brauchen können. Und junge Männer…“ Auf Johans Gesichtsausdruck sagt er: „Schaut nicht so missbilligend, Herr der Zwinge. Hier oben muss man nehmen, was man bekommt, sonst wird gehungert.“

Johans Gesichtsausdruck ändert sich nicht.

„Hungrige Männer werden nicht friedlicher“, meint Jossim sanftmütig. „Wir warten auf Eure Befehle.“

Johan trinkt noch einen Schluck: Jetzt muss er sich damit rumschlagen. Und hat Georg nicht hier, der wüsste, was zu tun ist.

„Fürs Erste versorgen wir euch von unten mit“, beschließt er. „Keine Raubzüge mehr. Wir lassen uns was einfallen.“

Jossim seufzt behaglich. „Dieser Waisländer Schinken besänftigt einen wirklich. Wir hatten solche Sehnsucht danach.“ Er spielt auf ihren Raubzug an und grinst, weil sein Gegenüber vielleicht nicht über seinen Humor verfügt.

„Hat ja wohl nicht geklappt“, gibt der aber liebenswürdig zurück und beweist damit das Gegenteil.

Jossim ist nicht böse, sondern schüttelt wieder den Kopf. „Ihr habt uns echt fertiggemacht“, gibt er zu. „Ich hab Siltrass gleich gesagt, er soll Waisland in Ruhe lassen, weil sie zu viel über uns weiß. Aber für ihn ist sie einfach ein Mädchen geblieben. Und er wollt's ihr so gerne zurückzahlen. Ja, ging ein bisschen schief. Wir haben den Jungen dabei verloren“, sagt er und meint Berendic. „Hab mir fast gedacht, dass er sich ihr anschließt, wenn er irgendwie durchkommt. Konnte ihn aber nicht daheim lassen. Siltrass hat darauf bestanden, dass Berendic genau dahin mitgeht.“

Johan runzelt die Stirn und Jossim klärt ihn bereitwillig auf. „Die beiden waren wie Pech und Schwefel, Berendic und sie. Von Anfang an. Noch ehe sie zu den Kämpfern ist. Für ihn war sie die Königstochter und für sie… Er war der einzige in ihrem Alter, der was mit ihr zu tun haben wollte: ihr Waffenbruder. Er muss ihr bei der Flucht geholfen haben. Sie hat eine ganze Ausrüstung mitgenommen: Kleidung, Schneeschuhe, Seile, Eisen, Vorräte. Allein das war zwei Silbertaler wert. Sie wär anders auch gar nicht durch die Berge gekommen. Wir haben ihn halb totgeschlagen, aber er hat nicht ein Wort gesagt. Nicht einmal, wann sie gegangen ist.“

Johan sieht Berendic im Zelt vor Amanda knien und denkt plötzlich anders über ihn.

„Ich hätte nie gedacht, dass sie in einen Schneesturm rein flieht. Ausgerechnet sie! Kälte war fast das einzige, vor dem sie Respekt hatte, mit dem man sie kriegen konnte. Wobei: Vielleicht ist sie ja schon vorher raus, wir wissen es nicht, wie gesagt. Sie ist gegangen, als Hajdan gestorben ist. Ja-ta-ro! Darum haben wir es auch erst nicht gemerkt. Wir dachten, sie hat sich irgendwo verkrochen, um zu heulen."

Er wirft Johan einen Blick zu, verzieht das Gesicht und wagt ein schlechtes Wortspiel: „Das einzige, was geheult hat, war der Schneesturm. Von den fünf Suchmannschaften, die wir ihr nachgeschickt haben, sind zwei in die Lawinen gekommen. Von den anderen haben zwei Mann so schwere Erfrierungen gehabt, dass wir Zehen abnehmen mussten."

Johan denkt daran, wie er Amanda gefunden hat. „Von der Ratiburg ist sie auch im Winter geflohen. So viel Angst kann sie nicht gehabt haben. Wär aber vielleicht besser gewesen. Ich hab sie aus dem Schnee gezogen."

Jossim verzieht angewidert das Gesicht: Man liegt nicht im Schnee herum…

Johan verteidigt sie ungehalten: „Sie hatte eine üble Kopfwunde. Es ist ein Wunder, dass sie so weit damit gekommen ist."

Jossim nickt etwas besänftigt. „Erfrierungen?"

Johan schaut ihn an und ihm fällt auf, dass er das nicht weiß. Aber ihre Finger, die hat sie noch alle und hinken tut sie auch nicht: Er schüttelt den Kopf.

Jossim brummt zufrieden: *Braves Mädchen, hat sie doch aufgepasst.*

„Ist sie eigentlich mal mitgezogen?", muss Johan dann doch noch wissen.

Jossim sieht ihn an: Die Vorstellung, dass Amanda mit der Horde auf Raubzüge gegangen sein könnte, setzt seinem Gegenüber offenbar ordentlich zu, aber er muss ihn leider beruhigen. „Natürlich nicht! Wir sind doch nicht verrückt." Und erklärt: „Sie war unsere wertvollste Geisel. Zwei Drittel von allem, was Ratibor von Waisland geholt hat, ist hier gelandet! So gut hatten wir es lange nicht. Sie hätte ja dabei sterben können. Auch war ich mir sicher, dass sie bei der ersten Gelegenheit versucht hätte zu fliehen. Oh nein, sie ist immer hiergeblieben."

Aber die Sache mit Ja-ta-ro, dem legendären Kämpfer, der weit über Wais-land hinaus berühmt ist, beschäftigt die beiden Männer weiter.

„Habt Ihr noch irgendwas anderes gesehen, außer dem Wurf? Was anderes, das er ihr beigebracht hat?“, will Johan wissen. Jossim, der auch gerade darüber nachgedacht hat, muss bedauernd den Kopf schütteln. „Ich hab nie was gesehen. Ja, sie war gut und sie hat unheimlich schnell gelernt. Und die Jungs hatten Respekt vor ihr, das hat man gemerkt. Sie war nicht schlecht im Kampf, besser als manch einer. Hat dichtgehalten und nie einen verpfiffen. Ich dachte, dass der Respekt daran lag. Kann aber auch gut sein, dass sie dem einen oder anderen eine Kostprobe gegeben hat, was sie noch so drauf hat. Versucht haben sie es sicher, ob sie sie nicht fertigmachen können, wenn ich nicht dabei war. Aber gesagt hat mir nie einer was.“

Johan schnaubt. „Natürlich nicht! Welcher Junge würde zugeben, von einem Mädchen erledigt worden zu sein? Und dann nicht mal sagen können, wie sie's gemacht hat!“

Und Jossim nickt: *Ja, so war's wohl…* Aber er beschließt, ein paar der damaligen Jungen später mal ordentlich in die Zange zu nehmen. Und mit Berendic wird er anfangen.

„Glaubt Ihr, dass sie ein paar von unseren Häschern erledigt hat? Hat sie irgendwas darüber gesagt?“, will er jetzt von Johan wissen.

Johan findet, dass er langsam genug gehört hat – jetzt auch noch Häscher! – und zuckt mit den Schultern.

„Wir haben ihr einige Männer nachgeschickt, aber keiner kam zurück“, erklärt Jossim.

„Ratibor hat die Grenze gesperrt“, erinnert Johan ihn. „Er hat sicher jeden Wolf erledigt, den er kriegen konnte. Er ist nicht sehr gut auf euch zu sprechen, seit sie euch abhandengekommen ist. Und die Horde ist unten nicht gerade beliebt. Einen einsamen Wolf erschlägt dort jeder gerne.“

Jossim verzieht das Gesicht. „Trotzdem! Dass keiner auch nur zurückgekommen ist! Vom letzten haben wir gehört, er sei ‚in die Hügel gegangen‘. Und von einer Ruine war die Rede.“ Er schüttelt den Kopf. „Keine Ahnung, was das heißen sollte!“ Er sieht das Gesicht seines Gegenübers und sagt: „Wisst Ihr etwas darüber?“

Johan kann es nicht fassen. „Die Geschichte von der Ruine in den Hügeln kennt bei uns jedes Kind. Es liegt ein alter Fluch darauf: Wer in die Hügel gerät, verirrt sich. Und wer sich verirrt, landet früher oder später auf der Ruine. Und die Toten dort oben lassen keinen Lebenden wieder gehen. Ihr werdet euren Mann nicht wieder sehen."

Jossim staunt. „Ihr glaubt daran?"

Johan zuckt die Achseln. „Dort draußen sind mehr als zwei Dutzend Menschen verschwunden, Männer, Frauen, sogar Kinder. Es waren Kinder auf der Burg, als sie zerstört wurde. Es gab wenig Dinge, bei denen mein Vater so ernst war, wie bei seinem Verbot, auf gar keinen Fall auch nur in die Nähe der Hügel zu gehen. Es hat nicht einmal als Mutprobe getaugt."

Jossim versteht es immer noch nicht. „Und warum ist unser Mann da reingegangen?"

Johan tut erstaunt. „Oh – Amanda ist bei ihrer Flucht von Ratibor – ihrer zweiten Flucht – über die Ruine gekommen."

Er lächelt, wartet nur darauf, dass Jossim das Naheliegende ausspricht: „Und? Sie hat es überlebt, oder? Also, wo war da Euer Fluch?"

Und so kann Johan genüsslich sagen: „Sie hat ihn gelöst. Wenn wir Glück haben, war euer Mann der letzte, den die Toten geholt haben."

Jossim liebt Gruselgeschichten. „Wieso gerade sie? Weil sie die Königstochter ist?"

Johan schüttelt den Kopf. „Für sie war es sogar noch gefährlicher als für alle anderen. Es war ihr Urahn, der das Blutbad da oben anrichtete. Und es war so bitteres Unrecht. Die Toten hätten sie sicher lieber in die Finger bekommen als jeden anderen. Sie konnte es tun, weil sie nichts davon wusste. Keine Ahnung, warum ihr Vater ihr das nie erzählte. Bei uns werden die Kinder vor der Ruine gewarnt, sobald sie laufen können. Vielleicht schwieg er, weil es nicht gerade ein Ruhmesblatt derer von Waisland war. Oder weil er getötet wurde, ehe er es erzählen konnte. Und Ja-ta-ro hat vielleicht geschwiegen, weil er dachte, dass sie dazu bestimmt sei. Ziemlich gefährliche Sache, hätte aber zu ihm gepasst. Es hätte auch schief gehen können. Und hier oben kannte sonst keiner die Geschichte. Es ist schon verrückt, aber Amanda von Waisland ist der einzige Mensch in ganz Waisland, der es überhaupt tun konnte. Und sie hatte keine Ahnung davon."

Jossim will es genau wissen. „Was musste sie tun?"

Johan weiß es von Giselher. „Sie hat die Toten begraben. Das scheint es gewesen zu sein. Es wusste keiner, was zu tun war. Es kam ja nie einer zurück.

Und kaum war sie draußen, hat sie das Richtige getan. Und hat Hilfe gefunden."

Jossim schenkt beiden nach und nimmt einen ordentlichen Schluck. So langsam wird ihm manches klar. „Ihr wollt mir also sagen, dass sie von Ja-ta-ro ausgebildet wurde und ihr jetzt auch noch diese Toten helfen, ja?" Kein Wunder, dass ihr bislang alles gelungen ist. Wenn's vorherbestimmt war…

Johan versucht, kühlen Kopf zu bewahren. „Wir wissen nicht, ob Hajdan wirklich Ja-ta-ro war und was sie von ihm gelernt hat. Und ob ihr die Toten helfen? Sie kam jedenfalls lebend von der Ruine zurück, so viel ist sicher. Sie hat davon erzählt, als sie selbst noch gar nichts von dem Fluch wusste. Aber es hat seither keiner nachgeschaut, wie es mit dem Fluch steht. Kennt ja auch kaum einer die Geschichte."

„Wie viele waren es?"

„Tote?" Johan verzieht das Gesicht. „Ich hab sie nicht gefragt."

Tags darauf erfährt auch Johan, wer gekommen ist und seither im Kerker schmort. Antar hat sich ein Herz gefasst und beim neuen Haupt der Horde vorgesprochen.

Johan lässt Berendic augenblicklich heraufholen.

Der betritt geblendet die Halle. *Dieser verfluchte Kerker!* Er versucht blinzelnd zu erkennen, wer auf Siltrass' Thron sitzt.

„Setzt Euch." Die Stimme erkennt er mühelos. Es stimmt also. Sie drücken ihn auf einen Sitz.

Schweigen breitet sich aus. Johan wartet, bis Berendic in der Lage ist, den Kopf zu heben. Berendic sieht tatsächlich Johan von Flue auf Siltrass' Thron – und neben ihm, mit unbewegtem Gesicht, Jossim.

„Lasst uns allein." Die Halle leert sich. Jossim geht an Berendic vorbei und gönnt ihm keinen Blick.

Johans Stimme schwankt, als er fragt: „Was ist geschehen?" Er hat gedacht, es würde genügen, wenn er ginge und den Burschen bei Amanda ließ. „Warum seid Ihr nicht in Waisland?"

Berendic hebt den Kopf. „Dasselbe könnte ich Euch fragen" gibt er unwirsch zurück. Auch ihn machen Kerker nicht friedlicher.

In Johans Gesicht zuckt es. „Warum seid Ihr hier? Ich dachte, Ihr seid ihr Waffenbruder."

Berendic ist zu mürbe, um sich zu wehren. Als er spricht, liegt Erschöpfung in seiner Stimme: „Wir hörten Gerüchte. Man sprach von Siltrass Tod. Wir mussten Gewissheit haben."

Johan schluckt. „Und da habt ausgerechnet Ihr Euch angeboten zurückzukehren? Seid Ihr Eures Lebens so überdrüssig?"

Berendic sagt leise: „Ehe sie selbst geht."

Johans Augen weiten sich. „Bei allen Göttern! Das wollte sie tun!?"

Berendic wendet den Kopf ab. Kennt dieser Mann Amanda wirklich so wenig?

Johan mustert den Wolf. Der Kerker hat ihm zugesetzt, aber er sieht immer noch so verflucht gut aus. Er sieht ihn vor Amanda knien. Vielleicht gibt es doch noch eine Möglichkeit.

Er fragt gefasst: „Und jetzt? Wollt Ihr zurückreiten und es ihr sagen?" Er wird ihn sofort ziehen lassen. Vielleicht ist es noch nicht zu spät.

Berendic sieht ihn an. Er hat einen staubtrockenen Mund, aber er antwortet: „Ich denke, dass Ihr dies tun solltet."

Johan starrt ihn an. Die Farbe ist ihm in die Wangen gestiegen. Er sagt leise: „Das sagt Ihr mir. Ausgerechnet Ihr."

Berendics Augen werden groß. „Wie meint Ihr das?", kann er gerade noch sagen.

Johan schaut ihm in die Augen. „Ich habe gesehen, wie Ihr sie angesehen habt." Berendic dreht den Kopf weg. Er braucht einen Moment. Dann sagt er bitter: „Ihr seht das. Aber sie sieht es nicht. Sie wird es nie sehen."

Johan schüttelt verständnislos den Kopf, sieht sich um. „Aber…" Schließlich hat Berendic sie acht Jahre lang vor der Nase gehabt – alleine.

Berendic sieht seinen Blick und nickt. „Oh, ja. Gewiss. Ich hätte es versuchen können. Aber glaubt Ihr wirklich, ich will hören, mit welch freundlichen Worten sie mich abweist? Wie Mitleid in ihre Augen tritt? Oder gar Angst? Wie sie beginnt, mich zu meiden? Ich bin ihr Waffenbruder, war ihr näher als jeder andere. Bislang jedenfalls. Sie vertraut mir, ja, aber das ist nicht genug. Es wird niemals genug sein. Und doch ist es alles, was ich habe. Ich will es um nichts in der Welt verlieren. Auch nicht um diesen Preis." Er schluckt, dann schaut er Johan in die Augen und sagt: „Und ich habe gesehen, wie sie Euch ansieht."

Johans Augen irren ab.

Berendic schüttelt verständnislos den Kopf: Was ist mit diesem Mann los? Er sieht doch nur zu deutlich, wie es um ihn steht. Warum also? Er sagt leise: „Nehmt das Silber und reitet."

Johan hat den Kopf abgewendet. Er weiß, dass Berendic Recht hat. Er wird das tun müssen. Aber es graut ihm davor. Schließlich wendet er sich Berendic wieder zu: „Und die Zwinge? Was wird geschehen, wenn ich jetzt gehe? Ich will das nicht umsonst getan haben."

Berendic schlägt das Herz im Hals. „Was wollt Ihr?"

Johan nickt grimmig: „Die Horde muss Ruhe geben. So etwas wie bei der letzten Schlacht darf es nie wieder geben." Er mustert den jungen Wolf vor sich. „Könntet Ihr sie halten? Werden sie Euch folgen?"

Berendic starrt ihn an. „Sie folgen Euch. Ihr seid das Haupt der Horde."

Johan macht eine ungeduldige Handbewegung. „Könnt Ihr oder könnt Ihr nicht?" Berendic sieht sich um, nickt fassungslos: „Ich kann sie in Zaum halten. Sie werden mir folgen." Er ist sehr blass.

„Ihr seid Euch sicher?"

Berendic nickt. Er kann nichts sagen.

Johan denkt schon weiter. „Und Jossim? Was tun wir mit ihm?"

„Er wird mich unterstützen."

Johan runzelt die Stirn. „So sah es nicht aus."

Berendic sagt ergeben: „Und doch ist es so. Er hat nur eine etwas ungewöhnliche Art, seine Wiedersehensfreude auszudrücken." Er verzieht das Gesicht und gibt zu: „Jossim ist mein Onkel."

Johan starrt ihn an. „Er ist was?! Aber…"

Berendic seufzt. „Denkt nicht darüber nach. Wir können mit seiner Unterstützung rechnen. Glaubt mir, es ist so."

Johan nickt. „Dann sei es so."

Berendic hat noch einen Einwand. Er spricht ernst: „Ich bin Amandas Gefolgsmann. Ich kann Euch keinen Schwur leisten – ich habe ihr geschworen."

Johan nickt. „So wie ich. Und das genügt mir. Euer Wort genügt mir."

Berendic verneigt sich tief.

Dann sucht er seinen Onkel auf.

Jossim erwartet ihn mit unbewegtem Gesicht. Bietet ihm zwar ein Bier an, hat selbst einen Krug vor sich stehen, lächelt aber nicht einmal. „Wo bist du gewesen?" fragt er stattdessen kalt.

Berendic nimmt einen Schluck und entgegnet höflich: „Ich bin zu ihr übergelaufen. Ich kämpfe nicht gegen meinen Waffenbruder. Es gibt kein Gesetz, das dies befiehlt."

Jossim entgegnet scharf: „Neben allem anderen ist sie immer noch unsere entflohene Geisel. Was also hattest du dort verloren?"

Berendics Augen blitzen und um seinen Mund zuckt es. „Sie *war* unsere Geisel. Und das Fliehen – das scheint sie wirklich gelernt zu haben. Vielleicht hast du ihr ein bisschen zu viel beigebracht."

Jossim beißt sich auf die Lippen, kann aber das Grinsen nicht ganz verhindern. „Hast du sie wirklich gesehen?"

Berendic hebt die Brauen. „Warum willst du das wissen? Sie ist weg, was geht's dich an?"

Jossim schaut ihm in die Augen. „Hab dich nicht so. Erzähl mir von ihr."

Berendic denkt nicht daran. Stattdessen fragt er kalt: „Was soll das mit Johan? Warum hast du ihn anerkannt?"

Jossim zieht unwillig die Augen zusammen. „Was wird das hier?" Und als Berendic nicht antwortet, fährt er entschlossen fort: „Ich sag dir mal was, Junge: Er hat Siltrass herausgefordert und besiegt. Er ist hervorragend. Also ist er unser neues Haupt. Sag's lieber gleich, wenn du was dagegen hast."

Berendic dreht seinen Bierkrug in den Händen. „Du meinst es wirklich ernst?"

Jossim schaut ihn scharf an. „Ja, mein Junge, ich mein das ernst. Er ist mein neues Haupt und wenn dir das nicht passt, hast du hier keinen Platz. Also entscheide dich! – Er hat dich immerhin aus dem Kerker geholt."

„Ja, vielen Dank, Onkel", entgegnet Berendic spöttisch, „das ist mir nicht entgangen." Dann wird er ernst. „Er wird nicht bleiben können. Er muss zurück nach Waisland. Was wird daraus? Wo steht die Horde?"

Jossim sagt kühl: „Es wird geschehen, was immer er befiehlt. Ohne jede Widerworte. – Kannst du mir sagen, was dir daran nicht gefällt? Er hat sich deinem Waffenbruder angeschlossen. Passt dir das nicht?" Er fasst seinen Neffen fest ins Auge.

Berendic blinzelt nicht einmal. „Vielleicht wird dir nicht gefallen, was er befohlen hat", bemerkt er kühl.

Jossim sieht aus, als würde er seinen Neffen am liebsten schlagen. „Hör zu, Berendic. Du sagst jetzt, was hier gespielt wird und was du weißt. Und dann sag ich dir, was ich tun werde. Also rede!“

Berendic lässt die Maskerade fallen. „Er hat wie ich Amanda Treue geschworen. Er wird zurückkehren nach Waisland und er braucht die Horde. Er hat sie mir anvertraut.“

Jossim reißt die Augen auf. Er sagt nichts. Starrt nur seinen Neffen an. Der schaut ungerührt zurück. Das geht eine ganze Weile so.

Dann knurrt Jossim: „Du willst also, dass ich das Knie vor dir beuge. Darum diese ganzen Reden.“

Immer noch ungerührt entgegnet Berendic: „Ob du dein Knie beugst oder nicht, ist mir gleich. Es geht mir nicht um deine Knie. Ich will wissen, ob ich mit deiner Unterstützung rechnen kann.“

Jossim braucht einen Moment. Die Machtverhältnisse haben sich geändert und es scheint noch nicht zu Ende damit zu sein. Berendic sieht, wie es in ihm arbeitet. Dann sagt Jossim fest: „Ja, das kannst du.“ Er nickt ihm zu und dann breitet sich doch ein Grinsen in seinem Gesicht aus. „Sie wird unsere Herrin, richtig?“

Berendic nickt. „Ganz genau. Kannst du damit leben?“

Jossim nimmt einen tiefen Schluck Bier. „Verfluchtes Mädel“, sagt er mit Inbrunst.

„Gut“, sagt Berendic, der dies als Zustimmung nimmt. „Dann gehen wir und sagen dem Haupt der Horde Bescheid.“

„Warte.“ Jossim nutzt die Gunst des Augenblicks. „Was weißt du über diesen alten Mönch? Ihren – Lehrer!“ Dieses Wort spuckt er geradezu hin.

Berendic wendet sich ihm zu, aber er kann das Grinsen nicht aus dem Gesicht halten. „Ich hab keine Ahnung, was du meinst, lieber Onkel“, sagt er grinsend.

Jossim verzieht angewidert das Gesicht. „Du elender Mistkerl! Du hast es gewusst. – Wer noch?“

Berendic wird schlagartig ernst. „Ich hab was gewusst?“

Jossim sagt langsam: „Dieser Mönch – war Ja-ta-ro. Vermutet zumindest Johan. Und jetzt sag mir: hast du das gewusst?“

Berendic reißt die Augen auf. „Ja-ta-ro?!“ Er plumpst auf seinen Sitz zurück. Er weiß nicht, soll er nicken oder den Kopf schütteln.

Jossim lässt ihn nicht aus den Augen. Dann wiederholt er seine Frage: „Wer wusste davon?"

Berendic schluckt. Diese Frage ist alles andere als harmlos: gewusst zu haben, dass ein tödlich gefährlicher Kämpfer auf der Burg war und es nicht gesagt zu haben – das kommt Hochverrat sehr nahe.

Er antwortet gefasst: „Ich habe Stillschweigen geschworen. Ihm, Hajdan. Aber ich wusste nicht, wer er in Wirklichkeit war. – Und außer mir wusste es keiner."

„Außer ihr natürlich", knurrt Jossim, „diese kleine Ratte. – Sei froh, dass Siltrass tot ist."

„Bin ich", entgegnet Berendic leise, „und danke für deine Unterstützung."

Jossim schaut ihn fassungslos an, dann leert er seinen Bierkrug und steht auf. „Gehen wir zu unserem neuen Haupt. Sieht so aus, als ob neue Zeiten anbrechen. Wer weiß, wohin uns das noch führen mag."

Und so geschieht es. Johan belehnt Berendic mit der Zwinge, lädt alles Silber ein, schickt Bertram voraus und zieht nach unten. Bis an die Grenze begleitet ihn Berendic mit einem Teil der Horde, unten warten die Leute von der Flue unter Bertram und so kommen sie heil auf die Straße nach Waisland.

Johans Rückkehr

Amanda steht in ihrem Turmzimmer und schaut auf die Straße hinunter. Bertram ist vor einer Woche gekommen und hat sehr trocken berichtet, dass sein Herr mit einem kleinen Zug Gewappneter zurückkehren wird. Mehr nicht. Die Burg hat freudig aufgeatmet: Johan kommt zurück! Endlich! Amanda, abwechselnd rot und blass im Gesicht, hat ihm gedankt, und weiß nun nicht, woran sie ist.

Sie bittet Georg und Bertram zu sich: Der Knappe muss doch mehr zu sagen haben! Aber Bertram zu drängen, nutzt überhaupt nichts. Er ist kälter als Stein. Frauen rühren ihn nicht.

„Bertram, bitte, gibt es noch etwas, was du mir sagen darfst?“ Dass er es kann, daran besteht kein Zweifel. Bertram könnte ihr vermutlich einiges mehr berichten, als Johan selbst weiß.

Bertram antwortet: „Mein Herr lässt Euch sagen, dass er ein paar Säcke Silber mitbringt.“ Er lässt es klingen, als wäre es kaum erwähnenswert.

„Silber!“, stößt sie hervor. Warum Silber? Silber – die Zwinge. „Er hat Siltrass getötet“, stellt sie fassungslos fest. Siltrass ist tatsächlich tot!

Georg springt auf. „Bertram, rede! Ist es wahr?“

Bertram grinst, er platzt fast vor Stolz. „Ja, es ist wahr.“

Amanda wird fast schwindlig vor Erleichterung: Siltrass ist tot! Oh ihr Götter! Und Johan kommt zurück. Mit Silber. Sie kommen endlich weiter. Sie sieht Bertram an, aber dessen Gesicht gibt nichts weiter preis. Sie schaut zu Anissin herüber. Der zuckt die Achseln. Das heißt: Wenn Bertram nichts sagen will oder darf, dann kriegt keiner was aus ihm raus; auch er, Anissin, nicht.

Amanda nimmt sich zusammen. „Ich danke dir, Bertram. Möchtest du zu deinem Herrn zurückkehren?“ *Was hat er befohlen, heißt das natürlich…*

Bertram nickt und Amanda wendet sich an Georg. „Würdet Ihr bitte auch Eurem Bruder entgegenreiten? Ihm berichten, dass wir ihn erwarten?“ *Und bitte herausfinden, in welcher Absicht er kommt. Ihm vielleicht sagen, dass er nicht mehr Herr der Flue ist. Und dafür sorgen, dass er dann nicht geradewegs wieder kehrtmacht.*

Georg nickt ernst, er hat verstanden. „Gerne, Herrin.“

Er trifft seinen Bruder am Waldeck, ungefähr auf halbem Weg zwischen Flue und der Waisland, wo Johan ein kleines Lager aufgeschlagen hat. Bertram bringt ihn ins Zelt. Und egal, was war – Georg ist sehr froh, seinen Bruder lebend wieder zu sehen. Er schließt ihn in die Arme. „Johan!“ Er sieht ihn an. Johan wirkt ernst, aber sonst ist er unverändert.

„Du Mistkerl!“, sagt Georg stolz. Johan hat die Umarmung erwidert und betrachtet seinerseits seinen Bruder. Der scheint ein bisschen angestrengt, aber nicht beunruhigt. *Tüchtiger Georg!* Sie setzen sich.

„Siltrass!“, sagt Georg beeindruckt. „Wirklich Johan! Ich hatte befürchtet, du hättest Ratibor im Sinn.“

„Der kommt auch noch dran." Georg hat Wein mitgebracht, den trinken sie zusammen. Johan hebt die Brauen und schüttelt den Kopf: Georg, der geborene Verwalter… An so etwas denkt er immer.

„Wie ist es da oben?", will der wissen.

Johan denkt einen Moment nach. Dann sagt er langsam: „Erstaunlich."

Georg starrt ihn an. *Was soll das denn heißen?* Aber Johan nimmt statt einer Antwort einen tiefen Schluck Wein. „Und was ist jetzt mit der Zwinge?", fragt Georg stattdessen. Johan sieht ihm in die Augen. „Die Zwinge gehört mir."

Georg reißt die Augen auf. Das ist selbst für Johan heftig. „Und was wird damit? Wie soll das gehen?"

Johan erklärt zufrieden: „Sie werden uns folgen. Ich habe die Feste an Berendic übergeben."

Georg starrt ihn an. Er hatte gedacht, dass die beiden einander hassen – aus naheliegenden Gründen. Hatte befürchtet, dass bei einem Treffen der beiden einer auf der Strecke bleiben würde. Und jetzt das. Er behält seine Gedanken für sich. Was er sagt, ist: „Schafft der das denn?"

Johan zieht die Augen zusammen. „Er sagt ja. Hoffen wir, dass er recht behält."

„Wie steht es hier?", fragt Johan schließlich, als ihm klar wird, dass Georg nicht von selbst davon anfängt. Er hat sich verändert, Georg. Früher ist alles aus ihm heraus gesprudelt, hätte er alles von selbst erzählt. Er ist zurückhaltend geworden – ausgerechnet ihm gegenüber, seinem Bruder.

„Die Wehranlage ist fertig!", sagt Georg stolz. „Wir haben sie sogar weiter ausgebaut. Es ist phantastisch." Und kein Wort von Amanda. Als würden sie nicht die ganze Zeit über diese Frau reden.

Johan fasst ihn scharf ins Auge. Georg lässt seinerseits seinen Bruder nicht aus den Augen, als er dann spricht: „Sie hat mich mit der Flue belehnt."

Johan wird weiß im Gesicht. „Sie hat was getan?" Er wirft seinen Silbersäcken, die gemütlich in der Ecke lehnen, einen Blick zu.

Mit mühsam unterdrückter Wut antwortet Georg: „Was hast du gedacht, dass sie tut? Legt die Hände in den Schoß und wartet einfach, ob du vielleicht gnädigerweise wieder auftauchst? Du hattest uns ja nicht gerade gesagt, was du vorhast, oder?"

Johan ist ein bisschen überrascht – Georg wird nicht wütend auf ihn, das kommt einfach nicht vor –, aber er wird sich sicher nichts anmerken lassen. Ganz im Gegenteil. „Uns!“, sagt er scharf.

„Ja, uns!“, gibt Georg zurück. „Niemand wusste, wo du warst. Niemand wusste, ob du je wieder zurückkommst!“

Und Johan, empört: „Du meinst also, ich hätte es verdient, ja?“

Georg sieht seinem so überlegenen, großen Bruder ins Gesicht und sagt dann ruhig: „Ganz ehrlich, Johan? Ja, das meine ich.“

Johans Augen werden schmal. Georg kennt das, aber er wird nicht nachgeben.

Schon setzt Johan böse nach: „Und du hast es angenommen? Du tust, was sie sagt?“

Georg wird rot, das kann er nicht verhindern, aber er bleibt stur. „Das ist der Sinn eines Lehensschwurs: Treue und Gehorsam.“

Johan starrt ihn an. Georg wirft ihm nicht ausdrücklich Wortbruch vor – aber es kommt dem sehr nahe. Dass er sich vor seinem jüngeren Bruder rechtfertigen muss, das hat er noch nicht oft erlebt. „Ein Schwur, den ich nicht gebrochen habe“, sagt er leise.

Georg wirft ihm einen kurzen Blick zu, dann nimmt er erst einmal einen kräftigen Schluck – gut.

„Was hast du mit dem Silber vor?“, fragt er schließlich, die Säcke vor Augen.

„Ich denke, sie kann es brauchen“, sagt Johan überrascht. „Das Silber steht ihr zu, oder?“

„Nein“, entgegnet Georg ganz ruhig – über diesen Punkt muss Klarheit herrschen, „das tut es nicht. Es gehört dir.“

Jetzt versteht Johan gar nichts mehr. „Du willst, dass ich das Silber behalte? Du rätst mir, es ihr nicht zu geben? Ausgerechnet du?“

„Ich habe dir gar nichts geraten“, stellt Georg klar. Und dann spricht er langsam, diese Säcke nicht aus den Augen lassend, die Worte: „Du hast sie in der Hand.“

Und Johan antwortet sehr leise, jetzt wirklich drohend: „Übertreib es nicht!“

Und Georg denkt, dass er wirklich nicht weiß, was er da anrichten wird: Johan, der offenbar vorhat, ihr mit hocherhobenem Haupt diese Säcke zu

Füssen zu legen – aber nichts sonst. Der als Held zurückkommt – wieder einmal. Und Amanda, die nur noch von Stolz und Willen zusammengehalten wird. Er hofft, dass sie nicht, genauso stolz, diese Säcke zurückweist. Und es fällt ihm ein sehr kleines Säckchen Münzen ein, dass sie damals auch nicht angenommen hat. Er muss zurück und sie vorbereiten, dass nicht an diesen drei Säcken Silber, die sie so dringend benötigen, alles scheitert.

„Ich reite zurück", sagt er und steht auf. „Du kommst morgen?" Johan nickt.

Georg sagt, schon im fast Zelteingang stehend: „Nur, dass du es weißt, Johan, und dass es darüber keine Missverständnisse gibt: Ich habe das Lehen zurückgegeben. Gestern, bevor ich losgeritten bin."

„Das Lehen?"

Ist Johan verwirrt oder tut er nur so? Georg verdreht die Augen. „Flue! Das Lehen ist vakant."

Johan sieht ihn an: Das ist also sein Bruder. Er hat sich wirklich verändert. Hat mit dem Wichtigsten gewartet bis zum Schluss; mit dem, was zwischen ihnen steht. Hat es erst gesagt, als er wusste, was er, Johan, tun wird. Aber ob er will oder nicht, es wird ihm trotzdem warm ums Herz: *Tapferer Georg!* Er hat ihm wirklich ein bisschen viel zugemutet.

„Und was wird jetzt damit?", fragt er, ein bisschen atemlos. Es liegt ihm viel an Flue.

Georg weiß genau, was in ihm vorgeht. „Du kriegst es wieder. Sie gibt es dir zurück. Aber du musst deinen Schwur erneuern."

Johan wendet sich ab. „Jederzeit."

Georg schlägt den Zelteingang zurück. „Bis morgen."

Und jetzt kommt der Zug langsam näher und Amanda steht an ihrem Fenster und die Straße ist nicht länger leer: Dieser Zug bereitet ihr Herzklopfen. Was wird sie erwarten? Er kommt zurück – er hat Siltrass getötet – er kommt mit Silber. Sie ist in seiner Hand und ihr Herz auch.

Susanna und Anissin haben sie gerichtet, der ganze Hof ist voll, um den Zug zu empfangen. Auch Susanna ist schon unten, weil sie hofft, dass auch Berendic zurückkommt. Nur Anissin ist noch bei ihr. Er hat den Willkommensbecher vorbereitet, mit dem Amanda Johan nachher im Hof empfangen wird. Amanda hat kaum mehr geschlafen und auch fast nichts essen können.

Sie lehnt an der Mauer, sieht den Zug kommen und weiß nicht, ob ihre Beine sie tragen werden und ob sie den Becher wird halten können. Ihr ist heiß und kalt.

Als der Zug im Schatten des Burgbergs verschwindet, holt sie tief Luft und wendet sich um. Anissin beobachtet sie gespannt. „Ihr schafft das", sagt er leise.

Amanda lächelt kläglich: Es macht ihr nichts aus, sich von ihrem winzigen Knappen Mut zusprechen zu lassen. „Gehen wir", sagt sie ergeben, „nicht, dass wir noch zu spät kommen."

Er öffnet mit einer tiefen Verbeugung die Tür. „Herrin!" Er trägt den Pokal nach unten, Amanda selbst muss nur heil die Stufen bewältigen. Der Hof empfängt sie raunend, das Tor geht auf.

Drei Herzschläge vergehen, dann kommt der Zug in Sicht. Johan auf Hector an der Spitze und über alle Menschen hinweg begegnen sich ihre Blicke. Es ist, als würde ein Finger ihr Herz berühren, es raubt ihr den Atem.

Wie im Traum nimmt sie den Pokal, tritt in den Hof, geht die wenigen Schritte – der Grund fühlt sich an wie weiches Moos – und bleibt neben seinem Pferd stehen. „Seid mir gegrüßt und willkommen auf Waisland, Herr Johan!" Sie hebt den Pokal und sieht ihn an.

Johans Hand zuckt, Hector erschrickt und macht einen kleinen Schritt auf die Seite. Dann erst nimmt Johan den Pokal und neigt sich. „Seid bedankt und gegrüßt, Herrin von Waisland." Trinkt und reicht ihn zurück.

Amanda trinkt ebenfalls einen winzigen Schluck, dann ist Anissin da, der ihr den Pokal abnimmt. Johan steigt ab und sein Blick gleitet wie von selbst über sie. *Sie ist fast so schmal wie damals, als sie hier angekommen ist. Bekommt sie nicht genug zu essen? Warum sieht sie so aus? Was ist mit ihr?*

Amanda rauscht es in den Ohren – ihr Götter! Was wird das? Wie will sie das in den Griff bekommen? Wie von fern hört sie, dass der Hof jubelt.

Alles löst sich auf in Gelächter und Begrüßungen, Männer schlagen sich auf die Schultern. Unklar nimmt Amanda wahr, dass sie neben Georg geht, Anissin folgt ihr und sie spürt Johans Nähe, als sei er ein Feuer. Wenn er die Hand ausstreckt, ist es um sie geschehen.

In der Halle kommt sie zu sich. Sie sitzt an der üppig gedeckten Tafel, alle reden durcheinander und wollen von Johan jede Einzelheit über den Kampf mit Siltrass wissen. Es wird still.

Johan räuspert sich. „Er war ein guter Kämpfer", sagt er nur, „aber jetzt ist er tot."

Jubel.

Johan sieht Amanda an und als hätte man einen Stein ins Wasser geworfen, kehrt schlagartig Stille ein. Siltrass ist tot. Es wäre an ihr gewesen, ihn zu töten. „Ich danke dir!", sagt sie aus ganzem Herzen. Wenigstens ihre Stimme gehorcht ihr wieder. „Das ist die beste Nachricht seit Langem." Sie schaut ihm in die Augen und er neigt den Kopf.

Tags darauf erneuert er vor allen auf der Burg seinen Eid. Er kniet vor ihr. „Amanda von Waisland. Ich schwöre Euch Treue und Gehorsam." Es fällt ihm schwer. Er würde so gern etwas anderes sagen.

„Johan von Flue", antwortet sie leise, „ich danke Euch." Er spürt ihre Hand auf seiner Schulter. Sieht ihre Augen direkt vor sich. Es dreht ihm das Herz im Leib um.

Johan versteht, warum sie so mager ist: Die Tafel ist üppig, die Köchin hat dazugelernt. Nur isst sie nichts davon. Sie gibt sich Mühe, das schon. Es nützt nur nichts. Nach wenigen Bissen hat sie genug. Er sieht es mit Sorge. Ihr Gesicht besteht nur noch aus Augen. Diese Augen, die er vor sich hat bei Tag und bei Nacht.

Seine Blicke folgen ihr, ob er will oder nicht. Er glaubt, dass er es im Griff hat, aber das denkt nur er.

Wenn sie seine Aufmerksamkeit bemerkt, errötet sie. Es ist herzzerreißend. Der Hof schaut zu. Kopfschütteln allenthalben. Keiner versteht es. Auf den Fluren wird geredet. Sobald er auftaucht, verstummen alle.

Johan weiß, dass er mit ihr reden muss. Er bringt es nur nicht übers Herz. Er weiß, dass er ihr das Herz brechen wird. Er weiß, dass es nicht besser wird, wenn er länger wartet. Er weiß, dass auch sein Herz brechen wird. Er sollte es endlich hinter sich bringen. Aber er schafft es einfach nicht.

Irgendwann sieht er von oben, wie sie im Hain bei der Eiche am Grab ihres Vaters kniet. Und da ist es genug. Es kann nicht sein, dass sie Trost bei den Toten sucht! Er geht hinunter.

Sie wendet sich um und steht graziös auf, als sie die Schritte im Gras hört. „Johan!" Sie lächelt, ihre Augen glänzen.

„Amanda." Er schaut sie an. Warum kann er sie nicht einfach in die Arme nehmen und mit ihr fortgehen?

„Ich bin so froh, dass du wieder da bist", sagt sie leise.

Er nickt gefasst. „Ich musste es tun. Ich wollte das schon lange. Aber es ging erst jetzt, als du hier in Sicherheit warst."

Amanda verzieht das Gesicht. Sicherheit – ja, aber sie hat Todesangst um ihn ausgestanden.

Er spricht leise: „Ich dachte, es sei besser, wenn es niemand weiß."

„Es hätte keinen Unterschied gemacht." Ihre Lippen beben, als sie das sagt.

Er schaut sie an und bringt die Zähne nicht auseinander. Er kann es einfach nicht.

Sie fragt tapfer: „Und du bist sicher, dass Siltrass wirklich tot ist?"

Darauf kann er antworten. Er sagt grimmig: „Selbst Siltrass kann ohne Kopf nicht leben."

Sie lächelt. Dann sagt sie: „Ich hätte es tun sollen. Es gab keinen Tag, an dem ich mir nicht vorgestellt habe, wie ich es tun würde. Aber ich weiß wirklich nicht, ob ich es gekonnt hätte. Ich hatte solche Angst vor ihm."

Er ist vorsichtig. „Jossim sagt, du hättest es Siltrass abgetrotzt, dass du zu den Kämpfern darfst."

Amanda schaut auf. Das war etwas anderes. „Es war die einzige Möglichkeit, vielleicht fliehen zu können. Und ich musste Siltrass aus den Augen kommen."

Er fasst sie scharf ins Auge. „Was war mit Siltrass?" „Nicht, was du denkst. Damals noch nicht. Aber er wollte mich zu einer seiner Wolfspriesterinnen machen."

Ihm stockt der Atem. Er hat die Wolfspriesterinnen gesehen. Das, was von ihnen zu sehen war: entsetzliche, graugewandete Wesen, Gesichter voller selbstzugefügter Narben, Augen wie aus dem Jenseits. Ein tödliches Schweigen ging von ihnen aus – unerträglich, dass sie ein solches Wesen hätte werden sollen.

„Wegen meiner Augen", erklärt Amanda, die sein Entsetzen erkennt. „Sie sind grau."

Als ob das eine Erklärung wäre! Er sieht diese grauen Augen direkt vor sich. „Ja. Ich weiß."

Er hat keine Zeit dazu gehabt, aber er wird diesen ganzen grässlichen Wolfskult samt seinen Priesterinnen ausrotten, mit Stumpf und Stiel.

„Ich musste es ihm abtrotzen“, sagt Amanda, „ungeachtet der Gefahr.“ *Versteht er das?*

Johan sammelt sich. „Er rühmte deine Kampfkunst.“ *Wird sie ihm jetzt von Ja-ta-ro erzählen?*

Sie starrt ihn an. „Siltrass?“

Er verzieht das Gesicht: gewiss nicht. Er hat noch sehr gut ihm Ohr, wie Siltrass ihn verhöhnt hat. „Jossim.“

Sie reißt die Augen auf. „Jossim? Jossim rühmt meine Kampfkunst?“ Sie lacht fast. „Das kann nicht sein. Jossim rühmt niemals jemanden. Schon gar nicht mich.“

Er hebt nur die Brauen. Dann muss er lächeln. Ihre Fassungslosigkeit ist herrlich. Schließlich schüttelt sie den Kopf und sagt kämpferisch: „Das hätte er auch mir ruhig einmal sagen können.“

Johan lächelt. „Vielleicht ist er nicht mehr dazu gekommen. Du warst sehr plötzlich weg.“

Amanda schaut ihn an und muss grinsen.

Da stehen sie und grinsen sich an.

Johan bringt es weniger als je fertig, ihr zu sagen, was er sagen muss.

Amanda nimmt den Faden auf. „Und jetzt? Was wird jetzt? Führt Jossim die Zwinge für dich?“

Johan schluckt. Für einen Augenblick hat er befürchtet, sie würde ihn geradeheraus fragen, wie es zwischen ihnen steht. Zuzutrauen wäre es ihr. Und das Recht hätte sie allemal dazu. Er verflucht seine Feigheit und ist gleichzeitig um jeden Satz froh, den er es noch hinauszögern kann. Es ist so wunderbar, sie so nahe zu wissen. Also antwortet er: „Berendic. Ich hab sie Berendic übergeben.“

Das verschlägt ihr den Atem. Sie starrt ihn an.

Was ist er nur für ein Tölpel – richtig, das hat er nur Georg erzählt. Er versucht, sich zusammenzunehmen. „Er sagt, er könne sie halten. Ist das so?“

Amanda rutscht eine solche Last von der Seele: Berendic lebt! Sie hat ihn nicht in den Tod getrieben. Sie wird ihn wiedersehen.

Aber… Sie schaut Johan an: *Warum übergibt Johan die Zwinge ausgerechnet Berendic?* Sie hätte gedacht… Was ist zwischen den beiden geschehen?

Das ist keine Frage, die Johan beantworten möchte, gleichgültig, wie klar sie in ihren Augen steht. Er wiederholt lieber seine Frage: „Glaubst du, dass er sie wirklich halten kann? Wird die Horde ihm folgen?"

Amanda kommt zu sich. Es ist unglaublich. „Ja. Ja, sie werden ihm folgen." Natürlich werden sie das tun. „Jossim wird ihm beistehen. Er hat sich seit Jahren eine Hausmacht gegen Siltrass aufgebaut." Was für Möglichkeiten! Ihre Augen glänzen.

Johan sieht es mit Sorge. Was immer er dachte, was er sich wünschen würde – ihr strahlendes Lächeln brennt ihm ein Loch ins Herz.

Was sie nicht hindert, ihn weiterhin anzustrahlen. „Wir haben die Horde? Die Zwinge gehört uns?"

„Ja", bestätigt er grimmig.

Sie holt sehr tief Luft, lässt ihn nicht aus den Augen. „Wir sollten angreifen. Jetzt. Vielleicht weiß es Ratibor noch gar nicht. Und selbst wenn: Die Horde hängt ihm im Nacken, nicht uns."

Er schaut sie an. Genugtuung breitet sich in ihm aus. Hat seine Wahnsinnstat also doch einen Nutzen außer seiner Rache. „Lass uns alle zusammenrufen. Wir werden angreifen."

„Die Horde kann keine Burg angreifen", wendet Georg ein, als der Fürstenrat versammelt ist.

„Richtig", bestätigt Amanda und ihre Augen funkeln. „Aber wir können es. Wenn Berendic und Jossim alles bringen, was sie haben, werden sie uns möglichen Entsatz vom Leib halten. Wir hätten Ruhe in unserem Rücken und müssen nur noch die Ratiburg einnehmen. Schaffen wir das?" Sie sieht Johan an. Alle sehen Johan an.

Der nickt. „Es ist zu schaffen. Lasst uns Boten auf die Zwinge schicken. – Loran?"

Georgs Knappe nickt gebannt. „Ich werde gehen."

Und noch einer geht: Yannick spricht bei Amanda vor.

„Ich weiß, ich bin ruheloser als die Schwalben im Turm, Herrin", sagt er zerknirscht, „aber ein Sänger muss umherziehen, wenn ihm neue Lieder einfallen sollen. Ich verspreche Euch, dass ich rechtzeitig wieder da bin."

Yannicks Spiel

„Na, Fürst Derenberg? Oder sollte ich lieber sagen: Yannick, der Sänger?"
Eine schwere Hand legt sich auf Yannicks Schulter, kaum, dass er die ersten
Schritte auf der Ratiburg tut: Ritter Buran hat ihn abgefangen und höhnt
weiter: „Na, konntest du das Mädchen auf der Waisland mit deinem Gesang
betören? Ich hörte allerdings, dass ihr der Klang der Waffen lieber sei als der
Klang der Laute. Schlechte Zeiten für einen Sänger, will mir scheinen."

„Bring mich zum König", antwortet Yannick unwirsch, „und lass deine
Hände von mir, Buran, wenn du sie behalten willst. Sag mir lieber, warum du
Gernot nicht für den Mord gewinnen konntest. Du wirst ihm das Falsche an-
geboten haben."

Yannick steht mit kalten Augen vor dem jungen Ritter, der auf ihn losgegangen wäre, wenn nicht Ratibor aufgetaucht wäre. „Hört auf damit! Alle beide. Kommt mit. Also, Derenberg: Wie steht es?"

Yannick berichtet, was er weiß. „Sie will mithilfe der Horde Eure Verbündeten aufhalten", schließt er seinen Bericht.

„Stell dir vor, das wissen wir bereits", spöttelt Buran. „Und soll ich dir sagen, woher?" Ratibor lässt ihn gewähren und so fährt Buran böse fort: „Weil
ihr alter Lehrmeister, dieser Jossim, sie verraten wird. Er hat sich an Fürst
Herdred gewandt, um die Sache mit ihm zu besprechen. Er wird ihr in den
Rücken fallen. Und ihr gegenüber behaupten, er sei auf ihrer Seite, um uns zu
verraten."

Yannick blinzelt. „Führt dieser Jossim jetzt die Horde?", fragt er verwirrt.

Ratibor greift ein. „Jossim sagt, die Horde sei gespalten. Diesen Berendic
werden wir nicht auf unsere Seite ziehen können. Er schaffe das auch nicht,
meint Jossim. Berendic ist verloren und viele werden ihm folgen. Wir können
nichts gegen Berendic tun. Aber seine eigenen Leute hat Jossim im Griff, auf
ihn können wir uns verlassen." Ratibor grinst behaglich. „Er hat nur einen
Wunsch geäußert und den werden wir ihm erfüllen. Sehr gerne sogar. Denn
danach wird hier endlich Ruhe sein. Wunderbare, siegreiche Ruhe. Für immer."

Yannicks Blick hängt gebannt an Ratibor.

„Das Mädchen", erklärt der. „Jossim will das Mädchen haben. Nur sie, nichts sonst. Nicht einmal einen Anteil an der Beute. Er sagt, er habe noch etliche Rechnungen mit ihr offen. Und die wird er begleichen, eine nach der anderen. Es ist aus mit Amanda von Waisland."

Yannick sagt gefasst: „Jedenfalls, wenn wir sie kriegen. Ihr habt selbst erlebt, was sie zu tun vermag."

Schweigen. Ratibor starrt ihn an. „Soll heißen?"

Yannick sieht um sich: Alle starren ihn an. „Nun", beginnt er vorsichtig, „bei der Schlacht – die Ihr gewonnen hättet, wenn die Horde nicht eingefallen wäre. Ihr erinnert Euch an diesen einen Kämpfer, der es ganz allein mit Euren Leuten aufgenommen hat?"

„Ein verfluchter Hurensohn war das", murmelt Buran, und Ratibor sieht aus, als würde ihm gleich eine Ader platzen. Die Hand, mit der er den Bierkrug umklammert, zittert. Er starrt Yannick mit einem wahrhaft mörderischen Blick an. „Rede."

Yannick sagt leise: „Das war kein Mann. Es heißt, sie sei in Kampfrausch geraten."

Mehr bringt er nicht raus: Der Bierkrug zerbirst an der Wand, Ratibor ist aufgesprungen. „Verflucht und verdammt! Warum weiß ich davon nichts?" Er packt Yannick am Kragen, schüttelt ihn, brüllt: „Sag, dass es nicht wahr ist! Diese Ratte! Woher hat sie das?!" Er schleudert Yannick durch den halben Raum, Buran lässt ihn über sein Bein stürzen, dass er krachend zu Boden geht. „Rede, Sänger!", brüllt Ratibor.

Yannick steht mühsam auf. Er ist sehr blass. „Sie hat es bei der Horde gelernt." Wieder Brüllen. Die anderen Gegenstände vom Tisch krachen gegen die Wände. Dann lässt sich Ratibor wieder auf seinen Sitz fallen. Er hat Yannick fest im Auge. „Du wirst mir ordentlich was bieten müssen, weil ich das jetzt erst erfahre. Lass dir was einfallen, Sänger." Yannick schaut ihm in die Augen. „Das habe ich schon, mein König."

„Das will ich dir auch geraten haben. Und es wäre besser für dich, wenn dein Plan etwas taugt."

„Ich werde sie Euch hierher bringen. In diese, Eure Burg. Wenn Ihr gestattet, werde ich für einen Empfang sorgen, den niemand je vergessen wird. Und für diesen Plan ist es gleichgültig, ob sie kämpfen kann oder nicht. Ihr braucht Eure Burg nicht einmal zu verlassen."

Ratibor runzelt die Stirn. „Du nimmst den Mund ganz schön voll."

Yannick nickt mit kalten Augen. „Ihr habt mein Wort."

„Dann mach das." Er steht auf. „Wir werden diesem ganzen Waisländer Gesindel ein Ende machen. Mit oder ohne dich, Sänger."

Buran fragt höhnisch: „Und du bist dir sicher, dass sie ausgerechnet dir auf den Leim geht?"

Yannick schaut ihm kalt in die Augen. „Gewiss, Ritter Buran. Sie vertraut mir. Auch wenn du es nicht tust. Sie ist einfach so."

Ratibor starrt ihn an und hält Buran davon ab, etwas zu entgegnen. „Lass ihn."

Buran nickt. Er schaut Yannick immer noch abfällig an, aber dem Plan kann er offenbar etwas abgewinnen. „Das sagt dieser Jossim auch: Das Mädchen glaube an einen Schwur und an ein einmal gegebenes Wort. Genauso töricht wie ihr Vater. Und es wird sie ebenso zu Fall bringen wie ihn."

Ratibor steht auf. Er wird nicht gern an seinen Verrat am König erinnert, stellt sich lieber vor, er sei rechtmäßig auf den Thron gelangt. „Schluss jetzt! Triff deine Vorbereitungen, Derenberg. Und du, Buran, wirst dich mit ihrem Waffenbruder herumschlagen dürfen."

Buran verneigt sich lächelnd. „Ich werde Euch seinen Kopf bringen. Es soll ein sehr schöner Kopf sein, hört man. Er wird Eure Burg zieren."

Yannick schaut ihm mit Verachtung ins Gesicht. „Du hast schon einmal mit einem Kopf gehandelt, der immer noch sehr fest auf seinem Hals sitzt. Das will ich sehen, wer welchen Kopf in diese Burg trägt."

Buran will aufbegehren, aber Yannick beugt das Haupt vor Ratibor und verabschiedet sich schon. „Ich liefere Euch Amanda. Direkt in diese Burg. Und auf mich ist Verlass. Im Gegensatz zu Rittern, die viel reden und wenig zustande bringen."

Yannick sucht die Leute auf, die er für seinen grausamen Plan gewinnen konnte. „Seid ihr bereit, Ritter Marko? Geht hier alles so, wie wir es besprochen haben? Ich denke nicht, dass ich noch einmal kommen kann."

Der grauhaarige Ritter nickt ernst. „Wir haben die Männer zusammen. Und es sind die richtigen Männern. Von denen wird keiner schwach. Und Ihr seid Euch sicher, dass es Euch gelingen wird, das Mädchen hierherzubringen?"

Yannick nickt. Er schaut dem Älteren in die Augen. „Vertrauen ist eine starke Kraft. Man glaubt das hier nicht, wo es so wenig davon gibt, aber dennoch ist es so."

Marko nickt. „Verlasst Euch auf uns. Wir werden bereitstehen. Aber was wird aus Euch? Euer Plan sieht nichts für Euch vor."

Yannick wendet den Kopf, als er antwortet: „Das braucht Euch nicht zu kümmern. Ihr tut Euren Teil. Ohne Rücksicht auf mich. Habe ich Euer Wort?"

Marko schaut in Yannicks blasses Gesicht, dann sagt er: „Es wird geschehen, wie immer Ihr wünscht."

Eine schroffe Stimme verhindert eine Antwort Yannicks: „Was ist es, das geschehen soll, was ausgerechnet dieser Sänger wünscht?"

Ritter Buran ist Yannick gefolgt und taucht hinter den beiden in dem stillen Flur auf, in dem sie sich getroffen haben. Er hat noch ein Wort mit Yannick zu reden und ist offenbar genau rechtzeitig gekommen. Was tuscheln die beiden hier in dem einsamen Gang? Marko erblasst. Auch Yannick braucht einen Augenblick, dann sagt er scharf: „Für dich immer noch Fürst Derenberg, Ritter Buran. Und im Gegensatz zu dir erfülle ich hier meine Aufgabe, die Ratibor mir gestellt hat. Solltest du nicht Wölfe jagen gehen, bist aber immer noch hier? Sag's einfach, wenn du Angst vor ihm hast. Er ist nämlich gut, ihr Waffenbruder. Ich hab's gesehen."

Buran hält mühsam an sich. „Hör zu, Sänger: Sobald hier alles erledigt ist, bist du dran. Dann tragen wir das aus und es wird mir ein solches Vergnügen sein, deinen Kopf neben dem des schönen Waffenbruders aufzuspießen. Auch wenn du nicht gerade eine Schönheit bist."

Yannick verneigt sich und sagt kalt: „Das gilt. Und jetzt mach dich davon, damit es hoffentlich bald so weit ist. Kommt, Marko, wir sind fertig mit ihm."

Er zieht den älteren Ritter mit sich fort. Und erst drei Gänge weiter sagt dieser schaudernd: „Ihr seid wahrhaft kaltblütig. Ich dachte, es sei aus mit uns."

Yannick bescheidet seinem Gegenüber verbissen: „Ich habe einen Plan. Bei dem wird mich keiner stören. Und jetzt muss ich zurück. Sorgt dafür, dass hier alles seinen Weg geht."

Marko verneigt sich schweigend.

Johans Schwur

In Waisland ist alles unverändert: Johan bringt es nicht übers Herz, Amanda die Wahrheit zu sagen und Amanda wartet. Der Hof wartet. Die Wetten steigen. Wobei es nicht mehr viele gibt, die jetzt noch daran glauben, dass die Sache ein gutes Ende nimmt.

Anissin ist einer der Letzten, der davon überzeugt ist. „Sie schafft ihn. Sie schafft sie alle." Aber er ist ihr Knappe, er muss das wohl sagen.

Bertram, Anissins bester Freund, schüttelt hingegen den Kopf; bedauernd zwar, aber dennoch unerschütterlich. „Man schafft Johan nicht. Niemand schafft das. Und wenn sie ihn in Stücke schneidet: Man stimmt Johan nicht um."

Und auch Georg kann Niemandem Hoffnung machen: Er kennt seinen Bruder gut genug, um zu wissen, dass es aussichtslos ist, wenn er sich entschieden hat. Aber er versteht es nicht: An Johans Gefühlen kann es keinen Zweifel geben. Aber Georg wagt es nicht, seinen Bruder anzusprechen. Johan ist schon einmal gegangen. Das war nicht nur, um Siltrass auszulöschen, das weiß er jetzt. Johan ist auch gegangen, um der Lage hier aus dem Weg zu gehen. Warum auch immer.

Und irgendwann erträgt es Amanda nicht mehr: Sie sitzt abends in ihren Räumen und weiß, sie wird auch diese Nacht nicht schlafen. Sie glaubt, Johans Herzschlag durch die Mauern hören zu können. Sie ruft Anissin, der leise im Vorraum vor sich hin summt. Er summt, damit Amanda weiß, dass er noch wach ist. Er hat schon gehört, dass sie ihn noch brauchen wird.

Jetzt verneigt er sich vor ihr. „Herrin?" Der Kummer in ihren Augen ist unübersehbar. Sie braucht ihm nichts vorzumachen: Er weiß genau, wie es um sie steht.

Sie holt seufzend Luft. „Bitte Johan, dass er mir morgen die Wehranlage zeigt. Ich hörte, sie sei fertiggestellt."

Anissin nickt gebannt: Das ist doch nicht alles? Und er hat Recht. Amanda streckt eine Hand aus, auf deren Handteller ihr Ring liegt. „Geht das, ohne dass jemand es merkt? Kannst du das?"

Anissin nimmt ganz vorsichtig den Ring entgegen, versteckt ihn in der Brusttasche seines Wamses und beugt ernst das Haupt. „Gewiss, Herrin", und geht hinaus.

Sie hat den ersten Schritt getan! Hat er das etwa nicht gewusst? Sein Herz klopft zum Zerspringen. Er ist sehr froh, dass er jahrelang nichts anderes getan hat, als jeder Unbill sein unbewegliches Elfengesicht entgegenzuhalten: Er weiß, dass man ihn schon sehr gut kennen muss, um ihm etwas anzumerken.

Er geht hinunter in die Küche, lässt sich von der dicken Anna ein Schüsselchen Suppe geben, was diese gutmütig tut. Gegen Anissins rehbraune Augen ist sie einfach machtlos. Er ist ja so schmal und klein!

Anissin löffelt langsam die Suppe und hört, was in der Küche so geredet wird. Nichts Neues, stellt er fest. Und als hätte er es geahnt, kommt kurz darauf sein Freund Bertram herein.

„Mein Herr bittet um einen Krug Wein", trägt er dem Kellermeister auf. Dann entdeckt er Anissin. Ein Blick in dessen Gesicht genügt, und er hockt sich zu ihm. „Rück mal beiseite", schimpft er gutmütig.

Anissin setzt wieder seine Augen ein, um von Anna noch eine Schüssel Suppe für seinen Freund zu bekommen.

„Schmal und klein bist du jedenfalls nicht", brummt Anna ungehalten, stellt die Suppe aber hin.

„Das liegt an deinen guten Suppen, liebe Anna", sagt Bertram ungewohnt freundlich.

Anissin stößt ihn unter dem Tisch mit dem Fuß: Er soll ja nicht zu dick auftragen! Als Bertram fertig ist und ergeben nach Weinkrug und Becher für seinen Herrn greift, sagt Anissin: „Lass das mal mich machen. Ich muss eh' wieder nach oben."

Bertram zuckt mit den Schultern und sieht Anissin nach, wie er aus der Küche geht. Er zieht die Brauen hoch – was trägt Anissin da wirklich nach oben? Er tut dann aber so, als ob sein Ungemach der leeren Suppenschüssel gilt.

Anissin klopft an die Tür, hinter der die Räume liegen, die Johan und Georg sich teilen. *Mein Herz schlägt so heftig, dass man es drinnen hören müsste,* denkt er mit einem flüchtigen Grinsen. Er tritt ein, schließt die Türe sorgfältig hinter sich.

„Da bist du ja endlich", sagt Johan abwesend.

Anissin schaut sich blitzschnell um: Johan ist alleine. Das ist gut. „Verzeiht, Herr", beginnt er und der Fürst sieht stirnrunzelnd auf, als er die unerwartete Stimme hört. „Ich habe Bertram angeboten, dies für ihn zu übernehmen", erklärt Anissin entschuldigend und stellt Krug und Becher ab.

„Schon gut", sagt Johan zurückhaltend und wendet sich wieder den vor ihm liegenden Pergamenten zu. *Wie war das jetzt mit dem Proviant für ihren Heerzug?* Aber er bekommt seine Gedanken nicht mehr zusammen.

Er greift dankbar nach dem Becher Wein, den Anissin eingeschenkt hat. Aber seine Hand bleibt auf halbem Weg stecken: Vor dem Becher liegt Amandas Ring. Er erkennt ihn augenblicklich, sieht er ihn doch jeden Tag an ihrer Hand. Dieser kleine, unschuldige Ring mit dem grünen Stein Waislands tut ihm mehr weh, als er sagen kann. Er nimmt ihn ganz vorsichtig, als sei er aus glühendem Metall. Und genauso fühlt es sich auch an.

Anissin hantiert derweil ohne aufzusehen mit dem Weinkrug, an dem es nichts zu hantieren gibt. Er hat gesehen, dass Johan den Ring genommen hat, auch wenn er das nicht zu erkennen gibt. Er spricht leise und tonlos: „Meine Herrin bittet Euch, ihr morgen die Wehranlagen zu zeigen." Dann wartet er regungslos ab.

Morgen also, denkt Johan mit bleischwerem Herzen. Morgen wird er das Herz brechen, dem dieser Ring gehört. Arme Amanda! „Sag ihr meinen Dank. Ich stehe nach dem Frühmahl bereit."

Anissin verneigt sich. „Gewiss, Herr." *Was ist das für ein Tonfall, Herr von Flue? Was bedeutet dieses totenblasse Gesicht?* Anissin ist sehr kalt zumute, als er ohne Säumen zu Amanda trabt. Er hat Gesicht und Stimme gut im Griff, als er Amanda Johans Antwort überbringt.

Amanda mustert ihn und sieht dann weg. „Wünsch mir Glück", hört er sie ganz leise sagen.

Anderntags wartet Johan vor der Halle auf Amanda. Er verneigt sich, als er sie sieht. Sie ist so wunderschön – es zerreißt ihm das Herz.

Langsam gehen sie nach oben. Johan schreitet, als ginge es zu seiner Hinrichtung. Wie weit ist es noch? Wie lange wird sie noch an seiner Seite sein?

Amanda ist es gleich, wer sie sieht, auch wenn sie die Blicke des Hofes auf ihrem Rücken spüren kann wie kleine Pfeile. Viel mehr Sorge macht ihr, wie ernst Johan ist. Ihr Magen wird langsam zu einem Eisklumpen. Er wird ihr doch nicht den Ring zurückgeben? Das darf er einfach nicht!

Aber als sie oben sind, kann sie nicht anders, als tief aufzuatmen: Oh ja, die Wehranlagen sind fertig! Sie sieht sich um und nickt. Dann schaut sie Johan an. „Danke. Du weißt nicht, was mir das bedeutet. Endlich Sicherheit.“

Johan sieht weg, nickt, vermag aber nichts zu sagen. Er spürt ihren Blick, fühlt die leise Berührung ihres Ringes auf seiner Brust, den er gestern Abend eine Ewigkeit lang angeschaut hat. Er lag auf seinem Handteller wie ein Lächeln von ihr. Dann hat er die Hand darüber geschlossen, bis der Ring ihm in den Handteller schnitt: Ihm wird dieser Ring nichts als Unheil bringen. Trotzdem hat er ihn an einem Lederband um seinen Hals gehängt. Er weiß, er müsste ihn zurückgeben, aber das schafft er einfach nicht. Er braucht ihren Ring so dringend, um dies hier durchzustehen.

Sie schaut ihn an und ihre Augen bohren Löcher in sein Herz.

„Du wartest, dass ich dich frage“, beginnt er leise. „Ist es nicht so?“

Amandas Augen werden riesig: *Was soll das heißen? Warum dieser grauenvolle Tonfall?* Ja, sie wartet. Auf die einzige Frage, die sie wirklich hören will: Ob sie seine Gemahlin werden will. Sie weiß sogar schon eine Antwort.

Johan ist sehr blass, als er es ausspricht: „Ich würde dich so gerne fragen. Nichts täte ich lieber. Aber ich kann nicht. Es tut mir so leid.“

Amanda zittert. „Was heißt das?“, fragt sie rau.

Johan sagt tonlos: „Ich darf nicht.“ Er lässt sie nicht aus den Augen, aber es gibt nichts, was er tun kann. Er verflucht sich und seine Lage. Er verwünscht alle Götter. Aber er kann nichts tun.

Amanda sieht aus, als habe er ihr ein Messer in den Bauch gerammt. Sie steht da, als würde sie gleich umsinken, ist aschfahl im Gesicht, aber sie hält sich schwankend. Dann wirft sie ihm einen Blick zu, der brennt wie eine Ohrfeige, und mit dem allerletzten Rest an Haltung wendet sie sich ab und geht davon. Ihr Gang ist so mühsam, als hätte er ihr wirklich eine Wunde geschlagen.

Er kann ihr nicht nachgehen. Er kann ihr nicht helfen. Die Tür zum Turm fällt zu. Johan donnert seine Faust auf die wunderbaren Zinnen, die er ihr zum Schutz errichtet hat.

Während die Burg drohend zum Leben erwacht, die Kriegsvorbereitungen ihren Lauf nehmen, während Männer kommen und Boten ausreiten – geht Amanda Johan aus dem Weg. Sie kann mit ihm sprechen, aber es kostet sie alles. Sie ist wie betäubt. Die Burg beißt die Zähne zusammen: Was ist das? So sollen sie in die Schlacht ziehen?

Aber nicht einmal Georg wagt es, seinen Bruder zur Rede zu stellen. Der sieht nicht minder schrecklich aus als Amanda und widmet sich verbissen den Vorbereitungen. Tut, als gäbe es nichts anderes.

Johan will es Amanda erklären. Sie muss ihn verstehen, sie muss einfach. Aber er erwischt sie nie allein. Sie ist jeden freien Augenblick in der Fechthalle. Übt unentwegt. Und es ist nicht mehr Hardrad, der sie fordert, es ist umgekehrt: Sie fordert ihren Lehrer. Sie ist erst zufrieden, wenn sie völlig ausgepumpt ist. Manchmal kann sie danach sogar schlafen.

Und dort passt Johan sie nach Tagen ab. Er wartet, bis Hardrad die Halle verlassen hat. Anissin bewacht die Tür zur Umkleidekammer. Er starrt ihn an. „Geh", sagt Johan leise. Anissin wirft der Tür hinter sich einen Blick zu, dann schaut er Johan ins Gesicht. Mit einer tiefen Verbeugung gibt er den Weg frei. *Mögen die Götter mit dir sein, Johan von Flue. Für uns alle.*

Amanda wendet sich um, als sie die Tür hört. Sie ist angekleidet, noch ganz erhitzt vom Kampf. Sie steht auf, als sie ihn sieht, Entsetzen in ihrem Blick. Sie sieht um sich wie ein gehetztes Tier, aber es gibt keinen Ausweg. Er versperrt die Tür. „Was willst du?"

Johan lehnt aschfahl am Türrahmen. „Bitte", fleht er leise, „bitte, hör mich an." Johan sieht, wie sie zittert.

Sie fasst sich, spricht bebend: „Ich soll mir also anhören, warum du so…" – sie findet kein Wort dafür, lässt es – „… so zu mir bist, wenn du einer Anderen versprochen bist. Dann sag's mir, wenn du den Mut dazu hast."

Johan starrt sie an. „Ich bin keiner Anderen versprochen. Wie kannst du so etwas sagen!?"

Amanda reißt die Augen auf. „Aber… Du sagtest… Johan?"

Er spricht aus, was zu sagen ist: „Mich bindet ein Schwur."

Das wirft sie um. Sie stützt sich an der Wand ab, als habe er sie geschlagen. „Ein Schwur", sagt sie tonlos. Ein Schwur ist tausendmal schlimmer. Ein Eheversprechen kann man lösen. Unter Mühen zwar. Unter sehr großen Mühen. Das Mädchen muss abgefunden werden. Oft gelingt es nicht. Lebenslange

Fehden sind so schon entstanden. Manche haben ganze Länder entzweit. Aber es ist möglich. Sie hat so gehofft, dass es möglich wäre. Und dass er es tut.

Ein Schwur jedoch ist unerbittlich. Ein Schwur ist ein Schwert aus Worten. Kalt und tödlich trennt er die Edlen von den Unedlen. Ein Schwur muss unter allen Umständen gehalten werden. Sie hat am eigenen Leib erfahren, was geschieht, wenn ein Schwur gebrochen wird. Sie will nicht, dass Johan einen Eid bricht. Niemals könnte sie ihn lieben und achten, wenn er leichtfertig mit einem Schwur umginge. Das ist es doch, was sie verbindet, neben allem anderen, dass sie wissen, was Ehre ist. Was ist ein Kämpfer ohne Ehre? Nichts anderes als ein gemeiner Mörder mit einem Schwert. *Ja, ein Schwur ist wie ein Schwert.* Sie fühlt es direkt an ihrem Herzen.

Johan sieht, dass sie schneeweiß wird. Dann sackt sie ohne jede Vorwarnung um.

Er erwischt sie gerade noch, ehe sie auf den Boden schlägt. Er nimmt sie in seine Arme und bettet sie auf das Lager, auf dem sonst die Verwundeten versorgt werden. Sie atmet, aber sie ist ohne Bewusstsein. Ihre Haut ist kalt. Er legt ihr seinen Umhang über, schließt sie in seine Arme. Sie wird es ja nicht wissen. Er küsst ihre Stirn, dann legt er seinen Kopf neben sie, schmiegt seine Wange an ihre, hört ihren Atem. Er spürt die raue Haut ihrer Narben an seinem Gesicht.

„Liebste Amanda", flüstert er in ihr Ohr – sie kann es ja nicht hören. Er nimmt ihre Hände: eisig. Er schiebt sie unter sein Wams, legt sie auf seinen Leib, schließt die Augen dabei. Näher wird sie ihm nie sein.

Amanda kommt langsam zu sich. Sie holt ein paar Mal tief Luft, er legt gefasst ihre Hände zurück, dann schlägt sie die Augen auf. Es steht solche Sehnsucht darin, er weicht zurück und steht auf. Er darf das nicht.

Ihre Augen füllen sich mit Tränen. Sie zieht seinen Umhang um sich, setzt sich auf. „Warum hast du geschworen, mich nicht zu heiraten?", fragt sie mühsam. Sein verletzter Blick lässt sie innehalten. „Erklär's mir", bittet sie erschöpft.

Er lehnt sich an die Tür – wenn es Not tut, will er sehr schnell hinaus können. „Ich fand ein Mädchen im Schnee. Wie stolz und einsam war ihr Gesicht! Ich nahm sie mit und Anla brachte sie ins Leben zurück. Aber sie war eine Magd und ich würde keine Magd lieben."

Amanda hält die Luft an, entsetzt. „So lange schon?" flüstert sie. „Oh, Johan. Ich wusste es doch nicht. Ich war nur mit Überleben beschäftigt."

Johan wirft ihr einen Blick zu, er wird später darüber nachdenken, und fährt fort: „Dann war sie geheilt und ich merkte, wie meine Blicke ihr folgten, wenn ich sie sah. Und dass ich es spürte, ob sie da war oder nicht. Und ich fand, dass ihre Blicke mir folgten und dass ich sie oft sah – war das so?"

Amanda nickt. „Ja, natürlich. Ich wollte herausfinden, wo ich gelandet war und woran ich mit dir und Georg war."

Er nickt. Natürlich, das Überleben. „Und als es Frühling wurde, da fand ich, dass es genug sei. Die Wege waren frei und du würdest gehen können. Und dann kam der Beutel mit dem bisschen Geld mit so wohlgesetzten Worten zurück, dass selbst mein Haushofmeister beeindruckt war. Natürlich warst du keine Magd, wie hatte ich so blind sein können! Und dann standst du in meiner Halle – nein, das war wirklich keine Magd. Schließlich warst du Amanda! Ausgerechnet Amanda von Waisland und ich hatte dich nicht erkannt."

Amanda schüttelt den Kopf, sie versteht nicht ganz: „Wie hättest du mich erkennen sollen?"

Seine Augen hängen an ihr. „Ich war mit meinem Vater als Knappe am Königshof. Da war ein Mädchen, die ritt ein graues Pferd. Sie ritt wunderbar und sie war hinreißend."

Also doch! „Ich habe dich gesehen", flüstert sie, „der Knappe mit dem brennenden Blick. Ich war so stolz, sie war mein erstes eigenes Pferd. Und ich habe dich beneidet, weil du Knappe warst." Sie denkt an das Pferd, das er ihr geschenkt hat. „Du hast dich erinnert."

Er schüttelt den Kopf. „Ich dachte, ich hätte dich erkennen müssen. Auch nach all den Jahren. Die Magd, die keine Magd war. Stattdessen Amanda. Und dann wolltest du mit mir kämpfen. Es war einfach zu viel. Ich war wie von Sinnen, ich hätte dich wirklich beinahe getötet. Aber das konnte ich zum Glück nicht. Und dann ließ ich dich gehen." Er wendet das Gesicht ab. „Es gibt nichts, was ich heftiger und bitterer bereut habe als das. Ich hätte dich niemals gehen lassen dürfen. Niemals. Und du warst verschwunden. Ich habe dich suchen lassen, sofort. Aber nichts. Schließlich sind wir losgeritten. Die Wochen hier auf deiner Burg waren das Schlimmste, was ich je erlebt habe und ich habe jeden einzelnen Tag davon verdient. Damals habe ich einen

Schwur getan. Bei meiner Ehre und bei meinem Leben habe ich geschworen, dass ich alles dafür tun würde, dass du Königin wirst."

Die Wucht dieses Schwures raubt ihr den Atem. Die Bedeutung des Eids. Und dann begreift sie. „Die Urkunde", flüstert sie und er senkt den Kopf. Die geheime Urkunde ihres Vaters, mit der er die Erbfolge geregelt hat. Die sein einziges Kind und Tochter zur Königin bestimmt. Und dass bei einer Heirat Thron wie Krone augenblicklich auf ihren Ehemann und dessen Geschlecht übergehen. Wenn sie Johan heiratet, wird er König werden – aber sie niemals Königin sein. Und es ist ganz unwichtig, wie sie darüber denkt.

„Ja", sagt Johan leise.

Sie sieht ihn an, ihre Gedanken irren im Kreis: Das kann nicht sein, das darf nicht sein! Es muss einen Ausweg geben. Und gleichzeitig weiß sie, dass da keinerlei Schlupfloch ist. Es gibt keinen Ausweg aus einem Schwur. Niemand weiß das besser als sie. Sie trägt das Wappen wie einen Schwur in ihrem Nacken. Und ob man ihn sieht oder nicht: Ein Schwur ist bindend. Für immer. Ihre Stimme gehorcht ihr fast nicht mehr. „Woher weißt du davon?"

„Mein Vater war als einziger zugegen, als dein Vater die Urkunde abfasste. Ich war sein Knappe."

Sie schaut auf: Er lehnt aschfahl an der Tür. Sie könnte ihn berühren, er ist ganz nah, aber ein Abgrund tut sich zwischen ihnen auf.

Es ist vorbei. Sie wird Königin werden. Nie hatte sie weniger Zweifel daran als gerade jetzt. Sie glaubt, die Krone schon kalt und schwer auf ihrem Haupt zu spüren. Johan wird seinen Schwur bis zum letzten Blutstropfen erfüllen. Sie werden vor ihr knien – alle. Und um sie herum wird nichts als Leere sein.

Es ist nicht so, dass sie nicht gewarnt worden wäre. Ganz im Gegenteil. Sie hat es jeden einzelnen Tag gehört, immer und immer wieder: Nie würde eine Frau wie sie Liebe in einem Mann erwecken können. Sie sei gar keine Frau mehr. – Je besser ihre Kampfkunst wurde, umso bissiger wurde der Hohn der Männer.

Aber das hier ist schlimmer. Es gibt einen Mann, der sie liebt und den sie liebt; und sie werden einander niemals gehören. Sein Schwur wird ihr zur Krone verhelfen und ihr das Herz aus dem Leib reißen. Sie kann die Götter lachen hören.

„Liebste Amanda", sagt Johan leise. Sie hört die Sehnsucht in seiner Stimme, sieht sie in seinen Augen. Sie steht auf, geht zu ihm, flüchtet sich in seine

Arme. Er zieht sie an sich und sie hört sein Herz schlagen, saugt seinen Geruch ein, spürt seine Wärme.

Sie blicken einander an. Johan streicht ihr die Haare aus dem Gesicht, wischt Tränen von ihren Wangen. Dann kann er nicht anders: Er nimmt ihren Kopf in seine Hände und küsst sie. Zärtlich, leidenschaftlich. Sie trinkt seinen Kuss, wie ein Verdurstender Wasser trinkt. Die Sehnsucht in ihr ist wie ein wildes Tier.

Als sie sich voneinander lösen, sind ihre Augen riesig. „Johan", flüstert sie. Sie spürt doch, wie es um ihn steht. Ihre Augen flehen: Können sie denn nicht? Nur ein einziges Mal? Ihn ein einziges Mal fühlen? Wissen, wie es ist?

Johan kommt zu sich, schiebt sie von sich: Niemals. Er wird das nicht tun. Er kann nicht.

Amanda geht auf, was sie hier tut. Sie taumelt zurück. „Vergib mir."

Johan hält sich am Türrahmen fest. Sagt: „Ich werde dich ewig lieben!" Und ist weg.

Amanda verbringt die Tage in der Fechthalle. Sie isst, sie trinkt – und sie kämpft. Sie tut nichts anderes mehr. Und weil alles Bisherige nicht mehr hilft, übt sie offen, was Hardrad ihr im Geheimen beigebracht hat in der Zeit, als Johan weg war: den Kampf mit zwei Waffen zugleich. Es ist so verflucht schwierig, aber es ist das Einzige, was sie jetzt noch ablenkt.

Das spricht sich in der Burg herum. Amanda ist es gleich, wer zusieht. Die Tür zur Fechthalle steht offen. Die Galerie füllt sich. Niemand hat so etwas je gesehen. Und dann wagen es die ersten, sich diesem Kampf zu stellen. Amanda nimmt jeden Kampf an. Es lenkt sie ab, beschäftigt sie. Sie verlässt die Halle erst, wenn sie so erschöpft ist, dass ihr fast die Waffen aus den Händen fallen. Und jeden Tag dauert es ein bisschen länger, bis sie soweit ist.

Und binnen kurzem besiegt sie ihre Gegner auch auf die neue Weise. Einen nach dem anderen. Oft genug liegen ihre beiden Waffen am Hals ihres Gegners, und die Burg spricht von nichts anderem mehr.

Yannick ist zurückgekehrt und dichtet jeden Tag eine neue Strophe darüber. „Es war dumm von mir, von hier fortzugehen", sagt er ernst zu Amanda. „Die besten Lieder entstehen immer noch in Eurer Nähe."

Amanda schaut ihn an, aber sie kann nicht darüber lächeln. Was Yannick nicht abhält, die Halle mit seinen Liedern zu unterhalten.

Johan hört es natürlich auch, aber er stellt sich taub: Soll sie sich in der Fechthalle austoben. Solange sie dort ist, ist sie in Sicherheit und er braucht nicht zu fürchten, dass sie sich etwas antut. Oder dass er ihr in der Burg über den Weg läuft. Es schadet auch nicht, wenn sie alles tut, dass sie den bevorstehenden Kampf überlebt. Aber er schaut es sich nicht an. Er ist mit den Vorbereitungen für den Feldzug genug beschäftigt. Behauptet er wenigstens.

Bis sich Georg eines Tages ein Herz fasst. „Johan, du sollest dir das ansehen." Der mörderische Blick seines Bruders schreckt ihn nicht. „Glaub mir, du musst das sehen." Da liegt etwas Drängendes in Georgs Tonfall, das Johan gar nicht gefällt.

Zwei Tage später gesellt sich Johan zu den Zuschauern auf der Galerie der Fechthalle. Er sieht das erste Mal, was er nur aus den Schilderungen der anderen kennt und es verschlägt ihm den Atem. Er beobachtet, wie sie durch die Halle wirbelt, angetrieben von Hardrad. Und als sie eigentlich genug haben müsste, fordert sie stattdessen mit einem Kopfnicken jeden auf, der sich ihr stellen will. Und obwohl jeder Kämpfer auf der Burg schon gegen sie verloren hat, kommen sie immer noch.

Zu Anfang hatten sie bei jedem neuen Gegner gehofft, dass es diesem gelingen würde, sie zu besiegen. Davon sind sie lange abgekommen. Es werden keine Wetten mehr auf Siege gegen sie abgeschlossen. Sie wetten nur noch auf die Zeit; wie lange es dauert, bis sie siegt. Sie haben eine Sanduhr dabei, um die Zeit zu messen, und Yannick verkündet, dass es jeden Tag ein Korn weniger wird, das hindurchrieselt, bis sie ihre Gegner geschlagen hat. „Bald werden wir mit einer sehr kleinen Sanduhr auskommen", spöttelt er. Aber Yannick ist nicht wirklich zum Spotten zumute. Diese Kämpfe sind nicht lustig. Es hat vielmehr etwas Entsetzliches, mit welcher Kälte Amanda ihre Gegner niedermacht. Sie demütigt sie nicht – nein, davon ist sie weit entfernt –, aber sie scheint vollständig ungerührt.

Johan sieht es auch und es ist ihm so kalt ums Herz. Er weiß, warum Georg wollte, dass er das sieht. Denn das, was da unten in der Halle geschieht, ist nicht einfach eine sehr gute Kämpferin mit zwei Schwertern, die ihre Gegner niedermacht. So sieht die überragende Kampfkunst eines Menschen aus, der den Tod sucht.

Ob Amanda dies weiß oder nicht: Sie fordert den Tod heraus. Jede ihrer Bewegungen tut das. Sie verhöhnt den Tod, er ist ihr gleichgültig. Sie kämpft nicht länger, um zu siegen. Sie kämpft, weil sie herausfinden will, wann es endlich vorbei ist. Das ist auch einer der Gründe, warum sie alle ihre Gegner besiegt: Es ist ihr völlig gleichgültig, was aus ihr wird. Sie würde eine Niederlage mit größtmöglichem Hohn entgegennehmen, als wäre es ein Sieg. Sie wartet ja nur auf eine Niederlage – auf eine endgültige. Und sie haben diese Schlacht gegen Ratibor vor sich.

Er muss sie zur Besinnung bringen. Er allein kann dies. Er muss dem ein Ende machen.

Und so kommt es, dass nach einer Reihe anderer Gegner, die sich geschlagen zurückziehen, Johan vor Amanda auftaucht. Raunen von der Galerie. Amanda sieht auf – und erstarrt.

Kein Laut ist in der ganzen Halle. Amanda scheint einen Augenblick versucht, davonzulaufen. Ihre Augen irren durch den Raum, bleiben an den scharfen Waffen entlang der Wände hängen. Johan sieht, mit welch inniger Sehnsucht sie sie anstarrt.

„Darf ich um einen Kampf bitten?", reißt er sie heraus. Mit einem Ruck wendet sie sich ihm zu. Schaut ihn an. Endlos. Jedenfalls kommt es ihr so vor. Dann verneigt sie sich und sagt tonlos: „Gewiss."

Ihr ist so kalt. Sie ist erhitzt von den Kämpfen, aber in ihr herrscht eine tödliche Kälte. *Jetzt also Johan.* Vielleicht, denkt sie betäubt, vielleicht kann sie auch ihn besiegen. Vielleicht kann sie ihm die endlosen Niederlagen zurückzahlen, die er ihr zugefügt hat. Mag sogar sein, dass das hilft.

Johan hat sich einen Schild genommen, was er normalerweise nicht tut, um sich gegen ihr zweites Schwert zu schützen. Er beginnt gefasst und gesammelt. Amandas Herz schlägt zum Zerspringen: Sie wird ihn besiegen. Sie wird sein Herz in den Händen halten. Sie will einmal hören, wie er um Gnade bittet. Nein, er soll um Gnade winseln. Das wird Labsal auf der Wunde ihres Herzens sein. Als sie merkt, dass er sich zurückhält, greift sie scharf an. Und auch Johans Angriffe werden schärfer. Amanda ist es recht: Sie wird keine Rücksicht nehmen. Nicht auf ihn und schon gar nicht auf sich selbst. Es ist völlig gleichgültig, dass er nichts dafür kann: Sie wird ihn besiegen. Verzweiflung und Wut erfüllen sie, bestimmen ihren Kampf. Doch sie ist zu verzweifelt und zu wütend. Für Johan ist es ein Leichtes, den ersten Treffer zu landen.

„Ah!" Das ist nicht Johan, das ist die Galerie.

Johan hält sich jetzt schon länger als jeder andere vor ihm. Die Leute auf der Galerie wissen das, auch wenn Georg die Sanduhr nicht umgedreht hat: Georg starrt regungslos in die Halle. Was geschieht dort unten? Hat er einen Fehler gemacht? Amanda hat noch keinen einzigen Treffer gelandet. Freudige Erregung füllt die Halle. Georg kann das nicht nachempfinden. Was da unten geschieht, ist grauenvoll.

Amanda hört die Galerie und begreift: Die Leute hoffen, dass Johan siegt. Dass wenigstens Johan gelingt, was keiner sonst geschafft hat. Während sie unentwegt Schläge mit ihm tauscht, ihn angreift, ihn in die Enge treibt und sich ohne große Mühe seiner Angriffe erwehrt, wird ihr klar, dass sie hier und heute nicht siegen darf. Nicht, weil ihre Leute sie hassen würden. Aber sie haben diese Schlacht vor sich. Und ihr Heer braucht ihren Helden. Es ist gleichgültig, was Johan oder sie selbst darüber denken: Johan muss gewinnen und zugleich darf kein Mensch merken, dass sie es zugelassen hat.

Sie könnte heulen vor Wut und Hilflosigkeit, aber es ist so: Nicht einmal bei einem Übungskampf in ihrer eigenen Fechthalle kann sie tun, was sie möchte. Sie gehört nicht sich selbst. Sie gehört ihrem Land, ihrem Volk, ihrer Aufgabe. Und das bedeutet jetzt und hier, dass sie diesen Kampf verlieren wird. Es ist widerwärtig und grauenvoll, es lähmt ihr Verstand und Arm.

Johan schafft es, ihr mit seinem Schild das zweite Schwert aus der Hand zu reißen. Jubel von der Galerie. Er wirft den Schild weg, um Waffengleichheit herzustellen. Raunen.

Ja, so ist er, denkt Amanda mit blutleeren Lippen und Tränen in den Augen. Sie liebt ihn so sehr. Aber sie nimmt sich zusammen: Sie darf dies hier nicht zu offensichtlich werden lassen. Also greift sie an. Mit allem, was sie hat, und doch im eisernen Griff ihrer Verzweiflung gefangen.

Nichts will ihr gelingen, und es ist sehr still auf der Galerie. Man kann sehen, wie überlegen Johan ihr ist, mit welch wütender Verzweiflung Amanda sich wehrt. Ihm gelingt, was schon sehr lange keiner mehr geschafft hat. Er schlägt ihr das Schwert aus der Hand. Es segelt durch die Luft und noch ehe es auf dem Boden aufgeschlagen ist, hat Amanda „Ich bitte um Gnade" herausgepresst und läuft davon. Johan sieht ihr nach: Er hat den Schluchzer wohl gehört. Aber er kann ihr jetzt nicht nachgehen; er wird gefeiert.

Es dauert eine ganze Weile, bis Johan aus der Halle tritt und Amanda auf der Bank hinter der Halle vorfindet. Und ja, sie weint. Sitzt verzweifelt schluchzend auf der Bank.

„Amanda?"

Sie sieht auf, wischt sich die Tränen von den Wangen: erfolglos. Sie laufen einfach weiter.

Johan ist sehr blass. „Was war das eben? Du hast mich absichtlich gewinnen lassen?"

Sie schaut ihn weinend an, presst sich die Hand aufs Gesicht, bekommt das Schluchzen nicht in den Griff. „Es musste sein", stößt sie schließlich aus. „Sie brauchen ihren Helden." Sie sinkt weinend zusammen.

Er sagt fassungslos sehr leise: „Du hast mich beleidigt."

Ihr Schluchzen verstärkt sich: *Ja, das habe ich. Du hast es nur nicht merken sollen.* Sie schaut auf. „Du kannst mich fordern", sagt sie mit letzter Verzweiflung, „jederzeit. Jetzt oder später, ganz wie du willst."

Er denkt an ihren sehnsüchtigen Blick auf die scharfen Waffen. Grauen schüttelt ihn: Er soll sie töten? „Du bist nicht bei Verstand", sagt er tonlos.

Nein, ganz sicher nicht. In ihr ist nur noch Verzweiflung. Sie hört nicht, wie er geht.

Er muss einen Weg finden. Sein Schwur treibt sie ins Verderben.

In der Abenddämmerung kehrt Johan zurück. Er hat sich sein Pferd geschnappt und einen sehr langen Ausritt gemacht. Er musste raus hier, brauchte einen klaren Kopf. Und es hat geholfen.

Er übergibt Rydi sein müdes Pferd und macht sich auf den Weg zu Amanda. Dabei kann er hören, dass sie in der Halle immer noch seinen Sieg feiern. Nie war ein Sieg ihm schaler. Er geht nach oben. Anissin öffnet auf sein Klopfen die Tür, schaut ihm ins Gesicht. Johan schweigt. „Johan von Flue, Herrin", sagt Anissin leise.

Amanda schaut auf und nickt: ja, natürlich. Es ist noch nicht vorbei. Anissin öffnet die Tür ganz, lässt ihn eintreten. Johan schaut ihn an. Anissin erwidert den Blick, dann verneigt er sich und zieht leise die Tür hinter sich zu.

„Johan", sagt Amanda mutlos und erschöpft. Das reicht schon, dass wieder die Tränen fließen. Sie kriegt es einfach nicht in den Griff.

Johan bittet leise: „Verzeih, dass ich vorhin einfach weggelaufen bin. Ich wollte dich nicht im Stich lassen."

Amanda nickt müde. Wenigstens ist er ihr nicht länger böse. Sie hätte nicht gewusst, wie sie dies auch noch ertragen sollte.

Johan schaut sie einen Moment an. Dann sagt er: „Ich habe meinen Schwur gelöst. Ich bin frei."

Amanda steht auf. Die Tränen versiegen. Sie starrt ihn an. Sagt entsetzt: „Johan! Was hast du getan?" Was hat es ihn gekostet? Was hat er geopfert? Sie sieht an ihm auf und ab, findet nichts.

Ihre Sorge berührt sein Herz. „Ich bin unversehrt", sagt er leise, „mir fehlt nichts. Nur mein Stolz hat ein bisschen gelitten."

Sie starrt ihn an, kann die frische Hoffnung nicht aus ihrem Herzen verdrängen und auch nicht aus dem Gesicht. „Johan…?"

„Ich habe nachgedacht", beginnt er leise. Ihre Augen hängen an ihm, als er weiterspricht: „Dabei ist mir klar geworden, dass ich genau zwischen zwei Schwüren stehe. Ich kann den einen nicht halten ohne den anderen zu brechen."

Amanda runzelt die Stirn: Zwei Schwüre? Ihr reicht der eine völlig!

„Ich habe dir geschworen", erklärt er, „damals auf der Flue, bevor du gegangen bist. Ich habe dir Gefolgschaft geschworen. Treue und Gehorsam."

Amanda hebt das Kinn. Ja, hat er – aber was soll das jetzt?

Er lächelt, als er Grimm in ihrer Miene heraufziehen sieht. „Es ist so", beharrt er ernst, „erst danach habe ich mir geschworen, dass ich dich zur Königin machen werde." Er verhindert ihren Protest. „… du weißt, was ich meine. Wenn ich diesen Schwur halten will, muss ich den anderen brechen. Denn du willst das gar nicht. Ist es so?"

Amanda schaut ihn nur an. Sie kann nichts sagen.

„Also musste ich mich entscheiden", fährt er fort. „Halte ich den Schwur, den ich dir gab oder den anderen, den ich mir selbst gegeben habe. Als ich ihn leistete, war ich mir sicher, dass beide dasselbe meinen, dass ich damit alles für dich tun würde, was ich nur für dich zu tun vermag. Aber jetzt sehe ich, dass er dich zugrunde richtet."

Amanda blinzelt die Tränen weg. Nickt.

Auch Johan nickt. „Als ich verstand, dass ich mich ohnehin entscheiden muss, welchen Schwur ich halten will, war es plötzlich ganz einfach. Und nicht nur, weil es das ist, was ich mir aus tiefstem Herzen wünsche. Aber der Schwur an dich wiegt schwerer. Du bist meine Königin."

Amanda holt Luft. Wenn er glaubt, dass sie ihm *den Befehl* geben wird, sie zu lieben und zu ehelichen, um seinem heillosen Schwur zu entkommen – niemals wird sie das tun.

Johan hebt die Hand, um sie aufzuhalten. „Was immer du darüber denken magst, wen immer du fragen wirst: Der Schwur gegenüber dem Lehnsherr kommt an erster Stelle. Jeder andere Schwur, der dem entgegensteht, wird davon gebrochen. Das ist hier nicht anders." Er holt Luft. „Mein Schwur war stolz und eitel."

Ihre Augen werden dunkel, aber er lässt nicht zu, dass sie ihn unterbricht. Sie muss sich das anhören. „Oh doch, das war er. Das wäre nicht weiter schlimm gewesen, wenn ich ihn hätte halten können. Wenn er nur mir das Herz gebrochen hätte. Aber er treibt dich in den Untergang, nur, weil ich diese Krone so gern auf deinem Kopf sehen will. Das war es nicht, was ich geschworen habe. Und es war auch noch zu kurz gedacht." Er schaut sie an. „Amanda – hattest du vor, die letzte deines Geschlechts zu werden?"

Sie wird blass. Damit quält sie sich bei Tag und Nacht. Darum geht es doch auch: Sie wird ebenfalls eidbrüchig werden. Sie sagt tonlos: „Es würde alles sinnlos machen. Wirklich alles. Alles, was ich getan habe. Alles, was ich auf mich genommen habe. Niemals hat mein Vater das gewollt. Und ich auch nicht." Die Tränen strömen über ihre Wangen, sie stößt heiser hervor: „Aber ich kann nicht. Wenn ich dich nicht bekomme, dann ja, dann werde ich die Letzte meines Geschlechts sein." Einen Moment können beide nicht weitersprechen.

Dann sagt Johan gefasst: „Das kann mein Schwur nicht bedeutet haben. Ich wollte dich als Königin sehen, ja. Für mich – und für jeden anderen hier – bist du unsere Königin und die Krone gebührt deinem Haupt. Aber das war, was ich wollte. Ich hätte mir nie träumen lassen, dass du etwas anderes wünschst. Aber ich muss einsehen, dass es so ist. Du hast mir das wirklich klar gemacht."

Amanda lächelt kläglich unter Tränen. Sie und ihre Sturheit.

Johan lächelt nicht.

Er sagt sehr ernst: „Was immer geschieht, Amanda. Für mich wirst stets du Königin und Herrin dieses Landes sein. Glaubst du mir das?" Sie nickt, ergriffen. Ihre Augen werden kugelrund. „Und deshalb habe ich meinen Schwur gelöst. Er ist nichtig und ich muss auf ihn verzichten."

Er holt sehr tief Luft. „Sagst du mir bitte, was du davon hältst? Habe ich es mir zu leicht gemacht? Bin ich in deinen Augen ehrlos, weil ich einen Schwur gelöst habe, als er anfing, mir unangenehm zu werden? Sag mir, was du darüber denkst." Er steht ganz still und erwartet ihr Urteil.

Amanda reißt die Augen auf. „Johan! Ausgerechnet ich soll einen Schiedsspruch fällen? Das kann ich nicht! Du bietest mir die Erfüllung all meiner Wünsche und ich soll ein kühles Urteil darüber sprechen?" Sie schüttelt den Kopf.

Johan beharrt: „Deine Meinung ist aber die einzige, die für mich zählt. Und natürlich kannst du das. Sag mir, ob ich in deinen Augen ehrlos bin wegen dieser Sache."

Amanda denkt einen Moment darüber nach. Dann schüttelt sie langsam den Kopf. „Nein, das bist du nicht. Du hast in einer misslichen Lage zwischen zwei Schwüren versucht, beide zu halten und das geht nicht. Ich halte deinen Ausweg für ebenso tapfer wie ehrenvoll. Du hast einen sehnlichen Wunsch geopfert, um einen ehrenvollen Schwur halten zu können. Deine Ehre ist unbefleckt."

Er atmet tief durch. „Bist du dir sicher?"

„Ja."

Er schaut sie an. „Gut."

Amanda spürt einen kleinen Stich der Enttäuschung. Aber sie hat zu früh aufgegeben: Johan tritt einen Schritt näher, dann sinkt er aufs Knie. „Amanda von Waisland. Meine geliebte Amanda. Willst du meine Gemahlin werden?"

Sie strahlt ihn an. Wie wunderbar, dass er nach all dem noch so förmlich um ihre Hand anhält! Ihre Augen leuchten. Johan wartet kniend. Amanda besinnt sich. „Johan von Flue", sagt sie feierlich und reicht ihm ihre Hand, „ja, das will ich." Er zieht ihre Hand an seine Lippen, dreht sie um und küsst die Handfläche. Ein Kribbeln läuft durch ihren ganzen Körper. Dann steht er auf, nimmt sie in die Arme und küsst sie innig.

„Mein König", sagt sie ernst, als sie sich voneinander lösen.

Er stößt die Luft aus. „Kannst du mir sagen, wer nicht behaupten wird, ich hätte es nur um der Krone willen getan?", vertraut er ihr seine erste Sorge an.

„Na, die, die sagen, ich hätte es nur des Silbers wegen getan", gibt sie prompt zurück.

Er schaut sie an: Macht ihr das gar nichts aus? Aber sie belehrt in flugs eines Besseren. „Alle in dieser Burg werden denken, ich habe es getan, weil du mich besiegen konntest", sagt sie düster.

Er schaut sie an und schüttelt den Kopf. „Ich hoffe, ich werde Waisland ein so guter Herrscher, wie du einer geworden wärst." Und wie er es sagt, überläuft ihn ein Schauder, weil sich ihm erst jetzt richtig erschließt: Er wird König werden. Das war nichts, was er jemals wollte. Er wäre so zufrieden damit gewesen, Amandas erster Ritter zu sein. Jeden Gegner zu besiegen, der dumm genug wäre, ihm in die Quere zu kommen. Nein, Johan von Flue wollte nicht König von Waisland werden. Der Titel legt sich einem schweren Umhang gleich auf seine Schultern.

Amanda hat ihn nicht aus den Augen gelassen. „Siehst du?", sagt sie leise. „So ist das in Wirklichkeit: eine ungeheure Last. Ich brauche diese Krone nicht. Nicht mit dir an meiner Seite."

Er zieht schweigend ihre Hand an die Lippen.

Amanda seufzt. „Du musst Georg Bescheid geben."

Er schaut sie an und bleischwer fällt ihm ein, was sie meint: Die Königswürde wird auf sein Haus übergehen. Wenn irgendetwas geschieht, wird ein Flue der nächste König von Waisland werden. Und der nächste ist Georg.

Kein Zweifel, er muss das wissen. Aber noch nicht sofort. Johan legt den Arm um Amanda und zieht sie an sich. Er schaut ihr ins Gesicht, spürt, wie sie bebt und sieht, dass ihre Augen dunkel werden. Und mit einem heftigen, jähen Glücksgefühl weiß er, dass Berendic recht gehabt hat: Für Amanda gibt es nur ihn. Sie ist sein. Er sagt: „Ich liebe dich", und genießt es, ihr das endlich offen sagen zu können. Dann küsst er sie, bis ihr fast schwindlig wird, löst sich von ihr, sagt „Auf bald" und geht hinaus.

Draußen holt er tief Luft und lehnt einen Moment den Kopf an die Tür: *Amanda von Waisland, meine Gemahlin,* denkt er benommen. Er kann es kaum glauben. *Johan von Flue, König von Waisland.* Er wird sich daran gewöhnen müssen, hofft, dass es ihm gelingt.

Dann wendet er sich um und ist nicht wirklich erstaunt, Anissin auf der anderen Seite des Flures zu sehen. Er lehnt regungslos fünf Schritte entfernt mit verschränkten Armen an der Wand. Nah genug, um zu Hilfe kommen könnte, aber weit genug entfernt, dass klar ist: Er lauscht nicht. Johan ist überzeugt, dass der Knappe sich die ganze Zeit nicht einmal bewegt hat.

Anissin hat tatsächlich nicht befürchtet, dass seine Herrin Hilfe benötigt. Aber das hindert ihn nicht, Johan im Auge zu behalten, bis endlich gewiss ist, wie dieser sich entscheidet. Jetzt sieht er ihn ungläubig an: *Johan von Flue hat Gefühle? Zeigt Schwäche? Kann es denn sein?*

Johan findet es merkwürdig, sich vor diesem Jungen rechtfertigen zu müssen, aber schließlich ist er als Knappe genauso gewesen: Er hätte auch am liebsten jeden gefordert, von dem er dachte, dass er seinem Vater zu nahe getreten sei. Und der hatte ein paar Mal seine liebe Mühe, ihn vor der einen oder anderen Dummheit zu bewahren.

Anissin sieht ihm bewegungslos entgegen, wie nur Anissin das kann, und Johan erkennt, dass dies kein Junge mehr ist. Man übersieht das leicht, weil er so klein ist, aber Anissin ist zu einem jungen Mann geworden. „Du brauchst nicht so grimmig zu schauen. Es fehlt ihr nichts, glaub mir." Und dabei hat er so ein Leuchten im Gesicht, dass Anissin die Arme auseinander nimmt und sich von der Wand löst. *Auch in dieses Gesicht kehrt Leben zurück,* denkt Johan. Wie es scheint, macht er heute Abend mehr als einen Menschen glücklich. Er lächelt. Er kann einfach nicht anders. Und da wandelt sich die ungläubige Musterung zu echter Anerkennung und er ist wirklich kein Junge mehr. Anissin verneigt sich sehr tief. „Herr Johan!" *Mein König.*

„Wenn du ihr noch etwas Gutes tun willst, dann bring ihr etwas zu Essen", wirft Johan ihm im Weggehen über die Schulter hin.

Anissin sieht ihm nach und ist versucht zu pfeifen: Johan von Flue ist tatsächlich ein Mensch. Er macht sich auf den Weg nach unten: *Hat Amanda es also doch geschafft, den eisenharten Johan von Flue aufzutauen – und das, nachdem es den Tag über eher so ausgesehen hat, als würden sie sich gegenseitig die Kehle aufschlitzen.* Viele Leute schulden ihm einen Taler; er ist reich. Anissin kann kaum glauben, dass diese Sache endlich vorangeht und hat Mühe, seine Gesichtszüge im Griff zu behalten. Hier haben die Wände Augen und Ohren, auch wenn man niemanden sieht.

Er bringt ein Tablett nach oben, hat eigentlich keine Hand frei, um zu klopfen und öffnet also die Tür ganz vorsichtig mit dem Ellenbogen: Amanda sitzt in ihrem Sessel und sieht so glücklich aus, dass er sich das Grinsen verbeißen muss und schaut, dass er die Tür hinter sich zu bekommt.

„Oh, Anissin! Ich sterbe vor Hunger!"

Er findet zwar, dass sie selten weniger nach Tod ausgesehen hat als gerade jetzt, meint aber nur: „Das hat er auch gesagt."

Amanda sieht ihn an und schüttelt den Kopf: *Hat der Bursche also Johan abgepasst!* Es wird Zeit, dass sie ihn endlich zum Ritter schlagen, sonst wird er gar nicht mehr aufhören, sie beschützen zu wollen.

Anissin sieht sie mit leuchtenden Augen an. „Meinen Glückwunsch, Herrin!"

Sie strahlt zurück. „Danke, Anissin!" Und weil er es wirklich endlich wissen will: „Es geht jetzt los, oder?"

Sie sieht ihn ernst an, aber da ist kein bisschen Angst mehr in ihren Augen. „Ja, sehr bald geht es jetzt los."

Und weil es egal ist, wann sie ihn fragt: „Anissin, willst du am Feldzug als Ritter teilnehmen oder wirst du noch ein letztes Mal mein Knappe sein?" Und er beugt noch einmal formvollendet und glückstrahlend den Nacken. „Lasst mich ein letztes Mal Euer Knappe sein. Ich will Euch jetzt keinem anderen überlassen."

Draußen würde er am liebsten sofort zu Bertram gehen. Den hat Johan bestimmt auch weggeschickt. Und auch der schuldet ihm einen Taler. Ist sogar sein stärkster Widersacher gewesen in dieser Sache. *Tja, Bertram hast dich geirrt!* Aber wenn man sie nach einem solchen Tag zusammen sieht und sie die Krüge heben und einander zuprosten – was sie unbedingt tun werden, das muss man schließlich feiern –, dann weiß noch vor Sonnenaufgang die ganze Burg Bescheid und es ist nicht an ihm, diese Botschaft zu verbreiten.

So macht er sich schweren Herzens alleine auf den Weg in seine Kammer. Aber zuvor geht er nochmal in der Küche vorbei: Einen Krug Wein kann er auch alleine leeren. Verdient hat er ihn auf alle Fälle und brauchen kann er ihn auch. Und als er dann mit seinem Krug und einem Becher zurückgeht, fällt ihm ein, wen er besuchen kann.

Yannick bewohnt wie stets sein eigenes kleines Kämmerchen ganz am Ende eines Flügels. Nicht, weil ihm nichts Besseres zustünde: Er hat um genau diesen Raum gebeten, damit er ungestört üben und klimpern kann. Ein paar Töne hört Anissin, als er vor der Tür lauscht und leise klopft.

Yannick will eigentlich niemanden mehr sehen, sondern einfach nur diesen unglaublichen Tag nochmals an sich vorbei ziehen lassen; ein neues Lied darüber entsteht gerade in seinem Kopf. Er ist alles andere als nüchtern, aber er ist zufrieden: Die feiernden Männer auf der Burg haben ihn mit Münzen bei Laune gehalten, er hat ihr Siegesfest mit seinen frechen Liedern begleitet. Aber als jetzt die Tür aufgeht und Anissin sein niedergeschlagenes Gesicht hereinstreckt, nickt er ihm zu. Dass sein Freund Anissin, der nach der Niederlage seiner Herrin nicht an den Feiern teilgenommen hat, heute Abend Trost braucht, sieht er ein. Und dass er damit nicht ausgerechnet zu Bertram gehen will, ist auch zu verstehen. „Komm rein.“

Anissin schlupft zur Tür herein und schiebt sie hinter sich zu. Dann dreht er sich zu Yannick um und von Kummer ist nichts mehr zu sehen.

Yannick starrt fassungslos in sein strahlendes Gesicht: Anissin grinst von einem Ohr zum anderen. *Was soll das denn heißen? Kann das sein?* Yannick steht auf. „Nein!“

Das Grinsen wird breiter, Anissin fängt an zu kichern und kann nicht mehr ruhig stehenbleiben. Er stellt Krug und Becher auf den Tisch und fällt seinem Freund um den Hals. „Doch!“

Yannick schiebt ihn von sich und sieht ihm ungläubig ins Gesicht. „Das ist nicht wahr!“ Und drückt ihn seinerseits an sich. „Sie hat es geschafft? Sie hat es wirklich geschafft!“ Er atmet tief auf, denn Yannick ist einer der ganz wenigen gewesen, die sicher waren, dass Amanda Johan herumkriegen würde.

„Johan hat einfach keine Ahnung, wie weit zu gehen sie bereit und in der Lage ist“, hat seine Begründung gelautet. „Ich bin der Einzige auf dieser Burg, der weiß, was sie auf sich nimmt, wenn sie etwas wirklich will. Das hält er nicht aus.“ Nur Anissin gegenüber hat er diese seltsame Begründung dann später erklärt: „Wenn sie so dumm wäre, ihn in Stücke zu schneiden, hätte Bertram recht. Aber das tut sie ja nicht. Sie schneidet sich in Stücke. Und das kann er nicht ertragen.“

Yannick hat Recht behalten: Die Dinge kommen voran. Sein unerbittlicher Plan wird aufgehen. Er ist seinem Ziel heute einen sehr großen Schritt näher gekommen.

Und so sitzen Anissin und Yannick zusammen und teilen Krug und Becher. Anissin sagt allerdings kein Wort darüber, dass Johan jetzt König werden wird – dazu wird es Morgen noch reichen.

Johan hat sich auf den Weg zu seinem Bruder gemacht. Georg muss wissen, was auf ihn zukommt.

Georg hatte gesehen, dass Johan zurückgekommen ist und Amanda aufgesucht hat. Da ist er sehr erleichtert in die Räume gegangen, die er mit seinem Bruder teilt. Seither wartet er.

Es war ein wirklich schrecklicher Tag und er hofft, dass er endlich vorbei ist. Warum nur hat er Johan gebeten, sich Amandas neue Kampfkunst anzusehen! Aber was sonst hätte er tun sollen? Er ist es den ganzen Tag wieder und wieder durchgegangen: Niemand anderer als Johan hatte Amanda zur Besinnung bringen können. Und er hat sie zur Besinnung gebracht. Oder hat er sie sich endgültig zur Feindin gemacht? War es falsch, was er, Georg, getan hat? Dann ist ihr Schicksal besiegelt – ihrer aller Schicksal. Und das wäre dann ganz allein seine Schuld. Auch wenn keiner außer ihm das weiß – er wird es nie vergessen können. Georg läuft unruhig in der Kammer auf und ab. Und doch: Er hat getan, was er tun musste. Der Rest ist ganz allein Johans Sache.

Georg denkt, er kennt seinen Bruder. Bei aller Härte und Kälte, die er nach außen zeigt, ist Johan schließlich keinesfalls herzlos. Auch wenn er das bestgehütete Geheimnis daraus macht: Georg kann er nicht täuschen.

Doch was war das für ein Kampf! Georg bedauert, dass er nicht mitansehen konnte, wie Johan Siltrass besiegt hat – auch wenn er sicherlich vor Angst um Johan dabei fast gestorben wäre. Aber er kann es sich vorstellen. Und Amanda? Er kennt niemanden, der seinem Bruder je so lange standgehalten hat. Was wäre wohl gewesen, wenn sie nicht so sichtbar verzweifelt gewesen wäre? Georg schaudert: Er will nicht sehen, wie Johan besiegt wird, auch nicht von Amanda. Wenn er ehrlich ist, ist er froh, dass es nicht dazu gekommen ist. Schon gar nicht jetzt. Sie haben immer noch diese Schlacht vor sich.

Doch was, bei allen Göttern, macht Johan jetzt nur so lange bei Amanda? Sind sie dabei, es da oben ohne Zeugen ein für alle Mal auszutragen? Georg ist sehr versucht, hochzugehen, um das Schlimmste zu verhindern. Er würde sich dazwischen werfen, das ist klar. Völlig sinnlos, das weiß er selbst. Es ist fraglich, ob die beiden ihn überhaupt bemerken würden, wenn sie erst aufeinander losgegangen sind. Und schlussendlich wäre es auch egal, wer ihn aus dem Weg räumen würde. Es ist einfach das, was er tun wird. Er hockt sich auf sein Lager und versucht bei Verstand zu bleiben.

Als die Tür aufgeht, zuckt er regelrecht zusammen und schließt nach einem Blick ins Gesicht seines Bruders vor Erleichterung die Augen: *Johan ist glücklich.* Georg steht auf und nimmt ihn in die Arme. Er kann einfach nicht anders.

Johan schließt ebenfalls die Arme um ihn. Er hat er das Gefühl, er könne heute jeden umarmen, den er trifft. Er zaust seinem schlauen kleinen Bruder die Locken. „Haben wir etwas zu Essen hier? Hast du Wein?"

Georg weist auf den Tisch, der schon eine ganze Weile gedeckt steht und Johan beschließt, dass er erst reden wird, wenn sie beide genug im Magen haben. Georg wird es brauchen. Und er hat auch den ganzen Tag nichts gehabt. Schließlich nimmt er seinen Becher und sagt lächelnd: „Du brauchst nicht so besorgt zu schauen. Es ist jetzt alles gut. Wir werden heiraten. Sie hat ja gesagt."

Als ob daran je ein Zweifel bestanden hätte! Georg fällt eine drückende Last von den Schultern und der Becher fast aus der Hand. Dieser entsetzliche Tag wird ja noch richtig gut auf den Abend hin! Er springt auf. Dann wirft er seinem Bruder einen Blick zu und der Jubel bleibt ihm im Hals stecken: Da ist doch noch was! Johan grinst, allerdings mit einer Note, die Georg überhaupt nicht gefällt. „Johan, was ist los?! Wo ist der Haken?", fragt er misstrauisch.

„Zwei Haken", verkündet Johan unpassend stolz. „Einer für mich und einer für dich." „Ich?", stößt Georg hervor. „Was habe ich damit zu tun?"

„Georg, setz dich", rät Johan.

Georg wirft sich stöhnend in seinen Sessel. Was denn jetzt schon wieder! Kann nicht einmal einfach alles gut sein? Diese beiden treiben einen wirklich in den Wahnsinn! Und dann erzählt ihm Johan von der Urkunde, mit der der alte König seine Nachfolge geregelt hat. Und wartet, bis Georg begreift, was das heißt.

Es dauert nicht lange; Georg ist klug. „Du wirst König, Johan", sagt er ungläubig. „Aber… Amanda wird nicht Königin sein. Johan, bist du dir wirklich sicher, dass sie das will?" Er traut seinem Bruder ja vieles zu – aber nicht, dass er Amanda heiraten will um diesen Preis.

„Völlig sicher", antwortet der aber trocken. „Was glaubst du, worum es hier die letzten Tage gegangen ist?" „Glückwunsch, Bruder", sagt Georg, und überwältigt: „König Johan!"

Johan nickt, lässt ihn aber nicht aus den Augen. Georg fällt noch etwas ein: „Und was, bitte, ist dann mein Haken?" „Den musst du schlucken, wenn ich fallen sollte, Georg", sagt Johan leise und sehr ernst.

Und Georg begreift: „Nein! Oh, nein! Das könnt ihr nicht machen! Nicht ich! Niemals! Es muss einen anderen Weg geben!"

„Es hilft nichts, Georg", sagt Johan entschlossen, „du bist genauso dran wie ich. Du bist mein Bruder. Ich wollte das auch nicht. Aber es muss sein."

„Du wolltest nicht?"

„Nein, ich wollte nicht. Genau wie du habe ich mir nichts mehr gewünscht, als dass sie Königin wird und ich als ihr erster Ritter ein wunderbares Leben führen kann. Genau wie Vater für den alten König. Ihre Gegner besiegen – jedenfalls die, die es dann noch gibt – und ihr einen Sieg nach dem anderen zu Füßen legen. Was glaubst du, worüber wir uns die letzten Tage gestritten haben? Und jetzt werde ich König – jedenfalls, wenn wir Ratibor erledigen. Aber wenn ich falle oder sterbe, ehe wir Erben haben…" Er unterbricht Georgs aufkeimenden Protest. „… dann nimmst du die Krone."

„Und das will sie?" Georg kann es nicht glauben. „Johan, sie wird mich umbringen!"

Johan grinst. Gemütlich würde das für Georg vermutlich nicht werden. „Sie hat gesagt, ich solle dich vorbereiten. Sie weiß, was sie tut."

Georg verzieht das Gesicht: Bloß nicht! Johan hat völlig richtig erkannt, dass Georg nichts dagegen hat, wenn sein Bruder zum König gekrönt wird. Georg selbst wäre jedoch völlig glücklich, als Verwalter oder Haushofmeister oder was auch immer ein zufriedenes Leben zu fristen. Weit weg von allen unangenehmen Entscheidungen.

„Du kannst nicht kneifen, Georg", sagt Johan ernst.

Georg sieht ihn an. „Dann pass auf dich auf, Bruder."

Johan nickt. „Und auf sie." Und sein Herz sackt eine Stufe tiefer.

Hadwin verkündet es am nächsten Tag, und eine erleichterte Burg tobt.

Bis Hadwin erklärt, dass damit Johan König von Waisland wird, nicht jedoch Amanda Königin. Da verebbt der Jubel etwas, wofür Amanda so dankbar ist, dass sie ihnen den ganzen gestrigen Tag verzeiht. Sie steht auf, schaut lächelnd Johan ins Gesicht und sinkt in eine vollendete Referenz. „Mein König." Strahlt ihn dabei an, dass ihm ganz anders wird.

Wann schieben wir bloß die Hochzeit zwischen die Kriegsvorbereitungen? Er hebt sie auf und sieht ihr tief in die Augen. Amanda errötet. Die Burg jubelt.

Mitten im Jubel taucht in den Toren zur Halle Loran auf, staubbedeckt von seiner Reise. Er starrt verloren in die feiernde Menge, dann hat Amanda ihn entdeckt und winkt ihn heran. Er verneigt sich verwirrt vor Johan und Amanda, begreift nicht ganz, was hier gefeiert wird. Dazu versteht er immer noch zu wenig Wark. „Lass uns nach oben gehen", schlägt Johan mit einem Blick in die ausgelassene Halle vor. Georg und Gregor folgen.

Sie treffen sich in Amandas Räumen. „Die Horde wird sich aufteilen", berichtet Loran. „Berendic hat sich mit seinen Leuten auf den Weg gemacht, um zu verhindern, dass sich die restlichen Fürsten Ratibors sammeln können."

Amanda nickt, blass und schweigend. Mögen die Götter Berendic beistehen.

„Und was wird Jossim tun?", fragt Johan.

„Er hat erfahren, dass Herdred bereitsteht, um eure Nachhut anzugreifen", erklärt Loran.

„Er hat erfahren?", wiederholt Amanda scharf.

Loran schluckt, antwortet aber tapfer: „Ja, Herrin."

„Wie?"

„Er hat sich mit Herdred getroffen."

Amanda stockt der Atem: *Verflucht, Jossim!*

Johan schaut sie an und schüttelt den Kopf. Er hat noch gut im Ohr, wie Jossim über Amanda gesprochen hat. Er kann nicht glauben, dass er sie verraten wird. Er schaut Loran an. „Und? Was wird er tun?"

Loran sagt gefasst: „Jossim wird sie Euch vor die Schwerter treiben. Er wird sich von Herdred jagen lassen, als wolle er Euch gemeinsam mit Herdred angreifen. Aber im letzten Moment werden sie umschwenken. Und mit Euch zusammen Herdred niedermachen. Dies soll ich Euch berichten. Er gibt Euch sein Wort."

Amanda hebt die Brauen. Jossim gibt ihr sein Wort? Das ist noch nie vorgekommen. Und er hat Johan als Haupt der Horde anerkannt.

Sie sehen sich schweigend an. Das ist ein sehr gewagter Plan und damit ganz nach Jossims Geschmack. Aber die Horde kann das, das wissen alle. Sie haben es erlebt. Die beiden nicken sich zu.

Yannick sieht es von seiner Fensterbrüstung, auf die er sich wie stets zurückgezogen hat, von keinem beachtet. Jetzt springt er herunter. „Er verrät Euch."

Alle drehen sich zu ihm um. Er ist sehr blass, sieht nur Amanda an, als er weiterspricht: „Ich war auf der Ratiburg, als ich das letzte Mal von hier weggegangen bin. Dort habe ich gehört, dass er es Euch gegenüber so aussehen lassen will, wie gerade berichtet wurde. Aber er wird mit Herdred gemeinsame Sache machen, um Eure Nachhut auszulöschen."

Loran schüttelt den Kopf. „Nein, Herrin", sagt er verzweifelt, „das ist doch, was Herdred glauben soll."

Sie schauen zwischen den beiden hin und her. Bertram, der Yannick am nächsten steht, packt ihn am Gewand. „Was hattest du bei Ratibor zu suchen, he? Machst du mit ihm gemeinsame Sache?"

Yannick starrt auf Bertrams Hand und mit einem Schlag ist die Luft zum Zerreißen gespannt. Dann spricht Yannick mit äußerster Beherrschung: „Es war von einem Preis die Rede." Er sieht Amanda dabei an.

„Lass ihn los", befiehlt Johan.

Yannick schüttelt sich. „Rede!", fordert Johan. „Was ist das für ein Preis?"

Yannick sieht immer noch Amanda an. „Euch. Jossim will Euch. Nichts sonst. Er hätte noch manche Rechnung offen, die er zu begleichen suche. Das wurde ihm zugebilligt."

Amanda wird blass. „Sonst nichts?", fragt sie kalt. „Seit wann ist Jossim so bescheiden?"

Yannick schüttelt den Kopf. „Das war, was ich hörte."

Bertram hat ihn nicht aus den Augen gelassen. „Das hast du einfach so gehört? Und bist dann ganz friedlich wieder raus spaziert?"

Yannick sieht ihm in die Augen. „Einen Sänger beachtet kein Mensch. Und es stand ihnen der Sinn nicht nach Musik."

Bertram will nachsetzen, aber Georg fragt stattdessen das Wichtigste: „Wie wird sich Jossim also entscheiden?"

„Du bietest ihm mehr", gibt Johan zu bedenken, und wiederholt für alle: „Straffreiheit. Einen ordentlichen Fürstentitel und einen Sitz im Fürstenrat Waislands. Genug Land, dass diese Raubzüge endlich aufhören."

Yannick hebt die Brauen.

Loran nickt. „Er verrät Euch nicht", wiederholt er verzweifelt, „er lässt Herdred im Stich. Alle wissen das. Sie rühmen seine Gerissenheit."

Amanda schaudert. Jossims Gerissenheit… Davon hängt also ihr Sieg ab?

„Wem glaubt Berendic? Weiß er davon?", will Georg weiter wissen.

„Er vertraut seinem Onkel", antwortet Loran ernst.

Georg runzelt die Stirn. „Wird Jossim Berendic nicht eiskalt ans Messer liefern, Neffe hin oder her? Er hat ihn schließlich in den Kerker werfen lassen, sagtest du das nicht?"

Johan nickt.

„Welchen Kerker?", fragt Amanda dazwischen. Sie schauen sie an: Welchen Kerker? Was ist das für eine Frage? Johan weiß es nicht. Er weiß nichts über die verschiedenen Kerker der Zwinge.

Aber Loran weiß es. „Ins schwarze Loch."

Amanda nickt grimmig. „Jossim ist treu." Und er hat ihr sein Wort gegeben. Schweigen breitet sich aus.

Dann sagt Gregor: „Ihr vertraut diesem Mann aufgrund der Wahl eines Kerkers? Darauf bauen wir unser Schlachtglück?"

Amanda beißt sich auf die Lippen. „Ich verstehe jeden, der unter diesen Umständen nicht mittun will", beginnt sie, wird aber von Gregor schroff unterbrochen.

„Kein Grund, uns zu beleidigen, Mädchen", sagt der alte Fürst, „nur weil wir Fragen stellen. Glaubt Ihr wirklich, wir weichen zurück? Jetzt sind wir schon so weit gegangen, nun schlagen wir diese Schlacht auch. Und es ist mir gleich, ob die Horde uns angreift oder uns hilft."

Amanda schluckt. Das klingt wahrhaft heldenmütig und tapfer – aber es sind nichts als leere Worte: Wenn Jossim wirklich mit Herdred gemeinsame Sache macht und sie verrät, ist es um Gregor und seine Kämpfer geschehen. *Dann ist es um uns alle geschehen*, denkt sie schaudernd: *Die Ratiburg wird zur tödlichen Falle.* Wenn sie von vorn und hinten gleichzeitig angegriffen werden, ist es das Ende. Niemand kann entkommen und Jossim wird seinen Preis erhalten. Ihr wird ganz schlecht.

Aber sie schaut Gregor entschlossen an. „Jossim lässt es gern darauf ankommen. Haltet still, bis Ihr den Schaum ihrer Pferde im Gesicht habt. Sie werden ausweichen. Aber erst im allerletzten Moment. Haltet still, bis sie Euch ausweichen.“

Gregor nickt grimmig. Er hat nur zu gut in Erinnerung, wie es bei der Schlacht gegen die Horde war. Auch da hat Amanda Recht behalten. Und auch da hörte es sich wie der reine Wahnwitz an. „Keine Sorge“, knurrt er grimmig, „wir halten Euch den Rücken frei. Aber Ihr solltet da vorn nicht untätig sein, ja? Schneidet sie in Stücke. Ich will endlich Ratibor tot sehen. Für Adelbert. Und für Euch, Mädchen.“

„Amanda?“ Johan und Amanda haben in der Fechthalle einen Übungskampf unter Hardrads schonungslosem Blick beendet und ziehen sich die Handschuhe aus. Johan nutzt die Gelegenheit für etwas, was er auf dem Herzen hat. „Wann werden wir heiraten?“

Amanda wendet sich um: Hardard hat die Halle verlassen, ihre Knappen bringen die Waffen weg; sie sind tatsächlich alleine. Ein seltener Moment, denn eigentlich sind sie das seit der Ankündigung ihrer Vermählung nicht mehr gewesen. *Johan wird nachgeholfen haben*, denkt Amanda anerkennend. Für diese Frage will wohl er keine Zeugen. Er steht vor ihr und sieht sie an.

Amanda spürt ihr Herz schlagen bei seinem Blick. Sie versucht, bei Verstand zu bleiben. „Kurz bevor wir losziehen“, antwortet sie gefasst.

Seine Brauen ziehen sich zusammen. „Warum warten?“, fragt er entschlossen. Sein dunkler Blick liegt unverändert auf ihr.

Jetzt wird Amanda wirklich rot.

Johan sieht es und denkt, dass er eigentlich nicht vorgehabt hat, sie in Verlegenheit zu bringen, aber jetzt, wo es geschehen ist, muss er zugeben, dass er es genießt: sie sieht wunderbar aus.

Johans Blick ist nichts, was Amanda gelassener werden lässt. Sie senkt die Augen. „Ich könnte niemals mitziehen, wenn ich schwanger wäre“, erklärt sie leise. Sie kann ihn nicht ansehen dabei und die Röte auf ihren Wangen hat sich vertieft.

Was ist er nur für ein Tölpel! Er hat sie wirklich in Verlegenheit gebracht. Ihre Stärke und ihre Entschlossenheit haben ihn darüber hinweg getäuscht, dass sie neben allem anderen auch ein junges Mädchen ist – ohne jede Erfahrung in Liebesdingen. Jedenfalls hofft er das. Er wird sie gewiss nicht fragen. Er weiß einen Moment nicht, was er sagen soll.

Sie deutet sein Schweigen falsch und setzt sehr ernst dazu: „Ich gebe dir mein Wort, dass ich nicht kämpfen werde, wenn ich schwanger bin."

„Du wirst also mitziehen?", fragt er schweren Herzens. Er hat sich das schon gedacht, es war nie von etwas anderem die Rede, aber es schreckt ihn dennoch zutiefst.

Jetzt schaut sie auf. Sie sieht sich in der Fechthalle um – *nicht noch einmal diese Auseinandersetzung!* „Ich muss mit. Du kannst mich nicht hier lassen."

Es trifft ihn, wie selbstverständlich sie seine Vorherrschaft als König anerkennt. Das war es nicht, was er wollte – schon gar nicht über sie. Und dennoch… „Was, wenn du wieder in den Rausch gerätst? Was soll ich dann tun?" – Was könnte er schon tun? *Ich werde zusehen müssen, wie sie –* er will nicht daran denken.

Amanda ist blass geworden. „Es wird nicht wieder geschehen. Schon gegen die Horde war es anders. Frag Georg. Ich habe es im Griff."

„Das habe ich getan", entgegnet er ruhig. Und auf ihre gerunzelte Stirn: „Ich habe Georg gefragt."

„Oh. – Was hat er gesagt?"

Ja, Johan hat seinen Bruder gefragt. Fragen müssen. Denn Georg hat von sich aus gar nichts gesagt über diese zweite Schlacht. Und auf Johans Frage hin hat er nur obenhin geantwortet: „Ganz ordentlich." Aber Johan hat das Blitzen in seinen Augen gesehen. Georg wollte schon gehen, hat ihm über die Schulter noch hingeworfen: „Oh – sie hat mir das Leben gerettet." Und weil er seinen Bruder gut genug kennt, hatte er sich zu ihm umgedreht, ehe Johan ihn dazu zwang. Jetzt sah Georg Johan in die Augen: „Eine Wurfaxt. Ich hab sie nicht gesehen. Sie hat sie einfach aus der Luft geholt – wusste genau, wo sie sie treffen muss. Sie hätte mich voll erwischt."

„Du hättest ihm das Leben gerettet", sagt Johan leise.

Amanda blinzelt kurz, dann sagt sie: „Und Banin hat derweil mein Leben geschützt. Wir haben gemeinsam gekämpft. Du siehst also, es geht."

Johan ist immer noch beunruhigt. Er spricht sehr leise: „Du meinst, dass du das tatsächlich beherrschen kannst? Es kommt nicht über dich und ergreift von dir Besitz?" – Denn nach allem, was er gehört hat, ist es mit diesem Kampfrausch genau so: Die wenigen, die danach noch sprechen konnten, wussten nicht, was geschehen war und was sie getan hatten. Und ehe sie sich vielleicht doch noch erinnern konnten, war jeder, von dem er je gehört hat, seinen Verletzungen erlegen. Als Held gestorben.

Amanda hat noch nie mit jemandem darüber gesprochen – *Ich hab Ärger und Strafen erhalten, wenn ich nur daran gedacht habe*, denkt sie grimmig. Sie sagt vorsichtig: „Ich weiß, dass dies in mir ist. Ich weiß, dass ich es nicht zulassen darf. Aber ich muss es nicht tun."

Johan starrt sie an. Er hat gehört, wie die Männer darüber gesprochen haben. Sie nannten es: Tantaras Rausch. Johan weiß nicht, wer es als erstes gesagt hat. Vielleicht hat Georg sie darauf gebracht mit seinem Spruch, sie hätte gewütet wie die Kriegsgöttin selbst, den man ihm ebenfalls hintertragen hat. Aber die Männer glauben daran. Dass die Kriegsgöttin Amanda den Arm führt. Dass Tantara mit ihr ist. – Johan weiß nicht, was er glauben soll. Er hat noch nie von so etwas gehört. Und wenn die Männer sich irren, wenn Amanda sich irrt – dann wird sie daran zugrunde gehen wie jeder andere vor ihr, der diesen Rausch je erlebt hat.

Amanda sagt leise: „Es ist noch niemals gegen meinen Willen geschehen."

Johan sieht sie an. Er weiß nicht, was er davon halten soll. Aber er wird ihr vertrauen. Er wird vielleicht sogar Tantara vertrauen. Er sagt beherrscht: „Dann bitte ich dich darum, es nicht zuzulassen."

Amanda schüttelt den Kopf. „Natürlich nicht." Innerlich atmet sie auf. Sie versteht Johans Sorge, aber sie muss einfach mit. Sie würde es niemals ertragen, hier auf ihrer Burg zu hocken und nicht zu wissen, wie es ausgeht. Nichts dazu beitragen zu können.

Johan schaut sie an. „Es wird gut sein, dich an meiner Seite zu haben."

Ihr Blick entschädigt ihn für alles.

Die Urkunde

Anderntags bittet Amanda abends Johan und Georg zu sich. Der unvermeidliche Anissin ist auch da, stolz und aufrecht steht er hinter Amandas Stuhl, und Johan hat Bertram mitgebracht. Vor ihr auf einem Tisch steht eine alte Truhe, schwer, schmal, staubig und schäbig – bis auf die Schlösser, mit denen sie verschlossen ist. Sie sieht aus wie eine Futterkiste aus dem Pferdestall – einem, wo man die Pferde mit Gold füttert.

„Ich möchte euch dies mitgeben", sagt Amanda, „aber ich muss darum bitten, dass ihr und nur ihr dies seht. Es ist das Wichtigste, das wir auf Waisland haben und niemand anders darf einen Blick hineinwerfen. Kein Dienstbote – entschuldige Bertram, das gilt nicht für dich – niemand. Bitte sorgt dafür. Ich möchte, dass ihr es anseht. Lasst es nicht aus den Augen. Wir brauchen es noch."

Johan und Georg tragen die Truhe hinaus; sie ist leicht. In ihren Räumen schließen sie sich ein, stellen Bertram als Wache an die Tür, dann öffnen sie den Kasten. Darin liegt nichts als ein großes Pergament.

Johan nimmt es heraus und rollt es auf. Er liest die ersten Zeilen, dann gibt er es Georg. Es ist die Urkunde, mit der der alte König die Nachfolge für Amanda geregelt hat. Die Urkunde, die beinahe alles zerstört hätte. Er kennt den Kern ihres Inhalts, findet er. Und es sieht nach sehr vielen Abschnitten aus, da kann Georg ihm besser zusammenfassen, was darin steht. Georg liebt schließlich Pergament.

Georg nimmt die Urkunde – er hat keine Angst vor vielen Worten. Er hat nur ein paar Zeilen gelesen, da pfeift er schon beeindruckt durch die Zähne. „Da hat es aber jemand genau genommen!", sagt er. „Was meintest du, Johan, wann wirst du König?"

Johan zuckt die Schultern. „Wenn ich Amanda heirate."

Georg schnalzt mit der Zunge. „Tja. Nicht ganz."

Johan ist aufgestanden und sieht ihm über die Schulter und Georg tippt auf eine Zeile auf dem Pergament. Da steht klar und deutlich lesbar: „... sobald die Ehe vollzogen wurde." Sie sehen sich an.

„Was ist, traust du mir das nicht zu?", fragt Johan spöttisch. Er findet offensichtlich nicht, dass so etwas in eine Urkunde gehört.

Aber Georg denkt an etwas anderes und sagt unbehaglich: „Johan, was, wenn sie dich in der Hochzeitsnacht umbringt?"

Johan sieht ihn an: Das ist ein ganz neuer Gedanke – soll er Georg von Jata-ro erzählen? Georg wird den Mund nicht mehr zu bekommen. Aber er wird warten, bis es wirklich sicher ist. Er wird es schon noch herausbekommen. Und für die Hochzeitsnacht hat er keine Bedenken. „Unfug. Lies weiter.“

Sie hat sich ihm nicht geradezu aufgedrängt, es zu tun, um ihn dann in der Hochzeitsnacht zu töten. Und er weiß jetzt, warum es ihr so wichtig war. Er bleibt stehen und liest mit. Es wird sehr still in der Kammer. Aufgezählt sind alle Güter Waislands. Jede Burg, jedes Dorf, alle Weiler sind erfasst, keine Hufe Land und nicht ein Acker wurden vergessen. Und dieser gesamte Besitz geht an den neuen König. Flue ist kein armes Land mit seinen Wäldern und Wiesen und dem Fluss – aber Waisland ist dreimal größer, mit fetten Äckern, guten Weiden, Obstwiesen und noch mehr Wald. Der neue König wird sehr reich sein. Und Amanda verliert alles. „… sobald die Ehe vollzogen wurde“, ist sie nur noch die Frau des Königs. Sie bekommt es nicht einmal zurück, wenn er stirbt. Die Brüder sehen sich an.

„Gehen wir zu ihr“, sagt Johan entschlossen und steckt das verhängnisvolle Stück Tierhaut zurück in den Kasten. Kein Wunder, dass sie es geheimhalten und niemand davon weiß. Ihr ganzes Schicksal hängt daran. Er versteht plötzlich, warum sie ihn so sehr gedrängt hat. Sie ist nicht dreist. Aber für sie hängt alles davon ab – den richtigen Mann zu finden. Sie haben es geschafft, es vor Ratibor geheim zu halten. Wenn er es wüsste, wenn es jetzt noch bekannt würde, wie einfach man König werden kann.

Amanda ist nur ein bisschen erstaunt, die beiden so schnell wiederzusehen. Die Brüder sind blass, als sie die Truhe zurück auf den Tisch stellen; ganz vorsichtig, als sei sie gefährlich.

Es ist an Johan, das Wort zu ergreifen. „Amanda, hast du gelesen, was da steht?“

Sie sieht ihn an und lächelt ganz leicht. „Jedes einzelne Wort. Ich glaube, ich kann es fast auswendig. Nur bei den Dörfern komm ich immer durcheinander.“ Sie hat lange Zeit gehabt, darüber nachzudenken.

„Amanda, das ist fürchterlich.“

„Johan – bitte.“

Aber er lässt sich nicht abbringen. „Du verlierst alles!“

„Das finde ich nicht“, sagt sie störrisch.

Er schüttelt unwillig den Kopf.

„Ich gewinne einen König“, erklärt sie ernst. „Das Land gewinnt einen König.“

Er antwortet nicht.

Sie sieht ihn an. „Deine Sorge ehrt dich, wirklich. Aber sie ist unnötig.“ Sie seufzt. „Ich will nicht sagen, dass ich glücklich war, als ich dies das erste Mal gelesen habe“, gibt sie zu. „Ich habe mein Leben gewagt, habe alles gewagt – und dann das! Aber Vater hat es so gewollt. Er wollte, dass ich die Erblinie Waislands fortsetze und eine andere Möglichkeit hat er nicht gesehen. Wenn er nach Mutters Tod wieder geheiratet und Söhne bekommen hätte, hätte er das Pergament vielleicht ins Feuer geworfen, mir eine kleine Burg mit ein bisschen Land vermacht und ich hätte meine Tage glücklich damit verbringen können, zu jagen und meinen Kindern beim Großwerden zu zusehen. Es kam aber nicht dazu.“ Ratibor ist dazwischen gekommen.

Johan schüttelt den Kopf. „Dein Vater hat fünf Jahre Zeit gehabt, wieder zu heiraten und Söhne zu bekommen. Er hat es aber nicht getan. Er wollte, dass du die Linie fortsetzt. Du, Amanda, seine Tochter.“ Amanda sieht ihn dankbar an.

Der alte König hat wirklich gewollt, dass Amanda die Linie fortsetzt – auch um den Preis dieser Urkunde. Er hat es so sehr gewollt, dass er ihr einen Mann an die Seite gestellt hat, der ihr helfen konnte, es durchzusetzen – einen Mann, von dem niemand wusste. Und die Urkunde ist unter Verschluss bis zum Tag der Eheschließung.

Johan schluckt: Was hat Georg gesagt? – *Was, wenn sie dich in der Hochzeitsnacht umbringt?* „Nach Vollzug der Ehe“, steht auf dem Pergament. Und Amanda hatte einen Mann an der Seite, der ihr beibringen konnte, wie man mit bloßen Händen einen Mann tötet oder der es für sie täte: Niemand würde ein Mädchen und einen alten Mönch fürchten – schon gar kein ahnungsloser Bräutigam, der sich auf seine Hochzeitsnacht freut. Nein, er möchte nicht der sein, der sie gegen ihren Willen heiratet! Der alte König ist gerissener gewesen, als er ihm zugetraut hat. „Er hat dir einen Ausweg gelassen“, sagt er freundlich und sieht sie an. Amanda errötet heftig.

Georg schüttelt innerlich den Kopf: es verblüfft ihn immer wieder, wenn aus der kühlen Kämpferin plötzlich ein errötendes Mädchen wird.

Johan findet, dass sie wieder einmal hinreißend aussieht. Das kleine Mädchen auf dem grauen Pferdchen ist doch noch nicht ganz verschwunden.

„Fürchtest du dich?“, fragt sie – tatsächlich schelmisch.

Er sieht ihr lächelnd in die Augen. „Sollte ich?“

Sie schaut ihn an und dann schlägt sie die Augen nieder und wird tatsächlich noch etwas röter. „Nein.“

Sie kann „Nein“ sagen, dass einem ganz anders wird, findet Johan. Georg neben ihm hat es auch gespürt und rutscht auf seinem Stuhl herum.

Georg ist allerdings unruhig. Haben diese beiden denn gar keinen Verstand? Das hier ist eine ernste Sache, es geht um alles, es geht um die Zukunft Waislands – und sie tändeln! „Bist du dir wirklich sicher, dass du das willst?“, fragt er schärfer als beabsichtigt.

Johan runzelt die Stirn – und Georg erfährt umgehend, wie schnell aus dem verliebten Mädchen wieder die kühle Herrscherin werden kann. „Sieh es einmal so, Georg, wenn es dir solche Sorge bereitet: Nichts macht dieses Pergament ungeschehen. Mein Vater hat es bestimmt und ich werde mich daran halten. Ich habe ganz sicher nicht all das auf mich genommen, um jetzt eidbrüchig zu werden. Und, was denkst du: Sollte ich lieber einen anderen wählen? Kannst du dir einen besseren König als Johan vorstellen?“

Georg fällt nichts dazu ein: *Wenn man es so sieht…*

Amanda beobachtet ihn und setzt samtweich hinzu: „Willst du wirklich die Verwaltung dieses schönen Landes einem anderen überlassen?“

Als wisse sie ganz genau, wie sehr es ihn reizt, diese Ländereien für Johan zu verwalten. Er sitzt wie festgefroren.

Tja, Georg, denkt Johan, *wenn sie sagt, was sie will – und schickt einem ein Stück Pergament, damit auch wirklich kein Zweifel daran besteht – dann kann man auch getrost von etwas anderem reden. Es bekommt einem nicht gut, wenn man bezweifelt, dass sie meint, was sie sagt.* Er hätte Georg für klüger gehalten, als an Amandas Wort zu zweifeln. Aber Georg ist von der Urkunde zu überwältigt, um auf seinen Scharfsinn zu hören.

Amanda lächelt und als wäre das eben keine Zurechtweisung gewesen, sagt sie ruhig: „Mir wäre es lieber, wenn ich keinen anderen dafür suchen müsste, Georg.“

Er sieht auf, erstaunt über ihren freundlichen Tonfall. Sie blickt ihm in die Augen. „Ich weiß das Land bei dir in guten Händen.“

Johan sieht, dass jetzt Georg rot wird. Sie hat ihn mühelos eingewickelt. Vielleicht ist es doch besser, er regelt die Dinge mit ihr selbst. Er steht auf, bevor das hier überhandnimmt. Johan verbeugt sich vor Amanda und sieht ihr tief in die Augen. „Danke.“ Es ist einfach herrlich, wenn sie rot wird.

Hochzeit

Zwei Wochen, ehe sie ins Feld ziehen. Die Burg hallt von den Vorbereitungen wider. Die Schmiede arbeiten fast ununterbrochen: Das eiserne Herz der Burg ist erwacht… und es schlägt Tag und Nacht.

Proviantkarren fahren voll den Berg hinauf und leer wieder hinunter, Männer kommen und werden gerüstet, Boten gehen hin und her. Johan ist den ganzen Tag beschäftigt, redet mit allen, plant, begrüßt jeden, nimmt Schwüre entgegen, vereidigt Männer, stellt Truppen zusammen. Und er schlägt Knappen zu Rittern. Aber nicht Anissin, obwohl er auch ihn gefragt hat. Anissin will als Knappe mitgehen. Er erhält die Erlaubnis, sich im Kämpfen zu üben, wenn Amanda ihn nicht benötigt.

Amanda will kein großes Hochzeitsfest. Sie können feiern, wenn sie Ratibor besiegt haben, wenn sie Johan krönen, aber jetzt will sie ihn einfach nur heiraten. Sie platzt fast vor Ungeduld.

So heiraten sie denn: Georg als Trauzeuge, ebenso Anissin und Nadia, Gregors Frau. Johan sieht phantastisch aus im Blau und Gold der Flue, Amanda ist blass und still im Grün und Silber Waislands, das Haar offen unter dem Schleier. Es ist nachgewachsen, aber immer noch skandalös kurz. In anderer Kleidung könnte sie – zumindest von hinten – immer noch als junger Mann durchgehen.

Ihr Priester führt sie unter den Augen Tantaras zusammen – eine Kriegerhochzeit.

Amanda fleht sie in Gedanken um Glück an – und mehr noch um den Sieg.

Sie bekommt etwas Farbe im Gesicht, als Johan sie küsst – aber beim Hochzeitsmahl ist sie schon wieder ganz blass. Sie isst fast nichts. Bevor Johan anfängt, sich ernsthaft Sorgen zu machen, steht er auf und reicht ihr die Hand. „Komm." Sie erhebt sich und wieder kehrt ein bisschen Farbe zurück. Keiner macht eine zotige Bemerkung, wie es sonst üblich ist. Niemand macht überhaupt eine Bemerkung. Nicht bei diesen beiden.

Aber kaum sind sie weg, grinsen alle. Und als dann der Knappe an der Tür vermeldet, dass sie endgültig in ihre Räumlichkeiten gegangen sind, bricht die Halle in schallendes Gelächter aus. Das wird eine Hochzeitsnacht werden! Sie schließen gutgelaunt neue Wetten ab – wer von beiden morgen lebend das Brautgemach verlässt. Anissin und Bertram lachen zwar mit, wetten aber nicht: Sie kennen ihre Herren besser. Georg kann nicht wetten und ist erschrocken, wie gut die Burg Bescheid weiß.

Johan hat Amanda den Arm um die Schultern gelegt, als er sie durch die stille, geschmückte Burg führt. Amanda spürt diesen warmen, festen Arm und seine ruhige Anwesenheit. Noch niemals ist sie so durch die Burg gegangen und sie weiß, sie wird diesen Arm um ihre Schultern und den Gang durch ihre Burg bis ans Ende ihres Lebens nicht mehr vergessen.

In ihren neuen gemeinsamen Räumen nimmt Johan sie in die Arme. „Was hast du? Fürchtest du dich?" Doch noch ein Geheimnis? Ein letztes?

Amanda holt Luft. „Nichts habe ich. Und ich fürchte mich nicht." Ihre Augen glänzen, ihre Wangen sind gerötet.

Aber Johan hält sie eng im Arm und mustert sie.

Mit einem kläglichen Lächeln gibt Amanda zu: „Ich hatte Angst, dass es doch nicht dazu kommt". Sie wird sehr rot.

Johan zieht sie an sich. „Das ist völlig unbegründet."

Sie drängt sich an ihn.

Er hält sie mit einer Hand an sich gezogen und öffnet mit der anderen langsam ihre Kleidung. Nachdem er sie zweimal fast gehabt hat, will er sie jetzt endlich. Sie überlässt sich seinen Händen, seinen Küssen, presst sich an ihn. Sie ist nicht schüchtern, sondern sehr geschickt darin, ihn aus der Kleidung zu schälen. Kein Wunder, sie ist unter Männern aufgewachsen. Er hofft, dass es daran liegt.

Als sie nackt auf dem Lager liegt und sich ihm öffnet, spürt er doch den kleinen Zweifel, der ihn die ganzen Tage begleitet hat: Sie hat ihm so vieles nicht gesagt. Hätte sie auch geschwiegen, wenn… Aber dann spürt er die Barriere. Sie ist Jungfrau – gewesen – und ist nun wie berauscht.

Amanda spürt den kurzen Schmerz und stöhnt auf, aber nicht vor Schmerz: Sie könnte schreien vor Glück. Mehr als irgendetwas anderes zeigt ihr dies, dass sie es geschafft hat: Keiner hat sie gekriegt, keiner! Nicht Siltrass und nicht Ratibor und nicht diese widerlichen Knechte, die vielleicht am nächsten dran gewesen sind. Es ist Johan, der es tut, Johan, mit dem sie hier liegt: Johan, ihr Mann! Johan, der König! Johan, den sie mehr will, als sie je gewusst hat, dass man einen Menschen wollen kann und den sie mehr liebt, als sie je einen Menschen geliebt hat. Und dies hier ist besser als Kämpfen – es ist besser als Siegen – es ist besser als alles, was sie bisher gekannt hat.

Amanda schläft glücklich ein, sie weiß, diese Nacht wird nichts sie wecken. Niemals hat sie sich sicherer und geborgener gefühlt. Sie weiß nicht warum, aber es ist, als sei ihr eine riesige Last von der Seele genommen.

Johan wacht mehrfach auf, aber er rührt sich nicht. Er spürt und sieht sie neben sich, hört ihren Atem, sieht ihre bloße Schulter, das von den Haaren halbverdeckte Wappen. Er kann es kaum fassen: Er liegt hier mit Amanda von Waisland und sie ist sein Weib! Er hat sie verehrt, seit er ein Junge war. Und sie ist doch ganz anders, als er es sich gedacht hat. Aber er liebt sie mehr, als er sich selber zugeben mag. Und im frühen Morgenlicht will er endlich tun, was er gestern Nacht nicht gewagt hat: Sie ganz genau ansehen.

Er hat Angst, dass er Spuren ihrer Erlebnisse findet, die er nicht ertragen kann. Aber er muss es wissen. Jetzt im hellen Frühmorgenlicht traut er sich. Vielleicht bekommt sie es ja gar nicht mit. Aber bei seiner ersten Bewegung ist sie sofort wach: *Ja, richtig, die Kämpferin.*

Sie sieht ihn allerdings gar nicht kämpferisch an, vielmehr liest er in ihren Augen so viel Sehnsucht, Zärtlichkeit und eine solche Hingabe, dass es ihm den Atem verschlägt und er alles andere vergisst. Es ist, als würde sich ein tiefer, verdeckter Brunnen auftun, der verheißungsvoll aus der Tiefe leuchtet und er taucht ein und trinkt davon und es ist köstlicher als alles, was er bisher genossen hat. Sie schmilzt in seinen Armen: Er hat nicht gewusst, dass sie so weich sein kann.

Aber danach, es ist inzwischen hell genug, muss er es tun: Er sieht sie an und zieht langsam die Decke weg. Sie liegt ganz ruhig, lächelt ein bisschen und lässt ihn gewähren. Als wüsste sie auch dieses Mal, was ihn plagt.

Ihre Zehen hat sie jedenfalls noch. Sie sieht weniger schlimm aus, als er befürchtet hat. Dass er selbst voller Narben ist, ist ja was anderes.

„Johan, was ist?", fragt sie belustigt. Er kann jetzt eigentlich keine Fragen mehr haben: Das Blut auf den Laken ist eindeutig.

Er brummt: „Muss schließlich schauen, was ich da geheiratet habe!" Sie räkelt sich genüsslich und nimmt ihn überhaupt nicht ernst. Aber er lässt sich jetzt nicht von ihr ablenken. Tippt auf eine Narbe am Arm und zieht die Brauen hoch.

„Giselher", sagt sie knapp.

Johan nickt: Giselher hat davon berichtet. Den Grund für die Narbe auf der Stirn kennt er, da ist nur noch eine feine weiße Linie. Anla versteht ihr Handwerk. Aber sie hat weiße, tiefe Narben um alle Gelenke.

„Ratibor."

Sein Gesicht verdunkelt sich: Das sind Narben von Eisenfesseln. Davon hat sie kein Wort gesagt. Sie hat kleine Narben überall, aber nichts wirklich Schlimmes, denkt er und sinkt erleichtert zurück. Sie ist unversehrt. Ja-ta-ro hat auf sie aufgepasst.

In der zweiten Nacht weit nach Mitternacht – sie schlafen nicht, die ihnen verbleibende Zeit scheint ihnen zu kurz – sagt Amanda: „Ich weiß so wenig von dir, Johan. Du kennst alle meine Ängste – vor was hast du Angst?"

Und Johan denkt, dass er noch viel weniger weiß als sie, sagt aber trotzdem: „Ich habe Angst, dich zu verlieren. Und Angst, dass ich dir nicht genügen kann." Es ist die Wahrheit.

Sie richtet sich auf, schaut ihn ungläubig an. „Der große Johan von Flue hat Angst, mir nicht zu genügen? Mir?"

„Der große Johan von Flue hat nicht halb so viel erlebt wie du und weiß auch nicht einmal die Hälfte davon."

Sie schüttelt verwirrt den Kopf und er wagt es und lässt sie nicht aus den Augen dabei. „Was hat Ja-ta-ro dir beigebracht?"

Sie schnellt zurück wie eine Schlange. „Johan! Woher weißt du das?"

Also doch! „Siehst du?", sagt er und eine gewisse Bitternis klingt in seiner Stimme mit. „Das meinte ich."

„Wie kommst du darauf?"

Er schaut sie an: Sie sitzt nackt und in die Enge getrieben am anderen Ende des Lagers, abwehrbereit, fluchtbereit. „Es ist also wahr?", fragt er leise. Sie sieht ihn an, viel zu lange, findet er, dann sackt sie zusammen und senkt den Kopf. „Ja. Hajdan war Ja-ta-ro." Sie schaut auf und Jossim hat sich geirrt: Sie muss um ihn geweint haben, sie hat jetzt Tränen in den Augen. Und sie hat schon wieder Angst. Er streckt die Hand aus. „Komm her."

„Woher weißt du es?", fragt sie, immer noch misstrauisch, aber sie kommt näher gekrochen.

„Eine Bemerkung von Jossim." Sie schnellt wieder zurück. „Jossim? Jossim wusste es?"

Johan seufzt. „Er hat dich schwören lassen, oder?" Sie nickt, sehr langsam. Muss ein grässlicher Schwur gewesen sein. Und von einem achtjährigen Kind… „Amanda, komm her", bittet er nochmals und sie kommt tatsächlich. Er kann sie in den Arm nehmen. „Jossim wusste gar nichts. Du hast sein Geheimnis gewahrt, also hör auf, dir Sorgen zu machen. Und er ist tot, oder? Er ist doch tot?"

Sie nickt und weint noch ein bisschen. „Ich bin gegangen, als er gestorben ist. Er hat mich weggeschickt, aber ich bin geblieben, bis er tot war. Es war fast schon zu spät, aber ich konnte ihn doch nicht alleine lassen."

Johan nimmt sie in den Arm und kann es einfach nicht glauben: Sie ist acht Jahre lang – acht lange Jahre! – von Ja-ta-ro ausgebildet worden! Jetzt versteht er plötzlich alles. Aber er kommt auf seine alte Frage zurück. „Was hat er dir beigebracht?"

Sie sieht ihn an, aber nicht mehr abwehrend: Sie denkt nach. Sagt langsam: „Unglaublich viel. Alles."

Er könnte platzen vor Neid. „War es seine Idee mit den Kämpfern?", fragt er. Er hofft immer noch.

Aber sie muss ihn enttäuschen. „Johan, glaub mir, ich hatte wirklich keine Wahl." Und weil sie jetzt eh schon dabei ist, Geheimnisse auszupacken, beschließt sie, ihm alles zu erzählen. „Weißt du – ich hab von Anfang an gewusst, dass ich es nicht hinnehmen kann, eine Gefangene zu sein. Ich hab's wirklich versucht – ich meine, mir hat ja sonst nichts gefehlt und sie haben mir nichts getan. Ich hatte zu essen, Hajdan durfte mich unterrichten, ich lag nicht in Ketten oder so. Aber ich konnte es nicht ertragen, gefangen und eine Geisel zu sein und nichts zu tun. Niemand würde mich je befreien. Es würde keiner kommen. Und da hab ich gemerkt, dass ich es niemals, einfach niemals hinnehmen könnte. Ich war zwar erst acht, aber ich hab's einfach gewusst: Ich würde das keinesfalls ertragen. Und deshalb – weil mir klar wurde, was das hieß – war's eigentlich egal."

Johan schluckt, wickelt sie in eine Decke und zieht sie an sich: Sie friert schon wieder.

Aber sie will jetzt alles erklären. „Hajdan hat mir klargemacht, dass es jeden Tag auf Leben und Tod gehen würde. Und doch war das der einzige, winzige Hoffnungsschimmer, den ich hatte. Die einzige Möglichkeit, dass ich vielleicht doch da oben wegkomme. Dass ich irgendwas anderes bin als eine

Geisel. Dass ich vielleicht doch Amanda von Waisland bin. Da hat er richtig angefangen, mir beizubringen, was er konnte. In jedem freien Moment, bei Tag und Nacht. Er ließ mich erst zu Siltrass gehen, als er sicher war, dass ich mich einigermaßen wehren konnte. Er hat gesagt, dass er jeden töten würde, der mir nachstellt, aber schützen müsse ich mich selbst. Er hat gemeint, ich hätte das Zeug dazu.“

Johan starrt sie an: Was hat Hardrad damals noch gesagt? Er hat ihn gefunden, den Mann mit dem untrüglichen Blick für Talente.

Als Johan sie so anstarrt, fragt sie: „Was hat Jossim gesagt, dass du darauf gekommen bist?“

„Er hat zufällig gesehen, wie du Kral erledigt hast.“

„Oh – das. Ja, da war dann endlich Ruhe.“

Aber Johan ist neugierig. „Jossim sagt, du hättest ihn töten können, aber…?“

Amanda sieht ihn an, aber er gruselt sich nicht vor ihr, er will es einfach nur wissen. „Dann hätte es keinen Sinn gehabt“, versucht sie zu erklären und er muss ihr recht geben: Was sie tat, muss viel erschreckender gewirkt haben. „Was hast du zu ihm gesagt?“

Sie schnaubt. „Dieser Jossim! Johan, lass dir von ihm nichts vormachen! Uns zufällig gesehen! Nichts, was er macht, ist zufällig. Er hat uns nachspioniert.“

Johans Frage ist noch nicht beantwortet.

Sie zuckt die Achseln. „Dass es das nächste Mal sein Auge ist. Und dass er mich in Ruhe lassen soll.“

Er zieht sie an sich und bedeckt sie mit Küssen. *Was für ein Wahnsinn, als Mädchen zu den Kämpfern der Horde zu gehen! Und welch ein Glück, dass sie Ja-ta-ro hatte, der verhinderte, dass ihr verrücktes Vorhaben schief ging!* Aber seine andere Frage lässt ihm trotzdem keine Ruhe: „Was hat er dir beigebracht?“

Amanda sagt langsam: „Die Art zu Kämpfen. Es immer ganz zu tun. Die Atmung. Beherrschtheit. Innere Stärke und Ruhe. Das hat er zumindest versucht, mir beizubringen. Einen kühlen Kopf zu bewahren, wenn es brenzlig wird, war das Schwerste und ich bin nicht weit damit gekommen. Dieser Kampf bei dir in deiner Halle – dass ich dich herausgefordert habe, nur, weil du so, so hochmütig warst. Das war genau das, wovor er mich immer gewarnt hat. Wenn er das erlebt hätte!“

„Hat er dich geschlagen?“

Amanda schüttelt den Kopf. „Das hatte er nicht nötig! Nicht, weil ich so brav war. Er hatte seine eigene Art mir zu zeigen, was er von mir hielt. Puh! Und er hat mir eingebläut, dass ich mich bei den Jungs sofort und brutal wehren muss, bereit, jeden zu töten, der mir zu nahe kommt. Wirklich jeden und egal, was daraus wird.“

Johan schluckt, aber es ist natürlich richtig. „Hast du es gebraucht?“

Sie nickt wieder, ganz langsam und als sie merkt, dass es Johan erschreckt, nimmt sie die Zähne auseinander. „Ja, hab ich. Am Anfang jedenfalls – bis ich Kral erwischt habe – musste ich das jeden, jeden, jeden einzelnen Tag tun. Oh, es war nicht nötig jemanden umbringen – ich musste nur fast so weit gehen. Immer, sobald Jossim sich umgedreht hat. Solange er da war, konnte ich mich anständig wehren.“ Sie zieht eine Grimasse. „Aber das war nicht viel besser, weil ich es am Anfang nicht konnte.“ Sie schüttelt sich, weil ihr jetzt noch graut. „Ich glaube, Hajdan war jeden Abend froh, wenn ich auf zwei Beinen die Treppe rauf kam und noch alles dran war.“

„Du hast nicht bei den Anderen geschlafen?“

„Johan! Also wirklich! Natürlich nicht. Ich hätte keine Nacht überlebt. Nein, ich hab weiterhin oben geschlafen. Und wenn ich unten fertig war, gingen die Übungen oben weiter. Ich glaube, man hätte mich jederzeit an eine Wand lehnen können, ich wäre im Stehen eingeschlafen. Es wurde wirklich erst besser, als ich endlich Kral erwischt hatte. Danach wollten es nur noch ab und zu ein paar wissen.“

„Du hättest aufhören können“, überlegt er laut.

Sie schüttelt den Kopf. „Nicht, nachdem ich einmal angefangen hatte. Es hätte alles noch schlimmer gemacht. Sie hätten mich trotzdem erledigt. Hajdan hatte recht: Entweder ich musste es mit jedem von ihnen aufnehmen oder sie hätten es mir gezeigt. Sie hätten nicht aufgehört.“

Johan verzieht das Gesicht. „Jossim sagt, sie hätten dich nicht töten dürfen“, wendet er ein.

„Ach, ja?“, entgegnet Amanda ironisch. „Ich glaube, da haben die nicht unbedingt zugehört.“

„Und Berendic?“, fragt Johan vorsichtig. „Wusste er es? Hast du ihm etwas gezeigt?“

Sie schüttelt ganz langsam den Kopf, traurig. „Gar nichts. Er weiß es nicht." Dann fährt sie auf. „Jossim! Er wird es ihm sofort erzählen. Berendic wird nie wieder ein Wort mit mir reden!"

Johan gibt ihr insgeheim Recht.

„Ich durfte doch nicht", sagt Amanda. Eigentlich müsste sie es Berendic erklären, nicht Johan. „Hajdan hat gesagt, niemand darf irgendetwas davon wissen, gar niemand. Nicht eine einzige andere Seele. Keine Bemerkung zu irgendjemandem und auch nicht damit drohen. Ich darf es nur anwenden, wenn keiner der Großen zusieht und nur, wenn es unbedingt notwendig ist. Und ich durfte Berendic nichts davon zeigen, gar nichts. Ich glaube, ich hab Hajdan jeden einzelnen Tag damit gequält, wenigstens Berendic etwas sagen zu dürfen, aber er blieb eisenhart. Wenn ich auch nur ein einziges Mal schwach würde, sei es aus mit uns, sagte er mehr als einmal. Dann sei unser Schicksal besiegelt und er könne nichts mehr für mich tun. Er war da unmissverständlich."

Johan räuspert sich. „Und er hatte recht", sagt er ernst. „Berendic hätte es den anderen Jungs gezeigt, irgendwann. Und sei es nur, um sich zu wehren. Er kann es auch nicht leicht gehabt haben", fügt er zum eigenen Erstaunen an.

Amanda schaut ihm in die Augen. „Sie haben ihn echt fertiggemacht, weil er zu mir gehalten hat. Ein ums andere Mal. Aber ich hab es auch allen Jungs gezeigt!"

Johan wiederholt, was er auch zu Jossim gesagt hat. „Welcher Junge würde zugeben, von einem Mädchen erledigt worden zu sein? Und dann nicht mal sagen können, wie sie's gemacht hat! Bei Berendic hätten sie aber sofort erzählt: Der kann etwas, was er nicht darf! Ihr wärt erledigt gewesen, Ja-ta-ro und du. Sie wären sofort darauf gekommen, dass er es von dir hat."

Er braucht nicht mehr weiter zu reden: Amanda hat die Augen aufgerissen und sieht ihn entsetzt an. *Natürlich – so wäre es gekommen...* Schließlich sagt sie: „Das hätte er mir doch sagen können! Ich dachte, er macht es, um mich zu prüfen."

Quälen, hätte sie auch sagen können, denkt Johan. Und äußert, was fast eine Entschuldigung ist: „Er wollte dich bestimmt prüfen." *Was für eine unglaublich gewagte Sache,* denkt er. *Was für ein mutiger, verrückter Kerl er gewesen sein muss: sich mit Leib und Leben auf die Verschwiegenheit eines achtjährigen Mädchens zu verlassen, das jeden Tag verprügelt wird.* „Er hat dich abhärten wollen."

Amanda senkt den Kopf. „Ja, das hat er. Hat geklappt."

Johan hebt ihr Kinn an und mustert ihr Gesicht. Er sagt nichts, aber er küsst sie sehr zärtlich und sehr leidenschaftlich. Und jetzt, wo sie dieses Geheimnis endlich raus ist, wird sie noch leidenschaftlicher.

Sie werden ein bisschen abgelenkt, aber Johan verliert sein Ziel nicht aus den Augen: Er hat nicht umsonst mit dem Thema Ja-ta-ro angefangen. Er hat einen Plan… der vielleicht auch noch ein bisschen warten kann.

„Was konnte er?"

„Ganz viel, und ohne Schwert und Schild. Hände, Füße, Würfe, Messer. Und natürlich Stockfechten, daher kann ich es so gut. Er war auch wahnsinnig gut mit der Steinschleuder. Das konnte er mir aber nicht beibringen, weil wir nicht draußen üben konnten."

Johan klappt der Kiefer runter.

„Was ist?" Amanda schaut ihn beunruhigt an.

Er nimmt sie wieder fest in den Arm. Das wird ihr nicht gefallen. „Amanda, er hat es getan. Er hat für dich getötet." Und er weiß jetzt, wie er es gemacht hat.

Amanda schüttelt den Kopf: *Er hat niemanden getötet, das würde ich wissen!*

„Jossim erzählte mir von seltsamen Todesfällen", beginnt er vorsichtig.

„Aber er war nie da!", verteidigt Amanda ihren Lehrer.

Johan nickt. „Es ist aber so. Jossim sagt, es seien immer Leute gewesen, die sie auf euch angesetzt haben oder die dir übelwollten. Ich denke, Ja-ta-ro hat sie erledigt, ehe sie euch gefährlich werden konnten."

Amanda sieht ihn an und wenn sie jetzt darüber nachdenkt, stellt sie fest, dass es zutreffen könnte. Sie hätte es an seiner Stelle getan. Sie schüttelt den Kopf und schluckt. „Hajdan", sagt sie leise und unendlich dankbar. Wieder einer der Männer, die ihr Leben gerettet haben.

Johan sieht sie an. „Wie war er?"

Amanda ist ziemlich verwirrt. Erst jetzt geht ihr auf, dass sie nicht weiß, warum Hajdan ausgerechnet Mönch in Antaros Tempel wurde. Sie hat ihn nie gefragt. Es war eben so. „Was weißt du über ihn, Johan?"

Er sieht sie an und kann es nicht fassen: Sie ist mit Ja-ta-ro aufgewachsen und weiß nichts über den Mann!

„Was hat er denn erzählt?", fragt er zurück. *Dieser alte Fuchs! Wie muss ihm das gefallen haben!*

„Er hat gesagt, dass er sich als Kämpfer im Zorn habe hinreißen lassen und einen Unschuldigen getötet hat. Dass er dafür den Tod verdient hätte, aber mein Vater ihn unter der Bedingung begnadigte, dass er mein Lehrer wird. Er sagt, mein Vater hätte gemeint, dass ich es als Mädchen schwer haben würde, auf den Thron zu kommen – tja, da hatte er mal recht – und dass Hajdan mir deshalb helfen solle, mich durchzusetzen. Vater habe gesagt, dies sei seine gerechte Strafe, dass er jetzt einem Mädchen alles beibringen müsse, was er könne. Aber Hajdan hat immer gemeint, dass es keine Strafe sei, mit mir zu arbeiten und dass er nun verstünde, warum das alles so gekommen sei. Weißt du, was er damit gemeint hat?"

Johan schluckt, weil er es allerdings weiß. „Wenn auch nur die Hälfte der Geschichten über ihn wahr ist, war er der größte Kämpfer, der je gelebt hat. Man erzählt sich, er habe einen Gepanzerten mit bloßen Händen zu töten vermocht."

Und Amanda spricht, ohne zu zögern, weil sie es oft genug gehört hat: „Ein Gepanzerter ist lahm wie eine Schnecke und genauso sterblich wie alle anderen auch."

Sie starren sich an und dann müssen sie lachen, weil es einfach irrwitzig ist.

„Und wie ging es weiter?", fragt Amanda, als sie wieder Luft bekommt. Er fasst sie vorsichtig an der Schulter. „Er hat seine Frau getötet. Er dachte, sie sei ihm untreu. Vielleicht war sie es auch, ich weiß es nicht."

Amanda sieht ihn groß an und schließt dann die Augen. Sie nickt langsam. *Lass dich nicht hinreißen,* hört sie ihn sagen. Immer wieder – jedes einzelne Mal, wenn sie zu heftig wurde. *Lass dich nicht hinreißen!* Sie schmiegt sich an Johan. „Kein Wort hat er darüber gesagt!" Dann fragt sie ihn: „Woher weißt du das alles?"

Johan sieht sie seltsam an. „Amanda, jeder weiß das! Er ist eine Legende. Jeder Junge denkt bei jeder Rauferei: Ich bin Ja-ta-ro! Egal, wie oft er in den Dreck fliegt. Jeder will Ja-ta-ro sein. Und darum, Amanda: Du musst es sagen."

Sie wehrt sich, aber er lässt nicht locker. „Du musst es sagen und du musst es uns zeigen." Sie sieht ihn an – und er fordert sie heraus: „Zeig mir etwas!" Sie muss fast lachen. „Johan, ich bin nackt!" „Ah – ja…" Sie finden etwas anderes, was sie tun können, wenn sie nackt sind.

Aber als sie beim Frühmahl sitzen, fängt Johan wieder davon an. „Amanda, hör zu" – das tut sie immer – „du weißt, dass ich ein guter Kämpfer bin."

Sie nickt. Dazu gibt es nichts zu sagen.

Er nickt auch. „Aber das ist nicht alles. Das ist nicht genug." Und um es zu erklären, führt er aus: „Mein Kampf mit Siltrass – ich hatte mich nicht zu erkennen gegeben, als ich ihn herausforderte, kein Wappen, die Rüstung ungezeichnet, der Schild verdeckt. Also hat er erst einmal ein knappes Dutzend seiner Leute rausgeschickt. Als wir sie erledigt haben, Bertram und ich, hat er gemerkt, dass es ernst ist und ist selber gekommen. Da wusste er immer noch nicht, wer ich bin. Weißt du, es ging nicht darum, ihn zu besiegen und auch nicht darum, ihn zu töten. Das hätte einfach nicht gereicht. Das war kein schöner Kampf. Ich wollte keinen schönen Kampf und das durfte auch keiner werden. Ich musste diese Burg haben. Der Sache endlich ein Ende machen. Ich musste das neue Oberhaupt werden. Und deshalb musste ich mit allergrößter Grausamkeit kämpfen. Das war es auch, was ich wollte, weil ich ihn wirklich gehasst habe. Aber es war trotzdem der schwerste Kampf, den ich je durchgestanden habe und nicht nur, weil er wirklich gut war. Du weißt selbst, dass ein Kampf am schwierigsten ist, wenn man wirklich hasst."

Amanda nickt, die Gefahr heftiger Gefühle ist ihr nur zu gut bekannt.

„Die ganze Burg hat zugesehen. Alle standen auf den Zinnen, aber niemand griff ein. Nicht, nachdem er meine Herausforderung angenommen hatte. Da wusste ich, dass es vielleicht doch Ehre gibt auf der Zwinge. Ich habe ihn vor ihren Augen zerlegt, Amanda. Stück für Stück. Und erst, als er wirklich fertig war, habe ich gezeigt, wer ich bin. Erst als er im Sterben lag, habe ich mich zu erkennen gegeben, ihm und der ganzen Burg."

Amanda stellt fest, dass sie es nicht schrecklich findet, sondern dass sie mitfühlt – mit ihm – mit Johan. Seinen Hass – ihren Hass. Sie hat keine Spur Mitleid mit Siltrass.

„Na ja, bei ihm hat es nicht viel genutzt", gibt Johan zu und erklärt auf Amandas fragenden Blick: „Ich wollte ihn eigentlich verbluten lassen, aber er fing an, mich zu verhöhnen und da hab ich ihm doch den Kopf abgeschlagen", sagt er bedauernd. Und mit unendlicher Erleichterung denkt er, wie unrecht Siltrass mit seinem Hohn gehabt hat. Amanda hat sich ihr Herz bewahrt – die Zwinge hat sie nicht zerstört.

Und im selben Moment sieht er wieder diesen Raben vor sich auf dem Felsen sitzen. Sein Blick aus schwarzen, erschreckend klugen Augen. Und mit welcher Gier er auf den Toten zu gehüpft ist! Und über ihm kreisten die Geier – er hat sie sehr wohl gesehen. Und er hat gehört, wie sie kreischend eingefallen sind, nachdem er in der Burg verschwunden war.

Amanda findet nicht, dass es etwas zu bedauern gibt an Siltrass Tod. Ohne Kopf ist ihr Siltrass sogar noch viel lieber als einfach bloß tot. Dann sieht sie Johan an. Er ist totenblass, als hätte er einen Geist gesehen. „Johan?"

Er schaut auf und versucht zu lächeln – er hatte nicht vor, ihr das zu erzählen. Es reicht, dass er es gesehen hat. Aber es ist zu spät. Ihr Blick lässt ihn nicht los. „Was?", fragt sie leise.

Er will, dass sie ihm alles erzählt. Da muss er dasselbe tun. „Die Raben und Geier haben sich seinen Leichnam geteilt", sagt er unglücklich.

Amanda erblasst. Von allen Schrecknissen der Zwinge war diese Drohung nach dem Eisloch die schlimmste und Amanda dankt allen Göttern, dass es während ihrer Gefangenschaft niemals dazu gekommen ist: Zusehen zu müssen, wie ein Toter nicht ins Tal der Toten gebracht, sondern vor den Toren der Burg abgelegt wird. Amanda dachte immer, dass es die schlimmere Strafe wäre, dabei zusehen zu müssen als dass es mit einem selbst geschähe. Sie schaudert zusammen. Und jetzt ist es Siltrass selbst widerfahren. Der Herr der Zwinge ist Opfer seiner eigenen Grausamkeit geworden.

Ein kleines, böses Lächeln steigt in ihr auf.

Johan sieht es genau. Dann schaut sie auf. „Es ist gut so." In ihren Augen funkelt böse Genugtuung. „Mach dir nichts draus. – Und wenn es dich tröstet: er hätte mit dir dasselbe getan."

Johan braucht einen guten Schluck Wein, ehe er den Faden wieder aufnehmen kann. „Verstehst du, was ich damit erreichen wollte? Dann erst bin ich in die Burg gegangen. Ich wusste wirklich nicht, ob ich lebend wieder rauskommen würde. Sie hätten mich einfach niedermetzeln können. Haben sie aber nicht. Sie haben mir gehuldigt. Ich will nicht angeben, aber man meuchelt Johan von Flue nicht."

Das soll sie wirklich nicht denken, darum geht es nicht. Er sieht sie an und sie hat ein kleines, warmes Lächeln für ihn. Er ist seltsam berührt: Sie versteht ihn.

„Nicht einmal auf der Zwinge tun sie das. Nicht, nachdem ich Siltrass vor ihren Augen auseinandergenommen habe. Verstehst du?"

Amanda nickt. „Ja. Du bist ein großer Kämpfer und ich liebe dich. Aber was hat das mit mir und Ja-ta-ro zu tun?"

Johan spricht langsam und nachdenklich: „Ich sage dir, warum uns Jossim keine Schwierigkeiten machen wird: Weil er sicher ist, dass das Schicksal mit dir ist." Er beugt ihrem Protest vor. „Ich habe ihm von Ja-ta-ro erzählt. Und er hat die Geschichte von der Ruine gehört."

Amanda schnappt nach Luft – aber klar: Gernot und Giselher haben geredet, warum auch nicht.

Johan nickt. „Genau. Lauter Dinge, die du niemandem erzählst. Die Geschichte mit der Ruine kennen hier mittlerweile alle. Giselher erzählt sie immer noch sehr gerne. Und Jossim weiß es jetzt auch. Er glaubt, dass Ja-ta-ro und die Toten der Ruine mit dir sind. Er wird dich nicht verraten. Er kann gar nicht anders."

Amanda blinzelt, aber er lässt ihr keine Zeit. „Hat dir keiner deiner Lehrer gesagt, dass du – wenn du einen Kampf wirklich gewinnen willst, also immer und besonders gerade jetzt – dass du dann alles, was du hast, einsetzen musst? Alle deine Gaben?"

Amanda starrt ihn an. Doch, hat sie dann und wann schon mal gehört.

Johan sieht, dass er sie überzeugt hat. „Du darfst dein Wissen und Können nicht für dich behalten. Du musst es uns zeigen. Wenn alle begriffen haben, dass du Ja-ta-ro als Lehrer hattest – für acht lange Jahre! – wenn sie sehen, was du kannst, und dass die Toten der Ruine mit dir sind…"

Er macht eine Pause, blickt ihr tief in die Augen.

„Dann werden wir es so viel leichter haben, Amanda. Du gewinnst einen Kampf nicht immer, weil du besser bist. Aber wenn sie Angst vor dir haben, machen sie Fehler. Ich habe dafür gesorgt, dass sie Angst vor Johan von Flue haben. Ich hatte Glück, dass mein Können dazu ausreichte. Ich habe Ratibor auf drei Turnieren zuerst böse und grausam und dann mit solcher Leichtigkeit besiegt, dass er einfach nur froh war, dass ich nicht mehr wollte als siegen und in Ruhe gelassen zu werden. Ich hätte ihn töten können, aber ich habe es nicht getan und er wusste das. Es war das Gleiche wie mit dir und Kral. Dann hat er uns Herdred auf den Hals gehetzt, aber Georg und ich haben sie so vollständig geschlagen, dass auch das aufhörte. Und das hat dann gereicht. Ich habe ihn nie als König anerkannt und er hat getan, als würde er das nicht bemerken. Er hat mich in Ruhe gelassen, aber er wusste nie, woran er mit mir war. Viele sind mir böse, dass ich ihn nicht getötet habe, und wollten nichts mehr mit mir zu tun haben. Sie wollten, dass ich den Aufstand anführe – aber wo hätte ein solcher Aufstand denn hinführen sollen? Ich konnte ihn nicht angreifen, weil wir dich da oben nicht herausgebracht hätten", beantwortet er eine Frage, die sie nicht gestellt hat.

Sie hört ihm nur zu. Weil sie das alles nicht gewusst und auch nicht bedacht hat. Sie hat immer nur einen Schritt nach dem anderen machen können.

„Und dann kam das Gerücht, dass du geflohen seist." Er schüttelt den Kopf. „Das erzeugte einen Aufruhr! Die Horde war die ganze Zeit über ruhig, weil sie Lieferungen von Ratibor für dich bekamen."

Amanda starrt ihn an: *Was!?*

Johan bricht ab. *Das weiß sie auch nicht!* „Jossim hat erzählt, dass ein Drittel der Lieferungen, die Ratibor von Waisland bekommen hat, als Bezahlung auf die Zwinge gebracht wurden."

Amanda fühlt sich, als habe man ihr ins Gesicht geschlagen. „Sag, dass es nicht wahr ist!", zischt sie.

Aber Johan kann nichts für sie tun. „Darum haben sie so gut auf dich aufgepasst: Die Horde hat nicht mehr gehungert, seit du da warst. Darum wollten sie dich auch unbedingt wiederhaben, ehe Ratibor merkt, dass du weg bist. Jossim sagt, sie haben dir Häscher um Häscher nachgeschickt."

„Häscher", wiederholt Amanda tonlos. Das hier wird immer schlimmer.

Johan wartet einen Moment, aber sie sagt nichts. Sie sieht allerdings aus, als hätte sie einen Geist gesehen. „Hast du denn keine Verfolger bemerkt? – Hast du einen…?"

Amanda schüttelt den Kopf.

„Jossim sagt, den letzten hätten sie in den Hügeln bei der Ruine verloren."

Amanda stellen sich die Haare an den Armen auf: *Diese stille Anwesenheit dort!* „Die Köhlerei", sagt sie. „Danach war er weg."

Jetzt wird es Johan unheimlich. Er greift nach ihrem Arm: eiskalt. „Amanda?“

Sie taucht wie aus einem Traum auf und sieht ihn an. „Da war eine Köhlerei in den Hügeln. Die ganze Zeit hatte ich das Gefühl, das mir etwas auf den Fersen ist. Etwas sehr Stilles. Die Köhler waren seltsam. Ich hab sie den ganzen Tag beobachtet und ich war mir sicher, dass sie mich nicht bemerkt haben. Aber sie haben Brote rausgelegt. Ich hab es damals nicht verstanden, es war mir egal. Ich war dabei, zu verhungern. Jetzt denke ich, dass sie mit diesem Brot die Geister der Toten beruhigen wollten. Ich hab die Laibe genommen. Ich wäre sonst wirklich verhungert. Und danach war der stille Verfolger weg. Meinst du, die Köhler haben ihn auf dem Gewissen? Meinst du, sie haben die ganzen Menschen umgebracht, die sich in den Hügeln verirrt haben? Dass es gar nicht die Toten waren? Dass diese Köhler die Geschichte in die Welt gebracht haben?“

Johan sieht sie sehr seltsam an. „Amanda“, sagt er vorsichtig, „es gibt keine Köhlerei in den Hügeln.“

Amanda sagt regungslos: „Ich hab ihre Brote gegessen.“

Johan fällt nichts dazu ein.

„Johan“, sagt Amanda entschlossen, „wenn wir mit allem anderen fertig sind, suchen wir diese Köhlerei. Und wir lassen Wege durch diese elenden Hügel schlagen, dass niemand sich mehr verirrt. Und wir bauen die Burg dort oben wieder auf. Gibt es irgendjemandem, dem wir sie übergeben können?“

Johan schluckt. Er wünscht sich, irgendjemand anders hätte ihr all diese Geschichten erzählt. „Nein“, sagt er knapp und weil er schon dabei ist und sie es einfach wissen muss, fährt er fort: „Dein Urahn“ – sie schreckt auf; hat er sich doch gedacht, dass sie auch das nicht weiß. „Es war dein Urgroßonkel, der die Burg in Schutt und Asche gelegt und jeden getötet hat, der dort lebte. Es gibt keine Nachfahren mehr. Es sollen sogar Kinder unter seinen Opfern gewesen sein.“ Er ist froh, dass er es los ist.

„Zwei“, sagt sie.

„Was?“

Sie sieht ihn an. „Es waren zwei Kinder inmitten der Toten.“ Sie ist sehr gefasst. „Wir werden sie jemand anderem geben.“

„Ich glaube nicht, dass sich irgendwer findet, der den Mut dazu hat“, wendet Johan ein.

Sie denkt einen Moment nach. „Ich glaube schon – Anissin! Ich denke nicht, dass er Angst vor den Toten hat. Und verdient hat er es."

Johan findet das nicht lustig. „Amanda, hör auf!" Diese Geschichte mit der Köhlerei gruselt ihn wirklich. Natürlich ist nie einer nachschauen gegangen – er wäre ja nicht wieder gekommen. Aber es ist nie von einer Köhlerei die Rede gewesen, und Köhler hätten ihre Ware schließlich irgendwo verkaufen müssen.

Sie sieht ihn ein bisschen erstaunt an. Er nimmt diese Geschichte wirklich ernst.

Und er erklärt: „Amanda – alle hier wissen, dass du den Fluch gelöst hast. Und die Erste bist, die von der Ruine wiedergekommen ist. Aber niemand ist seither dort gewesen und hat selbst nachgesehen. Das würde kein Mensch wagen."

Amanda denkt darüber nach, dann äußert sie eine Bitte: „Vermach sie mir. Schreib in dein Testament, dass die Hügel und die Ruine mir gehören, für alle Zeiten. Ich fürchte mich nicht."

Er ist sehr blass, weil es ihm vorkommt, als würde sie die Toten herausfordern und das tut man einfach nicht, schon gar nicht vor einer Schlacht. Er hat Angst, dass er sie damit den Toten verspricht – aber er beugt sich über ihre Hand und küsst sie.

„Darum hat dich auch niemand in den Hügeln gesucht", versucht er, den Faden wiederaufzunehmen. „Dabei haben dich alle gesucht: Wir, Siltrass, Ratibor – es ist kein Wunder, dass du irgendwann gefunden wurdest. Ratibor hat die Grenze zur Zwinge sperren lassen, als er erfuhr, dass sie dich verloren haben. Wahrscheinlich sind einige der Häscher ihm in die Hände gefallen. Und er musste auch schauen, was ich unternehme. Er muss unendlich erleichtert gewesen sein, als er dich erwischt hat."

Amanda verzieht das Gesicht. Und sie ist ihm geradewegs in die Arme spaziert. *Wie dumm!*

Sie sehen sich an, weil beide sich schämen, wie vermessen sie sich bei Amandas Weggang von der Flue benommen haben. Beide überzeugt von ihrer Stärke und Georg zu schüchtern, um seine Meinung zu sagen. Und zu was es geführt hat. Amanda schüttelt den Kopf, aber Johan hat ein Ziel. „Zeig uns Ja-ta-ro. Tu es für ihn. Es hätte ihm gefallen."

Und Amanda sagt zu.

Sie hat lange nicht mehr geübt und weiß nicht, wie viel sie überhaupt noch beherrscht, was dieser Kriegermönch sie einst lehrte.

Sie muss zuerst alleine sein und bittet sich aus, dass sie die Fechthalle für sich hat. Anissin und Bertram bewachen die Türen – von außen – und erhalten Befehl, niemanden hereinzulassen: Niemanden!

Amanda tut, was sie zuletzt im Verlies bei Ratibor getan hat: Zuerst der Atem, um sich zu sammeln, dann aufwärmen – hier ist allerdings mehr Platz. Sie baut sich fünf der Strohpuppen auf, an denen sie auch sonst mit Waffen üben. Barfuß und mit bloßen Händen, wie sie es gewohnt ist, nähert sie sich ihren Gegnern.

Du musst es können und wenn du aus dem Schlaf gerissen wirst! hat Hajdan ihr eingebläut – und sie etliche Nächte geweckt. Und nicht nur geweckt: angegriffen. Wenn es ihm dann gelungen war, sie zu überwältigen, hat er ihr haarklein erklärt, was genau sie falsch gemacht hat. Und noch wichtiger: was sie hätte anders machen können. Das haben sie dann geübt, bis sie es wirklich im Schlaf konnte. – Und dann hat er sich was Neues einfallen lassen.

Amanda beginnt langsam. Im Verlies hat sie keine Puppen gehabt, an denen sie üben konnte. Tritt – Schlag – abrollen – von hinten gegen den Kopf – Schlag – Tritt. Und alles wieder von vorn, von der anderen Seite, in neuer Reihenfolge, schneller werdend.

Früher hat ihr Ja-ta-ro gesagt, welcher Gegner ihr nächster sein sollte, jetzt muss sie es selbst entscheiden – das ist nicht ganz dasselbe. Aber es macht nichts. Es geht darum, wieder rein zu finden. Als sie zufrieden ist, holt sie sich den Messergurt. Den hat der Schmied ihr angefertigt, mit acht Messern. Gesehen hat den noch kein anderer Mensch.

Sie schnallt ihn um und nimmt jedes Messer einzeln heraus und wiegt es in der Hand. Sie sind gut, nicht alle völlig ausgewogen, aber auch damit muss sie zurechtkommen. Sie fängt langsam an, an den Strohpuppen. Genau wie Hardrad war auch Ja-ta-ro der Meinung, dass es keine Übungskämpfe gibt. Man kämpft um Leben und Tod: bereit zu sterben – bereit zu töten. Wenn man das nicht tut, kann man es auch lassen. Sie trifft mit der Hälfte der Klingen, sammelt sie wieder ein, beginnt von Neuem. Als sie mit allen Messern trifft, versucht sie, schneller zu werfen.

Jetzt fehlt ihr wieder ihr Lehrer: Hajdan hat ihr immer zugerufen, welchen ihrer Gegner sie wo treffen solle: Arm – Kopf – Bein – Hals. Nun weist sie sich selbst an. Wirbelt zwischen den Strohpuppen herum. Wird schneller. Ein drittes Mal.

Als sie das letzte Messer in der Hand hält, sieht sie plötzlich zwei Augen – sie erschrickt so sehr, dass sie wie vom Blitz getroffen erstarrt. Alle Haare stellen sich auf – einen Moment denkt sie – dann sieht sie, dass es Johan ist. Ohne hinzusehen, knallt sie das letzte Messer in eine Strohpuppe und geht zu ihm hinüber. – Klar, Bertrams erste Treue gehört stets Johan. Und die Halle hat zwei Türen. Sie bleibt vor ihm stehen. Jetzt ist ihr Gesicht wie Stein.

„Du hättest mir das nicht gezeigt", stellt er fest.

„Stimmt." „Warum nicht?"

„Keine Frau sollte so etwas können." Hat sie schließlich oft genug gehört. Selbst Hajdan hat sie gewarnt. *„Sie haben es bei mir gehasst, und ich bin ein Mann. Die Kunst des Messerwerfens hat sie mehr aufgebracht als alles andere. Ich weiß nicht, warum, aber es war so. Sie werden es bei dir als Frau noch sehr viel mehr hassen. Du bist sehr gut darin. Und deshalb, Amanda: Wenn du zu den Messern greifst, dann tu es, um zu töten. Zeig es niemandem."*

Johan sieht zu den Strohpuppen hinüber. „Ich finde vielmehr, jede Frau sollte so etwas können." Naja, vielleicht nicht das mit den Messern.

„Und das hast du mit Kral gemacht? Wie…"

Sie geht zornig auf ihn los, holt aus, als wolle sie ihn schlagen – er zuckt unwillkürlich zurück, hebt abwehrend den Arm. Sie packt diesen Arm, schlägt ihm mit einem Tritt die Beine weg und er kracht zu Boden. Ehe er begreift, was geschehen ist, hockt sie schon auf ihm und reißt ihm Kopf und Arm herum. Johan stellt fest, dass er sich, obwohl sie viel leichter ist als er, nicht bewegen kann, ohne höllische Schmerzen, seinen Schwertarm oder sein Leben zu wagen.

„Ich bitte um Gnade", sagt er dumpf: Sein Gesicht liegt auf dem Boden. Sie springt auf, als hätte sie sich verbrannt. Sie hat das nicht gewollt! Als er wieder steht, fragt sie mutlos: „Und was ist jetzt damit gewonnen?"

Er prüft vorsichtig die Beweglichkeit seiner Schulter, schaut zu den Strohpuppen hinüber. „Jetzt weiß ich, dass du dich zumindest gegen fünf Mann wehren kannst."

Sie folgt seinem Blick, sagt trocken: „Wenn sie still halten."

Johan muss grinsen und auch in Amandas Augen ist ein Funke Leben zurückgekehrt. „Warum sollte ich das nicht sehen?", will er jetzt wissen.

Sie schaut ihn an. „Kein Mann will eine Frau, die so etwas kann."

„Ah, ja?", sagt er und sie sieht in seinen Augen etwas ganz anderes, ihr wird heiß. Er streckt die Hand aus und zieht sie an sich, sie fühlt, wie es um ihn steht. Er streift ihr die Kappe vom Kopf, wühlt sich in ihre Haare. „Das ist nicht wahr", flüstert er an ihrem Ohr.

Er sieht sie an und fährt mit der Hand über ihren Leib, ihr Atem wird schnell. Mit einer Hand hält er sie, mit der anderen zerreißt er ihr Oberteil. Sie hat nicht viel an, er legt ihre Brüste frei und packt sie. Sie stöhnt auf und er umfasst ihren Leib und legt sie auf den Boden. Mit einem Ruck hat er ihre Beinkleider zerrissen und kniet zwischen halbentblößten Schenkeln. Mit fliegender Hast löst er seinen Gürtel und streift auch sich das Beinkleid ab. Er dringt in sie ein und wieder stöhnt sie auf, aber da hält er inne. Er hält sie mit einer Hand am Boden, aber er rührt sich nicht.

Sie schlägt verwirrt die Augen auf, aber ehe sie etwas sagen kann, verrät sie ihr Körper: Sie kommt ihm entgegen. Und da wirft er sich mit einem Stöhnen auf sie, nimmt sie und wühlt sich in sie. Er fasst sie mit einer Hand unter der Hüfte und zieht sie zu sich und sie stöhnt, wird laut, drängt ihm entgegen und er spürt, wie sie erschauert. Ihr ganzer Körper zuckt und auch er kann sich nicht mehr halten und ergießt sich in sie. Er hält sie fest und dann sinkt er neben ihr nieder. Mit pumpendem Atem liegen sie nebeneinander.

Als ihrer beider Atemzüge ruhiger werden, richtet er sich auf und sieht sie an. Es ist unglaublich, wie riesig ihre Augen werden können. Er legt seine Hand über ihre Scham und sie zuckt. Sie trägt noch den leeren Messergurt. Er will sie – und wenn sie allen Strohpuppen oder Feinden die Köpfe abschlägt, so will er sie nur noch mehr.

„Ich möchte das nie wieder hören", sagt er rau.

Sie sieht ihn an mit diesen riesigen, weichen Augen und sagt traumverloren: „Sonst tust du es wieder, ja?" Hoffnungsvoll.

Er hilft ihr auf. „Wo hast du deine Kleidung?"

Amanda deutet mit dem Kopf. „Drüben, in der Kammer." Sie löst den Messergurt und reicht ihn ihm. „Holst du mir die Messer?" Sie ist leider schon fast angekleidet, als er mit dem Gurt zurückkommt und er hilft ihr mit Kleid, Überwurf und schließt die Ösen. Sie versteckt den Messergurt ganz unten in ihrer Waffentruhe und sperrt ab. Zusammen gehen sie zurück zur Burg, schicken die Knappen weg, die regungslos gewartet haben.

„Was jetzt?“, fragt Amanda. „Sollen wir das zeigen? Wenn es solche Folgen hat?“

„Du warst halbnackt!“, protestiert Johan. „Kannst du das nicht gerüstet zeigen?“

Amanda grinst. „Ich hatte gesagt, dass niemand zuschauen soll!“

Johan nickt. „Mit dieser Botschaft kam Bertram zu mir. Da war klar, dass ich da sein werde. Er hat mich übrigens nicht eingelassen, sondern sein Wort gehalten. Ich war schon da, als du gekommen bist.“

Amanda nickt langsam. „Du hast also alles gesehen.“

„Ja. Wenn das alles war?“

Amanda lächelt. „Also, was tun wir?“

Johan überlegt. Es ist wirklich unmöglich, das allen zu zeigen. Noch sind die Männer stolz auf ihre kämpfende Königin, aber das hier – das würde ihnen zu weit gehen. „Wir zeigen es nicht“, sagt er langsam und ehe Amanda aufatmen kann: „Aber wir lassen es durchsickern.“

Und sie vereinbaren, dass Amanda es nur Wenigen zeigen wird, die es als Geheimnis weiter geben können. Nichts geht schließlich schneller rum als ein Geheimnis und nichts wirkt stärker als ein Gerücht.

„Anissin“, sagt Amanda. „Der findet, was eine Frau kann, kann ein kleiner Kerl schon lange!“

„Bertram“, fügt Johan hinzu, „und Georg.“

Amanda verzieht das Gesicht. Ihr liegt viel an Georgs Meinung. Er hat ihr mit seiner klugen, freundlichen Art so zuverlässig zur Seite gestanden, als Johan weg war, dass sie ihn nicht als messerwerfendes Ungeheuer verschrecken möchte. „Dein Bruder ist so vornehm“, murmelt sie.

Johan grinst. „Zeit seines Lebens hat er versuchen müssen, mich vor Dummheiten zu bewahren. Er merkt gar nicht mehr, wie missbilligend er dreinschauen kann. Aber täusch dich nicht in ihm: Er hat ein unbestechliches Auge. Er wird den Vorteil sofort sehen. Und er kann skrupellos in der Wahl seiner Mittel sein.“

Amanda verzieht das Gesicht: eine Zustimmung. „Er ist ja auch dein Bruder.“

Und Hardrad, beschließen sie. Er wird wissen, was man am besten wie einsetzen kann. Aber nicht Hadwin, bestimmt Amanda: „Der Alte soll es von anderen erfahren.“

Anderntags in der Halle. Amanda hat sich schon warm gemacht und Johan schaut ihr wieder zu. Sie trägt die weite Hose, die wie ein Rock aussieht, mit der sie auch sonst kämpft. Es geht, sie hat es ausprobiert. Sie ist sehr angespannt, das merkt er deutlich, als er geht, um Bertram nach Georg und Hardrad zu schicken.

Als alle da sind, ist Amanda bereit. Sie hat sich die übliche Lederrüstung angezogen: Schuhe, Handschuhe und eine Lederkappe, um das Haar zurückzuhalten, aber ohne die Gesichtsmaske, die sie sonst zum Schutz ihres Gesichts trägt, aber vor allem, damit die Männer vergessen, dass sie mit einer Frau kämpfen. „Wenn ich abrolle, kann das Ding verrutschen und ich sehe nichts. Und ich bekomme nicht genug Luft", erklärt sie Johan. Mehr sagt sie nicht. Soll Johan erklären. Es ist schließlich sein Gedanke gewesen.

Sie würde es immer noch lieber lassen. Sie fürchtet den entsetzten Gesichtsausdruck der Menschen, an denen ihr so viel liegt.

Johan sagt: „Ihr kennt Ja-ta-ro?"

Hardrad sieht ihm scharf ins Gesicht: Er hat den alten Kämpfer selbst noch erlebt. Sein Blick wandert zu Amanda. Georg reißt die Augen auf und die beiden Knappen nicken strahlend. Es ist, wie Johan sagte: Jeder weiß von Ja-ta-ro!

„Gut", sagt Johan und weist mit dem Kopf auf Amanda. „Schauen wir zu."

Sie hat derweil die Puppen mit Stockschwertern und Messern versehen und sich selbst einen Stock genommen. Den Messergurt hat sie weggelassen: Sie kann nicht mit ihm abrollen und sie hat ja ihre zwei Messer. Jetzt, wo es soweit ist, ist sie entschlossen und will etwas Neues ausprobieren.

Sie mustert ihre Gruppe aus Strohpuppen und sagt dann, ohne den Kopf zu wenden über die Schulter: „Auf die Galerie. Und keinen Laut." Sie schaut doch auf, es ist wichtig: Sie kann nicht sicherstellen, dass sie ein Geräusch nicht als Angriff nehmen würde. Sie ist es so gewohnt. „Ich will wirklich nichts hören." *Nicht, dass noch ein Messer in die falsche Richtung fliegt.*

Die fünf schauen sich an und ziehen ab. Amanda atmet auf. Sie will schauen, dass sie sie völlig vergisst. Sie steht vor ihren Strohpuppen und – atmet. Damit beginnt alles.

Dann fällt ihr ein, dass sie noch eine Rechnung offen hat, die hier helfen kann: Sie denkt an die Bande Knechte, die sie schänden wollten, und spürt, dass der Zorn wie Feuer durch sie läuft. Ihr Herz klopft – bis in die Finger kann sie es fühlen.

Sie sammelt sich, spürt das Feuer, hört ihren Atem – dann legt sie los. Mit einem Stock und zwei Messern hat sie noch nie gekämpft, aber es müsste gehen. Sie wirbelt in den Kreis, springt einen an, tritt den nächsten, rollt aus dem Kreis, schlägt einen von hinten, entwaffnet einen, zwei Messer stecken, ein Kopf fällt. Eine Puppe stürzt zu Boden, sie stiehlt das Messer dieses Gegners und wirft es, den letzten der Angreifer schlägt sie frontal mit dem Stock, rollt außer Reichweite, springt auf, aber das Stockschwert hat sie noch! Sie knallt es auf den Boden: *Ja!*

Abgesehen davon, dass die Knechte vermutlich mehr als zehn gewesen und nicht ruhig stehengeblieben wären, um sich abschlachten zu lassen, sondern bewaffnet mit Äxten, Mistgabeln und Dreschflegeln auf sie losgegangen wären… Abgesehen davon war das gar nicht schlecht. Ja-ta-ro hat sieben geschafft, sagte er einmal. Sie traut sich drei zu, wenn es keine Puppen sind, sondern wirklich Kämpfer. Bei den Knappen ist sie mit vieren fertig geworden, hat aber selbst ordentlich was abgekriegt.

Sie steht und sammelt sich. Dann fallen ihr ihre Zuschauer ein und sie dreht sich um. Sie haben wirklich große Augen, schweigen und Amanda will es gar nicht genau wissen. Sie kreuzt die Arme vor der Brust und legt sie sich auf die Schultern: So kann sie niemanden angreifen – Friede. Sie verneigt sich. Dann geht sie hinaus, sich umziehen. Kaum ist sie fertig, schaut Johan herein. „Amanda, komm zurück. Bitte.“

Sie geht mit ihm zurück in die Halle. Die Männer stehen um die Strohpuppen und versuchen, zusammenzubekommen, wie genau sie das hier gemacht hat. Sie werden still, als sie kommt. Wie sie das hasst! Nie hasst sie es mehr, eine Frau zu sein, als in solchen Momenten. Nicht dazuzugehören, Entsetzen statt Begeisterung… Jedem Kerl würden sie dröhnend auf die Schultern hauen. Auf der Zwinge hat es gedauert – Jahre, allerdings –, aber irgendwann war es soweit und sie ist eine der ihren gewesen, die genauso bejubelt wurde wie alle anderen, wenn sie einen Kampf gewonnen hatte, genauso geflucht, nach einer Niederlage.

Allerdings – Die Männer hier vor ihr sind fassungslos, aber nicht angewidert. Und Anissins Augen glänzen. Er zappelt vor Aufregung.

„Ja-ta-ro, ja?", knurrt Hardrad. „Du hast den ganzen Mist von Ja-ta-ro gelernt?"

Amanda nickt. „Er war mein Meister. Hajdan, der Mönch."

„Versaut 'nen guten Kämpfer", brummt Hardrad, „kein Wunder, dass ich bei dir mit der Beinarbeit nicht weiterkomme."

Amanda grinst, sie kann gar nicht anders. Der alte Meckerer ist beeindruckt, das ist unübersehbar.

Und das verleiht Anissin so viel Mut, dass er fragt: „Zeigt Ihr es mir? Bitte!" *Was für Möglichkeiten für einen kleinen Kerl!*

Amanda lächelt ihn an. Sie liebt diesen Jungen! „Ja", verspricht sie ihm.

„Bitte! Mir auch." Das ist Bertram. Der sonst aus seiner Verachtung für Frauen keinen Hehl macht. Auch für kämpfende Frauen…

Amanda nickt. Georg, dessen Urteil sie am meisten fürchtet, sieht sie mit kugelrunden Augen an. „Ich wusste nicht, dass man so was lernen kann." Auch er hat als sehr kleiner Junge Ja-ta-ro noch selbst gesehen – aber niemals begriffen, wie der das gemacht hat.

Amanda zuckt mit den Achseln. „Es ist nicht schwerer als alles andere. Wenn man Tag für Tag nichts anderes tut."

Georg schüttelt den Kopf. „Ich war mir damals sicher, dass er verzaubert war."

Amanda seufzt, weil sie sich das fast gedacht hat – irgendwer musste das ja sagen. „Ich glaube, am Anfang hat er das selber in die Welt gesetzt – wie das mit seinem Namen. Weißt du, was das bedeuten sollte?"

Georg sieht auf. „Da ist nichts Böses dran – es ist einfach sein Name: Jan von Tannen-Roden – Ja-ta-ro. Als er die ritterlichen Regeln hinter sich ließ, wollte er wohl auch diesen Namen hinter sich lassen."

Amanda schüttelt den Kopf und sagt aufgebracht: „So ein alter Wichtigtuer!" Sie lachen und gehen hinaus.

Wenn Amanda Zeit hat, übt sie seitdem offen in der Halle. Da die Halle jetzt von allen täglich genutzt wird, sind ihre Türen niemals verschlossen. Auch nicht, wenn sie durch ihre Übungen geht.

Sie nimmt nie den Messergurt. Wenn sie wirft, zielt sie auf alles, was sich bewegt oder ein Geräusch macht. Und sie schaut niemals auf die Galerie. Es ist ihr gleich, wer zusieht. Sie denkt nur an das, was sie in dem Moment gerade tut. Wenn ihr gelingt, alles andere zu vergessen, ist ihr Ja-ta-ro so nah, als wäre er hier in der Halle. Das sind die Augenblicke, auf die sie hinarbeitet. Sie denkt nicht an die Schlacht. Sie tut es für Ja-ta-ro. Der ist ihr wichtiger als die Zuschauer.

Dabei werden es jeden Tag mehr, die ihr schweigend zuschauen. Wenn einer ein Geräusch macht, werfen ihn die anderen umgehend hinaus.

Und einer ist jeden Tag in der Halle, wenn Amanda übt, auch wenn man von ihm kein Wort darüber hört: das ist Yannick, der Sänger. Tag für Tag steht er oben auf der Galerie und geht erst, wenn Amanda die Halle verlässt. Er ist auffallend still geworden für einen spottlustigen Sänger. Aber es fällt niemandem auf: Sie sind zu sehr mit den Kriegsvorbereitungen beschäftigt. Man hört ihn nie mehr singen, obwohl er doch sonst aus allem, was er sah, stets ein Lied gedichtet hat. Aber kein Wort über Amanda und Ja-ta-ro kommt über seine Lippen. Eigentlich spricht er überhaupt nicht mehr. Aber auch das fällt keinem auf.

Auch Amanda kommt er erst wieder in den Sinn, als er eines Tages gerüstet vor ihr erscheint und darum bittet, mit in den Kampf ziehen zu dürfen. Als Kämpfer, nicht als Sänger. Amanda sieht ihn verwundert an: Er sieht ungewohnt aus in der Rüstung, und er ist so blass und ernst.

„Dies ist nicht das erste Mal, dass ich ein Schwert trage", versichert er ihr gefasst, „und ich kann nicht immer nebenan stehen. Auch ich habe noch eine Rechnung zu begleichen." „Wie du willst", stimmt Amanda überrascht zu, „aber bleib in meiner Nähe. Wenn ich kann, pass ich auf dich auf."

Er verneigt sich schweigend.

Die Schlacht um die Ratiburg

Die letzte Nacht bevor sie abrücken, verbringt Amanda im Tempel unter Tantaras Blick und Schwert. Sie ist nicht alleine: Jeder Kämpfer, der Platz gefunden hat, hält sich im Tempel auf. Und alle schweigen. Dennoch ist der Tempel von einem steten Wispern und Rauschen erfüllt. Amanda weiß, es sind die leisen Geräusche, die der Tempel verzerrt: das Atemholen der Menschen, wenn einer sich umdreht, ein Seufzen, das Klirren eines Schwertes. Aber dennoch ist es, als würden alle toten Kämpfer Waislands durch den Tempel wandeln. Sie tauscht einen Blick mit Johan, der neben ihr wach liegt: Er nickt ihr zu. Sie schaut sich um: Alle hören das leise Lied des Tempels. Es ist ein gutes Geräusch.

Am Morgen kniet Amanda vor Tantara, ihr Schwert liegt vor ihr. Sie erfleht ihren Beistand, sie bittet sie um Kraft und Mut. Sie weiß, sie kann sich nicht dem Rausch hingeben, von dem sie immer noch denkt, dass Tantara ihr den geschickt hat. Aber heute darf sie das nicht tun. Dennoch hofft sie, dass die Göttin mit ihnen ist, mit ihnen allen.

Als sie sich aufrichtet und mit dem Schwert in der Hand umwendet, sieht sie, dass alle knien: vor Tantara – und vor ihr. Sie sehen sie mit denselben Blicken an, wie sie Tantara ansehen. Und ganz vorn kniet Johan.

Amanda hebt das Schwert. „Möge Tantara mit uns sein. Für Waisland." Jede Klinge ratscht aus der Scheide. „Für Waisland!" Der Tempel dröhnt.

Und dann spuckt Burg Waisland aus, was sie ausgebrütet und geboren haben: Ein endloser Heerzug wälzt sich den Berg hinab, Johan und Amanda an der Spitze.

Sie treffen auf keine nennenswerte Gegenwehr. Berendic muss ganze Arbeit leisten, denkt Amanda beeindruckt: kein Entsatzheer stellt sich ihnen entgegen.

Tatsächlich hat Berendic eine ganze Weile gebraucht, bis er wusste, wie er Buran, der alles daran setzt, den verhassten Waffenbruder Amandas zu vernichten, beikommen kann. Die Horde kann keinem Heer standhalten, das wissen alle. Und Berendic hat nicht so viele Leute, dass er sie bedenkenlos opfern kann. Und dennoch muss er verhindern, dass Buran siegt und Amanda gefährlich werden kann. Seine Leute folgen ihm willig, aber das wird sich schnell ändern, wenn es ihm nicht gelingt, die Verluste gering zu halten.

Er hat keinen aus der alten Runde um Amanda hier bei sich – sie haben darüber gesprochen und waren sich einig: Es ist besser, die Jungs haben Jossim im Auge. Die haben sich geschworen: Sollte Jossim Amanda verraten wollen, werden sie ihn töten. Davon haben sie Berendic wohlweislich nichts gesagt.

Und so ist Berendic mehr als froh, als er Buran endlich da hat, wo er ihn haben will: vor sich. Denn jetzt kann er ihn überraschend von hinten überfallen, eine kleine Gruppe heraussprengen und niedermachen. Bis Burans Heer sich auf sie eingestellt hat, sind sie längst wieder fort. Burans Zug wird Stück für Stück kleiner, während er versucht, Berendics Zugriff zu entkommen. Ihm zu folgen, ist nicht schwer, Burans Heer zieht eine Schneise der Vernichtung hinter sich her, um Berendics Horde von der Versorgung abzuschneiden.

Und deshalb denkt Berendic nichts Böses, als sie wieder einmal in eines der verlassenen Dörfer kommen, die Burans Zug so zuverlässig anzeigen. Keine Spur von ihm. Als Berendic halten lässt, beunruhigt über die Stille ringsum, ist es zu spät: Buran hat ihm eine Falle gestellt. Sie sind in einen Hinterhalt geraten. Berendic gibt keine Befehle mehr: Die Horde weiß, was zu tun ist. Während Pfeil um Pfeil von den Dächern auf sie niedergeht, haben sich die Wölfe blitzschnell im Dorf verteilt und machen sich daran, jeden zu töten, der sich ihnen in den Weg stellt.

Verkaufen wir unser Fell so teuer als möglich, denkt Berendic grimmig, als er sein Schwert herausreißt, um Buran suchen zu gehen. Er hört den Pfeil nicht kommen.

Davon weiß Amanda nichts. Dank Berendics Einsatz rückt ihr großer Heerzug mit wenigen Scharmützeln bis auf Sichtweite vor die verhasste Ratiburg. Der Burgherr und selbsternannte König ist nirgends zu sehen. Amanda verwünscht zwar Ratibors Feigheit, aber langweilig wird ihnen wahrlich nicht werden: Die Burg ist abwehrbereit und ihre Zinnen sind mit Bewaffneten gespickt. Ratibors Heer bewacht Burg und Berg gleich einem eisernen Gürtel.

„Gut", sagt Johan grimmig und wirft Amanda einen Blick zu, „holen wir uns diese Burg. Für Waisland!"

Das Heer brüllt Antwort, und so rücken sie vor.

Diese Schlacht ist wirklich nicht im Rausch zu gewinnen und zu führen, denkt Amanda, während sie an Johans Seite beginnt, eine Schneise in die Reihen ihrer Feinde zu schlagen. Und hier hilft ihnen auch keine abgefeimte Taktik wie gegen die Horde. Dies hier ist harte, wüste Arbeit.

Amandas Geist ist kristallklar. Sie weiß um jeden Hieb, jeden Schlag, den sie führt. Sie sieht alles um sich – Johan, stets an ihrer Seite, Yannick, erstaunlich geschickt, direkt hinter ihr. Der Sänger stellt sich als echte Überraschung heraus: Er ist erbarmungslos und sehr schnell. Sie hat keine Zeit, sich darüber zu wundern. Aber es verbindet sie dieselbe, grimmige Wut und Genugtuung, wie sie sich hier vorarbeiten.

Denn sie kommen voran: Gegen Amanda, die das erste Mal mit zwei Schwertern kämpft, und Johan, der mit seinem einen Schwert mindestens so viel Schaden anrichtet wie Amanda mit ihren beiden, kann kein Gegner bestehen. Sie kommen unaufhaltsam voran. Die Burg beschießt sie unterdes mit allem, was sie dort oben haben. Die Knappen und jüngeren Ritter an den Flanken haben alle Hände voll zu tun, die Kämpfer mit ihren Schilden vor diesen Angriffen zu schützen. Sie haben keine andere Aufgabe als diese: Amanda und Johan vor Schaden zu bewahren. So erreichen sie den Burgberg.

Der Beschuss von oben lässt etwas nach, bleibt aber stets gefährlich. Sie hoffen, dass denen da oben langsam die Pfeile ausgehen. Denn Georg hat bestimmt, dass sie selbst keine Bogenschützen einsetzen werden. Zu gut sind die Verteidiger hinter ihren Zinnen geschützt, zu unsicher ist das Ziel der vorrückenden Truppe, die sich besser auf den Schutz vor dem tödlichen Pfeilregen des Feindes konzentriert.

Der Weg auf die Burg ist schmal, nur zwei Mann haben nebeneinander Platz. Amanda und Johan sind auf sich selbst gestellt, während sie sich nach oben arbeiten. Nur an wenigen Stellen gelingt es, sie mit Schilden vom Beschuss von oben zu schützen. Gelegentlich trifft ein Pfeil den eigenen Mann: Amanda und Johan sind im Getümmel von oben kaum auszumachen. Sie verlieren langsam den Anschluss an ihre Leute, aber das hält sie nicht auf: Ihr Heerzug wird nachrücken, sie müssen nur den Weg frei machen. Und das tun sie; langsam zwar, aber unerbittlich und tödlich.

Und nirgends ist Ratibor zu sehen. Kein Gegner von wirklichem Format stellt sich ihnen in den Weg. Das ist jedenfalls, was Amanda denkt. Sie hat keine Ahnung, dass sie gerade dabei sind, die Blüte von Ratibors Kämpfern niederzumachen. Denn diese Männer haben sich geradezu darum gerissen, es mit Amanda direkt zu tun zu bekommen, nachdem sie von Yannick gehört hatten, dass es ausgerechnet Amanda war, die damals so in ihren Reihen wütete.

Selbst wenn wir hier vorankommen, denkt Amanda flüchtig, *was wird Jossim tun?* Alles hängt davon ab.

In weiter Entfernung hört sie das Donnern, das Jossim und Herdred ankündigt. Sie kann sich nicht umdrehen – darf jetzt nicht nachsehen, wie es ausgeht.

Irgendwann haben sie das Tor erreicht. Kaum mehr Widerstand. Aber nun müssen sie ewig warten, bis die Rammböcke hier oben sind. Wie bekommen sie das verdammte Tor auf und in diese Burg hinein? Amanda kocht vor Wut – sie will endlich Ratibor tot sehen. Nur wie?

Und es ist ausgerechnet Yannick, der ihnen zuschreit: „Kommt mit – ich war schon einmal hier! Es gibt ein Seitentor, das bekommen wir auf!" Und so ist es – sie dringen in die Burg ein.

Während sie durch Ratibors Burg eilen – von Yannick geleitet, der sich hier wirklich auskennt – entscheidet sich unten vor ihren Mauern die Schlacht.

Gregor und seine Männer stehen und sehen die Horde auf sich zurasen – Herdreds Männer folgen dichtauf. Wenn die Horde zur Seite schwenkt und ihnen in die Flanke fällt, werden sie ihnen nicht standhalten können. Nicht mit Herdreds Heerzug als Verstärkung. Die Angreifer stürmen wie eine schwarze Wolke auf sie zu – schreiend, donnernd – und dann sind sie da. Wie Amanda gesagt hat: Sie können den Schaum auf den Lefzen der Pferde sehen.

Auf Gregors Seite hat niemand ein Glied gerührt. Sie alle haben die Waffen in den Händen, aber sie halten an sich. Irgendwie ist es jetzt auch egal. Und dann ist es zu spät – die Horde kann nicht mehr ausweichen, Gregor holt Luft und hebt das Schwert. Da schwenken sie direkt vor ihm auseinander, fluten nach rechts und links wie schäumendes Wasser – der alte Fürst könnte jeden einzelnen von ihnen vom Pferd hauen, so dicht rasen sie vor ihm durch. Aber dann ist der Weg frei, dass sie auf Herdreds Heer vorrücken können, das der Horde dichtauf gefolgt ist. Und Gregor schreit, gibt seinem Pferd die Sporen. Brüllend folgen ihm seine Leute. Wie ein Keil sprengt sein Heer in Herdreds Reihen. Die Horde ist noch einmal umgeschwenkt, sie wenden und fallen Ratibors Gefolgsmann in die Flanken. Entsetzliche Schreie ertönen – Schleuderkugeln und Wurfäxte reißen grauenvolle Lücken – Gregors Leute sind wie entfesselt.

Von Herdred und seinen Leuten bleibt nichts übrig. Die Horde unter Jossim und Gregors Männer zermalmen sie förmlich.

Die Schlacht ist geschlagen.

Fürst Gregor, dampfend vom Kampf, hat sich den Helm abgenommen und sieht um sich: sie haben ganze Arbeit geleistet. Von Herdreds Truppen ist keiner mehr am Leben, der auch nur einer Erwähnung wert wäre. Gregor sieht, wie die schwarzbepelzten Kämpfer der Horde sich auf dem Schlachtfeld verteilt haben und dafür sorgen, dass dies so bleibt. Aber sie plündern sie nicht, denkt er verwundert. Er sieht keinen, der auch nur etwas einsteckt. Er wird später darüber nachdenken, jetzt muss er erst einmal wissen, wie es hier steht.

Er wendet sich an Tomar und Andres, seine Söhne, die an seiner Seite waren. Sie sind unverletzt: Andres ist zwar schneeblass mit unnatürlich geweiteten Augen, aber das war auch seine erste Schlacht. Tomar, der schon die ersten zwei Kämpfe mitgemacht hat, schaut seinen Vater fragend an. Gregors Blicke gehen über das Schlachtfeld: der Kampf ist vorüber. Nirgends mehr wird gekämpft. Sein Blick wandert zur Burg. Auch von oben: kein Schlachtlärm. Von unten sieht man, dass das Haupttor auf ist und ihre Truppen dabei sind, die Burg zu besetzen.

Aber dennoch gefällt es Gregor nicht: Die Burg hängt seltsam still und drohend über ihnen. Und es ertönt nirgends Siegesgeschrei. Ihm wird kalt: wo sind Amanda und Johan? Warum sieht und hört man nichts von Ihnen?

Tomar neben ihm ist seinem Blick gefolgt. Er schiebt sich das Visier wieder zu. „Los, komm. Gehen wir.“

Gregor legt ihm die gepanzerte Hand auf den Arm. „Nichts da.“ Tomar macht sich los. „Da stimmt etwas nicht.“

Gregor sagt grimmig: „Es gefällt mir so wenig wie dir. Aber was immer da oben los ist: wir kommen ohnedies zu spät.“

Tomar legt die Hand an sein Schwert. „Ich nicht!“

„Du bleibst.“ Gregors Stimme duldet keinen Widerspruch. „Unser Platz ist hier. Wir halten ihnen den Rücken frei. Das war und ist unsere Aufgabe.

Schon mehr als eine Schlacht wurde verloren, weil einer den Kopf verloren hat und einfach losgestürmt ist." Tomars Augen blitzen durch das Visier, aber er sagt nichts. Noch hat er das Schwert nicht gezogen.

Gernot und Giselher, die mit ihnen gekämpft haben, kommen heran. „Nachricht von Berendic? Weiß man, was mit ihm und Buran ist?"

Gregor nickt ihm zu. „Lasst uns die Reihen neu aufstellen. Ich will hier wahrlich nicht überrascht werden!" Er wirft einen Blick zur Burg. „Was immer da oben los ist."

Johan und Amanda kommen, von Yannick angeführt, schnell in der Ratiburg voran. Es gibt keine ernsthafte Gegenwehr. „Bring mich zu Ratibor!" schreit Amanda ihrem Sänger zu. „Wo ist dieser Feigling?"

Und das tut Yannick. Sie stürmen in die Halle. Und tatsächlich: In der Halle sitzt Ratibor gelassen auf seinem Thron. Ein Schwert liegt über seinen Knien. Er lächelt ihnen entgegen. „Willkommen" grüßt er zuvorkommend, „wie schön, Euch endlich wieder zu sehen."

Amanda fährt herum: An beiden Seiten der Halle stehen – mit geschlossenen Visieren – sechs Geharnischte. Sie halten Speeren in den Händen. Die sind auf sie gerichtet – auf Amanda und Johan.

Eine Falle!

Hier, im Herzen von allem – Verrat.

Ratibor sieht lächelnd ihr Entsetzen. „Danke, Fürst Derenberg" sagt er lächelnd und schaut an Amanda vorbei zu Yannick. „Wie zuverlässig Ihr doch seid."

Amanda stockt der Atem und ihr Herz setzt aus. Sie kann nicht denken – *Yannick – nicht Yannick.*

Ratibor nickt den Geharnischten zu. Seine Augen sind mit lächelndem Bedauern auf Amanda und Johan gerichtet. „Tötet sie."

Die Männer heben die Speere – Amandas Gedanken rasen – was sollen sie tun – es gibt nichts, was sie tun können!

Das sieht Johan offenbar anders: er packt Amanda bei den Schultern und schleudert sie auf Yannick. *Der wird ja wohl überleben.*

Und aus der Bewegung – wirft er sein Schwert…

Amanda sieht es aus dem Augenwinkel, ehe sie mit Yannick zusammenkracht. Sie hat bei der jähen Bewegung ihr Schwert verloren. Yannick, völlig überrascht, packt sie an den Armen und kann gerade noch verhindern, dass sie zusammen stürzen.

Amanda hört die Speere – den Einschlag, als würde es sie selbst treffen – sie keucht vor Entsetzen – reißt sich los, fährt herum: Johan steht, unverletzt.

Tot ist Ratibor – im Aufstehen am Sitz festgenagelt von Johans Schwert, getroffen von einigen der Speere – und in seinem Auge steckt: ihr Messer…

Amanda tastet an ihre Seite – es ist wirklich ihres, es ist weg und sie kann sich nicht einmal erinnern, es geworfen zu haben.

Die Geharnischten sind auf die Knie gesunken.

In der Halle: Stille.

Von fern hört man ihre Leute durch die Burg stürmen.

Amanda und Johan sehen sich an – sie sind am Leben.

Johans Blick wandert weiter zu Yannick. *Ja, richtig* – Amanda fährt zornbebend herum. „Elender, eidbrüchiger Verräter!"

Sie schlägt ihm mit aller Kraft den Handrücken ins Gesicht. Sie trägt Lederhandschuhe, die Handrücken sind mit Eisen verstärkt: Sein Gesicht platzt sofort auf, er geht zu Boden. Amanda starrt auf ihn hinunter, ihre Hände zittern. Sie wird ihm hier und jetzt ein Ende machen, eigenhändig – dann ist Johan da und nimmt sie in den Arm. „Amanda."

Amanda schließt die Augen und sinkt ihm an die Brust, Yannick vergessend: Sie leben – beide – unverletzt. Sie spürt, wie ihre Beine zittern. Und dann hört man Georg mit seinen Leuten kommen, die Tür springt auf.

Einen Moment stehen alle erstarrt, dann bilden die Männer augenblicklich einen dichten Ring um Amanda und Johan. Georg starrt seinen Bruder entsetzt an, aber Johan schüttelt den Kopf: Alles ist gut. Amanda hebt den Kopf, wirft einen Blick auf den immer noch liegenden, blutenden Yannick und zischt: „Legt ihn in Ketten und schafft ihn mir aus den Augen!"

Johan, ganz Herr der Lage, sagt ruhig: „Bring diese Männer mit, ich möchte mit ihnen reden. – Und Ratibor, das Heer soll ihn sehen. Sie haben es verdient." Dann nimmt er Amanda in den Arm und führt sie hinaus.

Die Botschaft läuft ihnen voraus – sie können den Jubel die Gänge entlang hören, sie gehen durch ein Spalier an jubelnden Kämpfern. Als sie in den Hof treten, ist ein Herzschlag Stille – dann bricht Lärm und Geschrei los, läuft den Burgberg hinab und brandet hoch wie eine Welle. Amanda hat das Gefühl, sie kann es spüren wie einen Windstoß. Die Männer schlagen mit den Waffen auf ihre Rüstungen und dann bildet sich ein Ruf: „König Johan! König Johan! König Johan!"

Johan hebt die Hand und es wird still. Es dauert eine Weile, dann ruft er: „Männer! Ich danke euch – Ratibor ist tot –".

Er kann nicht weiter sprechen, das Geschrei unterbricht ihn – wird lauter. Johan wendet sich um: Georg, mit feinem Gespür für den rechten Zeitpunkt, bringt Ratibors Leiche hinaus – die Männer toben. Wieder hebt Johan die Hand, aber diesmal dauert es lange, bis Ruhe einkehrt. „Wir haben gesiegt – räumt die Burg!"

Und mitten im neuerlichen Geschrei sieht Amanda, dass einer nicht mitjubelt: Bertram, Johans Knappe. Er steht ganz am Ende des Hofes, den Kopf gesenkt und vor sich liegt – Amanda wird kalt und schwindlig: sie weiß, was sie finden wird. Sie berührt Johan am Arm, dass er aufmerksam wird, dann geht sie hinüber. Schritt für Schritt und ihr Herz tut so weh. Sie weint lange, ehe sie ankommt. Bertram sieht hoch, als sie kommt und gibt den Platz frei: Anissin liegt tot und still auf einem umgestürzten Karren, ein Pfeil ragt aus seiner Brust. Sie legt ihm weinend die Hand auf die Brust: *Anissin! Oh, Anissin!*

Er hätte es so sehr verdient gehabt, den Sieg zu erleben und er fehlt ihr jetzt schon – Tränen strömen über ihr Gesicht. Sie schließt die Augen und versucht, Abschied zu nehmen von ihrem Knappen.

Sie spürt, wie Johan neben sie tritt, ihr die Hand auf die Schulter legt und sagt: „Ritter Anissin – du warst der tapferste Knappe, den eine Königin je hatte."

Sie sieht zu ihm auf mit Tränen in den Augen, dann beugt sie sich vor und schließt Anissin die unglaublichen braunen Augen und küsst ihn auf die Stirn. *Lebwohl, Ritter Anissin!* Sie fasst Bertram am Arm. „Bring deinen Freund nach Hause, ja?" Und Bertram, selbst Tränen in den Augen, nickt.

Aber sie hat keine Zeit zu trauern: hinter ihnen wird es unruhig und sie wendet sich, um zu sehen, was ist. Die Männer weichen auseinander und bilden eine Gasse und Amanda weiß, warum: die Horde kommt. Selbst jetzt, wo sie als Freunde und Verbündete kommen, spürt man das Grauen, das von ihnen ausgeht: wie ein schwarzes, pelziges Untier schieben sie sich durch die blitzend gepanzerten Ritter.

Zuerst kommt nur ein Mann und Amanda sieht, was ihre Männer so beunruhigt: Er kommt alleine und hat die Wolfmaske noch über das Gesicht gezogen. In voller Rüstung stapft er geradewegs auf sie zu: eine Unverschämtheit. Ohne nach rechts oder links zu schauen, wo die Männer murren und die Hände an den Waffen haben, stampft er auf Amanda zu: eine Drohung in schwarzem Pelz.

Johan wirft ihr einen fragenden Blick zu, die Hand an der Waffe, die ihm Georg hat zurückbringen lassen, aber Amanda winkt mit den Augen ab. Für den braucht sie keine Waffe!

Der Mann kommt schnurstracks auf sie zu und bleibt zwei Schritte vor ihr stehen. Viel zu nahe und die Maske immer noch vor dem Gesicht. „Amanda!", ruft er, freudig überrascht.

Das Murren der Männer wird sehr drohend und die ersten Waffen blitzen.

„Jossim", grüßt Amanda kühl.

Jetzt wird es Johan zu viel und er macht einen drohenden Schritt vor.

Und als würde es ihm erst jetzt einfallen, schlägt Jossim die Wolfsfratze zurück und sinkt auf die Knie. „Mein König! – Fürstin."

Johan sieht auf den Knieenden und zieht sein Schwert. Er berührt ihn an der Schulter. „Jossim von Barken – dank an Euch und Eure Männer. Wir ernennen Euch zum Fürsten."

Murren unter ihren Männern – aber die Horde, die ihm nachgekommen ist und den Hof füllt, schreit zustimmend.

Wieder hebt Johan die Hand. „Männer der Horde! Wir danken euch für das, was ihr hier und heute für uns und den Sieg getan habt. Als König von Waisland und Herr der Zwinge erkläre ich: die Zwinge, und alles, was zu ihr gehört, gehört ab heute – Amanda von Waisland!"

Wieder ein Herzschlag Stille – dann schreit die Horde los: „Amanda! Amanda! Amanda!" Und wie vom Schwert gemäht, sinken alle auf die Knie.

„Männer der Zwinge!", sagt Amanda und auf Rais: „Wölfe der Horde!" Zustimmendes Brummen – und wieder auf Wark: „Als Haupt der Horde und Herrin der Zwinge gewähre ich: Straffreiheit für alle, die für uns gekämpft haben! Alle Geiseln und Gefangenen sind frei."

Jubel aus den vordersten Reihen unterbricht sie.

Es dauert, ehe sie fortfahren kann. „Wer Heimat oder Leute hat, zu denen er zurück kann, möge sich bei uns melden und sei in Ehren entlassen! Wer seinen Platz in der Horde gefunden hat, ist ab sofort freies und gleiches Teil der Horde. Seid bedankt für alles, was ihr für uns getan habt!"

Und Jossim neigt tatsächlich das Haupt. „Meine Fürstin!", und setzt auf Rais dazu: „Haupt der Horde – ich gelobe Gehorsam und Treue!"

Amanda nickt ihm zu und er und die Horde stehen auf.

Amanda mustert die Reihen und findet ganz vorne die Männer, die sie sucht. Sie geht langsam auf sie zu. Sie lösen sich von den anderen und kommen auf sie zu. Antar – und Dorste mit Siegwart, Liron, Ambert, Hamo, Yuko – es ist der kleine und sehr geheime Kreis der Kämpfer, die zu ihr gehalten haben. „Ich bin so unglaublich froh, dass ihr lebt", sagt Amanda leise und schaut ihnen in die Gesichter: etwas, was sie niemals tun konnte… Jetzt sieht sie jeden einzelnen an. Sie hat Tränen in den Augen, aber das merkt sie nicht. Sie sagt leise: „Wollt ihr mit nach Waisland kommen? Und dort tun, was ihr all die Jahre auf der Zwinge getan habt? Mich und mein Leben schützen? Als meine Leibgarde?"

Sie schauen sie mit großen Augen an. Amanda sieht, wie der eine oder andere schluckt. „Ganz gewiss", antwortet Dorste schließlich überwältigt.

Jossim mustert sie missmutig, aber sie scheren sich nicht um ihn, sondern sinken vor Amanda auf die Knie. „Herrin! Amanda von Waisland! Wir wollen Eure Leibgarde sein!"

Amanda fasst Dorste und Antar an den Schulter. „Dann seid mir als meine Leibgarde willkommen!" Die Männer stehen auf und stehen mit so stolzgeschwellter Brust vor ihr, als hätten sie sie eigenhändig auf den Thron gehievt – den sie gar nicht innehat.

Und dann endlich kommt einer durch die Reihen, dem alle sofort Platz machen: das blonde Haar zerzaust, Gesicht und Rüstung blutbespritzt, hinkend. Amanda atmet hörbar auf und geht ihm entgegen.

Er bleibt ein bisschen unsicher vor ihr stehen, als wüsste er nicht, wie er sie ansprechen soll, aber Amanda schließt ihn ohne weiteres in die Arme. „Berendic! Wolfsbruder!" „Amanda!", sagt er strahlend und setzt mit typisch verwegenem Berendic-Grinsen dazu: „Meine Fürstin!" Dann sinkt er wie vom Blitz getroffen auf die Knie: Johan ist zu ihnen getreten. Berendic neigt sich, dass die blonden Haare im Dreck schleifen. „Mein König!"

Amanda grinst: Berendic ist der geborene Heldenverehrer.

Johan berührt ihn an der Schulter. „Ritter Berendic! Danke für alles, was Ihr für uns getan habt. Euer Mut und Eure Treue haben uns sehr geholfen."

Und er hat recht, findet Amanda: Nur dank Berendics unermüdlichen und waghalsigen Manövern ist es gelungen, Burans Heer zu binden und fern zu halten. Berendic kommt benommen auf die Füße: Ritter Berendic! „Danke, mein König!", sagt er ergriffen.

„Kann ich meine Frau in Eurer Obhut lassen?", fragt Johan. „Ich werde gebraucht." Er wartet Berendics Antwort gar nicht erst ab.

Amanda schlendert mit ihrem alten Gefährten durch den Hof. „Was ist das?", fragt Amanda mit Blick auf sein Bein.

Er winkt ab. „Nichts. Ein schlecht gezielter Pfeil."

Amanda bleibt stehen und Berendic gibt zu: „Er war gerissener, als ich dachte. Buran, meine ich. Er hat uns in einen Hinterhalt gelockt." Amanda wird blass. Berendic sagt grimmig: „Er dachte, er sei schlau. Also gut: War er auch. Ich bin in seine Falle getappt wie ein dummer Anfänger. Aber er war zum Glück nicht schlau genug: er hat uns ausgerechnet in ein Dorf gelockt." Amanda lässt ihn nicht aus den Augen. Berendic sagt sehr zufrieden: „Der dümmste Ort der Welt, um ausgerechnet die Horde zu übertölpeln. Wenn wir uns mit etwas auskennen, dann darin, ein Dorf niederzumachen. Ich hatte nicht einmal Zeit, Befehle zu geben, da waren die Männer auch schon ausgeschwärmt. Sie haben sie aus dem letzten Winkel gezerrt. Er hat sein ganzes Heer in diesem Dorf verloren."

„Und Buran selbst? Gernot hat noch etwas mit ihm zu klären." Berendic legt den Kopf schräg. „Das war doch der, der deinen Kopf wollte?" Amanda nickt. Berendic zuckt die Schultern. „Tut mir leid für Gernot. Aber ich dachte, dass dies mich etwas angeht." Er sieht Amanda in die Augen. „Ich werde jeden töten, der dir zu nahe kommt." Amanda schluckt und er setzt eilig hinzu: „Ich bin dein Waffenbruder."

Amanda geht weiter. „Sagst du's Gernot? Er wird es sicher ganz genau wissen wollen." Berendic neigt sich.

Amanda nutzt die Gelegenheit für das, was sie auf dem Herzen hat. „Berendic, hör zu – wegen Ja-ta-ro – du hast davon gehört?"

Er nickt. „Jossim hat uns ordentlich Feuer unter dem Hintern gemacht deswegen – er wollte wissen, wer davon hätte wissen müssen. Ziemlich viele, wie es aussieht. Du scheinst einige damit fertig gemacht zu haben. Er war richtig sauer, weil nie einer ein Wort gesagt hat." Es ist kein Wort des Vorwurfs zu hören.

Aber das reicht Amanda nicht. „Berendic – ich wollte es dir wirklich erzählen, das musst du mir glauben. Aber er hat es verboten. Richtig verboten." Sie holt Luft, um es zu erklären, aber er kommt ihr zuvor. „Ich wusste es." Sie starrt ihn an. Er sagt verlegen: „Ich hätte es dir irgendwann sagen müssen, aber ich kam irgendwie nie dazu."

Amanda schüttelt ungläubig den Kopf – „Woher?"

„Ich kam einmal dazu, als er übte und ich dich holen wollte. Er dachte, du seist es – als er mich sah, dachte ich, mein letztes Stündchen hätte geschlagen! Puh, hat der mich rangenommen!"

Amanda glaubt ihm aufs Wort: Leute einschüchtern hat Hajdan wirklich gekonnt… Aber sie kann es nicht fassen. „Du hast es gewusst? Die ganze Zeit?"

Berendic nickt. „Er hat mich schwören lassen. Nur deshalb und weil ich dein Waffenbruder war, hat er mich laufen lassen. Aber er hat mir sehr überzeugend klar gemacht, dass es mein letzter Tag auf Erden sei, wenn ich irgendein Wort davon verlauten lasse. Auch dir gegenüber."

Amanda sieht ihn an. „Dieser alte Geheimniskrämer! So ein Wichtigtuer! Wenn du und ich den Mund halten konnten, hätten wir doch auch zusammen den Mund gehalten!" Berendic zuckt die Achseln. Aber Amanda ist nicht versöhnt. „Was hätten wir Spaß gehabt! Wir hätten zusammen üben können!"

Berendic grinst bei der Vorstellung, sagt aber doch: „Eben! Und irgendwann wär´s raus gekommen. War bestimmt sicherer so. Und ich hab immerhin gewusst, dass du dich wehren kannst. Hat er jedenfalls gesagt."

Aber Amanda bleibt bei ihrer Meinung: „Elender alter Geheimniskrämer!"

„Wie ist es jetzt eigentlich raus gekommen? Hast du Johan davon erzählt?"

Amanda schnaubt. „Er ist von selber drauf gekommen. Wie sich gezeigt hat, hat Jossim mir damals nachspioniert, als ich Kral erledigt habe. Das hat er Johan erzählt und der kennt Ja-ta-ro von früher – naja, da konnte ich es nicht länger verschweigen."

Berendic zögert, dann sagt er aber doch, was ihn beschäftigt: „Sie sagen, du wirst jetzt nicht Königin?"

Amanda sieht ihn von der Seite an: für ihn, für den sie immer die Königin gewesen ist, ist das schwer zu begreifen. „Es ging nicht anders", sagt sie begütigend. „Mein Vater hat es so verfügt. – Und er wollte nicht, falls dich das beruhigt. Ich musste ihm ordentlich zusetzen, ehe er endlich ja gesagt hat."

Berendic nickt grimmig: *Immerhin etwas...* Jäh schießt ihm durch den Sinn, dass sie ihn nicht hätte zwingen müssen... *Dann wärst du jetzt König*, flüstert ein kleines Stimmchen in ihm höhnisch und ihm wird mulmig: *Naja...* Er muss sich eingestehen, dass er dies Johan gerne überlässt. Er selbst hat genug damit zu tun, sich daran zu gewöhnen, dass er jetzt Ritter Waislands und kein verachtetes Mitglied der Horde ist. Er sagt: „Und er hat dir die Zwinge geschenkt?" Ein ziemlich seltsames Hochzeitsgeschenk, findet er. Schließlich ist sie jahrelang darauf gefangen gewesen.

Amanda nickt. „Nicht nur die Zwinge. Die hier auch." Tatsächlich sind Johan und Georg zusammen gesessen und haben jeden Fetzen Land, der in der Urkunde nicht erwähnt ist und über den Johan verfügen kann, auf Amanda übertragen – nicht nur die Zwinge und die Ratiburg, sofern sie sie erobern würden, sondern auch die Hügel mit der Ruine. Alles außer der Flue und Waisland. Und da die Zwinge und Ratibors Land aneinander stoßen und die Hügel nicht weit weg sind, ist das gar nicht so wenig. Und Amanda hat so einen Sitz im Fürstenrat. Sie hat ein Recht, bei jeder Entscheidung dabei zu sein, egal, wer König ist...

Aber all das braucht Berendic nicht zu wissen. Tatsächlich starrt der sie an. „Warst du nicht auch hier gefangen?" Wieso schenkt Johan ihr ausgerechnet die Burgen, auf denen sie gefangen gewesen ist? Dass sie sie mit Fug und Recht schleifen lassen kann?

Amanda nickt und fragt: „Und? Wie findest du sie?"

Berendic sieht sich um. „Du meinst: Nicht als Gefängnis, ja?" Und als Amanda grinst. „Das ist eine gute Burg und was ich vom Land gesehen habe, das wir verwüstet haben: gutes Land, ordentliche Dörfer – Was machst du damit? Du willst doch nicht hier leben?"

Amanda schaudert. „Nie im Leben! – Hör zu, Berendic – wie viel liegt dir an der Belehnung mit der Zwinge? Willst du da oben bleiben?"

Berendic zuckt die Schultern. „Es hat Spaß gemacht, die Horde zu führen. Diese Kämpfe waren das Beste, was wir mit der Horde je gemacht haben. Und ich hab Johan schon gleich gesagt, dass ich an erster Stelle dein Ritter

bin – Ritter Berendic!“, sagt er ganz ungläubig, „und jetzt bist du die Herrin –
also sag, was du willst.“

„Naja“, sagt Amanda, „ich hätte dich gerne näher hier unten – wenn du
also auf die Zwinge verzichten könntest?“

Er zuckt die Achseln. „Klar.“

Amanda nickt. „Ich würd sie gerne Jossim geben. Wird Zeit, dass der mal
was Richtiges zu tun bekommt und sich nicht immer verstecken kann.“ Berendic nickt und scheint tatsächlich nur mäßig enttäuscht zu sein. Sie sieht
ihn an. „Berendic – ich würd gern dich mit der hier belehnen – mit der Ratiburg. Als Fürst Berendic. Du müsstest allerdings ein paar Dörfer an die Zwinge abgeben, das stört dich hoffentlich nicht.“

Aber Berendic hört gar nicht mehr zu. Ihm klappte der Mund auf. Er
schüttelt den Kopf, als hätte er Wasser in den Ohren. „Was!?“

„Naja, *Fürst* Berendic – es wäre gut, wenn du hier wärst. Du könntest Jossim in Schach halten, wenn ihm langweilig wird und er doch wieder los zieht
– und…“

Berendic fasst sie am Arm – es gibt nicht viele, die sich das trauen – und
schüttelt sie leicht. „Amanda, hör auf, Unsinn zu reden!“, sagt er streng – eine
alte Gewohnheit – nicht, dass es je viel nutzte – „Jossim macht dir keine
Schwierigkeiten, das weißt du genau! Lass dich von diesem Auftritt vorhin
nicht täuschen – er frisst dir aus der Hand – also was soll das jetzt hier?“

Amanda lächelt ihn an, sie hat ihn wirklich vermisst und wiederholt: „Berendic, es ist mein Ernst. Ich würde dich gerne mit dieser Burg und mit diesem Land belehnen. Und Johan wird dich zum Fürst ernennen, es ist alles besprochen. Du hast es wirklich verdient, weißt du!“

Er starrt sie an, als warte er darauf, dass sie zu lachen beginnt und alles sich
als Scherz entpuppt – zuerst Ritter – und jetzt Fürst – es macht Spaß, Männer
zu führen, das hat er gemerkt, aber das hier, das ist etwas ganz anderes –

„Willst du es dir überlegen?“, fragt Amanda, als er immer noch nichts sagt.

„Was? Nein – also ja – Amanda, warte.“ Er steht vor ihr und sieht sie an,
völlig ernst. Und jetzt sieht man, dass er kein so junger Kerl mehr ist, wie er
einem gerne glauben macht. „Du meinst das wirklich? Du willst mir diese
Burg geben? Als Lehen? Für mich?“

Und Amanda, ihrerseits völlig ernst: „Ja.“

Er neigt sich schwungvoll, aber es fällt ihm immer noch nichts ein, was er sagen kann.

„Das heißt ja?", fragt Amanda.

Er räuspert sich. „Ja. Ja. – Danke!" Er sieht sich um, diese Burg sieht plötzlich ganz anders aus. Er scheint neben ihr geradezu zu wachsen.

„Halt dich an Georg", rät Amanda. „Er lässt sie gerade räumen. Wende dich an ihn, wenn du Fragen hast. Er ist ein begnadeter Verwalter. Scheu dich nicht, ihn zu fragen." Er nickt gedankenabwesend und Amanda ist beruhigt: Berendic hat keine Bedenken, jemanden wie Georg um Rat zu fragen.

„Wie ist es euch hier oben ergangen?", fragt er schließlich, „und wo ist eigentlich dein Knappe? Ohne Anissin erkennt man dich ja fast nicht." Er schaut ihr ins Gesicht und bleibt stehen. „Oh, nein! Bitte nicht. Nicht der Kleine." Er fasst sie an der Schulter. „Ach, Amanda! Es tut mir so leid. Was für ein Unglück. Er war so wunderbar."

Amanda nickt und schluckt. „Ein Pfeil." Weiter kann sie nicht sprechen, die Tränen strömen ihr übers Gesicht. Sie kann es einfach nicht glauben und nicht ertragen.

Auch Berendic wischt sich eine Träne von der Wange. Er schaut ihr in die Augen. „Was war hier los?"

Amanda verzieht das Gesicht. „Naja", fängt sie an, aber dann bleibt sie plötzlich stehen.

Berendic dreht sich zu ihr um, aber sie rührt sich nicht. „Amanda? Was ist?"

Sie steht ganz still und scheint auf etwas zu horchen, was nur sie hören kann, den Mund geöffnet vor Staunen.

Er fasst sie an. „Amanda?"

Sie kommt zu sich. „Ich glaub, ich bin schwanger", sagt sie verwundert.

Berendic starrt sie an und packt sie am Arm. „Was? Bist du wahnsinnig geworden!?" Er sieht sich um und winkt ein paar seiner Männer, die angetrabt kommen. „Was machst du dann noch hier? Hast du den Verstand verloren? Mach, dass du weg kommst! Verschwinde! Bring dich verdammt noch mal in Sicherheit!" Er sieht sich unruhig um.

„Halt doch den Mund!", zischt sie zurück, aber es ist zu spät. Johan hat die Szene gesehen und kommt herüber. Berendics Männer scharen sich um sie.

Johan hat Berendics letzte Worte gehört, wirft Amanda einen Blick zu und wird schneeweiß.

Er packt sie am Arm und zerrt sie davon. „Du hattest mir dein Wort gegeben!" sagt er, fast atemlos vor Entsetzen.

Amanda, selbst völlig erschrocken, lässt sich willenlos davonzerren, durch den Burghof, den Burgberg hinab. Georg, aufmerksam geworden, folgt. „Wann wirst du endlich tun, was ich dir sage!", zischt Johan außer sich. Er darf nicht daran denken, was gewesen ist – er hätte sie niemals mitnehmen dürfen.

Amanda hat besseres zu tun, als „Niemals!", zu antworten. Sie hat keine Lust, mit Johan zu streiten. Sie will hier weg und zwar schnell. Sie kann noch mit ihm streiten, wenn sie in Sicherheit ist. Und das ist sie hier nicht. Das hier ist ein Schlachtfeld. Ein besiegtes Schlachtfeld und eine eroberte Burg, aber es kann jederzeit noch ein Kämpfer auftauchen, ein Pfeil fliegen oder ein Schwert gezückt werden. Noch ist hier nichts befriedet. „Wen kannst du mir mitgeben?", fragt sie stattdessen atemlos.

„Gernot", schlägt Georg vor, der unauffällig aufgeschlossen hat und offensichtlich begriffen hat, um was es hier geht. Gernot wäre tatsächlich mit seinen Leuten entbehrlich.

Aber Amanda schüttelt den Kopf. „Ich glaube nicht, dass Gernot der Richtige ist, um eine – Frau zu begleiten."

„Gregor", beschließt Johan kurz angebunden: sie haben die Nachhut erreicht und der Angesprochen steht vor ihnen.

Er lässt einen Blick über die Gruppe gleiten. „Mein König?" „Bring meine Frau zurück. Sofort und mit allem, was du hast." Gregor zieht die Brauen hoch und neigt den Kopf. „Mein König. – Wenn Ihr in meinem Zelt warten wollt, Fürstin? Wir sind im nu aufbruchbereit."

Amanda ist es nicht gewohnt, wie ein lebloser Gegenstand herumgereicht zu werden und sie hat auch nicht vor, sich daran zu gewöhnen, aber sie geht ins Zelt, ohne ein Wort zu sagen. Drinnen sinkt sie auf einen der Schemel. Ihr schwindelt und ihre Beine zittern. Sie hört Johan draußen Befehle erteilen, Georg und Berendic zurück auf die Burg schicken, Gernot zur Sicherung der Nachhut herbestellen – ihr Herz klopft und in ihren Ohren saust es. Dann schlägt der Zelteingang zurück und Johan kommt herein. Er ist immer noch blass und angespannt bis zum Äußersten – bereit, jederzeit zu zuschlagen: Ein siegreicher Kämpfer, zornig wie eine gereizte Natter... Amanda begehrt ihn sehr.

Er packt sie an den Schultern. „Pass auf dich auf!" Er küsst sie auf die Stirn.

Amanda hält seine Hand fest. „Schick mir meine Leibgarde!" Jetzt huscht etwas wie ein Lächeln über sein Gesicht. „Stehn draußen. Sie sind dir keinen Schritt von der Seite gewichen." Sie hört von draußen das zustimmende Brummen der Männer: Zelte halten keinen Laut zurück, sie haben sie zweifellos gehört. Amanda nickt. „Gut. Du kannst gehen. Ich komme zurecht." Sie steht auf und umarmt ihn heftig. „Komm bald."

Er steht vor ihr, einen Wimpernschlag lang sieht er sie an – dieses unglaubliche Weib, das er liebt und das ihn noch in den Wahnsinn treibt – dann wendet er sich um und ist weg.

Amanda sinkt auf den Schemel zurück und hört, wie Gregors Männer sich zum Aufbruch richten.

Er hat nicht übertrieben: es dauert nicht lange und er kommt herein, wieder vollständig gerichtet und gepanzert. Sie hört die Pferde draußen stampfen. „Wir haben Euch einen Wagen gerichtet."

Amanda verzieht das Gesicht: ein rumpelnder Wagen ist genau das, nach was sie jetzt am meisten Sehnsucht hat... Aber sie sagt nur: „Nehmt mein Pferd mit." Vielleicht kann sie unterwegs reiten. Aber jetzt wird sie leider genau das tun, was man von ihr verlangt... Sie wird sich Johans Befehlen nicht offen widersetzen. Aber das muss ein Ende haben. *Andererseits*, denkt sie, als sie in den Wagen klettert, *ich habe wirklich Angst*. Es geschieht etwas, womit sie sich überhaupt nicht auskennt und es gibt nichts, was sie tun kann. Sie wünscht sich das erste Mal, dass nicht nur Männer um sie wären. Sie muss dringend mit Susanna reden – oder mit Nadia, Gregors Frau.

Die Männer ihrer Leibgarde schließen sich um den Wagen, die Wolfsmasken wieder hochgeschlagen. Es ist kein Wort darüber gefallen, aber sie weichen wirklich nicht von ihrer Seite.

Gregors Männer, die als Nachhut hautnah erlebt haben, was die Horde kann, versuchen gutmütig ein paar Scherze. Und bekommen ihre Antworten...

Amanda sinkt erleichtert auf das schlichte Lager, das Gregor im Wagen zurecht gemacht hat: es wird gut gehen mit der Horde, zumindest Gregors Männer haben keine Angst vor ihnen, sondern zollen ihnen Respekt.

Als es dämmrig wird, kommt Gregor zum Wagen geritten. „Wollt Ihr ein Gasthaus aufsuchen?"

Amanda schaudert, was er aber in der Dämmerung nicht sehen kann. „Nein. In Eurem Wagen fühle ich mich sicherer – bin ich sicherer."

„Meint Ihr wirklich? Wir haben hier keinerlei Annehmlichkeiten."

Sie schlägt die Plane zurück und sieht hinaus. „Fürst Gregor – ich kenne jedes Gasthaus von der Ratiburg bis zu den Hügeln – von innen – als Gefangene. Ich glaube nicht, dass eine solche Erinnerung mir jetzt gut tut." Es ist eine ganz neue Erfahrung, ihre Schwäche als Frau und Schwangere auszuspielen, um etwas zu erreichen. Vielleicht hat es ja doch Vorteile, eine schwache Frau zu sein. „Und wir sind schneller so. Ich will zurück."

Gregor verzieht das Gesicht, aber er sagt nichts. Es ist nicht nötig. Man sieht ihm auch so an, dass er deutlich denkt, dass eine Frau, egal in welchem Zustand, nichts auf einem Schlachtfeld zu suchen hat. „Ein Brandpfeil und der Wagen brennt", versucht er sie einzuschüchtern.

Aber er scheint vergessen zu haben, dass er mit Amanda spricht: sie zuckt die Schultern. „Ein Gasthaus auch. Und da komm ich dann nicht so schnell raus. – Glaubt Ihr wirklich, dass ein Gasthaus sicherer ist?"

„Das nicht", muss er zugeben, „aber komfortabler. Und das Essen…"

Aber Amanda schüttelt den Kopf. „Macht Euch um mich keine Sorgen. Es fehlt mir nichts. Und Essen – naja, Essen ist nicht gerade meine größte Sorge."

Er grunzt und reitet zurück, um einen Lagerplatz zu suchen. Es stimmt nicht, dass Amanda unwohl ist – es fehlt ihr wirklich nichts. Aber sie hat keine, aber auch gar keine Lust, diese ganzen widerlichen Gasthöfe wieder zu sehen, in denen sie als Gefangene genächtigt hat. Und Johan hat zum Glück vergessen, hierfür Befehle zu geben. Sie ist sicher im Kreise Gregors Leute – und ihrer Leibgarde. Sie hat eine Leibgarde! Und im Notfall kann sie reiten. Im Ernstfall kann sie weg. Und die Wölfe – sie werden alles tun, was sie verlangt. Sie würden sich für sie in Stücke schneiden lassen, wenn es Not täte: sie könnte sich durchschlagen. Aber die Nacht bleibt ruhig. Es gibt nichts, was sie stört. Amanda wacht hie und da auf, hört die Wachen kommen und gehen, schläft wieder ein: vertraute Geräusche – Sicherheit.

Sie kommen anderntags gut weg, Gregors Leute sind erfahren, jeder Handgriff sitzt, jeder weiß, was er zu tun hat und offenbar gibt es Niemanden, der einen so wohlgerüsteten Zug angreifen oder aufhalten will – einen Zug mit einem Kern aus schwarzen Wölfen um einen Wagen…

In diesem Wagen sitzt sie auch am zweiten Tag und beschließt, dass sie etwas versuchen will. Sie braucht Gewissheit. „Wer reitet hier außen neben mir?“, fragt sie durch die Plane des Wagens auf Rais.

„Liron“, kommt es zurück.

„Versteht der Mann neben dir Rais oder können wir sprechen?“, fragt sie wieder.

„Ich glaube nicht – he, du versoffener Trottel von einem Soldat, siehst du nicht, dass dein Gaul lahmt?“, hört sie ihn pöbeln und muss grinsen. Es kommt keine Antwort. „Ihr könnt sprechen“, sagt er trocken.

„Wer von euch hat am ehesten meine Statur?“

Wie erwartet gibt es keine Nachfrage, sondern nur Lirons Antwort: „Ich.“

Amanda nickt, was er allerdings nicht sehen kann. „Hör zu – ich möchte morgen tauschen – du sitzt hier im Wagen und ich reite in deiner Ausrüstung an deinem Platz. Dem Fürsten sage ich, mir sei nicht wohl. Wir tauschen nach dem Mittagsmahl und abends wieder zurück. Sag den Anderen Bescheid, dass es morgen keine Fragen gibt.“

„Ist gut.“

„Ihr braucht Lirons Rüstung nicht“, hört sie jetzt Antar von weiter vorne sagen. „Wir haben eine Ausrüstung dabei: Eure.“

Amanda kann es nicht fassen, sie ist sprachlos. Wie sie das gemacht haben, ihre Ausrüstung zu verstecken – nachdem sie schon eine gestohlen hat – und sie jetzt hierher mitzunehmen – „Fürstin?“, fragt Antar nach, als keine Antwort kommt. Es ist ihnen offenbar ernst!

„Seid ihr vollständig wahnsinnig geworden?“, fragt sie freundlich. Wenn es herausgekommen wäre, wären sie sang- und klanglos im tiefsten Kerker verschwunden!

Die Männer lachen. „Dachtet wohl, Ihr seid die Einzige!“ Man hört, wie Antar grinst.

Amanda seufzt: da haben sie auch wieder recht. Man verliert da oben als Gefangener ein bisschen den Verstand und tut Dinge, die hier unten im warmen Waisland vollständig verrückt erscheinen. „Dann soll Liron mir meine Rüstung bringen. Irgendwie so, dass der Fürst es nicht merkt, ja?"

„Sie kommt heute Nacht", sagt Liron. „Ihr hört es dann." Amanda brummt und schlägt zweimal mit der Faust in die Handfläche und das Zeichen kommt zurück. Sie schüttelt den Kopf: es ist unglaublich, wie schnell man wieder in die alte Geheimniskrämerei zurückfällt! Amanda ist gespannt, wie sie es schaffen werden, die Rüstung zu ihr zu schmuggeln, ohne dass Gregors Männer etwas merken und findet es schade, dass sie es nicht sieht.

Aber das erste Maunzen weckt sie und als sie antwortet, hört sie, wie sich unter dem Wagen ein Brett löst.

Sie nimmt das Bündel entgegen, langsam, Stück für Stück: den Umhang, die Stiefel, die Beinkleider, das Wams – Schwert und Messer… Es ist gruselig, hier in der Nacht diese Dinge wieder zu berühren, sie zu erkennen, zu spüren, dass es ihre sind. Irgendwie sind sie ein Teil von ihr geworden, in den Jahren da oben… Sie antwortet auf das Zeichen und Stille kehrt ein. Amanda muss schauen, wie sie die Sachen hier verbirgt.

Mittags kommt Liron und bringt das Essen. Amanda, inzwischen gerüstet, isst und klettert hinaus. Sie bewegt sich vorsichtig: offenbar ist sie gewachsen, die Sachen spannen – an den Schultern, um die Hüften, die Beinkleider sind zu kurz… sie hofft, dass man es unterm schwarzen Pelz und der Maske nicht sieht. Hoffentlich platzt die Hose nicht, wenn sie aufs Pferd steigt… aber sie hält.

Die Männer grüßen mit den Augen, haben Mühe, ein Grinsen zu verbergen und schütteln die Köpfe: nicht einmal einen Tag in einem Wagen eingesperrt hält sie es aus…

Amanda hält den Kopf gesenkt: an ihren Augen würde man sie sofort erkennen. Und auch an der Stimme: sie hält den Mund, aber es will keiner mit ihr reden. Niemandem fällt etwas auf. Man lässt den Wagen in Ruhe, man lässt die Männer der Horde in Ruhe und Amanda stellt fest, dass Reiten ihr weder Schmerzen noch Beschwerden macht. Das kann sich ändern und sie sollte es wirklich nur im Notfall tun, aber genau dafür hat sie es auch wissen wollen.

Am Abend kehrt sie mit dem Abendbrot zu Liron in den Wagen zurück, der nicht etwa einen faulen Tag genossen hat, sondern angespannt gelauert hat, ob da draußen alles gut geht. „Danke“, sagt Amanda auf Rais und drückt ihm die Schulter. „Ekelhaft, wenn man nicht raus schauen kann, was?!“

Liron verzieht das Gesicht und ist ganz offenbar froh, dass er endlich wieder aus dem Wagen klettern kann. Die Männer nehmen ihn mit rauen Scherzen in Empfang.

„Sprecht Wark!“, kommt Amandas Stimme klar von innen, „und morgen bringt mir ein Anderer von euch das Essen, wenn es so beliebt ist.“

„Ja, Herrin!“, kommt es prompt zurück, auch wenn man das Grinsen noch hören kann.

Amanda nickt und sinkt sehr zufrieden aufs Lager. Es ist gut, dass sie diese Männer hat, die einfach tun, was sie von ihnen will und nie auf die Idee kämen zu widersprechen. Aber sie muss leider zugeben, dass sie auch Männer braucht wie Berendic, der klar und deutlich seine Meinung sagt, auch wenn das nicht gerade angenehm ist.

Als Gregor am anderen Morgen fragt, wie es ihr geht, ist sie versöhnt mit ihrer Lage – vor allem, weil sie weiß, dass sie sie jederzeit ändern kann… Für die restliche Reise bleibt sie in ihrem Wagen, sie will Gregor nicht in Schwierigkeiten mit Johan bringen – und sich auch nicht.

Die Reise nach Waisland verläuft ruhig und Amanda hat Zeit zu begreifen, was geschehen ist: Sie haben gesiegt, Johan wird König werden. Sie hat ihre Feinde besiegt. Und wenn sie sich nicht irrt, ist sie schwanger. Sie ist sich nicht sicher, sie weiß nicht, wie sie darauf gekommen ist, aber es ist niemand da, den sie fragen kann.

Am Abend spricht sie Gregor an: „Fürst, meint Ihr, Ihr könnt für einige Zeit auf Eure Frau verzichten? Ich würde mich sehr freuen, wenn sie ein paar Tage auf Waisland wäre.“

Wie erwartet versteht Gregor die Frage ohne Erklärung und ist offenbar geschmeichelt. „Gewiss, Herrin. Sie wird sich freuen, Euch Gesellschaft zu leisten.“

Amanda atmet auf, auch, weil er wieder mit ihr versöhnt ist – so eine Schwangerschaft scheint doch für einiges gut zu sein. „Danke, Fürst“, sagt sie warm.

Es ist wunderbar, mit diesem Siegeszug zurück auf Waisland zu ziehen, denkt sie, als die Burg in Sicht kommt. Die Nachricht ist ihnen vorausgeeilt, Johan hat offenbar einen schnellen Boten gesandt – die Burg ist geflaggt und bewimpelt, Hadwin hat herausgeholt, was zu finden war. Viele Männer hat er nicht gehabt, aber was gehen kann, steht auf den Wehrgängen, hängt an den Fenstern, steht im Hof und den Berg hinab.

Amanda lässt den Zug anhalten. Sie krabbelt aus dem Wagen. Sie wird ganz sicher nicht in diesem Karren versteckt auf ihrer Burg einziehen! „Sattelt meine Stute", sagt sie zu niemand bestimmtem, aber es geschieht. Zwei Männer Gregors steigen ab und bringen ihr Pferd. Gregor kommt von der Spitze des Zuges zurückgeritten. Er sieht, was geschieht und sagt tatsächlich kein Wort. Er wartet, bis Amandas Pferd gerichtet ist und Amanda aufgestiegen.

Amanda wirft ihm von der Seite einen lächelnden Blick zu. „Wollen wir, Fürst? Würdet Ihr mich geleiten?"

Und er lächelt tatsächlich zurück. Offenbar versteht er es, dass sie diesen Triumph auf dem Pferd genießen muss.

Amanda wendet den Kopf, aber es wäre nicht nötig gewesen: ihre Leibgarde ist hinter ihr aufgerückt, Gregors Männer haben Platz gemacht.

Und so reitet sie sehr langsam den jubelnden Burgberg hinauf, geleitet von Gregor und gefolgt von den schwarzen Wölfen ihrer Leibgarde – und dem ganzen Rest von Gregors Männern. Ganz unverhofft ist sie doch in den Genuss des Triumphes gekommen – sie ganz alleine…

Hadwin erwartet sie – gekleidet in seiner alten Rüstung, die er schon getragen hat, als Amandas Vater König gewesen ist – auch er hat diesen Tag herbeigesehnt und das seine dazu getan, dass es diesen Tag gibt. Er begrüßt sie ehrerbietig, als habe es nie ein böses Wort gegeben zwischen ihnen, hilft ihr vom Pferd – reicht ihr den Trunk, von dem sie nur nippt –

Amanda wendet sich und begrüßt ihre jubelnde Burg. Es ist einfach wunderbar.

Als sie mit Hadwin hinein geht und ihre Garde aufschließt, ist es dann mit Hadwins Ehrerbietung wieder vorbei. „Was sind das für welche? Was wollen diese Wölfe hier?", fragt er barsch und verstellt ihnen den Weg.

Amanda, die geradezu darauf gewartet hat, wendet sich freundlich. „Hadwin, das ist meine Leibgarde: Antar, Dorste, Siegwart, Liron, Hamo, Yuko, Ambert, Hank und Jolan – Männer, das ist Hadwin, mein Haushofmeister."

Die Männer neigen grüßend den Kopf, brummen: „Hadwin."

Hadwin lässt seinen Blick über die Männer gleiten, die unbewegten Gesichts stehen – er sieht schon, bei diesen wird er gar nichts erreichen mit seiner knurrigen Art – die sind weit Schlimmeres gewohnt. „Leibgarde?", brummt er mit Blick auf Amanda.

„Richtig", bestätigt diese gut gelaunt.

Und dann gelingt es Hadwin doch, sie zu überraschen. „Wurde auch Zeit!", knurrt er und hält ihr die Türe auf…

Gregor zieht nach ein paar Tagen mit einem Großteil seiner Leute und verspricht, seine Frau so bald als möglich zu schicken. Amanda, die Hadwin kein Wort über den Grund ihrer frühzeitigen Heimkunft gesagt hat, zeigt ihrer Garde die Burg – sie durchstöberten die Burg von oben bis unten – es ist herrlich! Sie ist wie berauscht.

„Begleitet ihr mich zum Hain? Ich möchte zu meinem Vater." Sie folgen ihr schweigend. Am Eingang des Hains sagt Amanda: „Wartet bitte", und geht alleine weiter, bis sie den kleinen Hügel mit der Eiche erreicht hat. Der Baum treibt frische grüne Büschel, sieht sie, als sie näher kommt. Sie kniet am Hügel nieder, berührt den Stamm mit der Hand, neigt den Kopf. „Vater?", sagt sie leise. „Er ist tot. Ratibor ist tot." Sie sieht ihn vor sich – durchbohrt von den Waffen, in der Bewegung erstarrt, als er merkte, was geschehen würde. „Du bist gerächt. Dein Tod ist gerächt. Ich habe getan, was du wolltest." Sie holt tief Luft, weil eine so ungeheure Last von ihr genommen ist. „Ich danke dir für Hajdan. Er hat mir so geholfen. Und auch andere. Es ist uns gelungen: Waisland bekommt einen König, Vater. Waisland bekommt den richtigen König. Du kannst schlafen. Und ich bekomme ein Kind. Wenn die Götter uns gnädig sind, wird es ein Junge und es wird nicht wieder alles von vorne beginnen. Schlaf in Frieden, Vater."

Hadwin, der auf der Suche nach ihr ist und gehört hat, wohin sie will, steht oben in der Burg und sieht hinab. Er sieht sie bei der Eiche knien und die Männer ihrer Garde kommen langsam näher, bilden einen Halbkreis um sie und sinken ebenfalls auf die Knie. Man kann die schwarzbepelzten Gestalten von hier oben deutlich im frischen grünen Frühlingsgras sehen, wie sie um die junge Frau und den kleinen Baum knien.

Schließlich steht Amanda auf und dreht sich um, sieht ihre Garde um sich knien, ihr und dem alten König Ehre erweisend. Sie sind unter sich. „Ich danke euch", sagt sie leise. „Ohne euch würde ich nicht so hier stehen können. Ihr habt so viel für mich gewagt."

Jetzt hebt Antar den Kopf und sagt: „Dankt uns nicht. Wir wollen das nicht. Ihr erweist uns solche Ehre, das ist uns Dank genug."

Sie schaut sie an, jeden einzelnen von ihnen, mustert sie aufmerksam. Dann lächelt sie und sagt: „Begleitet ihr mich zurück zur Burg?"

Sie beschließen, dass stets zwei der Garde bei ihr sind, der Rest meldet sich mit der größten Selbstverständlichkeit und ohne dass ein Wort darüber gefallen wäre bei Hadwin, um sich für den Dienst und die Wache einteilen zu lassen: diese Burg ist viel zu schwach besetzt, das haben sie auf einen Blick gesehen. Amanda könnte platzen vor Stolz. Das Einzige, was ihre Freude trübt, ist Anissin, der ihr von früh bis spät fehlt. Sie hätte ihn so gerne zu ihrer Garde gesteckt – die Männer hätten ihm gut getan – obwohl er bloß halb so alt und halb so groß wie die Männer gewesen ist. Aber bei der Horde ist es völlig gleichgültig, wie einer aussieht. Hauptsache, er kann etwas: Ambert ist so gut wie stumm – er kann sprechen, das ist bewiesen – was tut's, dass er lieber schweigt? Er ist ein Schlagdrauf, auf den man sich verlassen kann, das ist es, was zählt. Hamo ist nach einem Schlag die Schulter krumm verwachsen – sagt auch nur einer ein Wort darüber? Wie einer aussieht spielt keine Rolle – nicht bei der Horde und schon gar nicht bei den Gefangenen. Und auch Giselher könnte Gefallen an den Männern finden: fast alle von ihnen sind von einfacher Herkunft – irgendwo gestohlen, keiner fragt, wer die Eltern waren. Niemand kümmert sich darum. Es zählt nur, was einer taugt.

Es tut Amanda so weh, dass Anissin nicht hier ist – und Johan, den sie mit jedem Tag mehr vermisst. Sie hofft, er wird endlich kommen!

Wer kommt, ist Fürstin Nadia, Gregors Frau – die ihr sofort alles verbietet, was auch nur ein bisschen nach Spaß aussieht: reiten natürlich und jede Art von Kampf.

Es ist ein Wunder, dass ich noch auf meiner Burg herumlaufen darf, denkt Amanda, die sich zähneknirschend an alles hält. Es geht ihr gut – sie weiß ja nicht einmal, ob sie wirklich schwanger ist, sie ist es schließlich noch nie gewesen! Aber sie will alles tun, um ein gesundes Kind auf die Welt zu bringen und leider heißt das offenbar: gar nichts tun! Bald langweilt sie sich fürchterlich.

Sie redet lange mit Nadia und diese bestätigt, dass sie wohl wirklich schwanger ist – auch wenn man noch nicht ganz sicher sein kann.

Und gerade, als Amanda denkt, dass sie vor Langeweile zerspringt, schickt Johan die ersten Verletzten, ein leider sehr langer Zug… Und bei den ersten Leuten ist Anla, die Heilerin der Flue, in sehr durchsichtiger Absicht, denkt Amanda aufatmend, die sich genauso freut, ihre Retterin von damals wieder zu sehen wie Anla sich freut, wieder für ihren Schützling sorgen zu dürfen.

Kaum ist sie da, stürzt sie sich auf Amanda, bestätigt mit Sicherheit die Schwangerschaft – und beginnt umgehend einen zähen, erbitterten Machtkampf mit Nadia, was Amanda zuerst erheitert, nach zwei Tagen aber fast in den Wahnsinn treibt. Nie sind die zwei sich einig – was die eine empfiehlt, verbietet die andere kategorisch und selbst wenn sie das selbe meinen, hört es sich nie gleich an.

Amanda lässt es über sich ergehen, beschließt, keiner zu widersprechen und zu tun, was sie davon richtig findet – wenn die eine sie bei etwa Verbotenem erwischt, behauptet sie einfach, die andere hätte es erlaubt – und hofft, dass Johan endlich kommt! Wobei – in dieser Sache wird er gar nichts sagen, da ist sie fast sicher – das ist Frauenkram und er wird sich nicht einmischen.

Einstweilen kümmert sie sich um die Verletzten – oder will es zumindest tun – aber in seltener Einmütigkeit verbieten es Nadia und Anla, wenn auch aus ganz verschiedenen Gründen: Nadia findet es reichlich unziemlich, dass eine Frau sich derlei Grausamkeiten ansieht und für eine Frau, die ein Kind erwartet, gilt dies erst recht. Anla hingegen fürchtet um Amandas Gesundheit.

Und das ist dann auch das erste Mal, dass Amanda sich gegen beide wendet. „Niemand wird mich hindern, nach meinen Männern zu sehen! Sie sind verletzt, weil sie für mich gekämpft haben und ich bin unverletzt geblieben – das wenigste, was ich tun kann, ist, dass ich nach ihnen sehe!"

Die beiden Damen besinnen sich darauf, mit wem sie es zu tun haben und vollziehen einen taktischen Rückzug. Man einigt sich darauf, dass sie nach den Verletzten sehen, aber nicht bei deren Versorgung helfen darf, keine Verletzung anfasst, keinen Kranken berührt – und Amanda atmet auf. Sie wird diesen Sieg an anderer Stelle teuer bezahlen müssen, da ist sie sicher. Aber das ist es wert.

Bis sie bei den Verletzten ausgerechnet auf Yannick stößt. Sein Gesicht ist blutverkrustet, offenbar hat niemand ihn versorgt und er ist immer noch gebunden. Sie steht vor ihm und sieht auf ihn hinunter, reglos. Er liegt wie tot, aber sie sieht, dass er atmet. Er weiß offenbar genau, wer vor seinem Lager steht.

Amanda dreht sich zu ihrer Garde um, sagt auf Rais: „Den merkt euch", und geht. Sie weiß eine Kammer im Seitenflügel, klein und mit einem winzigen Fenster. Dahin lässt sie ihn bringen. Sie kann ihn nicht in einen Kerker stecken. Vielleicht wird es irgendwann einmal einen geben, den sie in einen Kerker stecken kann – aber nicht ihn. Sie wartet vor der Kammer, als ihre Männer ihn bringen, aber sie sieht ihn nicht an.

An der Tür fordert sie tonlos: „Gebt mir Euer Wort, dass Ihr Euch nichts antut." Sie sieht den kurzen Blick, den er ihr zuwirft – aus einem Auge, das andere ist völlig zugeschwollen von ihrem Schlag. Woher weiß sie, dass ihm sein Leben nicht mehr viel gilt?

„Mein Wort?", entgegnet er höhnisch. „Was sollte Euch mein Wort noch gelten?"

Amanda verzieht das Gesicht. „Wenn *mir* Euer Wort nichts mehr gilt, findet Ihr vielleicht bei Euch einen Flecken, an dem Ihr Euch selbst noch traut – Fürst Yannick von Derenberg!"

Er schweigt und sagt dann verstockt: „Und warum sollte ich das tun?"

„Weil ich Euch vielleicht irgendwann noch einmal sprechen möchte. Und dazu brauche ich Euch lebend", gibt Amanda scharf zurück.

Er verzieht das Gesicht: und dafür soll er am Leben bleiben? „Bei allen Göttern!", faucht Amanda, als er nicht antwortet. „Soll ich Euch in Ketten legen und an die Wand schmieden lassen? Es ist widerlich, das kann ich Euch versichern! Und ich will es nun einmal nicht tun. Wen wollt Ihr also damit quälen, mich oder Euch?"

Sein Blick streift sie kurz, dann knurrt er halblaut etwas, was sich sehr nach: „Elende Hexe", anhört.

Amanda geht nicht darauf ein.

„Ihr habt mein Wort", sagt er unwillig.

Sie dreht sich auf dem Absatz um. „Macht ihn los, sperrt ihn ein und sprecht kein Wort mit ihm", weist sie Hamo und Yuko an, die ihn gebracht haben.

Jetzt ist seine Antwort allerdings deutlich zu hören: „Miststück!" Immerhin ist er noch am Leben, wenn er so fluchen kann…

Ihre Wölfe tun, als hätten sie nichts gehört. Er kann sagen oder tun, was er will: sie werden kein Wort mit ihm sprechen und ihm kein Haar krümmen, wenn Amanda es nicht befiehlt.

Und dann endlich kommt Johan. Johan – und mit ihm Georg, Gernot – der ganze Rest ihrer Leute. Amanda steht in ihrem alten Zimmer am Fenster und sieht den Heerzug herankommen. Ein staubiger Lindwurm, die Sonne lässt die Rüstungen blitzen und bringt den Staub zum Leuchten. Ein Heerzug wälzt sich auf Waisland zu – und sie ist glücklich! Nur deshalb steht sie hier oben und nicht unten im Hof oder in ihren neuen Räumen. Anissin hätte es verstanden, er hat sie fast jeden Morgen so am Fenster stehend vorgefunden: Ausschau nach Feinden haltend. Er würde grinsen, wenn er sie sehen könnte… Sie will keine Angst mehr haben vor Staubfahnen auf dem Weg, vor dem Klirren von Rüstungen und dem anschwellenden Geräusch herannahender Pferde…

Wie schon einmal geht sie hinunter in den Hof und nimmt den Pokal, den Hadwin ihr reicht und durch das brandneue, geöffnete Tor reitet Johan – der König.

Amanda Herz macht einen Satz, sie nimmt den Pokal – den besten, den der Hof zu bieten hat – und tritt an sein Pferd. Sie versucht, ihre strahlenden Augen hinter gesenkten Lidern zu verbergen und ihre Gesichtszüge unter Kontrolle zu halten. Diesmal macht Hector keinen Schritt zur Seite.

„Mein König", sagt sie stolz und sehr ehrerbietig. „Willkommen auf Waisland, Eurer Burg!" Sie reicht ihm den Pokal und sinkt auf die Knie. Neigt den Kopf. Tief.

Johan sieht stirnrunzelnd auf sie hinab – er hat sich schon gedacht, dass seine scharfen Worte nach der Schlacht ein Nachspiel haben würden – aber dieser so tief geneigte Nacken, diese Demut, das ist neu. Irgendwie ist es ihm wohl doch lieber, wenn sie ihn anblitzt, wenn sie schon mit ihm streitet… Das hier ist nicht die Amanda, die er kennt und will. Er seufzt innerlich: noch nicht vom Pferd gestiegen, noch nicht König und schon das – und dann sieht er am Ansatz ihrer Haare das Wappen: sie ist nicht ohne Grund so demütig. Nicht nur, um ihm zu zeigen, wie es ist, eine gehorsame Frau zu haben: sie zeigt ihm, in aller Demut, wer sie ist. Wem er es zu verdanken hat, dass er jetzt das Sagen hat. Als ob er das je vergessen wird! Und er weiß, dass sie es hasst. Nicht das Wappen selbst, dessen Trägerin sie ist, aber dass sie es zeigen soll. Man sieht es nie. Es ist da, das genügt. Sie hat es dulden müssen, Jahr für Jahr, das fremde Finger nach dem Wappen tasten und es bloßlegen. Um dieses Wappen willen hat sie alles erduldet, alles auf sich genommen.

Und dann fällt ihm ein, dass der letzte, der so entblößt auf ihren Nacken gesehen hat, der Henker gewesen sein muss, damals bei Ratibor, und er schaudert. Das muss ein Ende haben! Aber zuerst hat er noch etwas anderes zu tun. Er hebt den Pokal. „Seid gegrüßt!“, ruft er und Jubel erfüllt den Hof. Er nimmt einen Schluck und springt mit dem Becher in der Hand vom Pferd. Er hebt Amanda am Arm auf, reicht den Pokal an irgendjemanden weiter und sieht ihr in die Augen. „Danke.“ Amanda schluckt. Sie kann nicht so tun, als wüsste sie nicht, dass er weit mehr meint, als diese Begrüßung hier, die ihm nicht gefallen haben wird. Aber ehe sie zur Besinnung kommt, zieht er sie schon am Arm mit und tritt mit ihr vor den versammelten Hof. Der Jubel gilt ihnen beiden... Lieber wird er sich mit ihr streiten, als weiter diese falsche Demut zu sehen.

Als sie dann nach dem Festmahl in ihren Räumen sind, das erste Mal alleine, fragt er vorsichtig: „Wie geht es dir?“

Amanda weiß, was kommt. „Gut.“

„Und bist du?“

Amanda nickt verhalten. „Ja. Sie sagen, es sei sicher. Ich bin schwanger.“

Doch statt sich zu freuen, spürt er, wie der Zorn wieder in ihm auflodert. Sie ist tatsächlich schwanger mit in den Kampf gezogen! Obwohl sie ihm ihr Wort gegeben hat! Hat alles aufs Spiel gesetzt, um ihren Willen durchzusetzen. „Ich weiß wirklich nicht, was ich mit dir machen soll“, sagt er mühsam beherrscht. Er hätte sie schütteln mögen! „Ich hatte mich auf dich verlassen!“

Amanda, die spürt, wie sehr seine Enttäuschung sie trifft, entgegnet bebend: „Dann lass mich doch einsperren, wenn du mir nicht mehr traust!“

Johan sieht sie an, als sei sie eine Fremde. „Bedeutet es dir denn gar nichts?“ Ist ihr gemeinsames Kind ihr gleichgültig?

Seine Worte brennen wie Feuer. Aber ehe sie zu einer hitzigen Antwort ansetzen kann, bricht sie zu ihrer Schande – und ihrer eigenen Überraschung – heftig in Tränen aus. *Was ist das denn jetzt?*

Johan, der weiß, dass sie niemals weint, um etwas zu erreichen, betrachtet sie misstrauisch – er ist nicht mehr sicher, was er von ihr halten soll. Aber es geht ihr offenbar wirklich zu Herzen. Als er merkt, wie sie vergeblich dagegen ankämpft und nicht damit aufhören kann, nimmt er sie zaghaft in den Arm. „Schh! Ist ja gut!"

Und Amanda stößt ihn nicht etwa zurück, wie er erwartet hat, sondern sinkt schluchzend an seine Brust. „Ich hab's doch gesagt, sobald ich es gemerkt hab! Ich wusst' es doch selber nicht!"

Johan, auf einen Schlag ruhig werdend, fragt in völliger Ruhe: „Ist das wahr?"

Und Amanda, wie aufgefangen von seiner Ruhe, braust nicht auf, weil er schon wieder an ihrem Wort zweifelt, sondern kann sich fassen und mit dieser grässlichen Heulerei aufhören. „Ja. Sie sagen, ich hätte es noch gar nicht wissen können. Es sei erst jetzt wirklich sicher."

Johan sieht sie an und das Herz schwillt ihm vor Glück und Stolz: sie hat ihr Kind nicht aufs Spiel gesetzt! Sie hat ihr Wort gehalten und sich von ihm wegschicken lassen ohne ein einziges Widerwort. Und sie ist schwanger! Sie bekommen ein Kind. Einen Erben.

Er zieht sie an sich und bedeckt sie mit Küssen. Er fährt ihr mit der Hand unters Oberteil und legt die Hand auf ihre Brust. Sie stößt einen hingebungsvollen Seufzer aus. Sie hat ihn so vermisst! Dann zieht sie scharf die Luft ein. „Behutsam!"

Er hält inne. „Was haben deine Drachen gesagt? Dürfen wir?" Amanda hat tatsächlich gefragt. Anla hat ohne Federlesens gesagt: „Wenn's Kind fest sitzt, schadet's nicht. Ihr könnt ihm ja sagen, er soll ein bisschen vorsichtig sein."

Naja, dachte Amanda sehr erleichtert, *wem ich das sagen muss mit der Vorsicht ist noch nicht ganz raus.*

Nadia hingegen hat gar nichts gesagt, aber mehr als missbilligend geschaut. Offenbar findet sie nicht, dass es diese Fragen sind, die Amanda jetzt am meisten beschäftigen sollten…

Aber es ist jedenfalls kein Nein, schließt Amanda. *Wahrscheinlich hat sich Gregor von ein bisschen Schwangerschaft auch nicht abhalten lassen*, dachte sie grinsend und sehr froh.

Johan sieht sie abwartend an und als Amanda statt einer Antwort ganz langsam ihr Oberteil aufschnürt und sich über den Kopf zieht, sagt er anerkennend: „Ich nehme an, das heißt ja – oder willst du mich foltern?" Das wird immer besser, findet er…

Amanda sinkt lächelnd aufs Lager und streckt sich ihm entgegen. „Ja, heißt es. Aber wir sollen vorsichtig sein. Au! Ich glaube, das musst du wirklich…"

Am anderen Morgen sagt er: „Ich habe dir etwas mitgebracht, von dem sie sagen, dass es dir gehört." Er springt vom Lager, kramt in seinen Sachen und zieht ein schmales, langes Bündel heraus, das er ihr zum Lager bringt. Amanda nimmt es beunruhigt und er sagt mit gespanntem Gesichtsausdruck: „Georg hat diese Burg wirklich von oben bis unten durchkämmt. – Oh – Wir haben die Krone gefunden."

Amanda lässt das Bündel fast fallen. „Johan!"

„Verzeih. Ich wollte dich nicht erschrecken."

Sie schüttelt den Kopf. „Ist das wirklich wahr?" Er nickt und Amanda atmet tief auf: das ist wunderbar. Aber dieses kleine Bündel kann nicht die Krone Waislands sein. Was ist es dann?

Johan hockt sich neben sie. „Pack's aus."

Amanda schlägt den dunklen Stoff auseinander. Dann stockt ihr der Atem: es ist ihr Messer. Das Messer der Horde, das Hajdan unter Lebensgefahr für sie gestohlen hat. Ihr Geschenk „zum ersten Mal". Das Hanno ihr in Ratibors Halle abgenommen hat. Sie kann die Tränen nicht verhindern, presst sich die Hand mit dem Messer ans Gesicht und weint.

Johan legt ihr seine Hand auf die Schulter. „Amanda?"

Und sie erklärt ihm, was es mit diesem Messer auf sich hat.

Als sie sich ankleidet, hängt sie sich mit großem Ernst dieses Messer an ihren Gürtel. Endlich kann sie es offen tragen! Daneben hängt die silberne Kralle, die dem Haupt der Horde gebührt. Es ist nicht die von Siltrass, Jossim hat eine neue gebracht.

Johan betrachtet sie und sagt grinsend: „Ich glaube, ich muss ein bisschen aufpassen – du wirst immer mehr zum Wolf." Amanda will aufbegehren, aber Johan wehrt ab. „Du siehst beeindruckend aus."

An der Tür hält er sie zurück. „Amanda? Wo ist Yannick? Was hast du mit ihm getan?"

Sie stockt einen Moment, dann erzählt sie es ihm. In Johans Gesicht zuckt es, er setzt an, sagt aber nichts. Amanda schaut ihm in die Augen. „Könntest du nicht bitte Anla zu ihm schicken, dass sie nach seinen Wunden sieht? Er sieht schrecklich aus. Aber ich will nicht, dass er denkt, dass es von mir kommt."

Johan hebt die Brauen und sagt erleichtert: „Das würde ich sehr gerne, aber das kann ich nicht. Da stehen deine Wölfe davor – denen ist völlig gleichgültig, wer hier die Krone trägt. Die hören nur auf dich, meine Dame."

Amanda grinst. Dann fasst sie sich ein Herz und trägt Liron auf, Anla zu Yannick zu bringen. Sie sagt es auf Rais – einfach so, zum Spaß. Johan, der nahebei steht, hat aufmerksam zugehört, schüttelt aber nur den Kopf.

Anla hält sich nicht lange auf, als Liron mit Amandas Bitte kommt: sie kann sich an die Verletzungen des Sängers nur zu gut erinnern – die Zeit wird drängen.

Das sieht sie bestätigt, als sie kurz darauf in Yannicks kleine Gefängniskammer tritt: Amandas ehemaliger Sänger liegt auf dem Bett, seine Wange sieht hässlich aus. Anla bittet mit einer Handbewegung Liron und die andere Wache hinaus. Dann erst sagt sie: „Seid gegrüßt. Ich bin Anla, die Heilerin. Man schickt mich, dass ich nach Euren Wunden sehe."

Yannick hebt ein Auge, schließt es wieder und sagt abweisend: „Das könnt Ihr Euch sparen."

Anla packt unbewegt weiter ihre Sachen auf den Tisch. „Man hat mich gebeten, dass ich Eure Wunden versorge und genau das werde ich tun."

Yannick verzieht unwillig das Gesicht. „Unnötig", knurrt er böse. Vielleicht geht Anla wieder, wenn er garstig genug ist.

Aber Anla tritt ungerührt an sein Lager und schaut sich die Verletzung von Nahem an. Ihr Urteil fällt kühl aus. „Wenn ich es nicht tue, und zwar schnell, werdet Ihr zuerst Euer Auge und danach Euer Leben verlieren. Und das wird kein schöner Tod werden. Das kann ich nicht zulassen, denn mir wurde Anderes aufgetragen. Ich wäre Euch also dankbar, wenn Ihr Euch an den Tisch setzen würdet, dass wir beginnen können." Sie geht zum Tisch zurück und beginnt, sich sorgfältig die Hände zu waschen, Yannick den Rücken zukehrend, um ihm Zeit zu lassen. Sie hört ihn zischen: „Dieses miese, kleine Biest denkt einfach an alles!"

Er kann Anlas Grinsen nicht sehen.

Dann kommt er und setzt sich an den Tisch. Er sieht Anla an und versucht es ein drittes Mal. „Könntet Ihr nicht sagen, Ihr wärt zu spät gekommen?" Er weiß sehr gut selbst, dass er sterben wird, wenn die Wunde nicht versorgt wird. – Das hat er sich hier ausgedacht: Auf diese Weise verliert er sein Leben, ohne sein Wort zu brechen, das er Amanda gegeben hat.

Anla wendet sich ihm zu und sieht ihm ins unbeschädigte Auge. „Hört zu: Ich werde diese Wunden versorgen, ob Ihr es wollt oder nicht. Aber ich lasse Euch die Wahl: entweder wir beide erledigen das unter uns und niemand wird ein Wort darüber von mir hören. Niemand. – Oder ich rufe jetzt diese Wölfe der Garde herein, und dann ist mir gleich, wer darüber spricht. Entscheidet Euch." Sie schüttet heißes Wasser aus einem mitgebrachten Krug in eine weitere Schüssel und gießt eine übelriechende Tinktur hinein. Dann legt sie saubere Tücher in den Sud und reibt sich die Hände mit derselben Tinktur ein. Sie wirft Yannick einen fragenden Blick zu.

In dessen Gesicht zuckt es böse. „Also macht schon."

Anla nickt zufrieden und fischt das erste der Tücher aus dem Sud, breitet es auf die eitrige, verschorfte Wunde. Yannick hält zwar still, aber der Schweiß strömt ihm über die Stirn. Anla lässt das Tuch da, bis es kalt ist, dann legt sie es weg und nimmt das nächste aus der Schüssel. Yannick holt Luft. Seine Hände umklammern die Tischplatte.

„Wollt Ihr etwas gegen die Schmerzen?" Er wirft ihr einen Blick zu, der so voll Verachtung ist, wie man das mit einem Augen eben fertig bringt. Anla legt ohne weiteres das zweite Tuch auf. Sie zuckt die Achseln. „Ich wollte es nur angeboten haben." Bevor sie das dritte Tuch auflegt, kramt sie in ihrem Korb, zieht ein glattgeschliffenes Stück Holz heraus, legt es vor Yannick auf den Tisch. Der versteht sofort und schiebt sich das Beißholz zwischen die Zähne.

Anla wiederholt die Prozedur mehrfach. Schließlich scheint sie zufrieden mit dem Ergebnis, denn auf das nächste Tuch streicht sie eine Paste, die nach

Honig und Bienenwachs duftet, und legt es über Yannicks Wange. Als sie dieses Tuch kurz darauf abzieht, kann Yannick trotz des Beißholzes einen Schmerzlaut nicht unterdrücken: Anla hat die Wunde freigelegt – alles, was verklebt war, ist abgegangen. Yannick spuckt das Beißholz aus, wischt sich die Stirn ab und holt tief Luft. Er ist schweißüberströmt und er zittert.

Anla schenkt einen kleinen Becher voll, stellt ihn vor Yannick. „Nur Schnaps", brummt sie grimmig. Yannick kippt ihn.

Anla beugt sich vor, um die Verletzung genau zu besehen. „Verflucht harte Hand, dieses Mädchen", hört Yannick sie anerkennend brummen. Er verzieht das Gesicht: leider nicht hart genug...

Schließlich richtet Anla sich auf. „Sieht aus, als könnt' ich's hinkriegen. Mit ein bisschen Glück werdet Ihr sogar das Auge behalten. Vielleicht gibt's noch mal was, was Ihr mit beiden Augen ansehen wollt." Yannick kann nicht anders: er muss grinsen.

Anla macht sich sorgfältig daran, die Wunde einzubinden. Als sie fertig ist, schaut sie Yannick ins Gesicht. „Wäre gut, wenn Ihr nicht ausgerechnet auf dieser Seite liegen würdet." Und setzt mit einer leisen Drohung dazu: „Ich mag es nicht, wenn man mir in die Arbeit pfuscht."

Yannick nickt ergeben: das glaubt er aufs Wort. Dann gibt er sich einen Ruck. „Danke."

Anla räumt ihre Sachen zusammen. „Bis morgen."

Sie hält Wort und erzählt Amanda nichts davon. Diese fragt nur ein einziges Mal, Tage später und erhält tatsächlich eine Antwort. Anla sagt genau drei Worte. „Er kommt durch."

Rache...

„Amanda? Kommst du? Ich habe einen Gefangenen, von dem sie sagen, dass du ihn sehen solltest." Amanda sieht Johan verwundert an und wartet, ob er mehr erklären wird und er setzt hinzu: „Sie haben ihn mir gebracht. Aber ich glaube nicht, dass dies ein schönes Geschenk sein wird."

Amanda schüttelt verwirrt den Kopf, folgt ihm aber durch den Gang, zwei ihrer Garde wie Schatten hinter ihr. „Woher hast du ihn? Wer ist es?"

Johan wirft ihr einen kurzen Blick zu. „Ein Soldat hat ihn mir gebracht. – Ein Soldat Ratibors.“

Das wird ja immer verrückter. Amanda bleibt stehen. Sie will lieber vorbereitet sein. „Wer?“

Johan sieht sie an. „Ondor.“

Amanda wird schneeblass und hält sich an der Wand fest. Sie murmelt einen Fluch auf Rais, der wohl so heftig ist, dass selbst Yuko das Gesicht verzieht.

Johan lernt heimlich Rais, aber das hat er nicht verstanden. Yuko wird es ihm bei Gelegenheit übersetzen müssen. Aber nicht jetzt. Er sieht Amanda an, die immer noch steht.

Sie sagt mühsam: „Hast du den Mann, der ihn gebracht hat?“ Ondor ist immer für eine Gemeinheit gut.

Johan nickt. „Haben wir. Ondor und den Soldaten, der ihn gebracht hat. Beide gebunden und geschnürt. Und schön voneinander getrennt. Kannst du?“ Amanda holt Luft und setzt sich in Bewegung: die Vergangenheit kommt zurück.

Und es ist tatsächlich Ondor, der gebunden von einem von Johans Männern hereingebracht wird. Amanda legt sich unwillkürlich die Hand auf den Leib.

Ondor hebt den Kopf und grinst, als er die Hand auf dem Leib sieht. Als wüsste er genau, wie allein sein Anblick sie schreckt. Und tatsächlich hat Amanda das Gefühl, die Steine des Verlieses wieder im Rücken zu spüren und Angst und Zorn würgen sie.

Johan hat den Blickwechsel schweigend verfolgt und wendet sich fragend an Amanda. Sein Blick bringt sie zurück in die Wirklichkeit.

Sie holt Luft, gibt Ondor ein eiskalt strahlendes Lächeln und sagt nur ein einziges Wort: „Hängen.“ Das Leben ist manchmal gut.

Ondor öffnet den Mund zu einer letzten Gemeinheit, aber ehe er auch nur einen Ton herausbringt, schlägt ihm der Soldat, der ihn führt, mit solcher Kraft die Faust in den Leib, dass er zusammen klappt.

Johan und Amanda sehen sich verdutzt an. Der Mann ist ein Soldat Johans, die nicht dafür bekannt sind, dass sie wehrlose Gefangene zusammenschlagen. Der Mann schüttelt jedoch sehr zufrieden seine Hand aus und sagt dann seelenruhig zu Amanda: „Ich glaube nicht, dass Ihr das hören wolltet."

Amanda sieht ihm lächelnd in die Augen. „Danke!"

„Jan", antwortet der Mann auf ihre unausgesprochene Frage und sieht ihr mit funkelnden Augen ins Gesicht. „Es ist mir eine Ehre." Und kurz zu Johan: „Ich hab mehr als genug davon gehört."

Johan weiß nicht, wovon sie sprechen, aber er vertraut seinem Mann und vor allem vertraut er Amanda. „Dann stopf ihm das Maul und bring ihn weg. Morgen früh hängt er."

Und Jan lässt sich nicht bitten, sondern schenkt dem Auftaumelnden noch einen weiteren Schlag ein, ehe er ihn wegschleift.

Johan wird ihn fragen müssen, um was es eigentlich geht, aber zuerst wendet er sich an Amanda.

Amanda weiß, dass er eine Erklärung will, aber sie kann nicht darüber sprechen. Nicht jetzt. Nicht hier. Nicht so. Nicht, solange er noch lebt. Sie sieht ihn an und bittet: „Kann ich den Mann sehen, der ihn gebracht hat?" Sie hofft, dass Johan es versteht. Das scheint der Fall zu sein, denn sein Gesicht wird dunkel, wie stets, wenn er wieder einmal über ihre unbekannte Vergangenheit stolpert.

Er wird es alleine heraus bringen müssen. Wann wird es vorbei sein? „Ich schick ihn dir."

Einer ihrer Wölfe bringt den Mann kurz darauf zu ihr – auch er ist gebunden. „Hanno", erkennt Amanda: der Mann, der sie versorgt hat, als sie in den Ketten hing. Die Vergangenheit kommt tatsächlich wieder.

Er neigt grüßend den Kopf und auch seine Augen gleiten über ihren Leib, aber anders: besorgt.

Sie haben es noch nicht bekannt gemacht. Irgendwann wird man es sehen, aber jetzt ist es noch zu früh dafür. „Du hast uns Ondor gebracht?"

Hanno nickt. „Er wollte sich davon machen. Ich fand nicht, dass er damit durchkommen sollte."

Amanda sagt grimmig: „Er wird hängen."

Auch in Hannos Augen kommt ein kleines Leuchten und er nickt zufrieden. Zu sagen wagt er nichts.

„Wer bist du? Warum hast du es getan?", will Amanda wissen. Hanno sieht sie an. „Illgar – ich war Fürst Illgars Mann. War ich immer." Sie sehen sich an, bis Hanno verlegen den Kopf senkt.

„Ich werde mit dem König sprechen, Hanno. Gibt es etwas, was wir für dich tun können? Einen Wunsch, den wir dir erfüllen können? Du hast mir geholfen, damals und jetzt wieder – ich werde das nicht vergessen."

Jetzt sieht er auf. „Wenn Ihr mich in Eure Dienste nehmen würdet? Egal wo."

Amanda neigt lächelnd den Kopf. „Willkommen auf Waisland, Hanno!" Und Hanno nickt stolz.

„Würdest du mir einen Gefallen tun?", fragt Amanda, der ein Gedanke gekommen ist.

Und er nickt wieder. „Königin." Dann wird er rot.

Amanda lächelt und schüttelt den Kopf: Naja, das sollte Johan nicht unbedingt hören. „Würdest du mit dem König sprechen? Über – damals? Ich – ich kann nicht."

Hanno schluckt ordentlich. Na, der wird sich vielleicht freuen! Das fängt ja gut an!

Amanda beobachtet ihn und sieht sein Unbehagen. „Ambert wird dich begleiten", sagt sie tröstend, Ambert nickt und geht auf Hanno zu.

Der sieht den riesigen Kerl kommen und weicht zurück. Jetzt auch noch einer dieser Wölfe! Tröstlich findet er das nicht gerade!

„Er wird dir zu Seite stehen. Dir geschieht nichts."

Denn aus unerklärlichen Gründen zieht Johan von allen Wölfen ausgerechnet Ambert vor. Obwohl der überhaupt nicht spricht – oder gerade deshalb?

Die beiden ziehen davon und treffen beim König auf Jan und Anla. „Die Königin schickt mich", erklärt Hanno auf Johans fragenden Blick und zuckt zusammen. „Verzeiht, mein König! – Die – die Fürstin."

Johan bringt ihn mit erhobener Hand zum Schweigen und verzieht das Gesicht. Er findet es schwierig, jemanden für etwas zu strafen, was er selbst ständig denkt… Und jetzt will er erst einmal wissen, was hier los ist. Amanda ist wohl der Meinung gewesen, dass er es besser von Hanno erfährt. Das heißt nichts Gutes, aber das ist ja auch nicht zu erwarten gewesen.

Er hat nach Jan geschickt und dann ist ihm eingefallen, dass vielleicht auch Anla, die Amanda damals gepflegt hat, etwas wissen könnte. Und so hat er jetzt alle zusammen. „Jan", fordert er zuerst seinen Hauptmann zum Sprechen auf.

„Er beleidigt die Fürstin", sagt der kurz, „ich wollte ihr das ersparen."

Johan nickt. Und was immer hier noch zur Sprache kommt, Jan braucht es sicher nicht zu wissen, wenn Ondor es ihm nicht schon erzählt hat. „Pass gut auf ihn auf."

Jan verschwindet grimmig. Anla und Hanno sehen sich misstrauisch an.

Jetzt zu Anla. „Wie sah Amanda damals aus, als ich sie halberfroren auf die Burg gebracht habe? Was fehlte ihr außer dieser Kopfwunde?"

Anla presst die Lippen zusammen. „Warum willst du das wissen?", fragt sie kriegerisch. Sie kennt ihn schon wirklich lange… Aber das heißt auf alle Fälle: da war noch mehr. Sonst könnte sie es ja sagen.

Johan wagt einen Versuch. „Wir haben den Mann, der's getan hat."

Anla stößt den Kopf vor. „Ist er das? Häng ihn auf! Warum lebt er noch?" Die Frauen sind sich einig… und gar nicht gnädig.

„Nein, gute Frau", verwahrt sich Hanno hastig, „wirklich nicht! Ich hab ihn bloß hergebracht."

„Anla?", mahnt Johan. Sie sieht ihn immer noch böse an und schweigt. „Wenn du es nicht sagst, muss ich sie fragen. Und das will ich nicht. Also rede!" Das hilft.

„Blutige Wunden von Eisenfesseln an allen Gelenken. Und sie ist geschlagen worden. Richtig geschlagen."

Johan sieht sie an und versucht, nicht am Hass zu ersticken. Er kennt die Narben an Amandas Gelenken. Sie hat damals „Ratibor" gesagt und kein weiteres Wort darüber verloren.

Hanno dankt allen Göttern, dass er die Alte zuerst gefragt hat. Er hätte diesen Blick nicht haben wollen. Aber er bekommt ihn schon. Johan hebt das Kinn und Hanno hat nicht den Mut, etwas anderes zu tun als zu nicken. Erst als Anla sehr drohend auf ihn zukommt, sagt er rasch: „Ich hab sie versorgt, damals. Ich bin Illgars Mann gewesen. Wir konnten nichts tun gegen Ondor."

Die alte Heilerin dreht sich um. „Du hast Ondor? Wo ist er?" Anla würde dem Kerl wirklich zusetzen. Es bliebe nicht viel übrig, was man morgen noch hängen könnte…

Johan findet ein schwaches Lächeln. „Schau lieber nach Amanda. Sie wird dich brauchen."

Anla grunzt und wendet sich zum Gehen, dann dreht sie sich aber doch noch mal zu Hanno um. „Du hast den Kerl gebracht?" Und als Hanno eher ängstlich nickt, schlägt sie ihm mit einer erstaunlich kräftigen Hand auf die Schulter. Hanno zuckt erschreckt zusammen. „Guter Mann!"

Hanno bleibt sehr unbehaglich allein mit dem König zurück. Neben ihm regungslos der riesige Kerl von der Wache. Schließlich taucht Johan aus seinen schwarzen Gedanken auf und sieht auf. „Danke", sagt er ernst. „Was tun wir mit dir?" Hanno wagt es nicht, auch nur ein Wort zu sagen.

„Sie hat ihn in Dienst genommen." Ambert hat es für nötig gehalten, mal wieder ein paar Worte zu sprechen.

Johan sieht ihn an und nickt. „Gut. Nimm ihn mit und sorg für ihn, Ambert – bring ihn zu Hadwin." Und dann sagt er genau wie Amanda: „Willkommen auf Waisland, Hanno."

Der neigt sich erleichtert. „Mein König", und ist froh, als er mit seinem schweigsamen Begleiter wieder draußen ist. Hoffentlich teilen sie ihn zum Wachen schieben auf der Burgmauer ein. Weit weg. Vielleicht kann man mit diesem Hadwin reden.

Als Johan am Abend in die gemeinsamen Räume kommen, sieht er Amanda nur an und fragt: „Was noch?"

Amanda, immer noch ein bisschen blass, antwortet: „Das war das Schlimmste."

Johan nimmt sie in die Arme und verspricht grimmig: „Im Morgengrauen ist er tot."

Amanda hat mit Anla und Nadia einen kleinen Disput gehabt, ob sie dabei sein soll oder nicht. Nadia hat den Kopf geschüttelt und derlei blutrünstige Anwandlungen als völlig unpassend für eine werdende Mutter erklärt. Amanda würde ihr gerne Recht geben, will aber auch ganz sicher sein, dass er wirklich tot ist. Zum Schluss entschied Anla, dass es Amanda vielleicht helfen würde, es mit eigenen Augen zu sehen – aber nicht ihrem Kind. Sie, Anla, wird dabei sein und Amanda zuverlässig berichten, wenn der Kerl wirklich tot ist.

Amanda ist es recht. Sie will nicht, dass er doch noch ihrem Kind schadet. Auf Anla ist Verlass, sie wird selbst nachschauen, ob er tot ist und nachhelfen, falls nicht…

Am Abend danach fasst Johan Amandas Arme, schiebt die Ärmel zurück und sieht auf die breiten weißen Narben, die um alle Gelenke laufen. So als wüsste er, dass sie erst jetzt, wo ihr Peiniger tot ist, darüber sprechen kann.

„Hat Hanno geredet?", fragt Amanda.

Johan nickt, ohne den Blick zu heben. „Und Anla. Er hat dich geschlagen?" Er ist bei der Hinrichtung gewesen und es hat seinen Rachedurst ein wenig gestillt.

Amanda nickt und Johan spürt, wie ein Schauder über ihre Haut läuft. „Ich war so hilflos! Und er hatte solchen Spaß daran." Der Druck seiner Hände wird stärker.

Amanda fasst ihrerseits seine Hände und sagt beruhigend: „Ich hätte ihn getötet, wenn es gar nicht mehr gegangen wäre." Und auf Johans Stirnrunzeln: „Die Ketten. Ich hatte die Ketten und er kam mir sehr nahe." Johans Gesicht wird sehr finster und Amanda erklärt: „Ich war mir sicher, dass ich sie um seinen Hals kriegen würde."

„War er nicht bewaffnet?"

„Messer", sagt Amanda sparsam, „ich wär nicht dran gekommen. Aber ich wär so oder so gestorben. Das hätte Ratibor nicht durchgehen lassen, Königstocher hin oder her. Und ich wollte nicht wegen eines kleinen, dreckigen Handlangers sterben." Johan sieht sie überrascht an. „Er war kein kleiner Handlanger."

Amanda lässt seine Hände los.

„Du weißt es nicht? – Er war sein Bruder – Ondor war Ratibors Bruder." Amanda starrt ihn an. „Sein Bastardbruder. Sein älterer Bastardbruder, um genau zu sein."

Amanda sinkt zurück. „Deshalb", flüstert sie, „deshalb dieser Hass." Er ist als Ältester übergangen worden, nur weil er ein Bastard war und sie ist als Erbin anerkannt worden, obwohl sie ein Mädchen ist. Wurde mit dem Wappen gezeichnet, das er jährlich anschauen muss… Das hat er aus ihr rausprügeln wollen.

„Amanda? Ich würde gerne mit diesen Männern reden, die in Ratibors Halle auf uns gewartet haben. Diese Speerträger. Möchtest du dabei sein?" Amanda starrt Johan an. Sie hat die Männer völlig vergessen, zum Glück, findet sie. Aber Johan hat sie mitgenommen und offenbar nicht vergessen. Jetzt nickt er. „Das dachte ich mir. Ich red alleine mit ihnen, ja? Ich werde dir berichten – und: ja, ich werde sehr vorsichtig sein."

Seine Leute bringen die Männer, gebunden. Jetzt ohne Harnische sind es einfach sechs Männer unterschiedlichen Alters, die meisten davon noch jung, es ist nichts Besonderes an ihnen. Sie sinken auf die Knie und neigen sich tief. „Herr König." Johan hat Amanda den Gefallen getan: jeder von ihnen hat zwei Bewacher. Das müsste reichen, schließlich sind sie gebunden. Und eigentlich sollte keine Gefahr von ihnen ausgehen: sie haben Ratibor getötet, auch wenn es zuerst sehr anders ausgesehen hat.

Johan mustert sie. „Seht mich an." Er will die Gesichter sehen. Sie sind ernst und gefasst. Er sieht nichts als Ergebenheit. „Würdet ihr mir sagen, wer ihr seid und was euch bewogen hat zu solchem Handeln?"

Der Älteste mit grauen Locken auf dem Kopf, neigt das Haupt. „Gewiss, Herr König. Wir werden Euch alle Antworten geben, die Ihr wünscht. Doch zuerst möchte ich Euch im Namen aller dafür danken, dass wir diese Gelegenheit erhalten." Er holt Luft. „Und ich möchte Euch um Verzeihung bitten, dass wir Euch so erschreckt haben. Es tut uns sehr leid, auch wegen der Königin – also Eurer Gemahlin. Aber es ging nicht anders. Wir bedauern es sehr, dass sie nochmals Todesangst ausstehen musste auf der Ratiburg. Wir wären Euch sehr dankbar, wenn Ihr dies weitergeben würdet. Wir hätten es ihr gerne erspart."

Johan nickt langsam. „Ihr habt sie gesehen, als sie Ratibors Gefangene war."

Die Männer nicken und Johan sieht, was sie dabei empfunden haben mögen… Sie tauschen Blicke, dann sagt einer der Jüngeren: „Dies hat den Ausschlag gegeben. Diese entsetzliche Scheinhinrichtung." Er lächelt. „Und vor allem, dass sie danach noch fliehen konnte." Sie tauschen grinsend Blicke, dann fährt er fort: „Wisst Ihr, wenn er sie anständig behandelt hätte – so, wie es ihr zustand. Er hätte sie irgendwo einsperren können, wo sie sich bewegen kann und den Himmel sieht. Aber so! Es hätte gereicht, wenn er sie festgesetzt hätte. Aber dass er versucht hat, sie zu brechen, mit wirklich jedem Mittel."

Er schüttelt den Kopf, alle schütteln die Köpfe und der Ältere nimmt den Faden wieder auf: „Da haben wir beschlossen, dass wir die Augen offen halten werden. Dass sie ihm nicht wieder in die Hände fällt. Denn nach dieser zweiten Flucht war klar, dass es keine dritte geben würde. Das nächste Mal wäre es keine Scheinhinrichtung mehr. Und wir wollten das Wagnis eingehen bei Ratibor zu bleiben, der ahnungslos war. Man weiß nie, wann das hilfreich sein könnte. Es war vielleicht nicht ehrenhaft. Vielleicht hätten wir gehen sollen.“

Johan sagt: „Es war mutig bis zum Wahnwitz. Ihr seid zu sechst – jederzeit hätte einer plaudern können – kennt ihr euch so gut, dass ihr dies ausschließen konntet? Seid ihr alte Freunde? Verwandte?“

Die Männer schauen sich an. „Nein, Herr König. Wir sind Ritter der unterschiedlichsten Herren. Wir haben uns nach dieser Hinrichtung gefunden. Das hat sehr schnell die Spreu vom Weizen getrennt. – Es hat genügt, einem in die Augen zu sehen, dann wusste man, woran man war. Es war nicht wirklich schwer.“ Der Grauhaarige sagt es sehr grimmig.

Der Jüngere schaut Johan an. „Wenn Ihr glaubt, dass sie es erträgt, dann mögt Ihr ihr ausrichten, wie sehr wir sie bewundert haben für ihre Haltung. Und wie sehr wir mit ihr empfunden haben.“

Johan nickt. „Und weiter?“

Der Ältere sagt bedächtig: „Fürst Derenberg – den Ihr als Yannick, den Sänger, kennt – er hat uns mit Nachricht versorgt. Von ihm war der Plan. Und wie gesagt: Ratibor war ahnungslos. Er dachte, er hätte einen Spion an Waislands Hof. Er konnte sich einfach nicht vorstellen, dass dieser Spion seinen Tod plant.“ Er zögert einen Moment, dann fragt er leise: „Was ist aus ihm geworden?“

Johan sagt: „Er ist am Leben. Aber eingesperrt. – Sie hat ihm vertraut und ist noch nicht darüber weg gekommen, was er getan hat.“ Johan lächelt ein bisschen, als er fortfährt. „Aber er kann sich bewegen und er sieht den Himmel.“

Der Lockenschopf lächelt zurück. „Es freut mich außerordentlich, dies zu hören. Er ist ein so unglaublich beherzter Mann.“

Johan entgegnet: „Das seid ihr offenbar auch – ihr sechs. Was soll ich mit euch tun?“

Sie schauen sich an, dann fasst sich der Grauhaarige ein Herz. „Wenn Ihr es annehmen könntet und wenn Ihr findet, dass wir dessen würdig sind, dann würden wir Euch sehr gerne den Treueid schwören. Aber ich weiß auch, dass man einem Verräter niemals mehr trauen kann – auch nicht, wenn einem sein Verrat genutzt hat. Wir alle wissen das und haben uns darauf eingestellt. Das ist der Preis für das, was wir getan haben. Wir wussten dies von Anbeginn an. Wir sind überrascht, dass wir noch am Leben sind. Aber wir bringen Euch unsere Ehrerbietung auch ohne Schwur, aber dafür von ganzem Herzen. Verfahrt mit uns, wie immer Euch gut dünkt."

Johan sagt nachdenklich: „Was würdet ihr tun, wenn ich euch freigäbe?"

Sie sehen sich an und sehen erstaunlich wenig glücklich dabei aus. Johan schaut sie verwundert an.

Es ist der Jüngere, der es wagt und mit blassen Lippen fragt: „Müssten wir das Land verlassen?"

Johan zieht die Brauen zusammen. „Was wollt ihr?"

Und der Jüngere antwortet mutig: „Wir wissen, dass es nicht an uns ist, Wünsche zu äußern. Aber wenn Ihr es wirklich wissen wollt: Wir wollen Euch dienen. Ihr dienen. An jeder Stelle, die Ihr für richtig haltet. Unsere Ergebenheit und Treue ist Euch sicher. Auch wenn ich weiß, dass dies große Worte aus einem Mund wie meinem sind." Sechs fanatisch ergebene Augenpaare sehen Johan an.

Johan mustert sie eine ganze Weile, dann fragt er: „Wart ihr lange auf der Ratiburg? Kennt ihr die Gegebenheiten dort und im dazugehörenden Land?"

Jetzt ist es wieder der Grauhaarige, der antwortet: „Gewiss, Herr König. Wir kennen Burg, Land und Leute." Die Hoffnung in ihren Gesichtern ist unübersehbar.

Johan lässt sie nicht aus den Augen. „Wisst ihr, wer neuer Herr der Ratiburg ist?" Sie schütteln die Köpfe. „Berendic", sagt Johan langsam, „ein Wolf der Horde also. Könntet ihr euch ihm unterwerfen und ihm dienen? Einem Mitglied der verhassten und verachteten Horde Treue schwören?"

Er muss nicht weitersprechen: ihre Augen leuchten auf, sie grinsen sich an und haben offenbar Mühe, nicht mit dem Lachen herauszuplatzen.

Der Jüngere nimmt sich zusammen. „Herr König – wenn wir ihrem Waffenbruder dienen dürften, wären wir überglücklich und sehr, sehr stolz." Sie schütteln grinsend die Köpfe.

Der Grauhaarige strahlt Johan an. „Allein diese Nachricht macht uns glücklich: die Ratiburg in den Händen eines Wolfes – und ausgerechnet dieses Wolfes." Er sagt sehr genüsslich: „Ratibor wird keine Ruhe in seinem Grab finden. Wir würden sehr gerne alles dafür tun, dass dies so bleibt."

Johan nickt. „Gut. Dann werdet ihr mir Treue schwören. Ich werde bei Fürst Berendic anfragen, ob er euch nimmt. Ich werde die Königin, meine Gemahlin, fragen, ob sie einverstanden ist." Er nickt seinen Wachen zu. „Bringt sie zurück."

Sie neigen sich. Der Ältere sagt bewegt: „Herr König, nehmt unseren tiefen Dank für Euer Vertrauen. Ihr werdet niemals Grund haben, daran zu zweifeln, das versichere ich Euch." Die anderen brummen und nicken zustimmend, dann folgen sie den Wachen hinaus.

Amanda schluckt, als er ihr davon erzählt. „Johan, bist du dir sicher? Was, wenn sie Berendic töten?"

Johan schüttelt entschieden den Kopf. „Amanda, du hättest dabei sein sollen: sie liegen dir zu Füßen. Dass sie deinem Waffenbruder dienen dürfen, lässt sie platzen vor Stolz." Er berichtet, was der Grauhaarige über Ratibors Grabruhe gesagt hat. Und wie gern er diese dauerhaft stören würde.

Amanda grinst. „Also gut – frag Berendic, ob er das Wagnis eingeht. Er sollte es von der Zwinge eigentlich gewohnt sein, die Treuen von den anderen zu trennen."

Von Berendic, der sich die ganze Geschichte inzwischen hat erzählen lassen, kommt die Nachricht, dass er diese Männer gerne sehen und selbst entscheiden würde. Dass er aber keinerlei Bedenken hat, wenn er wie Johan zu der Einschätzung kommt, dass man ihnen trauen könne.

Amanda will wenigstens einen Blick auf die Männer werfen, als sie gebunden zur Berendic auf die Ratiburg gebracht werden. Auch wenn sie es sich nicht zutraut, mit ihnen zu sprechen. Also hält sie sich an der Türe verborgen, während die Männer in den Hof geführt werden, wo ein kleiner Tross mit Pferden wartet.

Sie sind schon am Aufsteigen, als plötzlich Unruhe entsteht: Irgendeiner hat Amanda unter der Türe entdeckt, macht seine Kameraden aufmerksam und weigert sich, aufs Pferd zu steigen. Zwei, die schon im Sattel sitzen, steigen wieder ab, so gut man das mit gebundenen Händen eben kann. Alle plumpsen auf die Knie, neigen sich sehr tief – in Amandas Richtung.

Johans Wachen, die sie schon packen wollten, lassen auf einen Wink Johans die Hände von ihnen. Sie knien sehr beharrlich, ohne aufzusehen.

Amanda tritt sehr langsam in den Hof, wo man ihr Platz macht, bis sie vor den Männern zum Stehen kommt. Sie sehen immer noch nicht auf, aber sie müssen gespürt und gehört haben, was geschehen ist.

„Habt Dank", sagt der Grauhaarige schließlich rau, „dass Ihr uns dies ermöglicht. Dass wir Euch unseren Dank und unsere Ehrerbietung zeigen dürfen."

„Dient Berendic treu", sagt Amanda leise. „Das ist ein Dank, den ich annehmen könnte. Vielleicht gelingt es mir irgendwann, mit euch zu sprechen."

„Das ist nicht nötig." Das muss der Junge sein, von dem Johan gesprochen hat. Auch er hebt seinen Kopf nicht. „Es genügt uns, dass wir Euch dienen dürfen. Euch und Eurem Waffenbruder." Johan scheint recht zu haben: dies ist Stolz und sehr tiefe Genugtuung.

„Bringt ihm meine Grüße", sagt Amanda leise und geht zurück in die Burg – mit sehr viel leichterem Herzen: diese Sache wird gut gehen.

Und so ist es auch. Die Männer überzeugen Berendic völlig von ihren ehrlichen Absichten und helfen ihm tatkräftig und umsichtig, seine neue Herrschaft zu sichern und zu festigen.

Krönung

Zur Krönung füllt sich die Burg – alle kommen. Nicht nur alle Waisländer Fürsten, auch die Nachbarländer entbieten Gäste, darunter Rodolfo von Hirion, Erbe und Königssohn des westlichen Nachbarkönigreiches Lakata. Er dürfte ungefähr so alt wie Johan sein, Amanda erinnert sich schwach an ihn als schlanken, großen Jungen, der einmal seinen Vater, König Robert, begleitet hat.

Aus dem Tempel kommen die höchsten Priester, da genügt ihr kleiner Priester nicht mehr. Im Tempel immer noch: Tantara. Sie haben schon vor Tantaras Augen geheiratet: passend vor der Schlacht.

Johan ist es gleich und Amanda findet, dass sie Tantara so viel verdankt, dass ihr auch die Krönung gebührt – es wurde bestimmt schon lange kein König mehr in ihrem Namen gekrönt.

Je näher die Krönung rückt, umso unruhiger wird Johan. Er ist gereizt und jeder, der nicht muss, hält sich von ihm fern. Amanda beobachtet ihn mit leisem Lächeln – jedenfalls, wenn er es nicht sieht. Sie ist nicht unruhig, sie wird mit jedem Tag ruhiger. Es muss leider gesagt werden, aber sie ist so froh, dass er König wird! Es war richtig gewesen, dafür zu kämpfen und jetzt, wo sie es geschafft haben: es hat Spaß gemacht, dafür zu kämpfen. Und es erfüllt sie mit unfassbarem Triumph, dass sie es wirklich geschafft hat, dass sie alle es geschafft haben! Aber sie hat gar nichts dagegen, dass Johan die Krone kriegt, es ist genau das, was ihr Vater gewollt hätte. Und er hatte Recht: sie braucht nicht Königin zu werden. Es reicht ihr völlig, was sie ist. Sie macht sich keine Sorgen um sich.

Auch Jossim kommt, um bei der Krönung dabei zu sein: Johan ist auch sein König. Das hat es vorher noch nie gegeben: die Horde unterwirft sich dem König von Waisland.

Amanda steht in der Halle und empfängt ihn: sie ist seine Fürstin, das Haupt der Horde.

Sie hat von oben aus ihrem alten Turmzimmer gesehen, wie die Horde auf Waisland zieht – die schwarze Raupe kriecht ganz manierlich den Burgberg hinauf – ein unglaublicher Anblick! Keine Toten und keine Feuersbrunst begleiten ihren Zug. Amanda vermisst Anissin so, dass sie schreien möchte. Es ist einfach nicht richtig, dass er tot ist! Sie hätten zusammen hier oben gelehnt und sich einfach nur gefreut. Sie und ihr Ritter Anissin. Er hätte genau verstanden, wie unfassbar das ist – und was es ihr bedeutet.

Hier oben, wo keiner es sieht, steht ihr das Grinsen breit im Gesicht: die Horde kommt, dem König zu huldigen, die Horde gehorcht ihr. Es ist ein sehr stiller, sehr wunderbarer Triumph.

Unten in der Halle ist sie die kühle Beherrschung selbst, hat wie ein Gegenbild zur Horde ihre schwarze Garde hinter sich: alle. Die müssen das unbedingt mit ihr genießen: Jossim, zu ihren Füssen kniend.

Daneben stehen Johans Männer, blau blitzend säumen sie die Wände, als Jossim hereinkommt.

Diesmal benimmt sich Jossim tadellos. Den Wolfsschädel zurück geschlagen sinkt er aufs Knie. „Fürstin auf Waisland – Haupt der Horde – seid gegrüßt." Dem Haupt der Horde zollt er Respekt.

Amanda trägt die silberne Kralle – allerdings nicht am Hals, wie es ihr zustände: sie trägt sie wie eine Waffe am Gürtel. „Fürst Jossim", grüßt sie zurück: kühl und stolz. „Wölfe der Horde: willkommen auf Waisland." Wiederholt es auf Rais. Von der Garde hinter ihr: kein Laut. Sie weiß, deren Gesichter geben nichts preis, so wenig wie ihres: aber sie kann es spüren.

Sie lässt Jossim länger knien, als nötig wäre, das haben sie einfach verdient. Ihr Gesicht ist unbewegt, als sie ihm zunickt und er sich erhebt: sie hat nicht umsonst bei Hajdan Beherrschung gelernt…

„Die Männer des Königs werden Euch begleiten", sagt sie, als er wieder steht, „wir erwarten Euch heute Abend an der Tafel." Die Horde verlässt die Halle, geleitet von Johans blitzblauen Männern.

Als die Türe zu ist, dreht sie sich zu ihrer Garde um. Ihre Augen strahlen. Die Männer schlagen die Masken zurück, der Ausdruck auf den Gesichtern ist unbeschreiblich. Sie stehen einfach und genießen. Keiner sagt ein Wort. Amanda atmet tief durch, sie hat das Gefühl, sie könne acht Jahre so stehen und jeden einzelnen Tag vorbei ziehen lassen und das hier dagegen setzen: Jossim kniet vor ihr – in ihrer Halle. Und hinter sich diese Gefangenen, Geraubten, Verlorenen: ihre Garde.

Die ersten haben Tränen in den Augen: ausgerechnet Liron, der kühle, kluge und Jolan, fast noch zornig dabei. Die ersten fassen sich an, Hände legen sich über Schultern und plötzlich kleben sie alle in einem Kreis zusammen: etwas, was sie noch nie getan haben. Aber es ist nötig, sie müssen das spüren. Und sie, die schlanke junge Frau, mitten drin. Sie zerquetschen sie fast.

Irgendein Geräusch reißt sie auseinander: die Wache an der Türe, fassungslos – kann einen Moment nicht sagen, weshalb er gestört hat.

Amanda, völlig gelöst, strahlt ihn an. „Marek?"

Er zuckt zusammen, klappt den Mund zu – macht ihn wieder auf – aber zu spät: Berendic ist schon drin. „Fürst Berendic", stottert er hinterher, aber keiner hört ihn: die Garde fällt über Berendic her.

„Was ist denn hier los?", fragt der, als er völlig verstrubbelt aus den ganzen Armen und Händen wieder auftaucht. „Gar nichts", sagt Amanda spitzbübisch – und bricht in Gelächter aus. „Jossim war eben hier, du müsstest ihn gesehen haben“, erklärt sie dann doch.

„Gutes Gefühl?“, grinst Berendic.

„Ach, Berendic!“, seufzt Amanda, „ich hätte Jahre so stehen können.“

Die Männer grinsen alle wie nicht ganz gescheit.

„Lasst uns verschwinden“, sagt Amanda, „der Rest ist Johans Sache.“

„Was habe ich heute aus der Halle gehört?“, fragt Johan am Abend. Wenigstens etwas, was ihn nicht quält – „du seist dir mit der ganzen Garde in den Armen gelegen?“

Es ist einfach unglaublich, was in dieser Burg getratscht wird, findet Amanda. Hier wissen immer alle alles und manche wissen sogar mehr als alles. Das hier allerdings stimmt. „Oh, Johan“, seufzt sie selig, „es war so herrlich: Jossim auf den Knien vor uns allen! Weißt du eigentlich, wie unendlich dankbar ich dir bin, dass du das getan hast?“

Johan findet, dass er unbedingt mehr davon hören muss. Er braucht etwas, an das er sich klammern kann. Gerade heute Abend kann er gar nicht genug davon bekommen – morgen ist diese Krönung und es graut ihm davor. Er hat immer noch das Gefühl, dass er ihr einfach die Krone gestohlen hat: weil sie ihn liebt und sie liebt so bedingungslos, wie sie alles andere auch tut. Und weil sie so jammervoll dringend jemanden gebraucht hat. Und er war einfach gerade da gewesen. Der erste, der ihr in den Weg kam – er war zufällig ein guter Kämpfer, er kann gut mit einem Schwert umgehen, das ist alles. Sie hat nie gesehen, was sonst noch möglich gewesen wäre. Er liebt sie, es macht ihn völlig schwach, wie sehr er sie liebt, das ist es nicht. Er würde alles für sie tun, nur nicht unbedingt gerade: ihr Land und Krone stehlen. Er kommt sich wie ein Betrüger vor. Wenn er ihr eine Freude gemacht hat, als er Siltrass erledigt hat, mildert das seine Schuld ein klein wenig.

Er schaut sie an, eine ganze Weile schon und alles liegt in diesem Blick.

„Johan“, sagt sie und legt ihre Hand an seine Wange, „werd König. Bitte.“

Er reißt sie an sich, küsst sie: verzweifelt, leidenschaftlich, wie blind: als wäre es das letzte Mal. Seine Hände fahren über ihren Körper, sie drängt sich an ihn, sie ist sehr anfällig für seine Leidenschaft. Er holt sie aus der Kleidung, will sie nackt haben: noch ein Mal! Tut jeden Fetzen ab, den er selbst trägt: nur sie beide! Als würde er morgen hingerichtet, nicht gekrönt. Als sei es das letzte Mal, dass er ihr zeigen kann, wie er sie liebt, dass er sie liebt – als sei morgen alles vorbei.

Amanda lässt sich mitreißen: das Feuer auf ihrer Haut, die Glut in ihrem Inneren ist heißer als alles, was sie je erlebt hat. Noch niemals hat er sie so geliebt: so leidenschaftlich, so glühend – in seiner Verzweiflung zeigt er ihr, wer er wirklich ist. *Johan von Flue, König von Waisland*, denkt sie benommen. Niemals ist etwas richtiger gewesen.

Am anderen Morgen reicht es gerade zu einem tiefen Blick, noch vor Morgengrauen kommen die Frauen, um sie zu richten. Sie sehen sich an – vor der letzten Schlacht haben sie sich nicht so angesehen – dann folgt sie den Frauen. Sie braucht nichts zu tun, sie wird gebadet, frisiert, gerichtet, angekleidet, wie eine Figur. Alles andere ist gemacht, kümmern sich Andere darum, es gibt nichts, was sie tun müsste. Es dauert ewig, aber es ist ihr gleichgültig. Sie ist wie auf einer Sonnenbahn, betäubt, erlöst. Als sie fertig ist, kommt sie halbwegs zu sich. „Ich geh zu Johan.“ Sie muss nach ihm sehen – nicht, dass er noch im letzten Augenblick schwach wird.

Er starrt sie an, als er sie kommen sieht: sie sieht überwältigend aus: *Amanda – Königin von Waisland*, denkt er. Was tut er hier?

Er soll sich richten, Dinge anziehen, Sachen umhängen, die wichtig scheinen.

Sie sieht ihm zu, wie er immer langsamer wird, schließlich alles hinlegt, was er sich noch anlegen müsste. „Es ist einfach nicht richtig“, sagt er trotzig und verzweifelt, „dies ist dein Tag. Wir hätten warten sollen.“

Sie legt die Hand auf ihren Bauch – nicht, dass das Kind noch hört, wie sein Vater es verleugnet. Aber darum geht es nicht. „Es hätte die Last meiner Sorgen ins Unerträgliche vergrößert“, sagt sie leise.

Er runzelt unwillig die Stirn. „Welche Sorgen? Du hattest nicht wirklich Hilfe nötig. Es gibt nichts, was du nicht auch getan hättest ohne das! Was wir nicht auch hätten tun können ohne das. Keine einzige Entscheidung, bei der du unsicher warst.“

Sie nickt. „Aber alles hing ganz allein an mir. Ein einziger Fehler, nur die kleinste Unachtsamkeit, ein Sandkorn im Auge – und alles wäre vorbei gewesen. Nicht nur für mich. Für alle. Für euch alle doch auch! Als du ja gesagt hast, waren wir mit Georg zu dritt – jetzt sind wir zu viert. Für mich hat das alles ausgemacht.“

Johan widerspricht ihr schneidend: „Als ich ja gesagt habe, waren wir zu zweit: Georg und ich. Du hast dich selbst aus dem Spiel genommen."

„Johan!", sie sieht ihm ungläubig in die Augen, „du glaubst doch nicht im Ernst, ich hätte kampflos das Feld geräumt! Ich hätte doch nicht Ratibor oder wem auch immer die Krone überlassen. Niemals. Mein Anspruch wäre immer noch besser gewesen als jeder andere. Wir waren zu dritt!"

„Amanda von Waisland!", sagt er fassungslos, „was sagst du da? Du spielst mit falschen Karten? Ausgerechnet du? Frau Stolz und Ehre höchstpersönlich?"

„Ich muss doch sehr bitten", sagt sie hochfahrend, „ich bin schwanger. Was heißt hier ‚falsche Karten'?! Ich darf doch wohl den Anspruch meines Kindes verteidigen!" Sie wischt mit der Hand durch die Luft. „Und selbst wenn nicht: mindestens acht Monate hätte ich schwanger sein können! Naja, sagen wir: sechs. Das hätte gereicht. Für Ratibor und meine Männer hätte es gereicht. Wir waren zu dritt."

„Amanda von Waisland", wiederholt er, „hättest du das nicht früher sagen können?"

„Ich hätte nicht gedacht, dass es nötig ist", sagt sie ein bisschen verwundert.

Er schaut sie an und schüttelt den Kopf. „Ich hätte nie gedacht, dass du dazu fähig bist. Ausgerechnet du." Es klingt bewundernd, vielleicht ein bisschen erleichtert.

„Naja", sie zuckt die Schultern, „ich hätt's so lange ehrlich versucht, wie es gegangen wäre, aber ganz sicher keinen Lidschlag länger! Ich hätte doch niemals preisgegeben, was wir erreicht haben. Ganz so edel bin ich dann doch nicht. – Fällt's dir jetzt leichter? Nimm diese Krone, Johan und regier dieses Land!"

Er sieht sie an und seufzt.

Sie erhebt sich. „Wir sehen uns im Tempel", und schreitet davon. Normal gehen kann man nicht in diesen Schuhen.

Der Tempel ist hell – kein Dämmerlicht. Und er ist geschmückt. Es ist Mai, alles ist voll Blüten, der Hof ist bekränzt: Girlanden schmücken die Wehrgänge, Wappen und Banner zieren Türme und Fenster. Und der ganze Hof ist voll, niemals haben alle Menschen Platz im kleinen Tempel.

Amanda, angeführt von Hadwin, der steif wie ein Stock vor ihr geht, schreitet über einen Teppich aus Blütenblättern zum Tempel, durch die Menschenmenge. Ihre Garde, schwarz wie Ruß in all der Blütenpracht, folgt ihr.

Im Tempel, vor Tantaras Bildnis, warten drei, vier, gleich fünf hohe Priester auf sie und den König. Ihr eigener Priester ist fast nicht mehr zu sehen, ganz an die Seite gedrängt. Keine Geräuschverzerrung mehr. Vielleicht liegt es an den vielen Menschen und mehr hätten auch nicht Platz gehabt, nur die Oberen konnten herein, alle anderen stehen im Hof.

Oder man kann diese Verzerrung aufheben – irgendwie, denkt Amanda. Sie geht auf die Balustrade zu den Priestern. An der Seite steht der geschmückte Stuhl für sie. Ab heute ist sie am Rand, ist Johan der Mittelpunkt. Auf ihn warten sie.

Amanda hofft, er kommt.

Es dauert. Sie warten.

Eine lange Zeit hört man nichts als die Vögel, die in den Bäumen zwitschern und das Schlagen der Banner im Wind. Die Menge wartet schweigend.

Dann kündigen Fanfaren von den Wehrgängen den König an. Schmettern die frohe Botschaft in die Luft, dass Waisland einen neuen König bekommt. Johan schreitet unter Fanfarenklängen durch einen ergriffenen Hof, betritt den Tempel, seine Begleiter bleiben nach und nach zurück: säumen blaugolden seinen Weg, bis er alleine vor dem Hohen Priester steht.

Schließlich hält der Hohe Priester die alte Krone Waislands in den Händen, die Georg in der Ratiburg gefunden hat, die Krone und den alten grünen Ring Waislands.

„Johan von Flue", die Stimme hallt bis über den Hof, „ich kröne Euch zum König von Waisland!"

Johan sinkt auf die Knie – Amanda sieht, wie die Krone sein Haupt berührt – merkt, dass sie die Luft angehalten hat – Johan reicht dem Priester die Hand – erhält den Ring.

„Mögen die Götter Euch segnen – Johan von Flue, König von Waisland!" Der alte Priester jubelt, als hätte er das alleine erreicht.

Johan steht auf, sieht zu Tantara auf, dankt und grüßt, dreht sich um: rauschend und wie gemäht sinken alle auf die Knie – auch und als erste: Amanda. *Johan von Flue, König von Waisland,* sie hat die Augen geschlossen vor Erleichterung, Tränen tropfen auf das herrliche grünsilberne Kleid. *Ich habe es geschafft! Das Land hat einen König! Das Land hat endlich den richtigen König! Johan…*

Sie hört die Fanfaren schmettern, wie Wasser rauscht es über sie. Sie kniet immer noch. Weint immer noch. Flennt ihr schönes Kleid voll. Sie könnte so knien bleiben. Sie braucht nichts mehr.

Dann eine Hand an ihrer Schulter, sie sieht auf: der Hof ist aufgestanden, alle jubeln. Vor ihr steht sehr ernst Johan, er trägt die alte Krone Waislands auf seinem Kopf und er reicht ihr die Hand mit Waislands altem Ring.

Sie hat die Augen in seinen, atmet tief durch, erhebt sich – Jubel braust auf. Und noch mehr Fanfaren. Sie stehen vor dem Hof, Amanda hört wie betäubt den Jubel: es ist vorbei – es ist endlich vorbei!!

Dann eine Handbewegung Johans und der Lärm verebbt. Er sieht Amanda in die Augen und sinkt vor ihr auf die Knie. „Meine Königin." Der Tempel lässt seine Worte überall hören.

Der ganze Hof rauscht auf die Knie. „Königin." Ehrerbietig und mit Inbrunst aus hundert Kehlen.

Amanda starrt auf Johan, sieht die Krone auf seinem Kopf. *Er muss das geübt haben*, denkt sie benommen. Sie fasst ihn an der Schulter, er hebt den Kopf, sieht sie an, voller Ehrerbietung und steht auf. Alle stehen auf.

Er nimmt sie am Arm, was sehr nötig ist, sie gehen zusammen die Stufen hinab, durch den Tempel, durch den Hof. Seine Garde und ihre schließt auf, dann erst folgen alle anderen.

Amanda kommt zu sich, als sie am vertrauten Kopf ihrer vertrauten Tafel sitzt. Die Halle ist allerdings so geschmückt, dass man sie gar nicht wieder erkennt. Oder: dass sie sich fast wieder ähnlich sieht. *Die Halle sieht aus, wie sie früher manches Mal ausgesehen hat*, erinnert sich Amanda mit Wehmut und Stolz.

Johan hebt seinen silbernen Becher, gefüllt mit Wasser aus dem Königsbrunnen. Er sieht äußerst zufrieden Amanda in die Augen, die er mit seinem Kniefall völlig überrumpelt hat.

Dieser Blick bringt sie wieder zu sich – Blut schießt heftig in ihre Wangen zurück – *auch das noch!*

Aber diesmal bleibt er manierlich. „Auf Waisland!"

„Auf Waisland!", tönt es hundertfach zurück. Und dann wird aufgetragen.

Nach dem Mahl rumst Hadwin die Zeremonienstange auf den Boden. Alles wird still.

Johan steht auf.

Der Saal sinkt aufs Knie.

Johan hat einen frischen, grünen Eichenzweig am Wams, den macht er jetzt los, schaut ihn an, hebt ihn hoch.

Amanda starrt ihn an, Tränen steigen ihr in die Augen. Sie weiß, woher dieser Zweig stammt. Jetzt weiß sie, warum sie so lange warten mussten: Johan ist im Hain gewesen, am Grab ihres Vaters, des alten Königs, und hat von dort den Zweig mitgebracht.

Er sieht durch die Halle, er schaut Amanda an. Dann sagt er: „Bei diesem Zweig schwöre ich, beim Geist dessen, der in diesem Zweig wohnt, bei dem, den dieser Baum bewacht und bewahrt, schwöre ich, dass ich Waisland ein guter König sein werde. Ich gebe euch mein Wort, euch allen, dass ich euch bewahren und beschützen werde. Dass in Waisland Gerechtigkeit und Ehre wieder den ihnen gebührenden Platz erhalten." Er schaut Amanda in die Augen, dann legt er ihr den Zweig auf den silbernen Teller, der plötzlich vor ihr steht.

Amanda schaut Johan in die Augen, dann schaut sie den Zweig an und legt ihre Finger darauf und neigt den Kopf.

„Lang lebe König Johan!" Die Halle sagt es ergriffen, alle nehmen den Gruß auf. „Lang lebe König Johan."

Johan nimmt den Gruß stehend entgegen, man sieht ihm an, wie tief bewegt er ist. Dann neigt er den Kopf. „Ich danke euch." Und setzt sich wieder.

Amanda weiß, dass ihm dies eher Verpflichtung ist als Ruhm. Sie legt ihre Hand auf seine Armlehne, sagt sehr ernst: „Ich danke dir." Dann strahlt sie ihn an. „Mein König."

Er lächelt und greift zum Becher, trinkt ihr zu. „Meine Königin."

Später widmet sich Amanda ihren Gästen, zuallererst Rodolfo, dem ranghöchsten. Aus dem schlanken Jungen ist ein großer und sehr gut aussehender junger Mann geworden, dunkelhaarig, mit einem kantigen Gesicht, athletisch, elegant, mit den geschmeidigen Bewegungen des geübten Schwertkämpfers. Amanda weiß nichts von ihm. Er steht im Gespräch mit ein paar der jüngeren Kämpfer – seinen und ihren, die ihn offen bewundern. Er wendet sich sofort ihr zu und grüßt, nachdem er ihr tief in die Augen geschaut hat.

„Ich danke Euch für Euer Kommen, Prinz Rodolfo", erwidert Amanda höflich.

„Es ist ein freudiger Anlass, der uns wieder zusammen führt, Fürstin. Ihr erinnert Euch?"

Amanda nickt. „Es ist sehr lange her."

„Ich habe Eure Wehranlage bewundert, würdet Ihr sie mir zeigen?"

Amanda ist stolz. „Gewiss, kommt."

Johan wirft ihnen einen langen Blick zu, als sie den Raum verlassen. Rodolfo ist eine der Möglichkeiten, die Amanda gehabt hätte, wenn sie ein bisschen gewartet hätte – oder nachgedacht.

Amanda führt ihren Gast langsam nach oben. Die Wehranlage kann sich sehen lassen, findet sie. Und die so herrlich geschmückte Burg sieht wirklich stattlich aus. „Wie geht es Eurem Vater, König Robert, Prinz?"

„Er wird langsam alt", antwortet Rodolfo: er wird bald König werden – ist es das, was sie wissen will? „Es tut mir sehr leid, was damals mit Eurem Vater geschehen ist, Fürstin. Ich hatte noch keine Gelegenheit, Euch das zu sagen. Es tut mir leid, dass ich ausgerechnet heute damit komme."

Amanda nickt. „Danke, Prinz."

„Würdet Ihr mir einen Gefallen erweisen?", fragt er dann. Amanda schaut ihn fragend an, höflicherweise einfach ja zu sagen, kommt ihr nicht in den Sinn.

In seine Augen kommt ein Lächeln, was Amanda verwirrt – und sein Lächeln vertieft. „Würdet Ihr aufhören, Prinz zu mir zu sagen? Ich würde Euch ja sehr gerne Prinzessin nennen, aber ausgerechnet seit heute kann ich das nicht mehr. Es will mir nicht in den Sinn, dass Ihr im Rang unter mir stehen sollt. Es ist nicht so, das wisst Ihr."

Amanda streift ihn mit einem Blick – mit so etwas bringt man sie nicht in Verlegenheit. „Gerne, Rodolfo, wenn es Euch gelingt, Amanda zu mir zu sagen?"

Was er umgehend tut – „Amanda." Er schaut ihr wieder tief in die Augen.

Aber jetzt wirkt es nicht mehr. Amandas Misstrauen ist erwacht: was will er? Sie sieht ihn kühl an.

Rodolfo sieht es und sagt, was er auf dem Herzen hat. „Ihr wart zu schnell für uns. Ehe wir begriffen haben, was hier vor sich geht, hattet Ihr es auch schon geschafft, schneller, als jeder für möglich gehalten hätte."

Also doch – das hat sie sich beinahe gedacht – jetzt, wo alles vorbei ist, kommen sie und klagen, dass sie nicht dabei gewesen sind.

„Wir wären gern an Eurer Seite gewesen. Manches hätte vielleicht verhindert werden können." Und sein Blick geht über die Narben, die ihre linke Gesichtshälfte zeichnen.

Amanda steigt die Farbe ins Gesicht. Sie gibt ihm einen Blick, freundlich ist der nicht. „Wie bedauerlich, dass ich so ungeduldig war, mein Königreich nach fast zehn Jahren endlich zurück zu wollen, Rodolfo von Hirion, und ich nicht auf Euch gewartet habe! Aber stellt Euch vor, Euch wäre das widerfahren. Ich würde es mir doch niemals verzeihen können, wenn es Euer gutes Aussehen wäre, das durch solche Narben entstellt worden wäre."

Er zuckt zusammen und wirft ihr einen sehr kalten Blick zu. Dann schießt auch ihm die Farbe ins Gesicht. Einen Moment sieht es so aus, als ob er sie schlagen oder ihr den Handschuh vor die Füße werfen würde.

Es ist schade, dass sie schwanger ist: sie würde es ihm gerne anbieten, dann könnte er loswerden, was ihn drückt.

Aber Rodolfo hat sich gefasst. „Seid Ihr sicher, dass Ihr Eure Gegner mit dem Schwert und nicht mit der Zunge geschlagen habt? Eurer Schwert kann kaum schärfer sein."

Amanda antwortet nicht, ihre Augen streifen ihn kühl: Wenn er wirklich an ihrer Seite hätte kämpfen wollen, hätte er sich ganz andere Sachen anhören müssen!

Er wartet einen Moment, dann sagt er: „Da Ihr es so offen ansprecht, will auch ich offen sein: diese Narben entstellen Euch nicht. Bei jeder anderen Frau wäre es so, aber nicht bei Euch. Es ist erstaunlich, aber es ist so. Euch machen sie nur noch aufregender."

Amanda schaut ihm in die Augen und kann nichts sagen. Über diese Narben wird nie gesprochen. Von ihr nicht, von Johan nicht, von Niemandem. Sie ist nicht stolz auf diese Narben und findet, es geschieht ihr recht, dass sie sie mitten im Gesicht trägt. Sie ist noch gut weg gekommen, das weiß sie. Aber jetzt ein Kompliment dafür und dieser Blick aus seinen Augen – sie ist tief rot geworden. Er hat zielsicher ihren wundesten Punkt getroffen.

Er genießt es einen Moment, dann sagt er: „Sie beschämen mich – Eure Narben. Sie zeigen mir und allen anderen, die wir nicht an Eurer Seite waren, was Ihr getan habt und wir nicht. Es ist unverzeihlich. Und jetzt ist es zu spät. Jetzt hat Johan den Preis errungen." Er schaut auf den Ring an ihrer Hand, eine Abwandlung des grünen Ringes Waislands, den Johan ihr zur Hochzeit geschenkt hat.

Amanda ist auf dem Wehrgang weiter gegangen. Er hat nicht gesehen, wie sie zusammen gezuckt ist bei seinen letzten Worten. *Preis!* Sie hat sich wieder gefangen. „Es hat gedauert, bis ich Johan endlich davon überzeugen konnte, König von Waisland zu werden. Ich hätte niemals geglaubt, dass ich Hilfe von außerhalb erhalten könnte. Ich hatte ja nichts – nichts als meinen Willen und meine Schwerthand."

„Ihr habt sogar zwei Schwerthände, sagt man", bemerkt er respektvoll.

„Es wird zu viel geredet", antwortet Amanda, „auch bei zwei Händen schlägt nur ein Herz dazwischen."

Er zieht die Brauen hoch. Sie sagt wirklich die erstaunlichsten Sachen. Er hat noch nie mit einer Frau ein solches Gespräch geführt. Es ist fesselnd, er weiß nie, was sie als nächstes sagen wird. Dann seufzt er tief auf.

Amanda lächelt bitter: sie ahnt, was kommt.

Und da sagt er auch schon: „Ihr zerstört alle meine Hoffnungen. Keiner hätte damit gerechnet, dass ausgerechnet Flue Kopf und Kragen riskiert und sich Eurer Sache verschreibt. Er hatte es sich doch so gemütlich eingerichtet. Und ich dachte, das hier" – er weist auf die geschmückte Burg und Amanda versteht sehr gut, was er meint – „wäre die Antwort darauf. Jetzt sagt Ihr mir, dass ich mich irre – ist es wirklich so?"

Amanda nickt.

Leider sehr überzeugend, denkt Rodolfo. Und kein bisschen bedauernd. Er seufzt wieder, weil er das Gefühl hat, sich zum Narren gemacht zu haben. „Dann ist offenbar der richtige Mann König geworden und ich habe ihn unterschätzt. Wie außerordentlich schade. Ihr braucht meine Hilfe wirklich nicht?"

Amanda lächelt, geschmeichelt und erheitert. „Rodolfo!", sagt sie vorwurfsvoll. „Ihr werdet uns doch freundschaftlich verbunden bleiben? Ich hoffe sehr, wie können auf Euch zählen, wenn wir Euch brauchen!" Sie schaut ihm funkelnd in die Augen.

Auch in Rodolfos Augen blitzt es auf: Schau an, das kann sie auch...! Es ist ewig schade, dass er zu spät gekommen ist und Johan nicht nur ihre Hand und ihr Königreich, sondern offenbar auch ihr Herz erobert hat.

Aber er wird sie im Auge behalten – sie und Johan – schließlich kann noch viel geschehen! Amanda sieht tatsächlich besser aus, als er erwartet hätte. Er hat nicht gelogen, was diese Narben betrifft. Gut, sie ist eigentlich zu schmal und zu aufrecht für ihn. Nicht so wie diese unglaubliche blonde Magd mit den phantastischen Rundungen, die ihm sein Zimmer gezeigt hat. Er gedenkt, mit ihr die Nacht zu verbringen und glaubt nicht, auf großen Widerstand zu stoßen: er ist erfahren, er ist jung und sieht gut aus – und sie hat gewiss noch nie die Nacht mit einem echten Prinzen verbracht! Johan hat sie sicher nicht angerührt, der edle Flue hat es nicht mit den Mägden. Er weiß das, seit er vergeblich versucht hat, ihm eine schöne Spionin ins Bett zu schmuggeln…

„Wann immer Ihr mich braucht!“, verspricht er Amanda feurig und neigt sich schwungvoll, „mein Schwertarm gehört Euch! Wie schade, dass ich Euren nie gesehen habe.“

Amanda zuckt die Schulter. „Die Burg ist voll von Männern, die Euch alles darüber erzählen werden – ob wahr oder erfunden. Kommt, wir sollten wieder nach unten gehen. Und ich danke Euch für Euer Angebot. Ich muss Euch jedoch warnen: bei mir muss man damit rechnen, dass ich darauf zurück komme und Euch tatsächlich beim Wort nehme.“

Er schaut sie an: das ist kein Getändel mehr, sie meint das ernst. Er spürt, dass es ihn reizt wie ein Versprechen – ihr zeigen zu können, was er kann, sich vor ihren Augen zu bewähren! Er wollte ihr den Hof machen und jetzt muss er aufpassen, dass er nicht seinen Kopf verliert! Denn sie ist wirklich nicht hässlich, wie er gefürchtet hat. Kein bulliges Mannweib, wie sein Hof spottete, weil man von einer kämpfenden Frau nichts anderes erwarten konnte. Er versteht vielmehr, wie sie es geschafft hat, diese ganzen Männer zu überzeugen. Sie ist vielleicht keine umwerfende Schönheit, jedenfalls nicht in seinen Augen, aber sie hat ein unglaublich herausforderndes Etwas: eine Mischung aus Einsamkeit, Gefahr und Verletzlichkeit. Sie reizt ihn ungemein – schon, weil er sie nicht einfach haben kann. Es müsste unglaublich sein, sie zu besitzen. Und sie hat Feuer, sie kann so beherrscht tun, wie sie will. Er sieht es doch: da, direkt unter der Oberfläche, da lodert es. Als wäre sie sehr leicht zu entzünden. Er weiß nicht, ob ihr das eigentlich bewusst ist, aber es ist da.

Johan hat hier wirklich einen sehr lohnenden Preis errungen. Schade, dass sein Vater ihm verboten hat, sich der hoffnungslosen Sache dieser verrückt gewordenen Königstochter anzunehmen. Sie würde ihm wie eine reife Frucht in den Schoß fallen, hatte er gemutmaßt. Er solle Ratibor die Drecksarbeit tun lassen, hatte König Robert ihm erklärt, nachdem er sein Stillhalteabkommen mit Ratibors Mann besiegelt hatte. Denn entweder Ratibor würde siegen, dann könne man immer noch ausrücken und das Mädchen vor diesem unrechtmäßigen Usurpator retten. Die vom Kampf geschwächten Truppen Ratibors mit Lakatas riesigem Heerzug zu besiegen, sei ja wohl ein leichtes. Oder Ratibor würde unterliegen – dann sei die Zeit gekommen, dem armen Mädchen klar zu machen, wieviel standesgemäßer Rodolfo als Gemahl sei und sie von Johan, dem kleinen Waisländer Fürsten, zu befreien. Und schon hätte Lakata das kleine, aber so verlockend schöne Königreich Waisland schlucken können…

So ist es leider nicht gekommen, denkt Rodolfo leicht verärgert. Sein Vater hat sich geirrt. Vielleicht wird er wirklich alt. Es wäre wohl klüger gewesen, hier mitzukämpfen und Johan gleich mit zu erledigen, wenn er, Rodolfo, schon dabei gewesen wäre. Wer weiß hinterher schon, wie einer im Kampfgetümmel umgekommen ist? Johan zu beseitigen ist ihm seit Langem ein Anliegen. Er schätzt es nicht, besiegt zu werden. Und dann noch von einem, der im Rang unter ihm steht. – Dann hätte Amanda ihn heiraten müssen, ist er doch der Einzige weit und breit, der ihr wirklich ebenbürtig ist an Rang und Herkunft.

Und er hat bislang nicht gehört, dass sie schwanger wäre. Die wunderschöne, blonde Magd hat ihn auf seine Frage nur groß angeschaut, kann sein, dass sie bisschen begriffsstutz ist. Das macht nichts. Er will mit ihr ins Bett, da schadet zu viel Schlauheit nur. Bei der nächsten Magd, die er gefragt hat, einer dunkelhaarigen, drallen, hat er es klüger angestellt: Als er spottete, mit Amanda sei wohl etwas nicht in Ordnung, schließlich sei die Hochzeit doch schon ein bisschen her, kein Wunder bei ihrer Vergangenheit, hat diese ihm prompt und sehr empört erklärt, dass Amanda sehr wohl Jungfrau gewesen sei! Sie selbst habe die Laken gewaschen!

Das ist die eigentliche Leistung, findet er: als Gefangene unter lauter Männer aufzuwachsen und als Jungfrau raus zu kommen.

Aber es könnte heißen, dass Johan keine Kinder zeugen kann, im Gegensatz zu ihm. Vielleicht gebärdete sich Flue deshalb stets so edel und zurückhaltend, denkt er gehässig. Seine eigenen Bastarde bevölkern Lakata. – Nicht, dass er sich das Geringste aus ihnen macht, in Lakata zählen Bastarde nicht. Und sobald eines der Mädchen ein Kind erwartet, muss es ohnedies Burg Lakata oder zumindest sein Bett verlassen: Schwangere erträgt er einfach nicht. Das wird das erste sein, was er durchsetzen wird, wenn er erst König ist: dass in seiner Nähe keine Frau sein wird, die ein Kind erwartet.

Für die Lage hier und für sein Ziel, Johan Amanda abzujagen, könnte es sich jedoch als sehr vorteilhaft erweisen, dass er beweisen kann, dass er einen Thronfolger zustande bringt.

Das Spiel ist mit dieser Krönung noch lange nicht aus, denkt er genüsslich. Das Spiel hat vielmehr gerade erst begonnen. Und jetzt ist er mit im Spiel… Und Amanda wird mitspielen, tut es ja jetzt schon. Ob sie will oder nicht, er wird sie dazu bringen.

Die wirkliche Enttäuschung bereitet ihm am Abend ausgerechnet die schöne blonde Magd: sie verschwindet ohne Scham und vor Amandas Augen ausgerechnet mit dem blonden Wolf, dem sie Ratibors Fürstenmantel umgehängt haben.

Er verzieht das Gesicht: wenn sie sich mit diesem Wilden einlässt, ist sie vielleicht doch nicht die richtige für ihn. Er hält sich an der kleinen Magd schadlos, die so gerne plaudert.

„Was wollte Rodolfo?", fragt Johan, als sie irgendwann alleine sind. Amanda ist völlig gelassen zurückgekommen, aber Rodolfos Gesichtsausdruck hat ihm gar nicht gefallen.

„Du kennst ihn?"

Johan nickt. „Er ist ein hervorragender Schwertkämpfer. Er hat mir ein paar Mal ernsthafte Schwierigkeiten bereitet."

Amanda weiß, dass er die Turniere meint. Sie schaut ihn mit funkelnden Augen an und grinst. „Ich glaube, das hatte er hier auch vor." Sie hebt die

Hand, ehe er zornig werden kann. „Er bot mir seine Hilfe an – und äußerte sein Bedauern, dass er jetzt erst damit kommt. Er hätte meine Narben gerne verhindert", sagt sie spöttisch.

Johan schaut betroffen auf. „Damit ist er nicht alleine." Amanda nickt. „Ja, ich weiß – nur, dass du Leib und Leben dafür gewagt hast und er gar nichts. Er hat einfach abgewartet, wie es ausgeht. Jetzt ist das natürlich schade. Der ganze Hof voll siegreicher Helden und er gehört nicht dazu."

Sie sagt es spöttisch, aber Johan ist es ernst. „Er hätte dir helfen können. Hast du nie an ihn gedacht?" – Rodolfo ist sehr reich, sehr gut aussehend, ein sehr guter Kämpfer und – wie sie – Erbe eines Königreiches.

„Johan! Glaubst du, er hätte mich auch nur angesehen, wenn ich damals gekommen wäre? Halbverhungert, abgerissen, mit nichts als einem alten Thronanspruch und einer halb verfallenen Burg? Nein, glaub mir, der edle Rodolfo hätte keinen Finger für mich gerührt, nicht einmal, wenn er von der leidigen Urkunde gewusst hätte! Da hätte er sich hier ja durch die ganzen Widrigkeiten schlagen müssen! Wie unangenehm." Sie weist auf ihr Gesicht. „Man kann dabei so leicht verunstaltet werden." „Hör auf!" Er packt sie am Arm, zornig. „Das hat er nicht gesagt!"

Amanda fragt sich, ob Rodolfo es darauf angelegt hat: dass Johan sich mit ihm schlagen würde. Er muss jetzt ihre Kämpfe ausfechten, sie kann es nicht mehr selbst tun. Und da oben wäre es fast so weit gekommen. Vielleicht glaubt er, danach auch mit Georg fertig zu werden. Dann reißt sie die Augen auf: Georg ist nicht länger der nächste der Thronfolge – jetzt, wo sie schwanger ist, würde Rodolfo tatsächlich das Königreich bekommen, wenn er sie gewänne. Es dürfte nicht schwer gewesen sein, irgendeiner Magd auf der Burg diese Neuigkeit abzulocken. Wie hat er gesagt: *Der Preis.*

„Amanda?" Johan hält immer noch ihren Arm, sehr ernst geworden. „Was hat er dir gesagt?"

Sie wird aufpassen müssen, mit wem sie tändelt. Das war ein brandgefährliches Spiel. Aber wie immer kann sie nicht lügen. „Er hat gesagt, dass es mich nicht entstellen würde", sagt sie tapfer.

In Johans Gesicht zuckt es. Er zieht sie an sich und nimmt ihren Kopf in die Hände. Er fährt mit den Fingern über die Narben und schaut ihr in die Augen. „Das tut es auch nicht. Dazu brauchst du keinen Rodolfo. Verzeih, wenn ich nie etwas sagte." Er zieht sie an sich und küsst sie – auf den Mund, die Augen und das erste Mal küsst er die Narben. Er spürt mit den Lippen ihrer rauen Oberfläche nach. Das hat er bisher nie gewagt. Fast ist es, als würde er das Blut noch schmecken.

Amanda steht wie in Feuer. Es fühlt sich unglaublich an. Es ist berauschend – Johans Liebe ist einfach berauschend. Sie kann nicht genug davon bekommen. Sie braucht wirklich keinen Rodolfo...

„Amanda von Waisland", flüstert Johan in ihr Ohr, „ich muss dir leider sagen, dass diese Narben dich nur noch begehrenswerter machen."

Sie hat wieder diese riesigen, butterweichen Augen. „Zeig es mir", bittet sie bebend. Und das tut er.

„Ich sehe dich immer noch auf diesem Schlachtfeld stehen", sagt er danach und legt ihr die Hand auf die Wange. „Du allein lebend in all diesen Toten."

Amanda nickt, hat fast Tränen in den Augen. „Ich dich auch. Wie du mich suchst – unter den Toten."

Sie schauen sich an und der Zorn zwischen ihnen ist endlich verschwunden.

Sie sagt leise: „Kannst du mir verzeihen, dass ich es soweit kommen ließ?"

Er entgegnet langsam: „Ich glaube nicht, dass ich etwas zu verzeihen habe. Es war mein Fehler. Ich hätte dir vertrauen sollen." Amanda reißt die Augen auf. Er legt seine Finger auf ihre Narben, auf die Narben am Handgelenk, auf Ondors Narben. „Darauf vertrauen, dass du ein Kämpfer bist. Dass du es kannst wie ich, willst wie ich. Vielleicht hätte es dich nicht so weit in deine Verzweiflung getrieben. Wenn ich zugelassen hätte, dass wir gemeinsam kämpfen."

Amanda liegt wie vom Donner gerührt. Dies berührt sie tiefer als sein leidenschaftlicher Liebesbeweis zuvor. Sie ist unfähig, ein Wort zu sagen. Dann kommen ihr doch die Tränen. „Weißt du, dass ich diese Toten wochenlang mit mir herum getragen habe? Ich bin sie fast nicht mehr losgeworden. Tag und Nacht waren sie bei mir."

Johan nickt ernst. „Hardrad hat es erzählt."

„Ich hab es doch keinem sagen können – dir am allerwenigsten. Ihr hättet mich nie wieder kämpfen lassen. Der Beweis, dass eine Frau nicht kämpfen kann."

Johan nickt wieder und zieht sie in seine Arme. „Ich habe dich im Stich gelassen. Ich war so verzweifelt und so dumm. Es tut mir leid. Wie hast du es geschafft? Hat Berendic dir geholfen?" Sie haben sie nach diesen beiden Schlachten wirklich völlig allein gelassen, weil sie irgendwie empört waren, dass sie es ihnen gezeigt hat. Weil sie eben nicht zusammen gebrochen ist, wie alle erwartet haben – er auch. Sie hat wirklich mit niemandem reden können. Keinem anderen jungen Kämpfer wird das zugemutet, sie haben einander, man kann über den Kampf reden, von Angst, Mut und Heldentaten, alle tun dies sehr ausführlich. Sie nicht. Sie ist allein gewesen – und er ist gegangen.

Amanda schüttelt den Kopf. „Berendic hat mir fast den Kopf runter gerissen, als er gehört hat, was ich gemacht habe. Er kannte das von der Zwinge. Da hatte ich diesen Rausch auch manchmal. Es hat Jossim wahnsinnig gemacht. Es gab jedes Mal einen Riesenärger, zwei Tage Kerker waren das wenigste!" Johan denkt, dass es wirklich Tantara gewesen sein muss, die ihren Arm geführt hat. Man hat ihm Georgs Worte hintertragen, dass sie gewütet hätte wie die Kriegsgöttin selbst, vielleicht war es so. Aber er hätte sie nicht allein lassen dürfen. Nicht nur, weil es tödlich gefährlich gewesen war, er hätte ihr helfen können, wenigstens danach.

„Hajdan", beantwortet Amanda seine Frage. „Er hat mir damals nach Janos' Tod beigebracht, dass man die Toten loslassen muss. Dass sie nicht uns fest halten, sondern wir sie." Dann fallen ihr bei Johans Blick die Schultern runter.

„Wer war Janos?"

Und sie erzählt ihm von Dorstes Waffenbruder.

Als der ganze Krönungstrubel vorbei ist, lässt Johan Antar kommen. Dorste will er nicht fragen, Ambert spricht zu ungern, ihn will er nicht damit quälen, aber Antar ist der älteste, sehr besonnen, er wird es wissen.

„Erzähl mir, wie das mit Janos war", fordert Johan ihn auf. Er will die ganze Geschichte hören.

Antar wundert sich: wie kommt er jetzt auf diese alte Sache? „Das ist lange her", beginnt er zögerlich und unterbricht sich gleich wieder. „Ich tratsche nicht gerne, Herr König." Es ist nicht seine Geschichte, aber er versteht, dass Amanda sie nicht erzählt.

„Ihr von der Zwinge mit eurer elenden Verschwiegenheit", entgegnet Johan ungehalten. „Ihr könnt die Geheimniskrämerei jetzt endlich lassen.

Hier geschieht euch nichts, wenn ihr redet." Antar schweigt und Johan beruhigt sich. „Du verstehst, dass ich es wissen muss? Die ganze Geschichte?"

Antar verzieht das Gesicht. Leider versteht er das sehr gut. Johan hat ein Recht darauf, alles zu erfahren.

„Es war ganz am Anfang, als sie zu uns runter kam", gibt er sich einen Ruck. „Wir haben versucht, sie vor dem Schlimmsten zu bewahren, ohne dass es auffiel. Janos hat ihr irgendwas geholfen, fragt mich nicht, was es war. Weiß keiner mehr. Und sie sagt nichts als: Danke. Hat ihn nicht mal angesehen dabei."

„Er hat ihr den Schwergurt gerichtet", sagt Johan.

„Was?", fragt Antar verdutzt.

Johan nickt. Amanda hat es gewusst. Eingebrannt für alle Ewigkeit war ihr dies: sie hatten ihr den Schwertgurt völlig verdreht, sie kam einfach nicht damit zurecht. Und dann auf ein Mal diese Hände: geschickt, zupackend – „Lass mal!" – mit zwei Griffen hatte er es gerichtet. Er hat sie ganz selbstverständlich angefasst, etwas, was alle sonst vermieden, außer wenn sie sie schlugen, natürlich… Es war nichts Zudringliches an dieser Nähe gewesen, einfach gar nichts. Und es war genau diese Selbstverständlichkeit gewesen, die sie genauso selbstverständlich „Danke" sagen ließ – ohne nachzudenken.

Antar schüttelt den Kopf, fassungslos. „Ein Schwertgurt. Sie töten einen Mann wegen eines Schwertgurts!" Er schluckt, weil es jetzt noch heftig ist, wenn er daran denkt. Er hat das Bild nie aus dem Kopf bekommen, keiner von ihnen. „Sie haben ihn am Abend abgepasst und in der Nacht bestialisch umgebracht. Wir waren eingeschlossen, wir konnten nicht raus. Und am Morgen haben sie ihr seine Leiche vor die Füße gelegt, uns allen haben sie ihn vor die Füße geworfen. Dass wir wüssten, woran wir sind, wenn wir ihr weiter helfen wollen." Er schaut auf: Johan sieht nicht gut aus, aber das war ja auch nicht zu erwarten gewesen. Er bringt seine Geschichte zu Ende. „Und ein paar Wochen später hat sie Kral dafür aufgeschlitzt." Er fährt sich mit dem Daumen über Wange und Ohr. „Ihr müsst ihn gesehen haben, als ihr oben wart, er ist nicht zu übersehen. Da wurde es dann langsam besser." Von da an wären sie für sie durchs Feuer gegangen: sie hat ihn gerächt, sie ganz alleine. Dieses verdammte kleine Mädchen. Und auf eine Art und Weise, dass jeder es jeden Tag sehen konnte.

Johan sitzt regungslos. Das war der Sache mit Kral also voraus gegangen. Er hat ihn allerdings gesehen, einen großspurigen Kerl mit einer Narbe über der Wange und einem aufgeschlitzten Ohr. „Wenn ich's gewusst hätte, würde er nicht mehr leben", sagt er ruhig.

Antar schaut ihn an. „Sie hätt' ihn abstechen können, denk ich immer. Aber sie hat's nicht getan."

Johan nickt. „Ich weiß. Das war damals richtig, aber irgendjemand muss ihn dennoch erledigen. Er ist überfällig." Dann fällt ihm etwas ein. „Wird er Berendic gefährlich werden? Ihn muss er doch am meisten von allen hassen, den Überläufer."

Antar grinst. „Berendic geht's wie Euch: Kral braucht nur einen Finger zu rühren und Berendic bringt ihn um. Kral wird ihm keinen Anlass bieten."

Johan nickt ihm zu. „Danke."

Sie schauen sich an und beide wissen, dass Johan mehr meint, als dass er ihm diese alte Geschichte erzählt hat.

Dann grinst Antar. „Ihr habt Euch revanchiert, Herr König. Wir sind mindestens quitt." Sein Grinsen wird breiter, weil er an diese wunderbare Szene in der Halle denkt: Jossim kniend vor Amanda… Bis an sein Lebensende wird er das vor sich sehen – und Johan hat er es zu verdanken. Johan schaut ihn an und nickt. Sagen braucht er nichts.

Wolfsgöttin

Wie besprochen, schickt Jassia ihr zwei junge Priesterinnen. Die eine mag etwas jünger sein als Amanda, ein schmales Wesen mit rotblonden Haaren und hellen, grünen Augen. Die Narben auf ihren Wangen, von Sommersprossen umrahmt, sind noch nicht ganz verheilt. Die andere ist älter, kräftig und muskulös, mit dunklen Haaren und braunen Augen über den Wolfsnarben. Gehüllt sind beide in die grauen, weiten Gewänder, die Amanda von ihrer Zeit auf der Zwinge so gut kennt, schlicht und ohne jedes Silber, keinen Schmuck außer der Kralle in ihrer Halsgrube.

Sie tragen eine große Truhe mühelos herein und neigen sich sehr tief, als sie sie abgestellt haben. „Haupt der Horde, seid uns gegrüßt", sagt die jüngere mit leuchtenden Augen.

Amanda neigt dankend den Kopf: die offenkundige Bewunderung und Ehrerbietung der beiden berührt sie sehr. Sie nickt ihrer Garde zu. „Ihr könnt gehen." Die Männer verschwinden wortlos. „Wie nenne ich euch?", fragt Amanda etwas ratlos.

„Ich bin Sanna", antwortet die jüngere, „und Ihr könnt du zu uns sagen. – Das ist Muri, sie ist gerade in der Zeit der Stille und wird nicht sprechen."

Amanda nickt. „Kann meine Zofe bleiben? Sie spricht kein Rais." Die beiden Priesterinnen lächeln Kara zu, die mit riesigen Augen so weit weg als möglich stehengeblieben ist. Man kann sehen, dass sie lieber mit Yuko und dem Rest der Garde gegangen wäre. „Stell dich nicht an", sagt Amanda ruhig auf Wark zu ihr, „die beiden tun weder dir noch mir etwas. Ich wär froh, wenn du hier bleiben würdest." Das stimmt zwar nicht ganz, aber es hilft: Kara nickt tapfer. Amanda will Kara nicht ohne ihre Begleitung durch die Zwinge gehen lassen. Wenn schon Ardan so wenig Respekt vor ihr hat, mag es andere geben, die es erst recht bei Kara versuchen werden.

Muri öffnet derweil die Truhe, während Sanna vor Amanda steht. „Darf ich Euch beim Auskleiden helfen? Wir haben Eure Gewandung für die Zeremonie gebracht und würden gerne sehen, ob sie Euch passt." Sie schaut Amanda jedoch nicht in die Augen; ihr Blick hängt vielmehr gebannt auf den Narben auf Amandas Wange. Amanda ihrerseits schaut auf die Narben auf Sannas Wangen. Sanna geht auf was sie tut, sie reißt den Blick los und senkt errötend den Kopf. Amanda sagt ruhig: „Du trägst die Narben deiner Göttin – ich trage die Narben meiner Göttin. Es ist kein großer Unterschied, oder?"

Jetzt hebt Sanna den Blick. „Oh doch, das ist es. Meine Narben sind rituell – Eure hingegen habt Ihr Euch im Kampf erworben. Das ist ein sehr großer Unterschied!" Sie sagt es entschieden und mit sehr großem Respekt. Amanda starrt sie an und schluckt. Sie schämt sich immer noch ihrer Narben – solche Ehrerbietung und Bewunderung hat sie noch nie dafür erhalten. Und hier ist sie endlich nicht mehr die einzige Frau mit Narben im Gesicht.

Sanna lächelt sie an und hebt die Hand nach Amandas Kleidung. „Darf ich?"

Amanda wendet den Kopf. „Kara? Würdest du Sanna bitte helfen?"

Kara kommt zögernd näher, Sanna lächelt sie an. „Danke", sagt sie auf Wark – auch sie spricht es mit köstlichem Akzent. Kara muss kichern – dann bleibt ihr allerdings das Lachen im Hals stecken, als sie sieht, was Muri inzwischen aus der Truhe geholt hat. Amanda dreht sich um und auch sie reißt die Augen auf. Es ist ein wunderbarer heller Wolfspelz, alle Krallen sind versilbert, der Verschluss ist versilbert und auch die Zähne des Wolfsschädels sind aus Silber. Amanda hat niemals einen der Pelze mit Wolfsschädel getragen, wurden die Schädel doch nur für die Raubzüge angebracht. Und dieser Umhang ist gefüttert: mit purpurrotem Stoff. Wo haben sie nur diese Farbe her, denkt Amanda hingerissen.

Daneben liegt das Untergewand; auch dieses ist purpurrot mit einem grauen Überkleid. Allerdings nicht einfach grau, sondern ein flirrendes Grau, denn der Stoff ist sehr kunstvoll silberdurchwirkt. Er schimmert bei jeder Bewegung. Sanna und Muri lächeln sich an. Amanda bekommt es kaum mit, dass sie ihr aus ihrem Gewand helfen und ihr diese Pracht überstreifen. Es trägt sich wunderbar. Das rote Untergewand ist aus feinster Wolle, das grausilberne Übergewand fließt wie Wasser und schmiegt sich jeder Bewegung an. Amanda findet, dass es wie angegossen sitzt, aber Muri ist nicht zufrieden. Sie geht mit Nadel und Faden um Amanda herum und näht und hebt und faltet. Sie scheint das Gewand auswendig zu kennen. „Hast du das gemacht?", fragt Amanda andächtig. Muri strahlt sie an und nickt. Amanda legt ihr die Hand auf die Schulter. „Es ist wundervoll!" Muri schaut die Hand auf ihrer Schulter an und sieht Amanda fassungslos ins Gesicht. Die lässt sofort los. „Verzeih!" Darf man Priesterinnen einfach anfassen?

Sanna lacht. „Ihr dürft uns berühren. – Ihr habt sie geehrt. – Weder beißen wir noch lösen wir uns sofort auf. – Ihr braucht nicht zu fürchten, etwas falsch zu machen. Das werdet Ihr nicht tun. Es ist nicht so schwierig, wie Ihr vielleicht denkt." Sanna schaut ihr in die Augen: sie hat ganz sicher von Amandas Auftritt im Tempel gehört. Man sieht sehr deutlich, was sie davon hält! Muri nimmt Sannas Hand und bewegt ihre Finger flink tastend und klopfend über deren Handfläche. Sanna nickt dazu und sagt dann zu Amanda: „Sie dankt Euch und es freut sie sehr, dass es Euch gefällt." Amanda starrt sie an und schaut auf die ineinander verschränkten Hände der beiden jungen Frauen. Sie haben eine Geheimsprache! Eine lautlose Geheimsprache. Ob man Priesterin sein muss, um das lernen zu können? Wenn Tantara nicht wäre. Sie schüttelt den Kopf, um wieder zur Besinnung zu kommen.

Muri ist derweil mit ihren Veränderungen zufrieden und holt zusammen mit Sanna den Pelz und legt ihn Amanda um die Schultern. Er ist sehr schwer und köstlich warm. Die Mädchen zupfen ihn zurecht, schließen ihn mit der silbernen Tatze, drapieren die silbernen Krallen, dass sie genau über Amandas Handgelenken hängen, schließen ihn mit verschiedenen verborgenen Haken und Ösen, dass alles an Ort und Stelle bleibt. Muri berührt mit den Fingern Amandas Narben an den Handgelenken und streift das blutrote Untergewand so weit zurück, dass die Krallen genau über diesen Narben zu liegen kommen. Macht mit der anderen Hand ein schnelles, heftiges Zeichen, schaut Amanda in die Augen: Zornig. „Sie verflucht den, der das getan hat", erklärt Sanna leise. Amanda atmet schwer: sie hätte nicht gedacht, dass das Anprobieren prachtvoller Kleidung so aufwühlend sein könne! Und noch viel weniger hätte sie gedacht, dass sie ausgerechnet von diesen Priesterinnen so viel Verständnis und Verehrung erhalten würde. Sie kämpft mit der Fassung.